叢書・ウニベルシタス　358

始まりの現象

意図と方法

エドワード・W. サイード
山形和美／小林昌夫 訳

法政大学出版局

Edward W. Said
BEGINNINGS Intention and Method

This book is published in Japan by arrangement with
Edward W. Said c/o Georges Borchardts Inc., New York
through Tuttle-Mori Agency Inc., Tokyo.

メアリアン
ウェイディー　に捧げる
ナージラ

目次

学説はそれが取り扱う素材が始まった時から
始まるのでなければならない。
——ヴィーコ『新しい学』

モーニングサイド版への序文

『始まりの現象』の核となった試論は一九六七年から六八年にかけての冬の時期に書かれました。その核をとりまく部分は一九六八年と六九年に形を帯びてきて、一九七二年から七三年の冬までにはこの著作のほとんどが完成しました。『始まりの現象』の初版は一九七五年に出版されたのですが、それはさる高名な批評家が〈超自然的《アンキャニー》批評〉のジャンルと呼んだものを形成する一連の批評的著作のうちのひとつでした。この種の批評というのは、歴史的研究、つまり文献学的研究の伝統や常識的な手続きや、そして正直な気持ちになってつけ加えて言うべきだと思うのですが、(実践に対比されるものとしての)文学に対する敬虔な態度などに基本的には立脚しない批評のことです。超自然的批評とは、J・ヒリス・ミラーが言うには、「言葉の論理から逃れようとする迷宮的な試み」であり、それは「無論理的、不条理的な領域」へとしばしば入り込み、「そこでは理知を相手にした抵抗がほとんど成功すると言ってよい」ほどのものです。ミラーはつぎのように述べて、こういった発想のすべてを要約してくれています——

> ［超自然的な批評家たちにとって］彼らの作業で論理が破綻する瞬間は、文学的言語の、あるいはそのようなものとしての言語の現実の本性の中に彼らが最も深く入り込んでいくあの瞬間である。こういった場はまた、ソクラテス的な手続きが十分に推し進められた場合に究極的にわれわれを導いてくれるところでもある。超自然的批評家たちの作業の中核はいずれにしろこの体験を述べることにあって、それは瞬時にしろ、また全面的

にうまくいかないにしろ、この体験を合理化し、それをイメージや語りの形や、あるいは神話のなかで表現することである。

――「スティーヴンズの岩と治癒としての批評――II」
(『ジョージア評論』一九七六年夏季号三三七―八ページ)

比較的新しい批評の立場の出発点を――とくに修辞や言語の面に厳密な注意を払うことの重要性に正しい強調を置きながら――記述したものとして、これは、思うに、ひとつの企図を明確にした重要なものであります。そうは言っても、これは私が『始まりの現象』で試みようとしていたことを、少なくとも超自然的批評と、或る種の無益なあるいは無力な非合理性(こうした非合理性の存在は〈深淵〉とか〈アポリア〉とかいった用語で表わされるようになってきていますが)との間の連関性において、適切に特徴づけてくれるものではありません。というのも、〈始まり〉をひとつの研究題目として分離するときに、私の試みのすべてはまさに、ひとつの始まりを〈合理的〉かつ〈権能を付与する〉ものとして際立たせることにあったのであって、私は、論理面での失策とか、もう少し拡大して言えば、無歴史的な次元での不条理性などに対して主たる関心を抱くことなど毛頭なくて、逆に〈歴史において〉、出来事を初めから記述しようとして歴史的回想へと注がれる莫大な努力をこそ記述しようとしていたのです。

超自然的批評(これはまた新・新批評として知られています)の領分からのこのような分岐現象は時が経つにつれて大きくなってきています。だが、皮肉なことに、批評がより超自然的、無論理的、そして不条理的になればなるほど、それは、その形式主義、〈世界〉からの文学や〈文学性〉のその孤立、そしてその疑似宗教的キエティスムなどの点において旧・新批評とますます類似してくるようになってきたのです。人目を引く形で、この類似現象は、イギリスのT・S・エリオットやI・A・リチャーズなどから発して、アメリカのブルックスやウォレン、テイトやランサム（ブラックマーはつねに脱中心的で変則的でした）などを貫いて、現代性とではなく伝統と手を結んだギルド的実践としての文学批評を確立した新批評家たちを弁護してきたことになります。新批評は、テキストに密着した読みに立って文化の統一性を確保する方途として対立項目を和解させながらも、アイロニーや〈詩自体〉を大切にしました。これはこれでまた、〈われわれの〉文学共和国の存立を確保する行為となりました。批評的精神を持つ読者が感じるものが〈不朽の知のモニュメント〉であり、それらが文明の中で占める位置が確保されるとすれば、それはそれらにまつわる霊気、正典としての重要性、崇拝の的となった中心性などのためであることが明らかになってくると、この共和国を保持するところの知的、政治的、かつ社会的な次元の強力な文脈の痕跡のすべては事実上一掃されることになりました。

テキストに付与されてきていたこの地位は再び戻ってはきましたが、それは『始まりの現象』の第5章で論じた道筋、つまり現代のフランス派の批評思想や、とくにその構造主義的、ポスト構造主義的、そして脱構築的契機を通してでした。この驚くべき事態の展開をまったく予見できなかったことについては、私には申し開きする余地はまったくありません。それでも構造主義に関して行なった私の議論においていくばくかの妥当性が今でもあるとすれば、それは、何十年も経った後で、また何千マイルも離れた所でいろいろの学問体系や体制などによってほとんど消し去られるか監禁されるかになるだろうとも思われそうな構造主義に備わったもともと根源的とも言える精神を私が強調した点であります。その『史的唯物論の轍で』でペリー・アンダーソンは最近構造主義を回想的に展望しましたが、そこで彼は構造主義がその後たどった馴化と変節の情況への種子は構造主義の初期の動きの中にすでに蒔かれていたと言っています。

だが私はそれでも、構造主義の運命の決定は、その後の歴史や相互に決定的に異なった種々の情況、主としてアメリカという国や学問の世界の情況の問題であったと主張するものです。

したがって『始まりの現象』で提示された構造主義の分析がそれにもかかわらずその後の批評の傾向の一部となってきているとすれば、『始まりの現象』の主要な批評的諸論点を、つまり時代の試練に耐え、さらに重要なことにその後の作業に対していくばくかの価値を持ってきたように著者には思える論点を簡単に改めて主張し確認することがこの序文の重要な役割であることには変わりないはずです。最初に〈始源〉(origin) に対立するものとしての〈始まり〉(beginning) という発想があります。前者は聖的、神話的、特権的であり、後者は俗的、人間が作り出すもの、不断に再検証されるものです。この発想もしくはこれに似た発想は、最近の批評的作業で関心を持たれてきている多くのことに優先権を付与するものになっています。例をあげるとすれば、(『始まりの現象』にとっての中心的哲学者たる) ヴィーコへの関心の復活のみならず、統治に関する批評論、(女性や非白人や非ヨーロッパ人などの) 抑圧の歴史の再検討、テキスト性に対する学際的関心、反・回想や公的記録の考え方、伝統の分析 (あるいはエリック・ホッブスボームの用語で言えば、作られた伝統の研究)、専門職業、学問、団体といったような近年の傾向などもあげられるでしょう。次に、語りとテキスト性の関連があります。これは、『始まりの現象』では、テキストとは何かということと、語りの虚構作品の形態と表現が発生と成熟と死という生命のプロセスに探りを入れていく欲求——小説家の意識によって〈干渉される〉ものであると同時に認可されてもいる欲求——にいかに基礎づけられているかということの二つの問題を歴史的な基盤に立って研究する機会を産むことになったものです。この関連から、作者の存在、父権的所有、そして互いに対する力などを結合する権威という理論が発展してきましたし、さらにこれは結果として、知的実践の社会史へと、つまり言述の操作や統禦から、真理や〈他者〉の表象へと広げることもできました。むろん、これより、ポスト産業主義的（つまりポストモダン的）社会におけるヘゲモニーは何に関わるものかという問題を予備的に、しかし具体的に理解する道が開けてきたのです。始まりの現象についての分析作業の中で私が手に入れようとしていたものによって或る程度意図されていたものとして、私はこれらのことすべてに言及しているのです。

『始まりの現象』を書いているとき私は、その資料や論述の多くがモダニズムからポストモダニズムとその後呼ばれてきたものへの推移に依存していることを十分に意識していませんでした。文化次元で私の抱く心的傾向は総じて、私のテキストでモダニズムの頂点に立つ偉大な傑作に大きな重点が置かれていることでも十分に証されているように、保守的な態度の気味を帯びています。とすれば、かなりの程度、『始まりの現象』が提示する中心点のひとつは、モダニズムというものが、〈血縁関係〉と呼びうるものの危機——線的な、生物学的基盤に立つプロセス、子供たちを親たちに結びつけるものの危機、モダニズムの中に養子縁組の反危機を作り出した、つまり新しい非家系的方法で世界を再集合しようとするような信条体系、哲学、ヴィジョンなどを作り出した危機——に対する回答であるところの美的かつイデオロギー的現象であったということであります。イェイツの『ヴィジョン』やエリオットのアングリカニズムなどは、養子縁組の典型的な現代の例であります。イデオロギー的にも社会的にも、疑似父権的ではあるが養子縁組的に組織化された権威体制としてのシンジケート、政党、ギルド、〈国家〉などの勃興はこれとの並行現象になっています。むろん、それの結果や規模は美的な次元での養子縁組の場合よりははるかに広範囲にわたり、かつはるかに多様でありますが。確かに、これはオーウェルの『一九八四年』という作品の背負う重荷でもあります。たとえこの作品の極度の敗北主義やペシミズムを読者が受け入れることができないにしても、であります。ポストモダニズムは養子縁組の問題を取り上げています。それはこの問題を扱う作業を行ないながら、今やデリダ、フーコー、アドルノ、その他彼らと同類の人たちの著作を読む読者にとって親しいものとなってきた業績を問題にしてきています。

こういったことはみな、最後にあげる論点、つまり『始まりの現象』に内意されているところの批評のヴィジョンもしくは批評の地位という論点ほど恐らく関心を引かないものであるかもしれません。この著作を書評した人のほとんどが、この著作の方法の示すひとつの徴候は、一方では純文学、他方では一種の哲学的省察という両者の間に不確定性もしくは躊躇らしきものがあることだと言ったことは、正しいことでありました。この不確定性を表わすのにヒリス・ミラーが与えた用語が〈超自然的批評〉であることは、すでに見たとおりです。私の今の気持を言えば、『始まりの現象』の様式は、著作の構造と論述の筋道の両者において、いくつかのそれぞれ異なる事項を、当時は十分に緊急なことではあったにしろ今回想的に見ればいずれも私にとって有意味のものである事項を表現する混成的言語であったということです。こういった事項の頂点に来るものとして考えられるものは、明らかに、〈文学〉というものは人間的活動の完全に分離したひとつのジャンルでありうるという考え方に対する不満でありましょう。この不満に関連しているものとして、文学、歴史、哲学、そして社会的言述、また歴史のなかでの男性と女性についての諸々の様式のエクリチュールのほとんどすべてのものなどは事実上互いに絡み合っているということ、それらがしばしば分離されるとすれば、それはなんらかの社会的目標を達成するために専門的な、いや認識論的ですらある根拠に立ってなされるということ、そして批評というものが批評としてあくまでも留まるべきものであり、傑作と言われる作品を誉めたたえるだけのものでなければ、今あげた事象の情況や絡み合う情況を、つまりレイモンド・ウィリアムズが最近『社会におけるエクリチュール』と題した著作で出した結論を扱うものであるといった積極的な態度があるのです。だが、このような態度のどの部分もエクリチュール自体の（孤立したものであろうとなかろうと）力を減じるものではなく、またそれは、適切な場所に置かれた適切な言葉が達成できる素晴らしいことを批評が十分、かつ賛嘆の気持を込めて精査することを妨げることなど決してないのです。しかし、批評のためになされるべきとくに緊急のことがあるとすれば（それをなすことが本書の主要な主張のひとつですが）、それは、権威を生ぜしめたり権威を促進したりする力ではなく、自己意識に根をはり、自己の中に位置づけられた活動を、非強制的で共同体的な目的を持つ活動を刺激する力を伴う始まりと始まりの反復の不断の再体験においてであります。これが少なくとも、私が〈始まりの現象〉を自分のテーマとして選んだときに心に抱いていたことです。この企図において成功したかどうかは、終わりの現象に対立するものとしての始まりの現象に対して読者が抱く共感に大いに左右されるでしょう。

エドワード・W・サイード
ニューヨーク
一九八四年五月

序文

ひとつの始まりとは何なのでしょうか。始めるためには私たちは何をなすべきなのでしょうか。ひとつの活動、あるいはひとつの瞬間、あるいはひとつの場所としての始まりにはどんな特別なことがあるのでしょうか。私たちはいつでも好きなときに始めることができるのでしょうか。始めることにはどんな類の態度あるいは心構えが必要なのでしょうか。歴史的に言って、始めることにとってもっとも好都合な特定の瞬間というものがあるのでしょうか。始めることがもっとも重要な活動であるような特定の人間というものがいるのでしょうか。文学作品にとって、始まりはどれほど重要なことなのでしょうか。始まりに関するこのような質問はそもそも出す価値があるのでしょうか。もしそうであれば、それらは具体的に、理解できるように、役に立つ形で扱うことが、あるいは答えることができるのでしょうか。

この著作にとって、これらは始めるにあたっての問題であります。だが、これらがひとたび取り上げられれば、境界領域設定の手続きが始まります——これは有益なことです。なんとなれば、そうしなければ、これらの問題は論じるにはほとんどどうしようもないほどに複雑な問題のままであるからです。私は始まりの現象を行為としてと同時に思考の対象として主に考えました。この両者は平行する場合があるのですが、言語が用いられているときはつねに必然的に結びつきます。こう考えると、ひとつの始まりが記述されるか指摘されている場合には、〈始まり〉や〈出発〉、〈起源〉や〈独創性〉、〈創始〉、〈開始〉、〈展開〉、〈権威〉、〈出発点〉、〈根源性〉などといった特定の語彙が用いられることになるのです。同様に、私たちが実際に書き始めるとき、始まりの企図を特徴づけるところの一組の複雑な情況が認められてきます。したがって、言語では、始めることについて書いたり考えたりすることは、〈ひとつ〉の始まりを書いたり考えたりすることと結びつきます。言語次元の始まりは結果として、創造的な行為であると同時に批評的な行為でもあることになります。それはちょうど、言語を規律のとれたやり方で用い始めるときに、批評的思考と創造的思考の間の正統的区別が崩壊し始めるのと同じです。

始めることは一種の行為であるだけではありません。それは、心的構え、一種の作業、ひとつの態度、ひとつの意識でもあるのです。むずかしいテキストを読み、それを理解するためにはどこで始めるべきなのか、また作者はその作品をどこで、また何故始めたのか、などを考えるときのように、それは実務的なことであります。また、始めること一般に特有のなにか独自の認識論的な特性もしくは作業といったものがあるのかどうかを尋ねるときのように、それは理論的なことでもあります。いかなる作家にとっても、書き始めることはひとつの計画された出発点と結びついた何ものかへ向かって船出することを意味します。始まりはつねに、それがたとえ抑圧されているときですら、(稀な場合は別にして) 何ものかがその後から続いて出てくる第一のステップです。したがって、始まりの現象は、かならずしもきわめて明確に理解されている役割でなくともひとつの役割を演じるものだということになります。確かに、それらは形態の次元で有用です――中と終わり、連続性、発展――これらはみな予め始まりの現象を内意しています。だが、複雑な形態を持つものにはそれ独自の論理があります。始まりの場合はどうなのでしょうか。

思慮深い芸術家、思慮深い批評家、哲学者、政治家、歴史家、精神分析研究者などに対してもそここに始まりの存在を想定すれば、始まりの現象の研究は限りないケースのカタログにあまりにも安易になる可能性が出てくるでしょう。この著作での私の課題はまさに、(その可能性を意識しているときですら)

そのようなカタログを編むことを避け、そうする代わりに、始まりの現象の問題を読者の関心を引き、かなり細かく、実務的に、かつ論理的な方法で取り上げることにあります。始めるときに、さもなければ始めることについて考え、そして書くときに、いかなる類の言語が用いられ、またいかなる類の思考がなされるのかを示そうと努めるだけではなくて、小説といったような形態の作品が、また〈テキスト〉といったような概念が、この世界でいかにして始まりの形態であり、存在の形態であるのかをも示したいと願うのです。さらに、ひとつの文化の時代から次の文化の時代にかけて起こるような変化の現象は、始まりの実体あるいは始まりのあるべき姿についての考え方における変種として研究できます。例えば、こんにち批評を実践するときに、批評を書き始めることをきわめて強く情況的に意識する態度が出てきます。ひとりの作家の作品を理解しようとするときにその作家の生涯が絶対的な優先的特権を持つというように考える傾向は以前よりは少なくなっています。これは何故でしょうか。また作家の作品を研究するときに何をもって始めるべきなのでしょうか。こんにちの批評意識が用いる特権的用語や、その意識の主要な局面は〈実際に〉何なのでしょうか。

こういった問題を扱うと主張するいかなる著作も、議論の始め方によってのみならず、議論の連続性、主題の選択、用いる語彙などによっても障害を蒙る危険を冒すことになります。私のこの著作の場合のこういった障害の潜在性については、私自身誤算してはいません。私自身の批評用語（〈自動的・他動的始まり〉、〈権威〉、〈意図〉、〈方法〉、〈始源〉とは区別される〈始まり〉、〈テキスト〉、〈構造〉など）は、読めば少しは明らかになるように、かなり広範囲の関心を呼ぶ項目に集約する観念連合の上に立てられています。本書を構成する六つの章あるいはエピソードの各々は、始まりの現象のある面に依存する内的一貫性を持っています。各々は、始まりの現象という中核的主題からあまりに遠く離れていかない歴史的パターン（例えば小説の発展）をカバーしています。だが、第5章で、逆説的なことですが、ヨーロッパの小説の初期と後期の〈両方の〉面を論じることが可能であることを発見しました。全体としては、これらの六つのエピソードは、直線をたどっていないにしろ、始まりの現象の研究のための構造を形成しています。多分、エピグラフにヴィーコを引用し、彼の著作を私の結語を形成するテーマとするという私の決意は私の（円環的な）論点を最高のものにしています。つまり、始まりというのは基本的には、単純な直線的成就であるよりはむしろ、回帰と反復とを究極的に内意している活動であるということ、始まりや始まりの反復は歴史的なものであり、他方始源は神的なものであるということ、ひとつの始まりは、意図を持っているがゆえに、それ自体の方法を創造すると同時に、それ自体の方法でもあるということなどです。つまり、始まりとは〈差異を作る〉ということですが、しかし（ここにこそこの種のテーマにおける大きな魅力があるのですが）その差異は、すでにわれわれに親しくなっているものと、言語で作られる人間の作品の秘める豊饒なる新奇さとの結合の結果としての差異なのです。本書の各章はこの新しいものと慣例的なものの間の相互作用の上に立っています。そして、これなくしては（ex nihilo nihil fit 無からはいかなるものも創られない）ひとつの始まりの現象も現実に起こりえないのです。本書のような試論を支える関心事は、それの孕む真実のテーマです。つまり、〈いかなる始まりにもかかわらず〉始まり〈から〉の言語と歴史の共同体制、ということです。始まりの〈時点で〉このようなことを言うのは、歴史を欠いた言語の、また言語を欠いた歴史の保守的安全性をできれば今後避けたいがためであります。かくして、始まりの現象は根源的な厳しさを挫くよりは、それを確認し、また少なくともなんらかの革新が行なわれたことの、つまり事が〈すでに始まったこと〉の証拠を真なるものとして証明することになるのです。

はしがき

本書作成の作業中私は、ジョン・サイモン・グッゲンハイム記念財団の寛大な配慮をいただき、大いに益するところがあった。その他の主として知的な面では、私はコロンビア大学の英文学・比較文学科の同僚や学生諸君に多大の恩義をこうむることになった。大学のハミルトン・ホールの四階では知性と友情の格別の雰囲気がいつも満ち溢れていたが、その雰囲気をここで正確に記述することはむずかしいことであるし、またその点ではそれに十分に感謝することもなかなかできない。そこに見られた思想の共感的受容、学問や思索に高い地位をすすんで付与しようとする姿勢、知的議論を真剣かつウィットをもって行う態度、こういった面ではコロンビア大学の作り上げた雰囲気は他の追随を許さないものがあると、私はかねがね思ってきた。コロンビア大学の他の部門の友人や同僚たちも同じように親切であったし、また同じように貴重なものを与えてくれた。この点で、サデック・エル＝アズム、モンロー・エンゲル、アンガス・フレッチャー、リチャード・マックセーナといった方々の名前をここであげることは、格別の喜びとなる。原稿の準備段階で手助けしてくれたルイーズ・イェリン、リディア・ディットラー、マッシモ・バチガルポの方々に感謝したい。また、ベイシック・ブックス社のジャメリア・サイエードは原稿を編集し、本の形にする作業を労苦をいとわずなしとげてくれた。タイプの作業をすすんでしてくれたジョーン・ラモス、モーナ・イスカンダー、メアリサン・サイードの方々は、私が受けるに値しない恩恵をほどこしてくれた。とくに、私の妻の愛情にみちた理解が、このきわめて長い始まりの作業を通して私を支えてくれることになった。

引用文の翻訳についての覚え書

あらゆる場合に、原文が英語でない作品からの引用は英訳で行った。このようにしたのは、一貫性を保持するためであると同時に、この著作に盛られたすべてのものに直に接してもらいたいと読者に願っているからであるが、ここで翻訳について私の原則めいたことを説明しておきたい。私は、英語で書かれていないテキスト（ロシア語のものは除く）はすべてそれぞれの原語テキストにそって論考を行ってきた。しかし、可能な場合は既に刊行されている英訳版から引用した。その際に、英訳版を原語に当たっていちいちチェックした。英訳がない場合は、もしくはあっても私の意見では不適当と思われた場合は、自分で翻訳を行った（逐語訳した場合もある）。従って、とくに断っていないときは私の翻訳であると理解してほしい。私の翻訳で拙いものもあるかもしれないが、他の人の常軌を逸した翻訳を用いるよりは、自分がコントロールできるやり方で発想を原文から正確に表現する翻訳（たとえ素人くさくても）で少なくとも間に合わせたほうがよいと思って、そうすることにしたのである。むろん、私の翻訳がとくに格調高いとは思っていない。にもかかわらず、読者の便宜をはかって原語で短い一節をあちこちに挿入した。また、いかなる場合でも、私の翻訳した個所の原典を原語で示しておいた。

版権使用許可

"The Tower" from *Collected Poems* by William Butler Yeats. Copyright 1928 by Macmillan Publishing Co., Inc.; copyright renewed © 1956 by Georgie Yeats. Reprinted by permission of Macmillan Publishing Co., Inc., Macmillan Company of Canada Ltd., Michael Butler Yeats, Anne Yeats, and Macmillan of London and Basingstoke.

"An Acre of Grass" from *Collected Poems* by William Butler Yeats. Copyright 1940 by Georgie Yeats; copyright renewed © 1968 by Bertha Georgie Yeats, Michael Butler Yeats, and Anne Yeats. Reprinted by permission of Macmillan Publishing Co., Inc., Macmillan Company of Canada Ltd., Michael Butler Yeats, Anne Yeats, and Macmillan of London and Basingstoke.

"The Convergence of the Twain" from *Collected Poems* by Thomas Hardy. Copyright 1925 by Macmillan Publishing Co., Inc. Reprinted by permission of Macmillan Publishing Co., Inc., Macmillan Company of Canada Ltd., and the Trustees of the Hardy Estate, and Macmillan of London and Basingstoke.

"Of Mere Being" from *Opus Posthumous* by Wallace Stevens, ed. with an introduction by Samuel French Morse. Copyright © 1957 by Elsie Stevens and Holly Stevens. Reprinted by permission of Alfred A. Knopf, Inc., a division of Random House, Inc.

Selected passages from *The Collected Works of Paul Valery*, ed. by Jackson Mathews, Bollingen Series XLV, Vol. 8, *Leonardo, Poe, Mallarmé,* trans. by Malcolm Cawley and James R. Lawler. Copyright © 1972 by Princeton University Press. Reprinted by permission of Princeton University Press and Routledge and Kegan Paul Ltd.

Selected passages from *The Interpretation of Dreams* by Sigmund Freud, trans. and ed. by James Strachey. Reprinted by permission of Basic Books, Inc., Publishers.

"Sonnet 23" from *Sonnets to Orpheus* by Rainer Maria Rilke, trans. by M.D. Herter Norton. Copyright 1942 by W.W. Norton and Company, Inc.; copyright renewed ©1970 by M.D. Herter Norton. Reprinted by permission of W.W. Norton and Company, Inc. German edition, *Gesammelte Werke,* Band III: *Gedichte Die Sonnette an Orpheus II* Teil XXIII, p. 335 (Insel Verlag, Leipzig, 1930). Copyright © 1955 aus "Saemtliche Werke, Band I" Insel-Verlag, Frankfurt am Main. Reprinted by permission of Insel Verlag.

Selected passages from *The New Science of Giambattista Vico.* Revised trans. of the third edition (1744) by Thomas Goddard Bergin and Max Harold Fisch. Copyright © 1968 by Cornell University; copyright © 1961 by Thomas Goddard Bergin and Max Harold Fisch; copyright 1948 by Cornell University. Reprinted by permission of Cornell University Press.

Two lines from Hölderlin *Poems and Fragments.* Reprinted by permission of the publisher, University of Michigan Press.

Selected passages from *Doctor Faustus* by Thomas Mann, trans. by H.T. Lowe-Porter. Copyright 1948 by Alfred A. Knopf, Inc. Reprinted by permission of Alfred A. Knopf, Inc., a division of Random House, Inc.

Selected passages from *The Order of Things: An Archaelogy of the Human Sciences* by Michel Foucault, trans. by Alan Sheridan-Smith. Copyright © 1970 by Random House, Inc. Reprinted by permission of Pantheon Books, Inc., a division of Random House, Inc.

Selected passages from *The Archaelogy of Knowledge* by Michel Foucault, trans. by Alan Sheridan-Smith. Copyright © 1972 by Tavistock Publications Ltd. Reprinted by permission of Pantheon Books, Inc., a division of Random House, Inc.

Parts of this book have appeared in *Salmagundi, MLN, Aspects of Narrative,* ed. by J. Hillis Miller (New York: Columbia University Press, 1971), *Modern French Criticism,* ed. by John K. Simon (Chicago: University of Chicago Press, 1972), *Approaches to the Twentieth Century Novel,* ed. by John Unterecker (New York: Thomas Y. Crowell, 1965), and *Boundary 2.*

始まりの現象

第1章　始まりとなる発想

I

始まり（beginnings）の問題は、実践と理論の両方のレベルにおいて、等しい強度をもって私たちに迫ってくる可能性を持つ問題のひとつである。書こうとしていることの始まりを選択することがきわめて重大であることを知らない作家はいない。それが後続部分の多くを決定するのみならず、実際のところ、作品の始まりは作品への大手門であるからである。その上、振り返ってみれば、ある作品の始まりとは、作家が他のすべての作品と袂を分かつ時点であることが分かる。継続や対立の関係であるにせよ、あるいはその両者の混合形であるにせよ、始まりは既存の作品との関係を直ちにつくりあげる。しかし、始まりについて、その特徴を詳述しようとするやいなや——多種多様な作家を考察しようとすればたいていこうなるのだが——特別の区分を立てなければならなくなる。すなわち、始まりは始源（origin）と同じものなのか。ある作品の始まりは本当の始まりなのか。そうではなくて、作品を真に始める別の地点が隠されているのではないか。始まりは結局のところ物理的に必要なだけであり、それ以上のものではない、とどの程度まで言えるのだろうか。批評的、方法論的、歴史的分析にとって〈始まり〉はどういう価値を持つものか。どのようなアプローチによって、どのような言語、どのような道具を使えば、始まりは研究課題としてその姿を現わしてくるのだろうか。

こうした疑問が——少なくとも私にとって——魅力的であることは、本書の規模が証明するとおりである。しかし、本書がたんなる好事家の書き物以上のものであるとすれば、それは、主題、アプローチ、方法論において、この始まりの研究がささやかながらも現代批評に貢献しようと努めたからであろう。〈批評〉という用語によって私が意味するものが、文学史でもなく、〈テキスト解釈〉や文化の法則でもない何かであることはすぐに明らかになるだろう。このように自らを差異化することによって、本書は独自の野望へと乗り出すのである。それは本書の展開とともにようやく理解される野望であり、最初に或る理念の形を置いてそれを達成しようと努めるのではない。つけ加えておくべきことは、この種の批評が斬新さを主張できないということである。他の多くの作家への依存は明白であり、新しさを主張してもたちまち無効と化するだろう。しかし、まず初めに、大半の批評が扱う問題よりもより抽象的と見える始まりの問題を取り出すことにしよう。つぎに、この問題にもっとも適切な問い、具体例、証拠を選別しよう。問題にふさわしい言語によって、論述し概念化することにしよう。問題設定の際、その準拠枠は現代から離れず、できるだけ広くかつ適切なものとしよう。最後に、問題自体から学び、作業中に修正され、自らを変換するよう努めよう。このように試みることで、本書は現代批評に寄与しようとするのである。〈批評〉という語についての私の定義を完結するにはさらに何ページも必要とするので、ここでは、始まりの研究を構成し、その軌道に影響を与える問いや情況や条件を列挙してみることにしたい。

II

つぎのような比較的平凡な文においても、その意味は〈始まり〉の概念の常識的理解に端を発している。すなわち、「コンラッド(一)は『オールメイヤーの愚行』で作家生活を始めた」、「『高慢と偏見』(二)はつぎの文で始まる」、「ポープ(三)は若くしてものを書き始めた」、「書き始める前に、ヘミングウェイは一ダースの鉛筆を削ったものだった」、「初めにやっておかねばならぬことはこれだ」、「文明は近東に始まったと言える」、

「スワンはオデットをよりよく知り始めるやいなや、彼女を疑い始めた」、「最初から最後までフロベールは芸術家だった」(四)。これとはまったく別の意味の系列に属するのがつぎのような文である――「初めに言葉ありき」(五)、「わが始まりにわが終わりあり」(六)。しかし、いずれの文の組においても、〈始まり〉の概念の変動が、時間、場所、原理、行動を指定しているのである。同様に明白なのは、これらの指定が言語的構築物であり、〈始まり〉という用語の変動を比較的明確な定義で援用しているということである。こうして、いずれの場合も、〈始まり〉の概念は先行および／または優先の概念と結びつく。最後に、そしてもっとも重要なことは、いずれの場合も、〈始まり〉は〈後の〉時間、場所、行動を指し、明らかにし、限定するために指定されているということである。つまり、始まりの指定は通常、必然的な〈意図〉の指定をも含むということである。実際のところ、いつでもこう言えるというものではない。しかし、例えば、小説の始まりを指摘するとき、私たちは原理における〈その〉始まりから〈この〉小説が続いていると言っているのである。あるいは、始まりとは持続と意味を持ったひとつの達成ないしは過程の（時間、空間、行動における）最初の地点であると理解している。すなわち、〈始まりとは意味の意図的生成の第一歩なのである〉。

第1章と第2章において、私は始まりの指定と意図に属する条件について述べようと思う。どのような環境において、どのような手段により始まりが形成されるのか。どのような目的のために、種々の始まりが指定されるのか。どのような精神と作品が始まりの重要性を主張する傾向を持っているのか。これらについて記述しつつ、私はもうひとつの始まり、私が純粋な始まり、または自動的始まりと呼ぶもの、それが最初であるという意味においての始まりである以外、いかなる意図をも持たない始まりを導入することにしようと思う。本書の主要部分（第3、4、5章）においては、このような予告の持つ結果について敷衍してみたい。始まりについての関心が、いかにある種のエクリチュール、思考、意味を引き起こすのか、一般的、個別的に言って、始まりはいかに異なる連続性と関係するのか、始まりについての関心はいかなる始まりも位置決定不能であるという信念にしばしば由来するという逆説は、どのように生じるのか。私には重要と思えるが、こうしたことのすべてはつぎの一般化によるものである。つまり、始まりについての関心が実践的なものであれ高度に理論的なものであれ、始まりの観念と、始まりを指摘ないしは確定したいという人間の根源的欲求との間には、避けがたいつながりが観察されるということである。

しかし、本書の全体的企画の重要性も、現段階では読者にとっていささか稀薄なものにしか映らないだろうと思う。したがって、まず、この研究の情況を語らなければなるまい。どうしてこの研究が著者の前に現われたのか、なぜこの特定の研究法をとるのか、このような研究の理論的根拠はどのように求められるのか。

III

そもそも、研究テーマとして〈始まり〉の現象は魅力的である。なぜならば、〈ひとつの〉始まりを分析的に分離することは可能であるが、始まりの概念自身は複雑な関係性の中にからめとられているからである。そこで、〈始まり〉という語と〈始源〉という語の間にはたえず変化する意味体系が存在し、たいていの場合、始源よりは始まりがより大きい優先性、重要性、説明力をもたされていることになる（例えば「ギリシア悲劇の〈始源〉」や「意識の〈始まり〉」などにおけるように無限に列挙できる）。私は一貫して〈始まり〉に、より能動的な意味を、〈始源〉に、より受動的な意味を持たせるよう努めた。そこで、

「XはYの始源である」という表現と「始まりAはBに至る」という表現の差が生じてくる。しかしながら、始源についての観念が、その受動性ゆえに、私の考えでは避けられるべき使い方をされているという点についても、いずれは話を進めたいと思っている。

しかし、現代の思想とエクリチュールにおいて、〈始まり〉の概念のまわりを浮遊する語や観念がどれほど多いかということを思えば、さきほどの区分も大まかなものと言えるであろう。〈革新〉、〈斬新〉、〈独創〉、〈改革〉、〈変化〉、〈慣習〉、〈伝統〉、〈時代〉、〈権威〉、〈影響〉など、ほんの少しの例をあげてみてもこのとおりである。それらは全体として、本研究が定位されるかなり広い領域を表わしている。このことは少しも驚くに当たることではない。たいていのエクリチュールはこれらの概念を念頭においているからである。しかしながら、私の中心的興味は、とくにある始まりの結果として生じる意味に関して、始まりが内包するものを経験し定義しようと意識的になるとき、何が起きるかということである。

数年前、始まりに興味を抱いたとき、いくつかの問題は、〈文学批評〉に関心を抱く作家の「いかに書き始めるべきか」という職業的ジレンマを基本的に構成しているものであることに思い至った。ついで、この中には少なくとも四つの問題が隠されていることを発見した。（1）どのような訓練を経て書き始めるのか。（2）どのような主題を心に持って書き始めるのか。（3）エクリチュールの出発点は何なのか――新方向なのか、旧方向の継承なのか。（4）文学研究に特権的始まり、つまり最適であり最重要でもある始まり、すなわち、歴史的、心理学的、文化的始まりとはまったく異なる始まりがあるのか。これらの疑問のひとつひとつが今日の作家にのしかかっており、その問題性がけっして〈職業的〉なものにだけとどまるものではないことが、今や明白だと思われる。それどころか、どの疑問も理論的、実践的問題に等しく関係している。

今日、個人がどの程度の一般教育を身につけて文学批評に向かうかを考えてみるがよい。それ以外のいかなる訓練を受けたにせよ、それが古典語の訓練であるとはまず考えられない。古典語は第二次大戦までの欧米の文学研究者にとっては必須のものであった。というのも、大学における文学研究は、かなりの程度古典語を習得し、長年の修業を必要とする、それゆえに主観的〈解釈〉とは無縁の本文研究の原理を習得して初めて手に入れることのできる特権とみなされていたからである。レオ・スピッツァー[七]、アーウィン・パノフスキー[八]、エーリッヒ・アウエルバッハ[九]、エルンスト・ローベルト・クルティウス[一〇]といった学者たちが書き残したもの、C・S・ルイス[一一]、アメリコ・カストロ[一二]、フェルディナン・バルダンスペルジェ[一三]、テオフィル・スペルリや彼らと同類の人たちが産み出した著作は、今日の研究者の襟を正させるものである。今日の研究者たちときたら第二の言語（それがラテン語であるはずがない）を読むのだってやっとだし、〈テキスト〉とはペーパー・バックのことだと考えているのである。晩年のスピッツァーは、四、五百年に亘る六か国語の文献に見える〈環境〉（*milieu*）や〈種族〉（*race*）といった語の意味について数百ページも書くことができた。それはひとえにマイヤー＝リュプキ[一四]に〈語源を探すこと〉を教わった賜物である[1]。人間について、あれほどの形而上学的興味を持ちながら、スピッツァーはその権威ある論文の中に膨大な量の正確な情報を持ち込んでいる。ひとりの教師からスピッツァーがこれを学んだことは明らかであり、彼によればその教師は「あるフランス語の語形に関連して……古ポルトガル語、現代ベルガメスク語、マケドニア・ルーマニア語、ドイツ語、ケルト語、古ラテン語の語形を引用した[2]」のである。ここで印象的なのは、スピッツァーのような学者が持っていた情報の質のみならず、それが世代から世代へと手渡され受容されてきた情報であるという事実である。

教育が由緒ある王家に連なるものとみなされなくなってしまったのはなぜだろうかと、考えてみてもあまり益はない。文学専攻の学生が持っていると期待できるものは、〈人文学〉の——それも翻訳による——わずかな知識と、文学と並び文学に関係するであろうと彼の考える、文学以外の知識、パラ知識についての差し迫った感覚である。彼はフロイト心理学について多くを知り、マルクス主義もある程度、そしてマルクーゼ、ノーマン・O・ブラウン、(一五)レイン(一六)などを学ぶことだろう。こう言ったからといって、今日の学生や彼らの平衡感覚を攻撃しているのではない。事実、今日の研究者の宿命はまさしく学生の宿命である。いったい古典語をこなせる研究者がどれだけいるというのか。試験に合格するためにギリシア語とドイツ語を読んだというのはましな方である。たいていの場合、フランス語、イタリア語をざっと読むコースに籍をおいて、ロマンス語をやりましたと称するのが関の山ではないだろうか。書店の棚という棚には（フロイト、ニーチェ、プルースト、ヘッセ、ボードレールなどの）翻訳が並び、他のいかなる手段にもまして、手早く知識の世界へと連れていってくれる。たしかに今日では、かつてパノフスキーがやったように、大学から大学へと移動して著名な学者の謦咳に接するという学生はほとんどいない。本から本へ、一時代、一文化から別の時代、別の文化の研究へといかにも速く動いていくことができるからである。(3)

この変化を緩和し、変化が起きてしまったという事実をむしろ賞揚するひとつの方法は、文学自身も同じ変化を被ったと論じることである。中世やルネッサンス期の詩人は、おそらくウィリアム・カーロス・ウィリアムズ(一七)よりも学識があったことだろう。一般的にいって、チョーサー研究者は多分、ラテン語と古英語を知っており、D・H・ロレンスの専門家はそれを知る必要もなく、おそらく知りもしないだろう。しかし、私の興味はこのような一般論にではなく、ジョイスのような現代作家がリチャード・フッカー(一八)ほどには正式な学問を身につけてはいないとしても、きわめて異なる知識体系をまず確実に備えていたという事実にある。今日私たちがジョイスを研究するときに直面する問題、古典や宗教の素養を持たずフッカーを読み、文学テキストの研究に心理学を用いるときに出会う問題は、不規則性、不連続性の問題である。つまり、教育背景、形式に関わる訓練、体系的予備知識のいずれもが不十分なままで、読み、書き、作業を始めてしまうということである。こうして、今日ものを書き始めるとき、創造しながら必要な知識を収集し構成する独習者たることを余儀なくされる。過去の影響は有用性を減じ、二人の現代批評家、W・J・ベイト[二九]とハロルド・ブルーム[三〇]が論じたように、不安を産み出すのみである[4]。だからロラン・バルトはバシュラールの言葉を借りて、今日の文学研究と文学生産は変形（脱・形成 de-formation）の研究と生産であると言ったのである[5]。ジョイスを読むためには、ちょうどジョイスの読書が伝統的カリキュラムを変形したように、こうした変形をたどらねばならない。

今日、文学批評を書く者が、ある伝統の中で書いていると想像するのは容認しがたいことである。しかし、これは、すべての批評家が今や革命家となり、正典を破壊し自分の正典で置き換えると言っているのではない。よりふさわしいイメージは放浪者のイメージであり、場所から場所へと自己の実質を求め、ついに本質的には家と家の〈間の〉人間にとどまるというイメージである[6]。その過程で、ひとつの場所から得たものが習慣的な生を最終的に壊す。そこでは転移が常態となる。それはちょうどパウンド[三一]やロウエル[三二]による模倣を読むとき、アングロ゠サクソンやイタリアの原作の再構成を読むのに似ている。模倣の方が原作より、もっと広く、もっと曖昧で、もっと予測不能の外部空間を占めているのである。

〈外部性〉〈中間性〉という概念をさらにたどってみる価値があるようだ。この概念は同類と見える批評の折衷主義を指してはいない。そうではなくて、それは自意識的作家の現実的作業の中で起こった変容を意味している。精神的、あるいは社会学的な多くの理由のために、彼はもはや、かつては時間の中で前後に伸び広がっていた連続体の中のある場所を容易には受け入れることができなくなっている。すでにエリオット(二三)は〈伝統〉が少数者だけに達成できるものであり、すべてのものの所有物ではないことを理解していた。また、おそらく、例えばダンテがウェルギリウスに対して快く感じていたようには、今日の作家は先例という厳然たる事実をそれほど快くは思っていないのだろう――。そして、今日の作家は、直系に連なるということがどういう意味を持つのか、もはや理解できない。歴史も伝統も連続した物語としては伝わりにくいように見える。なぜなら、フーコーが言うように、歴史を作り上げる努力の単位が（通商形式の進展、人口の変化、農耕習慣・知的習慣の穏やかな変遷といったように）非常に大きなものとなって、個人の寿命を無きに等しいものとしているからである(7)。それゆえ知の形式化が減少するわけであり、それは古典語のような主題においてであれ、マイヤー＝リュプキのような教師であれ、ディケンズの小説に見えるような伝統的プロット展開においてさえ同じ事情なのである。

その上、現代作家の外部性と中間性とは、限定（分離）されながらも完全に統合された作品への信頼ないしは能力を欠くことの必然的結果なのである。そのかわりに、現代作家は新しい全体性を創造し、欲望をほしいままにし、前進をまったく否定するという衝動をしばしば感じる。一八七二年に『悲劇の誕生』が公刊された後のニーチェとヴィラモーヴィッツ(二四)の歴史的論争が、私の立てている区別を完璧に象徴してくれている(8)。一番深いところに、〈古典〉の概念をめぐる対立があったのである。〈古典〉とは最良の学問伝統の中で崇め、整備し、校訂し、説明さるべきものなのか。それとも、（ここで述べるほど素朴にではないにしても）ニーチェがそう信じたように、それは書字板のように、現代にも存在し、場違いなほどの力を持って私たちを巻き込み酔わせる（本能、衝動、欲望、意志といった）さまざまな力が刻まれるべきテキストなのだろうか。要するに、ヴィラモーヴィッツにとっては、テキストとは限界と内的拘束の体系であり、後代が損ねることのないよう保っていくもの（いわば遺産）なのであり、一方、ニーチェにとって、それは習慣を離れ予知不能の異化への誘《いざな》いであり、コンラッドが至当にも名づけた〈闇の奥〉への絶対的な航海なのである。もっとも規範的なモダニズムのエクリチュールの量のみを問題にしたとしても、その重さがニーチェの勝利を証言している。

ニーチェの勝利を宣する批評にはこと欠かないのだから、現代のエクリチュールにおけるニヒリズム、苦悩、空虚、沈黙といったテーマについてここで繰り返す必要はあるまい。だが、こういったテーマが文学の困難ではなく、批評家の行き詰まりを反映していることに注目するのは興味あるところである。実際はテキストの新奇さであるものを描写するのに高度に精神的なドラマの語彙を使うことにより、現代批評の多くは革新性、テキスト空間の再分布という主題と張り合う好機を逃してしまった。つまり、ここで言いたいことは、ジョイス、イェイツ、コンラッド、フロイト、マン、ニーチェ、そして他のすべての作家が共有する主要な特徴のひとつは、彼らが〈初めに〉自分の作品が、まず他の作品に、また同時に現実や読者に、連続性や従属性によってではなく隣接性によって言及せざるをえないものと見たという点である。真の関係は隣接性によるものである。一方、支配・被支配の関係はほとんどいつでもアイロニカルに扱われる関係であり、嘲笑、愚弄、拒否の関係である。そのために、作品中の意味の産出は以前とまったく異なる方法で進行せざるをえなかった。むろん、その理由はといえば、テキスト自体が他のすべての作品の総体と一直線に並んでいるとか、直線上で後に来るというのではなく、作品の総体と並び、隣りあい、あるいはその間に位置するという、ただそれだけであったのだが。

きわめて多くの例が直ちに思い浮かぶ。いずれも表面のエネルギーと断絶とを前例、過去に対するありえぬほどの興味と結びつけているものである。例えばジョイスは（二五）『オデュッセイア』を選んだが、それは「高貴なギリシアの観念が一九〇四年のダブリンに下ってきたとき起きたことを見てみなさい」と言っているのではなく、「オデュッセウスはブルームのようであり、テレマコスはディーダラス、イタケーはエックルズ通り、第十八章は第一章のようである」と言っているのである。あるいはフロイトの無意識を考えてもよい。そもそもの始まりに意識から追放された無意識は、歪曲、誇張、間違いなどの手段によって、夢や日常生活に影響を与えるが、それは無意識全体を解放するわけではない。実際、私たちの意識生活の全体は無意識の秩序原則とは断絶しており、その原則自体が、今度は最初の断絶を無限に繰り返し、変化させていくのである。もうひとつ例をあげておけば、注を完備したエリオットの『荒地』は注同士、あるいは文学全体を反復し、変奏し、模倣する声の集合となっているのである。テキストが注釈として効果的に読まれるということも不可能ならば、注釈によって説明されうるということもない、と言えば、隣接の観念を言い換えたことになる。テキストには中心点もなければ中心軌道もない。それは空間的・時間的な物体とは異なる。その〈声〉は物語るペルソナというよりも、むしろいたずら書きのペンのようである。[9]作家の視点からすれば、テキストはページの上のインク、紙の折り目、マラルメの言う〈読みの空隙〉、テキストたらんとする終わりなき野望である。テキストとは作家がテキストを作ろうとする純粋な記号である何ものかである。批評家の視点からすれば、テキストは、そこに彼が読むものは生を模倣することはできないという証拠を提供する挑戦となる。オスカー・ワイルド以来、ほとんどの意識的で革新的な大作家は、エクリチュールの模倣的野心を繰り返し否定して（告発すらして）きた。そのとき、テキストは何ものかの再現ではなく、より根本的に言って、それ自身の高度に専門的な問題性をはらんだテキスト自身であると見えるのである。

　そこで批評家は不規則性に包囲されていることになる。ジョイスのごとき作家の問題を解決するのに、批評家は直接伝統に訴えることもできず、批評家（そして、ジョイス）が準拠するのは〈他の〉、方便としての知にすぎないために、ルカーチ(二六)が小説を形容して言った、先験的に家を持たないもの、という表現はそっくりそのまま批評家にあてはまる(10)。彼は各作品をまったく新しいものとして始める。その始まりは、現代作家の始まりと同じように、始めるために、続け、創出するために、何らかの主題を取り上げる。始まりがそれに続くものと関係を持つように、エクリチュールの各部分は不規則に、強引に、異常に関係しあう。しかし、この関係は字義どおりの意味においては当然の結果であるにしても、因果論的意味において当然の結果であるとは言えない。こうした関係をプロット化することができないのは、『荒地』の一連の声をプロット化することができないのと同じことである。どちらも固定された中心点につりあいをもって従属するということがなく、それは『闇の奥』が探究をもととする単純な構成を慎重に破壊しているのと同じことである。実際、後で論じるつもりであるが、私が説明したような始まりから発生する秩序を、何らかの〈イメージ〉で把握することは不可能なことである。古典的小説を書く過程やそのプロットの行程は、家族構成が説明され、何世代かのつながりが分かる場合のように、進展する時間というイメージで理解できるかもしれない。しかし、『荒地』や『キャントーズ』を読むとき、批評家は作家や主題を理解するための手がかりを与えてくれるようなイメージを発見することはできないし、ましてやイメージを創り出すことなどできはしない。現代のエクリチュールの構成法はイメージ型を避け、あるいはそれに対立し、それをエクリチュールとは無関係なものとして拒絶するということについては、いずれ触れることになろう。同様のプロセスが現代作家の仕事にも現われる。

　イメージは不確定的な意図や目的を意味しないと主張している、と類推によって誤解されるというもっともな危険性がある。私はまったく反対のことを言っているのである。始まりのみが規定するということではないが、おおむね始まりによって規定される意図は、作品を一要素、すなわちエクリチュールに封じ込める方法であるということである。模倣的再現を疑うことによって、作品は（世俗の歴史を意味するヴィーコの言葉を用いれば）非ユダヤ的歴史の領域に入る。そこは、変化と多様性の異常とも言える可能性が作品に対して開かれている場であり、しかし、上に立ち説明を与えるある観念に、作品がおとなしく還元されてしまうということのない場である。[11] 言い換えると、エクリチュールには（観念／イメージとエクリチュールという二つではない）、ただ〈ひとつの〉現実の秩序しかなく、それは意味生成、構成法、強調の配置、さらには誤りや矛盾の生産傾向などを含む。すなわち、私たちは文学を独創の秩序ではなく反復の秩序と捉えるのである。それは同一性の秩序ではなく反復の異常な秩序であり、[12] ここで〈反復〉という用語を使うのは〈独創と派生〉〈観念と実現〉〈モデルまたは範型（パラダイム）と例〉といった二元論を避けるためであり、〈異常な〉という語を使うのは反復の内部の差異可能性を強調するためであり、作者、作品、時代、影響という概念が個別のエクリチュールに属するのに対し、差異可能性は、エクリチュール総体の中でのさまざまな量、質の不規則性を記述するためのものだからである。フーコーが示したように、〈作者〉という概念は、『タトラー』[二七] や〈ラブレーとラブレー的〉や〈フロイト〉〈マルクス〉に至るまで多様で不規則なエクリチュールを受容する。[13] ある場合には、〈作者〉という語は構造、作品、文体、言語、姿勢、文選集を外示する。これこそ、反復と逸脱のこのうえない見本である。

したがって、どれほど異常な展開、矛盾した結果になろうとも、後にそこから展開するものすべてを含む概念が意図というものなのである。他方、〈意図〉が〈全体性〉をより正確に表わす語であるというつもりはない（それらはむしろ〈モデル〉と〈パラダイム〉という一対の用語のごとく、現実の文学的使用に際しては雲のように捉えどころのないものである。しかし正確さを目指さねばなるまい）。〈意図〉によって私が意味するものは、ある特有の方法で何かを知的にやりたいという、始まりにある欲求のことである。それは、意識的にせよ無意識的にせよ、ともかく常に（あるいはほとんど常に）始まりとなる意図の印をある形で示す言語、常に意味生産にかかわろうとする言語によって何かをなしたいという欲求である。ある作品、作品本体との関連からすれば、始まりへの意図はまさしく、作品がその中で展開する作られた〈包括性〉のことである。

スチュアート・ハンプシャー[二八]はこの気まぐれな仕事についてこう記述している――「詩人、哲学者、歴史家の別なく、作家の重要性、つまり、その作家を研究に値する作家であるとする決定因は、主として作品の背後にある意図によるものではなく、まさに作品中の葛藤、想像力の矛盾の質によるものであることが判明している」[14]。この点に関しては、私はハンプシャーと完全に同意見である。ただし、彼が葛藤と矛盾に意図を適用するのをしぶっている点では、私は彼とすこし意見を異にしている。そのうえ、意識的形式化にもかかわらず、意図はけっして方法と相容れないものではないとつけ加えたい。むろん、意識された意図は（常に意識されるということがあるだろうか？）方法と対立することがよくあるにしてもである。

批評において、文学の一定の側面についての理論の盲目こそがその理論によるもっとも価値ある明察を産む、というのがポール・ド・マン[二九]のテーゼである[15]。私の用語解では、意図はこの盲目と明察の間の相互作用である。言い換えると、意図は個人的見解と共同体的関心との結合部であるということである。

Ⅳ

現代の文学批評家が書き始めるとき、王家の伝統に身を委ねていることはできないと書いてきたつもりである。調教および情況のために、この伝統が無縁のものとなっているのみならず、その伝統を否認することが大半の現代文学の意図、主題、方法となっているからである。そこで、現代の批評家は自らの責任において仕事に着手しなければならないことになる。彼はまた研究のためにより適切な出発点、別の〈トポス〉を求めねばならない。私はざっとこのような〈トポス〉が〈始まり〉(beginning, beginnings) であると暗示してきたが、それは〈新〉(new) という語以上に面倒で、同時にさしせまった問題を引き起こす。始まりは故意に〈他の〉意味生産、(聖に対して) 俗なる＝非ユダヤ的意味生産を開始する。それが〈他〉であるのは、エクリチュールにおいてこの俗的生産がその他の作品と〈並ぶ〉地位を要求するからである。それは〈もうひとつの〉作品であって、XあるいはYから引かれた直線上の作品ではない。私が扱う始まりはこの差異を意図している。それは自身が最初の事例であり、道を切り開いて進むものである。

それゆえ、始まりは研究対象となり、作家であれば誰でも取りうる立場ともなる。作品を書いた小説家にとってと同じように、批評家にとっても、小説は劇でも詩でもない小説を書くという意図とともに始まる。問題としては、始まりは遠く離れた抽象概念のように見えるかもしれないが、距離をおいて考えることのできる観念とは異なり、始まりはすでに進行中の課題である。私が時折ふれる二つの例は『トリストラム・シャンディ』[三〇]と『序曲』[三一]であり、そのいずれも最初は始まりにすぎず、何ものかへ向かっての準備なのであるが、それにもかかわらず、始まりを通りすぎないうちに多くのものをすでに蓄えている。このことはどうして起きるのか。もっと正確に言えば、批評家が始まりについて研究しようとするとき、研究のための素材をどうやって集めるのだろうか。それはどのように配列されているのか。どこで始まるのだろうか。

本書の場合、私はこの第1章から始めたと見えるだろう。それは、この章が後に続くものを分析し、意図しているからである。ところが実際は、第2章の「始まりの現象についての省察」から正式な歩みが始まったのである。このことについて、少し述べておきたい。始まりについての問題が私の前に見え隠れするようになってから、私の読むもの教えるもののすべてが、時に直接的に、時に間接的に、しかし常に補助的問題の形をとって、次第に始まりの問題に近づいていくように思われた。そこで私は、批評の実践中に直面する問題のように、こうした補助的問題をそれ自体で扱えるかどうか探ってみた。ついで、それらに関係する主要な問題との関連も探してみた。例えば、文学専攻者ならば誰でも独創性とそれに連なる影響や源泉の問題について考えざるをえない。しかし、独創性について、魔術的言語ではなく、世俗的言語によって体系的に研究しようとした批評家はほとんどいない。それから、私は、ポール・ヴァレリー(三二)のような批評家にとって想像的抽象化や思索的一般化は思考の障害とはならず、むしろ思考を高め、与えてくれるものであるということを思いつき、そこから直接学ぶことのできるエクリチュールにめぐりあったような気がした。ヴァレリーの批評的散文は、それが洗練されているにもかかわらず、実質的にはシニシズムに毒されていない。それは主題としての純粋さに決して敵対することはない。それにもかかわらず、多くは彼への直接的圧迫から選びだされた、くもの巣のようにからみあった情況のために、彼の散文は純粋さをあきらめるということも知っている。彼のレオナルドとマラルメとの関係において、前者の哲学的圧迫、後者の私的で知的な圧迫がどれほど重く彼の上にのしかかっていたかが分かる。マラルメに恩義を受け、親しくつきあった詩人として、ヴァレリーは独創性と派生について判断をせねばならず、それは二人の詩人の関係について、単純化できないようなことを物語っている。現実の情況が豊かであったわけだから、態度もそうならざるをえなかったということである。ここに「マラルメについての手紙」からの例をひとつあげてみよう――

〈影響〉という語ほど、容易にそしてしばしば批評家のペンに現われる語はない。同時に美学の幻想的武器庫を構成する漠たる概念群の中で、影響という概念ほど曖昧なものもない。それにもかかわらず、批評の領野で、ひとつの精神が他の精神の産物によって次第に修正されるということほど、大きな哲学的関心をひき、分析に報いてくれるものもない。

作品が他の精神においてはじめて、無二の勝利を獲得するということがしばしば起きる。そして、予測不能で、多くの場合確証できない大きな結果を産み出す。私たちの知っていることは、この二次的活動があらゆる種類の知的生産に必須のものだということである。科学にせよ芸術にせよ、ある成果のもとを辿ってみてわかることは、〈人間のすること〉は〈他の人間がしたこと〉の反復か拒否かのいずれかであるということだ。別の調子で繰り返したり、洗練、拡大、単純化したり、意味を適当に、あるいは過重に加える。さもなければ、反駁、転覆、破壊、否定すること。しかし、そうしながら、他人がやったことを前提としたり、ひそかに使ったりしているのだ。反対物は反対物から産まれるのである。

他者の精神の中で進行する変換の痕跡を発見できないとき、私たちはひとりの作家を〈独創的〉と呼ぶ。つまり、言いたいのは、〈作家の仕事〉の〈他の作家の仕事〉に対する依存性はきわめて複雑で不規則であるということだ。他に似た作品や他に正反対の作品もある。しかし、先行作品との関係があまりに入り組んだものなので、当惑して、神の直接介入のせいにするような作品もある。(16)

ヴァレリーは、ひとりの作家の力が他の作家の作品の中に現われるという粗雑な〈影響〉の概念を、彼の言う〈派生的業績〉という普遍原理に転換する。ついで、この概念を多彩に例証する反復という複雑な過程と結び付ける。これは影響を精査する論述性という広い知的空間を産み出す効果を持っている。反復、洗練（精製）、拡大、負荷、過充電、反駁、転覆、破壊、否定、秘密使用――このような概念は〈影響〉の直線的（で野蛮）な概念を修正して、広い可能性の領野へ連れ出してくれる。ヴァレリーは注意深く、偶然と無知がこの領域では重要な役割を果たすと認めている。予測できぬことと同じく、見ることと見つけることのできないものが、過大な不規則性と複雑性を産出する。こうして、研究領域の限界を示す例は、その妥協を知らず溢れるようなエネルギーが自身を領域外へ連れ出し始める。これこそヴァレリーのエクリチュールにおけるきわめて重要な洗練化なのである。というのは、作家と作家を結びつける多様に広がった関係の広い組織の中で、ヴァレリーのエクリチュールが有効でありつつ、彼はまた、領域の限界のところで、領域内からは記述しがたい別の関係が現われることを示している。

何を為しうるかをヴァレリーに学んで、私は始まりの現象についての省察と私が呼ぶところのものに取り掛かった。その〈トポス〉は伝統的なものでも通常のものでもないので、私は前もって幾何学的に定義することはできなかった。しかし私は仕事にとりかかり、関係の体系、意味の領域あるいは集合を可能にしようとし、その中で私のエクリチュールは動き、始まりのまわりに密集する粗雑な、あるいは純化された思考、イメージ、例などを集めた。私の提示の論理は予示的なものではない。つまり、その提示法はあらかじめ慣例、模倣、連続性、テーマ論的に決定された進路をたどらないということである。私の選んだエクリチュールの形式は思索的文章であり、それは、書きながら統一を取ろうとしていると思うからであり、さらに、頭の中で始まりが自身にもっともふさわしい関係や形をとることを望んでいたからである。

もうすこし説明を加えて見よう。いかなる種類のエクリチュールも、明示的もしくは暗示的な妥当性の規則というものを持っている。許容できるものとできないものとがある。私はこの妥当性の規則を〈権威〉と呼んでいるが、それは（通常その語が意味する）明示的な法、つまり指導力という意味においてであり、エクリチュール全体に〈属する〉別の語を産み出す暗示的な力（ヴィーコの用語では*auctor : autos : suis ipsius : propsius : property*）という意味においてである。初期の思索の任務は〈始まり〉に関してこの権威を素描することであり、それもできるかぎり明確に、かつ細かく説明することであった。明快さのために必要な手続きをとりながら、できるかぎり自由に作業を進めようとして〈小説〉や〈詩〉に拘泥することをしなかった。目を見張らせるような独創性を主張するつもりもないし、できるかぎりよく知られた作品や文章を使おうとした。しかし、通常の形で集められ整理された証拠を本書に求めても無駄なことである。

あらゆる始まりはひとつひとつ異なるものであり、そのすべてを扱うことはとうてい望めないので、その内的論理が単なる連続性の論理でも偶然の類推の論理でもないような例を並べてある。というより、単純な連続性や偶然性に〈対立する〉、〈連想〉の原理を採用しているということである。というのも、始まりのようなテーマは歴史というよりは構造であって、この構造は直接見ることとも名付けることも捉えることもできないものだからである。さらにロラン・バルトが構造について言ったように、「あらゆるものが共謀して、探し求める構造を無垢なるもの、不在なるものに見せかけようとする。解きほぐされた言述、自然な文、記号表現と記号内容の表向きの一致、〈構成〉、〈人物〉、〈文体〉に関する）学者の思い込み、意味の同時性、ある主題群の気まぐれな消滅と回帰が結託している」[17]のである。先に述べたように、従うべき前例はない。最も重要なことには、始まりの全可能領域は広大で細目にわたり、きわめて不合理なものであるが、私の研究は合理的に理解できることを基本としているので、認容できることをもとにして、つまり〈始まり〉の主題が〈権威を与えてくれる〉ものに従って議論を進めようと思う。

この正当化の大部分は暫定的なものであり、考えてみると恣意的なものに思えるかもしれない。しかし、その価値は以下の章――これらの観念の関連をより確かなものとする章――で確立されるだろう。主張したいのは、これが思索を具体的に〈証明する〉かどうかといった問題ではないし、ましてや思索を経験的研究の〈範型〉とするという問題でもないということである――むろん〈範型〉という語で〈研究上の合意〉というトマス・クーン〔三三〕の定義を非常にゆるやかに用いるのでなければの話であるが[18]。むしろ私にとって、それは構造をより多くの枝に――とくに興味深い（ある場合には可能な）課題に――増殖させるという問題であるように思われる。その課題とは、虚構であり、テキストをつくることであり、さらに知識と言語の批評・分析・描写などのことである。

V

すでに述べたように、最初の思索的エッセイ（第2章）は、始まりについての知的、分析的構造、エクリチュールに対する特定の哲学的および方法論的態度を可能にし〈意図する〉構造を提示している。第2章に続く三つの章で――思索で述べたとおりの――散文的虚構、（主として）文学的テキストの産出および決定についての歴史的、現代的問題、批評一般などに対する始まりの重要性について調べる。どの章においても、問題としている作品が〈何を〉始めるのかということと、批評家の側においてその始まりが〈どのように〉、その種の作品を理解するための特定の方法論を意味するのかということが等しく強調されている。

何が始まりを構成するのかを確定することは、特定の進路を意図することである。なぜ、どのように始まりが決定されるのか――意図と方法――は知識と経験と芸術の複雑な行為から成り立っている。第3章は古典的小説が始まりの、とくに社会的、歴史的、心理的ヴィジョンをいかにテキストとして形式化したかを調べる。小説は、芸術、経験、知識において始まりに権威的、制度的な特別の役割を与えようとする、西洋の文字文化における主要な試みであった。第3章はフロイトの発見の時点までの小説における始まりと連続を扱い、第4章はいわゆるポスト小説的とも呼べるテキストの機能相において始まりを扱っている。そこに見えるのは、小説によって求められる(そしてある意味では消費される)伝記的形式がもはや努力に値しないと作家たちが感じると同時に、始まりを見出すか設定するための主要な場であるテキストが、現代のエクリチュールにおいて特定の行程を歩み始めたということである。もともとエクリチュールの知識と技術の結果であるテキストが、暴力的で犯罪的なエクリチュールによって知識と技術を獲得しようとする努力の始まりとなったのである。

最後に、第5章は始まりを最も明示的な現代の形式において、すなわち論述の問題として取り上げる。つまり、批評的知識——第4章で記述するテキストのあとにくるような知識——〈について〉の、または〈のため〉の始まりをいかに定位し定義するかという問題として取り上げる。

それゆえ、第3、4、5章はほぼ時間的に進行する単位から成っている。第3章は十八世紀と十九世紀あたりを扱い、第4章は十九世紀末と二十世紀初頭を、第5章は二十世紀中葉を扱う。このような単位は、始まりの意味と形式が意図的および方法論的にどのように解釈され変容されてきたかを歴史的に見ることによって、始まりを研究テーマとして確立することを狙いとする。

三つの長い章がいかにも広く変化に富んで見えるにもかかわらず、それらが虚構、批評、テキスト全般に関係する社会政治的情況の分析に照準を合わせていないのは明らかである。事実、フンボルトからマルセル・コーエンまでの言語学者たちがみごとに示したように、これらの情況は言語そのものに密接な関係を持っている。読者に請け合ってもよろしいが、これらの情況の調査を控えたからといって、それは怠惰や気まぐれのせいではなく、私はむしろそれを意図的に断念したのである。一般的論述では、ある〈始まり〉（ないしは全般的〈始まり〉）に言及することはただちにひとつの日付や事件を突きとめることを意味するのであり、始まりに対して持っている私の関心からすれば、それはあまりにも狭いものである。こう言ったからといって、私が具体性や客観性の外に身を置いているとか、漠たる空想を喜んでいるというわけではない。そうではなくて、始まりはそれ自体の生命を持った生き物であり、その生命は歴史的・政治的情況の分析では十分に説明できないし、時間の中の〈始まり〉と呼ばれる一点に限定できないものなのである。

始まりはひとつの活動であり、あらゆる活動と同じく、そこから連想されるものは、遊びの場、精神の習慣、満たすべき条件といったものである。このような連想が時間と社会の中に組み込まれたものだということ——より広い意味では、時間と社会の中で〈起きる〉ということ——は、もちろん、たえず確認しておかなければならないことである。しかし、始まりの研究が、良きにつけ悪しきにつけ、始める（または、始まりについて話す）誰かが使用する言語についての研究であるため、始まりの持つ内密の、しかし理解可能な情況は言語的なものとなる。これらの情況は広義の社会歴史的時間から分離することはできないが、それは自身の論理と歴史を持っている。ここでの私の関心は始まりの歴史と論理である——とくに、〈書記言語という事実としての始まりの歴史と論理〉である。社会的現実の歴史と論理に対して、始まりのこのような環境はより内的なものである。というのも、活動ということで言えば、始まりは主として〈エクリチュールにおいて〉あるいは〈エクリチュールゆえに〉一群の事柄を行なっている——意図している——からである。思考、感情、知覚はエクリチュールという始まりの行為（始動的行為）の関数なのである。

　このような立場はあまりに純粋であり、視野の広さを欠いているものなのだろうか。私の世代の大部分の人たちにとって、言葉および観念としての〈精神〉、〈文化〉、〈歴史〉、〈伝統〉、〈人文学〉は、一、二の理由のために容易に把握しがたいものの、真実の真正なる響きを持っている。私はそれらと縁を切ろうとは思わない。言葉や観念として、それらが私たちの住む世界を部分的にでもせよ繋ぎ留めてくれるとか、私たちの関心の対象であるとか、I・A・リチャーズ[三四]の用語で言えば、それらが考えるための道具であるというのが、そのわずかな理由であるとしてもである。気質的には、私は、ある社会の文化、歴史、伝統への歓喜の宣言に対する不寛容さと、一方で明白な抑圧の道具としての文化、歴史、伝統に対する激しい攻撃への不寛容さとを等しく持ちあわせている。二つの態度はともに——おそらくそれ以上のものではないが——無責任であり、さらに悪いことには面白味がない。時にはそれは有用であり、伝統がともかくも存在し続けており、時に抑圧的となるという事実を思い出させてくれる。しかしながら、このような態度を単純に称賛や非難の対象として扱わないほうが賢明である場合が多い。メルロー＝ポンティ[三五]がある語句について言っているように、〈その言うところを聞く〉[19]ためにもである。このアプローチは消極的な受容ではなく、積極的努力にかかわるものである。メルロー＝ポンティの説明によれば、「獲得された観念はそれ自体、（聞き取られた時点での）もうひとつの生命とでも呼べるものや知覚の中に捉えられている」[20]のである。こうして私は、時に第一の、より多くは第二の生命を指示するために〈エクリチュール〉という語を使うのであり、二つの生命を不規則に結ぶ行為として〈始まり〉という語を使うのである。ロダンの芸術を記述した〈根源的要素〉というリルケの言葉は、エクリチュールと始まりが共起する地点での両者についての私の考えの本質を捉えている。「多様なアクセントを持ち、正確に測定された、この一様ならざる偉大なる表面からすべてのものが立ち現われねばならぬ[21]」。

VI

ヒュー・ケナー[三六]の『禁欲的な道化たち』はフロベール、ジョイス、ベケットの作品に繰り返し現われる、書物の書物らしさというモチーフを同定している[22]。作家の想像力が特定の表現媒体にひかれる度合いを過小評価してはならない。どうやら媒体は作家にとって実際上の刺激であるらしく、少なくとも直接的な意味でアリストテレスの〈質料因〉であるらしい。フロベール、ジョイス、ベケットのみならず、ダンテ、シェイクスピア、イェイツ、ゲーテ、その他多くの作家たちが――エクリチュール〈としての〉――他のエクリチュールによって生き生きとした想像力を得て、やはりエクリチュールにおけるさまざまな反応を示している。エクリチュール間のこのような特殊な相互反応が、おそらくいささか限定されたものであることは認めるが、一般現象としてかつて研究されたことがあったかどうか定かではない。E・R・クルティウスの『ヨーロッパ文学とラテン中世』が特定の時代のその問題を研究する博識ぶりが、比類なきものであるのは明白であるにしてもである[23]。ケナーもクルティウスも作家のエネルギーが、他のエクリチュールに重ね書きすること、書き換えること、それについて書くこと、それに対して書くことなどに、どれほど捉えられているかを見事に説明している。エクリチュールのコスモロジーの両極の一方はエクリチュールとしてのエクリチュール（ベケットによる嘲笑された書物とマラルメによる聖化された書物のイメージがこれに入る）であり、もう一方は、赦しとしてのエクリチュール、可能にするエクリチュール、人間の知覚と行動の他の形式を始めるものとしてのエクリチュール（キーツ[三七]の「初めてチャップマン訳のホメロスを読んで」が例となる）である。これらの間に他の可能なエクリチュール間の関係の全領域が存在し、現代作家の中でもとりわけボルヘス[三八]はそれを犀利な〈書物の寓話〉で繰り返し開拓してきた。

このような関係の中に含まれる過程を記述するのに文学的でも感傷的でもない語彙を使おうとするならば、エクリチュールとは暗号化、暗号解読、拡散が構成する三角形の絶えざる変化であると言えよう。しかし、こう言うと、激しく魅力的で濃密な作業と私が考えるものが非情な機構のように響くかもしれない。エクリチュールに対するエクリチュールという概念の影響の深さと面白さについては、対立批評について書いたハロルド・ブルームの〈間章〉を読めば十分であろう[24]。私の論点のもっと著しい例についてここですこし触れておこう。かつて作られたもので最も完全に想像された書物の神話であるスウィフト[三九]の『桶物語』の語り手＝作者は、作家という自分の職業について容赦ない言葉で説明している。彼は「先人が私たちのために何の準備もしてくれていないのに、どうして私たちの負担で後世のために知恵を用意しなければならないのか分からない」と言っているが、このとき彼は、過去のエクリチュールの蓄積によって自分のエクリチュールの場所を文字どおり阻まれた真の近代人として語っているのである[25]。『書物合戦』の中で、古代作家たちが視界を遮るとして現代作家たちが彼らと口論するのに性急であるように、三文文士街の飢えた書記は、他のエクリチュールが自分のための場所を塞ぐのを邪魔するために書こうとするのである。どれほどちっぽけなエクリチュールでもわずかな場所を塞ぐ大きなものとみなされる。それゆえエクリチュールの務めとは、他のエクリチュールを入れないこと、他のすべてのエクリチュールを締め出すことになるのである。

これと反対の態度がコールリッジ[四〇]のエクリチュールの大らかさである。「ウィリアム・ワーズワスに寄せて」などの歓迎の詩は、他者の手になるもので「長く詩《うた》い継がれてきた詩《うた》」の朗唱を楽しみとして描くのである。コールリッジによれば、「真に偉大なものは」――

ただひとつの時代に属し、ただひとつの空間より
影響を発す。力と行為において、
彼らは永遠であり、時間は彼らとともにあらず。
時間が彼らのために働くとき、彼らは時間の中にあるけれども。
古今の聖典にも劣らぬ神聖なる書《ふみ》、
いや増す名声とともに、人類の
古文書の中に納めらるべき、汝が詩《うた》は
〈真実〉の連詩を響かせる、
甘美に続く深き真実の詩《うた》を、
学びしにあらず、生まれつき身に帯びし音を。(26)

偉大さは時間の持つ連続性と転移性の両者を等しく消去する。偉大な詩はそれ自体の連続した場所と時間であり、それは他のエクリチュールと〈ひとつの思想のうちに〉合体、混合する。スウィフトの三文文士街の書記にとって、すでに存在するエクリチュールは、他のより新しいエクリチュールの占めるべき正当な場を占拠し、利己的にもその場を譲ろうとしない。一方コールリッジにとってエクリチュールは肉声を呼び出す力を持ち、生をその複雑性（愛、恐れ、知、痛みなど）において再生させ、生きた現在という幻想を許容する（「しかし、汝自身は常に我が目の前におり、二人の周りには愛し合う二つの顔という幸福

なヴィジョンがあった」)[27]。スウィフトの作者＝語り手が結局〈無〉について書くことになってしまうのにたいし、コールリッジは深い自己集中と祈りの中間のどこかに身をおき、他者の詩を経験するにはより良く、より十全な存在となって現われるように思われる。

コールリッジもスウィフトも引用に耽溺しているようだ。それはあたかも他のエクリチュールが彼ら自身のエクリチュールに及ぼす（歓迎するにせよしないにせよ）文字どおり不安定な影響を例証するかのようである。エクリチュールの全経験領域を通じて――すでに述べた両極の例を含み、かつその間で――引用は、エクリチュールが転移＝ずらしの一形式であることを絶えず思い起こさせてくれる。というのも、引用は多くの形を取ることができるけれども、いずれの形においても、引用文は他のエクリチュールを侵犯として、また現在書かれていることを潜在的に肩代わりしようとする困った力として象徴しているのである。引用は修辞的技巧として、和解、合体、（翻訳が間違っていた場合、あるいは正しくても）偽装、蓄積、防衛、征服などの役に立つことができる。しかし、いつでも、それがわずかに触れる程度であっても、引用というものは他のエクリチュールが現在のエクリチュールを、その絶対的、中心的で、正当な場から多かれ少なかれ追放しようとしていることを気づかせる。またこれとは別の言いかたでだが、ベイトはロマン主義、ポスト・ロマン主義の芸術家に対する他のエクリチュールの重い影響を記述する。それは独創性と誠実さの問題に神経症的傾向を与えるというのである[28]。実践的には、〈独創性〉と〈誠実さ〉は作家が他の作家を引用したり、逆に引用されたりするときに直面する脅威を意味している。彼のエクリチュールはホメロスやミルトンやドライデンのエクリチュールと比べて、独自性に欠けるとか派生的であると見えることはないのだろうか、と。

この不安が大きければ大きいほど、エクリチュールは引用の相貌を呈し、自己を書き換えであると考えたり、時には、書き換えであると宣言しさえする。言葉は他の誰かからの借り物であるという響きを持ったり、実際にそうなってしまったりする。この独創性の問題が多くの形をとって絶えず周りに潜むようになった言語が予言である。その予言は絶対に正しく、独創的であるのだろうか。それは普通のすべての人々に話しかけるものなのか、それともあまりに独創的な（つまり疎外された）ただひとりの人（〈予言者〉自身）のためのものなのだろうか。しかし他のエクリチュールを予言的に〈理解する〉ということは作家にとっては別問題である。普通はエクリチュールを理解することを、予言的な作業と呼ぶことはないだろうが。しかしながら、作家の目的が〈生の、確定し相対的に変わらぬ表現の、秩序立った体系的な理解〉であるとすれば、過去のエクリチュールは〈書記形式の中に保存された人間の現実の名残り〉となる。そこで体系、理解、人間の現実が一緒になって異常な予言的全体を形作ることになる。ディルタイはこう言っている――「解釈学的過程の究極の目的は、作家が自己を理解する以上に理解することである」[29]。こうして、独創的でないという恐れは、ある意味で最初の書き手以上に独創的、かつ予言的でありたいという野心によって取って代わられる。

　では、エクリチュールの〈権威〉はどこに存在するということになるのか。どうしたらエクリチュールを権威あるものとする原理を手に入れられるのだろうか。過去に実在して、書いていた書き手の中に権威というものはあるのか。それとも現在の書き手の中にあるのか。それはどちらにもなくて、両者が共有し、それを口にするのはひとりにしかできない一般原理の中に存在するものなのか。昔から、批評家の役割はこうした疑問を提出し、その相違点を生き生きとしたものにすることであった。にもかかわらず、ニーチエ＝ヴィラモーヴィッツ論争のように、このような疑問は該当するエクリチュールが安定した記録であるとみなされるかぎりにおいて意味をなす。テキストとしてのエクリチュールが一方ではエネルギーと考えられ、他方では同種の業績の特殊な一群に属する業績のひとつであると考えられるようになると、権威は話し手の先行権の中に存在すると言うだけではすまなくなる。フーコーが倦むことなく証明しようとしたように、権威はエクリチュールではなく言述の特性であるか(つまりエクリチュールが言述形式の規則に従うものであるか)、あるいは分析的概念であって現実に利用可能なものではないかのどちらかである。いずれにしても権威は遊牧民的である。それはけっしてひとつの場所に定着するものでもないし、中心にいることもない。また、すべての意味を創造する存在論的な力でもない。権威についてのこれまでの議論が意味するのは、現在のエクリチュール〈以前〉に起きたことや存在していたことをもとにして、現在のエクリチュールのなかで生じていることや、それがどこで始まるかを説明することのできる、扱いやすく現に存在するエクリチュールの範疇を——〈作家〉であれ、〈精神〉、〈時代精神〉であれ——私たちは持っていないということである。私たちのエクリチュール経験はきわめて複雑多様であり、例えば『虚栄の市』[四一]が音楽や戯曲としてではなく小説として産み出されたのはなぜか、また、それはどのようにしてなのかといった全体的説明を無力にするのである。

作家たちはエクリチュールを一種の宇宙と考えてきたし、今でも考えていると私は思う。エクリチュールを作りあげる引用、言及、複写、対比、引喩の不連続の体系の中では、権威——すなわち、エクリチュールという特別の行為の特別な力——は全体的な何物かであり、創出される何物か[30]——包括的で、ある機会のために作り上げうるものだと考えることができる、というのがその正確な理由である。先行による権威、何か別のものが先に存在したという根拠に基づく理論はかくしてその価値を減じてくるが、それが完全に消去されることはけっしてない。というのも、とにかく子供時代、現在の社会情況、歴史上の時点というものがその力を感じさせるからである。しかしながら、エクリチュールの〈始まり〉は、その始まりを決定している一組の力を確認できるまでどこまでも遡行していけばいいというものでもない。コンラッドは晩年のエッセイで「書物は行為であり、それを書くことは事業である」と言った。フロベール゠ジョイス流に、これは〈苦行〉（否定）としてのエクリチュールのもうひとつの例だと取る必要はない。むしろ、もっと肯定的に行為としてのエクリチュールを主張するものである。もっとも、その行為は根本的に特殊なものではあるが。それゆえ、書き始めるとは一組の道具を使うこと、その道具に遊びの場を作ってやること、パフォーマンスを可能にしてやることである。「あらゆる芸術は、そしてあらゆる芸術作品は自分の遊びまたはパフォーマンスを持っている」と、ホプキンズ(四二)は一八八五年に弟に宛てて書いている(31)。

今日の作家たちが初めにあからさまにミューズに呼び掛けないとしても、彼らは、生理的な因果関係以外のある力が通例書くように仕向けるということを完全に意識している。読むことが苦労して手に入れる高級な技であるのと同じように、書くこと（エクリチュール）は自然の事実ではない。エクリチュールはそれ自体の行動、夢、制限を持っている。そのいずれもが獲得されるものであり、いずれも、たしかに心理的、社会的、歴史的コンテキストと密接な関係を持っている。同じことが読むことについても言える。しかし書き始めるためには――これは小説家にとっても〈批評家〉にとっても同じことだが――やはりミューズが必要なのである。それは人間のエネルギーの、〈世界〉からページへの方向転換を標示し実行するために必要なのである。ジュネ(四三)の言葉が信用できるものであるならば、異種の喜び、自己を読むためのエクリチュールの喜びの誕生を標示するためにもおそらく必要である(32)。しかし、そこからさきの〈自由〉なエクリチュール――バルトが言ったように、言葉に対してなされる形式や意味や経験といった要求と離れたところで生まれる言葉(33)――は、めったに実現されることのない夢にすぎない。これから示したいことであるが、古典的小説はその主人公に体現される夢を夢見ようとする試みであり、同時に、その夢を〈妨害〉し私的自由から遠ざけようとする入念な装置でもあった。純粋な権威の夢を離れ、エクリチュールをテキストとして蘇らせるショック療法への動きの中にこそ創意工夫がある。

今日、古典的小説は批評家の作業という形をとって進行していると言うのは多分言い過ぎであろう。かといって、まったく見当外れというわけでもない。というのは、研究〈領域〉の発明（英語、小説、ファウスト的テーマ）や研究方法の発明（歴史的、原型的、フロイト的）、目的、約束事の発明――こう言った発明はすべて純粋な連続、前進、活動、そして達成のヴィジョンを認容する類いのものであると言ってよいからである。そのうえ、実際に今日の批評家は、虚構の主人公がそうであったように、妨害されているのである。彼を妨害するものは心理学、言語学という反知識であり、同時代の圧力の広さと細かさであり、何よりも書物である。書き手としての現実の中のあの怪物は他の作家について教え、そのためにエクリチュールは隔離される。そして暴力と病気から部分的に隔てられることによって、一番深い所でエクリチュールのみを表わすのである(34)――

エクリチュールとはまさしく音声言語を超えるものだ。エクリチュールは、書き込まれたものがもうひとつの無意識ではなく（二者は存在しない）、話し手（または聞き手）と［大文字の］無意識とのもうひとつの関係であるような補完的な空間である。それゆえに、音声言語がエクリチュールに付け加えることのできるものは何ひとつないことになる。私が書くことは、書く瞬間から、〈音声言語に対して存在することを禁じる〉。私が書いたもの以上に、あるいは、書いたものよりもうまく、何を言えることがあろうか。自らに説得すべきは、音声言語は常にエクリチュールに〈後れを取る〉ということだ（そして、それゆえ「私的生活」にも後れを取る。なぜなら、「私的生活」とは「私はいつでも私が書くものより愚かで単純だ。私は私が書くもののようではない」という、音声言語の一種を援用しているにすぎないものだからだ）。どうしてもインタビューを弁護せねばならないとすれば、それは、著者が書くことのできないものを表現するよう求められているときだとしか答えられない。(35)

本書の主題である始まりについての〈始まりとなる発想〉の導入は、書くことによって出発するための手段であった。私にとって、多分慧眼なる読者にとっても、私の書くことは私の関心を語り、書くことのできなかったことは何かを知らせてくれる。

コンラッドと彼の描くマーロウは書き手の窮状を見事に捉えている。(四四)ひとりの男が他の男たちの前で彼らに〈話す〉。書き手は読者の目に見えるようにしたいという野心を口にする。多くの時間を費やして多くの言葉が話される。だが、ジムとクルツは彼らを描写する言葉の意味同様にくっきりと見えてはこない。印刷された記録――小説、短編、数ページ――は話（音声）が書き、結局言われなかったことを言葉が記録しようとするという逆説の場である。始まりの辛辣さ――

後に、何度となく、はるか離れた場所で、マーロウはジムのことを回想したがっているようなそぶりを見せた。長々と、細かい点まで、そしてそれを口に出して。

それは多分夕食もすみ、静まり返った樹木に囲まれ、花に埋められたヴェランダであったろうか。深い夕闇の中に葉巻の赤い点がいくつか見える。長い影となった籐椅子のひとつひとつは沈黙の聞き手を宿している。時折、小さな赤い光がさっと動いては、力なく垂れた手の指や、深く休息する顔の一部を浮かび上がらせ、皺ひとつない額の下に隠れる想いに耽る二つの目に光を走らせた。そして、最初の言葉が口をついて出ると同時に、椅子の上で休んでいたマーロウの体は、あたかもその魂が過去から飛んで帰って来たかのように、じっと動かなくなるのだった。(36)

第2章　始まりの現象についての省察

I

始まりはいつ、どこにあるもので、それは何なのか。たとえば私が書き始めたとして、第一行がページに記されたとすると、それが起こったことのすべてなのだろうか。明らかにそうではあるまい。始まりの意味について疑問を発したとき、ほとんど疑いようのない重要性を持った問題の輪郭がおぼろげながら見えていたように思える。クロード・レヴィ＝ストロースの示唆によれば精神の論理とはそうしたもので、「分類の基盤となる原理は前もって分かるものではない。それは〈後験的に〉見付かるだけである」。さらに、分類にもっとも影響を持つ人間の道具とおぼしき言語は、レヴィ＝ストロースによれば「それ自体の理性を持つが、それについて人間は何も知らない悟性の無反省な全体化」[1]なのである。ある地点を始まりとして認定することは、事実が起こったあとで分類することである。後に示すように、これは、始まりを研究するのに言語を使うからといって、無駄な仕事をさせられるということを意味するわけではない。しかし、始まりはしばしば後に残される。始まりについて考える私たちは、時にモリエールのジュールダン氏[二]に似て、何の気なしにやってしまったことについて後から関心を持つのである。始まりについて問う今となってようやく、あるものを始まりとして分類することの問題性が増して見えるのである。ここで内心の反論が聞こえてくる。どう始めるかについて――そうではなくこう話し、感じ、考え、行動するという点で――よく分かっているし、いつだって分かっていた。だから、これからも分かっているし、そのとおりに始めるだろう。もしも、それが始まりだというのなら、それは私たちがやることだ。いつ、どこで、どのように、始まりに！

始まりに始めるのだという同語反復を構成することは、精神と言語の逆転の能力に、つまり現在から過去に移行しまた戻ってくる能力、複雑な情況から先行する単純さへ行って戻ってくる能力、一点から一点へ円を描くようにする能力にかかっている。思考を理解可能なものとし、同時に曖昧さと境界を接するものとするのはこれらを行なう能力である。始まりが何を意味するのか私たちははっきり知っている。それならばどうして、思考の領域では始まりは初心者の遊びではないと念を押すことで私たちの確信を疑おうとするのか。思考は逆転可能であると発見した後、事物の順序も最後に逆転できると主張するに至る素朴な思想家を私たちは笑う。それでいて新しい方向の主張や行動をするときに、私たち自身この逆転可能性を肯定したりするのである。レーニンのような革命家は左翼共産主義にとくに敏感であるが、それは逆転可能性が単に絶対的な欲求やお題目ではなく、力であり限界であることを知っているからである。スウィフトは言語と政治が逆転可能であると考えるもうひとりの知識人であり、レーニンのように、ある逆転が現実的であるかないかの判断力を持っていると考える。家を建てるのに屋根から始める『ガリヴァー旅行記』第三巻の企画士は逆転可能性の幻想を生きている。しかしその政治的書き物の中で執拗に論陣を張るスウィフトほどに、読者たちに物事をはっきりと始まりから見てほしいと望んだものがいただろうか。彼はヨーロッパの戦争政策の破滅的な傾向と英語における新造語と流行語の悪質な進行を逆転したかったのだ。

始まりと逆転可能性の視点から見た『ガリヴァー旅行記』の長所は、スウィフトが方向を変えるための一連の実験としてこの作品を構想したらしいという点である。例えば人間の大きさを通常のものから極小に、極小から極大に、あるいは人間から動物に切り替えてみたらどうなるだろうと自問するかのように彼はそれを行なった。たいていのユートピアは一回の切り換え、ひとつの新しい始まり、一度の逆転で事足れりとする。『ガリヴァー旅行記』はそうではない。ここのところが私たちにとって格別興味深い点である。(2)第三の航海は（リリパットやブロブディンナッグやフウィヌムランドなどの場所のように）〈変化した〉方向についてではなく、人生のように絶えず方向を〈変える〉ことをめぐる。ストラルドブラッグズたちに会ったことがガリヴァーに与えた特別の教訓はこれに起因する。彼らは不滅であるため、人間の死という最終到達点を完全に取り消すことによって永久に逆転してしまう。そうすることによって生を拡張していわば絶えざる始まりとしてしまう。しかしスウィフトが進行過程逆転という押さえ難き試みをするのは主としてラガードーの学院においてである(三)――

最初に会った男は貧相な様子をして、手も顔も煤だらけ、髪も鬚も蓬々《ぼうぼう》と伸びて、しかもところどころ焼け焦げをこさえている。服もシャツも皮膚も一様の色である。なんでも八年間胡瓜から日光を抽出する計画に没頭しているのだそうで、つまりこの日光を壜の中にしっかり密閉しておいて、冷え冷えする天候不順な夏などにこれを放出して空気を暖めようというのである……。

次の室へ入った。だがこれはたちまち驚いて飛び出した。恐るべき悪臭に危うく窒息するところだったからである。だが案内者は我輩を押しこんで、そしてどうか先方の感情を害するようなことはしないでくれ……と、小声で囁くのだ。……この室の企画士は大学でも最古参の学者だそうだが……この学士院へ来て以来、ずっと彼の仕事というのは、人類の排泄物をふたたび原食物に還元しようというのである。すなわち各組成物を分離し、肝汁に染まった着色を除き、臭気を放散させ、浮渣《ふさ》の分泌物をすくいとってしまうのである。(3)

この実験の科学的価値についてのガリヴァーの臆病な沈黙にもかかわらず、スウィフトが嫌悪と軽蔑を感じていたことを、第三巻の読者で疑うものはいないだろう。しかしながら、進行中のスペイン継承戦争に関して一七一一年の（ホイッグ前内閣を攻撃するため現トーリー政府に抱えられた論客としての）スウィフトの党派的態度は同様に軽蔑的なものであった。『ガリヴァー旅行記』をさかのぼること十五年のこの時期の執筆において、すでに何百万の金を費やし、何千もの命を失った十年にわたる戦争をまったくの幻想だと論じ、それまで対フランス戦争の動機づけとなっていた目的を否定するかのようにフランスとの即時平和を論じることがスウィフトにはできた。この時期の彼の主要な作品は「現今の戦争を始め、遂行することについての同盟国および前政権の行為について」と呼ばれている。結びから一文を引こう――「それゆえ実行不可能な目的のために破滅的な戦争を続けるのが利益となるのか、……それとも嵐の前で避難すべきなのか」[4]。だが現実の戦争におとらず抵抗力を持っているのは話し言葉である。これについてもスウィフトは逆転を望んだ。それが『ガリヴァー旅行記』に現われていたなら、私たちはそれを〈投射〉と呼んだことであろう。一七一二年に彼はオックスフォード伯に「英語の矯正、改良、確立のための提言」を申し入れた。至るところで英語を悩ましている「狂信的な隠語の流入」、「半端語と省略語」、恒常的な「野蛮への転落」を非難して、スウィフトは委員を選び「適当な時期に会合を持ち、規則を定め、それに基づき……私たちの言語を永遠に〈確立固定〉するための方法を考えるべきだ」と提言した[5]。スウィフトはこれらすべてを現実に抗して、「いかなる言語においても最高の完成である〈単純さ〉」への逆転を望んで行なうのである。

他の多くの作家と同じく、スウィフトは概して、先行、新奇、基盤などの観念と通例結び付けられる概念である〈単純さ〉に特別の優位を置く。古典主義と新古典主義は単純さの現象である。古典主義と、その一部に古典主義の投影が見られるもの（〈原始的事項〉に特別の価値をおく、古さへの興味）の中で問題となるのは、最初にやってきて後まで残るものを始めたがゆえに、通例単純さが高い地位を与えられているということだと思う。こうして最初のものは、それが最初であり、それが始めるがゆえに優位を占めるのである。たいていのユートピア的モデルは、その力をこの論理から引き出している。ある連続体の第一地点としての始まりは、歴史、政治、知的訓練の分野で等しい典型的力を持っている——そしておそらくどの領域も独自性の印としてのある種の始源的ユートピア神話を保持しているのである。[6] 始めたということはあることを最初に行なったということ、他の進路と連続しない進路を開始したということを意味する。王朝、帝国、国家の創設者（アエネイアス、キュロス、ワシントン）、伝統、研究領域、研究方法の創始者（モーセ、ルター、ニュートン、ベーコン）、アルキメデスからスコットまでのあらゆる種類の探検者や発見者、革命の扇動者や達成者（コペルニクス、レーニン、フロイト）を考えていただきたい。これらの群像に連なるのはジョンソン博士のような奇人、変人であって、彼らは風変わりな方法で何かをやったことで記憶されるにしても、決定的に生の枠組みを変えるには至っていない。

　始まり——特に歴史上の運動や思想の領域の始まり——を個人に特定するのは、もちろん歴史的理解の行為である。しかしさらに、それは〈意図的行為〉とも呼ばれる。すなわち個人Xを連続体Y（例えば、ある運動）の創始者と指名するのは、Yを〈意図〉したことによってXが価値を持つと意味することである。始まりを同定する他の方法もあるが、この方法は、個人の意図的な始める行為を〈条件〉というもっと純粋に情況的な存在と置き換えることによって、〈起源〉という受動性を免れている。[7] ヘラクレス伝説のようなものが変わらぬ魅力を持つ理由は、遠い過去を扱う際に、精神は多くの説明を調べるより、強力な胚種的人物について観照することを好むという点に求められよう。アエネイアスやルターのような創始者的個人が本質的存在であるというわけではない。実際、そのような人物は、〈権威〉の創造こそ至高であるという厳格で最初の論理の必要条件を満たさねばならない。まず初めて何かを——価値ある独創的なことを——やったということが条件である。むろん、今後それが何度となく繰り返されることを思えば逆説的ではあるにしてもである。例えばローザ・ルクセンブルクはロシア革命を批判しながらもこう結論することができた——

問題はあれかこれかといった二義的な戦術のそれではなく、プロレタリアートの行動能力、行動力、そうした社会主義権力への意志の問題である。この点で、レーニン、トロツキー、その友人たちは〈最初の〉人々だった。世界のプロレタリアートの手本として一歩先を行くものであった。彼らはまだ現在までのところフッテルンとともに「私はあえてやった」と叫ぶことのできる〈唯一の〉ものたちである。ボルシェヴィキの政策中、これが基本であり〈永続的な〉ものである。この意味において、政権奪取と社会主義実現という問題の現実的提起とともに世界中のプロレタリアートの先頭に立って行進したことは不滅の歴史的業績なのである。(8)

ルクセンブルクの議論は、〈不滅性〉と〈唯一性〉とは一緒になって永続的価値を可能にするということを意味する。始まりにとって必要な権威の創造は、不連続と移行を獲得する行為の中にも反映されている。そこでは過去との断絶が認められはするが、同時に、新しい方向を、まったく新しい企てではなく、すでに確立された権威を持つ同種の企てと結び付けるようにしなければならない。(9) エリク・エリクソン(三)の記念碑的フロイト論「最初の精神分析医」は、この現象についての複雑な魅力を持った正確な記述である。エリクソンはフロイトを「孤独な発見の次元」で描くが、彼が医者であり続けたことを忘れはしない——

自分の領域を変えはしても、最初に仕事を始めて以来自分のアイデンティティの一部となった仕事のやりかたを持ち続けるということが、創造的な者の始まりの一部であるらしい。フロイトは動物の子供や胎児の脳を切り取って、脳の機能障害について研究していた。ついで彼は患者の情緒の断面図としての記憶を研究した……こうして個人の忘れられた前史、つまり幼年時代、精神的ショックの探索が成長初期の機能障害の探索に取って代わった[10]。

探索の観念が保持されたことに注目するエリクソンは、つぎにその観念自体の付随的な変化を記述する。このように新しい科学の始まりは、エリクソンのいう〈等位物〉から産み出された連続性を目指す——意図する——とき、その権威の幾分かを獲得する。精神分析は古い要素を伝統的方法と不連続に、しかし〈並列的に〉置き換えるという配置転換を行なう。エリクソンの文章の傍点部分に注意していただきたい。同格の語句はいずれも伝統的心理学のみならず法律と建築においても意味をなす——

> フロイトの発見の次元は三つ組に収められる。それは様々な方法で精神分析の実践ばかりでなく応用にも基本的なものである。それは治療契約、概念形成、体系的自己分析の三つ組である[11]。

職業としての法律に対するフロイトの若いころの興味とモーセへの後期の関心を思い起こし、エリクソンはこう結んでいる——

> 恐ろしい誇りとともに、彼は肥沃な土地に見取り図を与える者の役割を選び取った。耕すのは他人である。

彼の仕事の始まりを眺め返し、その意味に思いを馳せれば、こう言うこともできるだろう。情緒障害の治療を実践することで自分の病気を治す方法を発見しようとした医師フロイトは、人間の法律に新しい心理的基準を与えたのだ。人間の秩序における心理的なもの、技術的なもの、政治的なものの相互浸透の方向へ彼は決定的な一歩を踏み出した。(12)

フロイトの孤独な発見はフーコーのいう言述性、つまり後に続くテキストの生成規則および可能性を作り出した。(13) フロイトの始まりにおけるこの権威こそがエリクソンの興味を引いたのであり、実際、現代思想の研究家なら誰でもこれに関心を持つであろう。そこで逆転、方向転換、私たちの関心を奪い続ける持続的運動を持った制度に関わる始まりについて、このような一般的定義を与えることにしよう――こうした始まりは〈権威を付与する〉、と。それはそこから派生するものを正当なものとするのである。それに先行するものについては、すでに述べたように、始まりは（強いられたものであろうとなかろうと）不連続＝断絶を表わす。しかし権威は可能にすると同時に制限するものでもあることを忘れてはならない。いくつかの概念は、例えば〈フロイトによっては〉（あるいはアリストテレスによっては）表現不可能である。それはちょうどフロイト流の、あるいはアリストテレス流の言述が単にある観念の繰り返しにすぎないのではなく、それぞれフロイト、アリストテレスによって（言述として）権威を付与された思考、連続性、言語の構築物なのである。

こうして、ある始まりは認められるが、時と場所を異にする同じような始まりは認められないことになる。あるものを始まりと呼ばせる条件とは何なのか。まず最初に、自己を逆転させそれによって生じる亀裂と断絶の危険を受け止める欲求、意志、真の自由がなければならない。というのも、いつ、どこで始めたかを探そうとも、今始めるために見ようとも、自己自身がそのままあり続けることはできないからである。しかしながら、まったく新しく始めることはいかにもむずかしい。あまりにも多くの旧習、忠誠心、圧力が、既成の仕事を新しい仕事に取り替えることを阻む。旧約の神が世界を再び始めようとしたとき、彼はノアにより始めた。事態は悪化するばかりであり、それは彼の特権であったから神は新しい始まりを望んだ。しかし神自身がまったくの無から始めていないことは興味深い。ノアと箱舟には新世界を始める旧世界の一部が含まれる。始まりの特別な地位について間接的にコメントするかのように、デカルトは『人知指導のための規則論』の中で「人間精神はその中に私たちが〈神的〉と呼ぶものを持っており、そこには有効な思考様式の胚種がちりばめられている。その結果、邪魔な研究によってどれほど無視され圧殺されようとも、それらはひとりでに実を結ぶ(14)」と述べている。すべての人間が神の変形であるのだから、人間にあって自然に見えるものも実は初めに人間が神と結び付きを持ったからである、とデカルトは言っているようである。始めるとは神の果物のために人間の進路を変えることである。ヴィーコの理解する〈神的〉とは常に予言の方に偏向していくことであり、彼は予言と物語化、詩化を結び付けようとする。というのも新しい始まりには詩的としか言いようのない何ものかがあるからである。「初めに言葉ありき」である。

始まりは、特に文学作品の形式的、明示的な冒頭においては、始まりとなる前に始まりが可能であると〈考えられ〉、可能であると〈みなされねば〉ならない。これとは対照的に、『桶物語』の〈問題〉は、その著者とされる者が、始めることができるとは信じていない点にある。精神の仕事がなされるために必要なのは、自由、清新、成功の見込み、特別で新しい私有化、などの可能性である。今日、ハーバート・スペンサーの[五]『第一原理』（一八六二年）のような通観的、独創的な仕事をしようと思うものはまずいないだろう。しかし、その射程や対象は無理としても、その新鮮な運動の可能性への信頼は依然として力を保っている。精神は、歴史的、社会学的、科学的、心理的、詩的な仕事の持続性に対する信頼を持たねばならない。言い換えると、精神はパウロのローマ人に対する「あなた方の精神を新しくすることで生まれ変わりなさい」という命令に従い、マルクスが前代の唯物論者たちを正して言った「重要なのは……世界を変えることだ」という言葉に同意できなければならない。

最後に、そしてほとんど不可避的に、書き手、歴史家、哲学者にとって、始まりは内省的に、またすでにその困難さの意識に捉えられた状態で、おそらくは不幸にも現われるであろう。過去における始まりを考えようとも、現在、あるいは未来の始まりを考えようとも、このことに変わりはない。そこで、エリクソンは偉人の伝記を書こうとするとき、どこから始めるかという実践的問題にぶつかることになる。「偉大な人間をどのように〈あるがまま〉に捉えるか。形容詞そのものが、彼は大きく、畏ろしく、輝かしく、とても捉えきれないと言っているように見える[15]」。歴史はともかく「事実」を扱うが、それでもどうやって事実を区別し始めたらよいのか知りたいと思う、とヨハン・ホイジンハ[六]は認めている——

> 異質の単位の不変の流れの中から、どの程度まで、特定の、矛盾のないまとまりを実体、現象として分離し、知性の支配下に置けるだろうか。言い換えると、もっとも単純なものがいつでも際限なく複雑である歴史の世界において、何が単位、すなわち（ドイツ語の *Ganzheiten* に英語の相当語を与えるとして）自足的全体なのか[16]。

エーリッヒ・アウエルバッハは彼のいう文学的、歴史的総合の仕事の「準備を整えるだけでも一生では足りない」と悲しげに認めている。絶対的な単一思考の狭量さではこの仕事をやり遂げられないからである

——

狭い専門領域や、同じ考えの小集団の仲間たちが共有する概念の世界に絶えず自己を限定しない限り、専門家は印象と主張の喧噪のただ中に住むことになる。それらを正しく評価するのはまず不可能である。にもかかわらず、たったひとつの専門領域に自己を限定するのはますます不満足なものとなりつつある。今日、例えばプロヴァンス語の専門家として、直接関係のある言語的、古代学的、歴史的事実を扱うだけでは良い専門家たるに十分とはいえない。一方、あまりに広く、多様化したため、一生かかっても精通できない専門領域というものもある。(17)

言語の科学的研究の始まりを模索してフェルディナン・ド・ソシュールが陥った苦境は格好の例である

——

言語学の完全、かつ具体的な対象物とは何か。この問題は特に難しい……。他の科学は異なる視点から考慮される対象について仕事をする。が、言語学はそうではない……。視点に先立つ対象があるどころか、（言語学においては）視点こそが対象を作るとさえ見える。その上、該当する事実を考える一方法が他の方法に先立つとか、ともかく優越していると私たちに告げるものはなにひとつない……。悪循環を抜け出すことはできない。

どのような方向から問題に近付こうとも、言語学の完全な対象は見つからない。[18]

始めるとは、まず、何で始めるかを知ることである。言語は研究の媒体であり、──〈始まり〉は主に言語において、および、言語に関して意味を持つ以上──対象でもある。論述的言語で仕事をする人（小説家、哲学者、批評家、歴史家）は研究し取り扱う言語対象の範囲を定めるために言語を使わなくてはならない。この最初の範囲限定の間に対象が作り出され、意味を持った論述の将来の方向が措定される。範囲限定の過程はソシュールの言う〈視点〉の確定である。しかし、視点が不確定性の悪循環に戻ることであったり、いわゆる〈機械仕掛けの神〉であることを妨げるのは何か。ソシュールはこう書く──「私の見るところ、こうした困難の解決策はたったひとつしかない。〈一番最初から、両足をラングの大地に着け、他のあらゆるパロールの規範としてラングを用いることである〉。実際、あまたある二元性の中で、ラングのみが自立した定義に力を貸し、精神を満足させる支点を提供するようである」。[19] このような観察がなされたからといって、それで私たちの問題が終わるわけではない。問題は以前に比べて、より直接的に理解可能となり認識論的により明らかになったに過ぎない。

しかし言語研究の始まりについてのソシュールの省察が典型であるとするなら、その隣にニーチェの同じように典型的な準備的哲学を置かねばならない。これは初め『哲学ノート』という題のもとに集められたメモに予示されたもので、『悲劇の誕生』と同時期、その直後に書かれたものである（一八七二、一八七三、一八七五年）──

あらゆる自然法則はひとつのX、ひとつのY、ひとつのZの〈関係〉に過ぎない。私たちは自然法則をX、

Y、Zの集合同士の関係であると定義する。それゆえある集合は他のX、Y、Zの集合との関係において知られる。

厳密に言えば、知識は同語反復の一形式であり、その限りで〈空虚な〉ものである。進歩とされる知識は実はAと非Aの同一視であり、つまり基本的に非論理的なものである。

この方法で私たちは概念を手に入れる。例えば〈人間〉という概念は個人の特性を犠牲にして作られた一般的概念だが、私たちはそれを現実的なものだと考える。そして自然はこうした概念どおりに進行すると理論化する。しかしながら、ここでは、まず自然が、つぎには概念が擬人化されている。人間の個的なものの省略(*das Übersehen*)により、私たちは概念を手に入れ、その概念とともに私たちの知識が始まる。この知識は〈標準化〉(*im Rubrizieren*)と〈一般分類〉(*im Aufstellung von Gattungen*)の確立によって始まる。しかし物事の本質はこの整理と一致しない。それは知識の過程であって現実の物事とは関係がないからである。可能なすべての特徴というわけではないが、たくさんの個々の特徴がひとつを決定する。これらの特徴を統一すれば概念に従属したものの知識が手にはいる。

物が性質を持っている限りにおいて私たちは物を生産し、抽象がこの性質の成因である限りにおいて抽象をする。例えば木という統一体が性質と関係の複合体であると見えるなら、それは二重の意味で擬人化されている。第一に、〈木〉という境界を設けられた物(*diese abgegrenzte Einheit "Baum"*)は存在しないのであり、それゆえ、姿や形によって物を分離するのは恣意的である。第二に、このような関係は真の絶対的な関係(*die wahre absolute Relation*)ではなく、もう一度擬人化によって汚されている。[20]

ここに提示されている考えは連続、差異化、概念化、知識についての一連の小さな系譜図である。これらはすべて始まりの内省の産物であるとニーチェは言う。ソシュールがこれを実演するのを私たちは見ている。ニーチェはこの種の思考法を〈不合理な擬人法〉と呼んでいるが、にもかかわらず、これが知識の端緒となることを認めている。後にニーチェは、精神と言語の陥穽の関係について、二つの主要な特徴にのみ焦点を合わせ、より論争的な言葉で研究をした。特徴のひとつは、言語が主として差異化の手段であり道具であるということだ。こうして人間は、分散と個別化の隣に、連続性と概念の存在を指示する（実際には、主張する）言語の力を活用して連続性を打ち立て、概念を形成するために言語を用いる。例えば、〈始まり〉のような語は作られた一般的な物であり、その機能は言語の個人的使用者と言語の普遍的法則の両方に順応する。第二の特徴。言語も、その特定の使用も、知識の上に人間の必要と本能を投影する。ついで、その知識が弁証法的に人間を把捉するようになる。さらに差異化と知識としての言語は現実と必然的対応を持たない。ソシュールは後にこの奇妙な事態を、記号における意味するもの（記号表現 *signifiant*）と意味されるもの（記号内容 *signifié*）との間の恣意的な関係として記述することになった。ニーチェはもっと執拗に、言語は物の個々の特徴を〈省略する〉ことによって、命名という知識の機能を始めると主張している。この段階の後で初めて、言語は統一や多様性（*Einheiten, Eigenschaften*）を創出するものとしての概念を認める。しかしこれらでさえ決して必然性という絆（*die wahre absolute Relation*）で内的に支えられた統一ではない。ニーチェは〈擬人化〉という言葉で以上のことすべてを意味している。

擬人化についてのニーチェの主題はほかでは『哲学ノート』の中で、とくに人間にとっての意志（*das Wollen*）と行動（*das Tun*）の決定的重要性について説いた数々の文章に十分に説明されている。前者は〈必要〉（*Not*）と、後者は動詞〈創造する〉（*schaffen*）と関連がある。ニーチェによれば哲学者の仕事とはどのような感情、欠如、苦痛（*Leid*）が普遍的必要性の原因となるかを認知することであり、芸術家の仕事はこの感情を創造すること、感情に形を与えることである。芸術家にせよ、哲学者にせよ、人間は究極的には「この間隙の中に自分の世界を構築する」[21]。ニーチェにとって最高の芸術表現は紛れもなく詩と音楽であり、その非イコン的言語は特別の別世界を再現するのではなく創造する。それゆえ〈真実〉は一種の権威ある統一体に自らを作り上げる言葉の流れとして記述される――

それでは真実とは何か。それは隠喩、換喩、擬人法の機動軍である、つまり詩的、修辞的に高められ、置換され、飾られた人間関係の総体であり、長い使用により人々に堅固で、権威と拘束力を持つと考えられるものである。真実とは幻想であることを忘れられた幻想である。使い古されて官能的力を失った隠喩である。刻印された絵が擦り減って、もはや貨幣としてではなく金属としてのみ問題とされる貨幣である[22]。

私たちの視点から見れば、ここで言われていることは、〈絶対的真実〉と〈客観性〉はよく混同されてきたけれども、言語は――ということは〈始まり〉という言葉も含まれるが――必然的な偶然性であるということだ。この立場は確かに相対論的だが、しばしば考えられるほど躁病的絶望状態ではない。ここでも、そしてどこにおいても、ニーチェを幼稚な否定ばかり行なっているニヒリストと考えてはならない。それどころか思想、文化を作り上げる難しい結合に対する彼の関心には理性の主観的側面、つまり欺瞞も含まれ専有されているのである[23]。最高の飛翔でさえも地面に縛り付けられていると気づかせてくれる理性の一面なのである。地に縛られていても理性的である、と付け加えておかねばならないとしてもである。

このような考察は、自己の活動がすでに始まったのか、それともこれから始まるのか掌握していたいという願望により、現代人の精神に強いられたものである。ソシュール、とくにニーチェは、言語のこの願望に対する重要性を、付随する危険とともに要約している。このような把握を試みる精神は間違いなく、厳格な合理主義か禁欲主義に追い込まれる。これを理解することが本書の主目的である。それゆえ本章では知的仕事を始めるときに直面する問題にまず注意を向ける──あるいはニーチェがやるように、多分問題を悪化させる──つもりである。始めるときに──すなわち始まりを意識するときに──何が本当に起きているかを、強く、あるいはいらだつほどに意識することが課題を特別に投影してくれるというのが私の見方である。というのは、意味生産の意図を指示することで、この投影が計画の存在を開始してくれるからである。こう言ったからといって、始まりが意味を予測するとか、原因となる、あるいは意味を決定したり描いたりすると言うつもりはまったくない。もちろん、始まりが特定の矛盾、誤り、細部を予告するというのでもない。つぎに、どんな種類の始まりが現に存在するのか、どれほど試行的なものにせよひとつの理解に到達したいと思う。〈始まり〉という語自体、分散された多様な機会を含むことのできる一般的な用語であるし、あり続けるだろう。それは代名詞のように言述中の異なる場所で特定の役割を演じるだろう(24)。しかしこの役割は合理的主張が統禦するのと同じように、合理的な慣習と規則に統禦されている。私たちに観察可能な種類の始まりに影響する、こうしたこと一切について調べてみたい。最後に、始まりを扱うとき私たちの内部に発生する合理主義的活動（そこには合理主義的感情、情熱、逼迫感も入ることが明らかになろう）の一部を記録したいと思う。

合理主義的活動の生き生きとした理念についての私の知る限りで最良の記述は、バシュラールの一九三六年の論文「超合理主義」に見出せる（これはバシュラール自身の合理主義への間接的な注釈となっている）。それは無味乾燥な伝統主義、記憶、学問的厳密さに基づいた合理主義を斥ける。「人間の合理性に攪乱と攻撃の力としての機能を返してやらねばならない。こうすれば超合理主義（*surrationalisme*）が確立され思想の機会が増大されよう[25]」とバシュラールは言う。仕事を課す手段として理性を使うこと、また、理性の単なる歴史的習慣が設けた境界を超えて活性化を図ろうとする思想を発生させるために理性を使うこと――この実験的理性と現実との関係は、実験的超現実主義者トリスタン・ツァラ[七]にとっての夢と詩的自由の関係と同じである――

では超合理主義の義務はどこにあるか。論理学者たちによって完全に純粋化され、機能の合理化を経た形式を取り戻し、魂を入れてやること、命と動きを与えてやることである……。

引き換えに捨てるべきものは何か。粗雑な実利主義的保証と、新しい、運任せで役立たずの発見のどちらを取るか。ためらうことはない。人為的に最大の実験ができる側、観念が少なくとも流動的で、理性が危険のただ中にいることを好むような側に立つべきである。実験中に理性を危険にさらしたくないような実験は試みに値しない……。真の発見は新しい方法を決定し既存の方法を破壊する。言い換えれば思考の世界では無分別が方法なのである。[26]

バシュラールの言う〈形式〉には〈始まり〉のような形式も含まれている。それゆえ、以下では魂や命に関わるものとしての精神の関心事を〈充填された〉ものとして始まりを扱いたいと思う。このような扱いの犠牲と達成に関しては、私自身そこまで到達していると主張できるものではないが、手本とすべきバシュラールの主張が十分な正当化を成し遂げていると思われる。

II

原初からある禁欲主義としての始まりは精神に強迫的に執着するが、その精神はそれ自体を回顧的に検証することをしばしば行なっているように見える。私たちはいつでもまた始め直すことができる、新しい出発はいつでも可能であると信じたがる。進行する現在、エドムント・フッサールの言う〈生ける現在〉(八)(*lebendige Gegenwart*)についてのありあまる知識を精神がふんだんに使っていながらも、このことは真実なのである。精神は現在が産み出されたと見える過去の一時点に注目する。そして――そのことを考えれば――ある計画の出発点を選ぶのに、真面目になり神経を使うのも無理からぬことである。事実、偉大なる現代の思想改革者たちにおいては、始まりは構想全体を把握する方法である。ひとつだけ例をあげれば、マルクスはプルードン(九)を攻撃しているが、それはプルードンの無批判な善意のためではなく、優先順位の誤認のためなのである。「プルードン氏にとって血液の循環はハーヴェイの理論の結果でなければならない(27)」と、マルクスは『哲学の貧困』で書いている。『歴史と階級意識』でジェルジュ・ルカーチが推測したように、マルクスがやったことは、それまでブルジョワ的思考形式によって客観不変の始まりとして受け入れられてきたものが、人間とその自然（本質）との分離を減少させるどころか、むしろ増大させていると指摘することであった。ついでマルクスはヴィーコのひそみにならって、人間こそあらゆる学問の始まりであると例証した――「その本質（自然）の〈社会的〉現実と〈人間的〉自然科学、あるいは〈人間についての自然科学〉が同じものを意味するような人間」であるけれども(28)。明らかにこれは伝統的思考の急進的転移を意味する。というのも、人間を社会変革の真の起源と見るためには、人間とその活動との間に新しい融合が可能であると見なければならず、精神の中でそれが再考されねばならないからである。始まりという行為そのものはもはや人間をその終わり（＝目的）から切り離してはならず、直接的に人間と終わりとの重要な関係を示唆しなければならない。マルクスはこうして共通の革命的出発点において彼自身の解釈的活動と人間の一般的活動とを結びつけたのである。

形式的には、精神はすべてのものの（あるいは少なくとも、限られた数の中心的物事の）始まりを画する時間、空間上の一地点を想定したいと考える。しかし、オイディプスのように、精神はその地点ですべてのものが終わることもあると発見する危険を冒す。この形式的探究の下にあるのは統一を求める想像的、情緒的必要性である。それがなければ飛散してしまうような情況を知覚し、連続的で道徳的、論理的なある種の効果ある秩序をもたらしたいとする必要性である。[29] よく見られることだが、とくに始まりの探究が道徳的、想像的枠組みの中で実行されている場合、始まりが終わりを暗示する、いや、むしろ含意することがある。この観察のもとにアリストテレスは『詩学』を構築した。もしもその探究が悲劇的なものの探究より穏健で、差し迫ったものでないならば、精神は過去の中に可能性を求め、つぎにその反映を現在と未来に求めるだろう。その結果、可能性の三変種、または三段階が連続したものとして現われてくる。しかしこの連続性は〈そこ〉に、私から離れたところにあるように思われ、一方、私自身の問題的情況が存在するのは〈ここ〉であり、〈いま〉なのである。というのも、現在が重大な問題とならないかぎり始まりが探究されることはめったにないからである。これは喜劇にも悲劇にもあてはまる。始め－中－終わりの連続体を作りあげ、離れたところ――〈そこ〉――に位置する対象を私の推論の主題に変換するのは差し迫った現在、〈ここ〉と〈いま〉なのである。このように構想されたとき、時間と空間は内的あるいは外的意味への願望によって裏書きされた連続体を産み出す。ニーチェは人間の主要な機能は形（*Gestalt*）を知覚する能力であると述べる。さらに、時間、空間はリズムによって量られるものにすぎない、とも言っている。[30] 弁証法家であることをやめぬルカーチは「〈ここ〉の意識は（〈そこ〉に）対置されたものの知識ではないゆえ、意識するという行為は〈意識対象の客観形式を覆す〉[31]」と書く。

こうした言葉の問題は重大なものであり、決定的な意味を持っている。始まりは（a）時間（b）場所（c）対象（d）原則（e）行為を示唆する——つまり一方にa、b、c、d、e、他方にそれに先行するものを置いたとして、両者の距離と差異を設定するような隔たりを示唆するのである。「すべての知識は分離、限界、制限ゆえに生じる。全体についての絶対的な知識というものはない[32]」。〈私の〉始まりはさらに特定化することができる。しかし、私が無条件に〈始まり〉について話し始めるやいなや、知識は理論化されてしまうと、ケネス・バーク[二〇]は『宗教の修辞学』の中で的確に述べている[33]。いったん関心の的となるや、始まりは前景化され、もはや始まりではなく現実性を獲得してしまう。そして始まりがその場所を、産み出そう、生起させようと意図したものに譲るとき、それは心中に実体化されてしまう。こうしたこと一切において、〈始まり〉は始まりである思考と始まりについての思考との区別——すなわち、主体と対象との間をいきつもどりつする。ヘーゲルとヴィーコを言い換えて、形式的には始まりの問題は問題の始まりであると言うことができよう。ある始まりとは、精神がそれ自身および形式的教養としての精神の産出物に言及し始めることのできる瞬間なのである。

ニーチェが『善悪の彼岸』で述べたように、私たちは言語において「思考を定められた順番に押し進めて、知恵、すなわち概念の持つ固有の組織構造と関係性に至らせるところの何か[34]」に思考を委ねなければならない。これをさかのぼる十五年前、ニーチェはすでに関心を持つ主題として「言語の網にからめとられた哲学者[35]」というものを考えていた。さらに後になって、彼は「同じような文法機能による意識されない支配と導き[36]」について語った。概念と語の体系として了解される言語は、この事実の強力な偽装にすぎない。このような体系が精神に与えるのは、形式的な始まりの概念への権利のみである。私たちが知るかぎりの普遍的に使用される言語は始まりを持たない。そしてその始源は想像されるとおりに驚異である。だが、それは想像することしかできないのである。その現われは深く時間的なものであるにもかかわらず、言語はユートピア的な空間と時間を提示する。その超時間的・超空間的機能には、さしもの体系的決定論も直接の支配権を振るうことができないように見える。かくして、論理と同じように神話にもしばしば属し、時間の中の場と了解され、対象であると同時に根源としても扱われる〈始まり〉は、言語内のいわば贈り物として留まる。この概念については後でまた考えてみたい。ハイデッガーとメルロー゠ポンティは時間性と意味が等価であることを巧みに主張した。しかし哲学的かつ言語学的に言って、彼らの見解は時間を超えて利己的な注解を己に加える精神を、自身の哲学的人類学を包含する精神をついでに認めるよう要求していると私には思われる。

したがって、始まりにいかなる行動が発生したのか、ということになるのである。絶え間なく流動する経験に従わざるをえないのは必然としても、始まりに関する私たちの考察をいかにしてその流れに差し挟むことができるのだろうか。始まりは単なる人為にすぎないのだろうか。それは強いられた連続性という永遠の陥穽に抗するための偽装にすぎないのか。それとも、純粋に実現可能な意味と可能性を受け入れるものなのだろうか。

III

〈いきなり話の中へ〉(*in medias res*) という作品の始め方の暴虐にもかかわらず(そしてこの慣習は始

まりにそれが始まりではないのだという見せかけの重荷を背負わせるものであるが）、文学は始まりの伝承に満ちている。文学における開始点をめぐる明白で広範囲にわたる二つの範疇は、異常なほど慎重な（それゆえ二つのうちでよりこっけいな）ものと、ひたすら荘厳なもの、つまり印象的で高貴なものとである。前者の範疇に含まれる『トリストラム・シャンディ』や『桶物語』などは、存在しているにもかかわらず、ほとんどどう見ても物語が始まっているとは思われない。いずれの場合も、始まりは一種の百科事典的な、意味に満ちた戯れにより繰り延べられている。パニュルジュ（一二）が結婚について考えをめぐらしていて川に落ちるように、ひとつの行動を起こそうとしてひとつの行動が遅延させられるのである。

　もうひとつの範疇には、堕落後の存在の描写への序章である『失楽園』や、「自分に提起しておいた刻苦精励の生活にはいる」準備を著者に整えさせる『序曲』が入る。どちらの場合も、始まりとして意図されていたものが作品それ自体となった。その大きな違いにもかかわらず、英語で書かれたこれら二つの大叙事詩は同種の知的・心理的課題を遂行している。二つの詩がいずれも、後に続くより重要なもののために備えるという意味において始まりの詩であり、それゆえ、人間の自由の範囲を定め、定義し、境界を定めていることは偶然ではないと思う。もちろんミルトンとワーズワスは自由を理解するのにはっきり異なる準拠枠を用いている。しかし基本のところでは、どちらの詩人も人間を世界に〈置き〉、位置づけることを始めるため詩を用いていると言える。だから、どちらの場合も、人間が始めに向かい合うのは無限の可能性ではなく、自分の存在が（ミルトンの、ワーズワスの、アダムの、あるいは『序曲』の語り手の存在が）まさしく開始される、高度に条件付けをされた情況である。どちらの詩も人間の生は「始まり」を持つとする点で根源的である。さらにどちらも、その始まりの探求が詩の主題である。二つの詩は、自由な状態にある生物のいくつかのイメージで、つまり拘束されず、さまよい、領域を超えたもののイメージで始まる。『序曲』第一巻でのワーズワスのイメージを見てみよう――

　　　　　　　　　　　　　　私は
満たされぬ思いを抱き、長く倦み疲れた
広漠たる街から逃れた。今こそ自由だ、
小鳥のように自由に、望むところに行くことができる、(37)

ミルトンのサタンはどうか(一二)――

　　　　　　　　　　　　ここに
おれば自由の身。この地を全能者は羨まない、
わしらはこの地を逐われることはあるまい。
ここでなら安心して君臨できる。思うように
統べる。それは、地獄にあってさえ、わが野望。
地獄での君臨は天国での隷従よりは増しじゃ(38)。

やがてそれぞれの詩は、このような無制限の感情に対して矯正を働かせ始める。ワーズワスは詩のテーマの選択に直接関連する形でこれを行なうが（第一巻の終わりに見える）、そのテーマはつぎに、定められた目的のために、漠然とした制約のない自由を用いる決意に結び付けられる(一三)――

ようやくここで、私の物語も一段落だが、
語っているうちに、いつか私の精神も、まったく
元気をとりもどしてきた。この調子の崩れぬうちに、
さらに私の生涯の後年のことを語ろう。
坦々たる道をさきに急ごう。なぜなら、ひとつに限定された
坦々たるものこそ主題というものだ。したがって、
複雑多岐なものよりは、むしろここでは
そのような明快な主題を選んでゆこう。
失敗したり、道に迷ったりすることのないように。(39)

自伝的テーマを選んだことは、もちろん、詩人の人生のさまざまな様相や事件を喚起するのに好都合である。しかしながら、このテーマが始まりにおいて、また始まりのために課された境界設定から生じていることは、ワーズワスが最後に手に入れる特別のヴィジョンを説明するものである。私がここで言及しているのは、彼の言う「詩人の精神の鍛練と／成就」(すなわち、このような序曲の後で今や前進することのできる者の、ということだが)ばかりでなく、第十四巻のスノウドン山の場とそれについての評釈についてでもある。「相互支配」というこのヴィジョンは〈想像力〉に対する「明らかな類似物」である——

あの輝かしい能力は、
より優れた精神の持主が、自分自身のものとして身につけているものだ。

それはまた、偉大な精神の持主が、宇宙の
一切の事物に対するときの、真の精神でもあるのだ。
彼らは、本来の自己の内面から、大自然と同じ
変化させる力を放出し、自らの力で同様の
実在を造り出す……(40)

始まりの詩として、『序曲』は始まりを作り出そうという目的のために無制限の初期の自由を放射しているが、それは語り手が単に熱意をもっているということとははっきり区別されるものである。第十四巻から右に引用した行にまで読み進んでくると、私たちはワーズワスの精神が意図し、生産し、決定する能力を持っていることを認めることになる。むろん、若い、動物的本能がそのために失われたという感覚が、そこには必然的につきまといはするが。「輝かしい能力」とは詩を始める力だ。それはそれ自体たんなる流出ではなく、人間的情況に組み込まれた意味である。この情況と想像力は力を合わせて自己と現実、時間とヴィジョンなどの実りある相互支配を始める。これが言葉によって明確に表現されると詩になる。

ミルトンの意匠はより複雑であるが、それでも『序曲』との類似は著しい。ミルトンは自由の諸段階を——神、神の子、天使、アダム、イブという——連続体で表現することを熱望する。この連続体の中を大天使であり大悪魔であるサタンが零点《ゼロ》である遊牧民のごとくに浮遊する。サタンは始まりである。「人間の最初の不服従」の原因であり、人間の歴史と運命の連続が感応して調整される〈始源〉(archē)である。サタンの策動が始められるまえは、アダムの生は彼にとって謎であった——

人間《ひと》として人間《ひと》のはじめを語るのは難しい。
だれがみずからの始まりを知りましょうや(41)？

もちろんこの無知に対置されるのが、ガブリエルの、神の、サタンの、ミルトンの知である。詩の全篇は、ある意味で楽園喪失後の人間の歴史的始まりを人間に理解させることに捧げられている。それはちょうど、ワーズワスの語り手（『序曲』の〈私〉）に似て、『失楽園』の〈人間〉は無垢という相対的に拘束されることの少ない自由を失いながらも歴史の始まりを発見するのである。ミルトンのより英雄的なヴィジョンは性的なドラマの中を臆することなく進むが、それはいつでも始まりの特徴である、意図、情況、力の結合のみならず新奇さを、他のいかなるイメージよりもうまく伝える。ミカエルがアダムにキリストを語った後のアダムの言葉を見よう――

ああ、よき音信《おとずれ》の預言者、終極の希望の
完成者！　いま、はっきりとわかる。これまで
よく考えてもわからなかったこと、われらが
大いなる期待をおかけするかたが、女の子孫《すえ》と
呼ばれる理由《わけ》が。幸あれ！　おとめなる母。
天の愛をうけて高きにいましながら、しかも
わたくしの腰から生まれ、その胎《はら》からいと高き
神のみ子が生まれたもう。神と人間《ひと》との合体(42)。

『失楽園』や『序曲』のこのような根源的な探求を通じて、ベケットの劇『事の次第』(*Comment c'est*)——これは「始めよ」(commencez) の同音異義語である——の表題に見える地口が価値を増すのである。だが、いわば普遍的な始まりの概念と作品の現実性とを喜んで結ぼうとする作家は多くはない。同じ理由によって、上述の二作品のように高度に意味を充塡された始まりを持つ作品は数えるほどしかない。

上で論じた作品のように、文学作品がその始まりについて自ら意識して考えないかぎり、理解できる単位としての実際の開始は、通常故意に形式的か譲歩的なものとなろう(私自身は不可能だと確信しているけれども、自意識なしに本当に始めることができるのかという問題は棚上げにしておかねばならない。問題は自意識の程度の問題であり、『トリストラム・シャンディ』は、始まりについて類のないほど敏感である)。しかしながら、十八世紀には出発点を特定することはいよいよ問題となり、この時期を研究対象とした二つの現代の著作の中身のみならず、表題にもその傾向は如実に現われている。ひとつはフランク・マニュエルの『神々と対決する十八世紀』であり、もうひとつはW・J・ベイトの『過去の重荷と英国の詩人』である。(43)

このような地点の探索は言語に反映されるばかりでなく、言語によって実行される。そして、ヴィーコのような十八世紀思想家にとって明らかになったように、言語ゆえにそうすることが必要になるのである。他のいかなる人間活動とも異なり科学技術的である言語は、社会的、道徳的、政治的理由だけでなく純粋に言語的理由により、始源に関する問題提起をするのにふさわしい手段であると判断された。ナポリに貧窮のうちに隠棲したヴィーコは、全世界が詩から進展すると考え、経験は言葉により明晰なものになると見たルソーは、自分が高尚なる道徳感情の持主であり、第三階級[フランス旧制度における貴族、僧侶に対する町人]に属するというだけの理由で、言葉を使う権利を有すると感じていた。(44) この二つは顕著な例である。哲学という学問の累積を剝ぎ取ることを真に目指す始まりについていざ話すため、カントの『未来の形而上学のためのプロレゴメナ』を取るならば、それは哲学の実践以前に理解していなければならぬ根本条件を記述しようとする。それにもかかわらず、カントの『プロレゴメナ』は（これと境界を同じくするものである）『人倫の形而上学』と『実践理性批判』を十分に予想させ、ヨーロッパ哲学の組み替えを行なうときにカントが用いた批評方法をも予想させるものである。そしてコールリッジも（『友』の中の）「方法について」という試論で、このテーマをつぎのように取り上げているが、これにはデカルトの影響が濃い。つまり、方法は注目に値する精神が働き、鍛えられ、知的エネルギーを周到に働かせているさまを映し出すが、その方法は〈主導力〉を必要とし、これなくして物事は「たがいに、そしていかなる普通の目的にとってもばらばらに遠く離れ無関係なものに」見えてくる。主導力とそれから出てくる方法は「〈事物〉のみを、また事物のためにのみ考えるのではなく、同じように、そして主に事物の関係を――事物間の関係にせよ、観察者、国家に対する関係にせよ、あるいは受容者の知覚にせよ――考えることを習慣としてきた精神にとって、自然なものとなるだろう」[45]。

このような探求すべてに共通するのは、ワーズワスが「来るべきものへの快活な確信」[46]と呼ぶものである。これこそ私が〈意図〉と呼んできたものを言い換えたものである。方法の探求、時間的始まりの探求に先行するものはたんなる主導力ではなく必然的な確信であり、始まりの行為により意図されたものとしての連続性は可能であるという発生論的な楽観的な態度である。初めと終わりの間には埋めるべき空間と時間がたしかに広がっている。だがそれは孤児のように、著者あるいは話し手がその父となり、その存在を認定するのを待っているのである。開始点の意識は、それに続く連続性という有利な地点から眺めると、（連続性への信頼と同様に）移動することは人間として可能であるという方向性の意識として捉えられる。

ヴァレリーが知的に描くレオナルドは、私たちのほとんどの者が見逃してしまう、互いの結び付きを持った事物間の連続性の法則を、ナポレオンと同じように、レオナルドが強いられて発見したという秘密を掘り起こしてくれる。[47] レオナルドの思考中のどの点も別の点につながるだろう。というのも、ヴァレリーが後の試論で言うように、深淵を考えながらレオナルドはそこに架かる橋をも考えていたからである。[48] 純粋な普遍性としても、超えられない一般性としても、あるいは永遠の現実性としても、意識は至上の自我の性質を持っている。この見方からすると「われ思う、ゆえにわれ在り」の命題はヴァレリーにとって、「デカルトが自分の自我の力を呼び起こすために吹き鳴らすクラリオンのよう[49]」であった。出発点は精神が自己に注意を払うときに行なう反省作用であり、その種子が全体として子孫を含意するような世界の構築を産み出させる(あるいは夢見させる)ことになる。それはＥフラットの和音を聞き、そこから『指輪』(とライン河)が奔り出たワーグナーであり、内的な系譜学のはしごを上ることで悲劇と道徳を誕生させたニーチェであり、「普遍的知の高層大建造物[50]」を支える意識の根源的独創性を説いたフッサールである。

フッサールはとくに注目に値する。その哲学的構想全体の過剰なまでの純粋さゆえに、絶対的始まりを求める現代精神の典型となっているからだと思う。彼が不断の開始者(*Anfänger*)と呼ばれてきたのは正しい。フッサールの発展がたどった軌跡は、概して、あまりにも論争に満ちており、ここで分析を展開するには専門的すぎる主題であろう。しかし、その哲学的業績の意味は、彼が「理性の無限の目標」を受け入れながら、同時にこの目標を人間経験に基づき理解しようと努めたことである。フッサールとハイデッガーの企図の中心課題である解釈は、かくして、徹底した自己解体にゆだねられる。それはただ目標がますます遠くに繰り延べられるからという理由によるだけではない。というのは、その出発点もまた、もはや〈素朴な〉ものとは受け取られず、ということは、単なる与件として、または〈そこにあるもの〉としては受け取られず、意識の吟味に対してさらけ出されるからである。その結果、出発点は行動する科学の例としてのみならず、「本質的には真の始まり（*rizomata panton*）の科学として」、つまり哲学そのものとしての独自の地位を手に入れる。(51) 別の言い方をすれば、フッサールは始まりにおける始まりとしての始まりに対して自らを提出する始まりを捉えようとする。ピエール・テヴナズはこれを申し分なく記述している——

> フッサールに見てとれるのは、出発点の周りを転回し、そこを離れるということをせずに、しだいに出発点の根源に迫りゆく円周運動である。この運動は自らを還元と志向性として現わしながら、いよいよ深く掘り進み、「始まりを求める苦闘」、「無限の地に位置する」終わりである始まりを求める苦闘の消耗の中で、フッサールがジグザグ運動と名付けた往復運動によって自らを消滅させる……。実際、そのような始まりは目標とするばかりで到達不可能なのは明白である……。かくして出発点は〈存在の足場〉とはなりえないことになる。(52)

まさしく現出しているものは、始まりについての想いである。それはいかなる懐疑をも拭い去り、完全に自らを確信し、自動的で、にもかかわらず、一般的知識からすれば完全に孤立している。なぜなら、それは常に遠くにあってほとんど理解不能だからである。フッサールもそれを「耐え難い精神の必要性」(53)と認めている。この種の純粋に概念的な始まりは、奇妙なことに、ウォレス・スティーヴンズの「単なる存在について」(二四)の数行を思い出させる。そこでは捉えられないものが〈存在〉になっている——

精神《こころ》の行きつく果て、
最後の思いの彼方、
青銅の距離に、棕櫚は立つ。

黄金の羽根の鳥が、棕櫚の葉で
人知れぬうたを唄う。人間の意味もなく、
人間の感情もなく。

フッサールにこそ「普遍的なるものの専門家」というヴァレリーの言葉がぴったりである。(54)
フッサールが極限にまで推し進めたような現代の禁欲的急進主義がもっとも重要とすることは、始まりがその最良の場合にも論争的な主張であり、最悪の場合には考える価値もない幻想にすぎなかったりするがゆえに、始まりを合理的に考えようと主張することである。ヴァレリーのレオナルドも結局は作られたものであり、フッサールの現象学的還元も野蛮な現実を一時的に「括弧に入れる」だけである。始まりは――そして、この点では、終わりは――、それが時間内の始まりにせよ、概念上の始まりにせよ、ハンス・ファイヒンガー(二五)の言う「要約的虚構」(55)である。しかし、私はフランク・カーモード(二六)が『終わりの意識』で行なった強調点をずらして、普通は後に来る終わりの意識にもまさる、始まりにおける確実性に対する原初的必要性を強調したいと思う。(56)少なくとも始まりの意識がなければ、何事もなされることはない。ましてや終わることはない。これは哲学者、科学者、小説家同様、文学批評家にとっても真実である。そしてある領域が混雑し、混乱していると見えれば見えるほど、虚構的であろうとなかろうと、始まりはますます至上のものと見えてくる。平定しがたい野蛮な現実の混乱無秩序を埋め合わせる作業の機会を、始まりは与えてくれる。

IV

始まりも必要な虚構だと言ってよいという地点まで話を進めたところで、それが重要な観念であることに鑑み、しばらくの間ここで、その観念、思想における位置を詳しく見てみよう。前節までで始まりをめぐる知を概観し、今後の主要な関心となる芸術作品の生産もしくは知の生産に関して、二つの関連した問題を明確に分けてきた。対比のひとつ目は自動的で〈純粋な〉始まりと、他動的で問題指向型の、あるいは企図指向型の始まりとの間に存在する。二つ目は――これからとくに扱おうとするのはこれだが――、〈現実の〉他動的始まりと〈虚構の〉他動的始まりとの間の対比である。以下の章で、後者の対比を現代に特有の問題として、ある程度の歴史的発展の時期の後でのみ形作られ取り上げられる問題として、論じることになろう。しかし、ここでは問題の性質を素描しておこう。

他動的始まりは以下の情況を前提とする――個人の精神は理性的活動の分野にはいることを望むということである。分かりやすい例は歴史家である。Xについての歴史を書きたいと望めば、その仕事を形として始めるための適切な地点を見つけなければならないのは当然である。これは決して簡単な仕事ではない。なぜなら、始まりを選択することによって、後続する全体を意図する能力に基づくある地位をその始まりに付与することになるからである。このような選択をする者に影響する特別の、現代に特有の圧力とは何か。ひとつは、このような選択はかなり恣意的なものであるという意識である（なぜなら、現実の――ということは、経験的で、確証でき、具体的な――始まりは信仰またはアルキメデス的道具がなければ真に確かめることはできないのだが、これはいずれも実行できないか、不適切である）。二つ目は、その領域が歴史にせよ、社会学、言語学、文学、哲学、その他の諸科学のいずれにせよ、暦によってではなく、規則、定型、非人称的な分類といった内的秩序の構造により処理され、整理されているという意識である。[57]この二つの圧力は一枚の硬貨の裏と表である。両者は結託して始まりの意気を挫く。それらが個々の作業者に言い続けて止めないのは、知識にせよ芸術作品にせよ本質的にある時点に始まり、ある特定の人物から派生したと考えられる特定の出来事の所産である時代は過ぎ去ってしまった、ということである。

これはまったく質的な所見というわけでもない。情報の増殖（さらに目立つことだが、情報を拡散し保存する機器の増殖）が、個人によって演じられると見える役割を絶望的なまでに減じてしまったと論じることも可能である。ミシェル・フーコーによる知の革命の分析と、トマス・クーンによる科学革命の分析は、情報を伝達し記録する際により重要なのは非人称的な秩序、つまり〈エピステーメ〉とパラダイムであることをそれぞれ示す。[58]それにもかかわらず、生物としての人間に内在するように見える理由のために、すなわち、〈本能的〉必要性のために、始まりの概念は生き続けるのである。知の形態を巨大で非人称的な統一体と不連続体に作り替えることで始まりを追放した責任を有する現代の思想家たち（今や彼らを同じグループを形成するものと見るのが有益だろう）は、やはり情熱的な過激家たちで、始まりの発見に傾倒する精神を持った人たちであった。ダーウィンの『種の起源』やニーチェの『悲劇の誕生』『道徳の系譜』を考えればよい。マルクスとフロイトにおける〈深層〉の概念にまつわる隠喩や、論争を巻き起こす過激主義を考えることもよいだろう。[59]ここで興味深いのは始まりを構想する時に起こる変容であり、この変容は創造的学問の中で起きる変化と一致する。始まりへの欲望を満たすには、出来事としての始まりではなく、〈型〉または〈力〉としての始まり――例えば、無意識、ディオニュソス、階級と資本、自然淘汰など――が必要なのである。これらの始まりは、〈出発点〉で素材を差異化する仕事を遂行する。それらは差異化の〈原理〉であり、これこそが意図される同一の特徴を持つ歴史、構造、知を可能にするのである。

これらの始まりの原理は、定義上、直接、現実に、無媒介的に経験することはできない。こうした始まりは、その性質を説明しようとする私たちの能力に挑戦する。その形と機能は間接的にしか知覚できないからである。一方には、どれほど複雑で散漫であるにせよ、はっきりと開始的である原理によって意味づけのできる個々の〈出来事〉の巨大なかたまりがある。他方に、それ自身の始まりが永遠に隠されたままの開始的原理がある。この二分法のどちらの面も、それぞれ複雑な問題群を作る。対応する問題群の片方はもう一方への反応であり、もう一方が提起する基本問題を扱う方法である。両群ともすべて始まりをめぐるものである。ここで、これらの問題をできるかぎり簡単に記述し、そのあと議論と論証に移ってみよう。

A　もし、知のひとつの領域が、非人称的な規則に支配される広範な〈出来事〉群を含むとしたらどうか。この領域を合理的に理解するのに、英雄、創始者たる祖先、連続する時間的物語、神の定め、などを具体例とするかつての始源的概念が、もしも無効だとしたらどうか。それにもかかわらず、もしも、その領域が普遍性を持つとしたら、つまり、階級、精神、型、構造、歴史、進化、などの概念を当てることにより、その意志にかかわりなく個としての人間を巻き込むとしたらどうか。もしも、すべてこのとおりであるとしたら、その領域内の進路あるいは計画に個人が合理的な始まりを設定し、自由に行動し、介入し、動機づけをするためのどんな力が残されているというのか。

B　もし、説明を行なう実在概念としての個が、始源となり組織する〈コギト〉としての、過不足のない先行性の原理としての、または権威ある主体としての個が、その知の領域の動者、創始者、始源であるように見せるための力をまったく所有しないとしたらどうか。もしも、このとおりであるとしたら、一体いかなる始まりの概念が、意図と方法において始まりを変形することによって個を転移させてしまったのだろうか。

この二組の問題が以下の根柢にあることになる——

——現代の悟性にとっての特定の種類の問題の出現——例えば、構築物あるいは虚構の構築物としての始まりの概念の問題。

——近年新たに強い関与性を獲得してきた過去の思想家や過去の思想体系への関心の復活——例えば、マルクス、フロイト。

——知に対する特定の態度の採用。この態度は知を不変、不易とみなさず、権威を付与する機能を遂行し、さらなる発見や知への入り口と見る。

——個々の研究者に自己の立場を再定義、再獲得、再考させる能力を取り戻させるような、方法論的主導権の導入。これにより、研究者は合理的、活動的、かつ革命的な地位を与えられる。

これらの変革的現象は、何にもまして先の問題群A、Bを拡大して説明することにより、もっとも興味深く見ることができる。そこでA、Bにまた戻ってみよう。

A　個に対する体系　『一般言語学講義』（一九一〇―一一）に先立ち、ソシュールはラテン語の韻文構成法の研究に従事していた。この研究は出版されなかったが、最近ジャン・スタロバンスキー（二七）がこれを主題として『語の下の語――フェルディナン・ド・ソシュールのアナグラム』を書いた(60)。『一般言語学講義』と同じように、ソシュールがここでも注目しているのは、言語使用における個人の動機や主導権と、もう一方の体系的、不随意的な行動との関係であった。ラテン詩の特異な反復習慣を発見したと信じたソシュールは、この習慣がどこまで意識的に実践されているのか決定しようとした。この問題は、説話の意味がどのように明確化されるのかを決めようとするときに、まず彼の関心を捉えた。彼の発見によると、意味は言述自体の過程で――言述ゆえに発生する。だから、実践の力がただたんに確定し承認するような先在的意味といったものは存在しない。説話は音素として散布された言語体であるから、彼はつぎに意味の生成の問題に取り組むことになった。サターン韻律（初期ラテン詩体）は規則性に支配される詩であるが、その中のある行中にハイポグラム（hypogram）――つまり、一行中のリズムの上で大事な文字を拾い出して並べ換えた時、あるメッセージを浮かび上がらせるもの――が隠されていることを、彼は発見した。ソシュールはこれを〈語＝主題〉（mot-thème）と呼んだ。二例を見てみよう――

Taurasia Cisaunia Sammio Cepit
　　　　ci　　　io　pi
Scipio（スキピオ）のアナグラム。

リヴィに伝わるデルポイの神託より。

AD MEA TEMPLA PORTATO
A　A　PL　PO　O
APOLLO（アポローン）のアナグラム。(61)

この種の小さな例からより長く、大きい構成単位へとソシュールは調査を広げていった。ウェルギリウス、ルクレティウス、さらに十八世紀英国で作られたラテン詩へと。スタロビンスキーによれば、どの段階においても、ソシュールが語＝主題を神秘化して、漠然と詩を生み出す魔術的資質と考えることはなかった。というのは――

主題＝語の中に十分に展開されたテキストがすでに存在すると、ソシュールが言ったことは一度もない。テキストは主題＝語〈の上に〉（を基に）作られているのであり、そうであればこれはまったく別のものである。主題＝語は展開される韻文の可能領域を〈開き〉、同時に、〈制限する〉。それは詩人の道具であって、詩が生まれ出る生命の種ではない。詩人は主題＝語の音素という素材を再使用しなければならない。できればそのままの順で。その他は自分の好きにすればよい。韻律規則と文法規則に従って語と音素を配分すればよい。主題＝語はたしかに言述に先行する。が、主題＝語の中にそれを基とする言述が、まるで魔法のように、凝縮された形で〈内包〉されてしまっている、というようなことをソシュールはどこにも書いていない。主題＝語がすることは、構成の遊戯に自己を委ねることだ。現実に語が完成された空間が満たされれば、それは音素の連鎖を解き放って画布となる。(62)

しかし、ラテン詩の中にこの現象があまりに多く見られるため語＝主題を使わずにはラテン詩人はテキストを作ることができない、とソシュールは確信した。すると、いかなるラテン詩の背後にも直接、現実に存在するのは、創造的な主体＝著者ではなく、むしろ詩を発生させる語であることになる。それゆえ、すべてのラテン詩人は完成されたテキストの生産前に、または生産中に前＝テキストを利用したにちがいない。この研究全体はひとつの問題を提起するとスタロビンスキーが述べているのは正しい。すなわち、韻文構成の習慣をまず摘出し、考察し、しかる後にそれをいたるところに見出すという過程で、ソシュールは同時に、あるいは、その代わりに、それをいたるところに見出すという自分の気質にあったアナグラム的方法を〈構築〉していたのではないかどうかという問題である。この疑問を提出した後に、スタロバンスキーはさらに進んで、もっと大事なのはソシュールの発見（つまり、分離されたアナグラムの語＝主題）の適切性を決定することであると有益な意見を述べた。スタロバンスキーは疑問を提出するだけで、すべての言語使用者に作用を及ぼす内的制約の理解を偏愛するソシュールの姿勢を超えて、さらに進んで考察を続けることはしなかったが、その所見はいくつかの重大な問題に関係している。

ソシュールの方法探求は、使用される言語が意味をなすのは運用のレベルにおいてであって、事前に決定されるのではない、ということを前提としている。ローマのいかなる詩作法の手引を見ても、ソシュールは明白な言及を見つけることはできなかったけれども、韻文構成規則はそれが援用されている以上たしかに〈存在〉するのである。この意味するところは、ラテン詩人たちが自分たちのやっていることを無意識のうちでしか気づいていなかったか（彼らがアナグラム的命題を手に入れるのに使用する技術は、高度に洗練されたもののように思えるので、少し奇妙ではあるが）、あるいは文法規則が言語運用に同化されているのと同じほど完全に、この技術が詩作習慣に同化されてしまっていたかのどちらかであろう。どちらにしても、スタロバンスキーが言っているように、ソシュールの眼前にあったこの現象は、その始まりこそ曖昧なものの、その影響は強く、詩作法を〈規則化〉するほどのものであった。それゆえソシュールの研究は、精神の所産、中でもとくに言語は、強制力を持ち普遍的な行動型に従うものだということを例証しようとする、西洋および世界のどこにでも古くから存在する伝統に直結している。さらにこの伝統は、個人の変革力がこれらの型を変え、個々の前例を据えることにより新しい型を創始すると説く、より自由な伝統と論争的に対立する(63)。

ウァロ(二八)の『ラテン語論』という著作は、今述べた二つの伝統の初めのものの根柢にあるテーゼこそ、言語の研究に関する限り自然であると考えている。一言語における言葉は、共感的に支えられる規則性のパラダイムから類推によって引き出される。これに対立する伝統のとる見方を彼は〈随意的〉と呼んだ。この場合、一言語における言葉は（もちろん、程度の差はあるが）変則的なものであって、それは「個人の意志の所産であり、他による統制から離れようとする」。ウァロ自身の立場は、まことに未来を予言するかのように、これら両方の見解を結合したものである(64)。しかしながら、この立場がごく自然な妥協であると受け取られてしまうことのないように、イスラム中世期のクファ派とバスラ派(二九)との間で苛烈な論争が展開されたことに触れておく価値はあるだろう。前者は変則主義者、後者は類推主義者として知られていた(65)。もうひとつの例を見よう。ヴィーコの『新しい学』は、言語や習慣は変則的な派生と借用のために時間と場所により移動すると論じる者たちに対する反論でもあった。ヴィーコはこの見解に反対し、言語は、そしてもっと広く言ってすべての言葉の所産は規則的な型に従い、その型は個人が無意識のうちに持つ精神の辞書から引き出され、時代や民族が違っても同じであると主張した(66)。

これがけっして学問的、あるいは純哲学的な問題でないことは、本書の最後の章で説明できると思う。

しかし、やはりここで注意しておきたいのは、類推／規則性／普遍性を主張する党派と変則／不規則性／局所性を主張する党派との間の闘争が、さまざまな形を取って多くの領域に入り込んでいったのはなぜかということである。新古典主義のフランスとイギリスで戦わされた古代か現代かをめぐる論争や、独創性と伝統をめぐるロマン主義の論争はこの議論の二つの文学的現われである。中世・ルネッサンス社会における民衆の知の疑似百科全書派的体系、あるいは神秘主義的体系への最近の関心は非常に大きいものがある（例えば、フランシス・A・イェイツ[二〇]の『記憶術』やキース・トマス[二一]の『宗教と魔術の衰退[67]』）。ここでも、知の規則的、全体的形成が一時代の精神を支配すると見られている。カール・ポラニィ[二二]は『大いなる変革』で、政治経済学における、彼の言う市場的社会観の中にある根源的な幻想――「人間の社会において個人の意志から生まれないものはひとつもない」――と、これに対立する「権力と経済的価値は社会的現実のパラダイムである[68]」という議論との間の差異を記述している。レヴィ＝ストロースは四巻の『神話学』で詳細にわたって、いかに精神の「抑制されていないと見える創造力」が、それにもかかわらず、「人間精神は神話の領域においても、いや、そこにおいてこそ、決定されているように見える。精神のすべての活動領域でも決定されているに違いない」ことを明かしているかを示そうとした。そしてそれも、表面の行動によってではなく「深層で働いている法則の存在」に立って示そうとしたのである[69]。

これらの〈深層〉の法則と個人の創造力の間の相互作用は、例えばチョムスキーによると、〈所与の〉要素を結合し再結合するのだが、これはこの議論の中で現代の悟性と、とくに現代の合理主義にもっとも深く関連する局面である[70]。フロイト、チョムスキー、フーコーなどの互いにまったく異なる哲学思想を挙げてみるだけで、この問題の離れ難い興味の裏づけとなるだろう。基本的には、人間の現実における差異化の位置づけに今や問題が集中しているように見える、と言えばほぼ一般化できたことになるだろう。つまり、精神のさまざまな活動と所産を個別化する有意味の体系的な差異は、本当に自我のレベルで始まるのか、それともその差異はもっと根柢の（または、超越したところの）普遍的な知のレベルに、個を超えたレベルに位置するものなのか、ということである。ホメロスに関して百年前にこの問題を洞察してニーチェは「ひとつの概念からその人物が造られたのか、それともひとりの人物からその概念が造られたのか」と言っている。(71)

B　新しい〈作られたものとしての始まり〉

十八世紀の先人たちによく見られたように、創造的人格に対するニーチェの関心も「ホメロスの問題」の周りをめぐっていた。ホメロスは二つの詩の著者だったのか。彼は人間だったのか。この人間が〈ホメロス〉だったのか。それとも〈ホメロス〉はある種の属名、機能名だったのか。今すぐ引用しようとしている一節におけるニーチェの結論は奇妙なためらいを見せている。どうやらニーチェを落ち着かなくさせていたのは、ひとりの人物という概念らしい。叙事詩をひとつの〈観念〉にでもなく、ひとつの〈民族〉にでもなく、ひとりの人物に帰属させようとするときに、その概念が基本的に有用であることを知りながら、詩の著者を単一の名前に限定しようとすると、彼は尻込みする。このジレンマを解決するのに、ニーチェは著者の創造的権威を、後世の詩人、読者、批評家の下す〈美的判断〉のレベルにまで引き上げ、同時に、〈〈運動〉、〈民族〉、〈時代〉などの一般概念に対立する）著者という特定の個人概念の有効性を主張した――

『イリアス』と『オデュッセイア』の詩人ホメロスは美的判断からでたことである。しかしながら、彼が美的不可能性を持った想像上の存在にすぎないと、これらの叙事詩を書いた詩人に対して確言することはまずできないだろう。そう考えることができるのは、実際ごくわずかの文献学者だけだ。『イリアス』のような詩の全体的構想を立てえたのはひとりの人間であり、さらにその個人とはホメロスであると断じるのが大多数である。この主張の前半部は認めてもよい。しかし、これまで言ってきたことからすると、後半部は否定されなければならない。前半部に賛成する人たちが、つぎのような点を考慮した上でそうしているのかどうかは、大いに疑わしい。

『イリアス』のごとき詩は丸ごと〈全体〉として、ひとつの有機体として構想されているのではない。それは多くの部分を綴り合わせたものであり、思索の断片を美的規則に合わせて配列したものである……。しかし、まだ十分な展開を見たとは言えず、ましてや完全に理解されることも一般に評価されることもない、ひとつの芸術の方法の発現としての、そのような断片のつなぎ合わせが真のホメロス的行為であったはずがないし、画期的なホメロス的事件であったはずもない。反対に、この意匠はホメロスが有名になってからずっと後の産物である。それゆえに、「独創的で完璧な意匠」を求める人々は幻影を求めているにすぎないことになる……。『イリアス』と『オデュッセイア』の著者である大詩人の存在は信じよう——が、〈ホメロスがその詩人であったのではない〉。(72)

このニーチェ特有の結論がニーチェの主張の最後というわけではない。さらに進んで彼はこのような調査研究を文献学の成果としている。それは「ある哲学的見方に取り囲まれ、その中では、個別的、孤立的なものは忌まわしいものとして消散させられ、偉大な同質的な見方だけが残る」(73)ような科学である。「個別的で孤立的」な事例として、ニーチェはホメロスをめぐるある学者の疑問をあげている。「その善良なる男はどこに住んでいるのか。なぜ彼はあれほど長い間知られずにいたのか。それから、彼はどんな背格好なのでしょうねえ[74]」。叙事詩のような大きさを持った美的事象を前にしては、「人格」というような存在概念はこっけいなほど弱くて、それらの事象の説明の道具にならない、とニーチェは見ている。その事象は変則的である。が、その馴致、テキストおよび有機的統一体への幽閉はそれでも後世には行なわれる。その時点で、洗練という過程を経て、変則的事象が類推により、いわゆる「叙事詩」という整然とした形式物へと順応していく。だから、二人のホメロスがいることになる。ホメロス（1）はもはやいない。説明も及ばぬ創造の炎を燃やし、「イメージと事件の無限の濫費」のうちに消えてしまった。ホメロス（2）は今日私たちとともにいる。それは前者に対する美的判断であり、後世の人々によりホメロス（1）および二つの詩と結び付けられる虚構の構築物である。

ニーチェがホメロスを二要素に分割したことは、創造のエネルギーについてまさに不正確な解釈を施す批評の美的力にオスカー・ワイルドが魅かれたことに似ている[75]。強調すべきことは、芸術生産についてのこのような説明概念の構築が、逆説的ではあるが、エネルギーの観念――創造的作品をまとめ形を与えると想定される総合力――と、個人の属性を幾分か持つが存在する自我（同一性）は持たない個人的型の両方にどの程度依存しているかということである。まさしくこの種の構築こそ、例えばフロイトのモーセや、ニーチェのディオニュソス、あるいはツァラトゥストラの特徴である。ハンス・ファイヒンガーの『かのようにの哲学』は構築と現実との間の空隙を占めるが、十八世紀の物語的虚構が物語的歴史のためにしてやったことを、多少なりとも哲学のためになしている。マルクス主義あるいは修正マルクス主義は世界観、イデオロギー、パラダイム、階級といった構築物を分析手段として用いるが、この態度は現実の無視を意味するのではなく、個人性それ自体は経済的、社会的発展のような個人を超えた経験を包含できないことを認めるものである。リュシアン・ゴールドマン[二三]の「潜在的な意識」という（先験的）図式が、フロイトのモーセとどれほど異なっていようとも、人間の共同体的現実への同じような洞察や、その現実が逸話的、あるいは伝記的には理解しえないという同じような確信から生まれているのである。[76]

このような具体例のリストで——というのは、結局リストにすぎないからなのだが——厳密に方法論的な基準を表わそうというつもりはない。私はそんなことをしようとしているのではない。第一の典拠をテキストとする研究者なら、誰でもが直面する深刻な問題の周りをめぐっているのである。その問題をこのように言ってみることもできるだろう。結果を原因に帰するようには、テキストそれ自体は単に受動的に個人に帰せられないはずだが、それはどの程度までそう言えるのか。テキストが下位テキスト、前《プレ》テキスト、後《パラ》テキスト、上位テキストの不連続の寄せ集めであれば、著者を単純な制作者と見る考え方は無力になるが、それはどの程度までそう言えるのか。一元的文書としてのテキストを、超個人的な分散の領域とした方がより正しく判断でき、ダーウィンやマルクスやフロイトが、それぞれ博物史、経済史、心理学の歴史を分散のテキスト領域として読んだように、もしもこの領域が研究の〈第一領域〉であるとして、「創造的」[77]あるいは「生産的」個人において始まるものではないとしたら、それは一体どこで始まるのだろうか。

テキストと個人の著者との間には、始まりの結び付きとまでは言えなくとも、(語の漠然とした、やや受動的な意味で)始源的な結び付きがあることを疑うことはできない。しかし、テキストの読者にとって、あるいは書いている著者にとっても、テキストは統一体ではなく歪んだものである。というのも、エクリチュールは自然と同じものではなく、それゆえそれはその主体(生、自由、幸福)を形成するというよりもそれを歪曲するものであると言える。[78]読むことと書くことはつぎのことを共通点にしている——両者はともに一般的現実をそれぞれ歪曲したものであるということである。テキストには暴力が潜む。これに応えるのはテキストを吟味する批評家による再構築である。フロイトはこう書いている――

したがって、ほとんどいたるところに、目につく間隙、不穏な反復、明白な矛盾が生じており、これらによって伝えるべく意図されてはいなかったものが露わになる。その内意において、テキストの歪曲は殺人に似ている。行為を犯すことが難しいのではなく、その痕跡を消すことが難しいのである。歪曲（*Entstellung*）という語に、当然の権利として、だが、今日では何の用もない、二重の意味を与えてもよいだろう。「何かの外観を変える」ということばかりでなく、「何かを別の場所へ置く、転移させる」という意味もそれに持たせるべきである。それゆえ、テキストの歪曲の多くの事例において、コンテキストから引き裂かれ変更されてはいても、抑圧され、否認され、別の場所に隠されたものを発見できると期待してよい。それを認知することはいつもやさしいとはかぎらないけれども。(79)

ここでフロイトは旧約の六書のことを話しているのだが、これは尋常以前のテキストである。しかし、テキストの一般特性を記述するものとして本書の第4章までこのままにしておいても差し支えあるまい。テキストを理解し始めるということは、その中に意図と方法を発見し始めることである。言い換えると、それはテキストの戯れ、分散、歪曲の領域を構築することであり、身体を欠いた声という原因から発せられる言葉の連続的流れにテキストを還元することではない。しかし、この主題は後の章で詳説したい。

読者にとっても作家にとっても、テキストがその全領域を、あるいはその意図さえも前もって提供すると言い立てようと、それが実行されない以上、テキストは大きな仮定の上に立って始まるのだと言うことは正しい。この仮定に従えば、ここでは意味はエクリチュールにより生まれる。その意味の曖昧さは少ないというより、むしろ多い。しかし、このエクリチュールで意図された意味は、意図された無＝意味や、絵画、彫刻、音楽などで意図された意味とは正反対である。ここから、この始まりから――それは、その一般性や夢のような不明確な野心の程度まで、虚構の構築物なのだが――より正確な意味が、作業の過程でしだいに姿を現わしてくる。『序曲』開始時のワーズワスの自由、『失楽園』開始時のミルトンの（あるいは、ミルトンの代理人たるサタンの）自由は、「私は自由だ。だから、その自由を行使して、書かれた作品、形式、業績を目論もうと〈意図〉している。そうすれば、今度はその産み出されたものが、私の自由を単なる断言以上のものとして、世界に返してくれるだろう」という大きな意図の具体例である。この目論もうとする始まりの意図は、始まりにおいて実態以上に言ったり誓ったりする限り、すでに述べたように、構築物である。あるいは少なくとも虚構的なものである。サタンの自由の宣言は、天国から追放された情況や存在の階梯における副次的な地位などを無視しているし、ミルトンは意図的に何百行も後までこのことを知らせずにおく。ミルトンは悪魔に与しているとブレイクが推測したのは、多分、サタンが始めにあまりに自由奔放にしているからにちがいない。というのも、キリスト教徒かどうかに関係なく、読者を今でも悩ませている『失楽園』のひとつの核は、詩が始まる前にサタンが自分の意志で神から離れ始めたことである。これ以上に還元できない始まりはありえない。同じように、エクリチュールは発話から、そして音楽から離れていく。

　仮定、構築、虚構。どうしたら、この三つを〈始まり〉というような混成語ではなく、意図と方法に正当に結び付けることができるのだろうか。幸い、まさにこれらの結合を計画的に劇化した一連の作品がある。レオナルドに関するヴァレリーの試論で、この最初のもの（一八九四年）は、いかにもふさわしく「レオナルド・ダ・ヴィンチの方法序説」[80]と題されている。三つの試論すべてにおいて、ヴァレリーはいかなる伝記的目的をも否認している。彼のレオナルドは、あまねく多様な活動と「事物の差異についてのどこまでも鋭い知覚」を徹底的に追求した精神のイメージに合致するような構築物だと、彼は言う[81]。「木を描く者は木が現われる空や背景をも描かねばならない。ここにはほとんど気づかれぬが、ほとんど知られることのない論理がある。私が提出する人物［レオナルド］はこの型からの類推物に帰することができる」[82]。（テスト氏の先駆けとなるような）このレオナルドは、他人からすると、変化についての不変の論理、連続していない物同士の連続性、異質なものの同質性を理解したいと望む精神であると想像される。三十五年後、三度目に（その都度、前回に比べるとより哲学化されていったのだが）「レオナルド」に回帰したヴァレリーは、その精神の中に、「〈恣意性〉と〈必然性〉の間の交換を絶えず図ろうとする、いわく言いがたい内面の姿勢」[83]を見出した。現実の持つ不意討ちに対処する「いわく言いがたい内面の姿勢」とージとしても、うまく概念化できない知性をヴァレリーに示す結果となった。こういったものはいずれも力を欠いた方法を表現するものである。レオナルドにそのような仮定の「自動作用」と彼の言うものをあてはめないこと、逸話的欺瞞も避けること――それが問題である。

必然的に、方法とは「連続性の法則を捉えることのできない[84]」事物の中に見出される連続性の法則であることになる。ヴァレリーによるレオナルドの構築は、そのような方法が事物を結合する意図的力として想像される方法なのだと明確にしようとするひとつの試みである。それゆえ、ヴァレリーがそう使おうとしているように、〈構築〉とは意図と等価である。構築／意図の一元化がその方法なのである。ヴァレリーが説明しようとして多用する否定表現で示唆しておいたように、レオナルドの方法の特質は、それがすぐにはそれと分からず、直接経験できないものであるという点である。絶えず流動するこの力は「同時に、エネルギーの〈源〉であり、〈技術士〉であり、〈拘束〉でもある[85]」。それゆえヴァレリーは、この力がその企画を構築する最中に位置する、まさにその地点に立ち会う。「構築は企画、あるいは特定のヴィジョンと、選び取られた素材との間で生起する[86]」。だから、ヴァレリーは自分でも構築中のレオナルドを構築する。「私たち自身が作りえたかもしれないということがなければ、どんなものにせよ、それを明確に理解することはできない、というのが真実であろう[87]」。あるイメージがこのような構築を目的とするものでないとしたら、何がそのようなものとなるのか。ひとつの目的は「構築という意識的行為」、すなわち、「概念を拡大してもはや想像不能の地点にまで連れて行く[88]」精神の力の持つ人間的喜びを経験することである。また別の目的は発見としての知を経験することだ。ヴァレリーはこの目的を「哲学の遠大なる企て……〈私たちの知るすべてを私たちの知りたいものに変換する努力[89]〉」に似ていると見る。何よりも大事なのは思考が自身を差し向ける、世界の空無、亀裂、空隙、不連続を首尾よく扱うという目的である——

> 私たちは、世界のいくつかの部分は、そこここで理解可能な要素に還元される、という了解に到達した。その仕事をするのに私たちにそなわる諸感覚で間に合うこともある。時には、もっとも巧妙な方法を使わなければならないこともある。だが、いつでも空無が残る。試みは常に空隙のままである。われらが英雄の王国が出現するのはここである。彼は異常なまでの釣り合い、調和の感覚を持っているため、彼にはすべてのものが問題として映じる。理解が破綻するといつでも、彼は自分の精神の所産を導入する……。

この〈象徴的な〉精神は、形式の一大コレクション、自然の性向というつねに輝く財宝を持っていた。それはただちに行動に転換でき、その領域を拡大しつつ成長する潜在力であった。無数の概念、膨大なる記憶、世界中の異常な数の事物を大きく把握し、多くのやり方で並べて見せる能力。これがレオナルドを作り上げていた。[90]

この過程は「イメージと視覚的、動的表象の全概念」を捨象していると、ヴァレリーは欄外にメモしている。レオナルドは現代の専門化された人間を絶望に陥れる。この人間の美徳は、思考の欠如である。レオナルドは「障壁や仕切りを抜けて循環しなければならない。彼の機能はそれらを無視することである[91]」。レオナルドの言語は形式的である。しかし、ヴァレリーはレオナルドを取りとめなく記述する。最後の試論で、この二つの様式を和解させようとしたヴァレリーは、完全な個人性にも、まったくの凡庸さにも陥らずに精神はいかにして自己を言語で明確にするかという問題に直面する。精神の〈頑固なほどの厳しさ〉(*hostinato rigore*) はどうしたら理解可能な形で表現されるのか。日常言語 (*le langage commun*) を通してである。これは自分の思考を表現しようとする、あるいは内的現実を伝えようとする哲学者をしばしば疲弊させる。ヴァレリーによれば、日常言語は——

外的生活と内的生活を関係づける主導的、一般的手段として、これからも役立っていくことは間違いあるまい。それはいつでも、意識的に創造された他の言語を私たちに教えてくれる方法であろう。それは、それらの隠れた正確な仕組みを調整して、未だ専門化されていない人々の用に供してくれるだろう。だが反対に、日常言語は粗野な近似的方法なのだという認識も、しだいに深まっている。[92]

何に対する近似か。「異常な存在様式」に対してである。

だが、その様式は教訓に満ち、悟性の怪物、うつろいやすい状態である――その空隙では連続性、結合、運動などの、既知の法則が警告を発せられた。光が苦痛と結ばれる領域。恐怖と欲望の両極間の奇妙な巡回に私たちが従う力の場。時間で構成される物質。恐怖と愛と静謐から文字どおり成る深淵、あるいは、自己と奇怪に融合する地帯。運動に抗する非アルキメデス的世界。閃光の走る恒常的な現場。私たちの嘔吐と結ぶときに陥没する表面。私たちのかすかな意図の重みにもたわむ表面……。不思議なのは事物の存在ではなく、事物が事物であるということである。(93)

であれば、日常言語は始まりである。が、それはきわめて複雑である。ヴァレリーによるレオナルドの読みは、まさにレオナルド自身が始めたところで始まるがゆえにひとつの構築物なのである。それは民衆の、土地の言語である。批評家としてのヴァレリーにとって、構築される構築物としてのレオナルドにとって、日常言語は絵画的表象で伝えられる構造とは別の、それよりは尋常ならざる構造につながっている。強調されるべきは、日常言語が（つまり、散漫な言語が）第一の表現様式として、さらなる表現への出発点として受け入れられるときに起こるイメージの放棄にヴァレリー自身が固執している点である。日常言語によりレオナルドに可能なのは、ある世界（「科学の天国」）に到達することである――

その世界は、もっとも豊かな思考が自身に同化し、語とシンボルの小さな群の中に成就されてその存在が認識されるときに、その思考によって到達される世界に匹敵する……。彼は……ほとんどイメージなしに存在する。(94)

言葉はイメージの放棄である。しかし、ヴァレリーはレオナルドの術は建築術であると主張する。ただし、

（ヴァレリーによって）一種の格別の詩的な言語と定義される建築ではあるが。彼の考えはつぎの一節からも分かる――

建築は一般に誤解されている。舞台装置から住居に金をかけるあたりまで、私たちの建築概念は様々である。建築の普遍性を知るためには〈都市〉の概念を持ち出すべきだし、その多面性を想起して都市の複雑な魅力を理解するようになるべきだろう。建物が動かないのは例外なのである。私たちの喜びは、私たちが建物の周りをめぐり、逆に建物が動くときに生まれる。そうしながら、建物の各部の結合が変化するさまを私たちは楽しむ。柱は回転し、奥行きは広がり、柱廊はすべっていく。大建築からは何千ものヴィジョン、何千もの調和が生まれる……。建築の構造体はまったく独特のやり方で空間を解釈し、空間の本質についての仮定に至る。(95)

固体性のもっとも強い素材を扱う建築ですら空間に関する仮定であって、それは、ページの上の言葉が直接意味を産み出すのではなく、まず初めにページを――ついで思考や詩を――分割し、意味を産まねばならないのと同じことである。印刷された言葉は、作者と読者によってそれぞれ形成されるところの、言葉の意味についての仮定を構成する。

素材と配置の意志を込められた関係は、意図と構築を明確にする今ひとつの方法である――構築は物理的経験のレベル（ページ上の言葉、空間にある石、背景を持つ樹木）で始まり、その後、複数の意味の構成へと進む。「さいころの一擲も危険を除去しないだろう」につけたマラルメの前書きは、(二四)エクリチュールの物理的、空間的特性を誇張する習慣を、実際に創始したのではないにせよ、多分確証したものである。マラルメは読者に、ページ上の無連続的空間は〈読みの間隔〉（*un espacement de la lecture*）を引き起こすはずだ、と説明している。文字の隣の白い空間については、それは――

人を不意打ちにした後、しだいに重要性を帯びていく。韻文は、周りの沈黙としてこれを必要とする。短い叙情詩にせよ、韻脚をほとんど持たない詩にせよ、途中で、ページの三分の一程のところで普通は必要とすると言ってよいくらいだ。私はこの規則に違反するものではない。分散するだけだ……。だから、常にそうなのだが、事は規則的な音韻特性とか韻文の詩行にかぎらない。そうではなくて、観念の多彩な下位区分の問題なのだ……。すべては省略形で、仮定的に起こる。物語は避けられる。(96)

ヴァレリーもこれに応答する――作者あるいは読者として構成するということは、「文献の助けを借りて、小説の主人公を描こうとすること」(97)から成り立つのではないと。構成、構築、意図的言語についてマラルメやヴァレリーが言っていることのすべては、こうだと思う。一方に、直線的連続、絵画的表象、伝記的系譜から成る作品があり、他方に、空間に分散する言葉、言葉の現出、言語が行ないうる変形作用を含む作品があって、両者の違いを彼らは断じているのである。それゆえ、言語において（あるいは、言語によって）始めるとは、前者を捨てて後者を取ることになる。ここで仮定的（または虚構的）なのは、このような構成は現実に直接看取できる対応物を持たない点である。しかしながら、ある小説の主人公はこのような対応物を〈表象〉し、〈具現〉する。それにもかかわらず、マラルメもヴァレリーも小説を論争的に誤読する。それは、言語と視覚的現実（あるいは、視覚的現実の視覚的表象）との差異を明確にするためだと思う。

ヴァレリーのレオナルドについてのこの長談義が、体裁を整えただけの道楽でまっとうな思索を置き換えるものだと見えるならば、ヴァレリーの思考の気取りを、彼の同時代人であるフロイトの思考と併置してみればよい。フロイトにとって精神生活の素材は言語を通して分析可能である。言葉だけが無意識に巧みに関わり、言葉はそれからの緊張に耐えることができるからである。夢は物語るイメージであるばかりではない。というのは、言葉——夢見る者の言葉、分析者の解釈的言葉——による夢の解釈こそが、夢について語るものであるからである。フロイトに従えば、無意識の持つ否定的特徴のうちでも、とりわけ絵の不在が無意識をよく記述するという。精神分析と考古学との頻繁な比較にもかかわらず、フロイトは岩、神殿、彫像のような質量的現象と心的エネルギーとを注意深く区別した。精神分析は精神生活を三つの視点から理解するとフロイトは述べた。力学的視点、経済的視点、地形学的視点である。いずれも視覚的類比には周到に抵抗する。最晩年のフロイトが、分析の際の分析者による構築の役割を評価したときにも、彼は絵を避けた。フロイトはこう書いている——「分析者の仕事は、後に残された痕跡から忘れられてしまっているものを判読することだ。より正確に言えば、〈それを構成すること〉である」[98]。だが二つのものが分析者の仕事の邪魔をする。「心的物象は発掘者の物象より比較にならぬほど複雑であること、そして、何が発見できるのか皆目見当がつかないことである」。それゆえ、「分析にとって構築は準備作業にすぎない」[99]。

この後フロイトは直ちに正確さの問題を考慮する。とくにそれは、分析者の仮定に対する患者の肯定や否定が、患者へのそれとは気づかない圧力を表わすものであって、分析者の洞察を表わすものではないからである。したがって、どの時点においても、構築のいかなる部分においても、正確度は決定できないのである。精神の構築——患者による構築にせよ、分析者による構築にせよ、あるいは両者の構築にせよ——と現実の事象との間に直接の対応がありえないというのがその主たる理由である。フロイトはこう書いている――

　構築を進めることで活性化される、抑圧されているものの〈発現衝動〉は、重要な記憶 - 痕跡を意識化しようと努力した。だが、抵抗が勝利をおさめた。実は、その運動を〈止める〉のに成功したのではなく、重要性の少ない隣接する対象への〈転移〉に成功したのだ。(100)

転移の結果は歪曲であり、あるいはフロイトの言葉を使えば、妄想である。言語的に、また分析的に言葉により何かを構築しようとするこの歪曲の過程は奇妙なほど秩序立っているので、フロイトは、患者にとって重要な事象を取り巻く細部が驚くほど明確に思い出されるのに事象そのものは忘れられてしまうことを、例として挙げている。細部の記憶は妄想の一部であると、患者に分からせても無駄である。「反対に、これらの細部の中に真実の核心が（補助的細部に埋もれたり、歪曲されたりしながら）存在すると認めることで、診療を行なう共通の土俵ができるだろう」。フロイトのもっとも複雑な洞察が今や現われてくる――

　しかし、それにもかかわらず、私は類推の誘惑に抵抗できないでいる。患者の妄想は分析療法の過程で作り上げる構築と等しいものに思われる。その療法は説明と治療を目指すものだが、実は精神病という条件の下では、たった今、患者が否認している現実の断片を、はるか昔にすでに否認されている別の断片で置き換えるだけの話だった……。人類全体を考え、個人の代わりに人類を置いたとしたら、やはり、論理的基準では説明できず現実と矛盾する妄想を発展させてきたのだということが分かるだろう。(101)

患者の妄想と分析者の妄想という二つの妄想は歴史的真実という核の周りに築き上げられるが、この真実は、その定義上、真実の代理としての言葉の中にのみ、あるいは〈すでに排斥された〉経験としてのみ姿を現わすように見える。それゆえ、言葉は一連の置き換えの始まりに立ち、事実置き換えの始まりである。言葉は現実の断片から離れる動き、またはその周りの動きを意味する。これは人間の言語能力の性質を別様に説明することになる。言葉を使うとは、言葉に何か別のものの代理をさせることである。この別のものを現実と呼んでもいいし、歴史的真実あるいは現実の核と呼んでもいい。フロイトやヴァレリーにとって――マラルメ、ニーチェ、コンラッド、その他根源的な計画を持つ誰にとっても同じことだが――言語は、見たところ不合理性を免れていないにもかかわらず、方法を持つ〈もうひとつの〉企ての始まりである。この方法の困難は、それが自然を模倣せず転移させる点にある。この方法は〈コギト（われ思う）〉を中心としないし、〈コギト〉から発生するものでもない。実際のところ、個人の主体は、妄想におそらくあまりに似通っていて困るほどの仮定（代理）を構成するための暫定的な権威以上のものではない。そして最後に、この方法の論理は生物学的継承、つまり、嫡出関係の中に求めることはできず、オイディプス・コンプレックスにおけるように、嫡出関係からの出発と逸脱、そのもつれの中に求められる。

最終結果は、言語を一連の転移を意味する意図的構造として理解するということである。言葉は別の方法に取って代わる方法の始まりの記号である。取って代わられる連続体とは、家族という類推により結合される一群の関係である。父と息子、発生のイメージと過程、ひとつの物語など。これらの場所に置き換わるのは、兄弟、不連続の概念、共生、構築である。第一群は王統的で、淵源と始源に連なり、模倣的である。第二群を結び付ける関係性は相補性と隣接性である。淵源の代わりにあるのは意図的始まり、そして物語に置き換わる構築である。この変遷は二十世紀のエクリチュールにとって極めて重大だと思う。現代のエクリチュールにおける強固な合理主義的伝統が、王統的イデオロギーにつながる陰鬱で不合理なニヒリズムの外見によって長すぎるほど覆い隠されてきたというのが、実は、本書の第一の論点である。この変遷を可能にした知の進展により、重い責任は起源から始まりへと移動する。

これにより(第3章で見るつもりだが)始源という観念に始まり、それが破産していく展開として、小説の歴史を理解することができるようになる。二十世紀のある種の批評では構造に決定的重要性が付与されるが、それは、伝統的な「(作家の)生涯と作品」の図式の下に潜む自動的な因果関係からの意識的離反の開始を表わしている。そのため、言語と精神は、言語と精神についての——言語学的、心理学的——言述の中で新しく定義された役割を演じる。何よりも大事なのは、始源にある対象としてのテキストが、生産され、生産する構造としてのテキストに変化したことである。この構造の法則は動的であり、静的ではない。その実質はテキスト的で、発生的ではない。その結果は意味の増殖であって、意味の固定ではない。これらの変化の中で始まりを把握すれば、ひとつの思考様式の終わりを認識し、新しい一歩を踏み出したも同然である。いかなる意識がこれを産み出したかは、マラルメの「類推の悪魔」の最後の段落に書かれている——

だが、超自然的なものが有無を言わせず介入し、あの苦悩が始まり、かつて君臨していた精神が今やおののき苦しんでいる——これが始まったのは、あのときだ。骨董屋の並ぶ通りに我知らず迷い込んで、目を上げて見たら、壁に掛かった古楽器を売るリュート店の前に立っていた。地面には、陰に隠れるように、かつての鳥の黄色い前足と翼があった。私は逃げ出した。奇妙なことだ。説明のつかぬ、終わりから二番目の音節を悼むよう運命付けられた者なのに。(102)

語り手はまずある語句（「終わりから二番目の音節は死んだ」）について問いを発する。意味は分からないのだが、以前に聞いたことがあるようで、説明できる一節の一部のようでもある。語句中のひとつの音節（nul）はリュートの音色を思わせる。語り手自身、この楽器の上を飛び回る翼になったように感じる。アパートを出て通りにはいった時、彼はショーウィンドーに映る自分の手が何かを愛撫しているのを見る。語句を繰り返してみて、彼は自分を繰り返しているだけのことに気づいてびっくりする。「私は……まさにその声であることに気づいた（初めの、確かに独特であったあの声）」[103]。その瞬間、彼は類推に囲まれ――リュートや翼をあちこちに置いたショーウィンドー、もはや詩の起源ではない平静を欠いたミューズの記憶――始まりに立つ。彼自身が話す言葉の未来を見据えて。この言語は、もう一度始め、意味したいという努力以外にはいかなる淵源も意味も持たない。先行する音と意味は、ただ、過ぎ去ったものにすぎない。もし、それに意味があるとすれば、それは終わったものを意味するだけだ。始まりが始まれるように。類推は正確な対応ではなく、作者自身が集めねばならない単位（語、リュート、翼）の間の類似性である。そして最後に、彼が今や作らなければならない構造は、存在するものを模倣することはできず、新たなる、意味の構造でなくてはならないという点で、虚構なのである。年老いたミューズの方法は不十分である。そして、現代の作家もしかりである。ミューズに霊感を与えられた見者ではないからである。彼は始源の言葉（つまり、ただひとつの始源に縛られた言葉）としてではなく、エクリチュールとして生産されるエクリチュールの共同体の中に自己を位置付けねばならない。この新しい様式は意図的で方法的な反復である。

V

アウエルバッハが批評家として行なう自己の作業についての回想的分析[104]は、文学という学問に言及しながら、以上の議論の多くを再活性化してくれる。彼は『文献学と世界文学』という試論で、まず最初に、果てしない事実収集にすがってすべての文学作品に連続性を付与することの可能性を斥ける。文学の富はそのような計画には大きすぎるのである。だが、彼は批評家としての自分が実践する綜合の記述に向かう。これは適切な〈出発点〉(*Ansatzpunkt*)の選択に依存する綜合である。アウエルバッハは慎重に〈始まり〉*Anfang* ではなく〈出発点〉という語を使っていると思う。これにより、始まりの持つ構成的、あるいは構築的意味を強調することができる。アウエルバッハの規定によれば、「神話」も「バロック」も「適当な出発点たりえない。なぜなら、どちらもとらえどころのない概念であり、真の文学的思想には無縁だからである[105]」。それよりもむしろ、歴史上の一時代の言葉の現実にどっぷりつかった〈宮廷と都市〉といった語句の方が、(それが十七世紀に書かれたものに共通し、まったく人工的な語句という訳でもないので)研究者の心に訴え、それゆえ、考察される時代の内的な運動の規制に関係するだろう。アウエルバッハの省察の要点は、考察対象となる時代の言語から造り出された適切な発見の道具で批評家(＝自分)が喜んで始めようとしていることである。

アウエルバッハは〈出発点〉を精神の活動中の一条件と感じていた。初め、それはたんにひとつの指数のように見える。彼は、例えば、〈フィグーラ〉(*figura*)という語を使う。それが多くのラテン語のテキストで特別の位置を占めると考えられるからである。〈フィグーラ〉のような鍵語は、歴史から引き離されて使われ、それを強調することで研究者を困惑させその注意を引くという問題児であり、私たちの知へ新しく付加されるものとしては適切であろう。そういった語はソシュールの〈語＝主題〉に似た役割を演じる。しかし、〈出発点〉が畏怖すべき代数で用いられる記号であると判明したとき、機械的な算術は避けられる。出発点は理解可能である。それはちょうど、代数の関数としてXが理解可能であり、キケロの演説で〈フィグーラ〉が理解可能であるのと同じである。だが、それがひとまとまりの中の他の用語と何度も出会い、他の並行する関数やテキストと出会ってみないと、その価値はまだ分からない。かくして、〈フィグーラ〉という語や〈宮廷と都市〉という句の重要性が生まれる。研究においては、どちらも頻出語のリストから現われてきて、歴史に入り込んでくる。アウエルバッハはそれらの語句を受肉させる学問的仕事の中で、その歴史は用意を整えていると考えている。つまり、それらを変え、またそれらによって変えられるものと見ている。もはやただの言葉でも未知の記号でもなく、それらはアウエルバッハの著作の中で、言語の歴史的織物の中に織り込まれた過去と未来を結合する役を演じる。比較的無名で押し黙っていた用語が、精神の特別の状態を生起させ、時間の存在を強く感じさせたというわけである。始まりは推論的な連続性のためになされる努力である。こうして、ひとつの用語が再構築された歴史へと変更され、ひとつの単位が綜合に転換されるというわけである。

初めは他の文の中に繰り返し現われるだけにすぎなかったアウエルバッハの〈出発点〉も、その固執の理由を問うほどの問題に変わる。「理由を持たぬものは何ひとつない」。固執することにより、批評家は文学を、あるいはいわゆる時代を、研究することが可能な情報として、また質問を必要とする情報として、眺める機会を持つだろう。『ミメーシス』の収めた驚異的な成功は、相当程度、アウエルバッハがテキストに問いかけた疑問の結果である。その第一章は「ホメロスと旧約聖書を比較対照してみよう」といった空疎な作業の結果ではない。それどころかアウエルバッハは、なぜホメロスのテキストは「創世記」が採らなかった道を言語的にたどって行ったのかと、自身に問いかけているように見える。このような疑問がめざましい結果を〈創造する〉。その結果のひとつは質問の中にすでに予示的に含まれている仮定である。かくして、ラシーヌ、コルネイユ、ヴォージュラ(二五)、モリエールなどのテキスト間の格差は越境する意味コード——〈宮廷と都市〉のように反復される語句が具体例であり、これらのテキストはその方向を向いているように見える——により調整されることになる。これにより、テキスト間の大きな違いにもかかわらず、それぞれは連結され相互理解が可能になる。アウエルバッハとスピッツァーはともに彼らの証明法を文献学的と呼んでいる。スピッツァーはこう書いている——「文学史という学問の文献学的性格は……観念そのものではなく(これは哲学史の領域である)、情報伝達行為としての観念でもなく(これは歴史と社会科学の領域である)、言語形式、文学形式の中に潜む観念に関わる[106]」。

また別のところで、アウエルバッハは、絶望的な課題に取り組んだとまでは言わずとも、途方もなく複雑な現代世界を小説で扱おうという試みで示したゾラの勇気を称えている。この同じ世界を哲学的に考察すると互いに相容れない〈事実〉の一大パノラマとなる。それはアウエルバッハの学識を持つ文学研究者が戦慄を感じながら勇敢に立ち向かう世界であり、フッサールの根源的なエネルギーを持つ哲学者が哲学的に考察する世界である。フッサールは『デカルト的省察』でこう非難している——「一元的な生きた哲学ではなく、哲学的文学があらゆる境界を越えほとんど一貫性もなくはびこっている。相容れぬ理論が真剣に議論しあい、そのぶつかりあいのただ中でこそ、世界を同じくする同志であるという親密さや、根柢にある確信の共通性、真の哲学に対する確固たる信念が示されるのではなく、そこにあるのは疑似報告、疑似批判、互いのために互いに交わす真面目な哲学的議論の見せかけだけ[107]」。しかし、自ら想像し、困難を通観し喜んで形式的に引き受けようとする意志の持つ過激な禁欲主義によってのみ、研究者は、小説家にせよ、批評家、哲学者にせよ、仕事を始めることができるのである。

〈形式的〉という語を私は二つの関連する意味で使っている。第一に、〈形式的〉は整合的に、完全に区別されることを意味する。例えば、スピッツァーが文献学的証拠という時、彼はそれを哲学的証拠と区別している。これはスピッツァーの世代に属さぬ研究者には不明確であろうから、こう言ってもよいだろう――区別とは、時に、受容されている伝統、学問、制度、そしてこの場合には文献学の専門的な機能であると。第二に、そして、より重要なことだが、〈形式的〉は構築的機能の力で区別されることを意味する。スピッツァーが文献学について機械的に話さなかったのは、結果として整合性を持つように見え、終極的には文献学の領域をさらに明確にする機能を持つ証拠を総合するのに訓練と実践が要求されたからである。それゆえ、〈形式的〉の二つの意味において、企図の始まりは仮説を提出することであり、続いてそれを試験し確証することになる。これは、文献学者を志そうとする者が自動的に歩むとされる儀式化された行程からは程遠い。マラルメは『英語の単語』への序文で、文献学を行なうための形式的同意を特殊な〈意図〉、「記憶と知性の二重の努力」と説明している。以下の記述は、その数と奇妙さゆえに方法論的処理を必要とする言葉の研究を語ってあまりある――

ささやかでおおざっぱな努力として始められた外国語の真の学習も、継続することにより大きくなり、また大きくするものとならざるをえない。高貴にして、大きく、畏怖すべき辞書が目の前にある。一冊をまず手に入れること。これもなさねばならぬ努力だ。手頃な教科書で勉強の仕方を読む。そして分かってきたら初歩の文法にはいる……字典の欄に並べられたばらばらの単語は、偶然の悪意によりそこに恣意的に置かれただけと見えるだろう。とんでもない。どの単語もはるか彼方から、国々を越え何百年を超えて落ち着くべき場所に落ち着いたのである。この単語は他のすべての単語と別れ、この単語は大勢の仲間と交わりながら……［言語の］それ程までに多い行動は複雑で忘れられてしまっているが、その歴史に注意を払う君たちには静かにその動きを始める。その研究こそ、もっとも高貴な目的のひとつであり、まったく哲学的な目的だ……才能があれば十分である。が、方法も欲しい。それから、〈人文学〉を学びこれから学ぼうとする者でなくてはならない。記憶の領域にはいるものならどんなものでも、それが曖昧なものであっても大胆なものであっても、そのような人を真の〈記憶〉に委ねることだろう。この記憶は概念や事実と並列された能力である。そして知の最良の方法は科学であり続ける。(108)

こんな気概をもってことを始め、それを継続すれば、その食欲と勇気により通常消化できないとされるたいていのものも摂取してしまうだろう。例えば、ただの大きな塊も文または一連の文にかみ砕かれてしまうだろう。私が使ってきたような本、名前、観念、一節、引用も、それらのために形式的に措定された関係性の体系に組み込まれる。このため、スウィフトの「穏健なる提言」も、人肉食のパンフレットというそれ自体の完全な例となるばかりでなく、形式的再考としての批評作用の例となるのである。というのは、驚くほど滑らかな散文に変換されたアイルランドの農民の身体の強情さは、何ものかの中に共存する書物や観念の強情さと似ていなくはなくて、私たちはそれを言葉の現実とか言葉の歴史と呼ぶからである。例えば、あるテキストに釘付けになっている文学批評家とは、自己の語る権利を誇示することでそのテキストを自己の言述と連続する何物かに変えるような批評家である。これをするため彼はまず始まりを発見し、つぎにそれを合理化する。かくして、人間の体が人当りの良い散文の食欲にいかに容易に吸収されるかを示すことで、スウィフトの散文がその提唱する人肉食を模倣しつつからかっているのと同じように、批評家の散文は抵抗する作品を飲み込み、その散文のたどる進路を飾る章句にすり換えてしまう。それができるのも、そのような操作を認容する始まりを発見したからなのである。始まりによって時に生じることもある快活な楽観主義のため、始まりは批評家と批評される作品とを結ぶ魔術的地点に似ている。この地点は批評家と作品が出会うところであって、作品をうまく騙して批評家の散文に変えてしまう。自分の批評と批評されるテキストが出会いの中で必ず出発点を見出すという点で、批評家は単に自己のヴィジョン、自己の偏向を他人の作品に再発見しているだけなのだろうか。ボルヘスがカフカの先行者について言っているように、[109]「先行する」テキストが予見によって後に来る者の存在する価値や権利を用意していてくれるという希望がそこには含まれているのだろうか。〈出発点〉はすでに私の名前を載せて存在しているというのだろうか。結局、批評家の自由とは何なのか。

Ⅵ

これらはむずかしい疑問である。もう少しアウエルバッハを調べてみよう。上述したように、彼の〈出発点〉は過去と呼ばれる遠いところでかつて語られ、あるいは書かれたものだが、今は沈黙している文または句である。〈宮廷と都市〉がその一例である。しかし、その語りへの欲望、現在におけるその重要性を認識すれば、〈出発点〉は面白味のない反復章句から批評家の仕事道具へと変貌する。アイネイアスのモーリュ（ヘルメスがオデュッセウスに与えた白花黒根の魔法の薬草）のように、それはこれまで通行不能と見えた道を行く批評家の案内となる。もちろん、退屈な言葉の〈点〉が批評家の旅程の特権的始まりに転換するには、批評家の側で権限付与の行為、宣言の行為がなされなければならない。批評家のこの点への信頼と再点検が一緒になって、自らのなすことを意識した批評を産み出す萌芽となる。この種の始まりは批評的散文の計画案——今日では、私たちはテキスト、意味、著者などが〈文学〉の中に共存しているものと考える——と共同して自身の未来を提出するものだから、批評家はこのひとまとまりの慣習を相手に仕事をするための手だてを考案したいと思うことだろう。彼はまた自分の仕事の中に独自なものを、そしてもしかすると風変わりなものも残しておきたいと望むだろう。書く行為それ自体のレベルに即して言うと、批評家は自由な可能性を保持したいと望みながら、言語的、批評的慣例による決定を受容する。後者は歴史的、社会的圧力に支配され、前者は出発点——それは偶然的ではあるが合理的な状態に開かれたままであり、疑問と回想を奨励する——に支配される。それゆえ、批評家の仕事においては、[二六]抜かりない方法とその方法の成果の記録がともに生産されることになる。ヴァレリーの考案になる[110]〈*implex*〉は、拡張力、体系的変化、偶然性を持ち、それはこれらの統合の沸き立つばかりの表現である。

　話を戻せば、出発点はしたがって相互に鼓舞しあう二つの側面を持っていることになる。ひとつは実現されつつある計画につながる。これは始まりの他動相である。つまり、予期される終わり、あるいは少なくとも期待される継続を持った（あるいは、そのための）始まりである。もうひとつの相は始まりのために〈根源的〉開始点という特性を保持する。それは自身を絶えず明晰にすること以外に目的を持たない、自動的かつ概念的な相である。この第二の側面こそフッサールをあれほど魅惑し（始まりにおける始まりのための始まりについてはすでに述べた）、ハイデッガー[二七]をも捉えて離さなかったものである。この開始点の二つの側面には思考および想像力の二つの型が含まれる。一方は投射的で記述的であり、他方は同語反復的でどこまでも自己模倣的である。他動的様式は、クラリサ[二八]につきまとうラヴレスのように、時間次元でも空間次元でも決して追いつくことのできない対象を常に渇望するものである。自動的様式は、クラリサ自身のように、自分自身で満たされることがない。それは、要するに拡大と凝縮、または言語の中の言葉、そしてロゴスである。開始点にかんするこの二つの相の関係はメルロー＝ポンティの説くとおりである――「神話的であれユートピア的であれ、存在するもの、これから存在するであろうあらゆるものが、同時に、語られる準備をしている場所がある」[111]。

神話的にせよユートピア的にせよ、メルロー＝ポンティが言っているこの場所は、多分、他動的な始まりと自動的な始まりが肩を押し合う沈黙の領域である。沈黙によって言語は黄金時代を夢見るかもしれない。そしてR・P・ブラックマー[二九]によれば、言葉は時に言葉自体の正反対および否定である「沈黙の叫びという重荷を背負っている」[112]のである。しかし、私たちは現実に話し、書く。言語が重荷を背負い混乱しているにもかかわらず、私たちは言語を使い続ける。言語の可能性は貧弱なものではない。というのは、文節化された言語は、未知のもの、不合理なもの、見慣れぬもの――それを神話と呼ぼうと、夢、ユートピア、絶対の沈黙と呼ぼうとも――を理解し、それに言及し、それを扱うことさえする方法でもあるからである。エリオットが言うように、私たちがどんな断言をしようとも、私たちには何をあるいはどれだけ断言しているのかは決して分からないのである。始まりが言語の流れに抗する概念である限り、未知のものは始まりと呼ぶことさえできるだろう。言語は使用されるとき、何よりも現実であり現前なのだから、言語に先行するものや言語とまったく異なるものへのいかなる言及も未知のものである。ヴァレリーは言う――「創造的無知……ああ、そのとおり。〈言葉〉の前とは〈始まり〉の前である。〈前〉の……前！」[113]話すときに、私が始まりに言及したとしよう。言述の目的のために現前するものであると定義される他動的で有用な始まりに言及しているのではないならば、その時私は現前しないものに言及していることになる。自動的始まりは言語の外に締め出されている。それは未知のものであり、フーコーの立派な『狂気の歴史』におけるように、そのように分類されている。フーコーはそこでルネッサンス後のヨーロッパの「狂気」を例示している。だがしかし、私はフッサールのように「始まり」に言及することができるし、しばしばそうしなければならないのである。始まりが絶えず私を拒むように見えるとしてもである。

別の説明をしてみよう。ページを読むとき心に留めておかなくてはならないのは、そのページが書かれたものである、あるいはともかく書く行為により生産されたものだということである。書くこと（エクリチュール）は未知である。あるいは読むことがそこから想像し、サルトルが〈導かれた創造法〉[114]と呼ぶ方法で、読むことが出発する始まりである。しかし、それは読者の他動的視点であり、その視点は読者がエクリチュールと呼ぶ先行する未知を想像するよう強いられているものである。しかしながら、作者の視点からすると、彼が書くときのエクリチュールはつねに始まりにある。リルケのマルテのように、作者は自分の情況の中の始める者なのである。[115]彼は自己のエクリチュール以外に自分が書くための真の理由を持たない。彼は書くために書く。[116]あるいは、サルトルがジュネについて言うように、自分が読めるものを書くために書く。すでに書いたものはいつも自分に対して力を振るってくるだろう。だが、それも彼が書くときは、彼の書く行為が現前するときは、未知なものである。感じられるが現前しない。作者は洞察の寡婦である。エリオットは言う——

私たちの意識生活が行動——散文劇がもっとも得意として表現する生の一部——に向けられたときの、命名可能な、分類可能な情緒と動機の彼方に、無限の広がりを持ち、いわば目の片隅から窺うことはできるが、決して完全には焦点を合わせることができない感情の辺境が存在する。行動から一時的に離れでもしないと気づくことのない感情である。[117]

心が感じる未知の不在は、現代の詩人、批評家、小説家によって、罪を告発し、現在時に〈屈折〉――ハリー・レヴィン[三〇]の言葉である――させられた先行する力として表現されている。その存在様式は、地平にせよ力にせよ、現在時と断絶し、部分的にしか姿を現わさない[118]先行する偉大なる現実は――それを歴史、無意識、レオナルド、神、エクリチュールのいずれと呼ぼうとも――他者（ミルトンの「偉大な匠の目」）であり、以前に存在し、私たちの〈今〉にとって極めて重大なものである。未知のものはちらりと振り向いたときに見える、感じることのできる先例の隠喩である。周囲の不快を暗示するもののように、あるいは、差し迫った侵略の脅威のように、それは私たちの細々とした営為をいつでも滅ぼしてやろうとてぐすねをひいている。それはエリオットの言う振り返る眼差しであり、「恐怖と没我の相半ばするもの」である。それはコンラッドの闇である。追い詰められているように見えるが、いつでも飛び出してきては精神と光を抹殺しようとしている。それはカフカの審判[三一]である。けっして行なわれないのだが、Kが何もなしえないうちに計画されている。果てしなく迂回され続けるが、重苦しく存在しては脅かす審判である。それはボルヘスの廃墟である。その全体像はけっして捉えられないのだが、恐ろしい計画の一部として少しずつ姿を現わし、不滅だとつねに感じられる廃墟。あるいは、根源的な批評にあっては、それはエクリチュールが深いところで先駆けて行なう主張である。エクリチュールは故意に忘れられることもあれば、時には計画的に弱められたりもする。が、活動中の他人の精神の、著者の精神の山や洞とその読みが境を接する批評家に、それはいつでもつきまとっているのだ。このような批評家はその精神の作用を模倣する批評的な詩を書く。その最良の場合には、根源的な批評はあらゆる根源的な活動に酷似する。それ自身がいつも変化し、対立物やエクリチュールの弁証法の不連続性につきまとわれ、しかもそれを自ら再演し記録せねばならない。かくして、ブラックマーによれば、「批評は私たちの読みの中に……足音をそのまま残す。私たちが言葉の中にある怒りと言葉そのものを理解するように[119]」。

ここで、フロイトの一九一〇年の試論「原初の言葉の対立的意味」を持ち出すことは当を得ている。フロイトは文献学者カール・アーベルの仕事に、夢の中の記号あるいは言葉はそれとは反対の、あるいは少なくともその見かけとは根源的に異なる意味を持つという自説に対する言語学的、歴史的傍証を見出した。アーベルによれば、古代エジプトの言葉はその意味と同時に反対の意味を、そして否定すらをも含意する。彼はこう続ける――「実際、人間は最初のもっとも単純な概念も、その概念の反対概念に対する反対概念としてしか獲得することはできなかった。そして少しずつ、対立しあう二面を分離し、一方との意識的な比較なしに他方を考えられるようになっていった[120]」。フロイトと違ってアーベルは改良論者だった。フロイトの信じるところでは、言葉は実際に反対を暗示し続け、既知のものは未知のものをかなり携えている。そういうわけで、読みは私たちを後退的な運動に巻き込み、テキストから遠ざけ、言葉が引きずっているもの――それがエクリチュールの記憶であれ、何か別の隠された、おそらくは破壊的な対立物であれ――へと連れて行くのである。

私たちは、言述的で言語の流れるような連鎖の外にあることを本質とすることが通り相場となっている未知を扱わねばならない以上、私たちがそこから引き出すものは、何にせよ、蓋然性にすぎず、誤謬と変わるものではない。推論には誤謬の可能性があり、誤謬にもかかわらず推論は続くと気づいたことは、現代の合理主義の歴史におけるひとつの事件であり、その重要性はいくら強調しても強調しすぎることはない。これはある程度までフランク・カーモードの『終わりの意識』の主題になっている。この著作は文学と一般的な意味での虚構的思考様式との結合に正当なる偏向を示している。それにもかかわらず、どのようにしたら、また、いつ、私たちは自分たちがやっていることはまず間違っているだろうが、それは〈しかし少なくとも始まりではある〉、と確信を持つようになるのかという問題は、歴史的また知的に十分研究しつくさねばならない。このような研究は、例えば、つぎのようなことを明らかにしてくれるだろう。小説家は、いつ、いかにして、自分がやっていることがエッセイを書くことではなく、まさに小説を書くことだと感じたのか。批評家はいかにして、いつ、自分の批評に自分の無効を予言する力を帰属させたのか。そして、歴史家はいつ自分の仕事に過去が投影されているのを見たのか、といったことである。

Ⅶ

これまで記述しようとしてきたことのうちいくつかを要約してみよう。始まりを選択することはどんな企てにとっても重要である。よくあるように、始まりをかなり過ぎ見習いの時期が終わった段階で、始まりが始まりとして受け入れられるとしても事態は変わらない。十八世紀以来の思考のひとつの特徴は始まりに対する強迫観念であって、これが始まりの場を汚染し、とりわけ疑わしいものにしているようである。二種類の始まりが姿を現わす。それは実は一枚の硬貨の表裏である。私が時間的で他動的と呼ぶ始まりは、そこから流出する連続性を予見する。この種の始まりは仕事、論争、発見に適している。それはエミール・バンヴェニストの説明する「コンピューターの零点《ゼロ》となる軸性の瞬間」で、これにより私たちは開始し、指示し、仕事を構築するための時間を計り、発見し、知を生産することができるのである。(121)アウエルバッハは彼の〈出発点〉を文学史を把握するための把っ手と呼んでいる。私たちはある目的のために、かつ重大な時期にそれを探す。しかし、それを捜し出す行為は、予備作業なしでもかまわないと私たちが思わないかぎり、けっして疑問、調査、考察だけであってはならない。始まりは、思想のあらゆる展開を開始のときから考えたいと思う精神に、厳しい鍛練を課す形式的欲望である。その時、思想は絶えず経験される瞬間の意味ある連続の中で、互いに関連づけられるものと見えてくるだろう。

始まりを考え過ぎる危険はいつでも存在する。ある意味において、この章で考察してきたことは、そのような試みの危険性を証明するものである。単一のテーマは〈固定観念〉となりうるもので、ヴァレリーはふざけてこれを千変万化する標題を持つ伝染病に変容させた。「無限価値の観念について」「抑鬱的刺激としての無限価値について」「無限価値と異常嗜好の治療について」「無限価値的、反論理的、超嗜好について」等々[122]。始まりにすぎぬもの、心の中で始まりとして範疇化された以外にあらゆる効用を剝ぎ取られてしまった点に一歩一歩さかのぼって行こうとするあまり、始まろうとする始まりという同語反復的な循環に陥ってしまう。これはあのもうひとつの始まりであり、私が自動的、概念的と呼んだ始まりである。それはほぼ精神の産物で、きわめていらだたしい逆説ではあるが、自己自身に特別の関心を寄せる思考様式でもある。その存在を疑うわけにはいかないが、それは自己との関係においてのみ妥当すると言ってよい。それを真に知ることはできず、言語にというよりは沈黙に属し、いつでも後に残されたものであり、柔順な始まりを先頭に立てて上機嫌で行進する連続性に異議申し立てをするものである。だから、それは必要な虚構とでも言うべきものなのだ。多分それは有限の精神が捕捉しえない絶対に対して示す永遠の譲歩なのだろう。

絶対の不在を感じることは現代精神にとって特に欠くことはできなかったろう。現前を直接捉えることはきわめて困難だと、おそらく不可能だと現代精神が思うからである。マルロー[三二]の『西洋の誘惑』のA・D・の言葉にならって言えば、私たちは現在を二度失う。それを作る時と取り戻そうとする時である[123]。強烈な印象のただ中にあっても、私たちは現実を明白な形にして手渡してくれる媒介手段に頼っている自己に気づくのだ。私たちは身につける媒体から媒体へとさまよい歩き、その学習、つまり、ヴィーコの言う独習の文献学の過程は、いよいよさまざまな言語の運命論に従うことであるように見えてくる。例えば、批評家は直接文献を取り込むことはできない。アウエルバッハが言ったように、その領域は今や細かすぎるほど専門化され、直接的な視野をはるかに超えて広がっている。そこで私たちは知覚の要請に応える連続、期間、形式、測量法などを作り出す。いったん、それらを見てしまえば、その秩序は放っておかれる。時間の果てまでそれは秩序づけを続けるだろうし、それについて私たちにできることは何もない。これらの媒介秩序は、今度は、歴史、時間、精神、さらに今日であれば言語と呼ばれるところの適度に理解できる何らかの力により命令や通知を受ける。『見えるものと見えないもの』でメルロー゠ポンティはこう書いている――

偶然の一致により、自然世界や時間を再発見することを夢見たり、かなたに見える零地点との合一、心の深部で私たちの回想行為を支配する純粋な記憶との合一を夢見るなら、言語は誤謬への力であろう。というのは言語は私たちを事物と過去の核心につなぐ組織を切断し、私たち自身とその組織の間についたてのように置かれるからである。哲学者は語る。が、これは彼の弱点だ。しかも説明のしようのない弱点である。彼は黙すべきである。沈黙と一体化し、すでに作られてそこにある哲学、すなわち存在と融合すべきなのである。しかし、彼の内部に聞き取るある沈黙を彼が言語化したいと願っているかのように事はすべて進んでしまう。彼の全〈業績〉はその不条理な努力である。(124)

これらの媒介された現前の秩序を受容した後に残る一切を私たちは未知と呼ぶ。しかし、私が示そうとしたように、私たちが意識的に始めた後でも未知なるものは私たちとともに残り、その地平から私たちに纏いつく。かくして、私が記述してきた始まりの二つの型は分析においては分離しているが、実際にはそんなに別れているものではないことになる。始めた後、未知なるものを暗示しようとするとき、私たちは知らずに経験の言葉を借用している。それを使って始まりにおける経験の一様相にさかのぼって耳を傾けようとしているのである。原型的な未知が始まりなのである。それはまた現在行なっていることの保証でもある。このような始まりをニューマン(三三)は神の摂理と呼び、ファイヒンガーは要約的虚構と呼んだ。私たちなら根源的不確実性と呼ぶだろうし、フッサールとスティーヴンズにまでさかのぼって、精神の終わりにある同語反復と、あるいはフロイトとともに、対立的意味を持った文字どおりの〈原初の言葉〉と呼んでもよい。始まり〈そのもの〉ではない始まりである。このような始まりは一部が未知の事象であり、私たちを、そして私たちとともに世界を意味の容器として可能なものにしてくれる。

　このような一部未知のところのある始まりの特異な点というのは——つまり、私たちの精神から消えようとしないその影を除いてということだが——私たちがそれを作り、受け入れ、まったく同時に、私たちが自分たちの〈誤り〉に気づいているということである。しかしながら、その誤りは単なる付随的なものとの〈差異〉の中に存在する。的を外さぬよう考えれば、沈黙の記憶を失うことのない言語がどのくらいの力を発揮して、虚構と現実を精神の中に呼び出して同程度の場所を与えるのかということを始まりは示してくれる。この空間ではある虚構とある現実とが一体化した存在となる。だが、どの部分が真実でどの部分が虚構であるかは確認できない。始まりの一部が私たちから逃れ去る限り、そしてそれを発見するのに私たちが使う言語が助けとなると同時に障害となる限り、さらには言語が与えてくれる言葉の意味がまったく曖昧であってはならないため、その意味を確定しなければならない限り、これは逃れられない真実であるだろう。

第3章　始まりを目指すものとしての小説

I

デフォーからディケンズやバルザックに至る偉大な古典的小説は、その十分に発達した形式として散文の物語虚構を持っているが、この形式がすべての文学伝統に共通するものでないのは言うまでもない。この形式が一部を占めるような伝統においても、小説なるものの生命は限られたものであった。これは重要な事実であると考える。それは小説が何であるかを教えてはくれないだろうが、小説というジャンルに意味を見出す読者、社会、伝統の中で小説がいかなる必要を満たし、いかなる効果を産み出してきたかの理解に役立つことだろう。ひとつ小さな例を挙げてその意味を説明することとしよう。現代アラブ文学にも小説はあるが、それらはほとんどすべて今世紀の作品である。それらを産み出すような伝統は存在しない。基本的には、アラビア語で書く作家たちはある時点でヨーロッパ小説を意識するようになり模倣を始めたのだ。たしかに、事はそれほど単純なものではない。にもかかわらず、別様の世界を創造したいという欲望、書く行為によって現実世界を修正、拡大したいという欲望（これは西洋の小説伝統に潜むひとつの動機である）がイスラム的世界観に反するということは重要なことである。預言者マホメットとは世界観を〈完成した〉者である。それゆえアラビア語で〈異端〉という語は〈刷新する〉、〈始める〉という動詞と同義である。イスラム教徒は世界を増減不可能な充満と見る。その結果、『千一夜物語』におけるような物語は装飾物であり、世界についての変奏であり、世界を完成するものではない。またそれらは作家の再現力、人物の教育、世界を見、変える方法を示すよう意図されたレッスン、構造、延長、全体構造でもない。

こうして、アラビア文学には自伝というジャンルすらほとんど存在しないことになる。もし発見できたとしても、その結果はまったく特殊なものであろう。現代アラビア文学の最高かつもっとも有名な書物のひとつはタハ・フセインの三部からなる自伝『アル・アヤム』である（時に『日々の流れ』と訳される）。なかでも第一部（一九二九年）がもっとも面白い。それは今世紀初めエジプトのある村での著者の少年時代を描いている。この本の執筆時、彼はすでに学識ある文人であり、かつてはアズハール派（二）の人であった。後に受けたヨーロッパ流の教育が伝統的イスラム文化と西洋文化の独特な混交を彼にもたらしたのである。しかし、フセインの学者としての業績が『アル・アヤム』の特徴を説明するものではない。というのは、フセインの語るほとんどすべての少年時代の出来事が、教養体系としてではなく日常生活の現存性あるいは事実としてコーランとどこかで結びついているからである。こうして、その少年の最大の野心はコーランを覚えることであり、彼の父は息子がうまく暗んじることができれば喜び、できなければ怒った。友人たちも皆同学の士であった。この作品の語り口はコーランのアラビア語に少しも似てはいず、キリスト教伝統におけるような模倣、さらには付加といった問題は生じない。むしろ、生がコーランによって媒介され、形を付与されるというのが私たちの印象である。少年の生における身振り、挿話、感情が（常に興味深く）必ずコーランとの関係に引き戻される。言い換えると、いかなる行動もコーランを離れることができないということである。むしろ、ひとつひとつの行動がコーランのすでに完成された様態を確認し、結局は人間存在を確認しているのである。

　このような例から明らかになることは、西洋の小説の主眼は、作者がかなり自由に人物や社会の発展を描くことができるようにしてやることにあるということである。そのように描かれた人物や社会は小説の中で成長し運動する。なぜならば、それらが映しだす発生、始まり、成長の過程が、想像力を持った心には可能なものであり許容できるものであると見えるからである。それゆえ小説は不完全な世界にあるところの空隙を埋める美的なものとなる。小説は信じうる（虚構の）人物を描くことで現実を補いたいという人間の欲求を満たす。もちろん小説はそれ以上のものである。にもかかわらず、私は、散文の物語虚構という制度を、作家たちが現実を――始まりからとでも言うように――修正するために育んできた欲望として、そしてその欲望のもたらすものを引き受けながら、新しい、あるいは始まりゆく虚構としての全体を創造したいという欲望として考えたいと思う。

すべての小説はひとつの発見の形式であり、同時に、発見を社会規範にではないにせよ特別の〈小説的な〉読解過程に適応させる方法でもある。ハリー・レヴィンが言っているように、小説はより一般的な概念である〈虚構〉とはまったく異なる制度である。その〈虚構〉にはもっとも異常で〈新奇な＝小説的な〉経験も関数として取り込まれてしまう。[1] すべての小説家は小説というジャンルを自己の創意に対する推進条件であり、同時にそれに対する制約でもあると考えている。これらの二つの要因は時間と文化の両方に拘束されているが、拘束の実態は今後十分に解明されねばならない。私見では創作と制約――それぞれを〈権威〉と〈妨害〉と呼んでもいいが――こそがつまるところ小説を保ってきたのであり、それは小説家たちが両者を無限に拡大する虚構創作の条件としてではなく、〈始まりの〉条件（始動的条件）として理解してきたからである。かくして小説はまさしく有限なる始まりを表わすものと言えることになる。その始まりに続くものの限りにおいて。この点において、古典的小説は、明らかに作り物を旨とするジャンルに期待されるものよりもはるかに保守的、かつ間違いなく拘束力の強い始まりであった。アラン・ロブ＝グリエ《(二)》は小説についての時代遅れの概念を論争的に攻撃した「時代遅れの幾つかの概念について」[2]（一九五七年）の中でこのことを述べているが、それは小説についての批評的制約がいかに厳しく、かつ時間に拘束されるものであるかを正しく指摘した試論である。

〈権威〉(*authority*)と〈妨害〉(*molestation*)という二つの用語によって私の見方を指示しておきたい。〈権威〉が私に示唆するのは一群の関連しあった意味である。オックスフォード英語辞典にあるように「服従を強いる力」「引き出された、委託された力」「行動に影響する力」「信を呼び起こす力」「認められた意見の持ち主」だけではない。そうしたものばかりではなく、〈作者〉との関連も意味するのである。すなわち、何かを作り出し存在させる者、産む者、始める者、父、祖先、そして書かれた声明を発表する者、である。さらに、もうひとつの意味群もある。〈作者〉(*author*)は動詞〈増す〉(*augere*)の過去分詞(*auctus*)につながるので、〈*auctor*〉は、エリック・パートリッジ[三]によれば、文字どおりには〈増す者〉、そして〈創始者〉を意味する。[3]〈*auctoritas*〉は〈所有権〉の意味に加えて、〈生産〉、〈発明〉、〈原因〉を意味する。最後に、それは〈継続〉、〈継続させるもの〉を意味する。引っくるめて考えれば、これらの意味はすべてつぎの概念に由来している——(1)起こし、制定し、設立する、すなわち始める個人の力、(2)この力、およびその産物は以前にあったものの増加であること、(3)この力を振るう者はその結果とそこから産み出される物を支配すること、(4)権威はその過程の継続を支えること。この四つの抽象の全部を使って、物語虚構が小説家の技術的努力の中でいかに心理的、美的に自己主張するかを記述することができる。こうして、書かれた表現においては、始まり、開始、延長による増大、所有と継続が、〈権威〉の意味を表わすのである。

さて、〈妨害〉という語を使って、私はこれらのすべての力と努力に纏いつく面倒と責任を表わすことにしよう。つまり言いたいことは、小説家であって自分の権威や語り手の権威が(どれほど完全なものであるにせよ)ごまかしであることに気づかなかったものはいないということだ。そこで、妨害とはそれが登場人物であるにせよ小説家であるにせよ、自己の二重性（不誠実さ）の意識、虚構の、書かれた領域への幽閉の意識ということになる。そこで、小説家や批評家が小説とは常に現実との比較を余儀なくされるものであり、それによって幻影であると見破られるものなのだと慣習的に考えるときに妨害が生じる。あるいは、妨害とは小説の中で登場人物が経験する幻滅にとって中心的なものであるとも言える。散文の物語虚構における権威について語れば、必然的にそれに伴う妨害について語ることになる。

　権威と妨害は虚構の過程の根柢に位置する。これは少なくとも大半の虚構が示す事態を可能にする関係なのである。なぜそうなのかということのいくつかの理由は後で見ることにする。しかし、十八世紀初頭以降の小説的虚構の問題は、物語がいかにして、父なる書き手／話し手の引き受ける責任の中に位置するがゆえに、物語にとって重要であり、まさに決定的な始まりを持つもうひとつの言述を、一般の言述の世界と並んで制度化することができるかということである。しかしこの虚構の産みの親は、真に根本的な役割から常に離されているという事実に束縛されている。ヘンリー・ジェイムズ[四]とジョーゼフ・コンラッドという、異常に内省的で成熟期を過ぎた虚構技術者が、根源的な始まりからのもどかしい疎外を、彼らの最良の作品の多くのテーマとしているのは偶然ではないと思う。『闇の奥』は物語の枠組みを重ねて曖昧にすることによって逆説的に始まりを探求している。語りのひとつの水準から別の水準へと運ばれるという、語りの水準への無類かつ奇妙な執着からマーロウのアフリカでの冒険は力を得ているのであって、決してマーロウの経験そのものの奇妙さからではない。事件の核心――クルツの経験――はマーロウの言述の外側にあり、そうであるなら、私たちは語り手マーロウの権威を探索するしかない。物語が終わるまでには、私たちは、マーロウが産み出し間違いなくそれはマーロウが語ったという事実によっているにしても経験的証明を逃れる何物かに気づく。ここには、それの持つ多くの意味において、権威が関わっている。

ただし私たちはその権威をけっして最終的なものとして受け取るよう要請されてはいない。そこには派生、産出、継続、増大があり、そしてそれらを超えてより真正なる何ものかがあり、それに比べると虚構は二次的なものになるという苦しく破壊的な認識がある。

私の知るかぎり、フロイトやニーチェ以前に、こうした概念のいくつかについて執拗に研究した人はキルケゴールをおいてほかにいない。彼は虚構の権威について、一世紀以上にわたる歴史を調べている。『わが作品への著者の視点』（一八四八年執筆、一八五九年出版）を自分の作品への単なる注釈として読めば、そのもっとも有効なる洞察を失うことになる。というのもキルケゴールはそこですべてのエクリチュール（とりわけ虚構と個人的言述）の基盤を探っており、その中心をなすものは、読者にとって権威的な声を持つ焦点人物と、そのような声が必然的に含意する原作者の本質との関係であるからである。それは例えば、読者がその意識の動きに注意を注ぐイザベル・アーチャー〔五〕と、彼女を産み出すためにジェイムズが実践しなければならなかった類いのエクリチュールとの関係に等しい。両者の背後に生成的な権威が存在し、それをわれわれ世俗的批評家は〈想像的〉と称し、キリスト教徒キルケゴールは〈神の支配〉（*Styrelse*）と呼ぶ。キルケゴールの作品を特異なものとしている原理について、彼が述べたあと初めてこの支配の役割が説明される。彼は二種類の本を書いてきている。美的な本と宗教的な本、と彼は言う。前者はより差し迫ったものであることが明らかな宗教的な本と背馳すると思えるが、キルケゴールの希望は、美的な本が少なくとも形式において、同時代の軽薄さに見合った様式で真面目な問題を扱うよう意図されていると理解してほしいということであった。すると、それだけを取ってみれば、絶望的なまでに真面目さに欠けるとまでは言わぬものの、美的な作品は人を混乱させるものと言える。しかし、直接に宗教的な作品への必要な準備として眺めれば、彼の美的な作品はより高い真実を間接的にアイロニカルに伝えるものとなる。

キルケゴール特有の反復形式がここに見られる。美的な作品とは、彼が真実の弁証法的複写と呼ぶものである。「というのは女性の羞恥心というものが真実の恋人に関係し、彼が現われたとき崩れるものであるように、弁証法的複写も真の真面目さに関係するものであろう」(4)。審美性と宗教性との間には厳密な関係が、必然性という絆で結ばれた関係がある。宗教的なものは一段上のより重要な真実であり、二次的でアイロニカルな欺瞞的形式により表現されるのである。審美的な作品は空無の中で生まれるのではない。むろんその表現の自由があまりにも際立っているので、そんな風に見えるのであるが。したがって忘れてならないことは、「空白のページに書くことと、苛性液を加えてひとつのテキストの下に隠れているもうひとつのテキストを明るみに出すこととの間には違いがある」(5)ということである。ちょうどソクラテスの喜劇的性格が深い真面目さを隠しているように、審美的なものは宗教的なものを隠し指示するのである。私たちは間接的な様態を受け入れる。それが真実を一旦無化して、後により十全に現われるようにすると見えるからである。これこそ、真実がより真実なものになるために働く目的論的中断というものである、とキルケゴールは言う。

キルケゴールの著者意識は複合的なものに仕組まれている。そして彼の企ての庇護者は、彼が修士論文『イロニーの概念』を捧げたソクラテスである。キルケゴールは、沈黙が最適の表現であるような事柄について、無反応の聴衆に直接語りかけることの困難さに常に関心を持っていた。しかし、その困難は聴衆の弱さ同様、著者の弱さをも映し出している。『視点』第三章の一表現につけた極端に長い注で、キルケゴールは自分が神に依存する弱い人間であったがために、彼の著者としての全存在は余分なものであったと論じている。そうでなければ、彼の作品は人間の情況と格闘し「瞬間および瞬間における有効なるものと関係を持つものとなったであろう」(6)と言う。すなわち審美的な作品においてキルケゴールは強い著者であり、その著者の取る姿勢は神と対峙したときの真の弱さを隠すのに対し、宗教的著者はそれを露わにしようとして苦労する。とすれば、審美的なものは宗教的真実のアイロニカルな二重性であり、弁証法的反復である。人間的著者は増幅し強大である。一方、神との関係においては彼は弱い存在だ。神は弱い著者の作品を「いま」と「ここ」から分離し、余分なものと見せる原因となる。

だとすれば、著者であることのひとつの相は、その権威の偶然性であり、根源的に言えばその絶対的権威は無であるが、絶対的真実の十分に満足のいく暫定的代替物であるような偶発的権威を持つ構造を開始し構築する能力であるということになる。それゆえ、キルケゴールの『おそれとおののき』の中のアブラハムの真の権威と語り手の偶発的権威との差異は、アブラハムが沈黙しているのに対し語り手は言葉によって普遍化するということである。要はいかなる絶対的真実も言葉では表現できないものであり、なぜなら、縮小され欠陥のある真実しか言葉の領域には入らないからである。すなわち〈虚構のみが語り書かれるものである〉――真実は言葉を必要としないのだから――〈そしてすべての声は仮構された声である〉ということである。キルケゴールの定式の重要性は、彼が匿名に訴えるということも含めて、著者の戦略を語るのにとくに巧みであり、さらには、著者が自ら意識して仮構の声を使わざるをえないというエクリチュールの戦略を語るのに正確であるという点にある。この声が確かなものに聞こえるのは、それが自身の方法を〈意図的〉に決定し、受容しやすい、時として劇的な手段によってその声の出現（＝宣言）を正当化していると見えるから、あるいは事実そうだからである。こうしてキルケゴールは自分を〈沈黙のヨハネ〉（Johannes de Silentio）と呼び、彼の言葉がアブラハムの沈黙と真実からいかに隔たっているかをアイロニカルに示し、『おそれとおののき』の中で以下のごとき戯画的否認を書くのである――

筆者は哲学者ではさらさらない。単に詩的で洗練された（*poetice et eleganter*）素人作家であって、〈体系〉について書く気もなければ〈体系〉の〈可能性〉について書く気もない。体系に貢献する気もなければ、何かを体系に帰するつもりもない。書くことが無上の喜びであるから書くのであり、書いたものを購読する者の数が少なくなればなるほど、その喜びは大きく明らかとなる。(7)

しかし、仮構された声の権威は正当なものではない。その声の後ろに、幾分か、そしてつねに了解不能で言葉に還元できない、そして多分魅力のない真実が隠れており、興味深いことに、その声はこの真実に従属しているのである。（ここで小説が従属の審美的形式であることを指摘しておくことも無駄ではあるまい。〈二次性〉の意味を小説ほど完全に表わしているジャンルはほかにない。）ここでもまたキルケゴールは巧妙である。真実とその芸術表現の関係は弁証法的なものであり、厳密に模倣的なものではない。つまり、キルケゴールは審美的なものが宗教的なものを言い換えたものであることを理解しつつ、また審美的なものの不安定性をも忘れずに、審美的なものに最大限の自由を認めていると、私は言いたいのである。言い換えると、審美的なものの説得力ある申し立てをアイロニカルなものとする弁証法的な関係を理解すべきであるということである。

いかなる小説的な語りも、「私は話す」「そう話されている」「彼は話す」といった話す行為、書く行為をその直接の指示物として持っている。もちろん、これを超えたところでは、物語は、ウェイン・ブース(六)の『虚構の修辞学』(8)のような書物で詳細に分析された形式面は別として「現実的」である必要はない。審美的（すなわち虚構の）様態の創造性と自由を主張するキルケゴールは、物語がたんに一般的に現実を反復する以上のことをするという点を強調しているのである。物語は反復することによって、反復それ自身をまさに新しき形式とすることによってもうひとつの意味を創造する。かくして、ジル・ドゥルーズ(七)が示しているように、このような意図的反復は自然の法則や精神的法則に反し、善悪を超え、習慣の一般性、記憶の個別性に対立する。さらに、このような意図的反復は「孤独なるもの、個なるものの〈ロゴス〉、私的思想家の〈ロゴス〉と見える(9)」。物語過程の現状が反復であることはそのとおりである。しかしそれは遡及的回想ではなく〈前進的回想〉の反復なのである。キルケゴールは反復を奴隷的転写の本質とではなく、創造の本質と結びつける——

もしも神自身が反復を意図しなかったとしたら、世界が存在することはなかっただろう。神は希望というささやかな計画に従うか、さもなければすべてを思い出して、回想のうちに留めることで満足しただろう。神はそうしなかった。それゆえ世界は持続しているのだ。反復であるという事実のゆえに世界は持続しているのである。反復は現実であり生の重さである(10)。

キルケゴールはいたるところで美的な反復する声の個別性を主張する。それは抽象的でもなければ漠とした共同体的なものでもない。『イロニーの概念』の重要な一節で、彼はアイロニカルで美的な声のもっとも示差的な特徴を論じている——

しかしイロニーのすぐれた特性は……主体の自由である。その自由はいつでも始まりの可能性を保持しており、先在の条件から発生させられるものではない。あらゆる始まりにはどこか蠱惑的なところがあるが、それは主体があくまで自由だからなのであり、これこそイロニストが願う満足なのである。この時、現実性は彼に

とって有効性を失う。彼は自由であり、現実性を超える。(11)

アイロニカルな声が造り出そうとするものは、蠱惑的な始まりに基づく進行の「強奪された全体性」である。ひとりの著者がおよそ書き始めようとするかぎり、彼はアイロニカルである。なぜなら彼にとってもまず初めに欺瞞的な主体の自由があるからである。現実性から彼を引き離すものは、キルケゴールが「少なくとも一瞬しか現実性と通底することのない(12)」という個性のなせるわざであり、持続し、増大する権威のなせるわざであるとも付け加えよう。しかし、私たちは永続的真実を忘れてはならず、そこから著者は新しい達成を求めて出発するのである。

キルケゴールによる著者性＝権威の分析は不安と動揺をあらわにするが、それとともに虚構物語は始まり、そこから虚構物語は展開する。虚構に対する私たちの変わらぬ親近感を一旦停止し、小説の存在を自明のこととみなさないようにすれば、虚構物語の胚胎が三つの条件に同時に依存していることが分かるだろう。そのひとつは、単一の声、ないしは複数の声の権威はそれ自身で自足しているということについての強い懐疑がなければならないということである。読者、著者、登場人物が作る共同体の中では、それぞれは他の声との交わりを望む。彼は自己の生の代替となるべき新しい生の蠱惑的な始まりを相手の中に聞く。しかし、それぞれは連帯の過程で真正さが組織的に裏切られていくのにしだいに気づくのである――小説の登場人物は誰よりもこのことを感じる。『ミドルマーチ』(八)のドロシア・ブルックに私たちが興味を持つのは、彼女が目下の自分の生き方とは異なる生き方を期待していると、私たちが知覚するからである。この期待感に促され、彼女はカソーボン師と結婚し別人となる。あの不幸な出来事の間、残してきたものを、彼女は後に自己欺瞞の経験によって鍛えられた形で取り戻す。そもそも自分に不満を抱いていた彼女は、新しい生を加えることによって自己の生を二重にする。彼女は自分の個性という権威によってこれを行なうのだが、その苦労はあの厄介な権威の結果でもある。同じことは、他者たらんとする意志の実現のためにドロシアを創造した著者エリオットにも言える。分裂した自己に疑問を持ち、ためにドロシアに共感する読者も同様なのである。

権威強奪という最初の行為がいったん実行されてしまえば——自由な始まりの中で味わえる喜びのために、そして、より手近な形式の中に生を反復したいという欲望のために——さまざまな手段による初期利益の強化が続く。ひとつの手段は特権の蓄積である。ハック・フィンが物語の冒頭で自分の視点から事件を語る権利を主張する時、どれほど巧みにそれをしているか見ていただきたい——

『トム・ソーヤーの冒険』という題名の本を読んでいなければ、あなたがたはぼくを知らないでしょう。でも、それはどうでもいいことだ。その本はマーク・トウェイン氏によって書かれ、彼はほぼ真実を語った。誇張した部分がないわけではない。が問題じゃない。一度や二度、嘘をついたことのない人にお目にかかったことなどありゃしないのだから。(13)

心理的効果を計算し、適当な場所に有用かつ驚くべきものを布置し、計画への信頼を強めるというのも、また別の方法である。

『資本論』の中の「本源的蓄積の秘密」という章で、マルクスは封建社会が崩壊し資本主義社会が成長してくる様を、注目に値する仕方でたどっている。彼の主張では、いったん個人が「ギルド組織、徒弟および職人の規律、労働規律という障害から逃れたとき」彼は自己の自由な売り手となり、それゆえ第一次生産者となる。[14] もちろん、マルクスはこれが新たなる奴隷制にすぎないと付言する。個人は個人的生産手段を奪われているからである。それゆえ彼は自己自身に代わる他者を創造し、自分は自由な労働力を持つという幻想の犠牲となる。真の権力は別のところにある。が、自己の条件に合った価値と特権を産み出すとき、自分が自己の生を支配しているという幻想は持続する。『大いなる遺産』[九]でピップがすることは、これと完全に一致する。自己創造的な人物である彼は紳士的生活を送る自由な紳士たらんと努めるが、実際は、社会の犠牲者であるひとりの追放者に隷属させられている。この男の計画により、ピップは人生をはるかに生きやすくする作法、思考、行動を身につける。この小説が関わるのは、ピップの成功のみならず、この計画の誤りの暴露である。

『大いなる遺産』のピップがたどる行程の根柢には、かつて『ドイツ・イデオロギー』の中でマルクスとエンゲルスが扱った幻想の組織的強化が存在する。社会的階梯を上るピップの歩みは、小説のすべての人物たちによって支持される。(ジョー・ガージャリーを含む)誰もが——少なくとも頭では——金を特権、道徳、価値と等しいものとみなすイデオロギーを信じている。小説自身がピップの(見込まれる)遺産を認証しているのだが、遺産が本質的限界を持つものであることを示すことによって、容赦なく切り捨てもしている。すなわち、遺産相続を可能にするパトロンを持たないかぎり、ピップは遺産相続の期待を持てず実現もできないのだ。こうして、ピップの自由は匿名のパトロンに依存するものであるし、パトロンはジャガーズを訪れるよう要請し、ジャガーズはピップに何も聞くなという具合である。ピップが自分の意志で行動していると思えば思うほど、彼は複雑な情況の網の目にきつくからめ捉えられ、自由を奪われる。主要な人物を結ぶ事件が次第に明らかにされるというプロットは、ピップの持つ自由な上昇志向というイデオロギーを迎え撃つディケンズの方法である。マルクスにとって、ディケンズのプロットに見合うものは歴史であり、それがあれこれの〈自由〉は実は階級の利益や提携の函数であり、自由でもなんでもありはしないことを徐々に示してくれる。かくして、望むようにすることができると労働者に思わせてくれる自由な労働力の幻想が存する一方、彼は糸で操られるにすぎないのである。

虚構物語を生成する第二の条件は、真実が——それが何であるにせよ——間接的に、何らかの媒介によってしか近づきえないということである。逆説的ではあるが、媒介するものはそれ自身の虚偽性によって真実をより真実にするのである。この文脈で言えば、より高度の真実とは消去法によって到達される真実である。すなわち、真実の相似物は一枚一枚服を脱ぎ捨てるように姿を現わしてくる。虚構が真実への試行錯誤だと考えられるとき、真実に似た虚構を称賛することが習慣化する。この原理を説明しようとすれば、私たちはヴィーコを最良の道案内とする思索領域に入り込むことになる。『新しい学』において、ヴィーコは人間のアイデンティティ、人間の歴史、人間の言語という三つの始源的要素の合流する起源に研究の焦点を合わせる。三つの要素は小説が仕事を始めるときの構成要素でもあり、ついで、小説がそれぞれに個性を与えなければならないものでもあるので、ヴィーコと小説の発生との対応は考察に値する。ともかく忘れてならないことは、小説の中心には人物がいるのだが、これが古典劇の人物とは異なり、最初からよく知られた人物であることを許されていないということである。トム・ジョーンズ、クラリッサ、ロビンソン・クルーソー、トリストラム・シャンディ、エイハブ、ジュリアン・ソレル、フレデリック・モロー、スタヴローギン——ある種の類型化が可能であるにせよ、彼らはみな慎重に創造された新しい人物たちだ。（一〇）彼らは劇作家が共通の神話的過去や、価値、象徴を同じくする共同体に頼って人物を描くようなオイディプス、アガメムノンではない。小説の主人公は名前を知られた人物に似ていることがあるかもしれない。しかし、その嫡出関係は間接的なものである。小説の人物中に私たちが認めるものを、私たちはもうひとつのより目立たぬレベルに――すなわち、私的権威のレベルに認めるのである。

ヴィーコによれば権威（*authority*）という語は〈増す者〉（*auctor*）から派生し、*auctor* は「間違いなく *autos*（＝*proprius*〈自己の〉あるいは *suus ipsius*〈自分自身の〉）に由来する」。ゆえに権威という語のもとの意味は〈所有物〉ということになる。所有物は人間の意志と選択で決められる。だからヴィーコにとって「確実なるものの意識を生む人間の選択の権威を文献学が遵守する」のは自明なのである。そして言語の学問は、人間が自らのアイデンティティと権威を確立した意識的選択を回復する。言語はこのような選択の痕跡を保存しており、それを解きほぐすのが文献学者である。文献学に対立するのが哲学であり、「哲学は真実についての知識を生む理性を省察する」[15]。境界に注意していただきたい。一方に言語、権威、確かなアイデンティティがあり、他方に真実がある。確実性は詩的創造に属する（詩的創造の理解は文献学に属する）。というのも、創造は神、人間、自然という権威の三形式で働くからである。これによりヴィーコが意味するのは、人間は神話化された力の三つの段階、すなわち人間の興味を定位し、それを維持するための行使者を作る三つの相により、人間の歴史を作るということである。神の位相においては、神々は巨人たちを鎖で地上につなぐことによって押さえる（*terrore defixi*）。人間が恐れるものを人間は征服力と被征服力の二つに分割する。かくしてジョーヴと縛られた巨人たちが生ずる。二番目の、人間的位相においては、巨人たちは地上をさまよい自らの身体を支配することを学ぶ。そうして意志を行使する。彼らは洞穴に住み、そこになじみ、定住する。最後に、長い定住の後、彼らは統治、支配、所有権を持つ領主となる。三番目の分割が起きる――家の設立者（*gentes majores*）が一方に、そして他方には彼らが統治する人々が[16]。

三つの段階の連続に対する〈詩の歴史〉というヴィーコの用語は〈真の〉連続を意味するのではなく、

遡及的な構築物である。しかし、その表現が高度に比喩的であるにせよ、この構築物が記述するものは十分に真実である。それは人間的環境の制定であり、そこには人間が住み、権威がその環境を維持する。権威は自己保全に努めるが、崇高なる力からより明確に分化された機能へとその姿をゆっくりと変えていく。それはちょうど『マンスフィールド・パーク』でファニーが叔母の家の裕福な環境へこわごわ入ってゆき、しだいにそれを理解し、住むことができるようになると、いとこたちが環境の意味を取り違えていることを批判するようになるのと似ている。ヴィーコの連続の中の中枢点は〈洪水〉、すなわち大いなる断裂である。この出来事は人間の歴史を聖なる歴史と人間的歴史の二類型に分離し、このあと二つはともに流れていく。前者について、ヴィーコは、それが神との永遠の関係の中にあるということを除いてはほとんど語ることをしていない。後者は人類の歴史であり、前者の代案である。それはジュリアン・ソレルの求めた〈新しい〉生であり、あるいはクルーソーが無理に作りあげた生である。ヴィーコはキルケゴールのように物事を美的と宗教的の二重の視点より見る。そしてキルケゴールのエクリチュール同様にヴィーコのエクリチュールも後者より前者の中で所を得て雄弁である。重要なのは、二人とも、美的（詩的）なものは再構築のための〈技術〉（なぜならそれが反復の秩序であるがゆえに）を必要とし、それによって、もうひとつの存在を意識しつつも特別の存在様式、特別の宇宙を生じさせることができると考えていることである。このもうひとつの意識に関してもっとも興味あることは、それをキルケゴールとともに美的、アイロニカルと呼ぼうとも、あるいはヴィーコとともに詩的、虚構的と呼ぼうとも、その地位の従属性にもかかわらず、それが有効で必須のとまで言える生の制度だということである。

　小説的虚構の生成の第三の条件は、私的権威に先立つ空無への異常な恐怖である。これは小説のテーマとしてはあまり認識されることのないもののひとつで、少なくとも『ロビンソン・クルーソー』まで遡るものと思われる。というのも、クルーソーを無人島に放り出すことになる難船の中で、彼は〈生まれる〉のだからである。この後、彼は絶えず死の恐怖に脅え、生存を保証してくれる自分の土地で、つねにその実効を確かめながら新たに獲得した権威を行使することになる。虚構に現われる多種多様なる登場人物たち――孤児、追放者、成り金、神霊から生じた人物、隠者、捨てられたり、曖昧だったり、まったく不明な出生を持つ錯乱者――も、同じ前提に基づいている。スターンはトリストラムの誕生に夢中になり、存在と無の間を果てしなく浮遊し戯れるが、これこそ人物の小説的形成および言葉による人物の再現の中心問題である。無名であることの空虚さに対する拒絶を持たぬイシュメイルやピップを想像することはできない。イシュメイルは、船上での彼の生の物語はカトーが自刃した際の哲学的華麗さの代わりなのだとあけすけに言う。そして、人物の小説中の生と、読者の前でその生が続くかぎりは遠ざけられている死との間の結びつきについて『ナーシサス号上の黒奴』のジェイムズ・ウェイトは不満そうに要約している。すなわち、「おれは死ぬまで生きねばならない」と。

　私は、小説とは二次性を表わす文学形式であるとついでに述べておいた。ここでは、この一般化をより正確にして、小説は実社会の中で埋もれてしまうかもしれない英雄たちに二次的なもうひとつの生を作り出してやるものであると言うことができるだろう。ある意味では、〈登場人物〉に対する小説の姿勢を形式的制度の点から言えば、それは、自分では決して廃することのできない家督と住居を子供たちに与えたうるさい父親の姿勢だと言えよう。著者であることは――これが、作者／著者、小説の父／著者、登場人物／著者のいずれにも同じように当てはまるということに注意していただきたい――容易に逃れられない嫡出関係の全行程に身を置くということなのである。この点で（その他の点でもそうだが）『ドン・キホーテ』はよい例となる。まず、セルバンテス＝シーデ・ハメーテ＝キホーテという関係[二一]がある。アマーデイス゠キホーテの関係、キホーテとパンサの驚くほど豊かな結びつきもある。それらの関係の中の一方が、時には他方が相手をしつけて幻想を産み育てるのである。そして、あらゆる小説家、小説研究家が主張するように『ドン・キホーテ』はそれ自身が小説の父なのである。ジェイムズ・ウェイトの「おれは死ぬまで生きねばならない」は、彼が小説の登場人物であるがゆえに、小説家コンラッドによって虚構の材料とみなされている領域、ここでは男たち（乗員たち）の中で、その場所で生きねばならぬということを言い換えたものである。この領域は、プロットに関する限り、生および小説の生から財産相続をし、系列の中に組み込まれ継承されていくのである。この系列と継承の意識は古典的小説の中核に位置すると私には思われる。にもかかわらず、それはなんと二次的な系列であり、傍系と欠陥を意図されたものであることだろう。このことについては、すぐに立ち戻る予定である。

マルクス、キルケゴール、ヴィーコを持ち出し虚構の必要条件を指摘したのは、彼らの思想と小説の人間経験的基盤とを対比してみたかったからである。かくして、哲学者や歴史家の仕事は経験を概念化するという共通の様式に属し、そのもうひとつの表現形態が小説なのである。もちろん、私が言っているのは、権威はむろんのこと、継承、連続、派生、記述、交替といった共通のテーマである。例えば哲学的著作を産み出す思考と小説を産み出す思考との間には類似性があると言うこともできよう。しかし、その差異もまた重大であって、それは程度の問題である。キルケゴールによる権威の人類学と、例えば、『大いなる遺産』のピップの人類学との差異は、ピップが拡大者、継続者、創始者の面をより多く持っているということであるが、それはディケンズがそう意図し、そうあることがピップの登場人物としての本質であるからなのである。（トルストイは例外であるが）哲学または歴史にあっさりと分岐してしまわないだけの持久力を持った創造的衝動については、先回りして少しだけフロイトに説明を求めることもできよう。

フロイトによると、歴史、哲学、個人的物語のいずれにせよ、再構築的技術の目的は混乱した現実に代わるものを創造し経験の苦痛を最小限にすることである。つまり、ねらいは経済性である。しかし、それがまた反復的過程である限りにおいて、それは、すでに旅した土地に心を連れていくという本能と関係する。その本能の中には、生を促すものもあれば、死という始源の統一に連れ戻すものもある。すでに見たように、小説の人物たちは死を避けようとする欲求において虚構の権威を獲得する。だから物語過程は本質的な生きる意志があるかぎり続くことになる。だが、人物の真の始まりは純粋否定である無名性の回避のうちに起こるため――プルーストの小説の第一巻と最終巻ほど、これを美しく描いたものはない――人物が常に抵抗しているものによって圧力が同時にかけられる。小説の中心的主題たる――逆説的ではあるが、小説のもうひとつの主題でもある――幻想の脱神話化、幻想の脱創造または教育は、かくして、否定の只中における彼の始まりに似た終わりへと人物を押しやる真の過程によって受ける人物への妨害を、次第に増やしてやることである。古典的小説が長いのは、人生の写しを作り広めたいという欲求によるのであり、同時に、その種の人生が、借り物に過ぎぬ権威の暴露へとつながらざるをえないということの説得力ある記述をしたいという欲求によるのだと説明することができるだろう。批評家たちが最近示したように、この企図の全体を含み、また象徴する要素は時間的持続の言語である。(17)

しかし、物語を時間的用語で語ろうと厳密に言語の用語で語ろうと、重要なのは、物語はその提示の極めて複雑な権威によって物語の資格を得るということを理解することである。ピップ、ドロシア、(『ある婦人の肖像』の)イザベルは彼らの幻想、つまり自分自身および他人の像の歪みによる欠点を持っている。しかし、彼らは三人とも〈動く〉。運動と変化の感覚が彼らから生じ、彼らから〈始まる〉。それが読者としての私たちのまじめな関心を捉える。ピップの幻想に釣り合いを取るように置かれたハヴィシャム嬢の孤独な麻痺状態は忘れがたい。ピップが自分のためだけの生を作り出し、その誤りがますます明白になっていくのに対し、ハヴィシャムは何もせずサティス館の石棺に記念されるのみである。小説も終わりのころ彼は彼女に非難がましく言う――「君は僕のすることを見ているだけだね」。彼女にとって十分なこともピップにとっては始まりにすぎない。そしてドロシアの愛情と熱望は、未完のまましまってある原稿に象徴されるカソーボン師の冷たい人柄と鋭い対比をなす。また著者ジェイムズはイザベルの逃亡とロッカネラへのオズモンドの完璧な撤退とを対比する。前者は美しき計画者の物腰を持ち、後者はあらゆる人間性を奪われた牢獄に住む生き物にすぎない。つまり小説の中では動きを完全に抑え、損ない、破壊しようとする障害が現われるのだが、権威の原理がその障害を避けようとする運動をもたらすのである。

　十九世紀初めの歴史小説には主人公たちを従わせる権威を持った人物が登場する。二つだけ例をあげておけば、『いいなずけ』[二二]のボルロメオ枢機卿と『クエンティン・ダーワード』[二三]の国王がそうで、二人とも小説の中で人物たちの持つ世俗的力には限界があることを気づかせる。この限界は〈現実の〉歴史的世界、より真実の世界の名残りであり虚構に潜り込んできたものである。しかし二人の機能は、人物が世界の中での自分の弱さを少しずつ自覚していく過程に組み込まれていく。それはちょうど『リトル・ドリット』[二四]において、ドリット氏が獄中にいた時よりも自由の身になった時の方が、マーシャルシー監獄に心理的に苦しめられることと同じである。十九世紀中葉の偉大なリアリズム小説にあっては、世俗的権力を持った人物を主人公の直面する社会的物質的抵抗という形に変換することで現実は小説中に取り込まれる。これらの形が――バルザックやフロベールのパリ、ディケンズのロンドンなどのように――都市として想像力豊かに表現されていないとしても、〈地下室の男〉のような人物は、概して敵意に満ちた外的現実としてそれを感じる。

このような外的情況はプロットのレベルに存在する。ここで小説の創作母胎としての権威的人物に話を戻してみたい。ゲーテの『親和力』やラクロの『危険な関係』のように、その運命が互いに絡まりあった二人によって虚構が支えられるということがある。エトヴァルト、オティーリエ、シャルロッテは一連の複雑な関係(一五)によってゲーテの物語を産み出すが、その人間関係の永続性は小説の存立にほとんど本質的にかかわるものである。ヴァルモンとメルトゥーイユの場合も同じである。彼ら二人の計画(一六)は紛れもなく小説の要約であって、これなしではプロットが成り立たない。これに比してリチャードソンのクラリッサは干渉を拒否する私的権威の例である。ただしその権威は彼女の汚れなき私生活の深い魅力ゆえに、ラヴレスの介入を乞い求めるのであるが。ピップの場合――詳しく分析してみたいと思うが――きわめて個性的な性格が簡潔に表わされている。ディケンズはピップから多様な広がりを持つ始源的情況(世界全体を開始する情況)を引き出すことができる。その情況をひとつのまとまりとしてみれば、権威ある、あるいは権威を与える虚構意識の完璧な例となるだろう。さらに目立つのは、ディケンズがいかに経済的にあらゆる伝統的な物語の技法を利用しているかであり、発展、クライマックス、プロットの直線的連続、背景、細部の写実的正確さなどをまったく想像的に使用しており、その完全さはジェイムズやエリオットも敵わぬほどである。『大いなる遺産』は一小説の存在条件、小説の行動、小説の人物をひとりで兼ね備えるピップをディケンズがいかに描いたかにかかっている。そして、これは、今まで論じてきた権威と妨害の概念に原型的形式を与える。一人称の語りはディケンズの達成の純粋さを増している。

初めにピップ自身が言っているように、ピップという名前は、フィリップ・ピリップという彼にとってもはや何の意味も持たず、両親の墓石という〈権威に基づき〉、また姉の命令によって受け継いだ言葉を混合し短縮した後に残ったものであり、いわば彼のアイデンティティの始まりの印なのである。それから彼は別の人間として、本当の両親を持たず、年齢の離れた姉にいじめられる代理の息子として生き始める。小説の初めから終わりにいたるまで冒頭の分離は続く。一方、ピップ本来の真の生まれは初めのうち小説から追放されているが、適切にもジョー、ビディ、小説の終わりも近くなって誕生する新しい小ピップなどを通して現われてくる。実は義理の兄であるジョー・ガージャリーが、ピップにとって父親のように思えるという事実は、家庭からのピップの疎外をますます厳しいものにする。一方で、小説の階層の第二位に位置するのは代理の家族であり、それはジョー夫人の不幸な家庭に端を発している。ディケンズにより画定されたこの階層は全篇を経巡り、ピップは階層のひとつの形から別の形へと移っていく。この小説に一貫する物語構造の型はこれである。ピップがいかにして数家族の中心に自分の居場所を定め自分を関係づけるのか。最後には破滅をもたらす大いなる遺産を使って、彼は家族の権威に挑戦し自分の権威を打ち立てようとする。つぎつぎに明らかにされるのは、家族のひとつひとつがより強い先行する家族の圏域に属するということだ。ハヴィシャム嬢とエステラの領域は後にジャガーズを、マグウィッチを、そしてモリーとコンペイスンをも包摂する。新事実のたびにピップは自分が少しだけ自他の関係を知り、少しだけ中心から外れていくのを感じる。発見のたびに、ピップの始まりにはいくつもの妥協が先行していたことが分かり、それはつぎつぎに現われては彼を傷つける。

ディケンズは、この発見の連続により、幸運に見えることもあるピップと監獄や犯罪との間に必然的な関係があることを彼に気づかせる。忌まわしい監獄や犯罪は、つらい少年時代、マグウィッチとハヴィシャム嬢（もう一組の両親だ）の計画や後に彼が行き着く破産の厳しさと同じくらい現実味を帯びている。この主題を背景として、不愉快な断片を――というのも、ピップに対しても、誰に対しても、丸ごと全体が与えられるということがないからであるが――寄せ集めて組み立て直すというモチーフが置かれている。

ピップはハヴィシャム嬢の家への短い逗留を素晴らしい冒険に変容させ、ジョーがしかつめらしい警告を発しても、滞在を繰り返す。ピップの構築の持つ皮肉な意味を強調するのはウェミックの屋敷だ。風変わりな寄せ集めである古屋敷は、フォールワースで新しい生活を始めたいというウェミックの押さえがたい欲望と、ウォプスルの演技[一七]――シェイクスピアはより自由な即興演技のための初めの言い訳にすぎない――により中世の城に擬せられる。彼らはピップ同様〈器用な人〉[一八]であり、「(母乳ではなく)ミルク《バイ・ハンド》で育てられた」ため、不愉快な離散という脅威に対して発作的に自分たちの権威を主張する。[18]組み立て直す手、および同種のイメージは小説にくまなく行き渡っている。例えば、鎖にはやすりがかけられ、救出は成功し、両手はまた異なる縛めをうける。ピップはマグウィッチの手とハヴィシャム嬢の償いの衝動に、さらに、エステラを通じモリーの類いまれな力強い手にしっかりと結び付けられる。挫折の後、ピップはジョーの腕の中の赤子のように安らぐ。

ここまで記述してきた基本形は生と死の循環である。小説の人物としてのピップの起源は両親の死に発する。長い列をなす墓や墓石の埋め合わせをしようと、彼は自分の道を作り出す。だが小説の続く限り、ピップは己のたどる道がつぎつぎにふさぎ止められ、力ずくで他の道を切り開かねばならぬことに気づく。イザベルやドロシア同様、ピップは過剰なる人物として造形され、より多くを望み自分以上のものになろうとする。結局、増大は、彼が生まれ最後には戻っていく死に根差している。最後に至ってようやく新しい、もっと真正なる制度ができ、新しい小ピップが生まれでる[一九]――

わたしはもう十一年間、ジョーとビディをこの眼で見ていなかった――もっとも、ふたりは東洋にあるわたしの想像のうちにしょっちゅう現われてはいたが――その年の十二月のある晩、暗くなってから一、二時間して、わたしは昔の台所のドアのかけがねにそっと手をかけた。そっとふれたので気づかれはしなかった。わたしは見られないで、なかをのぞきこんだ。すると、台所の炉の明りのわきの昔ながらの席に、いくぶん白髪はあるが、昔とちっともかわらず、元気で、丈夫そうなジョーが、パイプをくわえてすわっていた。それから、ジョーの足ですみっこに囲われるようにして、わたしの小さな腰掛けに腰かけ、炉の火をじっと見つめて――わたしがいた！「おまえのために、わしらはこの子にピップって名をつけたんだよ」、その子供のわきにあるもうひとつの腰掛けに腰をおろすと（でも、わたしはけっしてその子の頭髪《かみ》をもみくちゃにしはしなかった）、ジョーは大喜びでそういった。「すこしはおまえに似るかもしれんと思ったんだよ。じっさいまた、おまえに似ているように思うよ」(19)

ジョーとビディの間にあって、二人のピップが広がりを埋めるが、その空間の一方の極には真実の生が、もう一方の極には小説的生が存在する。『大いなる遺産』のディケンズと『ボヴァリー夫人』のフロベールは、主人公たちの夢見る力、いつまでも成り切っていることはできぬ何者かにわずかの間なっているための権威を強化する一時的な力、を意味するのに金を使う。年老いた農婦キャサリン、小ピップ、ジョー、ビディ――彼らは金に動かされず幻想に誘惑されることもない者、いわく言いがたい、運命を甘受する人間たちである。

小ピップとピップは、是非とも歯止めをかけなければならない専制的権威に対して、真実という妨害を配置するためディケンズが取る方法である。ディケンズはこの配置を小説の終わり近くになって明らかにしているが、このことは、小説家としての経歴のうえで比較的晩年にかかっていたディケンズが、権威の問題は自我に根差し、それゆえまずは自我によって抑えられなければならない、と考えるに至っていたことを示す。だから小ピップはピップの過ち、それに続く教育、そして家族からの救いようのない疎外を〈確認〉するだけと見える。晩年のディケンズが、自我と自我自身の問題に鋭い理解を示していたらしいことは、『大いなる遺産』の中でピップが〈自己の内部で〉、独力で神話化と神話破壊とを経験していることからも分かる。それに対して、『マーティン・チャズルウィット』では、仲違いをした二人のマーティン――ひとりは若く、ひとりは年老いている――は、教化しあって家族としての抱擁に至る。この晩年の小説でディケンズは権威なるもののより苛酷な原理を表現する。すなわち、根柢において自我は他と共有することのないそれ自身の道を望み、また、真実に対する自我の目覚めは、他者からのさらに不快な疎外をもたらすのだといった見方である。初期の小説において、これは誤解し合い悪意を抱く一組の縁者に分割されていた。十九世紀後半、自我の権威は再び分裂する。『ドリアン・グレーの肖像』[二〇]、『ジキル博士とハイド氏』、さらに遅れて『密偵』がその例だ。しかしながら、これらの三つの作品のいずれにおいても、第二の自我（分身）は第一の自我の不安定な権威をそっと教えてくれる。ジキルが持つ〈アイデンティティの砦〉の感覚には、その砦が人を悩ます恐ろしい基礎の上に建てられているという認識が含まれる。ディケンズは、ワイルド、スティーヴンソン、コンラッドのように、この認識に形を与える場を個人の〈外側に〉設けることを拒否した。ディケンズの視点では、ピップのような個人を、期待（＝遺産）の建築家のみならず崩壊の建築家にすることは避けがたい。ピップの窮境はみなの窮境であり、彼を追い込んだのは彼らなのだ、とディケンズが考えていたのは間違いない。しかし、ピップの言い訳はどこにも見つからない。孤児であることも、貧乏も、環境も、どれひとつとして彼の慎重な選択、個人的責任、現実とのしばしば金銭的な妥協の口実とはならない。いずれも最後には彼に跳ね返ってくるのである――

自分は高熱があって、人々から避けられていたこと、非常に苦しかったこと、なんどもなんども正気を失ったこと、時の経つのが果しもなく長く思われたこと、途方もないものを自分と混同したこと、自分は家の壁にはめられた煉瓦だということ、しかも一方自分は、大工がはめこんだその眼も眩むような場所から取り出してくれと、一生けんめい嘆願していたこと、自分はものすごい騒音をたてながら、深淵の上をくるくる旋回している、巨大な発動機の鋼鉄の槓杆《こうかん》だということ、だが、同時に自分はやっぱり自分であって、その発動機をとめて、そのなかの自分をたたきおとしてくれと懇願していたこと、こうした病気の段階を自分が経過したこと——そうしたことを、わたしは自分自身の記憶で知っているし、そのときもなにかしら分かっていた。(20)

この何度も繰り返され対句法の目立つ事実認識は、ピップがこれまで逃れようとしてきた現実のまさしく構成要素であると彼には思われるのである。このことに気づいた後、彼は〈弱く無力な生き物〉に過ぎず、ガージャリー一家の気遣いに感謝の念を抱く。が、彼は孤児のままである。

しかしピップの歴史（=物語）は家族の喪失とともに始まり、重要なことでは同じだが、恐れからなされる親切とともに始まる。恐怖ゆえのピップの慈善行為は後に経験することの萌芽となる。プロットに関する限り、それは彼の物語と、そしてもちろん、彼の困難の作者である。ピップの行為とその遠く離れた結果は、少なくとも根柢において、キリストの使命と苦悩につながる慈悲の美的弁証法的反復であり、それもアイロニカルな反復であると言えばたぶん軽率であろう。しかしながら、直接間接に、小説もキリスト教西洋世界の精神を反映しているのである。神の誤謬の最初の例である顕現は神を代替の存在としての人間に変容させた——この神秘は行為に近接するにすぎない言語に記録される。

そこで、小説は以上の過程とその記録を遠く離れた地点で、しかも多くの世俗的変容を経た後に再現するものと言ってもよいだろう。著者が初めに行なう人物への権威付与。物語形式によるその権威の完成。結果として引き入れられる重荷と困難。これらの方法によってこそ、神聖なまでの共同体的制度である言語が個人の力の痕跡を引き受け保存するのだ。小説は始めようとする意図の制度化であるという理由がそれである。もしもこの制度が最後には個人を抑えるというのであれば、それは、私的権威というものがそれ自身どうしても十分には模倣することのできない全体的真実の一部分なのだと、彼に教えてやる必要があるからである。ひとつの虚構作品の権威はこの洞察を反復する。というのも、小説の中心的意識は私たちが真実と普通結び付けて考える全体性を常に欠いているからである。それゆえ、たとえテキストの内部および外部にある現実や真実のさまざまなる位階秩序間の生きた関係を読者に見せるのが小説家の仕事であるにしても、ひとつひとつの虚構作品は、それが含むよりも大きな真実を排除することになる。いくつかの優れた小説の中でも、『ノストローモ』ほどこの活動が著者の関心を支配しているものはない。この作品を詳細に検討する時が来たようである。

II

国籍および出生の点で大きな広がりを持つにもかかわらず、コンラッドの最長編である『ノストローモ』の登場人物たちは二つの内的類似性で結ばれている。ひとつは、小説中の誰もがコスタグアナの富に衰えぬ関心を持っているということである。たいていの場合、その関心は個人的利益を夢想する類いのものである。例えばチャールズ・グールドはコスタグアナの利益とサン・トメ鉱山での自分の仕事の利益が同じ物だと考えている。二つ目の類似点は、ほとんどすべての者が自分の思想と行動の個人的〈記録〉を作り残すことを、ひどく気にしているように見えるということである。この不安は過去への異常な執着から生まれているようである。あたかも、過去をそのままにし、通常の注意を払うだけで公式の記録を残さないならば、考えることもできず十分な権威も持たぬとでも言うかのようにである。

数ページにわたる地理・歴史の客観的記述の後、読者は、いささか軽率な勇気で生涯を送ったイギリスのミッチェル所長が切り拓いた道を通ってコスタグアナへと案内される。ミッチェルにとってコスタグアナの生活は冒険的挿話の連続であり、彼はそれを誇らしげに〈歴史的事件〉と呼ぶ。後に彼が聞き手に向かって、多く生き多く旅したアエネイアスのように、彼もこれらの事件の一部（*quorum magna pars fui*）であると言うとき、彼の無邪気な記録と現実との大きな隔たりはさらに大きくなるようである。彼のしつこく饒舌な過去の回想はコスタグアナの生活の冒険を主題としている。その主題の主変奏は〈外国人（＝余所者）〉の心に内在する悪なのだけれども。ミッチェルと快活なソティロとの不幸な対決は――ここでミッチェルは明らかに勝者となる――〈植民者〉と原住民との分離を強調する。それはミッチェルの活動の語りを真実からさらに遠ざける。つまり、ミッチェルは自分の稚拙な物語が対処してきた複雑さをほとんど感じとることがないのである。

人物描写という点で言えば、ノストローモを記述する時以上にミッチェルの語りが大きく的を外すことはない。だがこの点でミッチェルは他の者たちと同じ誤りをしているにすぎない。驚嘆すべき〈船荷積み込み人夫の監督〉（*capataz de cargadores*）が、汚れなく素晴らしき名声を手に入れようとしてその名誉を犠牲にしたことは、ノストローモ自身が知るばかりである。明らかにノストローモから素晴らしい名声を奪った立派な男（*hombres finos*）に対して激しく怒り、モニガム医師にぶつけた言葉の意味を理解しているのはノストローモだけである。彼はまだ自分が評判を保持し、同時に実に面倒な重荷を背負い込んでいることをのちに見出すだろう。「監督は破滅した」。彼はこの時こう言う——「監督はいない」（四八七ページ）[21]。スラコの町、共和国は何年もの後、富と評判を高め、ノストローモも新共和国内での評判を上げる。しかし彼は名声の〈外で〉生きる。大いなる名声はそれ自身の権威を持っているかのように、彼の名声は彼のものではないように見える。その男とその名声はまったく別のものになってしまった。そうではあるけれども、スラコにとって、入念に仕上げられたノストローモの英雄的行為の記録がノストローモであり、スラコの独立は彼の努力に帰せられる。

より近代的で文明化されたコスタグアナの市民たちは、自分たちが残したいと思っている記録についてもやはり自信を持っている。しかしながら、彼らの繊細な知性はより正確な歴史観を許してはくれない。神経質で洗練され内省的な彼らの〈記録〉——さまざまな形で残されているが——は、どうにも使いようのない有害な抽象物以上のものではない。スラコの独立の実行者ではないまでも創始者であるマルタン・デクーは激しい砲撃の合間に決して届くことのない手紙を妹に書く——

> どんなに懐疑的な人間でも、生きるか死ぬかというときに立ち至ると、自分の気持や考えを正しく書き残して置きたいという欲望に駆られるものだ。それはその人間がいなくなってしまい、いかなる探求の光も死がこの世から奪ってしまった真実に達し得なくなったときに、それによって彼の行ないを明らかにできるただひとつの光のようなものだ。だから、デクーはなにか食べものを探そうとしたり、一時間やそこら眠ろうとして時間を工面するよりはむしろ、大きな手帳のページに鉛筆を走らせ、妹への手紙を書きつづけているのだった。
（二五五ページ）

どんなに切実なものとして記録され感じられたとしても、このような感情は遺憾ながら私的なものである。小説の中でこれと釣り合いを取っているのがドン・ホセ・アヴェリャノスの永続する記録であり、それはコスタグアナの長老たちが国の政治的生活について残す公的な物語である。彼の本『悪政五十年』は公平無私な政治的知恵から書かれる。一方、妹宛のデクーの手紙と、スラコ独立のための引き続く彼の行動は恋する者の幻想を動機としているのである。

コスタグアナの歴史への実際的影響で判断すると、以上二つの記録のいずれもチャールズ・グールドの残す記録に比較できるものではない。それはサン・トメ鉱山の経済的、精神的権威がますます強力に国を拒否していくという信じがたいほど影響力をもった歴史を強調するものである。キリスト教的愛他主義の記録を残す者と自分を見るホルロイド。前進と拡大を意味する鋼鉄の線路で国土に十字を記す英国の鉄道事業家ジョン卿。スラコにおける彼らの寡黙な手先であるグールド。この三人がコスタグアナの主要な国家思想たる物質的利益の下に鉱山のために力を合わせる。利益はその代理人たちの心に非人間的な一連の目標を生ぜしめ、精神生活は石と化し、鉱山のための奴隷的労働に変わってしまう。もちろん、この仕事の記録は鉱山の大成功の歴史の中に保存される。[22]

この悪意ある成功の記録に対して悲しく絶望的な引立て役となるのは、ジョルジョ・ヴィオラが〈自由な〉政治に抱く感動的な信仰である。的外れの理想――コスタグアナが銀の関心によって完全に支配されてしまっているために的外れなのだが――への彼の献身ゆえに、スラコにおける彼は遺物となる。その沈思と威厳ある物腰に町の人々は漠然とした敬意を抱くのであるけれども。偶然にノストローモを殺してしまうという彼の決定的行為は、古くからの〈名誉〉とガリバルディ的倫理の記録に霊感を受けたひとつの儀式である。ヴィオラはうっかりとノストローモの完全な記録を傷つけてしまう。これはダグラス・ヒューイットがコンラッドによるノストローモの〈圧縮〉と呼ぶものの頂点をなす[23]。

一九〇四年の『ノストローモ』完成後何年もたって書かれた序文の中で[24]、コンラッドはこの小説の制作について説明している。それは彼の他の〈メモ〉と同様に優しく落ち着いていて魅力あるものである。例えば「私の長編小説の中で最も考え悩んだもの」(一ページ)という言葉から、小説が彼に与えた苦労を感じとることはできる。だが、小説制作中にコンラッドが友人に出した手紙のどれをとってみても、「考え悩む」という言葉が穏やかな婉曲表現にすぎないと思わせるような、困難を伴った苦闘があらわになってくる。一九〇三年の初め、小説に取りかかって数週間後、彼はH・G・ウェルズに手紙を書いたが、それはつぎのように結ばれている――

> 私は……仕事への悩みと不安でまったく気が変になっています。私のやっていることは断崖絶壁で十四インチ幅の板の上を自転車で進むようなものです。よろけたらおしまいです[25]。

五月、彼は〈文学上の告解師[26]〉たるエドワード・ガーネット[二一]に『ノストローモ』がまだ四分の一も書けておらず、「それが出来損ないの下らぬものになるだろうし、なるに違いないと思うと自分に呆れてしまう。本当に私は疲れ切っており、心は正直になれぬほどぼろぼろになっている[27]」と書いた。八月二十二日、友人のA・H・ダヴレイには正直に、精神の麻痺、ペンへの嫌悪、インク瓶の恐怖の産み出す恐ろしい事態などを記述している。小説の半ばまで書き上げ、彼は救いを期待できない大変な旅を始めていたのだ。「孤独が私を襲い、飲み込んでいる。何も見えず、何も読めない。墓の中にいるようで、同時に、書いて、書いて、書かねばならぬ地獄にいるようだ[28]」。同日、ジョン・ゴールズワージー[二二]に宛て、自分は「泥沼にはまりこんだ……精神的、道徳的落伍者だ[29]」と言っている。その年が進むにつれ、『ノストローモ』を書くことはいよいよ肉体労働となっていった。十一月三十日、彼はウェルズに、その本が彼を肉体的危機に陥れていると書いた——

ひどい状態です——事実はごまかしようもありません。執筆が遅れているばかりでなく、効果的に取り組む〈ばね〉がありません。かつて船乗りだったときには、困難は努力への力を与えてくれた。今、そうではないことが分かる。でも、諦めたとは思わないで下さい。が、深みで足場を失いそうな不快感があるのです……。こんなことを申すのも、私にとって書くこと——唯一可能な書くこと——は神経の力を語句に変換することなのです。あなたもそうだろうと思います。ただし、あなたの場合、合図、衝動を与えるのは訓練された知性でしょう。私の場合、それは偶然、愚かな偶然です。そして、神経の力がなくなってしまうと言葉は出てこない——どれほど意志の力を働かせてもだめだ、という事実だけが残るのです[30]。

十二月五日、五六七ページまでたどり着いたとき、彼はA・K・ヴァリスゼフスキーに自分が「英国人……そして、ひとつ以上の意味で二重人（*homo duplex*）[31]」となったことを認めねばならない、と書いた。この手紙を書いたときコンラッドは、無理な仕事ぶりと仕事に関するひどい精神的問題について出版社に訴えても、同情を得ることはおろか締め切りを延ばしてもらうこともできないと知っていた。一九〇二年にはコンラッドは当時の彼の出版元であるウィリアム・ブラックウッド[三三]との関係の危機を乗り切っていた[32]。これまでもっとも困難な仕事にかかって、コンラッドは世間に受け入れてもらう近道は快活さを装うことだと悟った。彼は上唇をきゅっと引き締めておくことで、彼が帰化した国の人々に理解してもらおうと望んだ。もちろん創作の恐怖は続いたが、外見は落ち着いたものにしようと努めた。彼は自分のペルソナとして文字どおり陽気で外向的なコンラッドを作り出した。コンラッド自身も抑制できぬ隠れた第二の自我が現われることを除けば、このペルソナは創作の苦闘を知らない。(33) 後年、うまく味方とした大衆を喜ばし続ける間、隠れた男は姿を現わさなくなった。その代わりに、序文に見える捉えようがなく魅力的な著者が残った。そのように快活で信頼できる人物は、例えば、精神的足場の喪失といった困惑について論じることはできないだろう。そうした苦悩は無垢で隠された過去に残してくる方がよい。かくして著者が大衆に提出した個人的記録は、その記録が隠す現実とはほど遠いもので、それはミッチェルの〈歴史的事件〉が現実の出来事とほど遠いのと同じことである(ミッチェルはもちろん本当に起きたことを知らない。コンラッドが知っているのは明白である)。コンラッドがヴァリスゼフスキーに話した「ひとつ以上の意味での二重人」は、『ノストローモ』執筆時の彼の意図的な二重生活を指していると私は思う。自分にとって極端に不快なことを忘れようとする欲求のみを理由として、彼はすべて順調である振りをし、——ほかに逃げ道はないと思われたので——小説を完成すべく死闘を続けた。

一九〇四年前半、彼は再びウェルズに手紙を書いた。この時「私の立場ほど馬鹿げていて話にならないものはありません。啓発された利己主義が有効なのは啓発された愛他主義と同じことです——それ以上でも以下でもありません」(34)と述べている。この断言の意味は、二つの相反する立場、あるいは現実は等しい有効性を持つらしいという地点にコンラッドが到達したということである。一方で『ノストローモ』と格闘し、他方で世間における自分のイメージと格闘し、この両者が彼に厳しい要求を突き付けていたと言ってもよいだろう。それぞれがいわば彼の認知を求めていたのである。同一の存在の中で異なる二つの個が争い、彼は狂気の縁にまで連れて行かれた。一九〇四年四月五日、彼はデイヴィッド・メルドラムに「気違いになりそうだ[35]」と書いている。「あの恐ろしい物」と呼んでいたものを抱えて、ともかくも彼が前進したのは奇跡と言うほかはないと思う。何度も病気の発作で苦しめられ、妻もまた病身であった。そして、ウィリアム・ローゼンシュタインへの手紙に見えるように、彼はたえず経済的苦境にあった。六月二十七日、彼はローゼンシュタインにこう書きおくっている——

何もする勇気がありません。魂か肝臓が病んでいるのです。肝臓のせいならこの寒さが追い打ちをかけるでしょう。ここにいても太陽が雲間に隠れると震えがきます。疲れています。百年も生きたように疲れています。老朽船（善意に溢れてはいるのだが）をもたせようと、あなたが画策している救済のことに戻れば——私の考えでは……［ここから、ローゼンシュタインがコンラッドのために整えようとしているお金について細かい助言と依頼が続く］手遅れです——明日はまた恐ろしい日が来ます。G・グレアムが日曜日ここに来た時、あなたのことをたくさん話しました。彼は快活で親切だが、彼の訪問は期待したほど私を元気付けてはくれなかった。私は私ではない。ノストローモが完成して私が生まれ変わるまで私に戻るのは無理でしょう[36]。

苦悶はしばらくして終息した。『ノストローモ』は一九〇四年八月三十日に完成した。八年後、彼はアンドレ・ジッドに、不信感と疎ましさの結びついたような口調でその小説のことを話している。一九一二年までに『ノストローモ』の制作は問題をはらんだ経験となってしまい、もはや細部について思い出すことは耐えられなかったのである。「それは真っ黒なオーブンなんです。その巨大な機械に親愛の情を抱いてはいるのですが、作動しないのです。本当です。何かが邪魔をしているのです。何だか分かりません。とにかく、親愛の情をもってしても読むのは耐えられません[37]」。ジッドはコンラッドの親友であるせいか、手紙には序文に見えるようなよそよそしい気まぐれというものがない。それにもかかわらず、小説創作の実際の過程と、経験の数年後の回想との分離がコンラッドの心の中で起きているのは明らかである。多分、後年の回想の仕方が混乱した出来事を物語る唯一の便法なのだろう。結局のところ、形もなく焦点も定まらない不愉快な細部が思い出すことのできるすべてであるとき、誰がそんなものに心引かれることがあろうか。

『ノストローモ』の登場人物とコンラッドの間には面白い対応関係が見出せる。いずれの場合も、個人が、問題をはらみ混乱した行動を実行するか目撃するかして、それについての記録が蒸留記述され承認された後、大衆の消費に供される。この行動は不安定で、その紛糾ぶりは目を奪わんばかりであるため、起きたときには個人は完全に巻き込まれてしまう。後に回想されたとき、行動は〈歴史〉となる。歴史は少なくとも小説の中においては通例、比較的薄められた記録であり、その作者には皆に知られた者がなる。彼の作業は過去の要約定義と見える。過去を回想するとき、『ノストローモ』の人物たちは彼らの理想主義にも影響される。その力から判断すると理想主義は虚栄と隣合う。勇敢な男についての理想のため、ノストローモは自分の恥ずべき盗みという秘密を隠さざるをえない。銀がプラシド湾の海底に沈んだと仲間の市民たちに偽るため、彼の行動の〈記録〉は非難の余地のないものと信じられ続けるだろう。銀に対する彼の興味が名声への関心に従属するものであることは疑いない。しかし、その小説の仕事は現実と、個人による現実の記録と、現実と記録の間に介在する作者たらんとする個人を表現することである。この三つすべてが『ノストローモ』という織物の編目をつんだものにしている。

自分の生を二つの葛藤する存在様式の間のぎこちない妥協と見るコンラッドの習慣から、そのように強力な表現の計画が生じるものと私は考える。その習慣は自己についての根本的な不確実性と、どんな事柄に関してもしばしば感じとった二つの対立する立場の緊張を反映しているからこそ複雑なものである。第一の様式は、展開する過程、なされつつある行動、常なる〈生成〉として現実を経験する。一切をそのように経験することは自己が現実の只中にあると感じることだ。第二の様式は、現実を固い量として、〈そこ〉に定義できるものとして、あると感じることだ。この経験は現実を遡及的に見ることである。なぜなら起こったことを回想するときにのみ、なされつつある行動の休みなき運動を支配できるからである。言い換えれば、第一の様式は行動者の様式で第二の様式は作家の様式だ。しかし支配は必然的に統制を意味するため、遡及的見方は特定の行動の豊かにも複雑な力学を改変したりぶつかりあったりする。『ノストローモ』の中の二つの様式は、もちろん、行動への没頭と行動の遡及的定義（記録）との葛藤である。そして読者たる私たちは、そのような葛藤が産み出す、行動と記録とのしばしば驚くべき不一致に注目するように期待されているのである。

　記録と行動との間に照応関係を望みうるかと尋ねることも、私たち読者に期待されていることである。ある立場に置かれたほとんどの人にとってこの照応は可能であろう。しかし、『ノストローモ』においては、すぐに分かるように、エミリア・グールドの心を除き照応関係は一瞬たりとも許されない。それ以外の時間、回想を行なう人物たちはほとんど判別がつかぬまで現実を歪曲する。これがこの小説のひとつの特徴である。つまり各人物は他のいくつかの記録と背馳する記録の作者として描かれているのである。このためにほとんどの人物たちはコスタグアナの政治について奇妙にも近視眼的に見えるのである。本当に起きていることの全体を見ようとする者は誰ひとりいない。代わりに誰もが起きたと信じたいことを見る。コスタグアナにおけるこの近視眼の結果が、『ノストローモ』の主要なテーマのひとつとなっている。

　行動と記録との和解は、小説中ただひとり正確なヴィジョンを持つグールド夫人が実行する。彼女は行動を起きたまま理解する能力と、行動を自分に都合良く回想し新しい行動を計画するとき男たちが作り出す心理的陥穽に気づく能力とを持っている。つまるところ、個人的記録の不正確な回想が不正確で誤った自己評価を産み出すために、小説の中でチャールズ・グールドがあれほど悲壮な人物となっているのである。人生の悲劇的な管理ミスについての生涯教育は、チャールズとの結婚を通じてエミリアのものとなる。鉱山に見出した魅力的な個人的目標のためにチャールズが次第に自分から離れて行くのを彼女は見る。目標にうまく応えれば応えるだけ、彼は物質的利益に引かれていく。成功が物質的利益の大きさで測られるからである。彼は初めチャールズ・グールドであり、つぎにスラコの王となる。エミリアは王を称賛するけれども、同時にもうひとりのチャールズを知っている。それは銀が、彼の銀が人間的であるという欺瞞の犠牲となった哀れな奴隷である。王になればなるほど、彼は奴隷が真実いかなるものであるか分からなくなっていく。

人々を正確に見、同時に人々をあるがまま慈悲深く受け入れるエミリアの能力は小説の中で独特なものであり、男たちは誰もが彼女に魅きつけられる。モニガム医師は彼女をグールド家の魔法陣の中に座った妖精と見る。デクーもごく自然に彼女の静かな家に引かれ、アントニア・アヴェリャノスを愛するように彼女を崇める。おそらくもっとも多くを試みたために彼女に最大の賛辞を与えるのが、つまり彼の不名誉な秘密を打ち明けるのがノストローモに残されたことである。小説の終わり近く、見事に描写された静寂の中で、真のノストローモの像と彼が他人に信じさせようとした像——公認の像——との間の不快な揺らぎがグールド夫人に示される。彼がスラコにかけた呪縛は解かれ、彼が盗人であることが露わにされる。スラコ共和国の独立は、王党派の援助を求めて決行した彼の大胆な山越えに負っているため（「彼はわれわれみんなの命を連れて行った」五三九ページ）、偽物の名声のうえに成り立つ国家であることも明らかになる。つぎがその場面の一部である――

「ノストローモ！」グールド夫人はますます身を屈めた。「わたしもまた、あの銀のことを考えることは、心の底からいやだったんです」

「すばらしいことだ――貧乏人の手から富をどうやって奪ったらいいかよくご存じのあなたがたの一人が、その富を憎んでいるなんて！　世界は貧乏人に支えられているのだ。あのジョルジョじいさんが言ってるように。あなたはいつも貧乏人に親切だった。しかし、富というものにはなにか呪われたところがあるのだ。奥さん、あの宝がどこにあるか、あなたに教えましょうか？　あなたにだけ。……きらきら光っている！　腐敗することのない！」

苦しげな、いかにも不本意そうな気の進まぬ様子が彼の口調や目に漂っていることが、人に共感を持つことの天才であるこの夫人にははっきりとうかがえた。彼女は、死にかかっている男のこの哀れな銀への従属から目をそむけた。慄然として、もうこれ以上あの銀のことを聞かないように望みながら。

「いいんですよ、頭《カバタス》」と彼女は言った。「今はもう誰もあれを欲しいとは思っていませんから。あれはもう、永遠に失われたものにしておきましょうよ」（六二四―二五ページ）

この場面の痛烈さは、コンラッドの作家生活の苦悩を思い浮かべるとよりいっそう効果的となる。仕方なく身につけさせられたポーズの欺瞞から逃れたいと彼が願っていたことは想像に難くない。にもかかわらず、大冒険物語の陽気な作家という仮面をつけ続けるかぎりにおいて、作家としての全存在が可能になるのだと彼は知っていたにちがいない。彼は誰にも告白できなかったが、ほとんどすべての物語の中で代償的にそれを行なったのである。というのは、彼のすべての主人公は恥ずべき秘密を隠しており、最愛の者の前でその秘密から洗い清められる日の来ることを夢見ているからである。しかしコンラッドの厳しいヴィジョンのため、グールド夫人は小説中の誰に対しても理解と保証を表明するだけで与えることはしない。スラコは忙しく繁栄するあまり、みすぼらしい過去のことで悩みはしない。赤貧から大金持ちにという紛れもない偉業に守られて、スラコはその複雑な歴史のうえに聳え立つ。グールド夫人のみがスラコの真の姿を知っているが、その知識を生かすことはできない。理解と啓蒙を最大に示すとき、彼女の持つ実際的影響は最小だ。だが彼女は一人の高潔さと勇気が国家の生命を支えることができると知っている。ノストローモが勇気ある山越えでスラコを救ったように（それまでに彼は自分の名誉を傷つけてはいたが）、今度は彼女が国の名誉を間違いなく傷つける秘密を漏らさぬことでスラコの記録を保全する。ここで、彼女が作家になることを拒否するのは称賛に値する。もちろん悲劇的なのは、彼女の勇敢な行為も近代の政治学の基準によれば無価値だという事実である。国全体に関わる道徳的に有害な秘密を所有することが何の役に立つというのか。いかなる現実的かつ明白な脅威から彼女はスラコを救ったのか。その瞬間の偉大さはグールド夫人に対するわれわれの称賛によるばかりでなく、コンラッドの正しくも皮肉な造形によるのである。コンラッドは、彼女を弱い政治的に無力な女、子供のいない女に描いたが、子孫を持たぬ親とは良いことをしない良い妖精のようなものである。スラコの良心を呼びさますため秘密を公表し、スマートな議員、ドン・フステに巧みに黙らされてしまう彼女を思い描くことができる。

*

多くの他の作品と同様『ノストローモ』においても、コンラッドは海と陸を二つの対立する価値を表わすかのように対置する。しかし、たいていの〈典型的な〉作品と異なり『ノストローモ』は主に陸の事件を扱う。しかし海は力であり、コスタグアナはそれに気づいている。海は共和国の境界を定め、広大で、言葉に言い尽くせぬ強さを持った不変の砂漠である。さらにそれは、永遠に瞑想する点で、ちっぽけな自己追求をはかる陸の生活と異なる。海は人間的卑小さへの大きな無関心でマルタン・デクーを呑み込む。最後に海に降伏したときデクーは無限との合一を図る者のように、限りない力に引き寄せられたように見える。

デクーの死は説得力をもって陸と海の違いを劇化する。『ノストローモ』における陸の価値は銀に凝縮され、コスタグアナ沖の海の試練にさらされたとき、みじめにもデクーを裏切る。銀の価値のように価値がその後の生活の焦点となったとき陸の歴史は始まる。しかし銀はコスタグアナ人の生活に次第により大きな影響を及ぼしていく。小説の終わりまでに、銀はスラコ独立共和国の存在理由にほぼなっている。デクーは銀を産出する鉱山を「南アメリカ全体でもっとも偉大な事実」（二三七ページ）と呼びさえする。銀は小説中の誰かれとなく虜にするが、グールド夫人ただひとりは銀の貴重な固まりに魅惑されることがない。厄介なのは、銀がどうやらその崇拝者の心に具体的な力と達成のヴィジョンをかきたてるらしいことだ。人々は生活を完全で固い銀塊に似せて形作りたいと思う。しかし彼らはそんな生活が未発達で利己的なものであることは理解しない。初めから、銀に対する熱狂は正常な人間の判断を完全に追い出してしまい、幅広い人間の活動を狭い流れに連れていってしまうほどであったが、それは溶けた銀が銀塊の鋳型に流れ込むのに似ている。こんな監獄のような活動が〈物質的利益〉の影響の下で苦しむコスタグアナの記録であり、それは銀に対する呪物崇拝を一部門とする一般的精神異常にほかならない。

これらすべてを作品に盛り込んだのは、読者にショックを与えて精神的関心の価値を——言ってみるならば、〈海〉の価値を――認めさせようという単純思考の社会派小説家の手管なのではない。『ノストローモ』は物質的利益の前に他の利益を唱導しようとすることとは無縁である。それは物質的利益を事実として受け入れるのであり、なければない方がよい幻想として受け入れるのではない。たしかに、この小説はこの利益に対するコスタグアナの渇望の始まりを使っており、それは表面的には社会的、歴史的、経済的図式をたどるためである。しかし、それは人間心理とコンラッドの精神の本質について的確に触れるものである。かくして『ノストローモ』は数百ページを費やして精神状態、内的状態に還元される政治史を描く小説となる。それは、よくよく見ると脳の解剖図だと分かる、〈騙し絵〉風に描いたひとつの都市に似ている。

すべての偉大な小説がそうであるように『ノストローモ』もほとんど侵すことのできぬ客観的な非人称性を持っている。しかし、たいていの大小説と異なり『ノストローモ』は客観的な大建造物を批評し転倒させる主観的個性をも持っている。この点はどれほど強調しても強調し過ぎることはない。というのも、規模の点のみならず様式、構想においても、『ノストローモ』は『戦争と平和』と同じフィクションの範疇に入るものと言うのが普通だからである。[38] 規模の点だけで言えばこの二つの小説は似ている。だが、それ以上の比較は無駄である。『ノストローモ』は歴史学、社会学の分野の権威であろうとする野望は持っていないし、私たちの世界に似た規範的世界を創造することもない。それはむしろ、著者のほとんど信じ難いほど独特の生とヴィジョンから明らかに生まれる奇妙にも個性的なヴィジョン(『戦争と平和』はこれを決定的に隠蔽することができる)の結果である。最後に言えば、『ノストローモ』はどう見ても既成の文学の産物ではない。それは英語で書かれてはいるけれども、著者はイギリス人ではなくフランスで教育を受けたポーランド移民である。小説としての起源がかなり逸脱的なものであるために、『ノストローモ』はフランス、イギリス、ロシアのいかなる小説にも似ていない。比較して有益なのは、もっと不安定で、個人主義的かつ神経過敏なアメリカの伝統の中で書かれた小説である。少なくとも表現と意図の奇妙さにおいて、いずれの国にせよ『ノストローモ』に一番近い小説は『モービー・ディック』(二四)である。

『ノストローモ』に盛り込まれた手掛かりの中には、この小説を私的なヴィジョンにとりつかれ転倒させられる堅牢な客観的大建造物と見させるものがある。その手掛かりは互いに結びつけて考え、またこれまで銀について述べてきたこととつなげて考える必要があるので、詳しい説明を必要とする。小説の第一の事実は南アメリカの海岸のどこかにあるとされるコスタグアナで、この国の歴史は大陸全体を反映する。南アメリカの遺産とは「偉大なる解放者ボリーバル(二五)が苦い思いで言ったように〈アメリカは統治不能だ。独立のために汗を流したものは海を耕そうとしただけである〉」(二〇六ページ)という事実である。独立のためのこの戦いに、コスタグアナにおいて「消すことのできない」(五二ページ)存在である〈グールドの先祖〉は積極的に参加した。彼らは三世代にわたってそこに住み、商人、革命家、解放家として繁栄し、その名を知られ尊敬を集めた。しかしながら、チャールズ・グールドの時代に至るまでは、当代の鉱山の所有者が〈スラコの王〉という称号を獲得するほど尊敬と力を手にするということはなかった。小説にもっとも大きく関係するのは、グールド家の年代記中のこの称号のいわれである。

先祖たちと異なり、チャールズは何年もの外国暮らしの後でコスタグアナにやってきた。この点で彼は小説の人物たちの多くに似ている。それぞれは放浪やら外国での出生やらの理由で国籍離脱の時期を経験している。第一のグループにはデクー、モンテロ、ドン・ホセが、第二のグループにはノストローモ、ヴィオラ家の人々、モニガム医師、ミッチェル所長などがはいる。小説が進むにつれ、それぞれの人物はある行為により、あるいは帰化することでコスタグアナの市民権を獲得する。チャールズ・グールドの帰化は差し迫った必要により行なわれる。彼は故郷を失ったイギリス人としてヨーロッパで育ち、絶望のあまり怒るばかりの父親に縛られる身をどうすることもできない。何千マイルの距離が息子と父を隔て、息子は成人し帰属と目的とを求める。父グールドは貸金の抵当に鉱山の利権を引き受けさせられはしたが、鉱山からは何も出ず鬱々と暮らしている。しかしチャールズは、父が鉱山に生殺しにされていくその時に(六三ページ)、鉱山への興味を募らせていく。父にとって苦い徒労にしかすぎなかったものが、息子にとっては精神力に対する挑戦となる。鉱山は父の不屈の精神を証明するばかりでなく、コスタグアナ発展の手段となるだろう。この時点で、チャールズは自分自身の野心と国の発展がほとんど同じものであることが分からない。若いエミリアのなかにふさわしき伴侶と希望実現のための執事を見たチャールズは、父の知らせを聞いた直後に彼女と結婚する。次の一節でコンラッドは結婚当時の二人を描写する——

この若い二人は、彼ら自身の人生が最も賢明な人にさえ地上の諸悪に対する善の勝利とも思われた、希望に満ちた恋愛の光の中で結ばれたちょうどそのときに、惨めにも崩れ去った生命のことを思い出していた。漠然とした雪辱の考えが彼らの生活設計のなかに取り入れられた。だがそれが論理的な支援をうけていない漠然としたものだけにかえっていっそう激しいものになったのだった。しかもこの考えが彼らに現われたのは、女性の献身の本能と、男性の活動の本能が、最も強い錯覚からその最も力強い衝動を受ける、まさにその瞬間だったのである。帰国の禁止そのものが絶対に成功することを要求していた。彼らはあの疲労と絶望の不自然な誤りに対しておのれの強靱な人生観の有効なことを証しすることが論理的にも義務づけられているような気がしたのである。(八一—八二ページ)

ヨーロッパからコスタグアナに移されると、「強い人生観」と「社会復帰の観念」は新しい概念となり、ボリーバルの苦渋に満ちたモットーを暗に否定する。チャールズは若さゆえに挑戦することができる。コンラッドの『青春』を読んだ者であれば誰でも思い起こすことができるように、若さは不快な現実を美化する能力を備えている。チャールズは強い正義感ももっている。彼は建築家のように、建築時のなんらかの欠陥のために建物が〈歪んで〉いると、それを直さずにはいられない。だが、彼にとって鉱山で成功することは道徳的義務を遂行すること以上のことを意味した。「鉱山が不条理な災害の原因」であり「その経営は真面目で道徳的な成功でなければならない」(六四ページ)と悟ったとき、チャールズは行動のための行動の魅力に応え始める。何かをすることは何もしないより常にましだと彼は考える。父の境遇が無行動の不幸を教えたのでなおさらそう考えるのである。チャールズの計画は鉱山を再建し生産を再開させ、ボリーバルの言う「海を耕す」ことだ。さらに、鉱山事業はコスタグアナに何の価値をも見出さなかった彼の父と——神——を、チャールズなりに否定することである——

そして彼は妻に、父親の最後の手紙のひとつを記憶しているかと訊ねた。その中で父親のグールド氏は、「神さまはこれらの国々を怒りの目をもってご覧になっておられるのだろう。さもなければ、諸大陸の女王ともいうべき、ここに重くたれこめている陰謀と流血と犯罪との、言語に絶した暗黒を貫いて、希望の光を送り給うはずだ」という彼の確信を伝えてよこした一節があった。

グールド夫人は忘れていなかった。「貴方が読んでくださったでしょう、チャーリー!」と彼女はつぶやいた。「印象的なお言葉でしたわ。お父さまはその恐ろしい哀しさを、どんなに深くお感じになったことでしょう!」

「父は強奪されるのが嫌だったのだ。腹が立ってたまらなかったのだよ」とチャールズ・グールドは言った。「それにしても、ああいうふうに父が考えたということは、充分参考になる。ここで必要なものは、法と誠実と秩序と安全となんだ。誰だってこういうものについては長広舌を揮うことができる。だが、ぼくは物質的な利益に信念を賭けるのだ。一度その物質的な利益が確立すれば、それを存続させ得る条件を、いやでも押しつけてくるようになる。だからこの無法と無秩序との世界での金儲けが、正当化されるのは、まさにそのためなのだ。つまり金儲けが必要とする安全性が、抑圧されている民衆にもわかち与えられるからなのだ。よりよい正義はそのあとで生まれるだろう。それがあの手紙の希望の光だよ」彼の腕は彼女のきゃしゃな身体を、一瞬、より身近に引き寄せた。「そう考えてくると、サン・トメ鉱山でさえ、暗黒を貫く光にならないと誰が言えよう？　気の毒に、父はその光を見ることに絶望を感じたらしいが」

彼女は感心して彼の顔をちらっと見上げた。彼はしっかりしている。彼女の漠然とした利他的な野心に広大な形を与えたではないか。（九二―九三ページ）

チャールズは「ヨーロッパの私的、公的礼儀作法の情熱を欠く安定の中にこもっているかのような落ち着き」（五三ページ）を精神に保ちながら、彼の使命に着手する。彼は仕事、誠実さ、冷静な行為、不変の信念を信じている。小説の他の人物同様、彼は自分の計画（未来にはこれが自分の記録になるだろうと信じているが）を守り、計画どおりに行動すれば、実際、予想どおりの結果になるだろうと考えている。そう信じ、信念に従って行動すればするだけますます信念に固執し、そして自分が何を、なぜやっているかについて批判的に考えることはできなくなっていく。コンラッドは言っているが、「人間とは絶望的に保守的な生き物なのだ」（六一ページ）。グールドの保守主義は――誰の保守主義もそうだろうが――思考は保守されるものを破壊しうる観念を産み出すという理由で、彼の存在から思考を追放する類いのものである。やがてチャールズは、南アメリカの不毛に挫折させられた父親のように、完全に行動の悪循環の犠牲となる。「行動は慰めを与える。それは思考の敵であり快い幻想の味方だ。行動によってのみわれわれは運命を支配したという感じを抱く。彼の行動にとって、鉱山が明らかに唯一の場であった」（七二ページ）。

グールドにとって人生は――『闇の奥』のマーロウが雄弁に、いくぶん曖昧に「無意味な目的のために無慈悲な論理を神秘的に配すること」[39]と言ったのと異なり――容易に理解しうる論理の満足いく実現である。地上で一番混沌とした場所を始まりのために選び、何かを強く信じ、その信念をその場所に適用すれば、混沌を秩序化することを意図とする新しい始まりの創始者となれるだろう。あらゆるものに恵み深き連続性が潜むからである。しかしながら、その秩序を識別することは個人個人が作った計画の重荷――実際、その妨害――の支配下にある。しかし、その大きい障害に気づいているものはいないようである。ドン・ホセ・アヴェリャノスのように賢い男ですら恵み深き非人称的な連続性を信じている。彼の著作の表題は五十年の悪政の間にも善政がありえたかもしれないことを気づかせてくれる。老ジョルジョ・ヴィオラは宝物にしているガリバルディの写真を見るだけで善政を直覚する。デクーは初め遊び人の流儀で生活している。ミッチェル所長は〈原住民〉の中で帝国主義的イギリス紳士の綱領を頑固に採用する。彼らはそれぞれ自分の世界観が正しいと言い張る。おなじみの原理である。ゴールズワージーが教えてくれるように、コンラッドが彼のお気に入りであったショーペンハウアーにその思考様式を見出したことは十分考えられることである。[40] というのは、無批判な持続的信念体系であって、「世界とは私の観念である」という前提に基づく利己主義以外のものがあるだろうか。この利己主義の目的は生に対する支配感であり、おそらくその真の始まりは、生が結局生きるに値しないものなのかもしれないというおそれ、あるいは始まりを規定することなしには生は方法を持ちえないというおそれである。

例のごとく、エミリア・グールドは皆と違う。または、根柢において違わないにしても、彼女の性格は打算を表に表わすことが少ない。娘のころから、生きる能力に自信を持っていた彼女は、自分が愛する者にも同様の能力を求めたようである。「チャールズは初めからその非感傷主義、平静な心で彼女の想像力に訴えた。そうしたものは、生きる仕事の上で完璧な能力を表わす印だと彼女はずっと考えてきたからである」（五四ページ）。「人間的交わりの技術に恵まれ」（五〇ページ）、彼女がスラコのファースト・レディーになると、私たちは彼女の持つ能力の証拠を表面のところで与えられる。その能力は、より深いところで、「彼女の利己的でない野心の曖昧さに……大きな形を与える」（九三ページ）のはチャールズだけだと彼女が悟る点にある。無能な別の女であったならば彼の邪魔となったかもしれない。しかし、彼女は——高い身分に伴う義務によって——彼の野望の推進に身を捧げる。スラコの社交界は彼女のものである。夫が財政的、政治的に国を征服し、彼女は社交的に征服する——

だが男みたいなものの考え方をする女性は、すぐれた能力を持つ存在ではない。むしろ分化の不完全な現象に過ぎない——興味はあるが不毛で、無意味な存在である。エミリアの知性は女性的であったから、スラコ征服が可能だったのだ。それも単に自分を忘れて他人に同情する彼女の性格を、適当に発揮させるようにしただけなのである。彼女は話上手だったが、おしゃべりではなかった。心情の知恵は、偏見を弁護する必要もなければ、さまざまな理論を組立てたり、壊したりすることにも関心を持たないので、思いつきの言葉を駆使することもない。それが発する言葉は、誠実で寛容で、理解と愛情のこもった行為と同じ価値をもっている。女性の真のやさしさは、男性の真の男らしさと同じように、相手の敵愾心を挫く種類の行動のなかに表現される。

（七三―七四ページ）

コンラッドは、グールド夫妻が間違いなく〈征服的行動〉（このことについては後述する）を行なうだろうと私たちに思わせてくれる。結婚生活の初めから自分たちが創造した世界、〈利己的ではない野心〉が具体的な形を与えられる世界にのめり込んでいるからである。何年も前のイタリアのあの不幸な日、エミリアが夫を受け入れたときのことをコンラッドはこう書いている――「その瞬間、スラコに住む全ヨーロッパ人の未来の女主人は足元の地面が崩れ去って行くのを身体で感じた。それは鐘の音とともに完全に消え失せた」（六九ページ）。チャールズの世界は彼女の世界となり、彼らの結婚生活の歴史が鉱山の歴史となる（七三ページ）。生きるというただの仕事は投資した利益の監督という仕事に形を変える。それが彼らの世界であり、それなしに彼らを考えることはできない。人生は執着という絶えず更新される行為に変化する。彼らの始まりは彼らの後生に儀式と連続性を与える。

チャールズの存在の規範は住民の野蛮から国を守り続けるということだ（五三―五四ページ）。人生を複雑にしがちな知的、精神的価値（例えば、懐疑主義や自己批評）は排除される。その代わりに、人生の始まりを表わし人生の目標となった銀塊からすべての価値が生まれてくる。グールド夫妻にとって、実際コスタグアナの誰にとっても銀は単に欲望の対象ではない。もしそうなら、コンラッドに先行するヴィクトリア朝の賢者たちがやったように、金銭的結びつきのもたらす明白な腐敗を嘲笑することはたやすいことだったろう。いや、銀は「感情の真の表現、または原理の非常事態がそうであるように、たんなる事実ではなく広大かつ触知不能の何物かであるかのように、正当化する力を持った概念である」（一一八ページ）。したがって、「サン・トメ鉱山は制度、その地域にあって生きるために秩序と安定を必要とするすべてのものの活力回復の地点となることができた。安全は尾根の方から国中に流れ出すように見えた」（一二二ページ）。

「〈帝国の中の帝国〉*imperium in imperio* の全重量をその双肩に支える」（一六四ページ）点で、グールドとコスタグアナの関係は、シェイクスピアのプロスペローと彼の島の関係に似ている。鉱山の管理、たえず山を訪れること、彼が設置するダイナマイトは、鉱山についての管理指導力の証左である。彼はスラコの生活のいたるところに魔力を発揮することができる。グールドの屋敷はプロスペローの洞窟のスラコ版である。しかし、プロスペローが学者の長衣のために公国を犠牲にしたように、グールドは逆に鉱山のために彼のあるべき姿、人間性を犠牲にしてしまった。人間性への彼の唯一の譲歩はエミリア・グールドであり、彼がかつて彼女に言ったように、彼の感情の最良の部分はエミリアが預かるところである（七九ページ）。思うに、もし〈魂〉という語が人間の感情と活動に最も関わりを持つ実体を意味するとすれば、グールドのその言葉により彼の魂の死を語ることができるだろう。グールドが鉱山のためにする仕事は彼の注意を完全に奪うものであるため（とくに、それが最小限の人間感情しか必要としないため）、彼の魂は余計なものとなり存在することをやめる。魂の死の証拠として考えるべきは、例えば、グールドがスラコの大立者であるわりには異常とも見える受動性しか発揮しないことである。彼の妻や小説中の三人の精力的な人物たち――デクー、ノストローモ、モニガム医師――と比べたときとりわけそのように見える。この三人もやはり魂の死を経験するのではあるけれども。

グールドは鉱山に仕えて死ぬが、そこから再生することはない。彼は気高いものとならずに、むしろ卑しめられる。そして[二六]彼は人間性を失った組織者、際限のない機械工程の監督者として純粋に機械的レベルで〈生きる〉。ロレンスの描く『恋する女たち』のジェラルド・クリッチは、グールドの活動の憂鬱な効果と似たものを持つ。彼も家族の鉱山全体を組織化して、ロレンスの言う生の中の死の記念碑とする。イザベル島におけるデクーの苦悩は、抵抗できぬ孤独によって魂を押し潰され、そのため死を被ることである。茫漠たる沈黙の圧倒的な力に抗するデクーの苦闘が彼自身を救うことはできないにしても、彼は最後まで力を奮い続けた。彼の始まりが実体のない感傷であるとしても、アントニアの思い出と、自分の苦境についての皮肉な思いは彼の人間的活動の証拠だ。もちろん、グールドは人間的問題を譲り渡し非人間的な行程のためにのみ働き、その理由だけによって人間的孤独を生き延びる。ノストローモはプラシド湾で比喩的死を遂げるが、泥棒、悪人として再生する。グスマン・ベントーの考えた拷問により完全に自己を裏切るときモニガムも死ぬ。しかし、彼は後に神話——グールド夫人——を選び、自己の存在の支えとし再生を始める。しばしば妖精と描写されるエミリアは人間性の最良部分に対して魔術的勝利を収める。これほど脱人間的な脅威にさらされた世界において、小説のどの部分にあっても自分自身であり、生き生きと人間的でありえるほど魂が魂であり続けるのが魔法でなくて何であろうか。

『ノストローモ』が急激な変化、新しい事態の開始、そして新奇なヴィジョン、行動、人物を導入する一連の始まりにあれほど関係し、むしろとりつかれているがゆえに、エミリアの性格のしなやかな一貫性は驚くべきことである。ひとつの政情から次の政情へ、ひとつの情緒から次の情緒へ、ひとつの出会いから次の出会いへと、変化は絶え間がない。逆説的なのは、このあきれるほどの変化がただひとつの不変の理由によって起きているということである。すなわち、銀、第一の始まり。グールドはその生活で銀ゆえの変化を典型的に表わす。つまり、感情は他の人物の保管に任せ、自分は鉱山に献身する下僕となっている。そうなることで、彼は国に銀という確固として非難の余地のない不変の価値を与え、自身は鉱山のように堅実であるため、他の者たちはこの一定の価値に合わせるしかない。それぞれがうまく合わせたと思っているのに、適応のひとつひとつが軋轢を産む。理由は明らかだ。誰にとっても、最良の適応は鉱山を最終的に所有することだからである。コスタグアナに鉱山ができて以来、革命が頻発するのに何の不思議もない。グールドがブランコ側に味方すると決めたとき、ようやく秩序が回復する。グールドとブランコ一派は「彼らの創造物」(四一ページ)たるリビエラを権力の座に据える。

スラコにおける〈革命〉、新政の開始の規模は、コンラッドが繊細かつ機能的に南アメリカの背景を暗示することにより、さらに複雑で豊かなものとなっている。例えば、彼は新世界の雰囲気と、情緒的、政治的な現状にあって絶えざる革新を説く雄弁術(九一ページ)との関係を示す。彼はまた新世界の新しい政治的感性に及ぼす旧世界の独裁君主制の影響をも理解している。モンテロたちの反乱の鮮烈正確な描写はコンラッドがこの現象を把握した結果である。もっとも驚くべきことは、ひとたび銀が伝統的価値を追い出し、価値からの危機的な分離が起きたとき——この分離の責任はおそらくグールド夫妻にあるのだが——スラコの生活を支配する統制不能な過剰の風土をコンラッドが捉えていることである。

コンラッドによるスラコの生活の描写は劇的、社会的側面のどちらから見ても首尾一貫して説得力を持つので、彼が現実に基づかぬ世界を描いていることを忘れさせるほどである。鉱山の仕事はきわめてきつい長時間の労働だ。しかし、それは、そう考える向きもあるかもしれないが、たんに〈正常〉であるのではない。正常性の幻想がいよいよ目立ってくるのは、コンラッドがそれを広げてコスタグアナの生活全般を扱おうとするときである。だが、すでに見てきたように、この小説の行動の意味合いを考慮することは、結局、恐怖の長い啓示に耐える小説の前景を概観することである。その啓示は鉱山の影響の始まりに開始され、ノストローモの死で終わる。この点をもう少し明確にするには、この議論の初めに立てた『ノストローモ』における行動と記録の区別に戻るのがよい。『ノストローモ』を読むとき、極度に明晰な表面がそのすべてであるかのように読むのは（ここで急いで言っておかねばならないが、詳細な描写に富む表面の狙いは、読者が知りたいと思うことすべてに真実らしさを与えることなのである）、小説中の一人の手になる記録をさまざまな人物たちによる記録群と似たり寄ったりのものとして読むことである。これは、通常の政治小説、または歴史小説という仮面を『ノストローモ』がつけているということである。他方、真の行動は心理的なもので、自分の観る世界がどうにも耐え難いものであるから、自分自身の世界を作り上げようという野心的に過ぎる意図に関連する。『ノストローモ』の歴史的、政治的事件の下にあるのはこの行動である。ひとりが作り上げた世界が、置き換えたはずの世界と同じように耐え難いものだとゆっくりと後になって理解されてくると、そこに恐怖が生まれる。このように影響の大きい結論は政治的、歴史的に実証されなければならない。個人を歴史に結びつけ、歴史を生の残酷な意匠に結ぶ『ノストローモ』の偏向はそこから生まれる。

チャールズ・グールドの例は有益である。父の鉱山の仕事を引き継ごうという決定を下すとき、選択の余地はほとんどない。コスタグアナに帰り、父を殺した鉱山で精神的成功を収めること以外に、チャールズにはなしうることがあったはずだなどと信じられるだろうか——

曇りガラスのほやのついた二つの大きなランプが、周囲の白い壁を柔らかく隅々まで照らした。武器を入れたガラスケース、四角いビロードのきれの上に置いてある、ヘンリー・グールドの騎兵用軍刀の真鍮の鍔、それからサン・トメの谷間を描いた水彩画などに光が注がれている。グールド夫人は、その木製の黒い額におさめられた絵を見つめ、溜息をついた。

「もしわたしたちがあれをそのままにしておいたらねえ、チャールズ！」

「いいや」チャールズは陰鬱そうに言った。「あれを放って置くことはできなかったよ」
「きっとそうでしたわね」グールド夫人は、ゆっくりとそれを認めた。（二三一ページ）

チャールズは人間であり、生が彼を袋小路に追い詰めた以上（「お父さんを殺した山を忘れ、何か他のことをしなさい」）、グールドは生産的行動に訴えるしかない。体裁を整えた父の仇討ちとして始まったものが、気づかぬうちに、生を支配したい、生をひざまずかせたいという欲望に変化する。コンラッドの小説の多くの主人公たちのように、グールドは生におびき寄せられ不可能な進路を取り始める。クルツとグールドの差異は何か。クルツが存在の機械制を主張するのに対し――「恐ろしい、恐ろしい」――グールドは沈黙する。彼は始めた仕事を続けていく。

アフリカにおけるクルツの経験と、南アメリカにおけるグールドの経験との主要な類似点はその雰囲気に求められる。それは思考と感情を極限に追い込む助けとなり（多分〈異質〉だからなのだが）、主人公を刺激して生を支配しようとするさらなる努力に向かわせる。南アメリカの新世界とは近代世界全体を指すコンラッドの隠喩である。近代世界は意図的な始まりに端を発する極端な行動に淫しているため、精神的に自負を抱くものたちに支配的、征服的行動の必然を説いてやまない。明晰なデクーは新世界とは何かと思考する――

わたしたちの性格には呪うべき愚かしさの伝統があります。それはドン・キホーテとサンチョ・パンサ、騎士道と実利主義、おおげさな感傷と道徳的怠惰、ある理想に対する激しい努力といかなる腐敗に対しても陰気に黙従してしまうことです。（一八九ページ）

二人きりにされたら、キホーテとサンチョは狂ったように戦い、お互いを滅ぼすだろう。だが、デクーの言うように、この深く引き裂かれた性格に「コスタグアナの富」が隠れている。それは「この若者に代表される進歩的ヨーロッパにとって重要なのだ」(一八九ページ)。そこで、進歩的ヨーロッパの代表たるグールドはその富を所有しようとする。それが父の仇討ちと、新世界への秩序付与と、支配の契機を意味するからである。

グールドは自分の行動の正しさを確信している。再び、洞察に富むデクーが遠回しにコメントする――「およそ確信とは、効力を発揮し始めるやいなや、神が滅ぼしたいと思っている者に送る痴呆状態に変わるものだと［デクーには］思われた」(二二二ページ)。この考えの真の恐ろしさがはっきりするのは、確信なしに人は生きることはできないと思い至ったときである。生とは権威ある行動である。行動は確信の上に成り立つ。確信は痴呆の下にある妨害である。ゆえに、生は痴呆である。デクー自らこれを証明する。嘲笑は彼にとってひとつの生き方である。彼はすべてを軽蔑し何物も受け入れない。ところが、彼は恋人の幻想を受け入れることはできるため、狂ったように銀を運び出そうとスラコを離れる(幻想とは確信の一形式であり、確信の狙いは支配である)。彼が死ぬ時、その幻想は、彼がイザベル島で守っていた行動なき生に潜む恐ろしいまでの孤独にますます適応しなくなっていく。デクーの仲間で、より成功したノストローモは反復されるこの過程のもうひとつの例である。デクーは死に、ノストローモは徹底したペテン師として闇から姿を現わす。最後にはノストローモも滅ぼされ、残された私たちはコンラッドと同じように生についてこう問わねばならない。すなわち、人生にはこれ以外の形があるのか。意図的な始まりに対するこれ以外の結末はあるのか、と。スラコにはグールドの使命感とノストローモの功績に基づく非現実的な繁栄がある。プラシド湾には孤独と死以外に何があるというのか。

ノストローモが海から帰り、スラコを救うため山を越えた後、私たちはミッチェル所長により再びスラコに案内される。（小説の前半を占める）彼による一度目の観光案内が不正確なものであるとすれば、二度目は善意の宣伝以外の何物でもない。スラコが新たに見出した繁栄についてのミッチェルの見方に含まれるアイロニーを強調するかのように、コンラッドは観光客を仮構しミッチェルに主だった〈史跡〉をすべて案内させる。要点はこうだ。ニーチェがかつて言ったように、史跡の宣伝的説明はもっとも不十分で不正確な歴史を構成するのである。スラコ年代誌もそうである。スラコは記念碑的繁栄に賑わい、銀は輸出されて世界中に行きわたる。そして、フーコーが言ったように、スラコ年代誌に反するすべてを排除する。フーコーの用語を用いて、スラコの古記録は歴史の稀覯版であると言うこともできるだろう。ひとりの男の人生としては「もっとも絶望的であり、もっともよく知られた出来事」（五八二ページ）は、こうして豊かな収穫をもたらすことになった。読者は文明国の仲間入りをした裕福な国のゆとりある暖かさに捉えられ、その地位と力を羨む。（グールド夫人を除いて）スラコの力と富の起源は何かと考え直す者はひとりもいない。誰もコスタグアナを思い出さず、デクーの死に頓着する者はいない。スラコの独立の意味に拘泥する者は誰ひとりいない。これこそ政治的生の習いであり、コンラッドはそれをリアリスティックに〈考古学的に〉描いた。

だが忘れてならないことは、スラコが新生国家であり、それゆえグールドの仕事の勝利を表象しているということである。彼は自分の世界を作り、支配し、完全に所有することを仕事とした。客観化され正当化された価値を銀が象徴するようになったように、スラコは、ひとりの男の願望の具体的表象である。生の扱いにくさに抗して、グールドは、自分の手になる世界に逃げ込んだ。だが、その世界は最後に彼の自由を奪う。彼の計画の完全な達成の恐ろしさに気づき、それを言葉にすることができるのは、彼の妻だけである――

彼女はサン・トメの山が、平原に、そして広がっている陸地全体のうえにおおいかぶさっているのがわかった。恐れられ、憎まれ、しかも豊かに。どんな暴君よりも非情で、どんな悪虐の政府よりもさらに非道で独裁的である。そしてその大きさをさらに広げるためには、数え切れないほどの生命をいつでも平然として押し潰してしまうのだ。グールドはそのことを見通していなかった。見通すことはできなかったのだ。それは彼の咎《とが》ではない。彼は完全である、完璧なのだ。しかし夫人が夫を自分のものにすることはけっしてないだろう。けっしてないのだ。彼女があんなにも愛したこの古いスペイン風の家で、たった一時間といえども完全に彼女自身のものとして彼を独占したことは一度もない。度し難い。コルベラン家の最後の者も、アベリャノス家の最後の者も、と医師は言っていた。しかし夫人には、あのサン・トメの鉱山が、このコスタグアナのグールド家の最後の者の生命を支配し、使い果たし、燃焼しきってしまっていることがはっきりと分かっていた。それが父親のあの悲しむべき弱さを征服してしまったように、その息子の精力的な精神をも征服しているのだ。グールド家の最後の者に対しての恐るべき成功である。最後の者なのだ！　長いあいだ、ずっと長いあいだ、彼女は望み続けていた、恐らくは――しかしだめだった！　その後に続くべき者はないのだ。底知らぬ悲しみが、自分自身の生命が続いて行くことへの恐れが、このスラコの第一夫人の心を襲った。彼女は予言者のようにはっきりと、生命と、愛と、仕事とに対する若い日の理想が堕落する中を、ただ一人生き残っていく自分の姿を見たのだ――世界の宝庫の中にたった一人ぼっちで。辛い夢を見ているような、深い、理解しがたい、苦しみの表情が、目を閉じたままの顔に静かに浮かんでいた。無慈悲な悪夢にしっかりと摑まれてしまって、どうにもならず横たわって眠っている不運な人間のような、はっきりしない声で、なんのためでもなく彼女はその言

葉を吃るように口に出していた――「物質的利益」。(五八二―五八三ページ)

コンラッドの小説が描く大半の女たちと同じく、エミリアは事実上黙って耐えるだけである。しかし、批評家が指摘すべきは、あれほど雄弁に表現されたエミリアの恐怖と、それを虚構中に肉化しようと苦心惨憺するコンラッドの情念とに通底するもののことであろう。それを発見することは生を始める仕掛けについてのコンラッドのヴィジョンを発見することである。この問題に向かうべき時が来たようである。

＊

小説の最終場、すべてを理解しつつ口を閉ざすエミリアは、何も理解せず危険に押し黙るジョルジョ・ヴィオラとアイロニカルな対照をなす。この沈黙の中で彼女は過去、現在、未来についての平衡感覚を手に入れる。「生が大きく充実したものであるためには過ぎ行く現在の一瞬一瞬が過去、未来への配慮を含むものでなければならない、という考えが彼女の心に生じていた」(五八二ページ)。『ノストローモ』という物語が暗中模索の内に始まり、以後、曲折を経て探し求めていたのはこの全体的なヴィジョンであった。焦点がはっきりせず紛糾する『ノストローモ』は、物語の進路が不明なコンラッドの多くの他の物語に似ている。このため、私たちは小説の時間設定がどうにも分からないのである。そこで、現在時はなかなか舞台の中心に現われ居残ろうとしない。多分、自分が「歴史の真っ只中にいる」(一五〇ページ)と感じているせいか、物事を動かすことを目的とするミッチェルのように単純な者が(そして『闇の奥』のマーロウのような者が)進んで申し出て、私たちの前に引っ張り出してくれない限りそうなのだ。しかもミッチェルでさえ、意味づけようとする過去が奔流のように彼を押し流そうとするとき、ようやく、自分の物語をしぶしぶと始め、感想を少し付け加えるのである。初めの八五ページで、小説はコスタグアナの概観を経てリビエラの救出へ進む。ついで、ヴィオラの家族、救出時にノストローモの果たした役割、鉄道開通前夜の晩餐会、ジョン卿の旅行、ベントーのもとでのヘンリー・グールドの采配ぶり、ドン・ホセ家のお茶の時間、鉱山の歴史、そしてようやく、チャールズのエミリアへの求愛に移り、これがスラコにおけるゆっくりとした鉱山開発――これが『ノストローモ』第一部の主題である――の物語への序奏となる。第二部は二つの長い場面をめぐって展開する。ひとつはグールド屋敷のデクーとアントニアであり、もうひとつはデクーとノストローモによる銀の搬出である。最後の第三部で小説はモンテロたちの反乱の失敗とスラコの新しい時代を取り上げる。ノストローモが死ぬのはこの時である。これらの間に、モニガム医師、エルナンデス、コルベラン神父、ヒルシュ、ソティロの物語がちりばめられる。グールド夫妻の場と新議会の場が示す大事な間奏もある。しかし、これらすべては直線的時間順序の助けなしに展開する。

物語の直線的語りと対立する迂回的語りを提唱し実践したのは、もちろんコンラッドと彼のかつての共著者であるフォード・マドックス・フォード（二七）である[41]。二人はこの方法こそ心理的リアリズムを最大限可能にすると主張した。現実の生活においてそうであるように、ひとつの出来事を瞬時に理解することはできないからである。その代わりに、ある出来事はまず断片となって心に浮かび、しかる後に、徐々にひとつにまとめあげられるのである。初期の小説家たちがやったように、〈現実〉を事前にまとめあげ包装して手渡すやり方は、拡散し複雑な生を正当に扱うことではないと彼らは感じた。しかしながら、『ノストローモ』という物語がなかなか現在時を定着させようとしないのは、始めることについてのより興味深く機能的なためらいのせいであるかもしれない。このためらいは〈冷厳な〉イグエロータに誘発されたように見える。イグエロータは麓のスラコや「熱い大地から離れて孤高を保つかに見える」（二九ページ）高山であり、矛盾だらけで、弱く、揺れ動く足下の人間たちは、この山を見ると恥ずかしい思いに捉えられ襟を正す。イグェロータはスラコを一望のもとに捉え、あたかも神の眼であるかのようにプラシド湾を見遣った後、今やスラコを見据える。

この山は小説の中で常に感じることのできる超越的な存在である。畏怖の念を起こさせ一枚岩のようにどこにも継目がなく、小説の断片的な行動が到達できぬ極北であり、マラルメの苦悩する魂が到達できなかった〈青〉に等しい。アーノルド・ベネットは一九一二年に『ノストローモ』についてコンラッドに手紙を書き、「あの山は……物語の主要人物です」(42)と述べているが、彼にそうさせたのはスラコの細分化した政治的生活とイグェロータの不変強固な存在の対照性であったかもしれない。むろんベネットの言葉は誇張されてはいる。にもかかわらず、その山の持つ力は紛れもなく明白である。コンラッドは物語の中でイグェロータの持つ巨大なオリュンポス的存在を感じとり、躊躇し、説明し、修飾を重ねながら、まさに物語ろうとする広汎な行動の中でそれに匹敵する人間の力を模索していた、と考えることもできよう。どこから始めるべきなのだろうか。例えば船長が持つ操舵術というものは、イグェロータがスラコに対して持つ権威ある一貫した支配力と同じものだと、コンラッドは経験により知っていた。スラコの政治にはそれに類する有力者がいない。生は混乱し、人間は弱い。物語の蛇行はそのような卓越した者の探求を含む。ニーチェの〈超人〉のように歴史を進める者を。

そうしたことは思弁的に過ぎるだろうか。イグェロータの存在が小説に高さ、広がり、奥行きを与えると言った方が無難かもしれない――聳え立つ不動のイグェロータがひとつの空間的視点を与えると。さりながら、入手できるかぎりのコンラッドの親友宛の多くの手紙を調べると、彼が私生活においてイグェロータの特質である一貫性、力、統一を必死になって探していたことが分かる。彼の生をなす要素の混在

――ポーランドの生まれ、フランス的教養、イギリスの市民権、船乗りあがりの作家という二重の経歴――のため、彼は微塵になった個性を強く意識していた。例えば、一八九〇年から一八九五年にかけてのマルグリット・パラドフスカ宛の手紙は、単一に処理できるアイデンティティを求める姿をしばしば映しだす。自意識過剰な手紙は多くの場合とりとめもないが、わずかに彼が自分を見出すとき、現われるのは常に二重の〈自己〉についての明らかな意識である。人は自己を〈恐れる〉、と彼は書く――

恐ろしいのは、いつもそばにいて、主人と奴隷、死刑執行人と受刑者、のように苦しみを与える者と受ける者とに切り離せぬ存在です。そう、本当にそうなんです。鎖につながれた自己というものを死ぬまで引っ張って行かなければならない。思考という悪魔の、そして神の特権のために支払う代価がそれです。だから、エリートこそこの人生の囚人です。理解して苦しむ者たち。気違いじみた身振りと愚かな顔つきをした亡霊たちにまじり地を這う栄光に満ちた集団。あなたはどちらをお望みになるのか。愚者か、囚人か。(43)

後に彼はエドワード・ガーネットに自分の物語に起点がないことを嘆き、それは彼の人生に明確な起点がないせいだと言う。(44) 自分のことになるとかなり混乱しており、書く目的のための始まりの点を時間、空間のどこにも定められなかったというわけである。おそらくもっとも悲痛なのは一八九五年、作家見習いのエドワード・ノーブル宛の手紙である。彼は書いている――「あなたの個性は抵抗力と底力を持っているから擦り減ってしまうことはないでしょう。私はといえばか細い炎でわずかの間パチパチと燃えたらそれで終わりなのです」(45)。自分の個性が持続力を持つかもしれないと望みえたときは、きまってそんな考えを持ったことに腹を立てるのだった。個性なんてまやかしだ、と彼は結論する。一八九六年、ガーネットにこう書き送っている――

生の真相が見えるとき、その不快なもっともらしさは消え失せます。堂々たる姿に見えても、その実、ややにすぎぬようなつまらぬものが一掃され、大気は澄みわたります。個性など、どうがんばっても知りえない何物かの、滑稽でいいかげんな仮装に過ぎないという真実を捉えれば、悟りは近いのです。後は、自分の欲求に身を任せ、時々の感情に従うだけのこと。おそらくこれが、いかなる生の哲学よりも真実に至る近道でしょう。そうでないことがありましょうか。もしも私たちは「常に何かに成るのであり、何かであるのではない」とすれば、あれではなく、これになろうとするのは愚かなことです。というのも、私は決して何物かであることはないだろうとわかっているからです。これが間違いだというなら、私はあえてその誤りに満足し、天が作った愚かな神話に拳を振り上げて抗議しましょう。(46)

しかし、「あえて［自分の］誤りに満足すること」はコンラッドのできないことだった。ただ満足するのではなく、自分が誤っているにせよ、自己の支えとなる精神と人格の安定を彼は必要とした。それは虚構との長い孤独な戦いで持つことができなくなっているものだった。仕事の進捗ぶりを友人たちに報告するとき、彼はしばしば港も見えぬインクの海を小舟で進む悪夢、暗中模索のことを書いている。(47)『台風』のマックファーは、想像力とは無縁の男がひたむきに自然の猛威と闘う姿を描くものと、コンラッドは考えたが、自分自身の性格の弱さを補うものと考えていたのである。一九〇一年、彼はウィリアム・ブラックウッド宛の手紙で、ウィリアム・ケネディ提督が著した海軍の経験に関する本について書いている。『台風』を思わせるものが多く含まれていたようである――

その種の本は人です——人間があらわにされます。そういった純粋な人柄に触れることは、文学的表現への無限の努力により疲れ切った精神を癒してくれる湯浴みのようなものです。ものを書く生活の非現実性に疲れ、太陽も星もないような精神的孤独に失望し、言葉、言葉、言葉、言葉の灰色の海で船位を見失ったものを慰めてくれます。横ざまにぶつかってくる荒れ狂う波の中をいつ果てるとも知れぬ思考が続けられる……風や天候との闘いは、救済の原理や生の法則が成り立つ信仰という原始的な行為に似た精神的価値を持っています。(48)

マックファーの中に一貫性と力を持った性格を作り出したものの、コンラッドは自分でも予期せぬ結論に到達した。つまり、このように〈一貫性〉を持った性格を獲得したために失った望ましい美徳（例えば懐疑主義）を、マックファーのように精力的な男が埋め合わせることはできないと判断し、マックファーを決して評価してはならないというのである。この穿った理屈の陰には、一九〇一年も遅くなってゴールズワージーへ書いた手紙に見えるように、コンラッドのマックファー軽視は彼個人が持っていないものへの羨望から生まれるのだという明らかな事実がある——

何とおっしゃろうと、人は（いわゆる）奇行により生きるのです。それは単なる一貫性が決して与えることのできぬ力を個性に与えます。無意味の海に浮かぶわずかな真実を新たに見つけようとするなら、深く探求し、信じられぬものを信じなければなりません。そして、何よりも自分の性格を大事に思う気持ちをすべて剝ぎ取らねばなりません。あなたは本当に深い人間となり、尊敬できぬ人々を扱う最大の技術を手に入れることでしょう。(49)

奇妙にも混合した態度が、コンラッドの短い小説に現われるクルツやマックファーといった多様な人物類型を説明する。コンラッドの彼らに対する視点の揺れのため、一貫した性格としては、彼らは読者にとって理解しにくい。高貴であり称賛に値するのはクルツなのかマックファーなのか。この疑問に答えるのが難しいのは、良かれ悪しかれ、この人物たちの真の個性が潜む死のような内面の空虚さのゆえである。彼らは英雄的に見えるが、内面の生気のなさを異常なまでに伝えてくる。このためコンラッドは本当に多義的な人物概念を持っているということができる。コンラッド自身が持ち合わせぬと信じた一貫性と勇気を付与されているにもかかわらず、彼らは亡霊を思わせる。チャールズ・グールドやノストローモも同じである。いずれも小説の行動が行き先不明になることを防いでくれる。イグェロータがスラコを統治したように、権威を持ってしばらくの間小説の行動を統治する。このような個人は、ある意味で、小説の行動の大部分の〈著者＝創始者〉となる。コンラッドの小説における権威の常套的イメージは救助であり、有能な人物がそれを実行し、彼は後にペテン師であると暴露される。こうして、『ノストローモ』の初め三分の一にコスタグアナ史上二つの〈救助〉が置かれる。ノストローモによるリビエラの救助とグールドによるサン・トメ鉱山の救助だ。比喩的に言って、グールドは初めから鉱山に囚われている。その隷属にもかかわらず、というより、その隷属ゆえに彼は政界の大立者となる。出世することにより、イグェロータの世俗版となるのである。にもかかわらず、すでに述べたように、銀の大義へのグールドの屈服は自殺行為である。多分、このイメージは、グールドが手に入れた性格の一貫性（これは王という称号により制度化される）が、彼の犠牲にした人間的〈偏向〉に見合わないということを、私たちに知らせるコンラッドの方法なのだろう。

ノストローモの場合は異なる。彼はスラコの沖仲仕のいなせで無鉄砲な親分として恰好よく読者の前に姿を現わす。ところが初めから彼の人柄はいささか矛盾に満ちたものとなっている。というのも、彼は、ミッチェルの言うように、〈雑多な血の混じった浮浪者の一団〉（一五ページ）の親分であり、そのうえ、全スラコにとってノストローモ――文字どおりには、甲板長であり〈われわれの仲間〉――でもある。浮浪者であって〈われわれの仲間〉であることは、私たちの興味を引いて止まない彼の恐ろしい性格の二面性を表わす。もちろん、二つ目の人気のあるほうの面は癌のように増殖して、もうひとつのより自由で脱落したほうの面を飲み込んでしまうのだが。（彼の名前〈われわれの仲間《アワ・マン》〉と、彼が小説の後半で仕える鉱山《マイン》との間には関係が仕組まれているかもしれない。サン・トメの銀は自信たっぷりに、彼は〈俺のもの《マイン》〉だという。）

　それにもかかわらず、ノストローモは第一部で美しく汚れなき自由のただならぬ瞬間を許される。それはコンラッドのあらゆる虚構のうちで最高に劇的な瞬間だと思われる。その興趣と効果の直接性において、ヘミングウェイの『午後の死』（二八）における、もっとも誇り高く悲劇的な闘牛士マエーラの卓越した描写の次に位置するものである。マエーラの誇りと比類なき男らしさは牛を相手の勇気と技術に相当する（50）。マエーラ同様ノストローモも、その真に栄光ある瞬間に、颯爽たる姿に見合う内面の真正な高貴さを持つ。馬上の頭《カバタス》は制服に身を包み輝くばかりで、スラコの恋人パスキータと出会う。恋人たちはノストローモの一挙手一投足に注目する群衆に囲まれる。彼はこの群衆の男だ。それはあの闘牛士が、恐れを知らず自由なとき、闘牛場の男であるのと同じだ。娘はノストローモに花を投げ付けて罵る。彼は落ち着き払っている。娘が邪慳な男を刺すと脅したとき、彼は身を屈め娘を抱き上げながら刺せと言う。娘が彼の銀ボタンを全部切り捨てるにまかせ、そしてそれが彼の終わりである。「人垣は崩れて、堂々たる沖仲仕頭、かけがえのない男、信頼のできる頼もしいノストローモ、コスタグアナで運試しをするためにたまたま上陸した地中海の船乗りは港の方へ静かに馬を走らせた」（一四四ページ）。こんな「及び難い独特の流儀」と「みごとな華やかさ」（一三八ページ）を持った男が、スラコの運命を左右するのを間違いと言えるだろうか。小説が探し求めていた完全な英雄がここにいる。

しかしながら、頭《カバタス》の勝利は批判されずにすむことはない。初めにコンラッドは多すぎるほどの誉め言葉を積み重ねる。関連した技巧は並列語句の過剰な使用であり、この小説全体の特徴的文体である。そこで、ノストローモは単なる頭《カバタス》ではなく、「かけがえのない男、信頼のできる頼もしいノストローモ」であり、デクーは「遊び人」、「物知り」、「恋する男」で、グールドは「スラコの王」、「コスタグアナの希望」、「完全な男」といった具合である。絶えずアイロニカルなショックを与え続け、ひょうきんさと上品さ溢れるこの技巧はディケンズ的だ。繰り返し使われるこの種の語句は発展することがない。したがって、それは人物の初めの権威を喚起し、公的な制度、記念碑、記録であろうとする当初からの欲望を思い起こさせるのに役立つ。さらにノストローモをはっきりと批判するのはテレサ・ヴィオラである。彼女はノストローモがイギリス人に破廉恥に頭を下げると思っているため、彼の成功に従うことができない。彼女がノストローモの行動へ絶えず唱える異議は、彼がその身に集める追従の言葉の戯画的反復である。しかし、たいていの場合、彼女は彼の見事な流儀の持つ完璧な偽装を見破り、彼を衝き動かす同じく完璧な虚栄を見抜く。彼女がそうできるのは「親密な愛情と同じように親密な憎悪ともいうべきもの」（二八〇ページ）である。だがノストローモは彼女の夫のために彼女を大目に見る。その老人はノストローモが深く尊敬する「確信という資質……威厳」（三五ページ）を持っているからである。ノストローモが同じく確信を持っていないというわけではない。そうではなく、ヴィオラの確信がより客観的であるのに比べると、ノストローモのそれが全く主観的で堕落しており、恐らくそのためテレサの攻撃に耐えられないのである。その虚栄にもかかわらず、ノストローモが動物のように（反道徳的というより）無道徳的であることを、彼女が理解しているわけではないのだけれども。彼を堕落させているのは「弁舌」だと彼女は信じているが、それは銀なのである。銀のせいで彼は自分の無分別な虚栄と貪欲の奴隷となる。銀はまた彼の名声を疑わしいものとする。というのも、プラシド湾で手柄を立てるまで、彼は（人気者と浮浪者という）二つの性格を混ぜ合わせ、自由で有益でピカレスクな存在を作り上げてきたからである。

抑制のない虚栄と自己信頼を持っているため、ノストローモはデクーの懐疑主義を信用しない。デクーは「怠け者の伊達男」で、その「コスモポリタニズム……だが、これは中身の何もない単なる無関心さをごまかして、知的な優越性を気取っていたというのが、その正体であった」（一六八ページ）と思うからである。悪いことに、デクーは「見境もなく嘲笑する癖が高じてしまって、自分の本性から発する純粋な衝動に対してさえ、盲目になっていたのだ」（一六九ページ）。「ヨーロッパの政治の洗練された世界では聞くことのできない悲愁の声に」（一七三ページ）耳を傾けられるようになって初めて、デクーは自己を受け入れ、内面から自分を疎外する嘲笑を止める。アントニア・アヴェリャノスに対する恋心という魅力的な感情に没入するようになって初めて、デクーは責任ある真剣な行動を歓迎する合理的な愛国者として行動し始める。だが逆説的なことに、その行動は恋する者の幻想のうえに成立している。

この間ずっとグールドは彼が救い、立て直した鉱山に力を注ぐ。第二部が始まると、スラコ自体がグールドの関心に巻き込まれている。というのも、スラコの都市としての生存が今や完全に鉱山に依存しているからである。グールド以外では、ノストローモのみが市において（彼と等しいとは言わぬまでも）彼に比較しうる力を持った立場にいる。モンテロ軍の侵略が市を脅かすようになると、銀を守る務めは当然のごとくグールドとノストローモのものとなる。グールドは市に留まり、鉱山に埋設されたダイナマイトを見張り、ノストローモは銀塊そのものを市から運び出すだろう。デクーは選ばれてノストローモと行動をともにする。教育のある知的な愛国者は外国の行動家の補佐として必要だと信じられているからである。

二人の男は夜陰に乗じてスラコを後にする。このエピソードの緊張に満ちた描写は称賛に値するもので、マーロウが闇の奥をたどる旅よりも、その調子と輪郭においてはるかに抑制の利いたものである。（興味深いことに、臆病な密航者ヒルシュがいることで、マーロウがコンゴの旅を描写するとき執拗に注意を促すあの不気味な不条理さと同じものがその場に与えられている）。『闇の奥』にあったような隠れた語りの声はない。そのため、息もつかせぬ執拗さ、ずれたタイミングのこっけいさといったその声の持つ拡散的要素を免れている。しかしながら、後半の文章の持つより大きな効果は、コンラッドの技術的自信が強まったためであると同時に、そのエピソードが彼の窮境に関連しているからであろう。困難な冒険の背景を、苦悩に満ちた彼の手紙から直接取り出すこともできよう。一八九九年、ガーネット宛に書かれたこの手紙にもたぶんそれは見て取れる――

書けば書くほど、作品の中身が貧弱に見えてきます。目から鱗が落ちるように見えてきます。恐ろしくて耐えられぬほどです。私は目をそらそうとはしません。しませんが恐怖が募ってきます。剛毅な私でも怪物の姿を見るとぞっとします。それは動きません。その目は破滅をもたらす目です。死のように黙りこくって――私を食いつくすでしょう。その歯はすでに私の魂に深く深く食い込んでいます。私は怪物といっしょに、真黒い玄武岩の垂直に切り立った岩壁でできた裂け目に閉じ込められているのです。これほど真っすぐで、つるつるとして高い壁を知りません。上方、わずかに見える空を背景に、あなたが心配そうに見下ろしています。しかし、無駄でしょう。助けようとしても、ここまで届くような長いロープはありません。(51)

艀で港から漕ぎ出すとき、二人の男のそれぞれはその仕事の重大さが自分を変えてしまうことに気づいている。スラコの物質的利益はデクーにとって無縁となり、彼は今「想像上の存在に捉らわれている。そしてこの艀を漕ぐという慣れぬ仕事はきわめて自然に新しい国の誕生と結びつき、アントニアに対する彼の愛により一箇の理念的な意味を獲得していたのである」（二九四ページ）。しかし、やがて彼は自分が非現実的な大義のために過剰に力を発揮し、「今にも気が狂いそうだ」（二九五ページ）と感じる。これは直ちに、小説に取り組んでいるときのコンラッド自身の精神状態を思い起こさせる。一九〇五年、三月二十三日付エドマンド・ゴス[二九]宛の手紙には「仕事のせいか、非現実感や自分の拠り所への知的疑問によく悩まされます[52]」という言明が見られる。

ノストローモはこの種の知的眩暈に共感を示すことはない。「まったくの絶望以外にこの事件を救うものはない」（三〇六ページ）と確信しているため、虚栄と勇敢さの新しい極へと彼は奮い立つ。ノストローモの虚栄を知り抜いているデクーでさえ彼の振舞いに驚く。「あの男のいつもおとなしい性質は、今ではなくなっていた。誰にも思いも及ばぬ何かが表面に現われてきていた」（三一三ページ）。これこそ名声を裏切るまいとするノストローモの残忍なまでの決意であり、二人の間にある階級という障壁を打ち破りデクーに奉仕を強いる決意である。

小説の完全に中心的なこのエピソードの間、二人は知的、精神的には両極ほど離れている。ノストローモは闇を喜ぶばかりか、闇を利点に変える。それほど自信を持っているのだ。一方、デクーは自己への懐疑というこの上なく不利な条件に苦しみ、増しゆく非現実感に捉えられていると感じている。デクーは大きな功績が手にはいるのだと思うと尻込みし、ノストローモはその機会を歓迎する。しかし、デクーも次第にのしかかる暗闇に慣れてくる。「それは生の世界の一部であった。なぜならば、敗北と死が浸透し身近に感じられたから」(三二四ページ)。ノストローモは典型的な行動家であり、自分の名声を不動のものにしようと働く。デクーは思考家で、自分がまったく不慣れな情況にいることを突然発見する。実は二人とも自分のために働いているのではない。というのも、銀のために努力する二人は共通の主人を認め、彼に仕える——

二人とも、それぞれ自分の仕事だけしか眼中になく、それぞれが独りのようだった。相手に話しかけることは思いもよらなかった。破損した艀は、ゆっくりではあるが確かに沈みかかっているに違いないという知識以外には、二人のあいだに相通じているものはなにひとつなかった。そしてこの知識は、二人にとってひとしくおのれの欲望の決定的試練だったが、しかもあたかも衝突の衝撃そのものによって艀を失うことが二人にとってはまったく別の意味を持つことを悟ったかのように、二人はまったくはなれてしまった。この共通の危険が、かえって二人の目的、見解、性格、地位から来る違いを、二人のひそかなヴィジョンの絶対的な違いにまではっきりさせてしまった。二人のあいだには、信条とか共通の理念といった結びつきがまったくなかったのだ。二人は、切迫した共通の危険にまきこまれた、まったく別の冒険を追求している二人の冒険家にすぎない。だから、彼らはお互いに何も言うことがなかった。しかし、この危険、二人が分かち持っているただひとつの疑う余地のない真実は、彼らの精神力や体力を鼓舞する霊感のような働きをしたのだった。(三二八ページ)

この場の持つ真実の響きは、コンラッドの強迫観念と言ってよいほどの自己意識に由来すると思う。二つの冒険はコンラッドの人生における二重の負担で、すでに述べたように、それが彼を〈二重人〉にしたと、彼自身信じるに至った。二人の男が互いに相手を気質の違う仲間と考える危険な状況は、虚構執筆中のコンラッドが住んでいた悪夢の世界を表わす。コンラッドと二人の男との類似はノストローモとデクーの過去にまで及ぶ。ジェノヴァ生まれの冒険家ノストローモは船を見捨てたことのある船乗りで、この事実は興味深いことに表面から隠されている。生涯を通じてコンラッドは脱走という観念に引きつけられていた。この主題は何度も繰り返されるため、コンラッドの初期の批評家であるグスターヴ・モーフは作品全体をこの主題によって読んだ。[53]また、ノストローモは海から陸へと仕事を変えるのに成功した徹底した行動家である。ここにも自分がそうであった二重人について語るコンラッドを見るとすれば、ノストローモはコンラッドもそうであったように、船乗り上がりの陸者《おかもの》の理想形だ。しかし、頭《かしら》はご都合主義者、冒険家であり、それは職業的行動家の避けることのできぬ結果である。コンラッド自身、ご都合主義的冒険家と呼ばれる危険を避けようとやや守勢に立ったのは意味のあることで、それは恐らく、海で生活していたある時点で自分がご都合主義的冒険家であると彼が感じたからであろう。興味深いことに、彼はかつて自分は単なる冒険家ではないと幾分性急に手紙に書いたことがある。[54]デクーはコンラッドの自画像で、自分の歩く地面を疑い当惑する知識人、単文ひとつ書き始めるのにも困難を感ずる作家が投影されている。デクーがもっとも真剣である瞬間（これは彼がグールド家でアントニアと自分の考えを述べ議論する長い場面に出るのだが）は、マルグリット・パラドフスカに宛てたコンラッドの手紙のロマンティックで自己懐疑的な調子を反映している。

ノストローモとデクーが引き受けた使命の真の目的を考える前に、コンラッドが二人の男をどうしてこのエピソードで引き合わせたかを考えることが必要だろう。『ノストローモ』が行動と歴史的記録との問題を含む関係について調べていると思い返せば、デクーとノストローモとの結びつきがその関係を人間的レベルで再現しているのだと分かる（ただし、二人の性格描写は十分なものであり、必要十分に自己を表現していることは言うまでもない)。小説の全体的関心から言えば、プラシド湾上の見事な場は、行動の真に知的な認識に対して、作られた記録の歪曲という問題を取り上げている。さらに、問題をはらむ困難な現実生活で実現される個性に対する、それ自身を信じ他人にも信じさせようとする個性の問題、複雑な内面の次元に対する、戦略上単純化された外面の問題、自己の情況のまったく困難な現実を複雑なまま情熱をこめて理解するデクーに対する、スラコ一の名士となる欲望を持つノストローモの問題、——要するに、豊饒で混乱した私的な文章に見えるコンラッドの真の声に対して序文のためにコンラッドが作り出した声という問題を取り上げているのである。

この対立する選択肢はスラコの歴史の危機によってすべて表面化してくる。この時、人物たちは、まさに書き始めようとする作者のように、出発点を決定し、それによって必然的に将来の進路をも決定しなければならない。今スラコに起こることは二人の男の振舞いによって決められるはずである。市の〈客観的な〉歴史的危機に相当するものは、コンラッドの生涯でいうと、一九〇二年までに彼が到達していた個人的、芸術的危機だ。仕事はうまく進行せず、金もなく、彼の全存在が想像も及ばぬ混乱の中にあると彼は感じていた(出版側がいつでも指摘しようとしていたのはこの点である)。この窮境を打開するのは決定的行動以外にないと思われた。この危機の後しばらくしてコンラッドは生まれ変わる。すでに述べたように、先立つ十二年間の苦悩する姿を払拭して、コンラッドは世間に顔を見せる(55)。この新しい姿は、デクーの死を好機としてノストローモが手に入れた成功に反映されている。微笑を絶やさぬ著名な男が現われるが、新生スラコにおける彼の立場は計画的な偽装の上に成り立つ。ノストローモが行動的生についての釈明を部分的に理想化したものであるとしても、彼は公的人格というものを微塵に砕く批評である。『ノストローモ』は新局面の始まりである。

このこととグールドの関係は興味深い。鉱山の仕事への没頭ぶりは、仕事こそ人生なりとする男の典型であり、『闇の奥』でコンラッドが言ったように、観念への献身こそ人生とする典型とも言える。(56) ノストローモとデクーは、それぞれの理由で行動していると考えるが、その献身ぶりは変更不可能なほどである。グールドがホルロイドに〈操縦〉されるのと同じように、ノストローモとデクーはグールドに〈操縦〉される。三人のうち自由な者は誰もいない。お互いに虚栄を支えあうのである――デクーはノストローモの、ノストローモはグールドの、グールドはホルロイドの虚栄を支える。デクーの死後グールドは考えこむ――

ただひとつ前と変わらなかったことは、ホルロイド氏に対する彼の地位だった。この銀と鋼鉄の物質的利益の首領は、一種の情熱をもってコスタグアナの仕事を始めたのだ。そして今やコスタグアナが彼の存在にとって欠くべからざるものになっていた。ほかの人だったら劇、芸術、あるいは危険で魅力的なスポーツから味わう想像的満足を、彼はサン・トメ鉱山の中に見出していたのだ。これは、一個の倫理的意図によって公然と認められた、この偉大な人物の特殊な贅沢といえるものであり、しかもその虚栄心を満足させられるぐらいに規模壮大なものであった。こうして、その才能が横道にそれているときでさえ、彼は世界の進歩に貢献していた。(四二一ページ)

この小説の言うところによると、ひとりひとりは、携わっている仕事の直接の場において自分が自由だと信じ、他人もそう信じているのである。とくに、始まりとなるべき所で始めたと見えるならばそう言える。ところが、小説の行動全体から読者が手に入れる視点に立ってみると、真実は正反対なのである。スラコの王は鉱山で働く最下層の労働者と同じく支配されている。鉱山を盲目的に崇拝する（四四二ページ）インディアンとグールドに果たして違いがあるだろうか。労働者と主人がともに鉱山に屈従しているとすれば、手を汚さぬ立派なイギリス人の方が精神的隷属の程度が低いなどと言えるだろうか。グールドは高い地位にある。それは本当である。が、それだけのことである。プラシド湾のデクーとノストローモが、自由を求めて苦闘するコンラッドの二重性を表わすとすれば——そして、勝利はノストローモのものとなるが、それが精神的価値の低い勝利であることを、私たちは疑わない——起爆装置に指を置き持ち場を離れないグールドは、止まることのない生の過程をもっとも空しく絶望的なレベルで体現しているのである。そのレベルでは、人間が自分の世界を作ることに固執し、その世界の価値を何としても守ろうとする。その世界を変えるくらいなら破壊した方がましである。〈人間〉は変わるかもしれない。が、〈世界〉を変えてはならない。こう見ると、銀の救出はノストローモとデクーをグールドに近づける。

モンテロ軍の反乱とそれに継ぐ事態の中で、行動は選別され極めて憂鬱な真実が明るみに出る。グールドやノストローモといった創始者＝英雄によって混乱が除去されると、行動、あるいは進行中の歴史は、混沌と見える表面下で、たしかに進み始める。内在する悪意に満ちた計画、誰も逃れることのできない究極の妨害とでも言うべきものに従って。この計画が明らかになると、個人生活の流れと歴史の進行との間に驚くべき類似性が浮かび上がる。例えば、グールドの例で見ると、人間生活では開始する自由、行動の自由を信ずることは可能と思える。と同時に、その自由をより正確な視点に立って見通すと、自由と思えた行動がそう見えなくなるのである。この相互矛盾的な見方は小説の行動全体にもあてはまる。小説の始まりにおいて行動はあてもなく曲がりくねって進み、行動に意図と方法を与えるため行動を支配する英雄の出現を待つ。ところが、最後にはっきりするのは、行動の方が所有し、利用し、奴隷とするために英雄

（ノストローモまたはグールド）を探していたにすぎないということである。

コンラッドが小説をそのように構想したのは偶然ではない。この構想の意味は、生という織物を織り上げる工程は悪魔的なもので、その目的と論理がどこまでも反人間的なものだということなのである。どれほど意図的に計画を練ったところで、人間は決して行なうことの創始者、始まりになりえない。この信念の大要はロバート・カニンガム・グレアム(三〇)宛の手紙に力強く表わされている——

> 機械が、そう、あるとしましょう。鉄屑の混沌から自然に発生してきたのです（私は厳密に科学的です）、そしてご覧なさい——織っています。私は恐ろしい業に肝をつぶし立ちすくみます。刺繡を始めるはずだと見ているのですが、——それは織り続けるだけです。あなたが来て言う。「だいじょうぶ。問題はどの油を使うかだ。ためしに、これを、この天の油を使ってみよう。そうすれば機械は深紅と金色でとても美しい柄を刺繡するだろう」。そうなるでしょうか。いや、だめです。どんな特別の潤滑油を使ったところで、織機で刺繡をするわけにはいきません。そして、何よりも私たちを萎縮させることは、その忌まわしい機械がひとりでにできたことです。考えも持たず、良心も、見通しも、目も、心も持たず生まれたことです。悲劇的偶然ですが——起きてしまいました。たたき壊すこともできません。それを誕生させた力に潜む唯一永遠の真実のおかげで、それはそれであり——破壊不能です。
>
> それは私たちを織り上げて送り込み、送り出します。それは時間、空間、苦痛、死、堕落、絶望、すべての幻想を織り上げた——そして、それはどうということもありません。しかしながら、その冷酷な過程を眺めるのは時として愉快であると告白しておきましょう(57)。

この考えはまったく絶望的で、著しく私的である。それによれば、権威は永遠に人間の外側に住むとされる。あらゆる始まり、あらゆる正確な記録、主張されるあらゆる意図はその定義上二次的なものである。なぜならば、人間およびその本義にいかなる敬意を払うこともない過程がそれに先行しているからである。行動への欺瞞的誘いと希望の破壊を伴うこうした考えが『ノストローモ』には反映されている。それは人間および人間の行動を軽視する〈機械〉によって支えられる個人的〈記録〉が織りなすテキストによって映し出される。これらすべてが、コンラッドの称賛する仲間であり友人であるヘンリー・ジェイムズが「驚嘆すべき効率と有機的形式」[58]と呼ぶものを『ノストローモ』に与えている。コンラッドの目覚ましい達成は、生のこの深遠なヴィジョンを、コスタグアナの公的でしっかりと現実的な世界に投影させることができた点にある。この小説を書くことがコンラッドに大きな緊張を強いたことは不思議でもなんでもない。極端に悲観的な人間観にあれほど長く執拗に忠実であろうとするのは、苦痛であり困難であったに違いない。小説を読みながら、コンラッドと虚構との間で起こっている戦いを感じることは事実可能なのである。

『ノストローモ』の政治的局面をあまりに強調した読みは、小説の全体的効果を減じる。例えば、ノストローモに中心的英雄の役割を与えることは、厳密に政治的な解釈をかなり混乱させる。フィダンサ船長の私生活になぜあれほどの時間を割かなければならないのか。政治的針路を新たな海図の下に見直せば、スラコは秘められた情熱と取り間違いの死という半伝統的物語を支える役割に留まらず、舞台の中心を占めるはずである。事実、小説の終わり頃、ノストローモは生存のための仕掛けが存在しないかのごとく生きようとしたため、惨めにも憑かれた者になってしまう。彼は自分の意志でそうしたのではない。幸運な偶然が彼に巨万の富をもたらし、その気もない彼をいわば創始者＝権威へと押しやったのである。もがきまわる彼はコンラッドにとって十分興味深い存在である。ノストローモの〈再生〉を語る有名な件りに明らかであるように、彼はコンラッドに持続的な特別の関心を抱かせ続ける。その一節はノストローモの特質を反復するが、それこそ、彼がただひとりで進むことを可能にする特質なのである。彼は自分が慣例的な社会を超えたところにある存在に押し込まれ、その原因が突然自分のものとなった財宝であることを、知っている。しかし、彼がしだいに銀に引かれそのために耐える苦痛は、彼が依然として生の反人間的仕掛けの犠牲者であることを明らかにしている。今や彼は精神的退廃を強めるようなひそかな恥辱を感じ始める――これは〈英雄〉、あるいは〈祖国の父〉という地位を人生から与えられた者が、人生に対して支払わねばならぬ代価なのである。結果として、財宝の観念と秘密は彼の心の中で結びつき（五五一ページ）、それゆえ、ヴィオラが新しい灯台の管理を任されたとき、ノストローモはこれを不幸な出来事と受け取る――

彼は事態のこのような変化、彼の人生におけるただひとつの秘密の場所に、遠くまで届く明かりがともるであろうということの事態の変化に、驚愕し恐れに打たれた。その彼の人生というものの本質とか価値、現実などは、それらを敬意をもって眺める人々の目の反映によって成り立っているのだ。彼の人生のすべてがこういった他者の目によって成り立っているのだ。ただ人々の理解を超えたもの、あの呪いの邪悪な意図に耳をかたむけ、それを実行しようとする力と彼とのあいだに立っているあれだけは別だった。あれだけは暗かった。あらゆる人間がそういった暗さを持っているわけではない。しかも彼らはあそこに明かりをつけようとしているのだ。明かりを！　彼はそれが、不名誉と貧困と軽蔑との上で輝いているのを見た。誰かがきっと今に……恐らくはすでに誰かが……。（五八六―八七ページ）

それにもかかわらずノストローモは並の男ではなかった。結局は彼とグールド夫人だけが生の恐怖について知るべきことをすべて知っている。彼は経験により、グールド夫人は彼に教えられて。おそらくモニガム医師もこれを知ることはできたはずである。しかし彼はそうするにはあまりにグールド夫人の魔力に捕えられていた。いや――クルツやロード・ジムのように――恐ろしい秘密を知りその恥を感じ取ることができるのは、ノストローモただひとりである。つまるところ、これこそ一切の純粋な始まりなのである。ノストローモの悲劇は――そこにはいささか笑劇的なものがあるのだが（四〇五ページ）――彼が恥と感じる巨大な秘密を世界はまったく無用のものと考えているらしいことである。この点でも、生は、仕掛けは彼を騙した。彼は、自分ひとりの物ではなくスラコの物でもある銀に対する隷属という重荷を背負わねばならない。その重荷を感じるように選ばれたのは彼ひとりであるというのに。社会は彼の秘密を他人に知らせることを封ずることで、彼を切り落とす。

彼が死ぬとスラコは物質的関心一色となる。グールド夫人をのぞけば、彼の死から何ひとつ得る者はいない。ヴィオラと彼の哀れな娘のようにノストローモの死にこだわる者たちは巨大な空漠たる世界に生きるが、そこには人間の言葉にならぬ悲しみを象徴するきれぎれの叫び声が漂うだけである。『ノストローモ』を結ぶ不動性は不毛なる静穏なのである。子供のいないグールド夫妻の未来の生活のように不毛で、すべての行動は結局静止した絶望の叫びに集約される。この小説にこれ以上の結末は望めなかっただろう。存在は最悪の結果をもたらした。もはや、永遠に真実で、それゆえ、永遠に新しいものを甘受することだけが残されている。このことを示して小説家の筆は疲れ切った手から落ちる。生の仕掛けについてこれ以上考えることをやめた者だけに休息は与えられる。が、コンラッドは憑かれたリアリストである。このような休息は不可能であった。『ノストローモ』完成後まもなくして彼は『密偵』にとりかかるのである。

*

『ノストローモ』が生についての高度に情熱的な、ほとんど宗教的なヴィジョンを含んでいるため、ローマン神父――小説中、壮大なヴィジョンの伝統に連なるただひとりの人物――がそのヴィジョンの概要を説明するのは適切だろう――

政治的な残虐行為というものは、彼の考えでは、国家というものが生きていくためには、どうしても必要で避けることのできないものであった。彼にとっては、通常の公的機関の仕事というものは、まるで神の摂理の一部のように、個々の人間に突然襲いかかり、その結果、憎しみ、復讐、愚行、貪欲を通じてお互いから流れ出す一連の災害として一番はっきり姿を現わすものだった。（四四三ページ）

もちろんローマンの解釈は彼の信条の影響を受けている。だから、彼が言う神性は生における〈神の〉仕掛けとコンラッドが表現するものと矛盾するものではない。しかし、それは、神性が慈悲深い意図を持つという楽観的な前提において誤っている。同じように、ローマンは人間の弱さに起因する複雑さにも論理を想定する。しかし彼は、コンラッドのように、〈神の摂理〉、人間生活を操る仕掛けの中に論理――容赦なきもの、破滅をもたらすものであるが――を見ることはない。『ノストローモ』がローマンのヴィジョンに申し渡す大きな修正は、憎悪、復讐、愚行といった弱さだけが時間の中で禍いを引き起こすのではないということである。というのは、人間の勇気、理想主義、希望も、人間の弱さと同じように、人間であり人間個人として行動的であることの様相であるからである。言い換えると、人間の誤りは彼が生きていること、人間としての権威の事実そのものの中にある。生きているがゆえに、強さに変わる弱さと弱さに変わる強さを育み支えるからである。生の一瞬一瞬は活動に満ち、その活動は〈人間性〉によって不断に曇らされる動機を持つ人間から生まれる。

コンラッドにとって、世界の明らかな厳しさと、そのような世界に生きることの厳しさは、人を挑発してそれを克服したいと思わせるものであり、その試みに挫折した時、その厳しさこそが挫折の原因なのだと考えさせる類いのものであった。かくして、チャールズ・グールドと、実際のところスラコの全員が、残余の人間すべてと同じように自分たちの創造物に恋をしたけれども（四四二ページ）、コンラッドの教えること、『ノストローモ』執筆によりコンラッドが身をもって示したことは、自分の創造物に恋をしないということだった。その小説の究極の偉大さは、生がコンラッドを通してその偉大さを認可しているにもかかわらず、彼自身生によって作り出され苦しめられた、生の代理人たるコンラッドが十分な力を持ち、ついに小説の偉大さに対して賛同を与えることをしなかったということである。その教訓は自己否定であり、小説表現が著者のジレンマ以上に何かを直接描写できるという信仰の喪失と深く関係している。ジレンマのひとつは著者が人間であり作家であるということである。コンラッドの立場は生に全的に身を置く人間の立場である。が、おびき寄せられて、自分がその部分に過ぎない生の過程を描こうとする人間の立場なのである。ノストローモのように生きようとするいかなる試みも沈黙か死に終わる。

これこそ書くことにより暴露し探求する作家が、虚構を使ってたどりついた過激な袋小路である。部分的には小説の制度的論理から発展し、妨害と権威の力学を与えられる作家の中のこのような態度についてはすでに論じた。それゆえ、コンラッドの例外的地位は、先行するすべての小説を始動させる前提を暗黙のうちに批判する小説（そして小説群）を産出した点にある。模倣《ミメーシス》的に新しい世界を造るかわりに、『ノストローモ』は小説としての始まりまで、つまり現実についての虚構的、幻影的な仮定にまで立ち戻る。小説が通常造り上げる確信に満ちた建築物をこのように覆すことで、『ノストローモ』は自分がまさしく小説の自己照射の〈記録〉であることを明らかにする。かつて小説の豊かな創造力であったものが、ここでは後退的産出となっている。隠喩、方法、態度は根柢から変化し、始まりの前提はさらに問題を孕み、より複雑なことに、小説の〈テキスト〉の存在論の函数となった。このことの持つより重大な意義は、『ノストローモ』とほぼ同じころの試行的小説を調べる過程ではっきりしてくるだろう。古典的小説にあっては、もうひとつの生を創造したいという欲求と、（妨害によって）この代替物が〈生〉との関係においてその根柢では幻想に過ぎないと示したいという欲求がともに存在したが、時代が下ると、この欲求は小説家の生産的なすべての企図への嫌悪、〈書く〉運命の強調へと転換する。この反動は模倣的再現という伝統的理論を批判するばかりでなく、テキスト概念を根源的に変形するものである。

III

子供たちが殺し合い自殺した現場で、ジュードとシューはその行為に対するみじめな説明のメモを発見するが――「こんなことをするのは僕たちが多すぎる（too menny）からです」――それは、彼らの嘆きを和らげてはくれない[59]。具合の悪いことに、彼らの生活に入り込んで以来、リトル・ファーザー・タイムは生に対する彼らの懸念の象徴となり、この懸念は彼が原因となった早すぎる子供たちの死によって痛ましくも実現されてしまう。『日陰者ジュード』[三一]のこの場面はトマス・ハーディにとっても、いささか悲惨すぎるものだった。しかし、自殺した子供のメモの最後の語の地口に触れぬわけにはいくまい。時間が人間一般に、そしてジュード個人にもたらす災禍について病弱な少年が要約しているように、あの語呂合わせも――人間であることに苦しみ、その重さに耐えかねて叫んだニーチェの「人間的な、あまりに人間的な」と遠く響き合い――この小説の脱稿後、おそらくハーディを虚構から遠ざけたものを要約している。その観察はこれに先立つ小説の一作ごとにその姿を明らかにしてきており、すなわち、もし虚構が物語の形を取るのであれば、生そのものの過程と直結し、同時的であらねばならないというものである。さらに、もし物語が産出的であるとともに模倣的であろうとすれば、（ジェラード・マンリー・ホプキンズの言葉を借りて）生の〈父として産み出す行為〉（fathering-forth）と〈上から上に超える行為〉（over and over-ings）を記録し反復するものでなければならない。生の本質的イメージとは生殖衝動、結婚、家族に基づく生物学的自己保存と血統の維持である。

『日蔭者ジュード』におけるハーディの事例は、伝統的物語の系譜的原理がどうやら不適切となったらしいという大作家の認識だと考える。物語はもはや以前のように、連続する時間軸にしたがって作家がまず形作り、しかる後、それを読みまたは所有すべく手渡された読者が、活字の列に沿って目や心を働かせ、神秘的演算により生の感覚と方向を反復するというものではなくなった。ハーディに関する限り、この原理は「こんなことをするのは、僕たちがあまりに多すぎる - 人間的すぎるからです」という墓碑銘とともに終焉したと言える。というのも、この言葉の中で人間、人間の死、未来なき絶望とが顔を揃えているからである。しかしながら、『日蔭者ジュード』はそれ自身狂気の結論に至る。(60) それは、この後、ハーディが意図して短く凝縮的に書く詩の中に採用されていくものである。彼の詩は人間的、霊的、神的、そして動きのないものごとの中の袋小路を描く。ハーディにとってその袋小路が美的に有用なのは、それが物事をばらばらにし、時間の不毛性を嘲りながら、再度破壊するためにばらばらになったものの再構成に取り掛かるからである。時間に拘束された物語はその空間性と家族的緊密さを、意地悪くしばしば破壊的な収斂に譲り渡す。そこでは時間と目的は集まると同時に去勢される。「二者の収斂」というハーディの厳しいほどアイロニカルな詩と、「親しき溶融」という侮蔑的地口を持つその最終連が思い浮かぶ。ここで詩人は客船タイタニック号とそれを破壊した氷山をうたう――

　　見知らぬ者と彼らは見えた！
　　　いかなる人間の目にも
　後の世まで語り継がれる二者の親しき溶融と、

　　やがてその途が出会い
　　　荘厳なひとつの出来事の
　分身となる徴など映りはしなかった、

　　運命の年月の紡ぎ手が
　　「今だ」と叫ぶまで。そして誰もが聞く
　結合の瞬間《とき》至り、二つの半球は軋みをあげる。(61)

リトル・ファーザー・タイムの名前と存在は観察をさらに深めるが、それは――『日蔭者ジュード』の本を焼き捨てたと伝えられる司教のように(62)――持続する人間の生という秘蹟に害をなすもののように感じられる。というのも、その少年は本当のところ息子でもなければ、もちろん父でもないからである。彼は生の進路を変更する者であり、世代を次世代へとつなぐ考古学を破壊する者である。彼の死は彼の演じるこの明白な役割の肯定であり実現である。それはちょうど、ジュードの打ち続く夢――学者になる夢、建築家になりたいという野望、父母の権威という夢――が同じように、シュー・ブライドヘッドとの苦悩に満ちた生活や、小説の終わり近く売らされるクライストミンスターのショウガ入りクッキーに実現されるのと同じことである。根源的で初めの分離（＝離婚）の三態がここに結び合わされている。人間として、あるいは、創始者＝作家としての生成的役割からの人間の分離、時間からの人間の分離、そして、〈自然な〉意図からの人間の分離。

　この独身生活を手に入れるための代価は実に大きい。物語的生活についてのジョージ・ギッシング(三二)の寓話『当世三文文士街』を見れば、その犠牲を生き生きとした形で見ることができよう。物語原稿生産の経済学に関する冷厳なヴィジョンの中で、どの作家も子供がいないか、盲目か、独身である。さもなければ、彼は作家ではなく管理者にすぎない。産み出される本は鏡の荒野で、そこには、独創性なしに書き、エネルギーなしに独創し、パンなしに嘘を作ろうとする努力の呪われた運命が映し出される。作家には人間の栄養も作品の栄養も与えられない。それは不毛なる言葉、あるいは不毛なる世界の中に求めるほかはない。その後、三巻本社会小説の退屈なプロットに祭り上げられて一巻の終わりとなる。

　ギッシングの情け容赦もなく自然主義的な『当世三文文士街』と、ハーディの告別小説は、十九世紀も末期近くに小説自身に起きたひとつの事件とも言うべきものを反映している。そして小説が（歴史と同様に）伝統的には誕生と死に区切られた別様の虚構の歴史であるため、私たちは歴史を読むときと同じように、虚構の中に感覚、人物、事件、動機、意味の集合形を、しかもそれぞれの絶対的な端末が、私たちの知り得る名前、形、個体と結びつく集合形を探し求める。虚構においても、歴史においても、ジョイスの言葉を借りて言えば、物語は読みうるものの不可避の様式である。今や私たちは自らに問わねばならない。虚構物語の経歴において、とりわけ『日蔭者ジュード』のファーザー・タイムの死や『当世三文文士街』のリアドンの死に例証される出来事の力の意義は何かと。語呂合わせをその記念とする前者の死、大英博物館閲覧室のように本の王国の墓場という恐ろしいヴィジョンを記念碑とする後者の死の意義は何かと問わねばならない。

様態はもはや実を結ばず、野蛮な妨害を受け、押し込められ、挫折する。かつて小説家であったバーナード・ショー(三三)を『バーバラ少佐』のような演劇形式に追い込むことになる契機はこれである。その形式が精力的に模倣しようとするものは、その劇の序文で称揚されているような頑固なリアリズムでも社会主義でも唯物論でもなく、ディオニュソスの祝祭、ディテュランボスの熱狂的不合理、音楽的流動性の〈新しい〉様式である。というのも『バッカスの信女たち』を書き直す時、ショーは血に飢えた個人主義の再生、ディオニュソス的アンダーシャフト(三四)による福音を騒々しく説き、彼によれば伝統的小説が主題としてきた上品なブルジョワ階級の愚かな硬直に置き換えようとしていたのである。また、その契機はサミュエル・バトラー(三五)の主人公アーネスト・ポンティフェックスを家族拒否の象徴に変え、正反対に、気前の良いアルシア叔母のように、生物学的生から独立した神秘的力の受容の象徴に変えるだろう。しかし、オスカー・ワイルドはバトラーやショー以上の称賛に値する。芸術家にとって物事の自然な連続はすでに分断されていると見抜いていたからである。人生は召し使いに与えてしまったワイルドは、自分の真剣ではあるが気まぐれな幻想が、少なくとも創造的なもので手を出してみる価値はあることを知っていた。人生などはそのいずれでもないからである。だが、ワイルドの芸術的勝利は彼の個人的悲劇を避けがたいものにした。

本の上の幸福なナルシストは法廷で枷をかけられた被告を意図した——この主題は第4章で扱うことになるだろう。

ここまで話してきたことを物語自体の枠組みの中で考えてみたい。（本章の第Ⅰ節で論じたように）小説に必要な特別の条件を満たすには、実際問題として基本的に二つのものが小説家の利用に供されなければならない。ひとつは連続した説明の技術であり、二つ目は物語の連続の中で通り過ぎてしまったものに戻る自由である。基本の例は『オデュッセイア』である。物語がそこから進展し、繰り返し立ち戻ることのできるような過去の一時点である豊饒な始まりに、一度あるいはそれ以上立ち返るのが虚構の理想的な進行である。この単純とも思える図式が産み出しうる変奏は、小説のみならず、ハリー・レヴィンの『角の門』や、ジェルジュ・ルカーチの『小説の理論』、ルネ・ジラール[三六]の『欲望の現象学』[63]などの胚種的作品に明らかである。方法と意図の相違にもかかわらず、これらの批評研究は、I・A・リチャーズの言葉によれば、個別的には小説が、一般的には虚構が思索の手段となりうる方法を示している。すなわち、読者が小説を用いて自分の物語的歴史を捉えるという方法か、あるいは虚構が現実の人間生活のもっとも奥深い所に歴史的＝物語的に参与する方法を示している。

すでに見たように、小説が始源において発見したのは自我である——ここで〈始源〉という語は特権的に使われている。すなわち、卓越し、先行し、明晰さを可能にする最初の条件としての始源。例えば『トム・ジョーンズ』[三七]のような小説では、あの捨子は誕生直後に発見される。そして、誕生のいきさつを明らかにするいくつもの冒険を経て再発見される——物語の機能とはこれだ——つまり、親を与えられる。広げて言えば（性的な地口をも込めたいのだが）、トム自身も親になることが可能になるということである。これは小説の外で——これも意味を広げることになるだろうか——実現される。まさしくこの過程の輪郭に、そして時にはこの過程の人を困惑させるような親密さに『トリストラム・シャンディ』が干渉する。十八世紀小説は十八世紀の個性に似る（トムやトリストラムとともにスウィフトやジョンソン博士を登場人物として考えてもよい）。彼らは初めの、いくぶん不承不承のエゴイズム肯定を成長とともに抜け出して、時間と止むことのない活動の影響で次第に変容し、独特の性格を持つに至る。この性格の美点は、自分についての物語を歓迎し容易にそれを吸収する点にある。小説の中にせよ、ボズウェルの『ジョンソン伝』、あるいは連続的なスウィフトの作品においてであれ、物語は自我を再定義し、そのため、自我は強い歴史的個性として現われる。メレディス[三八]が考えたように、人生の書（伝記）とエゴイズムの書——小説——は次第に同義となった。

物語およびその小説版を以上のように定義したが、それに対して世俗化という条件を付して重要な修正を加えねばならない。これまで述べてきたことを考慮したうえで、基本テキストが『オデュッセイア』であるとするならば、基本的反テキストまたは対型は新約聖書、とくにもちろん第四福音書ということになる[64]。虚構物語はかくして〈別の〉出発、始源から離れて〈始まる〉一連の災難である（始源という語は可能な限りもっとも厳密な意味で、つまり、純粋の先行性、そして逆説的ではあるが、純粋に発生的な力として理解されねばならない点でほとんど神学的な用語である）。というのも、その始源は類のない奇跡であり、人間生活の境界内では再現することも肉化することも不可能だからである。アウエルバッハとクルティウスがともに示したように[65]、西洋における模倣の歴史は様式の文学的特殊化の漸増の歴史であり、模倣の対象モデルはその典型としての力と、始源である神的な関連を徐々に失っていく。忘れずにおきたいものは、例えば、トマス・ア・ケンピス[三九]と『ドン・キホーテ』との違いであり、にもかかわらず、キリスト教精神の反映と私が呼んできたものが、二つの異なる作品に現われるのはなぜかということである。ル

カーチがイロニックと呼ぶ不変の時間構造を古典的小説が引き出してくるのは、この精神の変種からなのである。(66)

かくして、ドン・キホーテ自身の場合のように、主人公の野心が永遠にして高貴な宗教的前例を持ちうるとしても、小説の模倣的野心は本質的に世俗的なものということになる。宗教的な物語、キリストの伝記、ヴィーコの言う聖なる歴史などは処女懐胎がもともと孕む神秘に基づき、それを〈始源とする〉。その神秘は決して実証されることはないが、認知とそのままの受容を求める。これに対して、私たちの目下の関心である世俗的物語は、人間の自然な誕生という一般的で議論の余地のない事実に基づき、そこで〈始まる〉。あるいは、より厳しい言い方をすれば、誕生による永遠からの人間の追放、困窮する家族への参入、それも十二使徒的な家族ではなく、抑圧と愛の複雑な結合体である家族への参入に始まるのである。スティーヴン・ディーダラスが痛切に思い知るように、これは言葉の芸術家にとってもっとも深い意味合いを持つ。彼が用いる言語のひとつひとつの言葉は、ただひとつの始源の言葉の堕落した回想にすぎないのであるから。物語は時間的、日常的な要素の中に、永遠の神秘の不在を記念する要素の中に生きる。

はなはだしい制限を持ち、その関心の中心が人間男女の生活である限りにおいて、物語もまたそれ自身の衰退と死の種子を内包している。読まれるためには生が発見されねばならない。発見されるためには生が始まっていなければならない。始めるとは始まりを持つことに等しい。始まりを持つためには、生はどこか新しいものでなくてはならない。ヨーロッパ小説の黄金期における物語はこの同語反復の正しさを裏書きするが、問題なのはその裏書きの仕方である。物語はいかに時間、場所、質、行為としての始まりを肯定するのか。創造したいという言語的意図を方法的に実現することによって、要するに、模倣的、言語的意図を時間と結合することによってである。ここから、例えば、伝記の直線的、継起的形式が生まれる。

しかし、トルストイが『アンナ・カレーニナ』で言っているように、幸福な家族（そして結婚）はすべて同じもので、不幸な家族（そして結婚）はすべて異なる。独自のものであり、そう認められるためには、生は異なった新しいものでなくてはならない。異なるとは、生が尋常ならざる、不幸とも言うべき運命を持っていると、ほぼいつも感じていることである。十九世紀のブルジョワ社会において小説が特別の制度となる時までに、物語は不貞な目的のために堕落させられてしまっていた。もはや、意図と時間との結婚ではなく、物語は独自の人物（例えばジュリアン・ソレル）とその人物の個人的時間との私的取引となっていた。このような人物はより多くの独自性によって際立つことを渇望する。彼の時間はもはや共同体の所有でもなく、家族のものでもなく、自己実現を狙った非合法の夢である。彼のきわめて主観的な目的達成は、小説の終わりまでに、その目的達成の基盤であった拒否、犠牲、放棄、利己主義によって根本から突き崩される。[67] このような生は整然とした伝記よりも一連の衝突と妥協に似ている。リアリズムの呈する困難は、時間と人物のこういった取引から、つまり、共同体の拘束を捨て、創造的で主観的で何ひとつ制約のない感情の自由を置こうとする取引から生じるのである。しかし、この新しい私的出来事は、とくにそれが強制的な形を取るとき、実りある結婚を無責任な独身主義で置き換えようと主張するものである。

ハーディのジュードとリトル・ファーザー・タイムは十九世紀中葉の独身主人公の不幸な追随者であるところが、この最後の点は時に正当的な道徳を反映しているにすぎないことがある。独身主義が無責任な自由を表わすかぎりにおいて、それはまた制限や、すでに述べた熟慮のうえの放棄をも表わすからである。（彼らを子供と呼ぶことはまずできないのだから）。独身主人公の中の巨人は『モービー・ディック』のエイハブ船長であり、哀れな孤児は『大いなる遺産』のピップである。エイハブとピップのような人物像によって、リアリズムの小説家は人間が自分の運命を決めるときの選択の自由を描く。〈独自な〉と称される運命のためにありふれた運命を放棄する者として、初めから示すことによってそうするのである。気質にしてもエネルギーにしてもまったく異なるエイハブとピップをともに破壊するのは、自分の独自性を定義するものの探求と、人生における生成の過程への参加とを同時に行なうことができないという一事である。二つの小説に浸透する厳格なリアリズムは、主人公の人生が大きな欠陥を持つ始まりに基づくという事実の結果である（この始まりは、いずれの小説にあっても、小説における、または小説のための人物像を限定する）。ピップは「ミルクで育てられ」(四〇)、真の家族を持たない。エイハブは片脚とともに家族を失う。どちらの人物も（ツルゲーネフのバザーロフがいまひとつの例だが）真の伝記を持ちえない。欠陥が根源的なものであればあるほど、権威と妨害の間の小説の均衡構造は対称的なものとなる。すなわち、小説は根拠なき希望でできた夢の建築物により近づく。イシュメイルの言う生の捉えがたい精髄――それが、幻であれ、鯨、海、あるいは田舎者が紳士になるための理論と実践であれ――の探求は、生の普通の生成過程を〈語らない〉という犠牲によってのみ語りうる。ピップの大いなる遺産は、彼がひそかにハヴィシャム嬢だと信じる、見知らぬ人物の好意に依存する。彼女は莫大な遺産を彼に与えることができるという明白な目的のために、結婚寸前で引き返したのだと彼は都合の良い解釈をしている。だが、その遺言はある意味で彼自身のものだ。しかしながら、文字どおりには、それはひとりの囚人のものであり、社会から追放された彼はピップを紳士である息子に仕立てあげることで自分の孤独を埋め合わせようとするのである。

　『モービー・ディック』と『大いなる遺産』のように奇妙に独身主義的で、しかしこれほど異なる小説の類似点を強調し過ぎてはならない。しかし、（ここで *will* という語を意志と遺産の両義に用いるならば）二つの意志＝遺産の作品が私たちを打ちのめすのは、主人公たちがそれぞれ遺産を捨て意志を取るに至る経緯である。ピップもイシュメイルも生の生成過程の片隅に位置する。にもかかわらず、『ノストローモ』の最終部のフィダンサのように、彼らは物語の中心を占めるのである。ピップは自分の真の始源の空白を幻想の富で埋めようとする。イシュメイルは捕鯨訓練の航海を企てる。エイハブはモービー・ディックを憑かれたように追いかける。類縁関係にある三つのうちのどれひとつを取っても、冒険的偉業の物語は、まず何よりも日常性の曖昧に取って代わる始まりである。二番目に、それは主人公が目的追求のため一途にはらう意志的努力である。そして、三番目に、そもそも探求の始まりにおいて、歓迎されない謎があるということの発見である。その謎とは、探求そのものが不毛な自己の意志と書かれた記録によって生を受胎させようとする試みであり、謎の解明で探求が終わるという謎である。謎の解明という言葉で私が意味するのは、精神的死、または肉体的死、あるいは両方の死によって謎を解明し消去するということである。どちらの小説もその終わり近くに、主人公の分身とも言うべき人物が水入らずの家族のところに呼び入れられるという痛切な場面を持つ。『大いなる遺産』のこの場面にはすでに触れたが、ピップがジョーとビディの息子の小ピップに会う場がそれである。『モービー・ディック』では、もはやピークォッド号の「孤立者」ではないイシュメイルがレイチェル号の乗組員の仲間になるところである。ここにおける共通の型はこうである。物語冒頭における自然な父性の拒否。ついで生成的ではあるが、独身的でもある特殊な企て。さらに死と、物語および当初の自己孤立化がなかったならば起こりえたであろう短いヴィジョン。こうしたことが明らかにするのは、物語が立ち戻って、個体としての存在のために生成機能を犠牲にする行為の中に始まりを発見する過程である。それゆえ、いずれの場合も、小説家は独身性の記録を産み出すことを仕事とする。

マルクスは十九世紀中葉の西洋社会において金銭が果たす想像的役割を発見したが、それは独身主義の企画の記録により小説家が発見したものに相当する。小説の主人公により意図された代替的生と私が呼んできたものを、マルクスは「自然な人間的特質を混乱させ複合化させるもの」と呼ぶ。リアリズム小説の軌跡において金銭は常に目立つ存在である。それは主人公を自然な生成からかどわかし、〈小説的〉企図、大いなる遺産とともに生きる道へと拉致する。金が虚構に力を与えるというマルクスの説明に、ディケンズ、バルザック、フロベール、サッカレー、ジェイムズ、ゴーゴリの多くが包含される――

ある食べ物が欲しいとか、体が弱くて徒歩で行けないから馬車に乗りたいと望むとき、金がその食べ物と馬車を用意してくれる。つまり、金は私の願望を変化させて、想像の領域にある何か、間接的で、想像され意志される存在から〈感覚的〉で、〈現実的〉な存在にしてくれる。想像から生身へ、想像物から現実物へと変換してくれる。この仲介を実行する点で金は〈真に創造的な力〉である。

……イメージを現実化し、現実をイメージ化する外的でありふれた〈媒介〉であり、〈機能〉――この機能が本来の人間、本来の人間社会から生ずるのではないのだが――である点で、金は〈人間と自然の真に本質的な力〉を単なる抽象性とそれゆえの〈不完全性〉――私たちを苦しめる〈キマイラ〉――へと変形する。まったく同じように、金は〈現実の不完全性とキマイラ〉――本来無力であり、個人の想像の中だけに存在する力――を〈現実的力〉、〈現実的機能〉へと変容する。(68)

こういった所見は性的、金銭的、文学的隠喩の（たぶん不注意な）混同により注目に値する。マルクスは物質的力、言語による現実の肉化、性的生成が「混乱し複合する」方法で相互に作用しあう交差点を考えていたように見える。そして、リアリズム小説が操作するのはまさにこの相互作用である。その型の小説およびマルクスにおいて、結果として、全体としてはほとんど有効であるのに不自然な何ものか――関心を捉えて離さず、その異常さにもかかわらず持続力のある何ものかが記述されたのである。

物語がその（今ならばこうも言えるのだが）特有の不自然な目的を次第に意識して行く過程には、さらにもうひとつの段階がある。この目的の主たるものは、すでに述べたように、最初の約束を時間に結びつけること、換言すれば、このような結婚の進路となることであり、その結果は発見、説明、系図である。物語は生成的過程を表現する。文字どおりには、時間の中の男女を模倣的に再現することにより、そして比喩的には、物語自体が人間の発生に倣い出来事の継続と増大を生成するという点においてである。しかし、十九世紀小説の歴史は、虚構物語の表現と人間生活の実りある生成原理との間の間隙に対する意識が増加していくことを証明している。ここで道は分岐し、この後、双方はついにまったく無関係となる。したがって、物語が結婚を再現し真に模倣しつつ、同時に始源としての虚構であることはできない、というのがその意識の内容である。

退屈さ、単調さと生涯をかけて戦ったフロベールが目的としたのは、小説こそ生がまさにそうなりえない地点で生産的になりうることを示すことだった。その小説家の途方もない目論見は、虚構を手段として砂漠を花咲かせ――虚構に変えることだった。エンマ・ボヴァリーの不貞は彼女の美しさを高める。その美しさは彼女の置かれた結婚、子供、夫という情況とは無関係に見えるばかりでなく――フロベールはここで異常性をさらに強調するのだが――その美しさの大変な人工性において、イポリットの内反足を矯正しようとするシャルルの試みの失敗と肩を並べ、それを超えさえする。エンマの繊細な美しさは彼女のガウンの襞にも足先の線にも漂う。(69) 小説そのものと同じように彼女は芸術品であり、母および妻としての〈自然な〉失敗に意趣返しをするのが彼女の明白な意図なのである。つぎの記述で、フロベールがいかに言葉を用いて、完全に非視覚的な、それゆえ文学的な印象を産み出しているかに注意していただきたい。エンマはブルジョワ家庭の女性、あるいは自然物に通常予期される限界を踏み超えてしまっているために、美しい言語構築物となっている[四二]——

この時分ほどボヴァリー夫人が美しかったことはかつてなかった。彼女は歓喜と感激と成功から生まれるあの定義のできない美しさを、要するに心身の条件と情況との調和にほかならないものを、身につけて来た。彼女の欲望が、彼女の心労が、快楽の経験が、いつまでも若い夢の数々が、花に対して肥料や雨や風や太陽が働くように、順を追って、彼女の資質を伸ばした。ついに彼女はその天性の全き充実のうちに花を開いた。その瞼は、瞳の光の消えいる慕情をこめた長い凝視のためにわざわざ刻まれたかのように見えた。一方、激しい息づかいが肉のうすい小鼻をふくらませ、肉のあつい唇の端をつりあげた。光があたると、僅かばかりの黒い生ぶ毛がその口もとに影をつくった。しどけない風情を描くことに妙を得ている芸術家が手をくだして彼女の髪の束ねた房を首筋に上手に垂らしたとしか思われなかった。髪は、重い束をつくって、無造作に巻かれていた。そして、毎日それをとく不義の褥の浮き沈みにゆだねられていた[70]。

このような人物は分解してばらばらの断片となってしまう危険を持っている。ルカーチが『感情教育』について言ったように、これを統一するものは時間である。時間は——

人間の生活の混沌に秩序をもちこみ、自然に栄える有機的実体という見かけを与える。明らかな意味を持つとも思えぬ人物たちが現われ、互いに関係しあい、別れ、何の意味も明らかにされぬまま再び消えて行く。しかし、彼らは人間に先行し人間の後まで残る無意味な生成と分解に陥るだけではない。出来事を超え、心理を超え、時間は彼らに生存の本質を与える……あらゆる者をここに連れて来る生の全体性は生きたダイナミックなものとなる。小説全体におよび人間を世代に分割し、行動を歴史的社会的コンテキストに統合する時間の広りは、抽象概念ではなく、出来事の後で概念的に構築される単位でもなく、……それ自身で自身のために存在するもの、具体的で有機的な連続体である。この全体性は、観念の価値体系が調節機能として以外には入り込むことがないという意味で、生の真のイメージである。(71)

ルカーチの有名な記述はフロベールが時間に与えた重要性を正確に強調してはいるが、小説内部に特有の不毛な時間と「自然で社会的な人間の共同体における経験的時間によって確立させられる」具体的で有機的な連続体とを区別するのに失敗している。そしてこの区別は重大である。それは決定的かつ明快に『感情教育』の最後に現われるが、それは小説の(始まりの)前提なのである。私たちがフレデリックを最後に見かけるのは二つの場面であり、マリーといっしょの場と、デローリエといっしょの場である。どちらの場面も成就されない性愛の事件である。マリーは一八六七年三月にフレデリックを訪ねる(小説の主な行動は一八四一年から一八四八年にかけてすべて起きる)。彼女は白髪の老いた女で黒いレースのベールをしている。彼らは過去を語り合い、フレデリックは何年も前の出来事を覚えていて彼女を驚かせる。しかし彼は失望し本当の感情を隠そうと彼女の前にひざまずく。彼の言葉は明らかに偽りである。しかし「彼女はもはや自分のものではなくなった美しさへの賛辞を大喜びで受け取った」。ほどなく彼女が彼のもとを去ると、それで終わりになるだろう。だが、彼女はいささかこっけいにも最後の瞬間に、自分の白くなった髪の毛を少し切り取って彼に渡す。「そして、それだけだった(72)」。

数か月後、フレデリックとデローリエはいっしょに昔の生活を思い返している。どちらの半生もたいしたことはなかった。二人が（小説の始まる三年前の）一八三七年まで回想をたどったところで小説は終わる。この時、少年の二人は売春宿に出掛けたのである。熱気と不安に打たれ、意のままになるたくさんの女たちが突然目に飛び込んで来て、フレデリックは何もせずに逃げ出してしまう。金を持っていないデローリエも後を追いかけるしかなかった。あのころが一番いい時代だったと、彼らは口々に言う[73]。二つの場面の共通項は、達成されぬ熱情と小説の終わりの位置である。そこでは、ある意味で、統一と不自然な順序を可能にする小説の時間があらわにされる。二つの場面は、まったく現実に合わない感情へのフレデリックの耽溺（ひとつの場では、彼は二十七年も遅れて来た恋人の役を演じる老人であり、もうひとつの場では、何となく官能的で幸せな時代だったということを暗示してくれる記憶を楽しむために性体験上の失敗を無視する）という小説の真の始まりを小説の〈終わり〉で表わす限りにおいて、小説の構造とプロットを確認する。構造もプロットも自然な順序を逆転させている。一八四八年の事件のように、モロー[四二]の時間はどこにも行き着かない。しかし、それらの事件と異なり、小説は不毛さと、独身性と、異常さとに皮肉にも基づく完全な構成を備えている。小説の中心人物としてのフレデリックの権威は、彼の中にあって自然に成長することのなかったすべてに依存している。そこから最終の二場の、春の中の冬の効果が生まれる。系譜的連続性と小説的連続性との間の格差があまりに完璧なため、フロベールは無限の豊かさを持ち暗示的な二つの場を小説の中心的行動の外側に置いた。それはあつかましいと思えるほどである。しかも、特に小説の終わりに置くに至っては二重に挑戦的である。どちらの場も出来事の本体から時間的に離れて起きる。ひとつは中心的行動の十九年後に。もうひとつは三年前に。

ドストエフスキーの『悪霊』はフロベールの小説よりもさらにはっきりと、一方で始まりの権威としての人物と自己の時間を生きる人物の行動との乖離を、他方で始まりの権威としての人物と系譜的連続における時間の正しい順序との乖離を描いている。この乖離は、途方もない出来事を物語の見かけの秩序に合致させようと必死になる語り手に対する私たちの不信感を募らせる。実際、私たちの疑いは小説の冒頭からきわめて強く感じられるので、私たちはすぐにステパン・トロフィーモヴィッチばかりでなく語り手自身もドン・キホーテなのだと考える。そもそも、報告者（語り手）が人物を紹介するときの説明が、当の人物と同じくらい意図的な曖昧さに満ちているとしたら、その報告者をどう位置づけすればよいというのだろうか。私が考えていることの例を見よう。以下はガーネット訳の第一章から適当に選んだものである（四三）

——

ところで、それはともかく、彼はきわめて聡明な、才能に富んだ人物で、いうなれば、学問の人でさえあった。もっとも、学問といっても……いや、一口に言って、学問のほうでの彼の業績はたいしたものでなく、というより、何もないにひとしかったようだ……。

その後——といっても、もう大学の講座を失ってからだが——彼は（同派がどんな人物を失ったかを思い知らせる、いわばしっぺ返しの意味で）、ディケンズの翻訳を載せたり、ジョルジュ・サンドをかついだりしていた進歩派系のある月刊誌に、ひとつのきわめて深遠な研究論文の最初の部分を発表した。論文のテーマはたしか、いつの時代だったかの何とかいう騎士たちの並はずれて高潔な道義心の由来といったところで、少なくとも論文には、稀に見るほど高貴で崇高な思想が盛られていた。後に噂されたところでは、論文の続編はさっそく発禁になり、その進歩派の雑誌までが、論文の前半を掲載したかどで巻ぞえを食ったという。何が起こるか知れなかったあの時代のことだから、これも大いにありそうな話にはちがいない。しかし、この場合にかぎっていえば、そんなことは何もなく、筆者自身が怠けて論文を完結させなかった、というほうが真相をうがっている。また、アラビア人に関する例の講義が打ち切りになったのも、実は、ある人物にあてて何かの〈事情〉を申し述べた彼の手紙が、何者か（明らかに、彼の仇敵たる保守派の一人）によって、何かのいきさつで横取りされ、その結果、ある筋が彼に対してなんらかの釈明を要求したからなのである。本当かどうかは知らないが。[74]

言い抜けの余地、疑い、二次的三次的伝聞、曖昧で消極的な表現構成、論述の飛躍――すべては現実との分離、根源的な内的不連続を隠蔽しようとするテキスト組織の一部である。その上、小説中のどの人間関係も絆を欠き、結合に抵抗するように見える。言い換えると、結婚は法律上にせよ、法律外にせよ、破産しているか未承認のものである。その結果、親子の関係も男女の関係も一様に歪んでいる。結婚、家族、個人に対して重ねられる虐待を数え上げれば長いリストができあがるはずだが、それはこの小説がもっとも親密な連続性にどれほど干渉しているかを示すだろう。混乱を画策するピョートル・ステパノヴィッチ・ヴェルホヴェンスキーのように、主要な人物たちは私たちに破壊的影響を及ぼす。

スタヴローギンはそのような行為者である。与えられたあらゆる重荷と贈り物を拒絶し、他人とのすべての関係を肯定し、また否定し、しかし、それらの行為について説明、解決の形にせよ、認容の形にせよ自分を苦しめ、ティホン神父に懺悔の手紙を書き送る。小説におけるスタヴローギンの――息子として、学生、友、夫、恋人、革命家、同志としての――行動は混乱を極め、そのため彼の懺悔は、少なくともその意図においては事態を整理する手段としてなされたものだ。[75]心理学者－聖人のティホンがなすことは、スタヴローギンに懺悔が再現＝再現前であると教えることである。懺悔という編年史の意図はスタヴローギンの生活の一部とその大罪を語ることであり、しかしそれは、その生活を送った男の姿をこっけいなほど醜い正面の後に隠してしまう。ティホンは手紙の出版に代わる方法を教える。沈黙と世間からの隠遁がそれである。さもなければ、スタヴローギンの手紙が公表され、大衆を扇動しようとするものと判断されるか、公表直前に「ただ手紙が出版されるのを避けるため[76]」もうひとつの恐ろしい罪を彼が犯すことになるだろうと、神父は恐れる。この困難な場面の要点は、書くことと心理が共謀して、結果についての健全な理解に基づく道徳や倫理を圧倒してしまっていることだと思う。そのような理解は、罪の告白の結果は罰であると同時に信者にとっては赦しであると規定するのだが、(スタヴローギンが〈呪われた心理学者〉と呼ぶ) ティホンは、精神および書くことにおける屈折した精神はとても複雑なものであり、論理の一貫性を期待することはできないと言う。そのため、告白は単に後悔、赦し、懲罰を必要とするに止まらず、またひとつ罪を重ねるものとして非難されることになるだろう。言葉はそれ自身の生命を持ち〈現実の〉世界から遊離し逸脱するものであるからには、必ずしも起ったままを語らない。物語の不完全さがここでも暴露される——そして、これこそスタヴローギンが書いたものである。テキスト、論理的時間と理解、人間の系図の生物学的秩序、これらのすべてを小説中で完全に断絶した要素としてしまうのがドストエフスキーの技法なのである。

ハーディは『日蔭者ジュード』において十分に認識することはできなかったが、このような情況でスタヴローギンのような人間は生き延びることができずに自殺を選ぶ。彼は他の四人の人物たちの只中に謎のように位置する。彼らは初め、本物とは言えない習慣的な役割からの意識的な後退と、歴史的 (物語的) 感覚によっても自然の感覚によっても理解不可能な無限の混沌とを隔てる心理の空隙の崖っぷちに佇み、ついでスタヴローギンのようにそこに身を躍らせる。シャートフは儀式的殺人の犠牲者で、ステパンは放浪の予言者である。キリーロフは自意識の果てに自殺を選び、ピョートルはロシアの内陸に姿を消す。スタヴローギンはある意味で彼らの集合的神秘を代表する。彼が首を吊って死ぬ時、――ドストエフスキーがそうして欲しいと望むように――私たちは、彼の死を記述する物語が、静かな痕跡を残すだけの彼の死を押しやって、補足的な言語による生へと変換するのを感じる。

十九世紀末および二十世紀初頭に、小説は回想的で難解な冒険をしだいに試みるようになる。ジェイムズ、コンラッド、フォードが物語の技法に払う関心は、小説が疑似父権的な役割を捨て、ほとんど完全な補足性を取るようになることの証拠である。『善良な兵士』、『闇の奥』、『メイジーの知ったこと』などにおけるように、ある事件が起きたと想定され、小説は探求という手段でそれを再構築しようとする。しかし、再構築の遂行は行動としての事件に対する言述的回想的補足という形式を取る。この時、人物は、作者、読者にとって、この補足を構成するために使用する手段となる。この補足の様態はしばしば発話――話す声――であり、その目標とするところは記念である。かくして、『ユリシーズ』においてブルーム、モリー、スティーヴンは記念のために、それとは知らずホメロスを反復する。彼らの言葉と行動は始源の物語である『オデュッセイア』を語り、彼らはその物語の真ん中に挿入される。息子を失った父、簒奪者である家族を振り捨てる息子。これらの人物たちは非人称的で魅力のないイタケーで皮肉にも、そしてありえないことであるが、和解する。残り住んでいたペーネロペイアは物語る夢という無限に延期されていく形式により、妻としての、母としての役割を果たす。

『ユリシーズ』を通して脈打つ背信という基調音は、もちろん部分的にはジョイスの強迫観念である。だが、読者はこの主題の中にもうひとつの意味を見るほうがよい。スティーヴンの心を絶えず占めるものは、自分がアイルランドの芸術家として、つまり二流の人物として常に受け取られるだろうという考えである。そこで彼の芸術は、バック・マリガンが述べるように、召使の割れた姿見によく象徴されている。[77]歴史と社会は物語にその補足を押しつけたように見え、それに応えてジョイスが出すもっとも効果的な答えは、現実との関係がめったに明確であることのないきわめて難解な芸術である。ジョイスによれば、これは社会が芸術を裏切ったことに対する芸術の報復なのである。にもかかわらず、この原理は裏切り行為の意味を汲み尽くしてはいない。問題は作者＝小説家そのものであり、その上に制度としての小説が重くのしかかる。現実に肩を並べるものとして、もうひとつの現実を創り、父となり、現実を産み出す小説の父権的役割はますます形式的になっているように見える。権威は反復に、ミメーシスはパロディーに、そして革新は書き直しに道を譲る。[78]新しい小説はいずれも人生ではなく他の小説を反復する。これまで論じてきた十九世紀末の小説相とは、小説が開始されたときの始まりの感覚を物語が失う局面だと言っても言い過ぎではないと思う。なぜこうなったかというと、今や作者は自分自身を、自分が書くものと同じように造られたものとみなすからである。小説におけるこの主題は『トリストラム・シャンディ』以来存在するもので、それは権威を破壊するもののひとつである。その力は衰えを知らない。「多すぎる＝人間的すぎる」ことが作者を権威からはるか遠くに拉致するものであれば、彼はもはや年老いた父であることはできない。そうではなく、人間的主体としての作者は、作品を作る過程＝作者たる過程において、自分自身が解釈を受ける主題であると考える。虚構を権威づける力が仮のものであるという見方はますます強くなっているようである。

「〈主体〉とは結果を作り出す何かではなく虚構に過ぎないと気づいた時、それが出発点だ」――一八八七年にニーチェはこう言った。知られているすべてのことが虚構の地位に還元され、すべての真実が解釈に還元されるとき、ニーチェに従えば――

真実への意志とは堅固なものにすること、真であり永続するものにすること、事物の偽装を廃棄し、真相へと解釈し直し存在させることである。それゆえ〈真実〉とはそこに発見されるかもしれないものではない——それは創造されなければならないものであり、ある過程に、あるいは、真実を導入しようとするそれ自体際限なき征服への意志に与えられる名前である。それは堅固で決定的な何物かを意識しつつなされる〈無限の進行〉(*processus in infinitum*) であり、自然に何かになるのではなく、能動的な決定行為である。真実とは「権力への意志」に与えられる名前である……。

人間は真実への衝動を、ある意味では「目的」を、自己の外部に投射する。存在する世界として、形而上的世界として、「もの自体」として、すでに存在する世界として。だが、創造者としての人間の必要は人間がそこで働く世界を創出し、その世界に先行する。この先行＝予期(この真実への「信仰」)が人間を支える。[79]

これは、作家が手にすることのできるもので自明のものは何ひとつない、と言うに等しい。創始とは変遷を克服しようとする行為であり、創造された主体＝客体を一時的にせよ世界に付与する方法である。(権力ないしは思想への) 意志が強ければ強いだけ、その意志が宣伝しようとする真実はより持続性を持ち、それゆえ説得力を持つ。この定義によれば、〈真実〉と〈再解釈〉を分つものは何もない。後者は、より持続性を持ち、より強力に論じられたひとつの解釈が、他の解釈にまさる真実であろうとする意志である。しかし、いずれの解釈も他の解釈より始源的であると言えない以上(いずれの解釈も最初の解釈ではない)、世界を創始し世界に先行するには、創始者はまず初めに強い自己信頼を持たねばならない。物語におけるように著者と創作とが同一の始まり——事件を物語りたいという欲求——に一時的に結び合わされると、著者と創作とが互いに解体し合う危険ははるかに大きくなる。

このような解体の明らかな結果は、T・E・ロレンス〔四四〕の『知恵の七柱』[80]において発見され、確証され、支持されている。かつては削除されていた冒頭の一章からの一節はロレンスが彼の〈真実〉――創作、創造、解釈――を持続させようとした時の困難を示している（一節中の〈老人たち〉は他の解釈の勝利に触れるものである）――

本書における歴史はアラブの運動の歴史ではなく、その渦中にある私の歴史だ。それは日常生活の、つまらぬ出来事の、卑小な人々の物語である。ここには世界にとっての教訓もなければ、人々を驚かす発見もない。それは些末なことでいっぱいだ。なぜなら、いつか誰かが歴史を作るための材料とするかもしれぬ骨と歴史を混同する者はいないからであり、反乱の仲間を思い出すことが喜びを与えてくれるからである。われわれは果てしない平原、そこを通り抜ける風の味、日光、その中で働いた希望によって、たがいに優しかった。未来の世界に訪れる朝の新鮮さは私たちを酔わせた。私たちはいわく言いがたい、夢のような、しかしそのために戦うことのできる観念に夢中になった。この疾風のような戦闘行動の中で、われわれは幾度もの生を生き命を惜しむということはなかった。しかるに、われわれが勝利を手にし新世界が姿を現わしかけたとき、再び老人たちがやって来てわれわれから勝利を奪い、彼らの知っている旧世界に似せて作り変えようとした。若さは勝利をものにすることはできたが、維持することを知らなかった。そして、年寄りに対しては哀れなほど弱かった。われわれが働いたのは新しい天地を造るためだったのだとわれわれはつぶやき、彼らは丁重な礼を述べ自分たちの平和を作ってしまった。[81]

しかしながら、この著作のこれ以外の箇所では、この学者‐冒険家‐開設者‐著者‐創始者は、西洋人が叙事的な過去に対して抱くあらゆる栄光の夢を集めている。場面は本物の戦争（第一次大戦）、舞台は本物の砂漠。いずれもロレンスが初め、中、終わりを持った完全な行動を遂行するため、歴史が彼に与えたものである。物語は完遂された砂漠の軍事行動の現実を扱う点で、ドストエフスキーやメルヴィルの巨大な虚構に匹敵する。[82] この完璧なまでに男性的な作戦のための目標と、預言者と、戦士たちを選び集めることができたのはロレンスひとりだった。詩人が主題を探し出すように、彼はファイサルを探し出す。「一目見て、アラビアまで探しにやって来たのはこの男だと私は感じた――アラブの蜂起に真の栄光をもたらす指導者はこの男だと[83]」。そして、選び抜かれた野望とは、あまりにも長い間メッカとメディナに曖昧に絡みついている奇妙なアラブの生存様式とイスラムの信仰を取り去り、大きな屋敷には大きな様式がふさわしいように、遊牧民の与件に重ね写された完全な計画を据えることであった。

　この混沌から物語、人物、目的が誕生することになる。アラブ人が戦闘を繰り返しては、何としてもトルコ人の手からメッカとメディナを奪還しようとしたのは自然であるが、ロレンスはその代わりにそれほどの連続性があるとも見えないゲリラ戦でダマスカスを落とそうとした。作品の初めのほうで、アラビアを抜けてメディナに向かうときのことを、ロレンスはこう述懐している――「前進するとき私が考えていたことは、これこそ巡礼の道であり、何世代もの間、北方の人々が聖地への信仰を抱いて聖なる都を訪れるのにたどった道であるということだった。そして、アラブの反乱はある意味でその逆の巡礼であり、北方のシリアへ、（かつての聖地への理念の代わりに現実的な）方策と、啓示への過去の信仰の代わりに自由への信念を戻してやることかもしれないと思われた[84]」。こうしてロレンスの創造的現在はアラブの反乱の全体的方向を変化させ再解釈する。それはちょうど、たとえばジョイスが、ダブリンの六月の何の変哲もない一日を変化させて、『オデュッセイア』から取った十八の挿話に形作るのと同じことである。ロレンスの意志は東洋を西洋の形式に変換する。メディナとメッカではなくエルサレムとダマスカスである。モハメッドと族長たちではなく、ファイサル演じるところの預言者キリストである。単なる砂漠の部族ではなく信仰篤きものの集団、すなわち、アウダという熱狂的戦士パウロに率いられた民族である。ロレンスの中に住む古典学者でさえこれには満足してしまうだろう。なぜなら、ここにはトロイ、アガメムノン、アキレス、そしてギリシア人さえ見出せるからである。達成されさえすれば、このように重層的な計画が勝利であることは間違いない。

『知恵の七柱』のすべてはロレンスの解釈によって完全に決定される。その解釈は彼が書いているときは回想であるが、作品の中で彼が行動しているときは予想である。作品の副題は「勝利」、反乱の勝利を先取りするものとして明快な表現である。これこそロレンスの同時代人、多くのアラブ人たちが見ていたものである。しかし、作品それ自体の中では、物語は勝利から離れ、連続的進行からはますます遠ざかる。ロレンスがアラビアに行ったとき、彼は精力的な若者であった。しかし、『知恵の七柱』の終わりでは彼は崩壊している。初めに彼は「私は空の星々に遺言を書いた」と述べる。後にこれを敷衍してこう言う――「砂漠は狂熱の共産主義に捉えられていた。これによれば、友好的な者でさえあれば誰でも自由に、自分の目的のために、ただそれだけのために自然および元素を使うことができた(85)」。

三三章でロレンスを半ば狂気の状態に陥らせた病のさなかで、この目的は定義づけられる。彼の言う〈戦の家〉は入念に設計されねばならないと彼は気づいている。しかし、その設計図が想像上のものである以上、その素材も非物質的であるように扱わねばならない。軍隊とその任務の持つ意味の価値転換ゆえに、ロレンスは代数、生物学、心理学的部分から構成される新しい科学を創始した。典礼執行規定でさえ純化される。すべては凡庸な精神の中にある論理を超越するように仕組まれた。それは接触の戦いではなく、分離の戦いでなければならなかった。作戦に中心点はない。攻撃はできるかぎり広範囲においてなされる。前線もなく、軍隊もなく、全面対決もない。計画の基盤は不規則性と極端な結合である。このあたりから、この著作の文体はいよいよ戦術的に微に入り細を穿ち、読みにくいものとなる。それはテキストと輪郭が価値転換を図って、ロレンスという行為者＝俳優を創出し、ロレンスという著者により創出される特殊な存在様式に変わったからである(86)。

しかしながら、欠点は物語を妨害する。欠点とはアラブを真似ながら神として振舞うロレンス自身である。参戦者としての偽装と、運動の義父たらんとする絶対的な意志との間で引き裂かれる彼自身である。七つの柱は築き上げられ、ダマスカスは手中に入った。しかし、建造物の大岩と大岩の間に走る亀裂は、建築のさなかにその始源が裏切られていることの印である。かくして歴史的にはアラブは勝ったが、国家を完成するという始源の目的は西洋内部の歴史の必然によって差し止められる。物語のレベルでは、作品は完結する。だが、本の意味が存在するのは、傷つけられた目的と犯された名誉においてのみだと言ってもほぼ間違いなく、そのことを知るのは著者ひとりであり、しかもかすかに気づくのみである。「この歪んだ道を進んで行動するのに、真っすぐ歩いて行くことはできないと、われわれ指導部には思われた。重層的に重なる未知のつつましやかな動機の数々が先行する動機を消去したり、二重に攻撃をしかけた(87)」。テキストは戦後のロレンスの精神的自殺の後では、もはや記憶する者がひとりもいない秘密を保存する霊廟である（この言葉は一兵卒の中に自己を葬ったロレンス自身のものである）。その秘密はこの書が捧げられた謎の頭文字S・Aに似ている。その文字は読者に最小の手掛かり、いわば死体なき死しか与えることはない。ロレンスが一九二三年にライオネル・カーティスに書いたように、テキストのみに還元すれば、その著作の価値はその秘密をおいて外にない。あるいは、一九二〇年にV・W・リチャーズに書き送っているように、彼の物語は〈家を建てるための書〉[88]となるはずであった。物語はこうなったのである。つまり、女も住まず、達成もなければ、家族もいない家。だからマルローはこう言った――「ロレンスの心の中ではアラブの叙事詩は人間の空虚さを壮大に表現する媒体となったのだ」[89]。もっと控えめに、しかしより直接的にE・M・フォースター[四五]はロレンス宛にこう書いた――「あなたの描く人間に私はどうも納得がいかないものを感じます」[90]。

Ⅳ

アンドレ・マルローもE・M・フォースターもロレンスの描く人間が〈現実的〉で厚みのあるものであるためには不十分な点があると感じていた。フォースターは「会話を増やすように」と提言した。これは、現実生活で人が話す以上物語においても話さなければならないという理論に基づいてのことである。ここで戦っているのは伝統的小説の人間観と、別様の――ロレンスの――人間観であると思う。前者の人間は古典的小説によって制度化された人間描写の慣習にすべてを負っており、後者の人間が小説に現われるとき従うものは――それが何であれ――エクリチュールの要求に対してだけであり、既存の他のジャンルの要求ではありえない。ロレンスは、『知恵の七柱』が告白と歴史の非典型的な混合であり、告白がほとんど常に歴史を覆していると言っている。ロレンス自身の心理は静的なものとは言いがたく、活動過多な自意識を表現するのに彼が抱えていた特別の困難は、物語的歴史を書く方法を規定したばかりでなく、彼の持つ歴史と変化の概念、歴史の中の人間の概念、歴史という枠組みの中で十分に人間心理を表現しうるテキストの概念を規定した。ロレンスは『知恵の七柱』を書きながら、自分の引き起こした事件の中で役を演じることを意識し始める。その後、彼は自分がアラブの中に作り出したものの代理人となり、事件の不本意な記述者となる。この束縛状態でテキストは進行する。デラーで捕えられたとき、アラブ人としての偽装は引きはがされ、そのために彼は罰せられる。小説の後半、著者としてのロレンスは自分の書き物の犠牲となる。つまり、アラブの反乱と同様に、手を引きたいと努力をしながらも達成までは見届けねばならないという計画の犠牲となるのである。ロレンスはアラブ人に対する誠実を全うできなかったが、偽善を放棄しようとする狂信的な誠実さでそれとの釣り合いを取っている。反乱計画は作品と同じく終わったが、その結果は（ロレンス自身にはよく分かっていたように）背信とごまかしのみじめな歴史であり、未完のまま砕け散った記念碑だった。ロレンスにとって、この小説は自己との、歴史を生きる人間としての自己の権威——作家、冒険家としての権威、不規則な始まり、不規則な作戦、不規則な勝利を書く運命から逃れることができぬことで有名な自己の権威——との絶えざる対決を表現するものだった。

ロレンスの大半の称賛者が容易に反応する『知恵の七柱』の叙事詩的壮大さと、はるかに複雑で興味深い心理面とテキスト面での問題との間の対比は鮮やかなことこの上ない。一八八六年にニーチェは「昔ながらの虚飾、がらくた、人間の無意識の虚栄の金粉」——ロレンスにあっては、アラブの反乱の成功がこれに対応するのだが——と「自然的人間の基本的なテキスト」(91)の間の差異について書いた。ロレンスが物語るアラブの反乱のような物語歴史は〈基本的テキスト〉を暗に包含しているにすぎない。しかし、そのようなテキストの中では、すでに論じた妨害と権威の力学が古典的小説のように隠蔽されることなく表面に近づいているのである。ロレンスの重荷を負わされすぎた私事とアラブ反乱の公的性格はたしかに小説の慣例を破ってはいるが、コンラッドやドストエフスキー、ハーディなどとともに、ロレンスは著者であることの習慣を侵食する人間性を強く感じている。そして彼らの作品同様ロレンスの作品も、一般的には言語を、個別的には物語をして、人間の本性を描くという課題にどのように反応させることができるのかという根本的問題を考え直しているのである。私の論点はこうである。つまり、言語と心理が直線的な進行および意味の外側で作用していると思われるとき、時間の中にある人間の連続性を表わす困難が中心に位置しているということである。すでに見たように古典的小説は、系譜的に想像されたプロット、家族、自己の中に発見される生殖と発生の形式に、心理と言語の妨害を含みこませた。しかし、人間主体がもはやそうした生殖を行なうことはできないものだとひとたび判明し、主題としても、その主な特徴はその事実に対する著者の信仰にではなく、その信仰とそもそもその著者自身が書くことによって生産される虚構なのであると判明してしまったときに、このような形式は適切な始まりを持つことはできないし、エクリチュールを律することもできない。

ロレンスの物語の価値は、小説が苦手としている心理的、テキスト的、概念的緊張をあらわにする作品として、小説よりはるかに自由に研究することができる点にある。このような問題が生じるのは、西洋における小説の文化的役割の特殊性のためだということはすでに述べた。小説は変化を含むばかりでなく、再現する。小説は現実を大きくし、現実を解釈する。小説は作者および読者の側にあるこのような欲求の快楽ばかりでなく重荷をも受け入れる。かくして、小説は特定の方法で〈始まり〉、作者、読者の双方から暗黙の了解を得ている展開の論理にしたがって進行する。しかしながら、批評家にとってこの始まりと展開とは、小説というジャンルの歴史過程でひたすら繰り返されるだけのものではない。むしろ批評家は、それらが始まりと展開の観念に寄与するばかりでなく、その観念を変革する探求手段だと考えている。その観念が変われば変わるほど、小説は(定義上)より根源的に小説自身の始まりと展開を再解釈し、小説の主人公たる人間を再解釈するものとして見られるようになる。私がコンラッド、ハーディ、フロベール、ドストエフスキー、ロレンスに注目してきたのは、小説概念の変遷史の後期を、始まりと展開についての再考の試みとして特徴づけたいと思ったからである。歴史的には、小説のこの段階と軌を一にして、ほぼ同様の根拠でそれらの問題を扱う二つの努力がなされた。

ニーチェとフロイト(四六)が企てた仕事の大半は、十九世紀後半の小説がそうであったと同じ意味で根本的に人類学的である。二人とも人間を正確に描くという課題が、おおもとのところで三つの互いに関連した問題につながっていると考えた。ひとつは系譜学的連続性に具体化される伝記の問題である。人間の一生に確かに認められる不連続を、この連続性はどの程度まで写せるだろうか。例えば心理学的に見て、〈知〉というものが誕生という事実のみに基づくものではなく、無意識や意志といった超個人的で、自然的、あるいは「有史以前の」ものに基づくものだとしたら、この連続性のどこに始まりを定位することができるだろうか。第二の問題は人間の現実に関係する言語の問題である。ミメーシスが包括的な技術ではありえないとしたら、エクリチュールはどこまでこの現実を肉化するのだろうか、あるいは肉化できるのだろうか。人間心理の複雑さをもっとも忠実に表現するテキストとはどのようなテキストなのだろうか。第三の問題は人間の虚構作成能力の問題である。物語を生産することがどうやら人間の基本的性向だとしたら、どのようにして物語における虚構およびイメージの作成を識別することができるだろうか。つまり、虚構は実利的なものなのか、それとも、装飾的なものにすぎないのか。

これらの問題がつながりあっていることは明らかである。が、手始めに、三つの問題の再解釈についてニーチェが述べていることを取り上げよう(四七)。彼と、おそらくはフロイトもこれに同意するだろう——

人間を自然へと移し返すこと、これまで〈自然的人間〉というあの永遠の基本的テキストのうえに金釘流に塗りたくられていた、数多くの空虚で狂信的な解釈やつけ足りの意味を克服すること、人間が、今日すでに科学の訓練によってきびしく鍛えられて、他の自然の前に立っているように、これからは人間の前に立つようにさせること――恐れを知らぬオイディプスの眼と貼りふさがれたオデュッセウスの耳をして、古い形而上学の鳥刺したちがあまりに長いこと「お前はより以上のものだ。お前はより高いものだ。お前は別の素性のものだ」と人間に吹きこんできた、あの誘惑の歌には耳をふさいで。――これは奇妙で気違いじみた任務であるかもしれないが、しかしひとつの任務なのである――誰がそれを否定しようとするだろうか。なぜ私たちはこれを、この気違いじみた任務を選んだのだろうか。あるいは別の言い方をすれば、「何ゆえにそもそも認識があるのか」と。(92)

引用中に、人間の知を記述するものとして〈翻訳(=移し返すこと)〉、〈解釈〉、〈基本的テキスト〉という隠喩や表現が使われていることは、ニーチェが強く人間と言語の関係を意識していたことを示している。そして、言語を既存の形式的な方法で使っていては、「〈自然的人間〉の基本的なテキスト」を裏切ることになるとも、彼は強く感じていただろう。そのテキストを回復させるため、ニーチェはオイディプス(フロイトを何と見事に予示していることか)とオデュッセウスの連合を要請する。この人物こそ大胆に〈知〉をテキストの意図とすることによって、例の仕事を始めてくれるだろう。

しかし、なぜそうでなくてはならないのか。なぜ〈知〉を求めねばならないのか。ニーチェの答えはつぎのようなものである――

学ぶということは私たちを変化させる。それはすべての栄養がするのと同じことをするのだが、栄養もまた、単に「維持する」だけではない――、これは生理学者の知る通りである。しかし、私たちの根底には、ずっと「したのところ」には、もちろんある教えることのできないものがあり、精神的宿命の花崗岩が、あらかじめ定められ選びだされた問いに対する、あらかじめ定められた決意と答えの花崗岩がある。あらゆる枢要な問題においては、変えることのできない「私がそれである」が発言する。たとえば男と女については、思想家は学び直すことはできず、ただ学びつくすことができるだけであり、――ただ、これに関して彼の立場で「確定している」ことを、最後まで発見しつくすことができるだけである。時には、まさに私たちに強い信仰を抱かせるような、ある種の問題の解決が見いだされる。恐らくこれらはその後、その人の「確信」と呼ばれるようになるだろう。しかしのちには――これらの確信のなかには、ただ自己認識への足跡、私たちがそれである問題への道標が見いだされるだけになり、――もっと正しく言えば、私たちがそれである偉大な愚かさへの、私たちの精神的な宿命への、ずっと「したのところ」にある教えることのできないものへの、道標が見いだされるだけのことになるのである。(93)

フロイトへの暗示はこの一節にも表わされている。人間のなかにある教えられないもの、恐らくは無意識、を記述するのに深さの隠喩を使っている点や、弁証法的な学習過程への言及、そしてさらに重要であると思うが、〈問題〉としての人間という考え方にそれは見て取れる。ニーチェの判断の最後の文が暗示しているると思われるように、人間の最奥の現実は人間とは〈問題〉だということである。とすれば、〈知〉を手に入れるという気違いじみた仕事が要求するのは、第一に、この真実を認める理解力を発見することであり、第二に、この〈知〉を含み、表現し、実現し、達成し、体現する言語とテキストを発見することである。オイディプスやオデュッセウスといった古代の英雄を呼び出すのは、そもそもこの仕事が昔から変わらぬ恐ろしく苛酷なものであることの承認である。というのも、それを知ったところで、人間がより偉大になるという成功報酬がもらえるわけでもなく、人間が自然に一体化するものでもないからである。むしろ、この知識は人間に対して、自分の精神についての責任と、自然の持つ事実への「教えることのできない」参加という責任を課するのである。これに匹敵する〈知識〉探求の野心は、W・B・イェイツ(四八)の詩「塔」の終わりの行に見出せると思う。詩人は「学問の府で研究すること」を自分に課す。自分の魂をして、崩れ落ちた身体的、官能的全世界——身体、友、美——を平静に見詰めることを可能にするためである。荒廃はかくして——

地平線が薄れゆくときの
空の雲にすぎず
深まり行く陰の中の
小鳥の眠たげな鳴き声と見える。(94)

自然とは、出来事が一様な直線性や前進性を持たない時間・空間の次元で起きる複合的な場であるのと同じように、人間の自己意識も複合的である(あるいはそう考えねばならない)。しかし〈自然〉は直截に捉えることはできない。ニーチェ自身が鋭く観察しているように、そのように一般的な表現をすること自体、大いなる無知をしばしば覆い隠すものである。むしろ自然は、人間が読まれ解釈されるように解釈され読まれなければならない。これこそフロイトが『夢の解釈』で手を変え品を変え繰り返すことになる要点である。夢は理解されようとして存在するのではない、と彼はあるところで言っている。夢はただそこにあるのみだ（だから問題なのである）。夢の思考に視覚的表象を与えようとするいかなる方法にも夢は破廉恥に身を委ねる。だから、その統一は幻想にすぎない。それゆえ、科学者に見詰められる自然のように、夢という象形文字は、その独自のからくりを学んだ者だけに理解することができる。だが、夢のもっとも厄介な点は、誰でも、夢の解釈者でさえも夢を見るということである。それならばどのようにして研究対象を経験の対象から、あるいはあまりに短い経験から分離するのだろうか。この問題に対する比較的簡単な答えは実に魅力的なものであるため、フロイトも捨て難かったようである。すなわち、まず対象を経験し、しかる後にそれを分析する、と。あるいは、多くの作家たちが言うように、初めに素材を捉え、つぎにそれを、その獲得方法自体意味を持つものとして研究する、というものである。

しかし、いかなる小説家や読者でも同じことであるが、フロイトもまず初めに経験および分析の対象をどう扱うか決定しなければならない。その対象の第一の、もっとも基本的な特徴は現実を主観的に歪めることであるが、現実とは経験の対象であり、さらには認容された虚構であって、経験として存在する様式である。というのも、夢の価値を疑うことは正当であるばかりでなく、夢の境界、生との関係、その回想を問題にすることも正当であるからである。このような困難があるとなると、夢に関する材料を集めるのは明らかに難しく、夢に関して〈真の〉事実と幻影的事実とを明確に分けるのはさらに難しい。『夢の解釈』は夢の意味とともに心理的現実の本質とは何かを扱っている。だが、この著作の魅力はフロイトが最後まで幻影と現実の二者択一をしなかった点にある。夢について可能なあらゆることを記録し、しかる後に偽から真を選別するのが彼のやり方だったらしい。だから、その著作の構成は研究の結果ばかりでなく、研究の各段階を映すように意図されている。そうしなければ〈科学的〉発見の受動的な転写となってしまったかもしれないものを、この構成は最小限とするよう意識していると私は思う。ある意味で、フロイトは彼のテキストが夢の解釈が起きる舞台、場であることを望んだのである。[95]

研究が読者の眼前で展開するようなものであって欲しいとフロイトがどれほど強く望もうとも、彼は体系的な著述家であり、いいかげんなテキストを提供することはできない。そうではあるけれども、彼のテキストは計画された分離作用に基づいて作られており、夢というイメージ群は思考の断片に分解されている。夢が仮に不合理で歪曲されたものであるとしても、それはまさに驚くほど統一的な構成を持っているということを、彼の研究対象は注意するよう要求しているにもかかわらず、そうなのである。この戦略は文学研究者にとって格別興味深いものである。それはまるでフロイトが十九世紀末、二十世紀初頭の多くの小説がたどり着いた袋小路を計算に入れているかのようである。それらの小説は作家が十分には捉えられない行動への補足を表現したいという傾向と、人間を言語で表わしたいという模倣的試行への幻滅を反映している。いずれの場合も小説家は、小説が伝統的に持っている模倣力の欠陥を補うような技巧へと向かった。コンラッドは連動し修飾しあう〈記録〉を使った。フロベールは時間を使用した。ドストエフスキーとロレンスは読者を悩ませる謎のようなテキストのイメージを用いた。これらは、すでに見たように、少なくとも技術的に見て、伝統的小説の持つ権威と妨害の根源的力学に根差すものである。フロイトの場合は慎重であり、社会的、文化的、制度的に西洋の虚構の習慣に結びつく手段を彼は避けている。実は彼の材料はその習慣に強固に結びつけられ、生涯そうであったのだけれども。〈夢〉の代わりに〈虚構〉という語を、〈歪曲〉の代わりに〈視点〉を、〈退行〉と〈圧縮〉の代わりに〈伝記〉を、〈両親〉の代わりに、小説的〈家族〉を、というように置き換えていくことを容易に想像することができるだろう。フロイトが夢の解釈の価値について説くとき、彼は虚構を窓のたくさんある家になぞらえたヘンリー・ジェイムズのように見える。「夢の解釈は窓のようなもので、それを通して家の内部を垣間見ることができる」[96]。

かくして、フロイトにはさらに重荷が課せられる。『夢の解釈』は夢解釈の百科事典であったり、フロイトの科学的研究を舞台化する劇場であるばかりでなく、言述を始めようとする意図をもつテキストでもある。そしてその言述は、ある特別なテキスト慣習を意識的に排除することを主要な目的のひとつとしている。[97] その慣習の第一は、補足である。それは、テキストが記述している出来事からテキストを時間的、空間的に分離するために使われる防衛的戦術を意味する。つまり、出来事は〈実体的な〉ものと考えられるのに対して、テキストは出来事の後に来るものであり、言語をその様式として持つものである。第二の慣習は、時間的、空間的な前進運動に基づく構造と論証の論理採用だ。脱線と時間的退行にもかかわらず、主要な動きは、いわゆる結びに至るまでの連続的な前進運動である。第三の慣習は適切性の慣習である。これに従えばテキストはその意図ないしは意味を、もしくはその両方を伝え、肉化し、内包し、現実化し、達成するという仕事に十分耐えるものと想定される。大部分の解釈学者はこの適切性を前提としている。テキストに何度も〈立ち戻る〉と、完全に認識可能で、完全にテキストに具体化された意味——少なくとも適切な読みという目的に合致する意味——をテキストは産出してくれるから、というのがその論拠である。第四は最終性の慣習である。テキストのどの部分も——最小の部分からテキスト全体に至るまで、どの単位部分も——ともかく最終的なものとして〈その場を占めている〉というものである。つまり、ある単位に先行するものも、後に来るものも、その時点ではその単位と等しいものではありえない、というのがその意味である。ここには一つの階層秩序が形成されており、そこではあるテキストが現われ、そして／もしくは、それが読まれる時点で、そのテキストあるいはテキストの部分単位が、完全に、かつ最終的に他のすべてのテキストと単位に置き換わる。第五の、そして最後の慣習は、テキストの統一、あるいは全体性は一連の系譜的関連によって維持されるというものである。著者‐テキスト、始め‐中‐終わり、テキスト‐意味、読者‐解釈、といった関連である。これらすべての下に継承、父性、階層秩序のイメージが存在する。

フロイトやニーチェ以前の書物においては、この慣習のいくつかを組み合わせることは当然とされていたと思われる。私が述べたかったことは、古典的小説はプロット、主題、展開においてその慣習全部を援用した点であり、その理由と独特の方法についてはすでに論じた。ある意味において、小説こそもっとも明白にこれらの慣習を実現し、先に述べたように父性を前提とするテキストにその慣習を植えつけることにより、慣習に整合性と架空の人生とを与えるものである。フロイトのエクリチュールに関しては、以上のことは決してあてはまらない。『夢の解釈』についてこれから特に述べようとすることの大半は、フロイトの他の著作のみならずニーチェのテキスト理論一般にあてはまるものである。この理論が現代作家のテキストに対する姿勢とどんな関係を持っていると考えられるかについては後章に譲りたい。たしかに、一見して、夢と無意識についてのフロイトの一般理論が現代のエクリチュールの語彙に影響を与えたことは疑いのないところだろう。しかし、『夢の解釈』におけるフロイトのテキスト実践自体が、彼の理論に優るとも劣らぬ先駆的努力なのである。

このテキストを研究する際に重要なのは、先に触れた小説の慣習と、生涯フロイトの関心を引き続けた父親の役割を忘れないことである。後者はオイディプス・コンプレックスについてのフロイトの議論の鍵となるばかりでなく、『モーセと一神教』『トーテムとタブー』といった後期の歴史的著作において復活する。超自我、文化、宗教の分析にも父性は強く反復されている。ここで注目すべき一般所見は、父親の役割――それはつねに複雑な役割であって、それにはいろいろの根本的な制限が課せられているにしても極度にアンビバレントなものであるが――に関するその心理学の領域でフロイト自身が行なう転位と条件づけの作業であり、これには、テキストの概念に見出されるところの系譜的、位階順位的、連続的習慣の中でなされる類似の転位と条件づけが伴うということである。父親に代えて兄弟を、連続性に代えて共存性を、(相関的な)家系連鎖性に代えて時間的・空間的同時性を置き換えることへのフロイトの関心をこの中に見てとるのは、おそらくいささか軽薄のそしりを免れないであろう。しかしながら、これらの転位項目のうちどれひとつとして、たんなる主張によって生じる類のものはないのである。むしろ、その各々はフロイト独自の分析的推論と等価であると言ってよかろう。その分析的推論では、フロイトが古代人の知恵と呼ぶところのものに対する健全な敬意が、新しい仮説を唱道するときの大胆とも言える横柄さと結びあわさっているのである。これを別の言い方で表わせば、フロイトのエクリチュールは科学的な知恵と「伝統的な」知恵との合成物であるということになるだろう。

『夢の解釈』の記録が通常の科学的テキストの記録に少しも似るところがなく、専門的読者とはかぎらないとしても、教養あると想定される読者に関する多面的な経験の物語的記述となっていることは偶然ではない。テキストは多くの個人的挿話、断片的逸話、著者自身が(時にはその章の初めのほうで)提出した意見の撤回や訂正で溢れている。フロイトお気に入りの物語のイメージはもちろん散策のイメージで、ぶらぶら歩いているうちに眺望が開けたり、閉じたり、忘れられたりする。その著作のなかのもっとも有名な「夢の解釈は精神の無意識の活動を知るための王道(*via regia*)である」という文は、遍在する散策のイメージを、目的地を目指す意図的で力強い行程のイメージへと華麗に変換している。しかし、その著作の終わり近くに置かれた文においても、フロイトは初めの公式化の可能性を捨ててはいない。というのも、明快で最終的な定義を目指す努力を受けつけない無意識というような代物を相手にするとき、王道上であるとしても、そちらの方角にぶらぶら歩いて行くことで良しとしなければならないことは、どうやら確かなことだからである。

『夢の解釈』のどこにおいても、フロイトは多様な証拠を出し惜しみしてはいない。あるいは、そのことで言えば、証拠のほとんどが要領を得ない、矛盾だらけの、出所の怪しいもので、常識的に見て無益なものであるという事実を隠さない。このことは夢そのものの証拠としての価値とはべつものである。作家としてフロイトは、滓の中から有益なものを引き出すのにふさわしい散文を何とか書くのが自分の仕事だと、いろいろな機会に述べている。だが、彼の始動原理は極めて包括的なものである。それは、すべて「心に起きることは確定されているものであって、恣意的なものはひとつもない」（五一四ページ）という信念に等しい。さらに数ページさきで彼はこう言う――「だから、私は夢の分析にさいして、確実度などはまったく問題にしないで、こんなふうなこと、あるいはあんなふうなことが夢の中に現われたという、ごく微かな可能性をも完全な確実性同様に取り扱うことを要求する」（五一六ページ）。それゆえ、夢の（そして夢に関する）すべての証拠は相互に関連しあい作用すると認めねばならない。問題はすべての証拠がいかに関連しあっており、いかに、なぜ作用するのかである。さらに大きな問題はその証拠を言語で表わすこと。著作の終わり近くで、フロイトは困難の射程をこう指摘する――

あえて夢過程の真理を深く探ろうとして、私は自分の叙述力の手に負えない困難な一課題に引っかかってしまった。ひどく複雑な一関連の同時性を前後継起的記述方法で再現し、しかもどの部分においても無前提で叙述するということは私の力に余る仕事である。夢真理の叙述に当たって私の諸見解の歴史的順序を無視した報いが今や私の上に現われてきた。私にとって夢把握のための諸観点は神経症心理学に関する先行諸研究によって与えられていたのであるが、今ここでそれらの諸研究を引合いに出すわけには行かず、またさりとて引合いに出さずに済ませるものでもない。しかも私としては逆の方向に進んで行って、夢の方から神経症心理学へと連絡をつけたく思っているのである。こういう事情のためにさまざまな迷惑を読者におかけするということは重々承知している。しかし私はそういう読者の迷惑を何とかうまく始末する方途を識らないのである。（五八八ページ）

もし彼のテキストがこの不十分さの結果であるとすれば、フロイト自身が認めているように、それは彼の計画が疑問の余地なく幸せな実現を見たものと考えることはできないのである。彼が利用することのできた散文の構造は素材に適したものではなかった。彼は執筆しながら特定の夢の持つ連想を寄せつけないようにせねばならなかったと、初めのほうで書いている。さらに、こうも言う――「一方で、私はその夢の〈意味〉を確信するに至った。夢の中で実現され、それこそ私がその夢を見る動機に違いない意図に私は気づいた」（二一八ページ）。ある意図（への偽装された願望）が存在し、それが夢に意味を与えるように作用する。しかし、意図の存在とその存在に気づく意識との間には明白な区分が起きてしまっている。言い換えれば、意図が夢を決定することは間違いないものの、その意図は直接、規定的に分析できないということである。その代わりに、連想が分析者の前に姿を現わす。それは核のまわりの集団のように、あるいはフロイトが後に言っているところによれば、深いところにある節のまわりにきのこ状に成長した部分のように（五二五ページ）、意図にまとわりつく。もとの字句を消して記された字句のように夢の一部は生き生きとしているが、他の部分はほとんど見えないか二次的である。分析も同質である。

二つの実践的な、テキストに関係する問題がその結果起きてくる。ひとつは他のひとつよりも明白である。第一に、フロイトのテキストは字句を消して字句をその上に書いた羊皮紙のようにできているという点である。ジェイムズ・ストレイチーの正確な編纂のおかげで、八種類のドイツ版のそれぞれにおいて、フロイトがどのように新素材あるいは改変した素材を挿入し、論点を一新変更したか、また時には前の論点を明快にしたかの形跡を具体的に見ることができるようになった。この字句消去記入《パリンプセスト》はこの種の介入以上の意味を持つ。フロイトの主題とそれに対する彼の態度は、（夢にせよ言語にせよ——すなわち連続的散文にせよ）それが記された言葉の断片によってのみ知られるのだから、その断片は重要な変更を収容できるものでなくてはならない。通常、変更がなされるのは、断片を初めに見た時どうにも不完全であると思うからである。つまり、意図があるにはあるものの見えないからである。それゆえ、テキストのある箇所のフロイトの文が最終的陳述であることはない。それは直接的文脈においてもそうである。私の意味する完璧な例をご覧に入れよう——

> しかし、不快夢の分析が明るみへ出すところのものすべては、私たちがさきに述べたところの夢の本質を言い表わす公式に、つぎのごとき変更を加える時に初めてはっきりと理解されるのである。「夢は、ある（抑圧され・排斥された）願望の、（偽装した）充足である」。[98]（二六〇ページ）

フロイトの後期の変更を示すためそのままにしておいた傍点や括弧といった活字印刷の技巧は、所説の予期的側面や概括的側面を強調する。加えて、印刷ページの括弧はそれが存在するからばかりでなく、逆説的ではあるが、それが遅れて現われるために偽装と抑圧の機構を表象している。

　テキストに関する第二の問題はフロイトの分析方法に直接関係している。すべての夢は、現実においては対応するもののないそれ自身の〈プロット〉を持っている。現実的に言えば、夢の持続は小説のプロットに似て、イメージの動きを知覚する代替的方法である。このような持続は恣意的に見えるかもしれないが、論理と秩序を持っていることは否定できない。私たちは「ただの夢だ」と言ってそれを非難しがちではあるけれども。見慣れないのは夢の構成である。というのも、イメージ自体は創造されたイメージではなく、なじみのある、たいていは記憶されているイメージだからである。それが自己防衛的な見慣れぬ方法で結合されるのである（四一八―一九ページ）。この結合パズルを解くフロイト流の分析は、まず文単位で書き取るか口に出し、しかる後に各文の意味の可能性と格闘することで各部分をばらばらにするというものである。すなわち、夢の言語的解釈はパラグラフのレベルでというよりは文の（または句の）レベルで行なわれる。夢の統合型式はむしろパラグラフ・レベルと対応しているのではあるけれども。フロイトは夢＝イメージの連鎖に、障壁の型をいくつか認めている。歪曲、圧縮、転位、二次的修正などであり、これらの機能は顕在意識が無意識との不快な出会いをしないですむよう守ったり、顕在意識を誘惑したりすることである。それゆえ、夢の中でイメージが従う連続秩序を回避することで、フロイトは〈思考〉が分析の結果として立ち現われるように仕向ける。分析により、彼はまた、夢＝思考が夢＝作用により、イメージの中にその表現を得るということをも発見している。イメージの連鎖は、つぎに夢＝作用と夢＝思考の痕跡を拭い去って秩序を獲得する。夢＝プロットもそれを存在せしめた強力な感情と願望から脱出するのが通常であるため、フロイトは夢を戦場に横たわる死体にたとえている（四六七ページ）。だから彼の解釈の仕事は戦場を蘇らせることである。

このような段階を詳述してきたのは、イメージや連続性、またはイメージが作るプロットに分析秩序を決定させまいとするフロイトの意志がいかに一貫したものであるかを示すためであった。同様に、彼のテキスト中の各イメージは連想される思考へと解剖されていく。この過程に必須なのは、イメージから言葉へという夢の変換である。夢の要素はイメージである（夢の中のイメージは時に言葉を用いて〈話す〉けれども）。イメージが互いに結びつく、その仕方がイメージの論理でありイメージのプロットである。いったん解釈的言語へ翻訳されてしまうと、夢のプロット、すなわちイメージは人の注意を集める効果的な力を失ってくる。イメージが解釈の一部として記録される文に変わると、〈プロット〉——それ自身の自由を守るため、〈合法、非合法〉（四一一ページ）にかかわらず、また非論理的で矛盾したものにせよ（三一八ページ）、可能なあらゆる手段を用いるとフロイトは記述しているのだが——は〈夢＝思考〉の構成物と化し、夢はかくして分析の言いなりになる。夢＝イメージは反視覚を一貫した方法とする分析の始まりを画するのだ。だから、フロイトにとって始まり[99]とは分析の過程で夢＝イメージを離れ言語の領域に入り込む瞬間である。ここにフロイトの〈談話療法〉の核心が見える。

この結果フロイトのテキストは夢を〈補足〉することはない。それどころか、言葉を夢とそのイメージに〈対置〉する。ばらばらのイメージの代わりに、テキストは散文による比較的雑然とした説明を代置する。イメージが正しく夢の日に始まるのに対し、その解釈による終わりは〈事物の本質のゆえに〉確定的たりえない（五二五ページ）。夢についてなされるいかなる陳述も「〈未知の〉——あるいは、不正確に呼びならわしているように、無意識の——目的のある観念」（五二八ページ）に従って進行する。しかしながら、二重否定の論理により、イメージは既知の意図——すなわち理解されまいとする意図（三四一ページ）に導かれる。さらに、イメージは眠りの番人でもある。それはしばしば不安を鎮めるばかりでなく（二六七ページ）、その視覚的形式は検閲に直結しており、それを回避する道は解釈だけである。夢＝イメージと夢＝思考は異なる中心を有するため（三〇五ページ）、同じことが一方で夢＝プロットにあてはまり、他方言語的解釈にもあてはまる。形式的には、夢＝プロットは時と場所を特定し、言語的解釈ははるかに拡散したものである。それゆえ、解釈のテキストは時間の完全に〈言語的〉な次元に位置する。実際、これは解釈時になされる論述のひとつひとつが根本から不完全であることを意味する。というのも、論述は無限の連想が可能であり、どの連想も論述としての資格を実質的に変えてしまうからである。

フロイトはさまざまな方法でこれを例示している。例えば企業家と彼の資本の比喩（五六一ページ）は夢と無意識の関係に呼応する。あるイメージの富（とその魅力的な視覚的特性）は幻想から分離され、その代わりに思考におけるずっと興味深い多義性に付与される。フロベールが『感情教育』の最終場を行動の主たる時間枠の外に置いているのは、この技巧の応用である。若者たちの記憶は実を結ばぬ挿話だとしても、それは静かな光景であり、言い換えると極めて豊饒である。それは小説のプロットのかなりを産み出す。その記憶が起こらなかった何かの記憶であるにもかかわらずそうなのである。それは、フロイトにおいて、定義上、未知のものから富が生じるのと同じである。『夢の解釈』のような散文のテキストにおいて、これは意味が夢のような完成物に存するとは考えられないことを意味する。またそのことに関して言うなら、意味が言語的記述に先行することもありえない。むしろ、未知の（無意識の）意味は常に産み出されつつあるものである。分析のひとつひとつの単位はとても複雑な意味を築きあげる。そして――

どんなにうまく解釈しおおせた夢にあっても、ある箇所は未解決のままに放置しておかざるをえないこともしばしばある。それは、その箇所にはどうしても解けないたくさんの夢＝思考の結び玉があって、しかもその結び玉は、夢内容になんらそれ以上の寄与をしていないということが分析にさいして判明するからである。これはつまり夢の臍、夢が未知なるものの上にそこにおいて座り込んでいるところの、その場所なのである。判断（解釈）において私たちが突き当たる夢＝思想は一般的にいうと未完結なものとして存在するより仕方がないのである。そしてそれは四方八方に向かって私たちの観念世界の網の目のごとき迷宮に通じている。この編み物の比較的目の詰んだ箇所から夢の願望が、ちょうど菌類の菌糸体から菌が頭を出しているように頭を擡げているのである。(五二五ページ)

一瞥したところでは、これはフロイトが先行の概念を導入し、それに絶対的優先権を与えた後放棄するための方法と見える。が、これは事実ではない。彼は論弁的説明の順序は通常逆転できると言っているのだ。例えば、命題Aから命題Mまでの連続は私たちの理解を加算的に増加させる。M地点で私たちはA地点で知っていた以上のことを知る。逆に、A地点ではM地点で知った以下のことしか知らない。さらにフロイトによれば、夢の解釈は特定の瞬間にそのように作用することもあるが、一般的にはそうではない。ひとつの解釈の区切りからつぎの解釈の区切りへと(例えばAからMへと)直線的に進行するのではなく、分析家が夢の中で出会う〈もつれ〉はまったく別の連続(A1からM1)へと送り込むか、そこで頓挫させてしまう。解釈の新連続は解釈A―Mに平行するものであるか、それを横断するものか、あるいは矛盾するものである。要するに、総体としての解釈を誕生から成熟への、無知から知への、終点から終点への直線的軌跡として視覚化することはできないのである。また、始点が遠ければ遠いだけ意味の確実性がより強くより大きくなると仮定することもできない。解釈という理解領域には命題が散らばっているが、その位置は(すべてではないのだが)いくつかの他の命題との関係においてのみ決定される。そして、すべての命題がお互いに理解可能な結びつきをしているとは限らない。なぜかと言えば、夢の解釈が扱うものは基本的に心的な場(五三六ページ)であって解剖学的場ではないからである。フロイトの幼時退行の記述を取ってみても分かるように、援用されているのは形態学的、形式的、時間的範疇であり、いずれも非解剖学的な用語である。それは〈心理器官〉のモデルが明らかに際立って構造的、空間的、時間的であり、視覚的ではないことと同じである。

〈もつれ〉に話を戻そう。それは夢内容に関する私たちの知識を増してはくれないにしても、存在する。それは従来の連続的分析が立ち入ることのできぬ何物かを表わしている。しかし、このもつれが障壁として立ちはだかるのは加算的知識に対する時だけである。〈異種の〉知識をも阻むとはフロイトはまったく言っていない。この障壁を突破する道はフロイトのオイディプス物語解釈（二六一—六四ページ）に、とくに彼が一九一四年に加え、テキスト中最大の議論を引き起こした脚注に見出せると私は考える。時がたつにつれフロイトはその物語がますます価値あるものとみなすようになっていった。一九一九年に彼は物語の〈想像を絶する〉重要性について述べている。神話において、その英雄は見事に謎を解くが、近親相姦的欲望の実現により破滅する。フロイトによれば、ソフォクレスの劇の伝統的教えは「神意への帰依と人間の無力さの悟り」（二六二ページ）である。さらに印象的なのは「詩人が過去をひもときながら、オイディプスの罪を暴露し、たとえ抑圧されているとはいえ依然として存在する近親相姦の衝動が潜んでいるところの私たち自身の心の中を認識させずにはおかない」（二六三ページ）事実である。解釈に抗するもの——思考のもつれ——が詩人によって解きほぐされる。しかし、それはオイディプスと、実際私たちの誇りと無知を犠牲にせずにはおかない。

ここには多くのことが関わっている。再びフロイトが注意を要請する知識は現実であれば耐え難い類いのもので、心理学的解釈の主題としてのみどうにか耐えられるものである。この知識の本質は近親相姦であり、家族の持つ連続性のもつれとして正確に説明することができる。というのも、父と母が息子において家系を再生産し、つぎに息子が同じことを行なうのではなく、息子が母のもうひとりの恋人となり父を殺すからである。オイディプスは単に国王、父、夫であるばかりでなく、父殺し、姦淫を犯す息子、王族の犯罪人、国難でもある。役割のもつれは通常の連続性をもとにした理解を拒む。家系の始源的創始者たる父が殺害され、その地位が息子によって奪われるからである。オイディプスを打ちのめすのはひとりの人間の中では共存不可能な複数のアイデンティティの重荷である。このような場合、人間の姿はその後ろに多数の意味と決定を隠している。古典的小説にあってはファミリー・ロマンスであったものが、フロイトの解釈によるギリシア悲劇においては、相反するもののほとんど耐え難いまでに複雑なもつれとなる。

一が多へと崩壊すること、正当な系譜が〈不自然な〉関係の複数性へと崩壊すること、系統的直線的分析がもつれた問題群へと崩壊すること——これらはすべて意識に持続的な影響を残す。作家にとって大きな影響を持つのは、無意識のレベルでは自分の言いたいことを言わないか言うことができないかのどちらかであるという可能性のために、彼が言うことの権威が覆されてしまうことである。巨人族を鎖につなぐ神々たちを想像するとき人間は悟性を獲得すると、ヴィーコが言ったとき（彼は人間の生の歴史的直線的進行と、その生の物語的説明を可能にするものとして見ているのだが）、フロイトのテキストは、彼自身も言うとおり、その抑圧された力を解放するのに役立つ。その力は助けもなく出て来るのではなく、意識的な願望により出て来るのである。この矛盾するものの一致は、そうでなければ明瞭な連続である意識的過程を曖昧なものにする——

意識的な願望は、それが、同内容の無意識的願望を呼び起こし、この無意識的願望によって自己強化を計りうる場合にのみ夢刺激者となる、と私は想定している。神経症の精神分析からえられた暗示に基づいて、私はこれらの無意識的願望はつねに活動しているものであって、意識からのなんらかの動きと結び合い、自分のより大なる強度をそのより小なる強度へ転移する機会が与えられれば、それらは何とかして自己を表出しようといついかなる時も身構えているものだと考えるのである。するとただ意識的願望のみが夢の中で実現されるように思われるかもしれない。しかるにこういう夢の構成にみられるある小さな特色は、無意識からやってきた強力な補助者の痕跡を見つけ出させるひとつの手がかりとなるだろう。これらの、つねに活動しているところの、いわば不滅の無意識的願望は、かつて勝ち誇れる神々の手によって、重い巨大な岩塊を劫初以来その肩に載せられ、今なお時に手や脚を痙攣させつつその岩塊を持ち上げる伝説の巨人族を想起させる。(五五三ページ)

これらの痙攣は初めは願望の形式の変化として——あるいはそのことに関して言えば、陳述、イメージ、または言葉の変化として知覚される。言葉の言い誤り、夢といったものは進行する事態への〈介入〉であって付加ではないという点を詩的形式と共有している。かつては家長が、あるいは展開するプロット、(プラトン的な父概念のような)単一のイメージが存在し、継承的であり系譜的関係の〈子供〉を産み出していた場所に、その代わりに存在するのは不連続である。[100] この場合、ひとつのイメージはいくつかの思考の不十分な要約として把握される。オイディプスはテーバイにおけるその地位をもってしても近親相姦の歴史を拭いえない国王であり、テキストは個々の語の総和ではない。そして作家は——科学的距離と専門的慎重さにもかかわらず——そのエクリチュールの見苦しい含意から自由ではない。

フロイトの言葉はこれらの概念を寄せつけない。テキストはそれらの概念に対する補足ではないばかりでなく、むしろ防御であり、それらを扱う別の方法である。というのも近親相姦的で抑圧された無意識が産み出すごたまぜが、連続的な論弁的散文で表現できないのだとしても、それにもかかわらず、それは突然言葉を打ち破って現われることがあるからである。系譜の範囲を超え、それでいていかなる論理生産的代理者よりも破壊的なこれらの〈存在〉は、言葉、子供、概念に組織化の新たなる自由を授ける。これはいずれも、父やイメージといった単一の起源の支配から解放された複数性である。これは肯定的な結果である。例えばテキストは、それが科学的で、合理的、リアリズム的なものであるとしても、もはや論理的説明に幽閉される必要はない。これこそフロイトの言述にあてはまることである。他方、テキストは傷つきやすいものでもある。それは常にその主張を塀で囲んで守っているように見える。それは決して完全ではありえない。それは常に〈もつれた〉曖昧さの侵入に対して身を守らねばならない。何年も後になってフロイトは、歴史的、人類学的研究により、父をその至高の立場から追放する原始的な群れの物語の中にこの事態が大書されていると認めるに至った。その時すべての子供たちは兄弟となり、父は宗教的儀式の中で再び犠牲となり崇拝されるようになる。さらに後年、『モーセと一神教』で、フロイトは父権主義の概念が圧政的となる以前に、いかにして、母権主義的概念に対して思想上の進歩を意味したかを主張した。「母性は感覚という証拠によって証明され、父性は推論と前提に基づく仮説である」。フロイトはこの利点を「感覚、とくに視覚によっては捉えられず、それにもかかわらず、疑問の余地なく、事実きわめて強力な影響を発揮する精神的な（*geistige*）力」[101]の発見と受容とに結びつける。この影響が宗教と同じように、〈自然的人間（*homo natura*）〉についての、より高度でより精神的な幻想を含んでいるかもしれないということはその力を否定するものではない。

ともかく、フロイトが両面価値的な父性の分析を生涯繰り返したことは、今私たちが提出しようとしている一般的結論を確証するものと考えられるのではないか。実質的、かつ正当に、作者はテキストの父としての役割を務め、その思想、主張、結論は彼の子供として執筆時に連続的に出現するものとみなされるのである。もちろん、フロイトは科学者として、自分のテキストをこのような範囲に囲い込んでしまうつもりはなかった。にもかかわらず、幼児期の性の理論はまさしくこの種の後退、決定論をあまりに厳格に認めているため、それを逃れられる個人はひとりとしていないほどである。かくして『夢の解釈』のテキストを一歩一歩たどっていけば、フロイト自身の自己分析と彼自身のオイディプス・コンプレックスの発見に至る。それにもかかわらず、フロイトはこの時期について「このような洞察は生涯ただ一度だけめぐりあう運命的なものである」(序文、三二ページ)と言っている。同様に強力なモチーフは、その著書の価値が著者の経験によって——確証されるとまでは言わぬまでも——もっともよく例証されるということ、つまり、その著書の純粋解釈だという立場である。その文章が等しく棚上げにしておくのは、雑然とした構成の持つ形式的な無秩序と、私的な強迫観念、問題、経験の実質的無秩序との両方である。『夢の解釈』が作者＝父であるフロイトを用済みにした、あるいは殺したと言うのは穿ち過ぎかもしれない。しかし、その著書が、人間の最深奥の経験と切り離せないものを論じて、同時に実験室の結果を非人間的に報告することに堕さず、そのテキスト的解決を作り出していると言っても言い過ぎではないと思う。また別の言い方をして、ある始まりの持つ実質的な決定論がエクリチュールから一段上昇し、その結果、始まりの決定論は〈テキスト〉として、実効的、あるいは理論的始まりを持つに至ったと言ってもよい。

全篇を通じて、フロイトは開始点として、または始まりとして、彼自身の経験よりずっと理論的卓越性のある何物かに解釈の根拠を置こうと格闘しており、その様子は高度に劇的である。フロイトが読者に期待したのは、「私を忘れず私の為したようにしなさい」という宗教儀礼的なものではない。そうではなく、フロイトはそこに理論的理解が構築可能になるように、始源としての父性を意識的に放棄したのだと思う。理論構築と同様に、フロイトのひとつひとつの分析の鍵となるのは疑似自然的な連続性——父権としての、夢の〈プロット〉としての、フロイト自身の経験の物語的歴史としての、そして連続的説明の〈段階的〉論理としての連続性——の放棄である。さらに、連続性の放棄を検閲の回避のみならず言語への意図的移行と結び合わせるのは並々ならぬ業績であった——

ところでしかし、シラーのいわゆる「番兵を悟性の入口から引きしりぞかせること」、つまり批判を交えない自己観察の状態に自分の身を置くことは、決してむずかしいことではない。……私自身も、私の頭の中に浮かぶいろいろの想念を紙に書くということでこれを補うならば、完全にそういう状態に身を置き入れることができる。批判的活動を抑えることによって得られた心的エネルギーの量、それによって自己観察の強度を高めうる心的エネルギーの量は、注意力によって固定させられるテーマの性質いかんによって著しく相異なる。

さてこの方法を実際に行なってみてまず教えられたことは、ひとつのまとまった全体としての夢ではなくて、夢の内容の個々の部分部分だけを注意力の対象にするのがいいということであった。私が患者の夢を部分部分に砕いて示すと、患者はそれらのどの部分に対しても、それらの部分の「背後の考え」ともいうべき一連の思いつきや考えを私に告げてくれる。さて、この第一の重要な条件においてすでに早くも、私の行なう夢の解釈の方法は、古くから民間に行なわれている象徴による夢の解釈と袂を分かつのである。そして第二の方法、つまり例の「解読法」に接近する。私の方法は解読法同様に全体的判断ではなくて、部分的判断である。それにまた、解読法同様に、夢をそもそもの初めから合成物・心的形成物の混合体として捉えているわけである。[102]

(一〇三―一〇四ページ)

この混合体の解読を可能にするものは、〈第二次修正〉と呼ばれ、〈すべての心的価値の再評価〉(五〇七ページ）の実践をその機能とする力の存在だ。この再評価が従う規則は、分析家なら誰でも解釈により見つけ出すことができ、夢に固有のコードの基底をなしている。

このとき、夢は作者の創造物としての特権を持たないことになる。というのは、どの夢も普遍的な〈夢＝過程〉、つまりどの人間にも存在する超個人的な機能であり、夜には夢を生産し昼には白昼夢を生産することを目的とするものの指図に従うからである。第二次修正の解読についていえば、夢の他の特徴の解読と同じく、分析の状況以外の場で意味ある結果を獲得することはできない。『夢の解釈』の根柢に存するのは夢を見る者と夢を解釈する者との間の分析的関係である。作者の唯一の声に取って代わるのはこの関係であると思う。『夢の解釈』はフロイトの手によるものだが、それはまた精神分析の——理論的、形式的、効果的——始まりを画するものであり、分析的な出会いこそがその後の精神分析の存在条件の核となるだろう。そしてその出会いは解釈によって明るみに出される家族間のもつれの歪みを矯正してくれる。いくつかの回顧的文章の中でフロイトは、専門的に「〈転移〉と呼ばれ、……同じく専門的に、また理論的に第一級の重要性を持つと主張しうる……要素である」「強く感情的な」絆を明るみに出すこの関係性を絶えず強調してきた。「転移が愛情に溢れ、適度なものであるとき、……それは分析という共同作業の源泉以上でも以下でもない」[103]。そこで、解釈に関する限り、フロイトは分析を相互の言述を可能にする共同事業であると見ていることになる。

このような言述が密室的になることを妨げるものは——すべてとは言えないが、主として診療的である点で、それは密室的ではあるのだけれども——転移が「人間的環境に対する各個人の関係」の一部をなしているからである。患者と分析家との間で展開する言述的関係において、フロイトが予示し要約して見せた変化は、家父長的原始集団を同胞的集団に変容させた変化に酷似している。絶対的な父、立法者、権威から、分析家は兄弟、対話者、言述上の仲間となる。さらにフロイトの自叙伝的文章においては、読者はもうひとつの相似的変容にもなじむことになる。それは孤独な〈傷つける者〉としてのフロイトが同じ精神を持つ科学者集団のひとりとなるという変容である。どちらの場合にも、フロイトの仕事は始まりの意図の制度化、つまり心的現実を基本的に解釈のみが到達できるものであり、それでいて直接表象することも(その絵を画くこともできないし、言語により模倣的に描くこともできない)一義的に説明することもできないものとして理解したいという努力を達成している。それゆえ始まりの意図は常にやり直しの必要に迫られていることになる。それは〈作者〉のように、先行し不変の存在であるがゆえにあらゆるものが説明を求めて頼ってくる始源ではない。とりわけ精神分析的言述における意図は、抑圧的な中心権威が除去されたとき、人間の間で引き続き起きる相互性を直ちに現実的に適用することである。次の引用でニーチェが立てた〈始源〉と〈目的〉の区分は、私が行なってきた〈作者(=始源)〉と〈始まりの意図(=目的と解釈)〉との区分に呼応する――

ある物の発生の原因と、その物の終極の効用、その実際の使用、ならびにそれを目的の体系へ編入することは、「天ノ幅ホドニモ」かけ離れている、という命題だ。つまりなんらかの現存のもの、とにもかくにも発生したものは、それに優越した権力によって、新しい意図をめざすものとして解釈され、新たに差し押さえられ、新しい効用を発揮するように作りかえられ向け変えられるものだということ、有機界におけるあらゆる事象は一種の圧服であり〈君臨〉であってしかもまたこの圧服、君臨がすべてひとつの新しい解釈や、一種の調整であり、それによって従来の「意味」なり「目的」なりは必然的に曖昧にされたり、まったく抹消されたりせざるをえないということである……。

すべての目的、すべての有用性は、ひとつの権力意志が、それに劣る力しかもたないものの主人となってこれを支配し、その弱小なものにある機能の意味を押しつけてきた〈しるし〉にすぎないのだ。したがって、ある「事物」、ある器官、ある慣行の歴史全体は、つねに新たな解釈と調整を示している〈しるし〉の連鎖でありうるのであって、その解釈や調整の原因に至っては、相互になんら関連を持つ必要がなく、むしろ事情によっては、たんに偶然的に継起し交替するにすぎないのである。したがってある事物・ある慣行・ある器官のいわゆる「発展」と称するものは、ある目的をめざしての「進歩」(*progressus*)では決してなく、いわんや論理的な、最短距離を取って、最小の力と犠牲によって達成される「進歩」なのではない、——むしろ、その事物の上に演じられた圧服克服の過程の連続なのだ。何か力によっておさえられるこの過程は、その事物に多かれ少なかれ深くくいこんでいくのであり、しかもたがいに多少の差はあれ無関係なものなのだ。このように力が及ぶ結果として、事物はそのつど抵抗を試み、自己防衛と反対運動のために形を変えようと試みる。このような抵抗や形体変化も「発展」といわれることの内容なのであり、時にはまた反対運動が成功した結果がそう呼ばれるのである。形というものは流動的であるが、「意味」はなおさらなのである。(104)

ニーチェがここで示している強い関心には、解釈的言述を権力者の機能として同定することが含まれる。これは率直に言って、例えば分析家と患者の間に生に対する権力が存在すると主張することである。生はもはや出来事の自然な連続ではなく、解釈されるべき連鎖、作られる〈生涯〉、再構築された解釈連鎖に変わったのである。このような連鎖が、つぎに守られ、保守されるべきものに変わる。(『快楽原理を超えて』のような)後期の著作でフロイトが記述することになる「反復する意志」、その目的と方法に似たものである。にもかかわらず、分析的言述の特別の利点はその解明力にあり、それは愛と労働に対する人間の野心を覆う抵抗、抑制、複合観念、徴候の体系を暴露するばかりでなく、過度の転移、依存、抵抗の発見に対する抵抗、分析家自身の内部に生じる防衛機構といった、精神分析が発見（ないしは発明）した特別の複合観念をも暴露する。フロイトのメタ精神分析的エクリチュールはこの種の豊饒さを強調している。このため、精神分析は新しい発見を鼓吹し新しい修正や改変を可能にした。とりわけ、その豊饒さのために、精神分析は制度化された言述形式に発展し、その支持者たちの創意溢れる定式化によるばかりか、その敵対者たちの見事な攻撃によっても知られるところとなった。

この豊饒さと、書かれたテキスト対象としての『夢の解釈』に関連するフロイトの不幸とを結びつけるのは、もちろん、主として後知恵のなせる業である。実際、フロイトはその著作が形式を欠き、文章は混乱し、語句は曖昧、素材の調整も不十分だとあらさがしをした（一八九九年、九月二十一日のフリース宛の手紙を参照[105]）。次章で見るように、この種の不満は現代作家につきものである。彼らの作品の出発点は連綿と続く伝統的形式から意図的に離れることであり、その計画の軌跡は、メルロー＝ポンティの言葉を借りて言えば、明確な形式も権威的なイメージもあらかじめ定められた「目的地を目指す針路」も持たず、不断の経験として作り出されなければならない。フロイトが書いたようなテキストは、私が最終性と呼ぶものを妥当性とともに犠牲にし、非決定性とでも言うべき型を求める。フロイトの場合この非決定性が、おおむね知られることのない、そして言語によっては常に不十分にしか把握されることのない現実（無意識）と一致するのは必然である。作者の天職がたえず再解釈を受けてひとつの仕事に変形されるように、——このテーマは第4章でも考察するつもりだが——テキストも形式的完全性を手放して、絶えず鍛え直される散漫性と生産性へと形を変えるのである。定義上、このようなテキストは、理論的にせよ倫理的にせよ、系譜的に考えられた言語の範囲内に留まることはできない。そのテキストを読者が時に精確に、時に不精確に、しかし常に専制的に扱うことが想定されるというのがその理由ではない。そうではなくて、テキストの主体がいつでも不完全にしか現実化されないからである。現実化をめざす精神分析の解釈的言語は、その定義からして、補足的ではないとしても――決して補足的にはなりえないのだが――代替的なのである。

精神分析を明確な〈世界観〉として理解しようとする弟子たちの努力をフロイトは非難したり否定したりするように見えたのだが、彼は精神分析的視点がまさしく文化にとって利用可能な代替物だと認めざるをえなかった。しかしながら、他の学問に並び立つことだけがその役割ではなかった。それは他の学問を補完するのに役立ち、文学に関してはそれを拡張した。彼が著した著作が〈ニュー・サイエンス〉の基本必読文献となっていることを見たなら、フロイトはどう感じただろうと想像してみてもよい。おそらく彼は誇りと諦めと嫉妬とが奇妙に入り混じった感情を持ったことだろう。彼のテキストが先例を作ったばかりでなく、言語の基底構造を確立したという事実を彼が知らなかったはずはない。そしてこの言語こそが〈精神分析的に言いうること〉の境界を設定したのである。この栄光ある境界からフロイト自身解放されることはなかった。後期の修正的な仕事（例えば『自我とイド』や『文明とその不満』）を読むと、精神分析の理論構造が著者自身の陳述の可能性や理論自身に磨きをかけ、自身および著者に新しい制限を設けるさまを目の当たりにすることができる。これがとくに当てはまるのは、意識に占有されるものと以前に判断した「領域」の幾分かを無意識のために取り戻そうとしている場合である。フロイトはその領域を合理性で馴致しようとしたが、それだけ抑圧との結びつきを大きくしてしまったようである。

フロイトのテキストのこの傾向は、彼によれば、「思考過程を……知覚の上位に上げること」[106]に関わる「重大な結果」の相である。『夢の解釈』は「無意識の」、未知の、記述不能の、しかし存在する現実を扱う用語の設定によって第一歩を踏み出した。その著作のテキストは、夢のイメージを疑似文法的な組合わせ形成規則という手段で記述している点で、確認しうる作用（夢の中における未知なるものの存在）と知識の確認しうる限界（これを超えたところでは無意識は空白である）との調停の記録である。これは、夢とは二つの体系――つまり無意識と前意識――が「両立しうる限りにおいて」（五七九ページ）、それぞれが持つ願望間の妥協である、というフロイト自身の定義にきわめて良く似ている。テキストがこのようなものであるから、それはすでに論じたあらゆる問題と特徴を持ち、交替する存在と不在の間でフロイトが獲得できた最大限の妥協なのである。

『夢の解釈』のテキスト全体に浸透するもっとも意欲的なモチーフのひとつは、私たちを存在と不在の問題にさらに深入りさせるものである。「無意識は真の心的現実である。その最深奥の現実は外的現実と同じくらい私たちに知られることがない。それが意識のデータによっては不完全にしか捉えられないのは、外界が感覚器官を通しては捉えられないのと同じことである」（六一三ページ）。報告され、転写された夢は意識のデータ中に収まる。このデータは（記憶によって）解釈のために分析的言語に迎え入れられる時点で、その現実ではないにせよ、その実質を増やす。「思考が……夢の中で客観化され、場として表現される、つまり、経験されるように見える」（五三四ページ）のだが、夢というものは常に私的なものである。

しかしながら、この経験は報告され、分析されるときに高度な現実を獲得する。精神分析的解釈の美点は、それがどんなに馬鹿馬鹿しくつまらぬ夢の経験にも科学的対象の重要さを授けることである。言葉がこれを行なう手段であり、さらに夢を客観化し、眠りを警戒する主観性の深部から夢を引き出してきて、言述へと導入するのも言語の物質性である。このような顕在化、このような物質化が夢を言語化することにより夢の分析的価値を増すというのがフロイトの主張である。ところが逆説的なことに、心的現実の視点からすると、言語化された夢は、経験された夢の中では歪曲、転移というような形をとる現実をますます失うことになってしまう。

この論理をもう少し進めてみよう。夢を言語化することで始源の経験は最初の形態を離れるのだから、分析の時点ではさらにもっと歪められたものになるのである。ところが、実際はそうではなさそうである。夢のイメージ自身、フロイトが「思考の圧縮」(三四四ページ)と呼ぶものの代替物である。「それゆえ夢のひとつひとつは――その歪曲が無意識をかなり詳細に表わすのだが――無意識の圧力に耐えるための気の利いた、経済的で慎重な方法である。だから、例えば近接した主題は、夢によって近接した時間として表現される」。フロイトはこう言葉を続けているが、まったく同じように「もし私がａｂと続けて書いたなら、それらは単一の音節 "ab" として発音されねばならない」(二四七ページ)。思考がひとつの音節と等量の時間で表わされるものなら、思考は――イメージの操作とは反対に――より大きな空間を占め、込み合い、願望を表現する道を見失うだろう。イメージを解読するためには、イメージを単体として攻撃しイメージが押しやった思考に分解しなければならない。かくして、夢のイメージ、解釈言語による夢の転写、付随する分析は異なる置換秩序に属する。それぞれは異なる形をとってはいるものの、いずれも無意識の痕跡を留めている。イメージは歪曲として、転写は疑似連続性、あるいはプロットとして。分析は(想定される)願望に至る思考として。

さて確かに異なる秩序と見えるものが、解釈の時間中ずっと互いに完全に分離したままでいることはありえない。どのひとつも相手がいないことには起こりえない。それは概念上、どの秩序も他の秩序の共存を必然的に前提とするとフロイトが考えたとおりである。しかし、『夢の解釈』におけるフロイトの青写真は、「始源の」現実、つまり無意識が存在せぬ、直接理解できぬ力として分析の目的のために与えられるというものだ、と言うことは正しいと思う。イメージに始まり、転写を通ってほとんど止むことのない分析に至るという、夢の継起的な言語化は、無意識が何物かを明らかにするというよりも、言語の中の無意識の痕跡を始め、そして連続する。書かれたテキストは紙の上に印刷され、少なくとも物質的に明白だからといって、この痕跡を捉える最終的努力であるということはない。先行する置換と後続する置換（フロイト自身の自己分析と後期の著作がそれぞれ該当するのだが）を前提とする言述の一部としてのテキストは、継続される努力、ほとんど終わりなく続けられる置換の一部である。フロイトがこの過程をどれほど深く、どれほど動的に見ていたかということは、彼の後期の論文「終わりのある分析と終わりのない分析」[107]に見事に示唆されてはいるけれども、この置換が一体どの方向に向かい、仮の結論にせよ、最終的結論にせよ、どこに至るのかということは私たちの関心の外にある。

フロイトの経歴の始まりに位置し、まれに見る洞察の瞬間を形成しているという長所により、『夢の解釈』は開始のテキストである。にもかかわらず、理論的に、いや実質的に、ひとつの始まりとしての地位は始まりとしての自身の更迭（取り替え）を〈含む〉。言い換えると、それが代替物であり、前と後の間に位置し、総体としてある一点から他の一点に疑問の余地なく移動したと言うことはできないため、そのテキストに関してこれだけは真実だと言えるのは、さまざまな程度の歪曲と、さまざまな量の解釈空間を持ったさまざまな形の言語行動において、無意識の痕跡を収集しているということである。ある段階に到達し、ある地点が定められるとは言うものの、解釈の力学は、遡及的に参照できる程度の恣意的なものにせよ、固定的な始まりをあらかじめ排除する。以上のことすべては、私たちが精神分析的言述と呼んだ制度の一部として考慮されるテキストについて言えることである。だが、ある絶対に重要なる意味において、総体としてのテキストは特定の始まりの〈機能〉を保持している。夢＝思考が分析の目的のために言語化される物理的場としてのテキストは、フロイトが暗示するように、絶えず新しい。かつては、夢の意味に到達しようとする試みは夢の明白な内容に直接働きかけた。しかし——

私たちだけが何か別のものを考慮することを実行している。私たちは顕在化された夢内容と調査の結論との間に、新しい区分の心的素材を導入した。すなわち、研究過程によって到達した〈潜在的〉夢内容、あるいは、私たちの言う〈夢＝思考〉である。私たちがもつれた意味を解きほぐすのは、この夢＝思考からであって、顕在化された夢内容からではない。かくして、私たちはかつて存在しなかった新しい課題を与えられたのである。すなわち、夢＝思考と顕在化された夢内容との関係を探るという課題であり、前者が後者に変容した過程を跡づけるという課題である。（二七七ページ）

そのテキストの革新性は、それが身体として夢＝イメージ（明白な内容）と夢＝思考・意味との間に介入してくる点である。テキストは始源の夢＝思考と、それが明白な夢＝イメージの言語へ〈翻訳〉されたものとの間に比較を許容する——実際、フロイトがさらに言っているように、比較を引き起こす。これがテキストを受動的対象と見せることのないように、テキストこそ新しい課題の生産者であり形成者であるとフロイトは強調している。すなわち、顕在化した内容と意味との間の介在者としてのテキスト存在は、顕在化した内容と意味との間の〈関連〉を示すという課題と同一の境界内にあるのだ。フロイトの意味を理解するもうひとつの方法は、夢の顕在化した内容と夢＝思考とを関連づけるという課題が〈意図〉された時にテキストが存在し始めると考えることである。いったんこれが起きると夢は判じ絵、判じ物となり「個別の要素はその［絵の］要素がどうやら表象しているとおぼしき音節や語によって……［置き換えられる」」（二七八ページ）。他による一の置き換えが進む限り、文体、文化、歴史情況の個別特徴を付与されテキストは生産され続ける。『夢の解釈』と名付けられた一連のテキストは、他のこのような解釈のテキストの始まりである。そして他の解釈のすべてが、フーコーによれば、精神分析的言述を構成するものとみなしうるのである。[108]

しかしながら、そのテキストの持つ破壊力を捉えそこなったなら、テキストに及ぼす被害は甚大なものとなろう。この破壊力とはまさしく読者に不快な概念を気づかせる力のことで、この概念なしにはフロイトの仕事は生気のないものになってしまう。これらの概念の中にフロイトは抵抗と転移の理論を収めた。彼はこれでも性に関する概念の否定的効果を欠いていると、あやまたず認識していたのだが。後者はもちろん『夢の解釈』に影を落としてはいるが、これについてはフロイトは後により十分な、より面白い説明を加えることとなった。「精神分析学発展史」（一九一四年）で、彼は「新しい独創的な概念」――一般論としては、心的生活における性の決定的役割であり、個別論としては神経症の原因論――を求めて苦闘したおかげで、彼の概念の普及が発生させた敵意をずいぶんと相殺してくれたと語っている。しかし、ある日、彼の「記憶が寄り集まって来て、この満足を掻き乱した」。彼の着想は実際のところ他の三人――ブロイアー、シャルコー、クローバック[四九]――に帰せられるのであり、彼らは臆病さゆえに尻込みして結論を出さなかったのだ、とフロイトは考えた。フロイトと三人の違いについては、彼自身がこのように書いている――

思いつきとしてある概念に一、二度言及してみることと、真剣に述べること――文字どおり受け取り、相反するすべての細目にもかかわらず追究し、真実の座を勝ち取ること――とは別物であることを、私はよく知っています。それは浮気と、義務と困難を伴う法的結婚との違いです。「〜の観念と結婚する」は、ともかくフランス語においては異常な文飾ではありません。(109)

彼らがすることを拒否したのは、問題を含む概念に真剣に取り組むことだった。フロイトの取った義務の果たし方は、比喩的に言えば、それと結婚することだった。概念を公的、理論的に宣言することと、結婚という進路を彼は確かに同一視している。この結婚のひとつの結実が『夢の解釈』である。これこそ誠実さを永遠に書き記した記録であり、是認された真実の中にその場を勝ち得ることとなった。この隠喩はそのテキストがニーチェの言う再解釈、征服、凌駕を行なうものだと私たちが述べてきたことによく合致する。それはフロイトの先行者たちがその概念を認めはしたものの、口に出すだけで書かなかったことと対照的である。放蕩者が浮気相手を捨てるように彼らはそれを捨てた。フロイトがこんなふうに作者として父の役割を再主張するのは、すでに見たように、『夢の解釈』において作者の持つ父権を理論的理解の構造に譲り渡したことと見事に呼応する。というのも、「発展史」の中で彼は、概念の産みの〈父〉親が見捨てたものを、養父たる彼が正式に養子として育てたと言っているのだから。換言すると、思いつきや行きずりの情事に対しては見捨てられたものでしかなかった性の概念を、フロイトが科学的言述という子宮壁に〈着床〉させたというわけである。また彼は「発展史」の同じページでこうも言っている――「この外聞を憚る私生児たる概念の、立派な本当の親を暴露することを、私はもちろんしなかった。責任は他の人々に課そうと思ったからである」。

かくしてそのテキストは〈古い〉破壊的概念に対する責任を作り上げる。すなわち、テキストは古代人の邪悪な知識の停泊所であり、ソクラテスが『パイドロス』の中で言った「知識の生きた言葉」――これは「保護してくれる親もなく……どこにでも転げ出る」（二七六ページ）言葉とは異なる――を養う場である。要するに、作者同様、そのテキストも難解な知識にいわば人間の血統を与えることで復権を図るのである。『夢の解釈』に含まれる概念はフロイトを（彼はここでヘッベル（五〇）を引いている）「眠りの攪乱者」としたが、テキスト中の概念、あるいは多分テキストの概念は、テキストを否認した人間の家族に復活させられている。つまり、テキストのために、夢や、潜在的には不安なはずである心理生活の顕在化は、〈知として〉系譜的に過去の知――その不快さ、捉えどころのなさ、普遍性ゆえに作者による親同然の世話、責任、激励を必要とする知――と結び合わされたのである。この知に特徴的なのはそれを創造する誰かを必要としたということではなく――というのは、結局それは「歴史以前の」事柄にかかわる超時間的な知であるのだから――それが知となるための十分な発展の場を必要としたことである。その「伝記」が重要なのはそれが伝記を持っているという一点による（この事実は、それが疎外された孤独な精神の所産ではなく共同体の所産であることを証明する）。伝記の系譜がそれを理解し易く、また受け入れ易くするからではない。というのも、このようなテキストを読んで次第に感謝の念を抱くのは、方向が視野からも意識からも外れており深い困惑を覚えるほど人間的伝記の領域を超える概念に対して、具体的責任を取りうる能力をテキストが備えているからなのである。

例えば小説に向かうプルーストの態度や、とりわけ確実で、本質的には捉えどころのないものにテキスト的に対応するためカフカが虚構をどう使っているかなどを考えるとき、夢をめぐるテキストを作り出すフロイトの研究は小説研究に対する批評価値を増していく。フロイトは率直につぎのようなことを認めている。彼のテキストが外観と意味の間でいわば不完全な交渉を持っていること。そのテキストの革新性は、意識から離れようとする、終わりもなく拘束不能でもある二つの根本的な運動間の初めの介入という事実の中にあること。彼のテキストに比べると伝記は解釈の相として、または人間を超えた問題の証拠として見られること。その言語の非決定性は現在および未知を扱うための根源的な妥協の徴であること。そして最後に、テキストとして、その言語とテキスト性はともにひとつの要素を含んでいて、それによれば言述的・制度的恒久性には近づくものの、心的現実からはますます遠ざかって行くこと。これらすべては小説の批評家にトーマス・マンの『ファウスト博士』(五一)を読む道具を与えてくれる。この作品こそ現代の傑作小説の中で、徹底して制度としての小説の歴史に浸ったものであり、その歴史に遅れて参加したためにいかに熟れ過ぎているかを意識した小説であり、始まりの努力としてのテキストが、書記言語を使って表現されうる主体としての人間の終わり、または最終的不適切性と一致するという目の眩むようなアナキズムに近づいている。

『ファウスト博士』の物理的テキストは、先例のない激動内乱の時代に、自分自身の、そして国家の歴史の一部を残そうとしたツァイトブロムの努力の成果である。しかしながら、それ以上に、レーヴァーキューンに関する彼の年代誌は、人間の生から過激に反人間主義的に断絶することを中心的特徴とするひとつの生と達成の事実を「人間の言葉」に翻訳しようと意図する。かくして音楽と絶えず自己を超克しようとするひとりの芸術家の軌跡はともに、人間的なものは知ることができるもので、言葉で表現することが可能であり、連続的に発展し、「人間的イメージ」に従属させることが可能であるという前提に対する完全な拒否を含む。一方で、ツァイトブロムが書いているように、増大する不合理が異常なまでに至ったドイツの国家的変化に彼の生と時間は捉えられている。それゆえ彼の生み出すページは二つの並列する歴史の間の媒介を(または介在を)試みる。ひとつはドイツの歴史であり、外に現れた増大する異常さの歴史となる。もうひとつはレーヴァーキューンの音楽作品の内的な歴史であり、その作品の主たる思考と文化的重要性は言葉ないしはイメージによる表現を〈必要とする〉。この二つの異種なるものの間に位置するツァイトブロムのテキストは、外に現れた夢内容とその意味との間に位置するフロイトのテキストの見事な複写である。『夢の解釈』のようにツァイトブロムのテキストは、アードリアンの生と音楽と、それを翻訳（変換）したドイツの歴史との比較考察を準備している。

すでに記述したような、小説の明白なテキスト的企図の緊急事態としてのファウスト＝悪魔の物語は二つの主要な方法で作用している。まず、テキストの構造は無数の並列からなる際限なきパロディーである。夢についてフロイトが読者に述べたように、最深部で、このような構造はテキストの中には無垢な細部などないことを読者に気づかせてくれる。夢の中と同様に、細部やイメージのひとつひとつはひとつの、あるいはより多くの夢＝思考と何らかの形で対応している。もしこのような対応がひとつ認められるならば、結びつき、あるいはイメージがどれほど恣意的であるとしても、あらゆるところに対応があるに違いない――これが夢の解釈の根本規則である。[110]『ファウスト博士』において、テキストの「要素」――人物、プロット、モチーフ、象徴、主題など――は、それ自体並列的要素としてテキストの中に援用されている。この技法はアードリアンとドイツを並べるツァイトブロムの努力を支えている。ヨーハン・レーヴァーキューンが元素について考察し、無機物である水晶が有機物を模倣し似せようとすることを示したように、テキスト中のひとつの要素は他の要素を模倣し、時にはパロディー化する。具体例を少し見よう。ツァイトブロムとアードリアン、学者と芸術家、〈エスメラルダ蝶〉[五二] (*hetaera esmeralda*) とアードリアンの音楽中のそれに基づいたモチーフ、小説の並列構造と作曲の（十二音階）音列原理、ドイツとアードリアン、音楽と神学、カイザースアシェルンとプファイフファリンク[五三]、病気と天災、言語と音楽、アードリアンとフアウスト、パロディーと対位法、などなど。要は何ひとつとして他の何かと対応し、関係を持たずには〈時間的に〉存在することはできないということである。この対応と結果としての関係性によって（あくまで、各「要素」の独立した本性によってではなく）、意味が生じる。マンが悪魔とアードリアンの出会いを描くのは、意味のこの弁別的原理の理論家としてだ。この出会いの結果は、すべての芸術的達成、衝動、身振りがそれ以外のすべてを排除するものと映じてくることである。これはまさにニーチェ的超克の概念の相似物であり、ニーチェによれば、芸術家は美的能力以外のすべてを排除することで「世界」を創造する。しかしながら現実には、芸術的言明は苛烈な排除により、自身が意味を持とうとして他のすべての言明を〈包含〉してしまう（それはちょうど排除された無意識が夢の意味の中に包含されるのと同じことである）。美的／反美的の対立が〈美的〉意味を始める。

悪魔はアードリアンに、芸術には「自立した作品」に対する背反があったことを明示する。例えば、音楽において、その素材は――

> 時間の中で消滅する。それは音楽作品の存立次元である時間の拡張を侮蔑し、空虚なものにしようとする。無能ゆえにではない。形を与える能力がないからではない。圧縮への苛烈な要求のためだ。その要求は余剰を忌避し、定形を否定し、修飾を粉砕し、作品の命である時間の拡張に対立する。(111)

言語と音楽のいずれにおいても、時間は作品に持続した創造という権威、古典的小説や交響曲に例証されるような、拡張された世界の時間的持続を与える。悪魔の言述が強調するのは、芸術作品の時間と自然の王朝的持続との間の並行関係が、芸術家に対して、芸術というものは自然に対する不健康な侵害であると考えさせがちな傾向が歴史的にあったという点である。この局面をとりわけ実現しているのは『日蔭者ジュード』で、ここでは、時間の崩壊である〈圧縮〉が芸術の特権にもっとふさわしいものと感じられている。芸術作品の中で芸術家が、悪魔が、圧縮されればされるほど、その力は強大になり、その芸術は自然と真実を模倣することから遠ざかる。芸術はますます「力を強め、高潔であるだけで無力な真実に対抗して譲らぬ反真実の類いとなる」(112)。悪魔的芸術家は〈元素〉となるために、自然の模倣に基づく意味ばかりでなく、時間性をも打ち破る権利を作品の中に与えられる（あるいは奪い取る）。時間を打ち破ることで芸術家はすべての自然的、歴史的、社会的制約から自由な絶対的始まりを手に入れる。そうすることで、彼は二重の意味で野蛮となる。絶対的に始源的であるからであり、すべての歴史、芸術における絶対的洗練を代表するからである。ファウスト的契約が力の見返りに、そして皮肉なことであるが、始めることのできる力の実現の見返りとして要求するのは、アードリアンが破滅し、地獄と沈黙の代償を払うことである――

実はそれについて話すのは易しいことではない。つまり、本当はそれについてまったく話すことはできないのだ。なぜなら事実とは言葉で断言できることを越えているからだ。多くの言葉を使い作って見ても、全体としてそれは代用品にすぎない。言葉によっては決して記述できない、言葉には否認されたものを記述すると主張はしないしできもしない名前を表わすだけだ。それは地獄のひそかな快楽であり保証だ。その秘密を伝えることはできず、言葉からは保護されている。それはたしかにそこにあるが、新聞で公にすることもできないし、いかなる言葉をもってしても批判的知識に届くことはない。だから、「地下の」「地下室」「厚い壁」「無音」「忘却」「絶望」はまさしく哀れで無力な象徴である。ねえ君、だから地獄について話すときには象徴で満足しなければいけないのだよ。そこですべては終わるのだ――記述する言葉のみならず、一切がね。これこそもっとも肝要なことで、もっとも一般的な言葉で語らねばならないことだ。新参の者がまず経験し、初めはいわば自分の健全な感覚をもってしては捉えることができないのだ。また彼の理性やその理解力の限界やらが邪魔をするために理解しようともしないのだ。(113)

ここにおいて始まりと終わりは結局ひとつとなる。悪魔の論理によれば純粋な根本元素は時間や発展に基本的に抵抗する絶対的な現前なのだから。このゆえに始まりという事実は終わりでもある。

上で述べたように、もしもツァイトブロムのテキストがレーヴァーキューンの経歴とドイツの歴史を比較する場であるならば、ツァイトブロムの物語に含まれるアードリアンと悪魔との議論の全体は年老いた学者のテキストの妥協を粉砕する。というのも、アードリアンとドイツとは離れた実体であるけれども、書かれた記録はそれらを関係づけることができるというのが、ツァイトブロムのエクリチュールの根柢に存する「虚構」であるからだ。マンの並列関係の使用はテキストの実質により立証される。その内的並列関係と照応にもかかわらず、テキストは自身を芸術家の経歴と国家の歴史との〈間に〉位置づけ、後者を理解するため前者を使用する。しかし悪魔の来訪はテキストの介在的位置を攪乱する。そしてようやく私たちはファウスト＝悪魔のモチーフの二番目に重要な用い方に到達したようだ。「自然な」人間的秩序の規則性が悪魔の出現によって乱されるように、ツァイトブロムのテキストにおいて、彼の物語の規則的進行は二五章の「アードリアンの秘密の記録」によって混乱させられる。というのも、『ファウスト博士』の中でアードリアンが直接読者に語りかけるのはこの時だけなのである。ツァイトブロムはこの「恐ろしいまでに貴重な宝物」の力を保存するに熱心な余り、アードリアンの楽譜から言葉を手書きで写し取る。

印刷屋でさえもその宝を見てはならない。そのうえ、ツァイトブロムは新しいテキストが私たちのもとに届くように口をつぐまねばならない。その章が終わるとき、ツァイトブロムはアードリアンのテキストが読者に対してなしたような「不当な要求」に「心を乱されることなく」自分の物語に戻る。

しかしツァイトブロムは、今や自分のテキストがかつてない「三重の時間秩序」[114]——読者の時間、年代史家の時間、歴史的時間——に縛られた複雑な時間存在であることに気づいているらしい。そこでテキストは責任を引き受け、アードリアンの生の代わりとなり、その生をテキストに再配分する。ツァイトブロムは著者に特有の虚栄心をもってこう考える——

確かに私の書く時間は私がそれについて書いた時間、つまりアードリアンの時間よりはるかに大きな歴史的意味を持っている。彼の時間は私たちの信じがたい時代の入り口のところまでしか彼を連れて行かなかった。それが始まったときに私たちと共におらず、もはや私たちと共にいない者たちすべてに対するように、彼にこう叫んで見たい気持ちだ。「君は幸運だね」そして熱を込めて「安らかに眠りたまえ」と。アードリアンは私たちの生きる時代から安全な所にいる。この思いは私にとって大事なものだ。私はそれを大切にする。そしてその確かさと引き換えに、私は自分が生き続ける時代の恐怖を引き受ける。まるで自分はここにいて彼のために、彼の代わりに生きるようだ。彼の代わりに荷物を背負い、彼のために、彼の代わりに生きることを引き受け、そうすることで私の愛を示すようだ。この思いは、それがどれほど根拠のないものであろうとも、私には幸せな思いなのだ。それは、彼の役に立ちたい、彼を助けたい、守りたいという、私がいつも大事にしてきた望みに適うものなのだ。わが友が生きていた間、この望みを適えることはほとんどできなかった。[115]

ツァイトブロムの抗議にもかかわらず、アードリアンが直接語る言葉のむきだしの濃密さは、ツァイトブロムがその作曲家のために作り出した相対的にこぎれいで、連続的で、優しい物語によっても曇らされることはない。ツァイトブロムの物語の機能としてのみ小説の中で「聞こえる」アードリアンの音楽のように、またクレッチマー(五四)の講義でその不在について説明を加えられた、ベートーヴェンの作品一一一の第三楽章のように、言語はそれが記述しようとする空無にかなわない。作曲家、呪われた天才としてのアードリアンの沈黙はそれを含む物語の力に勝る。実際、アードリアンと悪魔の出会いは、まさしく言葉の時間性の外に位置するもの――根源的絶対性と、記述不能なまで最終的で創造的な合理性の瞬間に続く悪魔的な断絶とを結びつけるいわば思索上の狂気とでも言うべきもの――を象徴する。というのは、もし外見と(芸術的)思考の間に介在するものとしてのテキストが、二者間の解釈的妥協であるとすれば、そのとき、テキスト内部のいかなる介在も妥協を飲み込んでしまうからである。ひとつのテキストとは、言葉で表現できないものを言葉で置き換えようとする一連の代用品――「不合理な」または未知の地点との間を往復する代用品――のひとつにすぎない、という証明が書かれた言語のいたるところに沸き出てくる。

それにもかかわらず、『ファウスト博士』の全体的傾向は、元素的なもの、野蛮なもの、非言語的なものを記録し歴史化しようとするツァイトブロムの努力の優しさを支持するように見える。小説の文化的意義も同様のことを示している。というのも、マンの経歴において、第二次大戦のドイツの戦争責任の問題をどう考えるかという自己批判的局面と、それは対応するからである。マンの小説家としての芸当は、歴史的に言えば言葉と芸術を否定するか超越すると見えるものに、言語的、芸術的形式を与えることであった。それゆえ、ツァイトブロムの義務感とマンの義務感は一致する。二人の共通認識によれば、ドイツのような情況下では語る行為すら道徳的行為であり、語り手は物語の「優しさ」によってドイツ史における物語の否定を克服しなければならない。物語は持続に支えられた時間芸術であり、それは唯一の真面目な芸術は「極めて短く、高い緊密度をもつ音楽的瞬間」[116]だとする悪魔的テーゼに対抗する。さらに、標題ページに記された伝記的様式の物語が意図したものは、形式的な「遊びと見せかけ」の能力を物語に取り戻すことである。それは知、強度、無時間性、無媒介的陳述などへの関心により、アードリアンの生をめぐるどんなものとも対立するものだった。それゆえ、ツァイトブロムのテキストに頻出する過剰な修辞は、作曲家の氷のような合理性の持つディオニュソス的強度と健全な釣り合いを取っている。

これらの特徴はたいていの小説読者が受け入れることのできる傾向を表わしていると私は思う。小説のできるかぎり表面に近いところにこの特徴を置こうと、マンがかなり意識していたことはまず疑いない。だが、その同じ表面付近に、ツァイトブロムとアードリアンの二人はペンが慎重に作り出した人物である――ツァイトブロムは道徳的理由のため、アードリアンはツァイトブロムのために――という事実も存在するのである。彼らは古典的小説の模倣的、表象的世界に属するというよりは、特権的力を持つ〈エクリチュール〉にむしろ属する。この事実は制度としての小説にまったく反するなにものかを意味する。エクリチュールとしての『ファウスト博士』は、現前としてのエクリチュールが歴史の責任からの完全な逃避の前に位置し、それに〈先行〉することができるように、現実に介入して来るだろう。エクリチュールの中でツァイトブロムは、ドイツおよびアードリアンの復興がある種のテキストの形で始まることを願う。というのも、そうでないならば、アードリアンの悲劇とドイツの悲劇とは、あの最後の崩壊の、言葉にならぬ叫びの中に閉じ込められたままであろうからである[117]。「私は彼の不在を深淵にたとえよう。彼に対する感情は音もなく、跡形もなくその中に落ちて行った」。それゆえ、テキストはその形式的構造の内部で「言語と情熱を調和させる」[118]努力である。

しかし、そう書くことは始まりであるばかりでなく、その素材の外側に存在する形式的構造(「枠組みとしてではなく、家として」)という概念を導入することにより、それ自身が始まり、無視することのできない理論的複雑性と戯れるのである。テキストはどの程度まで一九三九年の麻痺した作曲家に似ているのだろうか。――「彼はかつてアードリアン・レーヴァーキューンと呼ばれ、今では彼の不滅の才能がそう呼ばれている……。自然の女神は何という戯れをここに[119]「つまり、彼の身体に」なし給うたのか、と言おう。魂が逃れ去った抜殻に、完全な魂の絵を掲げるとは!」エクリチュールが巧みな表面を、半分は修飾で半分はよく分からぬ記号である「近寄りがたい伝達」を紡ぎ出すのを妨げる何があるというのか。「始源の」現実から系譜的に引き出された模倣的権威を持つ二次的な伝達の形式を離れ、小説は今や読者を慎重にそのテキスト性に引き寄せる。他の優れた現代のテキストと同じく、『ファウスト博士』は一方で自らを芸術的経歴のテキストとして提示しておいて、他方で、その表面的技巧と多義的な公準によりテキストとしての経歴に注目させる。それとの関係で言えば、「作者」さえも従属的機能にすぎないのである。かくして小説はその制度としての歴史に固有の変容を経験することになる。同時に小説は、現代においてすべての文学に影響を与える力学――テキストの問題性――に巻き込まれてしまった。今やそこから始めなければならない。

第4章　テキストをもって始める

I

一九八六年に行なった構造主義に関するその概括的な作業でジャン・ピアジェ[一]は、ひとつの〈構造体〉を（1）変容現象の体系、（2）全体性、（3）自己調整（autoréglage）を行ないうるものというように、大まかに規定した[1]。構造に関するこれら三つの特徴づけが相互に結び合わさっていることは、明らかである。むろん、構造主義的発想によって影響を受けているいろいろの分野ではそれぞれ異なる面が強調されることもありうるのはこれまた明らかである。ピアジェは彼自身の分析作業では、心理学における経験主義者かつ理論家としての自己の体験をかなり用いている。彼にとって、構造主義的理論全域の中心的問題は先在性と構築行為の関連の問題であって、この問題によって次のような一連の質問が提起されることになる――「構造体によって形成される全体性を持つそれらのものは一度作られればそれでもう固定されるものなのか、それとも常に構築の過程にあるものなのか。それらはどのように構築されるものなのか。誰によって構築されるのか[2]」。これらの論点は本章のテーマに関係があると思うのだが、それと同じほどにそれらは発生論的認識論におけるピアジェの命題にも関係があるのである。というのは、（例えばロラン・バルトの作業におけるように）批評の分野では近年純粋に探求的な傾向がいろいろ見られるにもかかわらず、思想の全歴史の中の未調査の残留要素として存続する幾つかの慣例事項が、テキストの厳密な性格は何なのかといった問題を把握しようとする際に批評的想像力を強く支配するからである。このような方位決定は、きわめて基本的な次元で重要なものである。したがって、自分が作るテキストに対して作者が（初めから、そしてそれ以後も）持ち続ける〈権威〉の本質、ひとりの作者の作品の始まりと発展、ひとつのテキストが時間や社会の中で占める位置、形成された諸関係の総体的な力として見られる文学的全体性の連鎖的構築作業の可能性などといった問題が妥当性を持ち続けることになるのである。

次の引用を見ればピアジェが構造に関する自己の立場をどのように記述しているかが分かるが、私たちはこれをテキストに関する彼の定義として当座は考えることができるだろう――

［例えばひとつの構造体の］発生起源はひとつの構造から別の構造への推移以上のものでは決してないが、〈しかしそれは同時により弱い構造からより強い構造へと導くところの形成的推移（passage formateur qui conduit de plus faible au plus fort structure）でもある。〉構造とは変容現象以上のものでは決してなく、これらの現象の基根は常に作動的であり（dont les racines sont opêratoires）、したがってそれらは適切な手段の先在的形成に結びついているのである……このことから私たちは次のような結論を引き出すのである――ひとつの主体の本質は機能的な中心点を設定することにあって、完全な体系のための先験的な座を作ることではない。今、この〈主体〉という概念を社会的統一体、あるいは種、生命、もしくは宇宙とすら置き換えてみても、実情は変わらないだろう。(3)［〈　〉は筆者］

ここに見られる二つの重要な観察事項のうち、後のものを最初に考えてみよう。ピアジェは、主体の本性（la nature du sujet ――つまり構造体における有効な集約的動機の原理）について持ちうる二つの概念の間に区別をもうける。そのひとつは、主体を先在的所与として、十全に形成された構造体にとって必要な先験的条件として考えるという発想である。この種の概念が取り込む視野はまったく、完成された構造体を収める視野であって、それは発展の途上にあるものとしてではなくて、どちらかといえばすでに発展し終わったものとして構造体を見るのである。この概念（これは明らかにピアジェを満足させるものではない）に対立するものとしてあるのが、主体を発生の、あるいは始まりの原理として見る考え方である。この考え方によれば、この原理は発展し形をなしていく構造体の中に浸透していってそれを拡大していく力を備えていて、したがってその力はその構造体を強化していくことになるのである。とすれば、簡単に言って、ピアジェは、力を発揮するというよりは形態に関わり、また論理的に必要とされるようなプラトン的な先在性の本質を、単純なものからより複雑なものへの、柔軟で疑似有機的な生成という原理と対比していることになるのである。いずれにしろ、中心に座るのはこの後の方の考え方であって、前者の考え方は事実上中心からはずれたものである。ここで付け加えるべきだと思うことは、ピアジェ自身はこの対比が〈主体〉について、また中心とか始源について私たちが抱く概念を決して包摂するものではないと考えているのではないかということである。彼が立てる両極性は極端であるのみならず、その場の都合を考えてのことであって、それがそうであるのには、彼が永年にわたって行なってきたあいったタイプの心理的発展に関する実験に大いに関係を持つところの理由があげられる。*(4)

＊　両極性が論争の用に供せられる（だが、ピアジェ自身はそのようなことはしないだろうと私は思っている）一例として、『弁証法研究』(*Recherches dialectiques*) に収録されているリュシアン・ゴールドマンのピアジェに関する二つの試論を見よ。それからまた、中心、中心からの逸脱、差異などに関するジャック・デリダの重要な発想（『エクリチュールと差異』と『グラマトロジーについて』）もここで関係がある。こういったテーマが分類と対比といった基本要素に対して持つ連関性はとくに価値がある。

先にピアジェから引用したときに私が強調した句は、極めて重要な意味を持っている。すなわち、「形成的推移」(passage formateur) は同時的濃縮、保存、形成の現象を意味し、何ものかへ向けて導くところの (qui conduit) 運動という考え方は意図と方向を暗示しており、「より弱いものからより強いものへ」(de plus faible au plus fort) は、創造の過程にある構造体の中のより大きな有効性と力のみならず、完全性の成就に向けての一層強化された集中化をも要求するものであると、私は信じる。「より強いもの」になるときに、構造体は奥に潜んでいるその合成力のより多くのものを具体化し、それが行なうところの包摂運動をそれまでずっと妨害していた重荷のうちある部分を捨てていく。このような言い方は隠喩をわずかばかり混用しているということにもなるだろうが、私は発展する力と形態とを有機論的言語で語ることは避けたいと思うのである。私が今考えていることは、一般に自然から引き出される始まり方と法則に従ってではなく、それ独自の始まり方と法則に従って力を集めてくる構造体の記述を可能にしてくれるような、多分に抽象的な機構なのである。コールリッジにとっては知的生成と自然生成[二]との類比は多かれ少なかれ習性的なものであったのだが、そのコールリッジは〈方法〉に関する試論（『友』の第四号）で有機論を導入することを巧みに回避している——ピアジェが〈力〉と名付けるものを、コールリッジは〈一般性〉と呼んでいるのである。構造は単なる個別の特性から発展していき、強力で圧倒的な領域と一般性とを獲得していく。こう見ると、より広範な合体化と確かな掌握とが〈力〉の今ひとつの意味ということになる。コールリッジが同じシリーズの五番目の試論で要約しているように、「いかなる方法も進行との一体化という原理を想定する」[5] のである。さらに、ピアジェが構造主義を思考の一方法として考えていることは正しいのであって、したがってピアジェとコールリッジを結びつける作業は価値があることになる。しかしながら、この両者ともC・S・パース[三]が「精神の法則」で行なった[四]連続主義批評論には無防備のままである——

精神の法則はひとつしかない。すなわち、思想というものはたえず広がっていき、影響の可能性という独特の関係内にある幾つかの他の思想に影響を及ぼす傾向を持つ、ということである。このように広がっていくとき、思想は強烈さを、とくに他の思想に対する影響力を失っていくが、その代わり一般性を獲得していって、他の思想と接合されていく。(6)

強烈さの喪失はここでは損傷点となるのであるが、それを認めながらも、ある種の強烈さの喪失は別種の強烈さの獲得に代わられるとも考えることができるのである。つまり、最も近い直接性は連続性というより大きな直接性自体に取って代わられる(「このように広がっていくときに……他の思想と接合されていく」)ということである。

これらの危険な抽象作業はみな、作業間の連関性や(文学の批評家に役立つ)テキストの性格づけが明示できれば、正しいとされたことになるだろう。まずなによりも必要とされることは、私たちの議論を可能なかぎり根源的な次元にまで持っていくことである。私たちはその有利な地点からテキストを、単に印刷された本としてでもなく、つまり対象物としてでもなく、またある種の完成された体系としても観るのではない。(7)今日のほとんどの文学批評の(普段は精査されることのない)所与の想定は、探りを入れる批評家と抵抗を示すテキストとの対面、すなわち柔軟な主体と完成された客体との対面を許すものとして明瞭に記述できよう。すべての動きは批評家に由来するが、テキストは批評家からの急襲や鋒先に対して最初は抵抗を示しながらも、結局は相手を受け入れるような素振りを見せてくる。批評家が、そのように考えられるテキストの中に隠されている、あるいはテキストによって隠されている(心理的な、社会的な、あるいはその他の)深層を探り出す場合であれ、(表象間の、部分間の、あるいはその他の)形態上の関係をテキストを通して実証する場合であれ、あるいはこの両方の手続きを結合した場合であれ、彼の〈仮休息所〉(*pied-à-terre*)はあくまでも完成された本としてのテキストである。最後には、ホルヘ・ルイス・ボルヘスが「『キホーテ』の作者ピエール・メナール」(五)でこれに関わる論点を賢明にも述べているように、テキストは豊かなものにされるけれども、それは批評家が作業の初めに用いたテキストとなおも同じものなのである。いやしくも同一性の問題、つまり解釈されていないテキストは解釈を受けているテキストとどのように異なるのかという問題が取り上げられるとすれば、解釈を受けているテキストは解釈されていないテキストに似ていないというよりは、〈似ている〉といった見解をこれらの想定すべてが支持するものであることが分かるだろう。それは、批評家が解釈を受けていないテキストに対してはいろいろの問題(そのテキストは何を意味するか、ということ)を想定し、さらに問題を転嫁したりさえして、そしてそのような問題を解決したあとで、批評家が〈もはや解釈の必要のない〉対象物、(批評家自身の目的のために)その問題性がある程度浄化された対象物を私たちに呈示するからである。そのテキストはかくしてそれまでよりも〈はるかにそれ自体になって〉、正典のもとに、あるいは伝統のもとに返されるというわけである。

先に私がピアジェを論じたのは、それとは異なる接近法を私たちに強いるのが目的であった。そういった方法の目指すところは、テキストを、始めるときのある意図から出発して作られる過程にある構造体として、構造を実現する過程にある構造体として考えることにある。だが、ひとつのテキストの歴史を見れば、(現在の例をひとつ出せば分かるように)最初ちょっと見た目にはそうでないように思えるにしても、かなりの数のまったく異なった考え方があることが明らかになる。ジュネーヴ派の批評、とくにジョルジュ・プーレ(六)の不朽の研究に顕著に見られるものに、私が今言及した接近法に幾分か似た方法が存在する。

プーレは最初、作者の計画が発展していくそもそもの発生原点といったものを位置付けようと努め、次に彼は、その計画が発展し、当初の発生原点に似た別の地点に最終的に辿り着く経過を示す。[8] そうなるときまでには、その計画は以前よりははるかに深く、かつ強烈に理解されるようになる。作者の書く現実のテキストというものは、いろいろの部分を連結するところの、巨大で複雑なクモの巣状のものとして考えられる彼の〈作品〉である。この方法は、スピッツァー自身が〈理解の範囲〉と呼んだものに立つところのスピッツァーの方法に似ていなくはない。ただ、プーレは彼自身の著作の中では、全体性について作者が抱く意識と並行するような姿勢をとっており、したがってその意識を二重写しにしている点が違う。しかし、プーレの場合や、プーレ一派の他の人々の場合に見られる問題は、作者の作品制作の残酷とも言える時間順の連続性に対しても、作品を形態を備えた独立したテキストに仕上げようとする作者の努力に対してもいかなる現実的な特別の考慮もなされていないということである。[9] ジュネーヴ派の人々にとって、テキストとは底に潜む意識の充溢であって、そのような意識は、プーレによれば、個々の芸術作品によって（存在論的にではなく）実存的にのみ処理されるものなのである。プーレの注解はメタ言語ではなくて、一種の原初の言語であって、それはまたなにものにも媒介されない意識が発する言語であることを目論むものとしてその性格を言い表わすこともできる。それを支えているのはむろん、驚異的な浸透力と共感力を持つプーレの行なう批評的想像力作用である。パスカル、アミエル、あるいはプルーストのいずれを調査する場合でも、プーレの記述は、生産物としての完成されたテキストの底部に、あるいはその上部に、さらにあるいはその内部に（そのいずれであろうと問題ではない）走るところの特権的なレベルにある意識の状態を志向するのである。

批評家とテキストの間に成立しうる多様な範囲にわたる関係という問題は、一般に知の社会学の領域の中のひとつのトピックとして、またテキストといったような見たところ変化しない〈対象〉においてすら誘発される歴史的・概念的変化の問題として扱うのがより適切である。さらにそのうえ、各々の歴史的瞬間はそれ独自の特徴的な批評行為の諸形態を産み出す。つまり、それは批評家とテキストとが互いに対して挑みかかるそれ独自の土俵を作り出し、それによって、文学的テキストを構成するものについてそれ独自の記述を行なうのである。したがって、テキストはあらゆる文学批評に対して不変のものであり、テキストは発見されるのをただ待っているだけだといった、テキストをめぐる単一の考え方があると主張することは間違っていることになる。しかし、編集者が〈テキストを確定する〉作業を行なっているときに昔から現在まで作用してきた原理的な偏見といったものを認めることには、はっきりとした価値がある。というのは、信頼できるテキストという考えにはひとつの歴史と哲学の総体がまつわりついているからである(その歴史と哲学は隠れて見えないものでもあるし、同時にそれと同じほど変化に富んだものでもある)。またそれは、テキストというものは最終的にはページの上で確保できるといったナイーヴな実証主義的態度をとる編集者は、不当にも思い違いをしてそのように信じているからである。*

* 今日の批評家たちが安定したテキストに対する自己の関係を規定するその態度を調べ始めれば、多くの奇妙な事実がすぐに私たちの目に見えてくる。このような規定のために用いられるもっともありふれた隠喩は空間的、物理的、もしくは軍事的なものである。すなわち、批評家はテキストの〈近くに〉いる、あるいはテキストから〈離れて遠くに〉いる、とか、意味をより良く〈手に入れる〉ためにわれわれは〈ゆっくり動きながら〉読む、とか、〈読みの防禦策〉がある、といったような表現が多く見られたり、また“within”や“inside”といった前置詞がやたらに増えてくる。しかしながら、英語を用いる批評家で、テキストはどこで発生するのか、あるいはテキストはどのように発生するのか、さらにあるいはテキストとは何かといった問題を提起する人はめったにいない。これはちょうど、そのような批評家が、書記行為——フランス語の〈エクリチュール〉の意味での——を、ひとつの書物や一篇の詩の出版に向かっ

て著者がとるべき必要な一歩以上のものとして考えることが異例なことであるのと同じである。

本章では私は、作品の〈始まり〉の条件として高度に特殊化された理想を目指してテキスト次元の作業の完成を目論もうとする幾人かの主要な作家たちの体験というものは批評家が行なうテキストの定義に必然的に影響を及ぼしてくるものであるといったことを主張するつもりである。批評家にとっての恒常的な情況は、〈作者の行なう〉手順というものがつねに存在していて、個々の場合に、ひとたびその手順の最も明瞭なパターンが同定化されると、その手順は把握される、といった情況である。にもかかわらず、私たちは作者の内奥の苦闘に真に関与することはできないのである——むろん、作者自身が回顧的にそして多分不正確にその体験を記述している場合は別であるが。そうなると、私たちに残された道は、作者自身が技法もしくは熟達をめぐるあの関心にだけ偏執的に執着を示しているように見えればなおのこと、その作者の生涯をテキストの生産に全体的に方向づけられたものとして、またそれと同じ意味を持つものとして受けとるほかないということにある。さらに考えられることは、作者の生涯をひとつの流れと考えて、その流れを記録したものがその作者の著作であり、その流れの目指す終着点は完全なテキストであり、そのテキストはそれを完全なものにするために費やされた努力の痕跡を適切に表わすものであるといったことである。したがって、テキストは、作者の生涯の始まりから終わりにわたって広がる多次元的構造体であることになる。テキストは、人が作者になりたいという願望の源泉であり、目標でもあり、それはその人の諸々の試みのとる形態であり、それはその人の一貫性を構成する要素を含み、広範囲にわたる複雑かつ互いに異なる方法で、その人の心理、時間、社会などが作家としての彼に対して及ぼす圧力を具現するものである。であれば、人の生涯とテキストを結ぶ統一性は、出来事の理解可能な様式と、(大部分が)

それらの出来事のエクリチュールへ向けられ、ますます意識化される変容作用とを結ぶ統一性ということになる。

もしこの公式化を無条件のままにしておくならば、大きな批判をもろに受けることになるだろう。というのも、テキストを増幅する意識とみるこのような見方の根柢には、(この増幅現象の表現がいかに多様であるかということとは関係なく)すでに受諾された目的論的な進歩と発展の概念があるからである。まったくその通りである。が、もっと重要なことは、作者の思考が時間の経過とともに連鎖的に行なわれ、したがってそれがひとつの段階から次の段階へと〈形成的に〉(ピアジェの用語)推移していくことを意識するその意識のしかたである。例えば、完成された作品の重さそのものが、作者が繰り返す必要のない事例や再び試みる必要のない(あるいは、繰り返したり再び試みても自分がまさにそうしていることを少なくとも承知している)実験を彼に提供することによって、彼の思考に影響を与えるのである。すでに自分が行なったものを意識しているという意味で、彼は、極めてありふれた例をあげれば、ある期間は無意識的に自己をパロディー化することになるにしても、自分にできるものをより広く意識しているのである。テキストというものが決して実現されることのない理想に、そもそもの初めから望まれていたとしても決して到達できない終着点に類似しているにしても、自己の終着点に向かって漸進的にすすんでいけば作者は終始自分が行なっていることをますます鋭く理解するようになる——私はこのように主張したいと思うのである。ここで進歩の神話ともっと都合よく折り合おうとすれば次のように述べればよかろう——すなわち、発展という中心的テーマ論、つまりテキストの始まりから完成にわたって見られる傑出したレベルの成長をめぐって組織化されたテーマ論を批評家に要求するといった共通の特性を持つ幾人かの近代の作者たちに私は関心を注ぐということである。

だが、この議論に入る前に、テキストの性格を示す幾つかの考え方や方法を概括的に考察しておくことが必要であると思う。前章で私はフロイトの『夢の解釈』を調べてみたが、そのとき私は、この著作の主題と姿勢とは小説の主題と方法によく似ていて、小説といっしょに、あるいは小説に接近して研究に値するテキストだと考えた。ここでは、それとは違う、もっと狭い焦点を提示したいと思う。それ自体において、また自然と技術的、批評的、理論的瞬間の現実体となっているテキストを作り出した作家たちに話を限定することによって、私はあとで、近代作家が自己のテキストに対して、またそのテキストが彼自身にとって始まりの段階で持つきわめて特異な意義に対してそれぞれ抱く独自の問題に広い光を当てることができるのではないかと思う。このような一対の手続きは、こう見てくると、テキストを――〈創造的〉傑作としてでもなく、自然の事実としてでもなく、〈つねに恒常的に生産されなければならない〉という〈始まり〉のときの条件を文字どおり備えたものとして――理解する比較的規律のとれた方法を許してくれるだろうということである。

II

ほとんどの場合、テキストの概念には、誰の目にも明らかなような達成されたものといった考え方でなければ、卓越したものという考え方とか、使用されている単純な言語を基盤とした威信を得たものといった考え方がつきまとう。むろん、例えば友人から来た手紙についてその手紙のテキストにはこれこれの声の調子もしくは特性があるといったようなことを言うときのように、〈テキスト〉というものがかなり中性的、もしくは二次的ですらあると言える作品であるような場合はある。〈テキスト〉が暗示する通常の威信は保存力という点にある――卓越しているものしか保存されないという想定に立てば、テキストは言語を時間の喧噪から引き離し、あるいは恐らくそれから救い出し、そして言語をつねにエクリチュールの中に保っておくのである。この保存の理由、保存の方法、保存の様式、保存の成功・不成功、保存の続行――こういったことはすべて保存という考え自体に従属せしめることが可能なテキストのおびる諸相である。テキストの持つもうひとつの主要な特性は、それがひとつの存在体として或る場所を能動的に占有するという点に見られる。これを言い換えれば、テキストは存在しているということでひとつもしくは多数の他の物を追い出すことになる、ということである。テキストが無ければ、それとは別の物がその場を占めていたかも知れないのである。この別の物が今ひとつ別のテキストでなければ、それは発話、沈黙、混沌等々でありうるだろう。だが、通常〈文献〉と結びつけて考えられるテキストの存在は、それが追い出したところの物にも、自動力を持たない物にも単純に還元されるものではない。恐らくそうである場合もあるだろうが、テキストが何であるかと理解するために、ほとんどの理論家たちは、テキストがいかに自己存在に加えていろいろの意味を表わしたり、象徴したり、生産したり、あるいは内意したりするにしても、テキストはまったく能動的にそれ自体であるところのものであると考えてきたのである。

今まで私が述べてきたことを説明するために幾つかの実例を示せば、テキストの持つこういった特徴がこのうえなく都合よく証明できるだろう。古典に関する学問領域で永遠に更新されてきたホメロスの問題とともに、古典時代にホメロスの諸作品が占めてきた場という問題は、ホメロスの作品のテキストと作品の保存の問題にとってはきわめて重要な問題である。ニーチェにとってと同様、プラトンにとっても、エペソスのゼノドトス(七)にとっても、フリードリッヒ・アウグスト・ヴォルフ(八)にとっても、韻文において定着してきた一連のイメージと、それらのイメージが発話の状態から倫理的もしくはテキスト次元の存在状態へと移行するものとしてどのように理解されなければならないかといった問題との間の関係にまつわる情況は、ホメロスの詩作品のテキストのみが解くことのできるきわめて重大な問題である。こう見てくると、それ歴史上のそれぞれの時代の総体は基本的には、テキストの機能として把握されるのである。つまり、それらはテキストによって理解可能なものにされるか、さもなければテキストによって同一性が付与されるということである。テキストによって理解可能なものにされる例として、ロゼッタ石やクムラン文書[九]があげられるし、テキストによって同一性が付与される一般の例として、古典時代の学問を基盤としたルネッサンス期の人本主義があげられるし、その個別の例として一三四五年にヴェローナでペトラルカ[一〇]がキケロの書簡を発見した事件があげられる。テキストは二つの方向に作用する。ひとつは過去に向かって作用し、そのようにして過去は現実性を獲得する。もうひとつは現在に向かって作用し、そのようにして現在はその知識を増加させる。これらの場合では、テキストの物理的存在性は、そのテキストが用いられたり解釈を受けたりすることとはまったく別に、独自の知的・歴史的価値を持っている。いずれの場合でも、この価値はある過去のテキストに由来する。そしてその過去が現代において特権的と言ってよいほどの連関性を持っているとされるのは、それがテキストの形で保存されてきたという事実が強調され、あるいはその事実が復活されてきたことに基づいている。或るギリシア語の新約聖書のエラスムス編[一一]の四つの版本（一五一五―一五二七年）は、このような価値を確認する顕著な例となっている。

西洋世界では、古典作品と聖書とがすべてのテキストのなかでもっともよく保存され、もっともよく磨きをかけられ、もっともよく伝達され、したがってもっとも忠実に原型をとどめているテキストということになる。教会と大学の両者を含めた多くの体制が――いわばテキストの存続を長びかせながら――体制自体の保持の一部としてでもこれらのテキストの保存に身を献げてきている。西洋の知的生活の中心のきわめて近いところに立っているのが古典学の伝統であって、ジョン・サンディス卿[一二]の三巻本の『古典学の歴史』に見られる古典学の伝統に関する記録は、現在の批評家にとっては謙虚にならざるをえない記録である。この伝統に、ダンテによるウェルギリウスの活用、ジョイスによるホメロスの活用、クルティウスやアウエルバッハや、その他無数と言ってよいほどの詩人や哲学者たちの作業のみならず、古代人と近代人の戦い、ニーチェの『悲劇の誕生』、ベントリーによるミルトンの改訂版[一三]、ヴィーコの『新しい学』、それにチャップマンのホメロス[一四]といったような重要で風変わりな作業や感銘深い遊戯といったものなどを、関連づけることも可能である。偉大な古典作品のテキストが豊かに存在する大体の理由は、それらのテキストへの接近条件、それらの保存、そして伝達といったことが、それらの作品が三つの異なる〈外国の〉言語でもともと現われたものであったという事情にどうしようもなく結びついているということに見られる。ヘブル語、ギリシア語、ラテン語、そして他の多数の地方語の存在が、テキストに文化的・体制的な光を集中的に当てるところの翻訳、編集者、解釈家などが終始必要とされる事情を説明している。ヴィーコが『新しい学』で述べたように、ヨーロッパの力は「キリスト教の宗教であるのであって、この宗教が説く真理はきわめて崇高なものであるので、キリスト教は異教徒たちの抱くもっとも専門的な哲学をも受け入れて役立てたり、三つの言語を自己自身のものとして身につけたりするのである。その三つの言語とは、世界でもっとも古いヘブル語、世界でもっとも優美なギリシア語、そして世界でもっとも壮大なラテン語である[11]」。

ユダヤ・キリスト教世界のテキスト伝統の外では――例えばアラブ・イスラム系の伝統では――かなり違った条件がいきわたっている。その条件のひとつに〈イアジャーズ〉(ʿidjāz)[一五]があって、これは対比によって他のすべてのテキストを無力にしてしまうものとしてコーランの特異性を記述する発想である。したがって、中心的なテキストはアラビア語で書かれたものであり、またそれは、福音書やトーラーとさえも違って、統一的で完全なものとされているので、テキストの伝統は本質的に現状維持的であって、過去のものを回復する類のものではないことになる。あらゆるテキストはコーランの下位にある。そのコーランは模倣できないものであるからである。（聖書の形態上の不完全な箇所、混合的文体、不完全な、もしくは部分的にしか伝達されないテキストといったような問題はコーランには存在しないことに注意すべきである——こういった問題はすべてヴィーコが記述しているキリスト教的ヨーロッパ世界には遍く見られるものである。）しかしコーランとの関係で、教義や著作の構成する階層が存在する。そこで、なかんずく二つの科学、すなわち法学（*fiqh*）[一六]と伝承（*hadith*）[一七]といった体系的なテキスト次元の慣例集成が編集者の作業を規制することになり、伝承の場合は事実、きわめて入り組んだ体系的な慣例となる。すべての伝承は、正当な出典を集めた正典目録に準じて判断される。ひとつの序列によれば、最上の伝承は耳を通して伝えられるものであり、その次に位置するのは、唱えられるもの、出版を認可されるもの、受け渡されるもの、通信もしくは遺贈によって手に入れられるもの、発見されるものなどであると判断される。コーランと結びついているテキストを扱っていないときは、イスラムの編集者たちは〈伝達の認可〉（*idjaza*）[一八]という体系を用いた。これはもともとコーランの伝承を印刷で伝達する第三の方法であったのだが、それ以外のすべての手稿の場合にも用いられるようになったものである。[12]そこで、「手稿時代」——七世紀から十五世紀終わり頃まで——のアラビアのテキストはすべて一般に帰依者たち（*isnads, asaneed*）[一九]のリストで始まり、そのようにして一連の口承伝達者たちを通してテキストを単一の源泉へと結びつけているのである。

　イスラムでは、口承言語と書記言語の間の弁証法は昔からすべてのテキストの表層のごく近いところに見られてきた。コーランが〈預言者〉（マホメッド）に口述されたものであるかぎり、もしくは語られたものであるかぎりは、口承言語に優先権が与えられる。他方、知識は白い面に黒く記すことのできるものとして偉大な著述家アル゠ジャーヒズ[二〇]によって記述されているのが特徴的である。そこで、逆説的なことだが、テキストというものは重要であると同時に、それほど重要なものでないということになる。フランツ・ローゼンタールは、手稿時代とその後の時代のイスラムのテキスト慣習に比較的に体系が見られないのは、コーランが終始存在し、伝統がとぎれずに続いていたことによると推則している。ところが、とローゼンタールは続けて述べる――

古代文明はあちこちに散らばっている断片の形でしか残存していないので、西洋世界はその貧弱な文化的資源をもっとも経済的な、つまり体系的な方法で管理することによってそれらを大切にせざるをえなかった……学者風の哲学以外はほとんど知ることのなかった西洋の知的貧困は、研究への体系的な接近方法を形成することを容易ならしめた。西洋の学者たちが自由に処理できる思想はほんの限られたわずかばかりのものでしかなかったので、これらの学者たちはそれらの同じ思想を何度も何度も分解したり結合したりせざるをえなかった。この手続きによって、結果として洗練された形の文学的表象が創造されることになったのである。[13]

これとは対照的に、イスラムの伝統ではテキストの実際[14]の照合と、教師の教えに従って行なわれる一種の自由なテキスト改訂の間には区別はもうけられなかった。それにもかかわらず、面白いことにこの手続きを逆転させることも行なわれる――つまり、ひとりの著述家が別の人のテキストの優越性を大げさに示すひとつの方法として自分のテキストを破棄することもあるということである。「二度私は〈伝承の拠点〉

（*maqamat*）（二一）を作成したが、私の作品は気に入らなかった。そこで私はそれを破棄した。私は、神がひょっとしたらイブン・アル＝ハリーリー（二二）の卓越性を強調するという唯一の目的のために私を創造したのではないかと思うのである[15]」。

イスラム世界のテキスト伝統とユダヤ・キリスト教世界のテキスト伝統との間には数々の差異はあるにしても、印刷の時代が到来する以前にはひとつのテキストから別のテキストへの参照が試みられる場合には両世界とも格別の困難を味わっていた。ひとりの作者が、自分が参照している原稿がひとつ以上の複数の手書きの写稿の形で存在しているかどうかについて確信を得ることは決してできなかった。したがって、参照作業は極度に面倒なものになり、脱線的な要約をせざるをえないのが通例となった。西洋では、このような参照がしばしばできないことによってある場合には、テキストとしてももっとも多くの注目を受け、再生産されてきた断片——通例は聖書記事の断片——が、私が思うに、イスラム世界の伝統に見出されるいかなるものにもはるかに勝るところの内的組織化体系を産み出すことになった。聖書の写本に関する近年の研究によって、広範囲にわたるテキスト上の工夫が明らかにされた。それらはみなテキストを保存し、テキストをより有用なものにすることを主眼とするものであった。一方には、奥付け、評注、語彙集、連鎖抜粋、注解、表題、記名等々を含む形態上の体系がある。他方では、ブルース・メッツガー（二三）が人を面白がらせるような態度で指摘しているように、テキストを尊敬の対象とされた遠い過去から引き出して現在につれ戻すための非公式の社会的工夫がかなり豊富にある——

手稿の終わりの部分か、あるいは文献の始めから終わりに至るまでその二つ折判のページの余白にときおり見られる会話のメモめいた書き込みがある。筆記者たちは写字室の中では互いに話しかけることは禁じられてはいたが、話しかけたい気持をどうにも押さえきれない者たちは互いに意志を通じ合おうとして曲折した方法を発見した。そのような手段のひとつに、書写中のページの余白に言いたいことを書き留めて隣りの人に見せるということがあった。九世紀に書かれたカシオドロスの詩篇注解のためのラテン語の手稿の余白には、アイルランド語で書かれたありふれた言葉がいろいろ書き込まれている。例えば、「今日はほんとうに寒い」、「それは当然だ、今は冬だから」といった会話だとか、「このランプの光は暗い」、「何か仕事をし始める頃あいだ」、「そう、この羊皮紙はたしかに重いや」、「そう、この羊皮紙は薄いね」、「今日はまったくだるいね。どこか体の調子が悪いのかな」などといった文章が見られる。(16)

ひとつの保存されたテキストがその存在によって別のなにものかを排除するものと考えられるとすれば、とくに興味あるひとつの結果が出てくると私は思う——ひとつのテキストはそれにまったく固有の存在性を手に入れているのみならず、それに加えて、そのテキストが長く存続すればするほど、それを人間の寿命と同類のもの、それと並行するもの、もしくはそれを象徴するものとして考えることがますます不可能になるということである。『アエネイス』の持つ権威は人間を超えたものである。ウェルギリウス自身は伝記の主題として考えられているよりは、多くの人が一生を捧げて研究する価値があるトポスとして考えられる場合が多い。十八世紀以降の文献学的作業は、テキストを極限の個別的様式で複雑な集合的現象を再現したものと考える類の態度、高度の専門化や〈考古学〉の方法を含みうる態度へと赴く傾向を示してきた。このような傾向の疑似論理的な拡大は、ボルヘスの短篇「バベルの図書館」(二四)に見られるような類のイメージへと導く。この作品では人間の生活は、テキストの世界の中の比較的工夫に富んでいない、比較的興味を引かない項目のひとつでしかない。人文学に関する近代的考え方のほとんどの基礎になっている解釈の伝統は、ちょうど人文学の歴史にはひとりの人の生涯の〈存在理由〉になるようなテキストを求める個別の探求——ヘンリー・ジェイムズの「アスパーンの恋文」(二五)の主人公の行なうような探求——があちこち見られるのと同じように、その伝統に超人間的な連続性を付与するためにテキストを援用するのである。事実、このことはそれほど矛盾した発想ではない。というのは、人文学の分野では、中心的なテキストは個々の人文学者にとっては実際上の目標であると同時に、一種の理想でもあると考えられているからである。〈文献学〉(フィロロジー)という語の文字どおりの意味がこのことを十分に明らかにしている。

　私が今まで述べてきたすべてのことにおいては、読むことはテキストの生命にとって普通考えられるほどにはいつの場合にも重要なものとは必ずしもされていない。これは逆説である。むろん、読まれないテキストは存在しないテキストと等価である場合が多い。しかし私が言っている意味は、テキストを〈読まれるもの〉(私たちが読む対象)として基本的にみなせば、テキストが産み出すところの極度に多様性に富んだ書くという活動や、書き換えるという活動を見逃すことになるということである。いかなるテキストも、書く行為と読む行為の間の一種の数学的均衡として、また読む行為の物理的結果として、さらにまた読む行為の効用として見られるべきではない。こういった公式めいた考え方が不都合である点は、それらが読むという行為を書くという行為に優先させることにある。ところが、実際は、テキストの生産とは、そのテキストを読むという行為で始まるものではないところのそれ自体の系譜を持つ出来事、物理的にも精神的にもそのような出来事であるのである。ここでの論点は、テキストの起源は読むことによりも書くことに多く関係があるということ、少なくとも、私がここでも別のところでも試みてきている形の分析にとってはそうであるということである。テキストとはある程度は、テキストを書こうとする継続的願望である——〈読みうる〉(*lisible*)テキストと〈書きうる〉(*scriptible*)テキストの間の区別をもうけるときにロラン・バルトが述べているように、「書きうるテキストとは永遠の現在であって、そこには〈首尾一貫した〉いかなる言葉《パロール》も安住しえない（そのような言葉はこのテキストを致命的に過去に変えてしまうだろう）。書きうるテキスト、それは書きつつある〈私たち〉のことである」[17]。書き始めるということはテキストを生産し始めるということである（むろん、書くことが少なくともその作者にとって実際にテキストになるまでには、多くの磨きをかけることもありうるが）。この点でもまた、テキストは人間の一生とは分離したものであることが分かる――エクリチュールがたどる過程は、日付けが可能なサイクルのパターンとは必ずしも結びつかないパターンをたどっていくのである（この問題はのちほどまた触れる）。

科学のテキスト・ブックの演じる役割についてトーマス・クーンがその『科学革命の構造』で記述していることと非科学的テキスト一般とを比較すれば、役立つ理解が得られる。「革命の不可視性」と題された章で、クーンは、科学のテキスト・ブックは権威の源泉であり、その役割は科学的革命の産物を直線的なもの、もしくは集積的なものとして記述することにあるといったテーゼを提示している[18]。このような誤解は通常の教育法であるとクーンは述べているが、しかし実際は、科学の「テキスト・ブックは科学者が自分の専門の科学の歴史について抱く理解をまず截断して、つぎにそのように排除したものに代わるものを提供しようとするのである」。クーンが科学のテキスト・ブックに対して抱く関心は、それらのテキスト・ブックが科学研究に関する情報源であるわけだからそれらが提示する教育的な科学イメージがほとんどの科学者が抱く――発見と発明としての――共通の科学観を決定するという点に向けられる。このようなテキスト・ブックは、したがって、研究と発見に取って代わることによってそれらの真の歴史を隠していることになる。それらはまた、あらゆる科学的革命の基盤を形成するとクーンが主張するところのパラダイムの作成とか検査とか廃棄とかの複雑な手続きを曖昧にするやり方で、研究の結果を保存する。いずれにしろ、クーンによる科学的テキスト（・ブック）の特徴づけは、印刷されたテキストの直線的な権威を、そのテキストの持つ、排除し、誤解し、そして教育的であろうとする機能と直に結びつける。印刷されたテキストは、歴史を截断することによって、そして歴史があたかも分離した、予め確定できる一点から始まり、そのあと直線を描いて進むかのように見せることによって、学問分野を明確にする行為を始める。そうなると、このような手続きによって、テキストがその外周をきちんと刈り込まれて即応するところの歴史のイメージが作り出されることになる。

したがって、ある意味ではクーンは、科学のテキスト・ブックは科学の研究活動の進行を妨げる一種の障害物であると主張していることになる。テキストはこの科学の活動を、実際は多次元的で柔軟な活動であるのにそうは見ずに、なにか固定した、すでにできあがったものとして提示する。クーンの考え方とほとんど正確に一致する二つの考え方をあげるとすれば、それはニーチェのものとヴィーコのものということになる。この両者はともに、ローマ法典であろうと、尊敬を受けてきたアテナイの悲劇作品のテキストであろうと、あらゆるテキストは学者と歴史的過去との間に立つものであること、いや、むしろ、テキストは、単純に教訓的であろうとして、（その表向きの明澄性のゆえに）ある過去（これはテキストの直線的な形態によって誤解される）の現実体として解釈される場合が多いことを主張している。テキストは、したがって、ニーチェがオリュンポス的構造と呼ぶものを備えたアポロン的なものということになる。少なくとも、それが、言葉によって伝達できないほどに流動的な詩を引き止める能力を持っているという点ではそうであると言える。ヴィーコは、「人間は、自分たちをその社会の中で結びつける法律や制度にまつわる記憶を保存するよう自然と強制されるものである[19]」と述べている。彼らは過去を統一的に保存するテキスト（詩、法典、歴史書、神話など）の中でそのように行なうのだが、それらのテキストは「学者たちのうぬぼれ」によって、「彼らが知っているものがこの世界のそもそもの始まりから顕著に理解されてきたものであるに違いない」と言わんばかりに、過大評価されているのである。ヴィーコは「『新しい学』における」この研究の目的のためにわれわれはこの世界には書物など存在しないかのごとくに考えなければならない[20]」と結論的に述べている。『歴史の効用と誤用』でニーチェは、「科学書の近くには人生の健康法がある」が、この健康法の本質は非歴史的なもの、超歴史的なものであって、この二つは「歴史の病気」に反作用を及ぼす、と言っている[21]。これらの「科学書」の中に私たちは歴史と近代哲学の研究を見出すことができるが、その研究は、「政治的、公的なものであって、われわれの近代的政治、教会、大学、道徳体系、そして臆病風などによって行なわれる単なる学問の幻想になりさがる運命にある[22]」のである。

今までしばしばテキストの特質として同定されてきた拘禁と障害といったイメージは、この同定がニーチェの場合ほど議論の余地がないとはいえないにしても、必ずしも予想されないイメージではない。例えば、ブレイクの『無垢の歌』〔二六〕の冒頭の詩は、詩人がすべての子供の喜びのために自分の楽しい歌を書こうとして葦──「田舎のペン」──を用いている姿を写している。詩人の紙は水であり、詩人が「書け」ば、その水に印がつく。だが、私たちの気持は、この詩に見てとれる無垢と、水に消えない字を書くことの不可能性とを結びつけたくなる。その無垢を乱す気味のある一行は、「そして私は清らかな水にしみをつけた」という一行である。にもかかわらず、曖昧な場所に置かれた「清らかな」という形容詞は「しみをつけた」という語に見られる脅しめいた調子を相殺していて、したがって、「私は水が清らかになるまで、その水にしみをつけた」という意味か、あるいは「私のペンはその清らかな水にしみをつけた」という意味のどちらかとしてこの一行を読むことが可能になる。いずれの場合でも結論は、そのときはしみをつけられてもその印を長く留めることのない水の上に書くのだから、詩人は幸福な（そして、清らかな）歌を作るということになるのである。この常套的な心象は「無垢」という文脈によって、また『経験の歌』にしばしば見られるところの、何かを作りあげ、対象を封じ込めようとする心象との対照によって体系的に強化されているのである。

この逆が、スウィフトの「ある婦人の象牙製の卓上装飾本のうえに書かれた詩(二七)」に見られる。話し手はこの本自体であって、本の固さは、それに刻まれた文字の場合と同じように明白である——

私のページのすべての部分をよく読んで、
私の主人の心が見えると思って下さい。
そこにはこのように取るに足りないことが
　ちりばめられていますし、
それは同じように固く、無情で、
　そして軽やかです。

これははっきりと特別のものと認められる本であり、「あらゆる伊達者の目に晒される」ものであるが、スウィフトがこの詩で行なっていることは、無情な刻文と傷つきやすい無防備な態度とが結びつけられるときに出てくるこの本のテキストの固さという奇妙な現象に思いを寄せること、それのみである。テキストというものはそこに刻まれているものを保存する表層であるから、それは、「深い」理解に敵意を持ち、それをはねつけながら、同時に人々の注意を無差別に呼び込むのである。

スウィフトもブレイクもキーツとは異なる。そのキーツにとって、テキストは、二つの注目すべき場合には、それほど不都合でない意味を持っている。彼らがキーツと異なる理由は、キーツの場合には、テキストの物理的な特徴、つまりテキストは書き下されたものであるという事実が別の要素に変質させられているか、さもなければきわめて特別の意義を与えられているかのどちらかであるということである。チャップマンのホメロスは文献テキストではなくて、音声テキストである――キーツは、「チャップマンが大声で大胆に話すのを耳にするまで」ホメロスの世界の「純な静穏」を一度も吸ったことはない、と言っている。(二八)つぎに「死ぬかもしれないと恐れるとき」(二九)と題するソネットでは、自分の死の運命について詩人が抱く強烈な感覚は、本を書きもので満たし、頭に浮ぶ情報を自分のペンでもって集め、「夜の星をちりばめた顔」の蔭の中に甘美な物語をたどることなど彼にはできないことと結びつけられる。書くことは〈名声〉を手に入れる手段である。それは、ちょうど愛する人の顔を眺めることが「躊躇しない愛」の味を与えてくれるのと同じである。作者のテキストは、したがって、直ちに虚無を回避するものとなる――キーツの視角は消滅を恐れる人の視角である。つまり彼は、(彼が生産するいかなる個別のテキストにも対立するものとしての)銘記の行為そのものが、書く限り自分は生きているのだという保証を与えてくれるような人間なのである。

テキストのほとんど物理的に束縛された存在性を避けるときのキーツの避け方は、解釈の行為の最中にテキストを書き換えるための技術のすべてに関連している、と私は信じている。エクリチュールが個人の孤独な行為でもなく、筆跡学的な銘記に意味を閉じ込めることでもなく、種々の文化的手続きへの参加を可能にする行為だと考えられるとき、障害としてのテキストは新しいテキストへの通路を開くものとしてのテキストになる。(三〇)この変容はディルタイの解釈体系の中核に見られるものである。むろん、この体系は、ポルピュリオスといったような解釈家にその先行者たちを持つ解釈学の長い歴史によって囲い込まれてはいるのだが。伝統はテキストを徐々に、そして多くの研究によって、さらに多くのテキストに変えられるものと見るが、それらのテキストもまた他のテキストの出現を許すのである。例えばカール・バルト[二二]の神学的解釈学では、「『ローマ書註解』において記述されている［バルトの］方法論は、テキストが消滅[23]し、神の言葉そのものにわれわれが直面できるまでテキストと共に生きることである」ということになる。非神学的解釈学にとっては、テキストは、ちょうど書簡体小説においてひとつの手紙が別の手紙を産む契機となるように、多テキスト的である。保存し、障害となり、転置するというテキストの持つ機能は書き換え（それが解釈学的解釈の真の姿であるが）に抵抗するものとして考えられているが、この始まりの時点での書き換えの前提は、テキストの抵抗は主として形態上の問題である、ということである。すなわち、究極的には、障害としての各々のテキストは欺かれる、つまり分解される可能性があるということである。ヴィーコやニーチェがこういった態度のひとつの側面に寄りそうのは、彼らにとってテキストというものが〈基本的には〉力と転置の事実であるからであり、それにひきかえディルタイの作業では、テキストは歴史的意識に対して「精神生活」の一面として提示されているのであり、そのようなものとしてのテキストの形態はその精神生活における〈配分〉の事実であって、脅しをかけてくる障害の事実ではないのである[24]。おそらくテキストがエクリチュールであるからだろう——ハンス＝ゲオルグ・ガダマー[二三]によって展開された解釈哲学ではエクリチュールは「発話からの自己疎外」(*Selbstentfremdung der Sprache*)[25]であるが——、テキストは解釈と書き換えを〈本質的に受けやすいもの〉として考えることができるのである。

テキストがこのように抵抗力がないと言われる今ひとつの論点が存在するが、それを扱う試みがテキスト批評の作業である。ここでもまたテキストを書くという物理的な行為が「自己疎外」を巻き込むことになるが、しかし今度の疎外は発話行為からの疎外ではない。むしろ、テキスト批評の近代的古典とも言ってよい「テキスト批評に対する思想の適用」でA・E・ハウスマンが述べているように、テキストは筆写を行なう筆記者によって原版（この意味では「純粋な」版）から疎外される可能性がある――「筆記者は」とハウスマンは言う、「自分たちを妨げるものがなにも目に入らなければ、より親しくない形からより親しい形に変えていく(26)」。テキスト批評は「テキストの中に誤りを発見する科学であり、誤りを除去する技術である」わけだから、テキスト批評の実践を神秘に、さもなければ数学に関係を持つものと考える口実は存在しないことになる。原テキストはテキスト批評家の実践の領域の外に存在する所与ではない――テキスト批評家は、自己の知識と経験の範囲内に原理的には存在しないところのものを復権せしめようと試みる。「思想」が、彼が伝達された（つまり筆写された）版の基礎の上に立って正しいテキストを確立することを可能にする。だとすれば、復元された各々のテキストにとって、一系統のコピー版が存在すると考えられることになる。だが批評家は、それらが「存在する」と考えられるのが可能になるまえに、自己のテキストのために家系樹を立てなければならない。ハウスマンは、テキスト批評が「明白かつ鋭く精神に提示される［されない］ものごと」を扱うものであることを忘れずに示している(27)。テキストの各々の部分に対して、多くの偏見、歴史に関する誤り、それから多様な空想が介入してくる可能性がある。そこで、批評家は、自分が使用する言葉が感覚的な特質を持っているかのように振舞わなければならないことになる。このようにして、批評家は、自分の行動が愚かであったかどうかを、より手っとり早く告げることができるのである――つまり自分の行動が実務的な結果を手に入れていると見うるかどうかが分かるのである。しかし、原稿の読み方が正しいか間違っているかに関する「われわれの結論は、「化学実験におけるのと同じように」同等の決然たるテストによって確認もしくは訂正できるものではないのである。というのは、同じように決然たる唯一のテストは原著者の自筆の原稿であるだろうからである(28)」。

ハウスマンは一貫してテキスト批評のことを、「嘆かわしいほどに知的である」対象物によって大部分が占拠されている一種の内的空間と言っている。彼のテキスト観も、思うに、これとまったく類似したものである。あとから行なわれる筆写をしっかりと現実の中にくいとめるような、絶対的に正しくて「原型の」テキストというものはありえないわけだから、すべてのテキストは、想像作用と誤りの、終始移動する縺れ合いの中でしか存在しないのである。テキスト批評家の仕事は、自己のテキストをページの上にしっかりと固着させることによって、そのテキストのすべての別の版を、それとの直線的ななんらかの連続性の中に配列してはめ込むことである。自分が編纂したマニリウスの版本への序文でハウスマンはまさにそのことを記述しているのである。それにもかかわらず、テキストについてのとりとめのない散文は、編纂されたテキストの累積的な改訂や復原作業によって確立された隠れた系列関係を露わにするだけである。同家系のテキストによって占拠されている内的空間は、「原型の」の親テキストの不在によって限定を受け、またある程度はその不在がその空間の原因にもなっているのである。校訂本は他のテキストを「親」とするコピーである。そしてそれらの他のテキスト自体もコピーであって、編纂者はそれらのコピーをたどっていって「原型《アーキタイプ》」にまで行きつくほかない。

パウル・マースの『テキスト批評』（その理論上の先駆者はヨーハン・ヤーコプ・グリースバッハ[三四]とカール・ラッハマン[三五]である）は、テキスト性に内在するそれらの混乱を最小限に留めようとして、テキストを記述するのにこれらの用語を用いている。マースの貢献は、「証拠（コピー）同士の相互関係」を示すために家系学——系譜学から借用された方法と語彙——を用いたことにある。もしひとつのコピーの由来をひとつの証拠、すなわち伝承（*codex unicus*）までたどることができれば、校訂は「その単一の証拠をできるかぎり正確に記述し、解読するという作業になるのである[29]」。「裂け目」があった場合は、編集者の仕事はかなりの程度までより困難なものになる。各々の伝承は「原型」——これは原テキストではなくて、原テキストの最初のコピーでしかない——に関連しているので、所与のテキストの父子関係はきわめて複雑になる。各々のテキスト（*textus receptus*）は、伝達された誤り（*errores significativi*）がそのテキストの訂正版（*constitutio textus*）に見られる編集上の改変箇所を確認するのに用いられるような形で、批評的調査を受ける。編集者の理論的根拠は、自分のテキストに最高の、もっとも信頼できる血統（*code optimus*）を与えるときに編集者は自己の校閲版と原型版との間の諸関連を明示していることになる、ということである。テキストの家系図はマースによって次のように描かれている——

川は、高い山の頂上の下部に隠れているところの、近づくことのできない源泉から流れでる。川は地下で分岐する。分岐した支流はさらに分岐していく。そしてそれらの分岐した支流の幾つかは泉となって山腹の表面に湧き出てくる。これらの泉の水はすぐに地面に吸い込まれるが、山腹のもっと下の方の幾つかの地点で表面に出てくることもあり、最後に地表で人の目に見える形で流れ進んでいく。水源から発して進んでいく水は、つねに変化していくが素晴しい、純な色をしている。地下の水脈の中を流れるとき、色を含む物質が始終水の中に分解し溶け込んでいくところの地点を通過する。同じ現象が、流れが分岐するたびごとに、また流れが泉となって地表面に出るたびごとに起こる。流れ込むと、流れのある部分の色は必ず変わり、この部分はその色を最後まで持ち続ける。自然の作用で取り除かれるのは、わずかな色彩変化だけである……調査の目的は、泉を資料にして単一の色もしくは複数の色の真性をテストすることにある。(30)

マースの用いる心象の論理によると、家系の起源、その父系の源泉は接近不可能と定義されるが、それは結局、テキストに関するかぎり起源はなく、あるのはコピーだけだということになる——このことに注意を払うべきである。したがって、ひとつのテキストの伝統の始まりは、この接近不可能な源泉を恐らく忠実にコピーした版の最初の出現（原型）ということになるのである。再び論理的に言うと、主流の水路の中に入るいかなるテキストも同一家系の構成員としての他のすべてのテキストに関連づけられるということである。筆写の誤りは親子関係の「自然の」付随物であり、したがって外部の権威、ハウスマンが「決然たるテキスト」と呼ぶところのものに訴えることはありえないことになる。露骨な捏造版、完全に気まぐれと言えるコピー、無分別な校閲版などといったものですらも、主流から分岐した支流として扱うことができるのである。言い換えれば、すでに述べたように、原版に近づくことは不可能であるけれども、ひとつのテキストの各々の版はその原版の持つ積極性の修正版であり、どう見ても豊かな力を秘めたものなのである。テキストを使用する各々の人は、各々の版の異版としてのテキストのいかなる版例をも巻き込むところの諸関係事項（それには、編集者、筆記者、伝承、そして流派などが含まれる）が織りなす網状の情況の中に捉えられるのである。テキスト批評家を他から区別する特徴は、彼が筆記者以上にテキスト間の〈家系〉関係を意識しているということであり、他方、他のすべての「消費者たち」は同じテキストの複数の異版間の類縁性について漠然とした知識を持つだけで満足するのである。

テキスト批評家がマースの系譜的方法を用いようと、ジョゼフ・ベディエの「最高のテキスト」という方法を用いようと、あるいは現在利用できる統計学的技法のいずれを用いようと、純化されたテキストのためになされる数々の要求が作者の領域に侵入してくる。ジェイムズ・ソープが「もし編集作業がなければテキストは滅び去る」と言うとき、彼は、テキスト批評が作者の衝動を「長びかせる」と主張しているのである。テキスト批評の関わる主題は芸術作品であって、学問分野としてそれがかかげる理想は「作者が意図したところのもの」を提示することである。[32] それにもかかわらず、モース・ペッカム[三八]の言うところによれば、そのような見解は「私たちを到達できない理想を追求するようにうながす。これは真の聖人崇拝である」[33]ということになる。というのは、〈テキスト〉という考え方はひとつの構成概念であるだけではなく、「〈作者〉という用語（創造者としての〈詩人〉が強調される）は、主として言語の生産者として考えられるひとつの人間有機体に神の恩寵もしくはカリスマという贈り物を帰属せしめることにもなる」[34]からである。しかし、ペッカムが自己の主張について行なっている摘要は、きわめて本質的であり、率直であるにもかかわらず、テキスト批評の持つ改善論的かつ連鎖的偏向性を完全には払拭してはいない――

　テキスト編集者の仕事は、長く、複雑で互いに絡み合った一連の姿勢（これの結果として作られたのが、一連のテキストである）の中で行なわれるところの、不満な点、不備な点を補ったり、整頓し整理したり、合法化したり、また変化をもたせたりする作業によって、作者（とされる人）の手になる一連のテキスト（とされるもの）からひとつの新しい版を生産することである。編集者が到達しなければならない、もしくは到達できる〈決定的な〉版はないのである。編集者の行動を取り持ってくれるような指示項目で、他の指示項目をさしおいて選ぶことのできる特定のものはないのである。編集者の活動は多目的的である――彼のかかえる問題は経験に立脚するものである。その問題は先験的に解くことはできない。彼の置かれた立場は開かれたものである。[35]

倫理的な観点から見れば――すなわち、そのコピーを原版の持つ完全性とされるものを拓いたものとみなすならば、ということだが――そのテキストの新しいコピーの各々はそれぞれの先行コピーをある意味では〈凌駕している〉と言うことができる。誤りを犯す危険が増すのみならず、原版、祖版、コピーなどの間の距離が増すとは言えなくても、変化に富んでくる。各々のコピーはその先行コピーよりも原資本をより多く費やし、そして、そうしながら、各々のテキストは直前の版を実際に不純なものにすることはなくとも、それを侵犯することになる。しかしながら、こういった過剰な行動にはいくつかの限定条件がある。その条件のひとつに、類似性の原理がある。この原理によって、複数のテキストが、それらがみな祖版に正確に類似しているということで、〈有効なもの〉にされるのである。この逆説は、ボルヘスのピエール・メナールの物語の中核に見てとれる明察である。つぎの限定条件は、複数のテキストの伝統は、きわめて広く考えると、合体して、より大きな基質を形成するものであるということである。〈世界文学〉(三九)(*Weltliteratur*)や〈ロマーニア〉(*Romania*)(36)といった発想はこの条件を示す二つの例である。広範囲にわたるこういった取り合わせはどんな〈原〉テキストの持つ権威にも先立つものではないにしても、それらは、これらの原テキストから伝わってきたテキスト群のための一種の概念的な武装として作用する。同一家系内にある他のテキストの支持に加えて、各々の単一のテキストはそこで、ラテン語のような普遍言語という母体を通して、あるいは〈世界文学〉のような普遍的発想という母体を通して連結される他の諸々の家系の存在を示し、またそのような家系の力にあずかるのである。

　だが、テキストの存続に関わるこれらの保存的力学のうちいかなるものも、テキストというものがきわめて特殊な種類の筆跡学的記憶であるといった事実がなければ、作用することはできない。ここでもう一度私たちはテキストの持つところの、保持し、置換するその機能のことを話題にしなければならない。というのは、きわめて明らかに、コピーとしてのテキストの存在は、ある始源のもの——思想とか暗黙の優先権とか自動的な力とか、あるいはコピーされていない自筆の原稿とか——を排除してそれに取って代わる（そして類似性によってその置換の記憶を保持する）からである。テキストの歴史で起こるこういった置換の現象の顕著さの度合いはそれぞれの時点によって異なる。十一世紀にはすべての修辞を、口述筆記用の古典的範例をコピーする技術（いわゆる〈口述筆記の技術〉*ars dictaminis*）に従属させる現象が見られたが、これなどはその一例である。各々のテキストは、二つの源泉（つまりその文体がコピーされつつある古い原版と、持続されたものとしての形をとって現われた現在のテキスト）から引き出される権威を持つテキストという構成物を衆目に提示するために、各々のテキストは通例の言述を脇に押しやる。テキストに書き入れることは、いきおい、原版から離反する動きを始めることになる――それは、始まりとしてのテキストの世界にコピーとして、そして父親殺しとして入ることを意味する。

　テキストに関する多くの議論の底部にひそむオイディプス的モチーフ（例えばハウスマンやマースの場合も例外ではない）は、もしテキスト＝コピーをトーテムとみなし、そのようなテキストの作成を、フロイトが『トーテムとタブー』の中で言及している始まりの段階の父親殺しの行為（これは原型としての父親に対してなされる）として考えるならば、もっと意味を持ってくる。ここでフロイトを持ち出すことがこじつけのように思えるとすれば、それは、書物の普及が極度に進んだこと、急進的モダニズムが力を及ぼしてきたこと、古典作品に立脚した重要な教育の伝統が見られなくなったこと、そして十九世紀に〈高等批評〉がテキスト面で激変したことなどによってテキストの持つ擬トーテム的地位が低下してきているがためである。しかし、『トーテムとタブー』をテキスト批評のよく知られた作業――例えばルナンの『イエスの生涯』[四〇]のようなもの――についての注解として読むとき（私たちもすぐに本書でそれを試みるつもりであるが）、この作品の持つ関連性はかなり高まってくる。例として、ある共同体の構成員の間に見られる「飲食に帰せられる結束力」[37]に関するフロイトの説明がある。原始社会におけるこのような儀礼は、「始まり」の段階の行為を記念して社会全体を結束させるところの血縁性、「共通の実体」[38]への参与を意味する。翻訳家であれ、編集者であれ、近代の小説家であれ、『オデュッセイア』といったテキストを利用する人たちすべてに課せられる義務は、彼らの血縁性が彼らの共通の参照項目によって、つまりそのテキスト自体によって規定されるものであることを承認することである。サミュエル・バトラー[四二]が、ナウシカアが『オデュッセイア』という詩篇を書いたことを証明するときにしたのと同じほどそのテキストを乱暴に扱っているときですら、これらの人は、テキストの伝統全体に対する彼らの共同体意識（それは共通の罪意識でもあるが）を公言するのである――バトラーはその『「オデュッセイア」の女性の著者』の第一章で、「私がいかに石打ちにされるに値するにしても、はればれとした良心をもって私を石打ちにできる人はいまい、と考えて自分を慰めることもできるだろう[39]」と述べているのである。バトラーがここで言っていることは、『イリアス』の著者と『オデュッセイア』の著者は別人であると現在一般に考えられるようになったという意見の変化のことである。時間の経過とともに、テキストのコピーの数は増加し、テキストについての考え方は変化し、そして以前よりも強烈に、テキストの原初の状態と推定されるものを侵犯する機会がテキスト共同体に与えられるようになるのである。というのは、詩の私的領域をもっとも侵犯するものとして、その詩の帯びる実際の構成（この構成は、ひとたびあるテキストが現われてきて、もともとの詩人の作品に取って代われば、永遠に後に置去りにされるものであるが）を不敬な議論のテーマとして扱うことをおいてほかに考えられないからである。

ひとつのテキストの公刊、あるいは少なくとも流布されるべき物としてのそのテキストの出現は父親殺しという行為の儀礼的な反復であり、それによってコピーは、マースが接近不可能な源泉と呼ぶところのものに取って代わろうとする。私は公刊のことをきわめて一般的な形で言っているのであるが、しかしキリスト教的西洋世界では中心的テキストたる新約聖書は福音書として形態的には存在してきたのであり、その福音書の物理的存在は共同体の罪科と贖いを記念するものであるということを忘れるべきではない。もしイエスがキリスト者共同体の父であるとすれば、すべてのエクリチュールの事例はイエスの死を、あるいは少なくともイエスの発話の書記文献への移行と、それに対する共同体のアンビバレントな関係を意味する。このいずれの場合においても、イエスの存在は言葉へと変質されるか、さもなければ言葉のために犠牲に供せられる。これはちょうど逆に、イエスが肉になった〈ロゴス〉であったのと同じである。キリスト教の犠牲の考え方はしたがって、「父に加えられた暴虐のゆえにその父に満足を与えるものである――この父に加えられる暴虐の行為では、その行為そのものが記念される行為でもある」[40]のである。キリストの死は、罪科で永遠に汚れてしまった使徒共同体の存在を可能にする。そしてその共同体は、雌雄を決する福音書への忠誠が血縁の印として制度化されるたびごとに、不朽のものとされる。福音書への固着を通して、すべての人は兄弟のごとくにされる――とくに、そのような血縁はテキストによって生命を与えられた規則への忠実な遵守を要求するものであるから、そう言える。これらの規則のうち、〈まねび〉(*imitatio*)は、エーリッヒ・アウエルバッハが示しているように、〈キリスト教的な〉テキストの形成――複数の文体の混合体としての、〈比喩〉としての、ミメーシス的表象としての、アレゴリーとしての、そして形相としての〈まねび〉――に関するかぎり、もっとも力強く存続してきたもののように思われる。「私と私に似たものを記念してこれを行なえ」という言述は、したがって、先行する中心的なひとつのテキストに従属し、それと類似するテキストを作成することへのキリスト教的な訓令となるのである。アウエルバッハの『ミメーシス』は、キリスト教的テキストが〈まねび〉についての古典的な考え方に与えた格別の影響を、力強く証明してみせてくれる。この影響は、例えばダンテやセルバンテスに、原型的銘記の〈あとで〉兄弟としての類縁関係に身を委ねることのみならず、それを大いに活用することを許すような類のものであった。

文体のレベルにおいてすら、キリストの犠牲の結果として、キリスト教において中心的となるテキストは、〈控え目な言葉〉（*sermo humilis*）によって始動されるような力学に影響を与えることになった。この〈控え目な言葉〉というのは、聖書の記述様式に見られるように、〈低い〉言い回しを崇高な主題に結びつける手法である。だが——

教育のあるほとんどの異教徒たちは初代キリスト教の著作をばかばかしく、混乱していて、嫌悪感をかきたてるものとみなしたが、このことは、ギリシア語版によりもラテン語版に対して言われた。著作の内容は彼らには子供らしい、ばからしい迷信と映り、その形態は良い趣味を侮辱するものと思われた……。もっとも深遠な問題、つまり人類の啓蒙と贖いといった問題が、どうしてこのような野蛮な著作で扱われうるというのか。このつまずきの石を取り除くために、教育あるキリスト教徒たちは、教育もしくは経験のない人々によって行なわれた聖書の最初の翻訳（ここで言っているのはラテン語のテキストだが）を正し、それらを立派な文学的用法で書き換えるよう早い時期に決意してもよかったのにとも思われる。しかしこのことはなされなかった。きわめて奇妙な文体を持つ最初のラテン語訳は、古典的な味わいの聖書テキストによって置き換えられることは決してなかった。〈古ラテン語〉のテキストはすぐに信徒の集りの中で大きな権威を獲得していった（それらは初期のラテン語を話すキリスト教徒たちの社会的・知的水準にきわめて適合していた）ので、それらはすぐに、確固として確立した規範的伝統になってしまった。これ以上に洗練された文学的テキストであったならば、決して受け入れられることはなかったであろう。(41)

〈控え目な言葉〉の持つ強みのひとつは、「人間みな兄弟であることを、人間のあいだを結ぶ直接の絆があることを表現するその力である」[42]。つまり、〈控え目な言葉〉が、フロイトが「共通の実体」と呼んだところのものをキリスト教徒たちに与えたということである。テキストの実体の形態と内容とは、儀式としての会食が持つ結束力と類似する結束力を持っていたのである。したがって、中世のキリスト教徒詩人の中でもっとも偉大な詩人であったダンテは他方では——

極度の主体性を、あるいは少なくとも、表現の大きな広がりと鋭さにおいてそれまで誰も達成しなかった主体性を持っていたことになる。それは［他方では］、献身的なキリストの〈まねび〉と、神の国で行なわれること（たんに決められていることだけではなく、実際に遂行されること）を忠実に記録しようとする努力とから湧き出てきたものであった……［かくして］ダンテは、自分自身のためだけではなく、自分の後に続く者たちのためにも読者層を作り出したのである。彼は、彼が詩を作ったときにはほとんど存在せず、彼の詩によって、また彼の後に出てきた詩人たち[43]によって徐々に作りあげられた共同体を、彼の詩の潜在的な読者としての共同体を形成していったのである。

そこで、キリスト教的テキストという考え方が、キリストが自分の生きた言葉を犠牲にして、それに代わる様式であるところの書記言語に委ねたことから生まれ出たと言いうる積極的規律、つまり自由と制約の共同性を、作者や読み手にきわめて大規模な形で課することになったのである。もし私たちが『神曲』をここといまの情況の中に聖書のテキストを植え込んだものとして見れば、アウエルバッハがダンテを近代ヨーロッパ文学の創始者として評価したことがもっと妥当性をもってくると、私は思うのである[44]。あたかも福音書の目をもって同時代の世界を見、あたかも母国語でもってその世界を描き出すことで、ダンテはイエスの〈受難〉を、あたかもキリストによって語られるかのように繰り返されるテキストとしてのみならず、現在時点にまで引きのばされる出来事としても記念して描いたのである。

この点に関して言えば、ダンテとミルトンの立場の相異はきわめて教訓的である。ミルトンの非妥協的な態度についてブレイクが抱いた考えはなかんずく、福音書の書き換えを自らに課するテキストとしての『失楽園』の広範囲にわたる特性を強調している。ミルトンの詩行[四二]——

危険を冒す歌、
それは中空の飛翔ではなく、アオニアの
峰を越え、今まで散文・韻文をとわず
ためされることのなかった事柄を扱おうとする（一巻一三—一六行）

は、おそらく福音書すらをも含めて先行するあらゆるテキストを凌駕しようとする意図によって終始特徴づけられている。彼の「答えることのできるスタイル」とは、ラファエルのように、「世界と世界の間《あわい》」（五巻二六八行）を航行できる類のテキストを銘記するものである。これも興味あることであるが、この詩における作家としての偉業を表わすミルトンの駆使するイメージ表現は、自分は他の誰よりも高く飛翔するものであることを想起させる表現をつねに含んでいる——

これらに長けず、これに励まない

わたしには、より高い主題が残されていて、
もし時代の遅れ、寒い風土、老齢などが
わがこころざす飛翔をくじかないならば、この
主題はかならずその名をあげることになる……（九巻四一―四五行）

ダンテにとって原テキストというものは、アウエルバッハが地上の世界と呼ぶところで確認と形象化を求めるものであるが、他方ミルトンは、先行するテキスト、つまり伝承（*codex unicus*）によって始まりの場所が不法に侵害されることに抗議するためであるかのように、創始の場所を希求するものとして自己のテキストを見ているのである。

父祖の権威を持つものとしてのテキストに対して新しいテキストが加える挑戦は、ミルトン以降の文学と思想における大きなテーマのひとつを含んでいる。書物の戦い、十八世紀の百科全書派が行なった調査、ロマン派の反逆――これらはみな、支配権を主張する父・テキストを相手にした子としての戦いを反復するものである。本書のもっと前の部分で、私は、小説的衝動とは作家に父親としての役割を取らせることであり、小説自体に、作家の出発の時点における創造性に依拠するところの内的かつ自律的な親子関係を付与することである、と主張した。私の意味するところを示す例として、シード・ハメーテ・ベネンヘリの「見出された」手稿の(四三)『ドン・キホーテ』における役割がある――この創作物がセルバンテスのテキストの中にあるのは、この小説の先行作品がその小説自体によって名前が与えられ、かつ創造されたテキストであって、それは小説家が身を委ねるためにたんにそこにあるテキストではないことを示すためであるということである。（最近では、W・J・ベイトとかハロルド・ブルームなどによって究められているよ

うに）作家間の影響という膨大な問題について言えば、この問題もまた、私たちがここで用いてきている条件におけるテキスト間の関係の一面として理解できるのである。かりに私がここでかくも集中的にテキストだけに光を当てて、作者とか人格などを考慮していないとすれば、それは、あらゆる作者が直面するところの始まりの問題としてテキストの持つ現実の積極性を主張するがためである。というのは、テキストの創造者としての近代の作家たち――例えばマラルメ、ホプキンズ、プルースト、ジョイス、エリオット、そしてその他の多くの人々――も、彼らが出会うところの困難な問題に対しては私に劣らず誠実な態度をとってきていることが分かるからである。

現代のエクリチュールを一般にテキストに関して作者が抱く個別の問題としてもっと正確に理解するためには、聖書テキストに関する十九世紀の研究から多くのことを学ばなければならない、と私は思うのである。この聖書テキストというのは、文学批評に関するかぎり、今まで疎かにされてきたタイプのエクリチュールである。主要な道標は十分知られている――モーセ五書に関するコレンゾー司教[四四]の作業であるシュトラウスの『イエスの生涯』[四五]、シュライエルマッハー、バウア、キームなどの作業を含む『試論と書評』、ルナンの『イエスの生涯』などである。[45] 同様に、これらの作業がどんな形の効果をもたらし、あるいはどんな強い抗議をかきたててきたかもよく知られている。だが、もっと綿密な精査に耐えられるのは、それらが演じたテキスト修正主義というドラマ、つまり「原」テキストを〈始まり〉のテキストとして扱うことをめぐって辛抱強く行なわれてきた（ある場合には公然たる、またある場合には内々の）闘争である。私たちはこの闘争を、聖書テキストに与えられてきた絶対的な聖なる優先権がおそれ多くも残っているにもかかわらず、自分自身が属する同時代の体制が所有すべきテキストを主張する権利への闘争として考えることができるかもしれない。例えばヴィーコは、『イリアス』のような

「原始的な」テキストを研究するとき、聖書をまったく避けて通った。「最初の人間たち」のことを語るとき、ヴィーコは、大胆にもアダムを「われらの作者」として言ったあのミルトンとは違って、決して聖書の民ではない異邦人のことをあげているのである。高等批評家たちはそんなことはしなかったが、高等批評家たちの論敵のひとりであるW・H・グリーンは、発想や真剣さにおいて危険な「倒錯」が見られると言って、彼らを告発した。グリーンは、聖書テキストは以前言われていたほどには原始的でも、統一的でも、信頼できるものでもないことを示そうとするような研究は議論の対象とされるべきであると主張した。まったくそのとおり、『モーセ五書に関する高等批評』の序文で、グリーンは自信をうかがわせながらつぎのように述べている――

このような研究がいかに真理をうがち、徹底的なものであったとしても、またいかに恐れを知らずに追求されたものであったとしても、聖書のテキストはそういった研究に恐れを抱くものはなにも持たないのである。それらの研究は結局は、聖書が自己のために立てる要求の真実性を、あらゆる個別の現象において、より確固として設立せざるをえないのである。聖書は岩の上に立っているのであって、その座から落とされることは決してありえないのである。(46)

高等批評は聖書の統一的テキストを、もしくはその部分を、雑多な歴史をたずさえた個々異質の文献群に再配列しようと一般に試みてきた。すなわち、当時の批評家のテキストの中で扱われているものとしての聖書のテキストは、たんに文献学的・情況的な次元の証拠のテキストとして焦点になるのがせいぜいのことで、その後のあらゆる歴史とエクリチュールの〈源泉〉(*fons et origo*)になることはないのである。

他方グリーンはこう主張する——

旧約聖書は神の霊の産物であり、それは、すべて神から霊を吹き込まれ、神によって導かれ、神自身の決められた目標の達成へと向けて神によってあてがわれたすべての人間を動員してできあがったものである……旧約聖書におけるすべてのものは、キリストを志向し、キリストを基準にして評定されなければならない。新約聖書におけるあらゆるものはキリストを源泉として広がっていき、同様にキリストを基準にして評定されなければならない。[47]

グリーンは、高等批評（彼はこれが十八世紀にすでに実行されていたと見ているが）の鋒先は超自然主義を全面的に反駁することに向けられる、と理解している。各々の聖書テキストは、神から人間に贈られたものとしてではなく、文献から転記されたものとして扱われる。こういった視点に対してグリーンが抱く怒りは、ここでも引合いに出す価値がある——グリーンはモーセ五書の「断片仮説」[四七]（これはヨーハン・ファーター[四八]やアントン・ハルトマンなどが支持している）を「気狂いじみた断片仮説」[48]とまで言っているのである。彼は「この型の批評が提起しているのは……たんなる文学的問題ではない。……モーセが関わる全歴史の真実性と証拠が危険にさらされているのである」[49]と読者に思い起こさせている。このような批評がかりに首尾よくその目標を達成することにでもなれば、「それはモーセ五書の著者がモーセであることを否定するのみならず、無名の編集者たちによって織り合わされ、そしてある程度修正をほどこされた不完全な保存状態にある後の時代の無名の文献をそれに置き換えることまですることになるのである」[50]。このような否定作業がこのうえない大きな結果をもたらすテキスト上の問題点であると考えてもみないような人に対して、グリーンは問題を詳細にわたってかみ砕くように説明する——

われわれが引き合いに出しうるものでもっとも初期の伝統によってかくも明確に、かくも繰り返し確証されているところの、モーセが著者であるという事実を放棄すれば、われわれは方位を決めてくれるものが何ひとつない外海に乗り出していることになる。すべてが保証されない推測となる——いずこにも確固たる停泊所はない……聖書は現在の形ではもはや信頼することのできないものとなる。聖書記者たちのおびていた神意は放棄されたことになる。われわれは今までわれわれを誤りなく導いてくれた人を失ったことになる。……原則を明け渡すことで、その原則に含まれ、それから出てくるところのあらゆることが譲渡されてしまうことになる。雪崩はひとたび始まれば、落下の途中でそれを阻止することはできないのである。(51)

エルネスト・ルナンほどに学識があり、高名である学者の努力と雪崩とを結びつけることはいささか大げさな身振りともとられるだろうが、彼の『イエスの生涯』が、人々にかなり脅威を与え、また近代文学の専攻者にとって興味ある、テキスト面での革新的作業になっていることには疑いをはさむことはできない。〈彼の〉著作のテキストはきわめて覚めてはいるが、福音書のテキスト形態やその実質、そしてその存在性などに対して彼の著作が行なっていることはかなり冒険的なことである。とくに、イエスといった主題、テキストによるイエスの生涯や宣教の記録、そしてそれらを今の時代に立って批評的に分析する作業、こういったことの間にルナンが異常なほどに想像力を駆使して打ち立てた連結関係を考慮に入れれば、そう言える。ルナンの企図には精神分析的な次元が著しく見られる。したがって、『トーテムとタブー』

（私がこれをテキストに関する実践と理論に関連して論じたように）が『イエスの生涯』について私が行なう分析においても言外に含まれていることになろう。私の主張は、ルナンが明確に行なっていることを正確に理解するならば、私たちは、その後の現代の作者たちが彼らのテキストの中で達成してきたことのみならず、彼らが自分たちのテキストを資料にして作り上げたものをもはるかによく理解できるようになる、ということである。したがって、批評家のためにテキストにこのような根源的な注意を払えば、具体的な始まりの時点という考え方、フロイトが「始まりの出来事」と呼ぶところのものの考え方がより正確になってくるのである。というのは、テキストとはあらゆる種類の批評家にとっての基本的集束点であるからである。

その著作を通して見られる歴史的人格であるイエスに対するルナンの態度は一貫している。ルナンにとって、このガリラヤ人は驚くべき霊的・道徳的・歴史的革命の原動力でありながら、それにもかかわらず超自然的存在でもなく、また超自然的離れ技を行ないうる人でもないのである。ルナンがなににもまして讃美するのは、ルナン自身が〈息子〉の宗教と呼ぶところのものを設立するためにあらゆる律法上の、また制度上の宗教的障害の只中を切り込んでつき抜けて行くときにイエスが見せたその〈独創性〉である。同じような多くの場合のひとつでルナンが言うには、「イエスはその生涯の初めよりずっと、息子と父との関係の中で自己を神に直面させていたとすら言えよう。ここにおいてこそイエスの偉大な、独創的な行為があった――この点においては、彼はその民族に属してはいなかったのである」[52]。この行為から多くの結果が出てくる。イエスは「息子」（神の「子」と人の「子」）という呼び名を自分に課し、またその名が帯びる力を身に受けたのである――

この力には限界がない。彼の父は彼にあらゆる力を与えていた。彼は安息日を変更さえする権利を持っている。誰も彼を通してでなければ〈父〉を知ることができなかった。〈父〉は審《さば》く権利を彼に委ねていた。自然も彼に従う。だが自然はまた、信じ、祈る人であれば誰にでも従った。信仰にはどんなことも可能である。……彼が自己に付与した地位は超人間的存在の地位であり、彼は、他の人々に許されるものよりも高度な神との関係を持つものとして人々が自分のことを見てくれることを願っていた。[53]

この神とのより高度な関係を示すひとつの内在的な面は、イエスが自己の信仰もしくは道徳律に関して、記録したり文書を編纂したりするといった発想に反対したことに見られるように思える。[54]したがって、歴史を通して存続してきているテキスト、つまり新約聖書を包含するテキストは、イエスの言述を記録している点で、独創的であることになる。これよりも少し独創性に欠けるのが、「ペテロの回想に準じてマルコが書いた逸話や情報の断片を集めたもの[55]」である。現存の最初の二つの福音書はひとつの共通の文献を分有している。そのような文献はマタイによる福音書とマルコによる福音書にともに断続的に現われてくる。だが、これらの二つの福音書自体は「一方のテキストに見られる脱漏の部分を他方のテキストの箇所でもって塡める努力を通して配列されたもの[56]」である。

『イエスの生涯』にルナンが書いた自序は、イエスの生涯と言述に関する原記録が「したがって、教義的に中断され、固定されたテキストではなかった」ことを示そうとしている。[57]およそ二世紀の間、例えば、目撃者による報告からなるテキストに付加された部分を解釈することにはなんら躊躇は見られなかった。口伝のことや、イエスの生涯とその宗教に関する限りそのようなものとしてのテキストが一般に無視されてきたことを語るときに、ルナンはこう述べている――「使徒たちの名前か、さもなければ使徒的であった人たちの名前のどちらかを帯びるテキストが決定的な権威を産み、律法の力を持ち始めるのは、世紀の後半になって伝承が弱体化していったときである[58]」。彼はつぎに、それらのテキストが経験した三つの段階を記述する――(1)「[マタイとマルコの]原文献の段階で、初版はもはや存在しない」、(2)「単純な混合の段階で、構成にはまったく努力を払わずに原文献が合体される……(マタイとマルコの現福音書)[四九]」、(3)「結合、意図的・内省的編集の段階で、異版(ルカによる福音書、マルキオン、タティアノス等の福音書)[五〇]を融和する努力が見られる。ヨハネ福音書は……別種の、そしてまったく別系統の全体を形づくっている[59]」。したがって、この著作におけるルナンの目的は、テキストが空想的な装飾物をほとんど超えるものでない場合が時としてあることを明示するところの、事実に立脚した知見があるにもかかわらず、自己の主題を「生きた有機体」として扱うことにある。その結果出てくるものが、人生のカリカチュアではなくて、どちらかと言えばギリシア彫刻の再製、「作品の一般的精神、作品に可能な存在様式のひとつ[60]」であればと、ルナンは願っているのである。

ここで、ルナン自身が言っているその作業を別の視点から明確にしてみよう。彼の伝記の真の始源は、不断に続く霊的革命の発動者として以外は永遠にその姿を消してしまったひとりの生きている、言葉を発する人間である。そこで、この人間の生涯とこの人間の消失との後を追うようにして一連のテキストが出現することになるというわけである。ルナンはこれらのテキストを、通常の、自然の手段では接近しがたい、テキストを持たない原像(つまり、語られ、生きられた原像)を最初は存続させ、つぎにそれに取って代わり、最後にそれを追い出すもの、そのようなものとして思い描いている。すなわち、キリスト教の歴史の初期の段階では、イエスの生涯は友人や使徒たちの共有の霊的財産であった――いかなる単一の文献もイエスの生涯を完全に包含するものではなかった。それぞれの版がそれなりにイエスの生涯を存続させ、先行する版を、誰もが恐らく歓迎するところの「より充実した」版でもって波風を立てずに、黙ったままで置き換えるのであった。ところが、この暗黙の代置操作が止むと、権威が現われてくる。あるいは権威が始まる。ルナンによれば、ひとつのテキストの権威は、テキストが、そのテキストの創始に参与したいかなる人をも超えて生きながらえたものであるという認識と結びついている。テキストの権威と歴史的な個人の一生の間に見られるこの裂け目は、ある文献の改訂、削除、付加、編集、修正などが、以前のように共同体が暗黙裡に同意するような事項になるのではなく、先行するテキスト行為を排除するところの意図的なテキスト行為になるときにその文献は権利を持つテキストになるということを、さらに意味しているのである。共同体の文献の場合は、テキスト性に関する疑問は一切ありえない。なんとなれば、それに干渉する人は誰でも愛と共通の想い出からそうするのであるからである。そのような文献の価値は、それになにか（逸話のようなもの）が付加され、書き入れられるたびごとに、増してくる。しかしながら、テキストにとっては、各々のこういった変化は、その「テキスト性」をより確固たるものにし、それが持つ内容が否応なしに盗み取られることからそれをよりよく守ってくれるものとして見られるのである。テキストの原理は、真相の別の一面しか語ろうとしない心酔者の共通体験にではなく、テキストを保護し、それを汚すものから守り、それの誤りを洗いきよめ、究極的にはそれにより高度な権威を付与するところの編集者にテキストを結びつけるのである。

　テキストは自己の源泉（新約聖書の場合はイエス）を置き去りにしていく。というのはテキストとは、私たちがテキストと呼ぶところの形態的対象物を全面的に包含する一連の代置物の始まりであるからである。[61]このことは見た目ほどに、同語反復的でも形而上的でもない。どんなテキストも、初め組み立てられ、つぎに伝達され、そして受け取られ、編集解釈され、さらに再考される、そういったものである。だが、組み立て――ペンを紙につける作業――が始められるやいなや、今言った手続きのそれぞれがなんらかの形で始められることになる。絶対的に原初と言われるテキストといったようなものは現実には存在しないのであるから、組み立てのそれぞれの行為は他のテキストを巻き込み、したがってそれぞれのエクリチュールは自己伝達を行ない、他のエクリチュールを受容し、他のエクリチュールの解釈となり、他のエクリチュールを（転位によって）再編成することになる。テキストの行なうこういった分析的分化現象の各々に共通する要素は〈確定〉のイメージであり、そこでは、ある形態をとるテキストが他の可能性を「排除すること」によって、しばらくの間積極的なテキスト性として存続するものであることが見てとれる。そこで、ルナンは、福音書が例えばウルガータ訳の形で存続してきたのは、それらのテキストが原初の有効性をどれほど多く失っていたとしても、それらは非形態的な共通の文献に確定的に代置されるものとしてそのテキスト次元での存在を始めたがためであることを、認めなければならないことになる（そして実際に認めている）のである。ルナンが福音書のひとつについて、それは「マルコによる」と言うとき、彼はその「マルコ」という名前を際限のない改訂に代わるもの、そしてそれを阻止するものとして理解している。

それよりもずっと複雑な問題が残っている。イエスに対するルナンの気持は、その著作のいたるところに明瞭に見てとれる。イエスは稀にみるほどの才能の持ち主であって、その才能のどれひとつをとってみてもテキストの中に適切に捉えることはできなかった。ルナンが記述する類のイエスにまつわるすべてのことが、聖なる存在との、そのなにものをも仲介しない子としての関係の「独創性」から始まって、テキスト性に抵抗するのである――「その他の点については、イエスの教えの中には道徳律の応用の痕跡も、あるいは律法の絡み合いの痕跡すらもない。……神学の痕跡もなく、象徴もない」[62]。イエスがその生涯と信仰において自己を直接に神のつぎにあるものとしたのとちょうど同じように、ルナンはその『イエスの生涯』の中で、福音書というキリスト教的な権威を持ったテキストが介在していないと仮定した場合に〈存在しえたような〉イエス像を記述しているのである。子としての関係は、ルナンから見れば、想像力の産物とは言わなくとも、テキスト外的なことのように思われる。ルナンが直面した仲介なしの子＝父の関係に対立するものとして、位階体系を保持する宗教とテキスト性のあらゆる体制を整えた父＝子の系譜がある。[63]イエスが位階関係を崩壊せしめる（文字どおりの）大衆的発想に捧げられた革命家であったのはまさに、彼が父との直接のつながりを主張したからにほかならないのである――

大衆のひとり、大衆の前で脚光をあび、大衆により最初は愛され、褒めたたえられたひとりの人間の勇気ある確言から湧き出たキリスト教は、決して消去されることのない独創性の印を刻み込まれていた。キリスト教は革命の勝ちとった最初の凱歌であり、大衆の感覚の勝利、単純な心を持つ人間の到来、大衆が理解する美しきものの開創であった。[64]イエスはかくして古代の貴族社会の中に、すべてが流れ出る突破口を開いたことになるのである。

キリスト教のような体制の階級構造は事実、イエスの「大衆的」開創を今にも消去しにかかる。そしてこの消去は、イエスの弟子たち――彼らの中で福音記者たち（マタイ、マルコ、ルカ）のほうがパウロやヨハネや他の記者たちよりはるかに優れている――がイエスの業績を繰り返すことができなかったことに由来する。そこで、「キリスト教を創設した栄光は、初代キリスト教徒集団や、伝説によって神格化された人の名誉に帰せられるべきものだとは言わないようにしよう。……イエスはその弟子たちによって作られたということはまったくなく、彼はあらゆることにおいてその弟子たちより勝っていることを身をもって証明してみせた」[65]のである。書きもので私たちにイエスのイメージを残そうと意図的に試みる記者は誰でも、たえずイエスを醜いものにする。[66]そこで、ルナンは公式のテキストの作成者たちのことをつぎのように言い表わしている——「各行の中に、神的な美の原像がそれを理解しない編集者たちによって裏切られているのをちらりちらりと私たちの眼が捉える。これらの編集者たちは、彼らにはほんの半ばしか理解できない思想は自分たちの思想で置き換えたのである」[67]。テキストの各行の中に、あるいはその背後に、さらにあるいはそれとは離れたところに、テキストのために決して用いられるものではなかった別の表現、別の伝達事項が存在する。というのは、イエスはちょうど神に直接語りかけることができたのと同じように、大衆にも直接語りかけ、そのようにして彼はその時代の政治体制に裂け目を生ぜしめることになったからである。イエスの使信が帯びる本質的な暴力はテキストによって矯正を受ける——子と父の間の親密性は、子の父への、解釈、分派、体制、聖職などのテキストへの、同時代の存在の先行する不在への、それぞれの系譜的従属へと道をゆずる。〈子〉の宗教を創始したことで、イエスは実際に〈父〉を自分の中に引き入れ、〈父〉の場に自ら立つことになったのである。イエスによって認められた唯一の先行性はルナンが「原初の純粋性」と呼ぶところの先行性であって、それに対しては律法と伝統の古い〈父〉でもいかなる権限も持たないのである。

そうすると、ルナンの伝記はひとつの弁証法を記述したものであり、そこでは、テキストは、継続、位階的な父なる権威、そして解釈可能な意味といった、すべてイエスと対立するものを表わす分野となり、またそれは「われわれの対立現象を示す旗印、……それをめぐってこのうえない激烈な戦いが行なわれる看板、……人間性を支える礎石、その名前を世界から追放すれば地球をその土台までゆり動かすほどにもなる礎石など」[68]を表わすことになる。イエスの生涯の物語は、イエスの名前の純なる印に手をのばすのにルナンが選んだ方法なのである。つまり、聖書のテキストから離れて行なわれる語りは、ちょうどイエスが父なる神に対する子としての直接の関係を優先させて彼の時代の権威あるテキストを侵害したのと同じように、ルナンがイエスに直接に語りかけることを可能にする。この両方の場合に、達成される親密性は、通常子を父親に従属せしめるところの一時的な継承の原理と矛盾する。いかに個人的にルナン自身がこの矛盾を判断したかということは、彼が二つの場合に三人称から二人称に移行したことにはっきりと見てとれる――そのひとつは、私が今引用した結論の部分においてであり、もうひとつは、その著作を彼が「わが妹アンリエットの潔き心に」捧げたことにおいてである。両方の場合に、彼は歴史に関する著述の要請するテキスト次元のしきたりの真只中をつき抜けていき、今は亡き人々に語りかけようとする――彼らの生きた現存性は彼らの名前の純粋記号の中にのみ真に存在する。かくして、イエスが自分の身に帯びる称号――〈子〉という称号――の純粋性と充足性は、律法やテキストや自然などの系譜を超えていく。それは、ひとつの名前が純粋な記号であることから転じて、テキストの社会的体系における多くの記号の中のひとつの記号にひとたびなれば通例樹立されるところの位階体系に対する一種の頑固な侵犯を表わす。それにもかかわらず、そのような純粋記号はテキストに抗してのみ存在しうるのである。これは、敵対的なテキストが存在しなければ純粋記号は存在する場所を持つことはなかろう――たとえその場所が、逆説的に、テキストから無理にも引きはなされなければならないにしても――ということを、別の言葉で言い換えたものである。

子としてのイエスはまた、キリスト教の父たるイエスでもある。福音書では、この矛盾は、イエスが、古きものを新しきものに、〈父〉を〈子〉に従属させることをその意図とするテキストの主題であって、その著者ではないという事実の中に具体化されている。この矛盾を示すもうひとつの場合は、イエスがキリスト教の独創性を、テキストを媒介にしては接近できないキリスト教の純粋性を表わすと同時に、キリスト教の始まりを、歴史におけるキリスト教の定められた出発点をも表わすという点に見られる。ルナン自身のテキストには、この矛盾のひとつの面と別の面とを中和することを願っているかのように、これらの考え方の間の調和が見られる。ルナンの方式は伝記的であるよりは、再・伝記的である。すなわち、それは、他のテキストへの必然的な依存が実際には、テキストを超えてそのテキストのすべてが十分に表現することのできない人間の一生もしくは企図へと赴くための一方法であると言えるような種類の構造を持つ方式であるのである。言い換えれば、イエスについて、またイエスの生涯と教えを矛盾的に現在へと伝えてきたテキストの伝統についてルナンが持つ意識の複雑さそのものが、テキストの本性とそのテキストが表わすものの両者に関して本質的な〈過度性〉を示しているということである。したがって、テキストは、その主題（イエス）が編纂される意図を持たないものを編纂することで、その主題を超えることになる。つまり、テキストは、テキストが表わすもの——キリスト教、教会の歴史、宗教的権威——を、伝記を伝記外的な目的のために形式的に利用する機会を著者（ルナン）に提供することによって、祖型的な子としての反逆をもって親密性と友愛関係を達成することによって、超えるのである。それに加えて、この選びとられた親密性は、祖型的な子を表現するための様式として伝記というもの（これはルナンにとっては父親を排除するための主要な動因であることを想起してもよかろう）が必然的に不適切であることを意味する。

したがって、ルナンの『イエスの生涯』は、テキストが受動的対象物ではないこと、テキストがなにか別のものを表わすイメージ、あるいは象徴、あるいは隠喩など（として記述することが適切なもの）ではないことを示す例となっている。テキストとは筆記者におけるある個別の問題意識を、発想のスタイルをからめ取る現実的な行為である。テキストを筆記者にとっての始まりと呼ぶことには、多分どこか無邪気なものが見られる。というのは生産されたテキストは、能動的な筆記者に関するかぎり、はるかにエクリチュールの行為以上に優先権を要求するものであることはまったく明白なことであるからである。しかしながら、私がここで古典や聖書のテキストにかかずらう根本的理由は、このような確かに始源となるテキストですらもいわば始まりの現象とテキストの間の関係について豊かで複雑な思考や記録される行為をそれ自体でかき立ててきた、その顕著な度合いに立脚しているのである。古典作品と聖書の両方がいかに他に優先し、卓越しているにしても、だからといってそれらがルナンやニーチェやミルトンなどが行なった類の反省を免れるというわけではない。

ニーチェは、ヤスパースがきわめて鋭い説得力をもって彼の特徴を述べているように、始まりとしてのテキストが存在としてのテキストに変わりうる近代の作家の典型である。この潜在的な変容は、始まりと二度目の始まり、エクリチュールと書き換えの行為、積極的なテキストと解釈といった二項の間の区別を曖昧にすることのできるテキストの能力をも含むところのテキストの過度性と私がすでに呼んだものの今ひとつの、より突飛な面である。ヤスパースはこう述べる——

テキストは、まさにそれの持つ意味の多様性のゆえに、ほとんど無存在だと言えるし、したがって、われわれは解釈の真実性を判断する基準としてのテキストを見失いがちになる。だが、別の関係で、ニーチェは、それだからこそますます、真性のテキストは誤てる釈義による汚染から守られなければならない、と主張するのである。……

ここ、つまり曖昧でないいかなる注解も挫折するようなところでは、ニーチェの矛盾は彼が今何を目指しているのかを示す。存在は釈義の産物を提供するものであると同時に、それは釈義の産物でもある。それは、自己を無化するように見えながらたえず自己再生を行なう円環としてみなされる。それはあるときは客観性であったり、またあるときは主観性であったりする。それは初めは実体として現われ、それはつぎにたえず無化される実体として現われる。それは疑いもなくそこにあるのだが、それはたえず疑問を発しながらも、同時に疑問をしかけられるものである。それは存在であると同時に、無存在でもあり、実在であると同時に、表象でもあるのである。(69)

テキストは、実存的生涯を歩むものとしてのエクリチュールと書かれるものの帯びる安定性との間にあるところの根本的差異点を疑問視するものである。ルナンの場合、これは伝記的テキストと純粋記号の間の弁証法へとさかのぼるが、前者は後者を汚染し、また後者は前者に依存しながらそれを軽蔑するのである。

このような実践的かつ理論的な偏見は近代のエクリチュールの周辺部分に（すなわち、テキスト批評家、高等批評家とその敵対者、ミルトンのような個人主義者、ヴィーコやニーチェなどの文献学者、トーテムと供犠の理論を主張するフロイトといった人々の間に）潜んでいるのが見てとれるが、このようにこれらの偏見が浸透している現象は、ジャン＝ポール・サルトルの『嘔吐』といった作品の中で出くわすとき、突如として劇的なものになってくる。いや由々しきものにすらなる。サルトルのテキストはそれ自体、あるテキストの形成、その廃棄、そしてそれによって引き起こされる行動などを記録するところの「見出された」テキストである。ロカンタンの学問的努力は、ブーヴィルの図書館と相殺される。この図書館は、テキストやテキストのアルファベット順の専横が産み出したあの哀れな人間、つまり〈独学者〉が足しげく出没するところである。テキストを生産したいというこの学者が抱く衝動（これはうまく実現されない）は、この『嘔吐』という小説を通じて、〈独学者〉がテキストの中をゆっくりと進んでいくこと（そしてそのあと彼が不幸になること）と一致する。ロカンタンが書きながら自己のテキストと直面するとき、彼が現在の時が持つ困惑させるほどの十全さと抵抗を見てとるのは、偶然の反復現象などではないのである――「この文章は、と僕は考えていたのだが、かつては僕自身の存在の一部であったのだ。だが、今ではそれは紙の中に刻み込まれていて、僕に対立しているように思えた……僕は不安げに周囲を見わたした――現在、現在しか存在しないのである」[70]。テキストは存在を現実化するものであるように思える。それは、例えばマースとかルナンのようなテキスト批評家すらの意識からもまぎらわしいほどに距たっているような類の意識を可能にするように思える。

明確な現存として、積極性として、テキストはひとつの場所を占有していて、そこには他のいかなるものも入る余地はなく、とくに過去は締め出されている。にもかかわらず、作者にとっては、テキストはまた作られたものでもあって、それからの助けによって作者の生涯は、その始まり、それのたどる道筋、そしてその行きつくところを明示するのである。だとすれば、この公式によると、テキストとは作者の生涯を示す純粋記号ということになる。それは、ロカンタンの感慨によると、あとを引いて作者の一生にすらも影響を与えかねない厳しい力を持つところの記号である――「しかし、書物が書き終えられて、それが僕の背後に退く時がやってくるだろう。そのとき僕は、僕の過去にもわずかばかりの光が当てられるだろうと思うのである」[70a]。しかし、すべての始まりの現象の場合と同じように、テキストの場合、このような明瞭な予想は、虚構の構築物の場合か、さもなければ回復不可能な過去の場合のいずれかに帰属するものである――

多分いつの日か、まさにこの今の瞬間のことを、肩を丸くして待つ禁欲僧のようにこの時間のことを考えながら、汽車の中に戻る時間かもしれないと考えていると、僕が自分の心臓がより早く打っているのを感じ、ひとりこうつぶやくことになるかもしれないのだ――「あの日にこそ、まさにあの時間にこそ、すべてが始まったのだ」と。そして僕は自分を受け入れるようになるだろう――過去において、過去においてのみ、受け入れるようになるだろう。(71)

これらは、テキストにのみ可能な――もしくは、マラルメ、ホプキンズ、そしてコンラッドからプルースト、エリオット、カフカに至る近代の作家たちが少なくともテキストに可能と見ている――類の悲壮な距離であり、一時的なアイロニーなのである。

III

文学の歴史におけるいくつかの時点では、また、問題をより一般化するために言えば、文学の歴史における他の時点に生きた幾人かの作家たちの作品においては、テキストを生産すること――作家にとっての理想的な目標としての行為――は極度に問題を孕むものとなる。このことは、現代の作家の場合にとくに言える。その理由は、もう少し後で考えることにする。そのような時代にとってと同様にそのような作家にとっても困難な点は、(その自己特徴化がどうであれ)人間としての作家、作品を生産するものとしての作家、その作品の生産行為など、これらの間を適切に区別することができるかどうかということである。これらの時代やこれらの作家はもっと広範な文学研究のテーマとなる必要があるだろう。というのも、これらの時代やこれらの作家にまつわる典型的とも言ってよい不確定さ（それは彼らにとって異常とも見えるものだが）によって、テキストについて抱かれるところの、他の場合には具体化された「正常な」考え方が疑問視されるからである。[72]『トリストラム・シャンディ』や『桶物語』などに見られる語りの脱線箇所がプロットや語りの連続性などに関する従来の考え方に重大な光を投げかけるのとまったく同じように、またミルトンやスウィフトといった偏心的な作家が優勢である規範に挑戦し、その規範を修正しさえすることがあるのとまったく同じように、今言及した時代や作家たちは、テキストを生産し完成することがどういうことを意味するかということを再考することを要求してくるのである。ピアジェが言うように、かりに構造主義の否定的な面のひとつが「その時代に優勢であったいくつかの傾向に対立して導き出された方法」[73]であることにあるとすれば、ある時代においては作者が自分が生産したいと願うテキストについて抱く感覚は、文化一般がとるテキストの見方に対抗するものであると言うことができよう。

ルートヴィヒ・ヴィトゲンシュタインが自らその『哲学探究』[五一]で生産したテキストに対して表明する態度には内的対立が写し出されていて、私たちの興味を引く。彼のテキスト構成単位は〈ノート〉（*Bemerkung*）であるが、序文で彼自身が述べているところによると、それゆえにこの著作は「立派な本」ではなく、「アルバム」になってしまったということである。なぜそうなったかと言えば、彼がそのノートを練って統一体に仕上げることができなかったからである。それにもかかわらず、G・E・M・アンスコム[五二]によれば、ヴィトゲンシュタインはこの著作をきわめて念入りに組立てていたのであった――「それは多くの〈ノート〉の集合体であって、それらは一体となって、哲学の諸問題に対して、意図された効果を発揮するところの多様で多方面にわたる攻撃態勢を作り出しているのである……したがって、ここには、手を加えられ、磨かれたきわめて多くの建材ブロックが集められて、ひとつの全体を構成していることになるのである」(74)。『探究』に見られる思考の推移の現象が、「思考の広大な領域」をつき抜けて進むときのジグザグの方法とあいまって、一種の挫折したテキストといった印象を与えるという周知の事実にもかかわらず、このことは本当なのである。アンスコムはもっと前のところで、「青い本」におけるヴィトゲンシュタインの方法は学生たちに向けてなされた断続的な口述であったと言っている——「彼はしばらくの間論じて、それがすむと、さあ、書き取ってもいいよ、と言って、口述する。それから、口述をやめて、つぎにまた論じはじめる。それを繰り返す」。そこで、ヴィトゲンシュタインは、テキストというものは書き取ることのできるものである、とはっきり感じていたわけだが、しかし同時に、書き写す価値のある陳述を完璧に扱い、完成させる作業は、扱う領域を多方面にわたらせるために捨ててもよい場合があるということも、感じていた。『探究』は前者を後者のために犠牲にしていると思われたが、その結果として、アンスコムの見方によれば、ヴィトゲンシュタインはこの自分の著作が「所見集でしかない」のではないかと危惧することになったのである。

このことは直ちに、テキストというものが「所見集でしかない」のでなければ、ではそれが内包するものは何なのかという問題を、そして、それと関連して、記録されるものは何であろうとテキストであると言えるのかどうかという問題を提起することになる。テキストは、書きたいという直接の願望の記録ではまったくない——書くことと、そう、例えば空腹の結果として食べることの間にはいかなる類似性もない。どちらかと言えば、テキストは、テキストに関わる種々の意図を規則的に、また幾つかの軸を中心にして、分配するものである——これらの意図もしくは衝動をひとつに結び合わせるものは、一般化して述べることがきわめてむずかしいものである。フーコーの行なった分析は全体として見れば抽象的なものではあるが、それは、テキストというものが、個々の著者とか時代とかによって、あるいは〈作品〉について、もしくは〈思想〉について抱かれる観念によって結び合わされるひとつの単位であるよりはむしろ、〈陳述〉によってできあがっている〈言述的形成物〉であることを示すという大きな利点を少なくとも持っているのである。[76] 印刷に関わる偶発的な考案物（手稿、本、文献、新聞など）を最小限の価値を持った存在論的単位にあくまでも仕立てあげようとする人たちに対しては、テキストというものは根源的な〈認識論的な判断〉であると述べることも可能である。そして、あらゆる判断の例にもれず、この判断も大いに情況によって左右されるものであることは、言うまでもない。

ここでフーコーの主張をもう少し追ってみる価値はあるだろう。というのも、フーコーの議論は、世俗の意見とは反対に、テキストというものは本来生産するのがむずかしいということを主張するものであるからである。ひとつのテキストによってなされる陳述（ひとつのテキストの中に含まれる陳述）は、個別の文化的時間と場所において、個別のやり方で〈満たされる条件〉である――そのような陳述は、たんなる談話や記述よりも稀有なるものである。陳述とは、（ヴィトゲンシュタインにとって、〈ノート〉が必ずしも文でなかったと同じように）必ずしも文ではない。また、それはたんに、文法と論理とを用いて記述できる単位でもない。さらに言えば、陳述は、言述の中にあり、言述についてのものであるから、言述によって実体化されるところの、なにか隠れたものであるはずがない――陳述は、言述が深層構造となるところの表層構造ではないのである。にもかかわらず、フーコーが陳述に関するこのような記述を拒否すればするほど、陳述というものが稀有なるものであり、それが有効性をたずさえた一単位であることがますます明らかになってくるのである――

陳述は、文や命題の上位もしくは下位にある今ひとつ別の単位というものではない――それは文や命題といった単位の中につねに含まれているものだ。いや、そういったものの法則に従わない記号の連鎖（リストや偶然の連続物や目録などのこともある）の中にすら含まれている。陳述は、そういったものの中に与えられているものを特徴づけるのではなくて、それらが与えられているという事実そのものと、それらが与えられるときの与えられ方［それらの持つ効果］を特徴づけるのである。陳述は〈そこにある〉といった疑似不可視性を持っていて、それは、われわれが〈これがある、もしくはあれがある〉と言いうるようなもの自体の中に実現されるのである[77]。

おそらく、フーコーが陳述によって意味するものの予兆といったものがチェシャー猫の笑いの中に見ることができる。あるいはフーコー自身が『言葉と物』の冒頭の数ページの中で言うように、ボルヘスの「ジョン・ウィルキンズの分析的言語[五三]」で言及されている或る中国の百科事典にあげられている動物のリストの中にも見ることができる――「陳述は隠すことはできないけれども、見えるというわけのものでもない……それは、絶えず人の目をのがれる過度に身近なものに似ている」。陳述の持つもうひとつの重要な面は、それが〈欠如〉と相関的であるということである――「陳述の出現の諸条件の中には、それらの関連性を分解し、叙法の様態のひとつの連鎖だけを有効とし、共存性のグループを囲い込み、いくつかの形態の効用を妨げる、そういった排除項目や限界項目やギャップが事実存在するかもしれない――またつねに存在するのである[78]」。かくして、陳述が姿を現わしてくると、今ひとつ別の発話が出てくるのが妨げられることになる。これを逆に言い換えれば、一連の可能性全体に関して、陳述が、つまり想念でもなく、文でもなく、あるいはなにげなく発せられる評言でもなく、陳述が〈なにか別のものになろうとして姿を現わしてくる〉のである。

いずれにしろ、少なくともひとつのことがここで強調されなければならない。つまり、言述の［そして言述の中の陳述と、言述による陳述の］分析は、このように理解されると、或る意味のもつ普遍性を明示するのではなくて、断言の基本的な力をもって、課せられた稀薄性を秘めた行動を明るみに出すのである。稀薄性と断言――断言の最後の手段としての稀薄性［ここのスワァイヤーの翻訳はどうしようもないほどに歪曲されているが、フーコーは「断言の稀薄性」と言っている］、――それはたしかに、意味の不断の救出でもなく、またたしかに、記号表現のいかなる君臨でもない。(79)

したがって、私の考え方は、テキストを生産する行為がいろいろの問題を孕んだ企図となるような作者たちは、稀薄性と断言のこの奇妙な混合状態を表明し、かつそれによって絶えず苦しんでいる、ということになるのである。そういった作者たちにとっては、テキストは、公的な圧力（それはある役割を演じることはあるにしても）によっても、文学的使命を規定する通常のしきたりによっても完全に支配されることのないひとりの作家の生涯を述べたものとなる。それとは逆に、実際はその生涯は原初のものである。したがって、テキストの諸問題も原初のものということになる。たんなる作品集を書くという考えもそうであるが、三文小説を作るために書くことは嫌なことである。望まれる目標は真の全体性であって、そこでは、個々の分節が集合的完全さと集合的肯定とを備えた全体性へと従属せしめられるのである。さらに言えば、その生涯はその稀薄性において、不面目なものとは言えないまでも、常軌を逸したものと考えられさえすることがある。したがって、現実に生産されるいかなる作品も、始まりの段階で根本的な不確実性に苦しむことになる。作品は極度に慣例的でないものであって、それ自体の内面力学を所有しているのである。それは、たえず体験されはするが奇妙にも感知することのできない全体性を構成していて、その全体性は個々の作品の中に部分的に姿を現わしてくるものなのである。作品は、先行性、差異、同一性、未来などといったものにつきまとわれている。そしてそれは、その理想とする目標を、少なくとも作者自身の見るところでは達成することは決してない。著者の生活、彼の生涯、そして彼のテキストなどは関係の体系を形成するものであって、〈現実の人間的時間における〉それらの関係の相関性はますます強力に（すなわち、ますます顕著に、ますます個別化され、激化されたものに）なっていく。事実、これらの関係が徐々に、すべてを包み込むところの作者の主題になっていく。すると、実務的なレベルで言えば、作者のテキストは、彼の生涯の暫時の道筋を彼自身が述べたものということになるが、その生涯は言語で銘記され、それはまさにこういった関係事項をとことんまで打ち込まれたものとなる。

〈生涯〉というのは、私がずっと今まで作者について述べてきたことにおける鍵概念である。いかなる作者にとっても、彼の著述の生活は彼を正常な日常的な次元から引き離すものとなる。ヨーロッパの初期の伝統の中では、ダンテとかウェルギリウスといった偉大な詩人は詩的霊感を吹き込まれていたと考えられていて、その詩的霊感がまた彼らの詩人としての召命を形成し、予言者的見者として彼らに格別の配慮を保証するものとなった。こういった態度を示す有名な例はクルティウスがミューズ神を論じる章であげているが、それはウェルギリウスの『農耕詩』（二・四七五以下）に見られる——「だが、私としては、なににもまして、私が、力強き魔力に捉えられて、その聖なる紋章を帯びているこれらの麗わしのミューズ神が（私を彼女らのもとに誘ってくれることを願う……）」[80]（"Me vero primum dulces ante omnia Musae solidus, / Ouarum sacra fero ingenti percussus amore"）など。現代では（私の主たる関心はこの現代にあるのだが）、作者の生涯は、霊感、ミューズ神、幻視などと呼ばれる「外部」からの作動因によって特定の筋道の中に押し込まれるようなものではない。共通の文化的神話としての詩的召命もしくは作家としての召命といった考え方が激しい変化をこうむったということを述べるために、私は、文学史に登場するいくつかの時代を飛び超えて、一般にヨーロッパの、そしてとくにイギリスとフランスの十九世紀のほぼ最後の四半世紀まで赴くわけだが、そうすることによってかなりの細部を犠牲にすることになる。ブレイクはこの変化をかつて「詩を棄てる麗わしの九人」として予言的に記述したことがある。接近方法の主体化はきわめて徹底化されていたし、書くという企図は伝統的な慣行とはきわめて大きく分離したものになっていたし（ルナンについて論じたとき、私たちはこの点を繰り返し主張した）、そして文学的な声はきわめて個人主義的な調子を打ち出していた――少なくとも、尋常でない地位を求める強い願望を持っていた作者たちの間ではそうであった――ので、詩的〈召命〉は、古典的意味においては、詩的〈生涯〉に取って代わられるようになっていた。詩的〈召命〉が記憶に残るいくつかの手段を選び、儀式的な進展を模することを要求したのに比べて、詩的〈生涯〉では、作者は自己の芸術のみならず、自己の著作のたどるべき道筋そのものをも創造しなければならなかったのである。したがって、倫理的な次元で言えば、陳述とは、このような作者たちにとっては、先例を欠くものであった。このことはたしかに、ロマン派詩人たちにとっての問題となった。というのは、ロマン派詩人たちは、古典という規範に従うことと、自分自身の道を執拗に切り拓くことの二つの要請の間をゆれ動いていたからである。[81] しかし、イギリスでは一八七〇年代の中葉ごろまでには、自我――もしくは、メレディスがその小説で自己中心的な人物を呼んだごとく、エゴイスト――が文学における中心的なテーマのひとつになっていたし、それはまた事実、作家の個人的関心事のひとつにもなってもいたのである。[五四]

ひとつの世代と次の世代の間の変化に光を当てるためには、事実上大衆を含み込むような生涯を送ったディケンズのような人気のある偉大な人物とヘンリー・ジェイムズのような人間とを対照してみる必要がある。ジェイムズは作家としてはディケンズよりも近づきがたい存在であるばかりではない。彼の小説や批評的著作は、実質的に前代未聞の問題に関して困難な選択を強いられている他の作家たちや人間たちを見渡す孤独な人物像を描き出している。これはとくに、ジェイムズの小説の登場人物たちについて言える。こう見ると、ディケンズの『大いなる遺産』のピップの野望――世間で出世し、紳士になり、社会的地位を手に入れるなど――がありきたりのパターンに応じて作られているのに、ジェイムズの『ある貴婦人の肖像』のイザベル・アーチャーの野望はもっと曖昧であることが分かる。事実、彼女の生涯は、まったく自分自身で作りあげたものである、と彼女自身は自己中心的に考えているのである。

さて、私が今まで述べてきたことのうち、ありきたりの文学史的知識を超えるものはほとんどない。つまり、現代の作家、その作家の創造する作品の形態、作中人物、作品の主題、そしてその文体、そういったものはみなより私的なものになり、当てにすることがよりむずかしいものになってきたということである。だが、そうであっても、こういった条件の下で現われてくる文学的テキストの特徴を記述する際にいくつかの結果を考慮に入れておく必要があるのである。例えば、詩人のテキストは、そのテキストの意味がより曖昧になってきたので、確認することがなかなかできにくくなってきていたこと、ページに書かれた言葉はそれ自体において、またおのずからにして、ますます本質的にページに書かれた言葉だけになってきて、それらの言葉は、それらの言葉の中に、またそれらの言葉によって読者のために固定化される一方的な意味と相互に交換することがより困難になってきていることなどを、批評家は認めなければならないのである。現代作家の用いる言葉は、その同じ作家の別の作品からとられた言葉と並置されたときにはじめて意味を獲得してくるのだし、〈じゅうたんの模様〉全体は、その作家の作品の総体がこの比較という方法で眺められるに応じてゆっくりと姿を現わしてくることになるのである。最後には私たちは、ある作者のエゴイズムと彼の作品の性格との間にほとんど読者を困らせると言ってよいほどの類似性があることを理解することになるのである。あるいは、これを別の形で言い換えれば、作者の自己中心的な姿勢と、その作者のテキストに見出されるような類の風変わりな性格との間には、現実の、必然的な符合が見られるということになるだろう。

この種の符合にはフーコーがある程度の光を当てているが、フーコーはその『言葉と物』の最後の何ページかで、サド、マラルメ、ニーチェといった作家が出たあとでは、ミメーシス的表現では作家の願望も作家の風変わりな心理的発見も伝達することはできなくなったことを述べている。それと並行して、今あげた作者たちの作品に見られる印刷された言語の直線的な連続性と同様に統語法の論理も、非統語的、非連続的、そして根本的に外周的な思考を表現する願望によって攻撃を受けている（また不十分だと思われている）のである。これらの作家とともに、マルクス、ソシュール、フロイト（フロイトの場合、『夢の解釈』を分析するときに見たように）などは、言葉に見出されるいかなるイメージをもってしても適切に表現することのできない思考体系を創造した。ルナンの『イエスの生涯』も多かれ少なかれこれと同じ範疇に入ることは明らかである。というのも、これらの場合すべてにおいて、私たちは、〈ロゴス〉についての考え方がこのうえなく字義どおりに、また〈始まり〉の意味で受けとられている作家たちを扱っているからである。そこで、書くという行為が、古典的リアリズムの小説や単純な伝記的な続きもののとる形態、つまり生物学的発展もしくは再現的統禦イメージに立脚した形態に類似した予言的形態をもはや提示することができなくなったのである。その代わりに、書くという行為は、そもそもの初めからもっぱら言葉と、言葉の間の空間によって占有されているところのそれ独自の領域を設定しようと求めたのである。それにひきかえ、この領域と経験的現実の間の諸関係が、個別の戦術と表現的機能に準じて立てられることにもなった。

かくして、ひとりの作者の役割は今では、人格の結果出てくるものであるよりは、(リチャード・ポワリエ(五五)が最近示したように(82)) 演技の結果として出てくるものとなっているのである。むろん、このようなエンテレキーに対する機能の持つ優勢は今までつねに見られた現象であったと主張することは可能である。作家はみなある程度は演技者なのである。しかしながら、今論じている近代のこの時期では、バランスが揺れて、作家は書いているときにだけ役割を与えられているように思われていた。ブランショはそのことをこのように述べている——「詩人は作られた詩の対極に存在するものではあるけれども、彼は詩の可能性として、そしてそのようにして詩のあとで、詩的に存在するにしかすぎない(83)」。作家は、ディケンズの場合のように、作品を消費する大衆のために直接に書くことをひとたび止めれば、個別の特定の役割を占有しないことになる。作家は自分自身に振り戻されて、制作の過程の中で自己の活力を体験することになるが、この制作の過程は作家の本質を育て上げると同時にそれを消耗させるものでもあるがゆえに、作家はそれを、十分明確にされていない末端と境界域とを持ち、自己の私的領域につねに侵入してくる体系として見ることになる。作家はコンラッドが言語における「労働者」と呼んだものになり、作家の活動は「神経の力を言葉に変えるにすぎないもの」になってくる。書く行為にはもはや正しく始まりと呼ばれるものも終わりと言われるものもなく、あるのはただ、再び始まり、また中断される活動だけであって、そういうことになるのも、自我にとっては終わりも始まりもなく、あるのは、個人の安全性をある程度危険にさらしながら再び始められ、あるいは中断される自我存在だけであるからである。

それにもかかわらず、自我存在とエクリチュールとが混同されるために、作者の自己中心的な姿勢とテキストの偏向性との間の一致が、テキストとは何なのかといった問題の合理的理解を阻んでいるように見えてくるのである。しかし、コンラッドの場合におけるように自己のテキストを合理的に把握することができないでしばしば不平を言うことがある（それはテキスト外の言明を述べる手紙の中に反映されている）にしても、このことが実際にありうる現象である必要はないのである。テキストとは記号を用いて作られる陳述であり、それらの記号が記号として〈存在することになる〉といった、すでになされている判断を、それらの記号そのものが作り出すのである。この判断＝陳述は、それが意図する記号を取り込んでいるのとちょうど同じように、それ以外の記号は排除するのである。

テキストをこのように記述する態度は、語のもっとも広い意味で、〈倫理的〉である。さらに言えば、この態度は、陳述の始源もしくはその源泉をなんらかの絶対的な姿勢で論じることを差し控える方法でもある。どちらかといえば、このような定義は陳述を言語の倫理として考えていることになるが、この倫理は、認定された排除項目と付加項目と同時に、作り上げられた、すなわち組織化された始まりをも持っている。つまり、容認された他の陳述に囲まれた枠、確定できる変容現象の中での連続体（これらの現象によって、この連続体は言述の秩序の中にある他の陳述と結びつけられる）、そういったものを持っているのである。フーコーの方法はまさにこういった記述を援用するものであって、彼は（『狂気の歴史』の中で）陳述の社会次元での事例を扱っているから、彼がなした発見はかなりドラマティックなものと言える。中世時代の終わりに癩病がもはや社会の笞《しもと》でなくなったとき、社会は〈愚かさ〉を孤立させて、（社会から排除されているにもかかわらず）それを狂気、無分別、非道徳、悪行などへとさまざまに変えていった。これらの排除項目は、これこれの行動は〈愚行〉あるいは〈狂気〉であるなどと述べる呼称もしくは陳述を伴う。さらに言えば、これらの呼称は、病院や矯正院や精神病院や流刑地などで制度化されてくる。（第5章で見るように）フーコーの行なう分析のすべてが当を得ているということは、それらの分析によって、陳述というものが社会的な、なかんずく倫理的な力（どう見ても個別的で技術的、そして言述的な力）を持っていることを私たちがはっきりと理解できるようになるという点に見てとれるのである。

言述とはしたがって、陳述形成としての、もしくはテキスト形成としての言語の組織化された社会倫理であるということになるのである――「すべての社会で、言述の生産は、いくつかの手続き項目に応じて統禦され、選択をほどこされ、組織化され、同時に再配分されるものと私は考えている。因みに、これらの手続きの果たす役割は、言述の孕む力と言述が帯びる危険をそらし、偶然の出来事に対処し、言述の持つ重々しい、恐ろしい物質性を回避することにある(84)」。一九一六年にヴァルター・ベンヤミンは同じような言語への倫理的洞察を行ない、その力点を、言語一般、そして個別には人間的言語の両方に関する試論の中心に置いた。ベンヤミンが言うには、人間がエデンの園から追放されるまえは、名前を与えられていない唯一の知識は善・悪を知る知識であった。あらゆるものには名前がある。あらゆる知識は名詞である。蛇が新しい知識、善・悪の知識をもって人間を誘惑する。そしてその知識はその後――

その名前を捨てる……［この新しい知識は］外部からの知識であって、［神の］創造的動詞を非創造的に模倣したものである。この知識の中では、名前はそれ自体から遠ざかっていく――人祖の堕落は人間の言語［*des menschlichen Wortes*］の誕生の瞬間であって、そこでは名前はもはやもとのままでなくなる。それは、名付けるところの言語を、そして――こうも言うことができようが――それ自身の切迫した魔力を自覚していた言語を置き去りにしてしまった。それもみな、言語が言語自体を今や外部から真底魔術的なものにするためであった。言葉は今や、自己の外部で、〈なにもの〉かを伝えなければならない［*Das Wort soll "etwas" ausser sich selbst.*］。これは事実、言語の精神が犯した原罪である。言葉は自己の外部で伝達を行なうので、それは明らかに中間的である言葉によるところの、明らかに直接的な言葉の、神の創造的な言葉〔*das schaffende Gotteswort*〕のパロディーのようなものとなる。このことは、中間に立つところの、アダムの中にあった言葉の幸運な本質の失墜〔*der Verfall des seligen Sprachgeistes*〕を意味する。事実、蛇の約束に準じて、善・悪を認知する言葉と、表層次元で情報を伝える言葉との間には、基本的な相同性があるのである。物事についての知識は名前に基礎を置くものであるが、善・悪の知識は、キルケゴールが考えるこの語のもっとも深い意味において、無駄なおしゃべり〔*Geschwätz*〕なのであって、おしゃべりは、おしゃべりする人間、すなわち罪人もまた身を委ねなければならなかった純化と高揚、つまり〈審判〉だけは受けることができるのである。(85)

言述とは、とフーコーは言う、〈言われるところのもの〉(*les choses dites*)——たんなるとりとめのない談話と見えるもの——であって、テキストにおけるそれらの稀薄性(つまりそれらの純化と高揚が行なわれる状態)は(排除されつつあるものと、その排除を行なう者に対する)審《さば》きの形態、外在性、知識となる。言い換えればひとつのテキストの稀薄性には、公然たる公的な側面があって、それを私たちはすでに、作家の生涯やその「演技」に結びつけて考察した。無垢であるテキストは存在しないのである。

所与の時期に所与の文化圏の中で生産されるかぎりの文学的テキストととくに関連させて、これらの問題を私たちは今どのように論じることができるだろうか。そもそもの初めから、証拠の問題が来る。一方の極には、処理すべきものとして、手におえないほどに膨大な情報の集合体があり、もうひとつの極には、私たちを無限に後退させるほどに小さい単位の情報がある。例えば、〈ひとつの〉文化について、私たちはどのように語り始めることができるのだろうか。これを逆に言えば、ひとりの作家の明察の発生を彼の人生のいかなる正確な時期に、彼の心理的発展のいかなる段階に、私たちは位置づけることができるか、ということになる。私は、ひとりの作家の生涯に構造を与えるところの、きわめて粗雑ながら、しかし思うに有用な一連の対立事項を提示したいと思う。私が考えるところ、これらの対立事項はある計画を支えるところの抽象物ではなくて、その作家が生涯の間に直面するところの対極的二者択一項目の選択肢という形をとった具体的な緊急事項である。それらは、執筆生活の技術的＝倫理的条件、つまり、かつて言われていた意味での詩的召命という枠がもはや活用できなくなったときに作家の生活とテキストとを可能ならしめる条件と呼ぶことさえできるかもしれない。おそらく、イェイツは、その『自叙伝』の中で、いかなる精神も二つに分割されるまでは物を産み出すことはできないと述べたとき、(86)こういった対立項目に類似しているもののことを言っていたものと思われる。これらの条件は作家とその批評家の両方から重要視されるが、その場合、批評家の仕事は、自己の著述の中でその作家の生涯の輪郭を改めて明確にすることにある。したがって、これらの対立項目は、ひとりの人間の生涯のそれぞれ違った局面に対応するものとなる。しかし、一は他に従っていくにしても、それぞれの発揮する影響力はその生涯を貫いて持続的に見られるのである。例えば、自分の作家的生涯には出発点がなかったと感じるコンラッドの態度——始まりの現象について彼が抱く弱々しい感覚と明らかに結びついている省察——は、彼が持続的に作品を何年間かにわたって生産してきたあとでですら、彼の精神と気質とが執拗に回帰していった態度であった。例えば、コンラッドが少なくとも六篇の重要な作品をすでに完成していたあとの一八九六年に、彼がエドワード・ガーネットに書き送った次の文章を考えてみてほしい——

他の作家たちはなんらかの出発点を持っています。何か摑むものを持っています。彼らはひとつの逸話から出発します——ひとつの新聞記事のパラグラフから出発します（一冊の本は、古い年鑑の中で偶然に出合った文章によって暗示を受けることもあります）。彼らが頼るのは弁証法——もしくは伝承であり、もしくは歴史であり、あるいは現時の偏見であったり奇想であったりします。彼らは自分の生きる時代が提供するなんらかのきずな、もしくは確信を当てにします。あるいはそのようなものが無いことを当てにします。彼らはそのようなものをひどく言うか、さもなければ褒めることができるからです。だが、いずれにしろ、彼らは出発点となりうるものを知っているのです。ところが、私はそうではありません。私は今まで、平凡な事物についていくつかの印象を、いくつかの感慨を持ってきました。だが、それはみな消え失せてしまったのです。私自身の存在は、ネズミが充満しているロマンティックな廃墟に出没するブロンドのセンティメンタルな女の亡霊のように、色褪せて、うすっぺらなものに思えるのです。私は今このうえなく惨めです。私の仕事は、あの自惚れの、阿呆のアルキメデスすらも必要だと認めたあの支点を手に入れずにこの世界を持ちあげようとすることほどに無謀なことのように、私自身には見えるのです。[87]

ことが始まるまえのこの種の予備的配慮、そもそもの初めから作家が直面する窮地を示すものが「根源が力を発揮する」（"les racines sont opératoires"）というピアジェの観察を証拠づけている。その成熟した小説においてすら、コンラッドの精神は〈始まり〉についての省察、〈始まり〉の情景、そして〈始まり〉の次元での感情などへと引きつけられているのである。例えば、それは『闇の奥』の、読む者の心にとりついて離れない有名な箇所に見られる——

川をさかのぼっていくことは、植物が地面に繁茂し、大樹が王であったような世界の太古の始源の時代に向かって旅するようなものであった。何もない流れ、巨大な沈黙、踏み入ることのできない森……われわれは有史以前の地球の上を、未知の惑星の姿を帯びる地球の上をさまよう人間であった。われわれは自分たちの存在を、深い苦悩と極度の労苦という代価を払って手に入れられるべき呪われた遺産を獲得しようとしている人間たちの最初のものとして思い描くこともできたであろう。……船はどす黒い、不可解な荒れ狂う川のふちをゆっくりとあえぎながら進んでいった。有史以前の人間はわれわれを呪い、われわれに向かって祈り、われわれを迎え入れていた——そのどちらであったかを、誰に言うことができるだろう。われわれは、われわれをとりまく周囲の情況をどうしても摑むことができなかった。われわれは亡者のように水の上をただ滑っていった。精神病院で熱狂的な暴動が起こるまえの正気な人々のように、もの思いに耽り、心の中ではぞっとするような気持になって、そのようにしていった。余りにも遠くにきていたので理解できなかった。原初の時代の夜、ほとんど形跡も残さずに——いかなる思い出も残さずに——すでに過ぎ去ってしまった時代の夜に旅していたので、われわれは思い出すことはできなかった。(88)

対立項目（それらをすぐに列挙したいと思うが）はつぎつぎに順を追って出てくるものであるにしても、それらは各々の人の生涯の中に、またひとつの生涯の各々の相の中に、すべて潜在的に存在していることになる——〈時間、そして通過する道筋についての感覚、これらが、これらの対立項目のうちのどれかをより決定的に露わにするのに責任があるのである〉。こういった対立項目に関して言うべききわめて重要なことは、作家のテキストを活発に創造し、最終的に成就するところの過程であると作家の作品生産という観点から言えるところまで作家の生涯を発展させるのが、これらの対立項目の共同の作用である、ということである。もうひとつぜひとも断っておくべきことは、私は主としてヨーロッパ（とくにイギリスとフランス）の文学史上のほぼ五十年——テキストを創造することが何を意味するかということを根源的に考え直す現象が起こった五十年——の期間を論じているのに、それとは別に、現代の事例のうちのいくつかがあてはまる他の時代からの事例もあるということである。すべての作家は、一貫性を持つ発展（と当座は言っておく）とエネルギーのたんなる消散との間の対立がかもし出す諸問題に直面してきた。すべての作家は、たしかにルネッサンス期以降はずっと、言語の特異性について言語の中で深く考えてきた。そこで、私たちは歴史上の多くの時代から事例を引くこともできるし、また実際にそうしているわけだが、他方、これらの五十年は、他の時代のかかえる問題を持続的に調査する機会を私たちに与えてくれることになるのである。ワイルド、ホプキンズ、プルースト、ジェイムズ、コンラッド、T・E・ロレンスといった作家たちは彼らの作品と生活の中で、作品のテキストを、作家になろうとする不断の苦闘の中へと組み込まれるべきものであるものから、ロレンスが「書こうとする永遠の努力」と呼んだものへと完全に変えていくのである。

そこで、私たちは、これらの作家たちの中に、大方の基準によって判断すれば、途方もないほどに誇張されていると言わざるをえない、書くことに対する姿勢を見出すことになるのである。生きることは召使いがやることである、といったアクセルの格言をワイルドが受け入れたとき、彼はまた、通常の意味で生きることは作家たちがやることではない、ということを言外にほのめかしていたのかもしれない。企図として考えれば、作家であることは自分のエネルギーのほとんどを使い果たすことを意味する。ここでもまた、コンラッドはガーネットに不平をもらしている——

私はどうやら文体についてすべての〈感覚〉をなくしてしまったようですが、しかし同時に私は文体の〈必然性〉にも無情なほどにとりつかれています。そうすると、私が書くことのできないあの物語が自然に組み立てられて、私が目にするすべてのものの中に、私が口にするすべてのものの中に、私が考えるすべてのものの中に組み込まれていくのです。私が読もうと努めるすべての本の行の中に織り込まれていくのです。私はもう幾日も読んでいません。人間が自分の肝臓とか肺を感じるときはどんなに具合が悪いかは、貴兄もご存知の通りです。そう、私は自分の脳を感じているのです。私は自分の頭の中味をはっきりと意識しているのです。私の物語は、その脳の中でどろどろになって、とりとめのない形になっているのです。自分でもそれを捉えることができない。それはみなそこにあって、脳は張りさけんばかりですが、ひとすくいの水を手の握の中に摑まえておくことしかできないのと同じように、それを捉えておくことがもはやできないのです。(89)

このような体験が及ぼした圧力によって、コンラッドはつぎのような言葉(これは3章ですでに引用したが)をA・H・デイヴレーに向けて吐き出すことになった――「孤独が僕を捉える。孤独が僕を吸い込む。僕には何も見えない。僕は何も読まない。僕が書いて書いて書き続けなければならないところは、墓場のようなところだ。そこは同時に地獄のようなところだ」。コンラッドは、無限に至上命令を仕掛けてくるところの、拷問にも等しい書くという生活の枠組みの中に、すべてを見て取ってしまった。このような横暴な支配を身に受けた結果として、作家の個人的生活すらも――その作家自身にとってと同様に批評家にとっても――書くという企画に捧げられるべき材料となったのである。

これは、私が思うに、意味を孕んだ批評的な論点である。というのも、それは、このような作家の刺激を受けてきたような文学研究にとって、広範囲にわたる重要性を持っているからである。ジョイス、ホプキンズ、エリオット、コンラッド、カフカ、マラルメといった、一八七五年頃から始まる二世代の作家たち――作品の生産を体験し、その体験を書かれる生活の中に入れ込もうとする不断の努力によってエネルギーを残らず吸い取られてしまった作家たち――が出現したあとでは、現在の批評家は、作家によって紙の上に移しかえられたすべてのもの（書簡、覚え書、修正原稿、草稿、伝記など）をその作家の生涯に影響を及ぼすものとして考慮するというかなり厳しい強制を感じるのである。したがって、実効的な〈テキスト〉概念には、きわめて広い範囲にわたって見られる関係項目、例えば、覚え書と〈最終〉版との関係、書簡と物語との関係、改訂版と初期草稿との関係といったものが当然のことながら含まれなければならなくなる。これらの関係項目のほとんどが批評家によって再構成されてしまう頃までには、作家の生活に見られる出来事の単純連鎖はすでにかなりの修正を受けてしまうことになるだろう。これを示す最近の例は、『荒地』の草稿版の死後出版である。(五六) これによって、エリオットとこの詩に関する私たちの知識はかなり純化され、おそらく意味ある変化を受けたとすら言えるだろう。エリオットの詩総体に関する知識への新しい可能性の数々が、今や現われてくる。そして、エリオットの読者は、この作品の標準テキストから省かれていた要素がその後の詩の中に徐々に入り込んでいくのを認めることができるのである。(90)

しかし、知見におけるこの種の修正は、批評家と読者の双方にとって規則的に起こるものなのである。作品制作の手続きそのものによって、完璧なテキストでも絶えず変化しつつあるとはっきりと思わせられるのである。新しい要素が現われてきて、作品のいろいろな部分を集合して、意味を孕むところの別の完結した全体性に仕上げるように思える。各々の作家――批評家の場合も同じことが言えよう――が抵抗するのは、自己のエネルギーのたんなる放散であり、自己の執筆行為が散発の機会を束ねたものでしかないという恐れである。作家は、作品が、人格によっても、時間によってもうまく統禦されていない記録の雑多な寄せ集めに堕することのないように配慮する。批評家にとってと同様に作家にとっても、陳述としての作家的生涯という考え方は特権的なものとなる――その理由が、「ミルトン曰く……」とか、「エリオットでは……」とかいった速記録的な言い方が、テキストを目指す作家的生涯と絶対的に同一の広がりを持ち、それと同一でさえありそうなテキストの存在を意味するということであったとしても、そうなのである。作家の生涯という考え方は、たんに集積の連鎖ではなくて、理解可能な発展の連鎖を私たちに見せてくれる。作家は、自分の芸術的生活を形成しようとして持てるエネルギーを調整していくときに、自分自身の土俵に立って時間の経過を受けとめる——時間は、それ自体の力学によって統合される個人的な諸々の業績の連鎖へと価値転換される。芸術的時間による経験的時間の転移は、作家の生涯による通常の人間的生活の転移のより幸運な結果のひとつなのである。

右に言及した発生期の対立項目を記述する作業に入るまえに、二つの条件のうちのひとつを提示しておかなくてはならない。この程度の比較的つつましやかな長さの研究では、完全な文学史めいたものを書くことはどうみても不可能である。そこで、それに代わるものとして、二つの重要な特質によってこの時代を構造的統一体に化している幾人かの人物を選ぶことにする。この二つの特質というのは、一貫性の問題が提示する困難な諸点を相手にした彼ら自身の組織的な戦いと、彼ら自身の時代の文学史を自分たちの形態や条件の中に無理にもはめ込もうとする彼らの作品の持つ力の二つである。このことは、今問題にしている作家たちの場合とくに逆説的なことになっている。というのは、彼ら以上に特徴的でありうる作家はほかにいないからである。であれば、こういった作家はいかにして一時代の典型として考えることができるのだろうか。その理由は、彼らの思想が彼らを導いていった極点のひとつの軸を形成し、その軸から比較的極端でない思想が測られるということである。このようにして、彼らと同じ時代に他に多くの作品が生産されていたにしても、彼らは、作品の制作がつねに問題を孕む行為であった重要な作家として留まり続けていることになるのである。彼らにとっては、テキストはなかんずく、理想的決断を示す隠喩であった——たんなる存在を超えて書く意志を肯定するところの外在性を示す隠喩であった。言語を平均的に使用する人以上に、このような作家たちは、テキストの外在性を、つまりすべてのエクリチュールが自然の秩序から離れてあるときに帯びる真の疎外を、彼らの外周性と孤独の中で誇張し、明白なものにするからである。この誇張に見られる果敢な要素は、個人性の持つ恐るべき自由を受け入れるといった態度である。〈私は書く〉という宣言を彼らの場合のように孤立した主権の座にまでのし上げることは、文学的生涯の及ぼす制限は除いて、多くの社会的・心理的制限から自由になることを意味する。このように見られたテキストは、その妥当性を獲得するために、社会的行為であるところの伝達性に依存するのでもなく、またミメーシス的再現にも、単一の始源点にもたのむことはないのである。それよりはむしろ、そのテキストは、テキストを作る作者の生涯の中で、またその生涯によって絶えず生産され、絶えず正当化されるのである。したがって、テキストというものは、旅が各段階において完成するのと同じようには単純に完成されることは決してなくて、それは、作家の生涯が連続的に行なう企図の特徴となっているあの巨大な努力すらをも超えたものという形で考えられるのである。私が今から記述しようとしている作家たちは、人がひとつの物を見るようには自分たちのテキストを面と向かって眺めることは稀れであった。T・E・ロレンスが『造幣所』の中で述べているように、「私たちは書いているときは幸福ではない——私たちは幸福を回想するだけである。そして、幸福につきまとう極度に微妙な味を回想することには、なにか感染性のもの、不法なものが伴う。それは人生に対する貸越しのようなものである」(91)。テキストとは、そもそもの始まりの段階から、余剰物であるということだ。

第一の対立項目（あるいは作家にとっての一組の対立的・二者択一的選択項目）は、いかなる作家を論じるときにも直ちに私たちの関心を引く項目である。それは、創造的作家としての作者の生涯と、その生涯の始まりか、さもなければ終わり（つまり、作家が書き始めていない時か、さもなければ書くことを完全に終えてしまった時）の間の戦いである（これが恒常的に見られる場合もあるが）。ときとして、作家の生涯は進行中に消滅の脅威にさらされることもある。そこで作家にとって重要となることは優れて、私たちにとっても重要となることになる。作家が書いている最中のことが保存されるテキストとして印刷されて現われるか、あるいは著作の中でページの上に最終的に現われるかどうかは、それとは別問題である。作家はページの上につねに姿を現わし続けることができるのであろうか。作家は、あとで見るように、出現を持続することができないことをいつまでも嘆くことになるかもしれないし、また書きものの中でこの不平をもらすことすらあるかもしれない。であれば、作家のエクリチュールについて書くことは、作家の見方からすれば、少しも書くことにはなりえないのである。それは、例えばホプキンズの場合のように、作家として姿を現わすことがまったく不毛なことで、いかなる結果ももたらさず、まったく姿を現わさないことと同じと言ってよいほどに不都合なことであるのとちょうど同じことである。

第一の対立項、つまり作家としての生涯とそうでない生涯の間の対立は、多くの階調と強調がありうるが、それらはみな作家自身にはまったく明らかなものとして見えてくる。作品を書くことと書かないことの間の差異点を見る場合になっても、作家にはほとんどのことが見えている。だから、彼は、作家としての生涯を始めるまえの自分の人生が作品を書く人生とはまったく異なるものであることを理解していることになる。彼は、自分が作品を作り続けることができるかどうかで思い悩む。彼は、執筆を止めさせるものは何だろうかとも思う。彼は、書くのにどれほどの時間がいるだろうかを調べてみて、今やろうと思っていることが完成する瞬間を見定める。どんな場合でも、作家としての生涯とそうでない生涯の間の両極性は根本的に認識されるべきことであって、それを示す証拠は、今組み立てられつつある（もしくはない）テキストである。そこで、メルロー゠ポンティによれば、初めから――

認知の体験は、事物、真理、価値などがわれわれのために構成されるその瞬間に立つわれわれの現存性ということになる。つまり、それは、認知は〈ロゴス〉の誕生ということであり、すべての独断論をはずれて、客観性自体の真の諸条件をわれわれに教えてくれるということ、それはわれわれを知識と行動の仕事へと呼び出すということである。人間の知識を感覚作用にまで還元することが問題なのではなくて、それをできるかぎり感知できるものにし、合理性の意識を回復するために、この知識の誕生の場に居合せることが問題なのである。この合理性の体験は、われわれがそれを自明のこととして当然視するとき、それは失われるが、しかし逆に、それが非人間的本性を背景にして出現するように仕向けられれば、再発見されるのである。(92)

作家にとって、自己のテキストの「認知」は文字どおり自己の発生期の〈ロゴス〉を構成する行為、つまり書くという行為である。このような物理的行為がなければ、いかなる合理性もありえないし、また、むろん、いかなる作家としての生涯もありえないことになる。テキストに新しいものが増殖的に付加されていけば、そのたびごとに、当の作家にとって自己の〈存在理由《レーゾン・デートル》〉の特権的証拠となるものが改めて発見されることになるのである。

それにもかかわらず、テキストの合理性や作家としての生涯の合理性は、思うに、自然なものや人間的なものと対立するのである。メルロー＝ポンティの見解は「人間的本性を背景にして……」でもって終わるべきである。近代文学は、書くことへの依存性を、書くことと作家とを自然で人間的であるものから孤立させるための方法へと変える。作家の特異性は、彼が書き手であること、あるいは、かつてボードレールが表現したように、彼が「神のシンフォニーの中の不協和音」（“un faux accord dans la divine symphonie”[93]）であるという点にある。書くことは後得のマナリズム、演技であり、そしてページの空間を〈人生〉の空間から分離するところの銘記の特徴的な身振りである。マラルメにとって、「言語の遊戯の結果として」（“selon le jeu de la parole”[94]）自然界の事実が消失することには奇跡が存在するのである。ワイルドにとって、「自然には計画性がないこと、自然には奇妙にも粗雑なものが見られること、自然は異常なほど単調であること、自然の状態は絶対的に未完成であること」、こういったことによって芸術は「活力にあふれた抗議、〈自然〉にその本来の居場所を教えてやろうとする人間の堂々たる試み[95]」となるのである。作家の生涯の初めから、芸術はペイターの言う「自然という単なる機械」を後ろに置き去りにする活動である――「構成《コンポジション》は」、とボードレールは余白で述べているが、「複雑化《コンプリカシオン》を言外に含む[96]」ものである。

T・E・ロレンス、コンラッド、ホプキンズ、そしてワイルドなどは、多かれ少なかれ「自然に」生きることと書くことのこの対立関係によって作家に課せられる苦しい複雑化を例証しているという点で、このうえない重要性を持っているのである。彼らはみな、書く生活が文字どおり副次的となっている人たちであった。つまり、書く生活は別の生活に従い、そしてほとんどの点でそれと対立するものであった。コンラッドは船員であり、ホプキンズは聖職者であり、ロレンスは行動の人であり、ワイルドは公的人物であった。彼らのうち書くことをたやすく行ないえた人はいないし、結果として、それぞれが、ホプキンズが「風変わりという悪徳」と呼ぶものを生来身に帯びていると思わせるような文体と思考の癖《マナリズム》を開発していくことになった。これらの癖のほとんどは、彼らのあのそれぞれの「別の生活」からとられた体験を書きものの中で表現するための適切な手段を見出そうとするそれぞれの試みを反映しているのである。それぞれの場合において、作家としての生涯と、それに先行する、あるいは（ワイルドやホプキンズの場合などでは）それと共存する生活形態との間の力の相互作用は、文学的技法の点で極端な特殊化を作り出すことになった。彼らの技法はきわめて特殊化されていたものであって、書くことがこのうえなく積極的かつ文字どおりの意味で新しい何ものかを真に始めるものとなっている、と言ってよいほどである。ひとつの例をとれば、ワイルドの警句的な才能は強烈さを増してきて、彼の不埒な非文学的な生活のエートスを映し出すような芝居を書いた作家としてますます有名になっていくにつれて、生きていることがいかに素晴しいことになりうるのかを示す能力を身につけてきた。『まじめが肝心』（一八九五年）の頃までには、彼の態度はきわめて我儘なものになっていて、そのために、この芝居の終わりのところで、人物たちがきわめて素晴しい一連の動きを通して、最後の幕の疑似洗礼式などで自己創造を果たすことができたほどである。アルジャノンとジャックは兄弟とされる。ある本にそう書いているからである。そして、この二人の空想力がその本に匹敵するためにとてつもなく高く飛翔しようとするときはじめて彼らが兄弟であることが出生の事実となるのである。ワイルドが、あとで分かったように、法外な犠牲を払って自己創造を果たしたのとちょうど同じように、彼の虚構的創造物も、平凡な中流階級の生活を「独りでに生まれてきて嘲笑する者」（五七）とイェイツが呼んだものにまさになっているように思えるのである。

社会からの要求によって、ワイルドはその目の回るような人生航路を、結局は作家としてと同時に市民としての自己を破滅させるような結末へと追っていくことになった。にもかかわらず、自分では改悛の作と考えたもの、つまり『獄中記』でのワイルドは、改悛というよりは、自己の作家的生涯の形成に汲々としているのである。「もし（と彼は〈ボジー〉ダグラスに言うのだが）僕が以前サド公爵とかジル・ド・レのようであったとすれば、牢獄にある僕は今その代価を支払っていることになるのであるが、しかし私の今の新しい手本はキリストである」。ワイルドは、自己の人生の残酷な体験を、作家としての生活と公的な生活の両方のバランスをとるように優雅にとどめおくような形態を持つ陳述へと変えていかざるをえないのである。悪魔的な作家的生涯が作り出した芝居、警句、物語、そして寓話などは、彼の受けた恐ろしい罰や、その後の改心によって贖われ、相殺され、中和されている。かくして、『獄中記』でワイルドは、自分が一体何をしようとしているのかを心理的に、道徳的に、もしくは社会的に理解しようとするいかなる試みをも書こうとしているのではなくて、絶妙な平衡感覚でもって構成され、十全な形態を付与され、十分に書き込まれ、あるいは十分に述べられた作家的生涯の記録（罪、罰、贖い／機智、牢獄、キリスト教／作家としての伊達者、人気の没落、そして改悛など）をそれに置き換えているのである。この作家としての生涯については、それが例えば「浅薄な者だけが己れを知っている」といった警句と同じほど特殊なものであるといったこと以外にとりたてて言うべきことはありえないのである。ワイルド自身が言えることといえばせいぜい、私は自分の人生パターンを述べたまでだ、ということくらいである――このことは実際には、彼の作家としての生涯が、彼の作品のプロットのひとつに似て、少なくとも自分自身について書いているところでは勝利をおさめたのだ、ということを意味しているのである。さらに言えば、プルーストはワイルドの美的姿勢を完全に理解していた。リュシアン・ド・リュバンプレの死（バルザックの『浮かれ女盛衰記』の中での）をめぐるワイルドの「悲しみ」について述べるとき、プルーストは弁護してつぎのようにつけ加えている――

［ワイルドは］格別の選り抜きの読み手であった。彼は、大方の読み手よりも完全にこのような見解をとるために選ばれた読み手であった。しかしわれわれは、幾年か経てばワイルド自身リュシアン・ド・リュバンプレになるはずであったと考えざるをえないのである。そして、そのリュシアンの末路……彼は牢獄にいて、自分の輝かしい世間的存在が崩れ去るのを眺めていた。というのは、彼は今や、懲役人との交わりしかない生活をしていたからである。これはみな、まさにワイルド自身の運命になるべきはずのものの前兆であった。むろん、このことはそれまではワイルド自身は知るよしもないことであったが。(97)

作家としての生涯の形成化がそもそもの初めから現実の生活からの脅威に対立している度合いは、『知恵の七柱』の中により顕著に示されている。この著作と著者についてマルロー(五八)は〈空虚〉を言ったが、これは本来は、アラブの叛乱で演じたロレンスの役割のことを言っているのである。最初は熱烈に自分自身であり続け、ついでこの叛乱の主導者となり、そのつぎに二枚舌のイギリスのスパイとなり、最後に自己の偽善に衝撃を受けた人間となったこのロレンスという男は、この著作のずっとあとのほうで自分を作者に変容せしめているのである。ここに第九十九章からとられた重要なくだりがある――

感情と行動とを絡み合わせることは困難な業《わざ》であった。私は自分の人生を通してひとつの願望を抱いてきた――それは、なんらかの形で想像力を駆使して自己表現を行なう力への願望であった――が、そのための技法を獲得するのに私は余りにも散漫であった。ついに偶然が、異常な気まぐれのもとに、私を行動の人間として作り変えていき、私にアラブの叛乱に参加する場を与えてくれることになったのだ。このアラブの叛乱は、目に直に映り、手に直に触れるような叙事詩的なテーマであって、技法を必要としない芸術である文学に対するはけ口を私に与えてくれるものであった。そこで私は技巧の問題にのみ興奮を感じるようになったという次第である。(98)

その頃までには、その叛乱は独自の道を走り切っていた。ダマスカスはすぐに解放されることになっていて、ロレンスができることといえば、自己の役割や自己の疑わしき業績に形を付与して、それらを再構築するくらいが関の山であった。彼には、〈挫折した〉歴史家として、つまり結論的な意味も持たず、美的な目的を除いては他にいかなる目的にも至らない叙事詩的構造体の作者として書き始めるときに自己創造を果たす以外にそれを行ない、かつ合せてなんとかして自分を救う道はないように思えた。その後、英国空軍に入って「精神自殺」を図ろうとして自己の人格に言い知れぬ損傷を課したときですら、彼はなおも『造幣所』の中で文学的な免罪を求めたのである。この作品は彼が通俗の人間に転向したことを正確かつ率直に述べたものであるが、彼は逆説的に、それを自分が駆使しうるかぎりのもっとも「凝った」散文で仕上げている。

著述家としての生涯と肉体的な危険を冒す生活の関係は、ロレンスの場合は、必然的に自分が書く実際の原稿（奇妙なことだが、彼は自分が書いた原稿をいつも失くしていた）に対する異常なほどの気づかいを伴った。その当時の文学や文学的神話を貫くもっとも奇妙なテーマのひとつは、作者が自分の作品を、文字どおりに、また物理的に作品の書かれた形の中で永遠のものにすることがいかに困難であるかという問題である。作品が永続的でないかもしれないというこのような脅威は、作家としての生涯がすでに始まり、今それが進行しているということを示す証拠がいかに薄弱なものであるかを絶えず思い起こさせるものとなった。『知恵の七柱』の第一草稿はなぜだか分からないが破棄されたが、ロレンスは、不可思議な企てがこの破棄の背後には潜んでいると信じていた。ホプキンズは自分の書いた詩を定期的に燃やした人である。ワイルドは、文章の中にひとつのコンマを挿入するのに半日もかかり、それからそれを取り除くのにもまた半日もかかると、（ほんとうに、こっけいなことに）公言した。マラルメは原稿用紙の空白を破壊することで苦しんだ。コンラッドは、物理的に書くことへの努力をしながら、痛風とか関節炎とか書痙とかを含む知られるかぎりのあらゆる心身相関的な病気に見舞われた。プルーストの執筆の年月は、ほとんど死を招くほどの生活情況となった。テキストを印刷された物にしようとする努力の中で作家が経験する肉体的な労苦をおそらくこのうえなく無情に記述しているものは、ギッシングの『当世三文文士街』である。これは今問題にしている時期を小説的に診断したものである。この小説に出てくるどの作家も死ぬか、あるいは自分の原稿を失うかする。それほどまでに印刷の危険は恐ろしいのであり、それほどまでに原稿を作ることの条件は人間的に見て破壊的であるのである。こういったことすべての中に私たちは、作家の生涯がなんらかの形で送ってきたところの力を、理解可能ではあるが一般には知ることの不可能な力を敢えて犯したことへの恐怖に苛まれる作家を見出すのである。このようなものこそが、ランボー(五九)によれば、「偉大な病人、偉大な犯罪人、偉大な呪われ人」であることの代価の一部なのである。

したがって、不可思議な脅迫が、著作の企図を別のレベルに立って出発の時点で明確化することをときとして強いることになるのである。このレベルでは、この企図の持続力はどちらかといえば曲折したものである。作者の企図は、周囲をとりかこまれている作家的生涯、つねに生成の過程にあるテキストの孤立した超絶性の中で達成される（そのようなことがあるとすればの話だが）ところの作家的生涯、という独自の環境の中で育成されるものなのだが、それは努力と不可視性のユニークな言語、そしてまた独創性と反復のユニークな言語を用いて記述できるものなのである。努力と不可視性は否定的表現に基盤を置く言語を包括するが、この否定的表現の持つ優位性が作者の願望をかき立てて、ほとんど想像もつかない目標の表現へと送り込もうとするのである。私たちはこれがある程度リルケの『オルフォイスに捧げるソネット』第一部の二十三番の中に記述されているのを見出すのだが、そこでは詩の終わりに達成される〈存在〉が、誇張的な、非特定的な、非情況的なある場所と結びつけられている(六〇)——

おお　飛行がもはや
自分自身のために
天の静寂のなかへ
自らに充ちたりて　昇ってゆくのでないならば

そして成功した機械として
明るいプロフィールを見せながら
確実に　華奢な姿で　旋廻しつつ
風の寵児の役を演ずるのでないならば——

　純粋な「何処へ」が
成長する機械の

幼い誇りに打ち克つならば
そのときはじめて　その獲得に驚かされ
はるかな涯に近づいた者が
その孤独の飛行によってかち得たものであるだろう[99]

それはまた、メルロー゠ポンティがセザンヌに向けるそのとりつかれたような視線の中にも記述されている。そのセザンヌは自分の作品を「ひとつの試み、絵画への接近にしかすぎないもの」と見たのであるが、彼の目標は「物質的本質の、情緒的類似性の、沈黙の意味のその夢のような宇宙を割付けしながらわれわれの持つすべての範疇をないまぜにすること」であった。この芸術家は自分の作品を「世界の始源にある」ひとつの定かならざる場所に位置づけた。彼の作品がこのように位置づけられると、芸術家は「無限なるロゴスの企図という発想へむけて方向づけられる[100]」ようになる。あるいは、プルーストが言うように、「私の作品の発想は私の頭の中に宿り……絶えざる生成の状態にあった[101]」ということになる。

始まりの段階にある芸術家の作品を一種の誇張法として見るこれらのイメージは、テキストを文学的生涯の始まりとして特徴づけるために用いられる今ひとつ別の種類の言語に関係づけられる。しかし、このいずれの場合においても意図されるテキストは純粋な記号であって、それは、解釈や、それが作られるときの（大体のところ）困難な情況や、それ自身の内的躍動への介入などから免れている。テキストは、歴史や社会との複雑な関係体系の中にではなく、芸術家の生涯との一対一の対応の中にのみ立っているのであって、それは、初めから未来永劫にいたるまで芸術家の生活を述べる唯一の資料なのである。これを言うために、作家は極限の独創性と極限の反復性とを表現するところの語彙を用いるのである。現在書かれるすべてのジャンルの著作は、文学を除いて、マラルメによれば、ルポルタージュである。他方、詩では――

いくつかの単語からひとつの全体的な語、新しい語、言語には未知の語をあたかも呪文のように作り直す韻律詩は運用言語の孤立化を達成する。至高なる特性によって、意味と音に交互にそれらが浸される技巧にもかかわらず言葉に宿る危険を無視することは、あの普通には聞きなれた音の断片を一度も聞いたことがないという驚きをあなたに与えるが、同時に名付けられた物の回想は新しい雰囲気の中に浸るのである。(102)

孤立化、極度の独創性、至高性、そして新奇さ、こういったモチーフはこの記述の中では、ありきたりのもの、反復されるもの、慣例的なものといったモチーフと交錯する。同じように、マラルメのもっとも有名な批評的な句では、ひとつの複雑な思想が、詩人の極度の主観性（そして独創性）とすべての文学的な物の中でももっとも平凡な物、つまり書物とを結びつけるのである――「私の中から出てくるひとつの命題……概要は、世界のすべてのものがひとつの書物に行きつくために存在することを欲する」。(103) 書くことは、したがって、書き直すことであって、この書き直すことには、もともと、すなわち初めて書くときのすべての力が宿っているのである。

文学的テキストに関するマラルメのコメントに見られるこの内的矛盾は、誇張法を意識的に高めるものになっている。ひとつのテキストはもはや一冊の本ではなくて、それは〈本〉そのものであるのである。それはちょうど、拡大して言えば、書くことがすべてであって、たんに何ものかではないのと同じことなのである。その結果、テキストを、そして書く生涯を他のすべての人間的な産物とは異なるものにするために、この強化された誇張法を用いることになる。これは、レナート・ポッジォーリがアヴァン・ギャルド詩学の〈人間変革の傾向〉[104]と呼んできたものを構成する本質的な一部となっている。(六一)マラルメにおいては、目標はテキストから「純粋な作品」を、あるいは彼が別のところで言っているように、「すべての間の関係の純粋なアンサンブル、ある浮遊する情況の中に一緒に集められたアンサンブルとしての［署名のない］賛歌、ハーモニー、そして喜び」[105]を作り出すことである。しかしこのようにエクリチュールを人間を超えた作業に変容せしめることはまた時間の変容をもまき込むわけだが、ここでもプルーストはもっとも手堅い記述を提供してくれている。

『見出された時』の中に、自分の作品を今始めようとする作家として考え始めるひとりの人間をこまかく記した非凡な箇所がある。きわめて豊かな小説の（未完の）締めくくりの箇所に述べられているところの、文学的企図についてのマルセルの瞑想と、それに対する彼の格別の忠誠という当初の行為は、作家への道を彼が選んだ内心の動機といったものを私たちも理解できるという感覚を拡大してくれる。これらの巻末の幾ページかを通して、内面的・外面的危険にさらされた彼の経験的自我と彼の芸術的自我との間の対照性が保持されている。彼は、この芸術的な自我の行なう創作行為を、彼の経験的自我における記憶と意志と実存の喪失とに究極的に代置されるものとして考えている。この二つの自我に共通するものは、死という発想であり、それを彼は「自我という発想と同じほどつねに私につきそってくる」[106]ものと言っている。この状態にあって、彼はすでに半ば死んだ形で、自分の執筆の計画を立て始める。彼は、自分が今まで生きてきた過去の世界、そしてそれを記述するために自分の心内に持ち運んでいる過去の世界の中に断絶がないようにと思って、書こうとするのである。彼の出発点は、彼の母親が彼に折れて出たあの夕方の時、そして彼がスワンの出発と母親の帰宅を知らせるベルの音を聞いたことを思い出すあの同じ夕方の時である――

私自身の内部にもっと深く入り込むことによって私自身が過去に立ち戻れるに十分なほどに、過去からのこの瞬間が私を捉えてくれるためには、断絶がないことが、私が一瞬の間でも存在を止めないことが、考えを止めないことが、自己意識を持つことを止めないことが必要なことであった。[107]

しかし、自分の作品を忘却からの避難所であるところのカテドラルのようなものにしようとする大望と同じく、このような大望は、ゲルマント家での朝の時刻に動き出した書くという意志が純化されたものである。そしてその物理的な体験は増大する意識についての他の多くの体験の極点でもあって、この最終的な体験はそれらの体験の終点であるとともにそのクライマックスでもあるのである。

『失われた時を求めて』全体は作家的生涯[108]への準備であるが、その生涯をマルセルは作品の終わりになっても実際には始める気配はないのである。このことに目をとめた批評家たちがいるにもかかわらず、〈ただそれだけの〉（*tout court*）人間と出発点に立つ作家との間の緊張に関するプルーストの分析のほうが私たちの論点にとってはより関わりがある。その論点とは、繰り返して言うと、作家的生涯とそうでない人生の、とくに文学的テキスト自体に見られる場合の、当初の対立の問題である。たとえマルセルの作品の実際の開始が永久に遅延されようとも、高度に処理されたプルースト自身のテキストは、マルセルのテキストのための一枚の前《プリ》・テキスト（弁解）であるように文字どおり見える。この幻想構成の特異性は、『ユリシーズ』におけるジョイスのように、プルーストが、作家の生涯に先行する局面を含むところの作家のすべての局面を同化するために自己のテキストを用いているのに対して、マルセルもディーダラスも未来の作家としてのみ存在していて、それぞれの作品は、別の作品の中にひとつの始まりとして組み込まれており、それは決して到達できない未来を企てるものになっているということである。だが、ジョイスもプルーストも、ディーダラスやマルセルが実際にテキストを生産することになれば、それらは『ユリシーズ』や『失われた時を求めて』に似てくることだろうと、読者に思わせようとしていることは変わりないのである。このような結果は、ペリクリーズの[六二]「汝は汝を産んだ人を産む」という言葉を思わせる――テキストは、それを産み出した(かもしれない)作家の生涯のみならず、テキストを産み出す前の作家の生活や、その生活の想像上の始源の記述をも含むほどに多形的なものなのである。レオ・ベルサーニ[六三]は、「[マルセル]が記述しようとする世界はなによりもまず彼自身の心の中にあり、彼の心の外でのその世界の存在は、作家としての彼の決意を超えて広がることはありえない」と注記しているが、この指摘は鋭い。「現実は今や耐えることができるものになる。というのは、それを記憶という視角から再創造することによって、彼はそれをもとにして、ガエタン・ピコンが書いているように、〈侵害や奇襲がもはや発生しえない先行性〉を作り出しているからである[109]」。書く生活〈以前の〉現実は、書き始めるという行為の一部として見られるのである。

むろん、プルーストの美学は、書く生活と他のあらゆる形態の生活との間の差異の上に建てられている。『サント＝ブーヴに反対する[六四]』に見られる重々しい弁証法は、多くの点でこの差異を繰り返している。「彼[サント＝ブーヴ]は文学的生活……と会話の区別はしなかった[110]」。作家とは「自分の社会的自我が他のあまたの自我との交わりの中にずっとあった間に自分の出番を待ってきた自我[111]」である。サント＝ブーヴへの攻撃は面白いことにプルーストの母親との会話として想像されているにしても、書くことが、通常の生活から合理的に分離された、意図的な、ラディカルな個人性の原理であることについては、プルーストの心の中にはなんら疑念はないように見える。以下の引用文を見ると、プルーストが生産と喜びとを示す〈純化された〉言語を用いてテキストを産み出す過程をまとめあげている様子がよく分かる（子としての作者の感情がどういうわけかここに入り込んでいることにも注目してほしい）――

忘れないで下さい――才能が独創性の基準であり、独創性が誠実さの基準であり、喜びは（書く人にとっては）恐らく才能の実態の基準であることを。

「彼はほんとうに母親が好きだ」と言うのとほとんど同じように、書物について「これはひじょうに気がきいた本である」と言うことは愚かなことであるのを、忘れないで下さい。しかしこの言い方の真の価値はいまだに示されてはいません。

忘れないで下さい――書物というものは孤独の産物であり、〈沈黙の子供たち〉なのです。沈黙の子供たちは言葉の子供たちと共通するところを少しも持っていないはずです。つまり、なにものかへの欲求から、罪意識から、意見から、すなわち曖昧な思想から生まれる思想とは共通するものはないのです。

忘れないで下さい――われわれの本の材料、われわれの文章の実体は非実体的であるべきで、現実から直に取られたものではないが、エピソードと同様にわれわれの文章そのものは、われわれが現実の外に、現在の外に立つときのわれわれの最良の瞬間の持つ透明な実態から作り出されなければならないのです。(112)

ひとつの本の素晴しさが論点を構成しないのは、ひとりの人の母親に対する愛情がそうでないのと同じである。契機的で、情況的で、初めから必然的なものでしかないにしても、これら二つは同じように、十分に自然のものである。重要なのは、ちょうど、作家が書き始める前のその作家の生活について考えるときにプルーストがそれをその生活のための〈始まり〉へと変えているのと同じように、これらの二つの言い方がどのように利用されるかである。あるいは、もうひとつ別の比較を加えて言えば、それは、小説と批評作品（『失われた時を求めて』と『サント＝ブーヴに反対する』）とを、両者が〈書かれた〉テキストであり、たんなる言葉の子供ではないかぎりにおいてのみ互換可能なものとして想像するプルーストの能力に似ているのである。

『失われた時を求めて』全体はこういった思想を劇的に例証してみせてくれる。例えば、ベルゴットは、自分が自分自身の作品の著者であり、またどう見ても差し出がましいスノッブであるのに、それをそうだとは信じているようにはほとんど思えないのである[113]。マルセルにとって、作家の作品とは、事物間のつながりをまったく実際とは異なるものにするほどに新奇なものなのである[114]。芸術の実質は「明確で、新しく、独特の透明さと響きとを持ち、密で落ちついたもの[115]」でなければならない。つまり、すべての著述の初めの前提は喪失である（「真の楽園は失われた楽園である[116]」）。書き始めることは、マルセルが『見出された時』で見ているように、自分が今まで耐え忍んできた一時的な喪失を必然的に作家の生涯に導くものとして見直すことになる（マルセルがここで使っている言葉は〈召命[117]〉*vocation* である）。記述された一連の物ではなくて、テキストは形を帯び〈始め〉て、「作家が二つの異なった対象を選び、それらの相互関係を想定し、……そのあとそれらを美しい文体の必然的なつながりの中に囲い込む、そのような瞬間においてはじめて始まる[118]」のである。対象物の直接性を投げ捨てながら、作家はそれらの対象物の間の関係の領域の中に、それらの真の本質の領域の中に入っていくのであり、彼はその領域を必然的に回想的に想像する（思い起こす）のである。

ここで私たちは、経験的時間と人間的時間に対立するところの始まりと作家的生涯とを表わし、それらを含むものとしてのテキストの孕む中心的パラドックスに到達することになる。ゲルマント家の図書室でマルセルが思い描くものは、彼が未来に向けて投影するところのものである。それは彼の生涯、テキストのあるべき姿、生まれ出るべき〈作品《ウーブル》〉なのである。かくして、彼のすべての過去——たんに起こったものとしてではなく、思い出としての過去——は、来るべきテキストのための準備となるのである。にもかかわらず、『失われた時を求めて』自体は思い出である——物理的に見て、つまりテキストの実体として見れば、それは未来のテキストのすべての要素を内包しているのである。マルセルが抱く書くという意図は小説の中で形成されているのであり、したがって私たちは『失われた時を求めて』について、それは作家の生涯とテキストの始まりとなる出来事であると言うことができるのである。かなり直義的な二重の意味で、私たちの前にある小説はそれ自体を始めつつあるのである——それは始まるのであり、同時に始まりでもある。それは、現在（思い出）へと導くところのあの先行性のすべてである。それは未来を目論む始まりである。ブランショは、つぎのように言うとき、とくに興味深いこの情況を摑んでいることになる——「作品が言うところのものは、それが生まれたときの状態だけではなくて、なんらかの形でそれがつねに言うところのものである。つまり始まりである。このようにして、歴史はそれに属しながら、同時にそれは歴史を逃れもするのである[119]」。

プルーストの小説のテキストは思い出と未来が並存するところにあるわけだから、それ以上の偶然の一致もまたあることになる。そのひとつは性的倒錯に対するプルーストの関心であって、それは、プルーストが『ソドムとゴモラ』の同性愛についての余談の終わりで述べているように、「女性の身体の中の幾つかの発育不全の男性的器官や男性の身体の中の女性的器官によってその痕跡が保存されているように思えるあの当初の雌雄同体現象の状態にまで[120]」さかのぼるのである。それにまた、テキストも、豊かなものを秘める思い出と力を秘める未来の痕跡を、完璧な準備をほどこされ、今から行なわれる何か偉大な作業の始まりのところにつねに置かれている痕跡を保存するのである——「事実、事物は少なくとも二重である[121]」。アルベルティーヌとサン＝ルーは「私が今まで考えてもみなかった隠れた類似性[122]」を持っていることがあとになって明らかにされる。マルセルが自分自身の生活の二重性、人としての、と同時に初期の段階にある作家としての二重性を認めるときの、あのゲルマント家で彼が迎えた朝に直接先行し、それを映し出すのは、この発見である。彼が人物たち自身の中にあるすべての正反対の特徴の間に認める対立物の統一性は、対立してはいるが共に結ばれている彼の作家としての生涯と彼の過去の両者について図書室で彼が持つ意識を美わしくも暗示している——

彼らは死んでいた。だが、私は、結局はきわめて短かった時間によって距てられてはいたが、最終のイメージを……アルベルティーヌにとってもそうであったが、海に沈む太陽との結びつきによってのみ私にとって価値のある最初のイメージとを彼らのために結びつけることができたのであった[123]。

しかしながら、未来の作家マルセルにとってのイメージの並置は、生産された作品としてのテキストのとくに物理的な形をとる（ここでもそれは図書室に留まっている間の出来事である）。彼が書棚から何の気もなしにジョルジュ・サンドの『捨て子フランソワ』を取り出したことが彼の思い出を無意識のうちに刺激する——これはその朝のそのような四つの思い出のつながりの中の頂点に立つ体験であるが、それぞれの思い出は肉体的感覚が引き金となって起こったものであり、それぞれはマルセルを近い、さもなければ遠い過去のある特定のエピソードへと連れ戻し、それぞれがマルセルに時間の外にある或る本質的存在の印象を与えるほどに生き生きと過去を甦らせるのである。しかしそれぞれの場合に、その体験は、或る場所、あるいは或る物に、或る場所と或る感覚とに由来し、抽象的本質あるいは理論的情況には決して由来するものではないのである――「つねに、それらの復活においては、共通の感覚によって呼び起こされた遠方の場所は、レスラーのように、現在の場所と一体となったのである」[124]。かくして、『捨て子フランソワ』という実際の本は、マルセルをコンブレーでの幼年時代に連れ戻すことになるのである(「私の生涯のうちでおそらくもっとも悲しく、もっとも美しい夜と言ってよい時間のうちに」[125])。それから、この過去への回帰を体験した直後に、彼は作家としての自分の未来の生涯を考え始める。この生涯は今やその手に持った本を通して期待をもって思い描かれるのである。そしてその本は「この上なく素晴しい日に、ここゲルマント家の図書室で再び見出されたもので、この本によって、早い時期の私の心の手探りの試みのみならず、私の人生と、そして恐らく芸術の目的全体は突如として照明が与えられたのであった」[126]。

マルセルの手の中にある本を、〈マドレーヌ〉が引き金となって起こったあの一連の思い出の最後のものにしようとしたときにプルーストが示した戦術は、きわめて正当なものである。もっとも独創的な対象物(作家の最初のテキスト、読者のはじめての読書体験、多数のコピーの最初の一冊などのようなもの)であり、同時にもっともありふれたもののひとつ(書かれ、読まれ、印刷され、そして保存される事実上無限といってよい数の本の中の一冊のようなもの)でもある本は、マルセルのために、独特の沈思の流れを解放することになる――

或る本の初版本は私には他の版よりも貴重なものであったが、しかし初版本といっても、私の場合はいつも、私が初めて読んだものという意味であったであろう。私はいつもオリジナルな版を探そうとした。つまり私がオリジナルな印象を受けた本の諸々の版である。というのは、そのあとの印象はもはやそのようなものではなかったからである。私は小説の場合古い装丁を、つまり私が自分としては最初の小説を読み、「真っすぐに坐りなさい」となんどもなんどもパパが私に言うのを耳にした時期の装丁を集めようとした。ある女性が着ているのを初めて見る衣服のように、それらの古い装丁は、私がかつて持っていた愛を、私がますます愛さなくなったあまりにも多くのイメージをおっかぶせていた美しさを、再び見出すのに手助けをしてくれたのである。これらのイメージのすべてはあまりにも多くて、最初のイメージを発見することを困難ならしめたものである。その私とは、その最初のイメージを目にしたことのある〈私〉ではもはやなく、またその〈私〉に自分の場をゆずらなければならなくなった私であったのだが。(127)

これらの思考の根柢にある受動性はまさに、マルセルが、ひとたび作家になれば、自分自身の〈オリジナルな〉テキストをもって置き換えようと誓っているものである。マルセルは、行きあたりばったりに快楽をつぎからつぎへと求める人では決してなくて、いろいろのものを積極的に探して、それらを互いに関連づけ、「自分の文章の中に永遠につないでおくために作家が再び見出さなければならないユニークな関係」(128)を確立させようとするのである。書く行為、テキストの物理的成長、徐々に非個人的になっていき、遠方にとおざかっていくテキストの帯びる性格——これらすべてが人間と彼の書く作業(これは、マルセルにとって、思い出と反復の、独創性と喪失の受肉化である)の間の親密な関係の〈基盤となる〉のである。作家的生涯の始まりは、作家がマルセルにとって思い出と反復の、独創性と喪失の受肉となる瞬間でもある。作家的生涯の始まりは、作家が、誰でもが未来に目を向けるように、自分のテキストに目を向ける瞬間である。それほどまでに彼の作品の孕む緊迫性はすべてを包み込むものなのである——「この観点からすれば、作品は、他の恋愛を運命的に予感させ、人生をして作品に類似するように仕向ける（詩人がもはや書く必要がなくなるかもしれないほどにそう仕向ける）ようなひとつの不幸な恋愛としてのみ考えられなければならない。というのは、彼が書いてきたもののうちきわめて多くのものがすでに、これから起こるものの予兆となっているからである」(129)。

自分の未来のテキストについてマルセルの行なう思索は、すでに述べたように、作家が自分の作家としての生涯に付加してきた誇張された価値がどういったものであるかを示す。彼の思索はたしかにプルースト自身の場合を、たとえあらゆる詳細な点においてではなくても、具体的な事実の次元で映し出している。それはまた、今から生産されるテキストの思想、もしくはテキストについての思想が、書くという実際の日常的な行為（これなくてはいかなるテキストも生産されえない）さえも呑み込んでしまうことをゆるすところの一時的な誇張法においても映し出している。ベンヤミンが、「ロヨラの『霊操』(六五)以来これほどまでにラディカルな自己専念への試みはめったに見られなかった」(130)と言っているのは、まさに正しいことだと言わなければならない。したがって、プルーストとジョイスは、私たちが今論じている近代の時期において作家の当初の選択あるいは意図としてのテキストに課することのできる限界といったものの図を描いていることになるのである。その意図は長びかされた意図のようにも見えるし、それ以後は作家たちは彼らの作業を障害レースとして考える。テキストを作るという当初の決意は、その行程の一歩一歩ごとに連続的に繰り返し行なわれる。作者は書きながら、自分が選んだ作家的生涯に対する、そして自分が意図してきたテキストに対する、すなわち自分の作家的生涯を示すあの純粋な記号であるテキストに対する当初からの献身を繰り返すのである。これは、ポッジォーリが呼ぶところの「その最後のあがきの中で自己の苦しみを不死のもの、豊饒なるものにせんとしてもがくラオコーン的存在の苦悩……哀感」(131)を示す一例である。私たちは、自己のテキストへ向けて最初の一歩を踏み出そうとする作家の苦悩が彼に多性的な役割を課するのをあとで見ることになるが、「男＝女」に対するプルーストの関心はこの多性的役割に素晴しい形で関係づけられているのである。

かくして、最初の障害は作家にとって全体に及ぶものであり、彼がその作家的生涯を始めるにあたって出会うものであることになる。それは彼が自らに向けて問わなければならない根源的な問いであり、彼がその作家的生涯を始めるにあたって、またその生涯を通して刻々となさなければならない決断である。つぎに、加入儀礼による彼の試練と時を同じくするのが、第二の障害である。それは、自分がコースに出ていること、ある選ばれた生涯に船出したこと、だがそのコースが正しいものであるかどうかを知りたいと思ったり、確めようと努力したりすることに、ますます気を配っている自分についての作家の自覚を発動せしめることになる。例えば、彼はある種の連作を生産しているべきなのか、それとも別種のものを生産しているべきなのか。所与の主題が彼の気持を引きつけるのは正しい理由によるものなのか、それとも間違った理由によるものなのか。彼のテキストの連続性によって、またその中で発生する疑問に対する最良の回答は何なのか。こういった一連の問題（そのすべては私が言及した障害から出てくるものであり、かつそれを例証するものであるが）を記述した古典的な例は、ヘンリー・ジェイムズの「次回は」という物語である。ラーフ・リンバートは、次回は大衆の好みに合った作品を書くことを誓う作家である。彼はそのような作品を決して書くことはないが、それは、「彼が流れ流れて、壮大な無関心の中に、芸術に対する無謀ともいえる意識の中に入り込んでしまった」[132]からである。しかしジェイムズはその瞬間をリンバートの死の少し前に置いている。彼の作家的生涯はまったく人生からはずれてそのコースを走り切ったのである。むろん、正しい進展こそが、リンバートのもっとも生き生きした関心ではあったのだが。

ジェイムズはそれほどはっきりと言っているわけではないのだが、リンバートの苦境は、彼が自分のテキストを書くことを、自分の作品を読者に読んでもらうことや、読者を喜ばせることや、読者から認められることなどとはまったく異なることとして見ていることにある。このような理解は、一八八〇年代と九〇年代にジェイムズが造り出した芸術家である人物たちのほとんどにあてはまる。ワイルドは、例のはなやかな態度で、「芸術家は対象に目を据えて作業をするものだ。それ以外のいかなることも彼の関心を引かない。人々が言いそうなことは、彼の心には浮かばない。彼は自分の心に抱いていることによってのみ魅惑されているのだ」[133]と公言した。ワイルドはむろん、作家にとっては技術的な方向の問題点がいくつかあって、それらの問題点の持つ重要性は読者に関する作家の意識を完全に消去するものではないにしても、それはそれに先行するものである——それに先行し、その先行性（それは書く作家にとっての直接性と無媒介性であるが）のために特権的に優位とされるものである——と述べることによって、誇張的な立場をとっているのである。フッサールは、その『論理学研究』の中で、意味を付与する行為（すなわち意味を持つ意図）と意味を成就する行為の間に有用な区別をもうけている[134]。作家にとって、意味を付与する行為は「そのようなものとしての表現」にとっては必須のものだが、意味の成就、「意味を多かれ少なかれ確定し、実現し、そのようにして、その対象に対する意味の関係を現実化する」作用は、作者には達成したいとただ願うほかないことなのである。作家にとって意味を成就するということは、自分のテキストを実現すること——語の敬称的な意味において、テキストをどうぞと言って差し出すこと——であるが、読者にとっては、こういった考慮は比較的秘密の行為であるように思える。読者は読み、消費し、理解することを欲する。生産の美学は読者にとっては二次的なものなのである。

さて、（語り手としての、さもなければ作者としての）マルセル・プルーストのような作家にとってテキストが未来の作品であるならば、もしテキストとしてのそれの成就あるいは現実化が遠いものであるならば、生産する作家として彼の焦点は必然的に意味の付与物に、〈テキストのまえに〉もしくは〈テキストに向かって〉つねに行なわれるものとしての書く行為に集中される。書く行為は一種の調査であり、テキストへと導く一種の準備である。したがって、書くときの言葉はテキストの目的にとって（通常の用法におけるよりも）より真実のものとなるのである。作家としての生涯の道をひとたび歩み出すと、作家の作品制作は、粗描と最終稿の間を不確定にゆれ動く。そしてその最終稿が最終的にテキストの中に組み入れられるのに適切であるかどうかも定かでない。作家たちが自分の作品の全集を準備しながら、それまでに出版されたものを削除したり、編集したり、書き加えたり、あちこちいじったりすることは、文学の歴史の中ではよく見られることである。この種の介入は意味の成就の手続きの一部であって、作家としての生涯を始めたあとの作家で、そこに含まれた倫理的＝技術的な問題を回避できる人はいない。そこで、私が今考えていることは、作家が書きながら処理していく問題の全領域であって、それらの問題の中で完全な全集に関わる問題は、もっと後の、もっと公的なものとなる。

現代文学の批評的な面の特徴のひとつは、作家が自己のパラテキストに付与する重要性である。このパラテキストとは、作家がテキストを作る際に自分の作業上の問題を探るところの著述のことである。ジェイムズの『ノートブック』もそうだが、ジッドの『日記』とかリルケの『書簡集』とかヴァレリーの『手帖』とかブリッジーズ宛のホプキンズの手紙などがすぐに思い出される。ジョルジュ・バタイユがしばしば示してきたように、パラテキストは、テキストというものは至高なる道徳的力を表わすものとしていつも考えなくてはならないという強制に応じて、作家が自分の著作のあるものをまさに浪費だという態度を示しながら焼き棄てるためにだけ存在する、そういったもののひとつであるかもしれない。しかしながら、いかなる作家の生涯においても、カフカの生涯におけるほどに、特徴ある選択項目や疑問をともなうこの著作の第二次相が集中的で、複雑であるものはない。そして私の知るかぎり、カフカの場合を研究したものとして、ブランショがその『文学空間』で行なったものほど慎重な研究はない[135]。カフカは一九一四年の日記の中で三つの関連する個人的な問題に心が奪われているように思われた、とブランショは言っている。つまり、①文学のみが彼を満足させたこと、②彼は自分自身の力を疑っていた、というのは彼の力はいつも「彼の計画を妨げた」からである、③この疑念は彼の作品の中の極限のもの、中心をはずれたものすべてに、すなわち「〈不運にして死ではない〉が、遠くに押しやられている死、〈死ぬという行為の与える永遠の拷問〉である重要な死の緊急性[136]」に結びつけられる。カフカは書けば書くほど、すべての活動の中で書くことだけがいかなる平穏も与えてくれないことを、ますます理解するのである。作家としてのカフカの厳しい努力は不幸への埋め合せでもなく、夢想の一形態でもなく、解釈でもなく、真理を記述する手段でもない。ブランショによれば、芸術は、カフカにとっては、「まさにカフカにおける如く、世界の〈外に〉あるものに結びつけられている——カフカは親密さもない、安らぎもないこの〈外部〉の深みを表現するのである[137]」。

力強い洞察力をもって、ブランショは、カフカにとって測量技師Kはカフカの日記からテキストの中に拡大されて出来たような人物であるとほのめかしている。つまり、Kとは、方向、距離、寸法、裁定をことする職業を持つ人物で、そういった職業は、ひとたび書き始めれば問題を孕んでくる作家の進むべき道筋を表わすものとなる。カフカの疎外はその道筋を、試行錯誤へではなく、真理へ向けての試行へと誘なっていった。カフカが自分について、そしてKについて罰するのは性急さ、つまり作品を無理をしてでもその結末へと持っていきたいと思うあの欲求、部分的に達成したものをまったく確かな十全なる結末へと変容せしめたいと願うあの願望である。言い換えれば、Kの科《とが》は、未熟なる終標を表わすイメージ——もしくは偶像——を彼が産み出すことにある。ひとたび形象化されれば、このイメージは、真の達成と統一を手に入れがたいものにしながらも、その達成と統一について一時的な意識をKに与える。[138] カフカの作品は始まり、そしてしばらくの間は続くが、彼は自分が始めるいかなる物語の終点にも決して到達できないのである。彼はそれほどまでに、自分の前に広がる約束のイメージ（例えば城にまつわるそういったイメージ）により象徴されている距離によって心が乱されているのである。自分が自分に課した制作の緩慢さと細部への執着という摂生法は現実生活におけるそれに対応するいかなる必要性からも出てきたものではなくて、どちらかといえば、テキストの要求する緊急事態からのみ、すなわちブランショが呼ぶところのテキストの有罪性からのみ出てきたものなのである。

　カフカが自分の作品について抱く感情は極端であるが、しかしそれらの感情は、作家が従事する企図がいかなるタイプのものであるかを説明してくれる。テキストの有罪性は、作家に関するかぎり、（彼の生活、彼の作品、彼の精神などに関する）すべての問題はこのテキストの有罪性に帰することが可能であり、それの観点から概観されるという事実に立っている。手紙であろうと、ノートであろうと、素描であろうと、謎であろうと、作家が書くものはいかなるものも、テキストに対する責任の刻印を帯びている。ジョンソン博士やサヴェジ以降に、書くことが純粋な喜びであるような作家を見つけることは稀れであるとすれば（これはプルーストが言っていること、つまり書くことは著者の健康のために必要であるということと矛盾するものではない）、十九世紀の後期以来、書くことが苦しみと孤独の合体したものでない、しかもほとんどの場合、テキストの至上命令が限りないように見えるということでそうでないような作家を見つけることは、もっと稀れである。メルロー＝ポンティは「著者と人間」の逆説について、つまり「自分の作品の実体を作り上げながら、しかも、自分が〈真実になる〉ために、生きている人たちの隊列から身を引くことを許してくれる準備を必要としながら人間が生きてきた」逆説についてコメントしている。[139] 作家としての生涯を進めていく瞬間ごとに、テキストがワイルドの言う「それ自体の路線」を基盤として現実感を増してくるにつれて、生活は貧弱になっていくように見える。これらの〈路線〉の代価は『ユリシーズ』を書くときにジョイスによってつぎのように特徴づけられている――

〈焼き尽すこと〉(*scorching*)[六六] という語は、いったんこうと思ったら他のことにはかまわない私の精神傾向にとって独特の意味を持っています。それは、書くことそれ自体にあるいかなる特性もしくは価値のためというよりはむしろ、作品の進行が事実砂嵐の進行にも似ているということによります。私が作品の中でどんな人に言及しても、あるいはどんな人をも作品の中に入れても、その瞬間、私の耳にはその人の死、さもなければ離別、さもなければ不運が聞えてきます。そして芸術的文化のある領分(修辞学とか音楽とか弁証法とか)を扱う各々の連続的なエピソードは背後に燃えつきた焦土を残していくのです。[140]

貧弱化や問題を孕む豊質化の力学は(テキストのために捧げられた犠牲が役に立つという保証はないので)、イメージの放棄と呼んでいいものをたずさえる。ここで言う〈放棄〉の意味は、未来におけるテキストの成就を表わすかもしれないような、過去や現在からのあらゆるイメージを焼き尽すということである。R・P・ブラックマーが予言的な形態と呼ぶところのものが現代文学から姿を消したのは、思うに、どうやらこのようなイメージの焼き尽しに原因がある。[141] テキストの〈成長〉やテキストの完成などを示す個々のアナロギアはいかなるものも適切でないように思われる――有機的なアナロギアも、視覚的なものも、図式的なものも適切ではない。テキストの生産の完成を願うためには、作家は、例えば〈成熟しつつある〉人間のイメージによって理解できるような筋道を時間の中に企図するわけにはいかない。私がすでに触れた実人生の時間とテキストの時間との間に横たわる差異は減少するよりは増大していく。かくして、マラルメが認めるように、〈実人生〉では偶然は力を得たままであるが、テキストでは偶然は徐々に排除されていくのである。ジェイムズの言う「カーペットの模様」――それのいわく言いがたいこと、捉えどころのなさ、公式化への抵抗、その無頓着で完璧な不可侵性など――は、〈実人生〉が作者や読者や好奇心を持つ客観に対してどんな大きな敬意も持たないのとまったく同じように、テキストにおける偶然を統制するのである。

だが、この段階にある作家にとって、また作家が書くかぎり、彼のテキストの〈地位〉とその〈嵩《かさ》〉の間の対立は依然として残る。例えばランベールの作品が占める地位は、それの受容、それの名声、それの稼ぐ力などと関係がある。彼は自分のテキストにより大きな嵩を与えることを選んで、こういった点は全部割引きしているように思える。ジェイムズの譬え話――それはまさに譬え話である――は、著者のジレンマの複雑な問題を大いに単純化している。現代では、嵩は、マラルメ、ホプキンズ、エリオット、ジョイス、ヴァレリー、カフカ、ワイルドなどの場合は、濃密さ、珍奇さ、そして不規則性に関係している。地位はテキストが〈通常の〉大衆には近づき難いことと、それに伴ってそれが他の文学と共に存在しうる、あるいはその一部でありうる異常な能力と関係している。すなわち、テキストの明確な関連条件が読者にとってよりも他の文学にとってははるかに妥当性があるということである。かくして、ブランショがカフカについて言っているように、書くことは「ますます厳しくなっていく精神的一元論」と「或る種の芸術的偶像崇拝」との間の「不安定な平衡化」であることになる。[142] マラルメやワイルドの芸術に対する多くの言及、エリオットの伝統に対する多くの言及、そしてヴァレリーの詩に対する多くの言及——これらはみな、作者のテキストが指揮権を発動する一種のメタテキストもしくはスーパーテキストに方位づけられている例であるが、他方、作者の著述は、テキストを生産する仕事を企てたために課せられる刑罰を、またそれを企てたために一掃された障害物を示すものである。

テキストの地位と嵩の不可欠な一部は文体であって、それは、自分のテキストを生産する作者にとって、彼の作家としての生涯が帯びる言語体である。統語論的に言って、文体とは作家の拡大された署名であり、記号を互いに結びつける彼の特徴的な方法である。意味論的に言って、文体とは作家が自分の記号を、それらの記号が完成しようと目論んでいたテキストに結びつける作家のほどこす工夫である。文体はテキストの始源ではなくて、テキストの始まりが意図するところのものである。文体とは、始源を消去し、始源に代わるものとして始まりを置き換えるものであって、その始まりとは、自分のテキストを書く作家ということである。(この議論で私は理由があって——文体論におけるように[143]——分析の対象もしくは現象にではなくて、自分のテキストを作る作家でもって始まるあの書くという活動に話を限定しているのである。)そのうえ、テキストが——その地位と嵩によって——あらゆる始源に取って代わるのと同じように、文体は発話に取って代わるのである。かくして、テキストのテキスト性を意図するところのひとつの始まりは、一般的に特定の作家による特別のテキストへと言語を〈変容させる〉ことができるのである。

ひとりの作家の生涯が徐々に果たす発展の中で、作家が作品の中のイディオム次元でのいくつかのパターンを、もしくは彼の作品の個人方言といったものすらをも意識するようになるときがあるものである。意識するということは、彼が偏執的なほどに気を配っていることを必ずしも意味するものではなくて(そうなることはむろんありうる——マラルメとかジェイムズの場合だってある——が)、彼がすでになした仕事のゆえに彼には習慣的になった方法で、彼自身を引用し、彼自身に言及し、彼自身になることができることを意味するのである。今や作家の心を悩まし始めることは、自分の流儀に、すでに成熟している自分のイディオムに、忠実である態度と、自分のために新しい規定法を発見したいという欲求との間の対立である。とすると、これは彼の作家としての生涯の中での三番目の障害ということになる。例えばスウィフトは、この対立が彼の著述活動の中でほとんど継続的に存在しているかぎり興味あるより早い時期の人物である。スウィフトは偽装術にきわめて熟達していた作家なので、『ビッカースタッフ文書』、『同盟国の行為』、『ドレイピア書簡』、『ガリヴァー旅行記』などいずれを問わず、彼の各々の新作で新しい声が聞えてくる。にもかかわらず、スウィフト的流儀を取り違えることはどの場合にもありえないことだし、さらに重要なことは、敵を恐ろしいほどに真似るそのスウィフトの才能も思い違えることはないのである。この場合の独創性と慣習は、真に生産的な緊張の中に同時存在しているのである。ミルトンやポープの場合には、私たちは、優雅さが増してくると、それによって革新的なことがほとんど潰されてきていると感じる。むろん、これら二人の作家において後期の文体（『失楽園』の文体や『愚人列伝』の文体）はいくつかの新しい音を選び出し、さらにしっかりと蓄えられたものの上に立っているのだが。作家としての生涯の中の円熟した時期には、イェイツのような作家は、彼の現在の詩やその後の詩に変化をもたせるために、あるいはそれらの詩を共観的に用いることを可能にし、また都合のよいものにするために、『ヴィジョン』（六七）で彼が初期に達成していたものを図式化することさえできるのである。そのような瞬間がもしくれば、そしてきたとき、それは作家的生涯におけるまったく幸福な局面となるのである。

ホプキンズは、自分の作品における革新と反復との間の緊張にとくに関心を持っていた。「詩と韻文」と題する一連の覚え書き（一八七三―七四年）で、彼は詩のために、「意味の次元でそれが持つ魅力を超えて」、言葉の「インスケイプ」（固有の特徴的な個別性、内的構造）を提示する作業を主張した――

詩とは事実、インスケイプ（六八）のために言葉のインスケイプを運ぶのに用いられるしかない言葉である。――したがって、インスケイプにかかずらう必要があることになる。そこで、もしこれがそれを反復することなしに行なえるものであるならば、インスケイプの〈一度〉が芸術や美や詩にとって十分になるだろうが、しかしそうであれば、少なくともインスケイプは、コピーでき、反復できるように自立したものとして理解されなければならない。もしインスケイプの非反復性が、〈しばしば〉〈何度も〉〈あとで〉といった様態が、インスケイプを分離して心に向かわせるために、起こらなければならないとすれば（そしてこう見ると、詩はそのインスケイプのあとで起こし、反復して起こし、そしてそれをしばしば起こす言葉になるが）、反復する比喩や韻文の中に宿った言葉は、反復する比喩を持つ発せられた音になる……。さて、同じ文法の比喩を全体的にか、さもなければ部分的にか反復する言葉があって、これは、意味の次元でのそれが持つ魅力を超えて、それ自体のために、またそれ自体の魅力のために人々に聞かれるような形に組み立てることができるかもしれない。そうなると、詩はこの中に宿っているかもしれなくて、したがって、すべての詩は韻文ではなくて、すべての詩は韻文であるか、さもなければ、これが、あるいは韻文であるものがさらに発展したものに分類される。つまり、意味を、少なくとも文法的、歴史的、そして論理的な意味を超えたある種の比喩を全体的にか、それとも部分的にか反復する言葉に分類されるのである。(144)

「しばしば、繰り返し、あとで」といった様態は、私たちが通常抱いているものの見方に還元できない力を持っている。というのは、それらは、連鎖的理性の論理からの意味の分離を、また、それ自体の（言葉の）ために注目すべき個別性をその主な特徴とする比喩やパターンへの意味の送り込みを達成するからである。そのような比喩は著しいもので、また反復可能であるので、それらは、それらが形成されたもとの言語を高揚させる。誇張法によって、それらは、そこにはあるがすぐには知覚できない、少なくとも一見しただけでは知覚できないものを知覚するのに手助けとなる。そのような比喩は音声を反復し、それらを通常の枠から追い出して、高みへと連れていく。反復の力学は（キルケゴールも見ていたように）、一種の新しい現実が創造されつつあるにしても現実の内部に私たちを閉じ込めておくものである。ホプキンズは自分自身の詩の中でこの技法を用いて、それによって新しいイディオム、つまり重々しい頭韻と、力強い新造語の語彙体系を持つ、〈スプラング・リズム〉(六九)に立脚したイディオムを創造したのである。彼は、自分の詩が自然の豊饒な営みを細かく真似るものであって、それは、反復される出来事（春、夜明け、刈り入れなど）の本質的なリズムを作り出しながら、それらをそのたびごとに新しいものにするものであった。この点で、ホプキンズは、パウンドやロシア・フォルマリストたちのような詩学（とくに、ムカジョフスキー(七〇)が「発話の前景化現象」と呼んだものにおいて）の前兆となっている。

にもかかわらず、ホプキンズの詩や言葉に関するコメントは、この第三の局面を記述する別の、もっと興味を引く方法のいくつかを示唆してもいる。文学的生涯のこの第三の時期に、革新と反復は自分が行なっていることについての作家の判断を構成するのみならず、それらはまた、彼のテキストを通して彼のイディオムや彼が占めている個別の位置などに今や馴染んできた読者がその心の中で行なう彼についての判断とも、並行的に存在しているのである。しかし、作者と読者がそれぞれの判断において一致するかどうかは別にして、この時期には作家は自分の作品をほぼ読者が判断するように判断しているということは言えるのである。作家としての生涯には、テキストの場合と同じように、それに固有の独自性というものがある。作家が過去に業績をあげていれば、彼のテキストはそのためにある特定の読まれ方をするだろう。また、そのテキストのイディオムは多かれ少なかれすでに確立されているわけだから、それもまたある特定の方向で意味を作り出すだろう。つまり、この段階ではテキストは、新しい作家の作品が張り合うことができないような形で、読者に〈語りかけ〉ていくのである。ホプキンズはこの〈語りかける〉ということを、文学的な様式において、〈しばしばの行為〉(oftening)という機能として記述している。つまりその機能とは、私たちがテキストの生産と呼んできたあの特徴ある言葉のパフォーマンスを特定し、インスケイプし、高揚させるという目的を持つところの、言語次元でのイディオムが繰り返し行なうパフォーマンスの機能である。この局面の中で書くたびごとに、作者はまたイディオムの次元で自分の読者に語りかけてもいるのである。そのとき読者は、作者が言っていることの意味とはまったく別に、作者の言語をまさに彼らしいものとして認めるのである。そしてこの認知の行為は今度は認知のつぎの行為(革新とか反復などの)、さらにまたつぎの行為を可能にする。このことは、作者が書くことを止めるまで続く。このようにして、テキストとは、作家としての生涯の延長もしくは継続を表わす記号ということになるのである。

かなり微妙な関係体系がこの段階でテキストを支えていることになる。その関係のひとつに作者とテキストの間の関係があるが、それを作者は、テキストの嵩とイディオムが幾つかの発話を指示するかぎり、自分に圧力を課すものと見る。彼のテキストはかくして、彼が達成しようと目論む革新への限定作用を及ぼすことになる。もうひとつの関係は、テキストと読者の間の関係である。つぎに、テキストと、そのテキストの流布、保存、そして評価、つまり出版、批評などの体制との関係がある。したがって、私たちが今論じている段階に到るまで生産される状態に留まり続けることによって、テキストはこれらの関係の各々を他の関係に結びつけることになるのである。これらの関係が共に集まって、テキストが限りなく自己反復を行なうことを、あるいは限りなく自己再生を行なうことを事実上不可能にするのである。言い換えれば、作家にとって反復と革新がある歴史的な規則性の内部で起こるということである。この規則性とは、テキストの語り方、もしくは作者と世界の両者に対して〈語りかける〉その態度である。

それにしても、書くことがどのようにして語ることになるというのか。書かれる言葉が話される言葉として機能するというように言えば愚かなことにならざるをえないような大きな語義矛盾はないのだろうか。一般的に言って、文体の研究、それに原理としての文体論は、書記言語の中で、語られたページからあたかも口頭によるかのように読者に語りかけるように見える〈繰り返し〉現象を持っているような面を特徴づけようとするものである。だとすれば、〈語りかけること〉というのは、文学史上のある明確にされた一時期における作家の存在に関する情報ではなく、その存在の比較的純粋な記号のみを、比較的純粋な活動のみを伝えることを機能とする書記（文体）の中の強調点を指示するための用語ということになる。ホプキンズは、「詩とはそのインスケイプを〈あとで起こし〉(after)、〈しばしば起こす〉(often) 言葉である」と言うときにはこのことを思っていた。しかしながら、いかなる作家もこれを意のままにできないし、自分のテキストをしてこれを意のままになさしめることもできないのである。文体の分析家たちは、〈いかなるエクリチュール〉もテキストを生産するときにこの個別の面を達成するものであるとみなすことによってこの事実を曖昧なものにする場合がままある。ところが、文体というのは実際は、テキストの生におけ る比較的特権的な〈瞬間〉なのである。テキストの発話は、作家のある量の執筆がエクリチュールとしてのみ、つまり非発話としてのみ現われたあと、作家の生涯の中間点で現われてくるものなのである。作家の主体性が、書き手／話し手の〈私〉がその言語によって作られた現実の中で機能する自我を示すようなテキストの言語全体を十分に自分のものにしえたときはじめて、テキストは語ることができるのである。バンヴェニストはこの現実を〈言述《ディスクール》〉と呼んでいるし[145]、またフーコーは言述を研究するとき、まさにバンヴェニストが記述しているものを念頭においているのである。私の主張は、作家の生涯の中の決定的な中間点において作家のテキストは〈それ自体ひとつの言述になっている〉ということであって、このプラクシスによっていろいろの陳述を、つまり（ここでは文学的テキストのことを論じているので）、情報を伝達することではなく、読者に〈語りかけること〉を目的とする陳述をなすことができるのである。かくして、テキストの時間はなによりもまず一八九五年とか、過去、現在、未来にあるのではなくして、バンヴェニストが述べているように、「われわれが〈話している〉時点」ということになる。「これは永遠に現存する瞬間である。とはいっても、この瞬間は客観的な時間の順に起こる同一の出来事に結びつくものでは決してない。というのも、その瞬間は、それに関連づけられている言述の事例の各々によって各々の語り手のために決定されるものだからである[146]」。

作家にとって、この永遠に現存する瞬間は、彼のテキストが言語の中で「主体性を[147]」――〈彼の〉主体性を（とホプキンズは言うが）「参照点として、また所属領域として達成する」言述的所与として語ることができるときに訪れる。バンヴェニストが続けて言うように、言述は「時間性の表現を引き受けるだけではなくて、人称の範疇を作り出しもする[148]」のである。人称の範疇というのは、この場合、あたかも読者に語りかけているかのようにテキストを書く権威を持っている作家のそれである。また、このことは、テキストが、そのテキストをテキストとして確認するところの陳述や発話や、もっと多くの記述などを認定するに十分な嵩をすでに得ていてはじめて起こりうるものである。フーコーの用語を持ち出せば、テキストの嵩は、新しい陳述の公式化を許すところの、一種の先験的な歴史的事実なのである。それは規則に束縛された体系であるが、しかしそれによって作家には新しいことを行なう力が拒否されるわけではない。作家の役割は、逆説的に、彼の言述（テキストの嵩）の微妙な拘束条件を用いて、それらの条件の範囲を拡大し、彼の言述をしてその現在とその規則とを新しい方法で繰り返すことを可能ならしめることにある。したがって、反復と革新の弁証法的関係が、読者に向けて、テキストに向けて、またテキストを支える（専門的、経済的、社会的、政治的）体制に向けて作家の存在を宣言するように思われる。それにもかかわらず、（そしてこの点は強調しても強調しすぎることはないが）、作家には陳述を行なう自由は、あるいはテキストに気ままにたんにつけ加える自由はないのである。陳述は稀薄なものであり、それらはむずかしいものであるからだ。テキストがあらかじめ作家に対して及ぼす拘束はそれほど強いのである[149]。

私が今まで論じてきたことをほとんどプログラムに従ったように行なった例として、エリオットの『聖灰水曜日』[七一]はきわめて顕著な現象である。とくにその六篇の詩の最初のものにおいてそうである[150]。この詩の〈私〉はその既定の権威の多くを、それが行なう陳述の誠実さからでもなく、またその疑似儀式的なリズムや反復からでもなく、エリオットのそれ以前のいくつかの詩によって作られた言述の中でそれより前に用いられていた〈私〉の反響から得ている。この自我は一連の可能性――知ること、回ること、飲むこと、考えることなど――をひとつひとつ、完璧な調和の中で拒否していく。今あげた動詞の各々は、これ、あれ、その、あの、そのような、これらのといった指示詞（〈デイクシス〉の指示詞）、によって指示される対象物に言及する。二十行以上にわたって、この自我は一連の関係事項を過去から呼び起こすが、それも結局はそれらを廃棄するためでしかない。「というのも」それらは、かつてのように、希望を育むのに役立たなくなったからである。それ以前のエリオットの詩の中の〈私〉は、それを動きへと追い込みはするが成就へと誘うことのないような物や人物や思想の中で静止と養育とを求めて、特徴的に動いている。

『聖灰水曜日』では、これらは、幾分か外在的なものとして、大して説明もされずに棄てられている。自我はしたがって、「喜びの根拠となるものを建てる必要が出てきて」喜ぶのである。廃棄されるものは過去から呼び出されたものであるが、しかしここと今とにあるところのものは、バンヴェニストによれば、言語的な時間であり、自己指示的である。「現実的であるものは」と自我は言う、「一時かぎりに現実的でしかない」ものである。エリオットの詩の〈私〉は今や、以前のように人生と文学の断片を通してでもなく、また明断さをあたかもそれが引用文の迷路の中にあるかのように探し求めるような読者に対してでもなく、テキストのレベルにおいてだけ語りかける（「今やまったく少なく、乾いてしまった空気」）その能力に関心を持つと、エリオットは言っているかのようである。

この詩の中での、自我だけから発して〈私〉と〈私たち〉へとともに移行する現象には、私的・公的両面に共通して用いられる典礼用の祈りの形態（「今私たち罪人のために祈り給え」）の使用が伴う。読者に語りかけ、また読者と語り合うときに、語り手は自分の発言を、純粋に内面的な思索の私的閉鎖性（「これらのことを私は自分を相手にあまりにも多く論じすぎる」）から守る。それにひきかえ、テキストは、祈りによる礼拝の持つ規律のとれた調子を帯びてくる。この祈りが、陳述を可能にする瞬間や様態を言葉で再構築するのである。これらの陳述の領域は、読者を戸惑わせるほどに複雑な内容を持ったつぎの五篇の詩の中で明確にされる。だが、これらのあとの五篇の詩では自我の態度は脱慣用語的な陳述に限定されるが、それらは慣用語法に立脚する陳述であって、この慣用語法は逆に宗教的な公式の上に立っているのである。自我は今や語る——自我は書かない——「主よ、私はかなわぬ身です……私は振り返り、下を見ました……おん身、覚え給え……あゝ、わが民よ、私は汝になにをしたというのか」等々。テキストは前へと進んでいくが、それはあたかも、この状態の中で、つまり「死と誕生の間にあって」振り返りもせず、話し、作り出すエリオットとしてここでの詩人を特定するところの陳述をなすひとつの声がテキストの上に重ねられるかのごとくである。テキストは、詩人の声が探査すべき出来事となったのである。

このような出来事が不幸な出来事になるとき、それは反復と革新との対立が悪化したことが原因となる。以前は通常のパターンと独創性とが作家の意識の中で交錯していたのに反し、今ではたんなる反復が二つのうちのひとつとみなされていて、反復の反対物は役に立たない衝動による作家的生涯の崩壊ということになる。ここでもまた、ホプキンズの語るところは大きい。彼の後期の詩、「恐ろしき」ソネット集では、ひとつのテーマが恐ろしいほどに執拗に繰り返し出てくる――それは、非生産的な反復が詩人の運命である、というテーマである。これと結びついているのが、反復されているものは不毛にして非生産的な自我、「洞察のやもめ」であるという確信である。ホプキンズの後期の韻文(七二)では、以前には多様性と横溢性とを意味していた頭韻がたんに陳腐で、反復されるものにしかすぎなくなっている――

鳥たちは巣を作る――しかし私は作らない。作らず、時間の宦官として
ただ緊張するばかりで、人を目覚めさせる作品をひとつも産み出しはしない。(151)

別の詩で彼はこうも言っている――

私は苦《にが》である、私は胸やけである。神のもっとも深い命令が
私に苦《にが》いものを味わわせようとした――私の味は私であった。(152)

ホプキンズの高度に発達した自我感覚は、自然と動きとをその自我でもってまったく取り囲んでしまったことへの反応であるかのように、かなりの程度の自己嫌悪を含んでいた。このようなことはワイルドにはたえて当てはまらない。というのは、ワイルドは『獄中記』を書くときに、自分の言い方や自分のポーズがどんなに人々に親しいものであるかも理解せずに、本質的にキリスト像の中に自己反復を行なったからである。

四番目の（つまり最後の）対立、関心のジレンマは、作家が、前進するという考えに誘われて、しかし自己の著述がその終結点に達していることをしばしば認知する力を持ちながら、自己が作家としての生涯の終わりに近づきつつあると考え始めるとき、影響力を及ぼすものになってくる。発生反復を描く作品はよく見られる。イェイツの「サーカスの動物たちの脱走」[七三]とか、それよりももっと早く書かれた類似の作品であるスウィフトの「スウィフト博士の死に関する詩」[七四]などはその完璧な二つの例である。スウィフトの作品では、詩人は自分自身の死を投影するのみならず、自分が後世に送ることになる人生をも投影しようとする。スウィフトの[153]幻視は、自己の死のあとに作家としての生涯を永遠のものにすることによって、それを倍加することになる。この局面の主要な特徴は、自己の作家的生涯が、それ自身の継続性の論理の結果として（だが必ずしも、自分のテキストをすでに完成したという理由によるのではなく）使い果たされたことに対して作家の抱く怖れである。対立関係は、一方では（『テンペスト』のような作品に見られる）終わりという主題と、他方では終わりの時点での、あるいは終わりの近くでの書くという行為との間の対立関係として記述したほうがより正確である。挫折を強いる衝動は、反詩的な老年や、イェイツが「熱狂」[七五]と呼んだものへの必要性などにしばしば言及するところのある、いかにもそれらしい作品を産み出す――

ここ、人生の終わりに臨んで、
たるんだ想像力も、
そのぼろも骨も焼きつくすところの
心の臼も
真理を知らしめることはできない。
私に老人の熱狂を与えてくれ、
真理がこちらの呼び声に従ってくるまで
壁を打ちつけた
かのウィリアム・ブレイク、
あるいはタイモンやリアになるまで
私は自己を作り変えていかねばならない。(154)

イェイツにとっては、作家の晩年は一種の解体する精神をかき立てる。作家としての生涯は、その源泉とその業績において、穢ならしいぼろと骨（古着）の並べられた店に還元される。このスウィフト的なモチーフはむろん、サミュエル・ベケットの作家としての生涯のどの時点にも見出されるが、しかし（イェイツも含めて）私たちが論じている作家たちの多くは、作家的生涯の現実の終わりに対する一時しのぎの解毒剤を携えてやってくるのである。しかしながら、しばしば、これらの解毒剤は、回避できない腐朽の兆候以外のなにものでもない。このような解毒剤として、例えばイェイツがブレイクやブレイクの熱狂へと作り変えられることを望むときのように、変容というものがある。もうひとつ別の解毒剤をあげれば、

『海の放浪者』におけるコンラッドのペイロルやジッドの『テセウス』のような、発生反復的な、本質的なイメージへの依存がある。このイメージは実際には、老齢のすべての果実を付加された、作者の時代遅れの〈声〉を伝える手段である。さらに別の解毒剤をあげれば、エリオットの『四つの四重奏』におけるように、テキストは、終わりつつあるがゆえにたんなる散文の侵食作用を受けて亡びることが適当であるかのように、〈説明〉によるテキストへの侵害があげられる。こういった戦略を用いるすべての事例では、終わりは、奇妙なことに、完成したテキストと等価とはなってはいないのである。しかしそうなると、すでに見たように、エクリチュールとは意味を生産することであって、意味の成就ではないことになる。(155) ボルヘスのアレフ(七六)(それは始まりと没入のイメージである)を除いて、テキストを書くことの終わりを表わす現代のいかなるイメージも(イェイツのサーカス団長のように)アイロニックなものでしかないし、あるいは(ジッドのテセウスのように)弁解的もしくは独断的なものでしかないし、また(エリオットにおけるように)曖昧で回避的なものにしかなりえない。ひとつのテキストはひとりの作家の生涯の結果として作られたものではない。どちらかと言えば、テキストが〈終点〉に到着してエクリチュールが止むときに止むのが、作家の生涯ということになる。しかしながら、完成されたテキストの稀な例はマラルメの『書物』、あるいはジョイスの『フィネガンズ・ウェイク』のような作品である。これらは、つねに始まりの時点にあるところの止むことのないエクリチュールの一形態であるからである。

V

文学的生涯を組織化し、私が今まで記述してきた四組の対立項目をひとまとめにするものは、書く生活が人間的な経験存在と、つまりワーズワスが「人類の静かな、悲しい音楽」(七七)と呼んだ生活と矛盾するものか、それと並行してあるものか、それを独特に模倣するものか、それとも最終的にその動きを妨げるものかどうかという、私たちをつねに苦しめるジレンマである。プラトンからロマン主義者を通ってI・A・リチャーズにいたる文学理論家たちは、作家が他の人たちと異なるのは経験の度合いにおいてだけであって、経験の種類においてではない、としばしば主張してきた。だが、もっと一般的な感情は、ジャーコモ・レオパルディによる以下のような陳述に見出すことができよう――

感受性があり、想像力の豊かな人、つねに感情を動かし、想像力を働かせながら、私が長い間生きてきたように生きている人にとって、世界とその世界にある物は、ある意味では、二重になっている。彼は自分の眼でひとつの塔を、ひとつの風景を見る。彼は自分の耳でベルの音を聞く。そして同時に彼の想像力は〈別の〉塔、〈別の〉ベルを見、〈別の〉音を聞いているのである。(156)[〈 〉は筆者]

この〈別の〉に、私たちは同格の〈それに代わる〉をつけ加えることもできる。コンラッドは自分のことを〈ホモ・デュプレックス〉(*homo duplex*)と呼んだ。それは、たえず互いに相関関係にあり、したがって互いに対立的である二つの生活様式の風変わりな点に対して彼以上に敏感な人はいないからである。しかしここで注目すべきことは、現代の作家が、自己の親しい私的な生活を詩的な――すなわち、それに代わる――作家としての生涯へと構成し直すために、自己の作家的生活をどのように活用してきたかということである。文学の世界は別にしても、フロイトのような心理学者、ニーチェやキルケゴールのような哲学者、さらにレヴィ゠ストロースのような人類学者たちはみな、二者択一の選択項目の可能性、あるいは二度目という可能性と呼んでよいものの次元で、きわめて人間的なるものを明確にしてきている。これらすべての場合において、言語は、ナイーヴな当初の〈コルソ〉(*corso*) が文化的な、もしくは言語的な二番目の〈リコルソ〉(*ricorso*) に変容されていくあのヴィーコ的な様態に対する証人となっている。だが同時に、現代の詩的生涯が例証するのは、このリコルソの持つ、問題を孕み、かつ人を寄せつけない (もしくは異教的な) 特性である。

しかしながら、ヴィーコは、歴史のリコルソ (反復) は厳密に行なわれる、と言った。各々の周期は、原始人が獣性から文明へ到る道を歩むときに通過する三つの相を繰り返す。ヴィーコは、歴史とは家族の歴史であり、したがって、コルソの中で、またふたたびリコルソの間に家族は形成され、家族は栄え、そして滅亡して行く、と信じていた。このパターンが文明の盛衰に形を与えることになる。しかし私が論じてきている期間では、詩的生涯によって表わされる〈リコルソ〉は、自然の人間の〈コルソ〉の正確な反復では決してない。詩的もしくは文学的生涯は、ノーマン・O・ブラウンの言葉で言えば[157]、その人の人生を反映するものではなく、逆にそれを吸収し、それを圧倒し、それを乗り超えるものである。文学的生涯と普通の〈人生〉との間の相関性は不連続の隣接性として始まる。例えば、マルセルが、ゲルマント家の屋敷でのある朝の (こういうことでもなければ) 平凡といえる経験とは別に書く決意を固めていく場合がそれである。あとになって、作家の生涯は〈人生〉を歪め、そして、私たちが見たように、その特権が、いかなる〈自然の〉等価物も、もしくはいかなる予告的な形態も持たないそれ自体の発展の論理の中に作者を囲い込んでいく。第三章で私が提示したテーマは、古典的な語りの虚構作品が、人間生殖の神秘を言語で再生させようとする初めの段階で見られる試みといかにして緊密に結びつけられるのか、ということであった。ある意味では、このような試みが虚構についての虚構を形成すると言ってよい。同じように、文学的テキストもしくは芸術作品を生物的な産物に似せる、そして生物的産物にしさえしようとする努力が一般に、テキストのテキスト性の持つひとつの独特の特徴を作りあげるのである。

文学的生涯が文学的テキストを〈目論む〉とき、文学的生涯と、その生涯の外の作家の人生との間の相関性の度合いと関係の性格を決める必要が出てくる。普通の人生に代わるものとして、文学的生涯は、すでに見たように、まず他のあらゆる種類の人生とは異なるものとして始まる。だが、このような差異はある程度の同一性につきまとわれる。それほどまでに物理的生産というイメージが強いのであり、また、自分の作るものは自分の子供であり、自分の子孫であり、自分のこの世での形見であるという考え方が、書く行為と生殖行為の両者にきわめて当然のこととしてあるのである。イプセンはその劇作の中で、芸術の説得力に満ちた力、すなわち著しく生物的人生と似てはいるが生物的人生の持つ限界を伴わない人生をそのテキストを通して送る能力を芸術家に付与できるような力を探求するために、(リアリズムのより厳密な形としての)自然主義の先を行っているのである。イプセンの晩年の劇作(『ヘッダ・ガーブラー』、『スールネス建築士』、『われら死者が目覚めるとき』など)は、自分の作品を「自分の子供」とする芸術家をしばしば描いている。たとえ(ヘッダとかロールボリとかカヤとかスールネスとかイレーネとかルーベックなどの)疑先覚者たちに悲劇が待ちうけていることを自分で見抜くことはできるにしても、イプセンはそうしているのである。これらの人物たちが理解しているとは思えないことは、普通の人生に代わるところの彼らの芸術家としての企図がその本質上違法であること、芸術作品を生産するのに必要な技術的な配慮のみならず、人間存在のために通常は取っておかれる性的な配慮をも言語的もしくは芸術的資料に委ねることによって、独特な侵犯行為を行なっているということである。

作品を生産する現代の作家を表わす中心的なシンボルは、人間の性的＝生殖的な人生からその作家の芸術的人生へのイメージの物理的移行を描く。作家の書く行為とは、言い換えれば、性的エネルギーあるいは集中力を敢えて書く行為にあてがおうとすることの結果である。(フロベールやジョイスやマラルメのような)すべてを芸術のために捨てる禁欲的な僧侶のイメージであろうと、(イェイツのような)創造的エネルギーを浪費する者のイメージであろうと、(コンラッドやロレンスのような)捕われの身となった献身者のイメージであろうと、あるいは(ワイルドやプルーストのような)快楽的審美家のイメージであろうと、作家のイメージは、なによりもまずそれがイメージであるがゆえに、つぎにまたそれがある活動から別の活動に不法に(あるいは、少なくとも不適切に)移行されたものであるがゆえに、作ることと作品とを、作家の生涯とテキストとを、テキスト性と性活動とを、イメージと作家の生涯とを激しく混同したものとなっている。テキストが生産されればされるほど、テキストのためになされる犠牲を、テキストのために許される作家としての生涯の無味乾燥でイメージのない技術的論理を、作家に公然たるリビドーの満足を与え、そして(結局は)子孫を得させるものとしてみなしたいという誘惑が(明らかに)ますます強くなってくる。テキストの嵩、テキストの実質的なテキスト性は、作家の書きものだけではなくて、作家の性生活あるいは生殖的生産から転換されたそれらのエネルギーをも集めてくるのである。そうすると、結果として、テキストは、明確に言葉を集積していくことのほかに、それと同じほど明確に特別の性的関心をひきつけることになる。言葉と性的エネルギーの両者がともに作家の活動の記号となる。それらは作家の産み出したものであり、作家のテキストであり、子供であるのである。

私が今まで論じてきた作家たちと同時代の人であるフロイトが一般的に芸術を芸術家の神経症に根ざした代償的行動とみなしていたと今さら言うのは、ほとんど陳腐ともいってよいことである。しかしここで、フロイトもまた芸術の生産行為と出来あがった作品とを混同していたと、私は思う。このような入念な混同をおかすことにおいて、またそれについての判断においてすら、フロイトはこれらの作家たちのグループに属しているのである。これらの作家の場合と同じように、芸術家（あるいは作家）に対する彼の〈イメージ〉はひとつの領域から別の領域へと移行される。それはちょうど、彼の〈テキスト次元での実践〉（『夢の解釈』における）が、彼らの場合と同じように、他のいかなる論理とも形態とも人生の本質とも異なった論理、形態、そしてテキストの本質を持っているのと同じである。第3章で述べたように、『夢の解釈』のテキストは、例えば古典的なリアリズム小説のミメーシス的リアリズムをはるかに超えた創作である。フロイトのテキストは、分離と連想の力学に準じて言語を再配分したものである。もう少し具体的な言い方をすれば、これは、フロイトは夢のイメージを取り上げて、それらを言葉に移すことによって分解し、つぎにこれらの言葉が他の言葉や思想と結びつくようにしていって、そして最後に新しい形の理解が、つまりテキストを作り出す作業の中で実存的に形をなしていき、テキストと実存的に隣接する理解が達成されるように配慮する、このようなことを意味する。オイディプス・コンプレックスのような〈からまり〉が心理学的な問題であれば、それらを具体化するのはフロイトのテキストである。これと同じように、これらのからまりの持つ多・性的な本性は言葉の次元でテキストによって理解されることになる。こう見ると、テキストは〈解きほぐされるイメージとして〉からまりを〈提示する〉が、そのあとそれらを解釈された言語として（つまり精神分析されたものとして）〈作り出す〉ということになる。作者の個人的な生活と彼の書く生活は、彼の文学的生涯と彼のテキストが結び合わされるように、結び合わされる。テキストが激しく、過剰に、ユニークに〈述べ〉ているのは、論理と性的な地口を持つところのこれらの接合現象ということになる。

芸術作品というものは芸術家の神経症を物理的に理解することによってその芸術家の経験的生活を形態

的に超えるものである、というのがフロイトの芸術観である。作家の書くという決断は、すでに述べたように、〈今ひとつ別の〉企図を始める決断である。経験的生活から性的な生殖的願望の言語への移行が新しい創造を始める意図であるのと同様に、テキストはこの始まりを物理的に述べるものである。こう見ると、テキストは作家の種々の関心の多・性的な〈からまり〉ということになる。ペン＝インク＝紙の次元での性的象徴の動きがここに見られるだけではなく、テキスト＝子供という複合感や、書くことに身を献げた聖化婚儀も見られるのである。フロイトのほかに、こういったものすべてを高度に混同したことがその特徴となっている作品を書いたのが、ホプキンズである。テキストを作りあげ、普通の人生と作家の人生の二つの行路を演じ、またそれらのものを一緒にしたものの持つ全・性的関心を同時に、そして表象的に発動するのが、ホプキンズのエクリチュールである。

ホプキンズの詩は創造の聖なる形而上学の確認とその反復として始まるのだが、それは始まりと創造の両者を巻き込む。のちになって、彼の詩は神性に対する競争者として自己存在を自意識的に考えるようになる。詩的自我の権威がそれほどまでに強烈になってきているのである。そして最終的には、詩人と詩人の企図は、まったく神から孤立した不毛な土地に閉じ込められた自我を発見することになる。しかしながら、この時までには詩人の生涯はすでに神の鋭い鋒先から離れて（ホプキンズの言葉では「未亡人にされて」）いることになる。詩人は今や精神的な宦官であり、彼のテキストは、去勢されたペンから出てきたところの言語上の突然変異である。

ホプキンズのテキストをこのように概説的に述べてくると、テキストの生命そのものでもあるテキスト生産の恒常的細部が曖昧にならざるをえなくなる。ホプキンズの詩人としての全生涯の当初からあった根源的幻視は、世界はいかなる小さな細部においてすら神の力を孕んでいる、ということであった。だとすれば、そもそもの始めにおいて神は分化していない物質に浸透し、したがって、ホプキンズが言うには、創造は「神の言葉、表現、報せ」ということになる。物は物的な対象物、神の造った物であると同時に、神の男性としての生殖力を表わす記号もしくは言葉でもあることになる。ホプキンズはつねにこれらを同一化する表現を行なう。自然においてと同様に、詩においても、生命があり、力があり、男根の突入があるのである。[158]「スプラング・リズムはもっとも自然なものである」と彼は詩集の序文に書いた。「強勢はその生命である」と一八七八年に彼はある詩についてロバート・ブリッジーズに言っている。[159]強勢が彼の創作理論の中心を占めているが、その理論はまず単語を有標の（強勢が置かれる）音と無標の（強勢が置かれない）音とに分ける。すべての語は生きているので、強勢は相対的な特性であり、したがってあらゆる物はそれ自体の内面強勢を持っていることになり、音のパターンの中で他の内面強勢にそって、あるものは他のものよりも強い強勢が置かれるというように組立てていくのが、詩人の仕事となるのである。詩人はそのとき強勢を置かれた音と相対的に強勢の置かれていない音との間の差異を誇張しなければならない。なんとなれば、現実自体を理解できるものとして発見するには差異というものが必要であると考えるからである。詩人と詩人の芸術は、そうなると、その差異を言葉の次元で表わした等価物ということになり、それらのリズムの面での躍動から「感じられる強勢」のみならず、現実に、世界を把握できるものにするところの生殖のドラマが湧き出てくる（この〈湧き出る〉“spring”という語はホプキンズにとって真に生殖的な価値を持っている）。

彼の最初の大作である『ドイッチュランド号の難破』で、ホプキンズは、「私の中で骨と血管を結びつけ、私を固めて肉にした」ところの神の「強勢の火」への服従項目を繰り返している。彼を作った原理（神の男性的権威）と結婚させられた彼は、そこで詩人として犠牲の情景の再創造者となる。その情景では危機の極限の瞬間に勇敢な尼僧が神を受け入れるのであるが、そのとき詩人ホプキンズは彼の詩を通して尼僧に加わり、二人はともにキリストが彼女の中に入ってきたことを祝福する（七八）——

だが、私は……そこに私が居れる場所をどのようにして
　作ればよいのか。
私のところに……〈空想〉をとどけて下さい、もっと速く
　来て下さい——
あなたはそれを目にしますか、それがそこにぼんやりと
　見えませんか、
彼女が……する物、あそこで、あのとき！　主、
〈その人自身〉、唯一者、キリスト、王、かしら。
その人は、自分が彼女を投げ込んだあの極みを
　癒やす人であった。
生者と死者を用いてそれをなし、立派に行なって
　下さい
彼女の誇りであって彼を意気揚々と馬に乗せ、
　出発させ、そしてそこでの彼の運命を果たさせて下さい。(160)

というわけで、詩人は、男（もしくは女）と神の結合が受精を通しての受肉というリズムを真似る技《わざ》によ

って達成される情景を描くことになるのである。「われわれの中に彼の復活をあらしめ、われわれの暗闇を照らす日の出とならしめ給え」[161]。そして、事実、(『難破』以降の)ホプキンズの初期の詩のすべてにおいて、ひとりの人間が直ちに自然を超える構図が一般的となっている。神が物理的現実を「父親として産み出す」とき、詩人は物の「性質と種そのものを調べにのせて歌う」のである。ある意味では詩人の著述は、神から出てきて、〈地〉の下のほうの深い新鮮なところに安らいでいる物の生命をより細かく洗練し、それを抽出するとも言える――

〈地〉の眼、舌、あるいは心臓とは何か、
それらはどこにあろう。いとしき、頑固な
　人間の中にしかない。

あるいは、「聖イグナチウス・ロヨラの霊操についてのコメント」で書いているように、「自然における他のいかなるものも、この、調子、気ばらし、自己化という言えも言えぬ強勢、私自身のこの自己存在、の近くに達するものはない」[162]のである。

神の人間に対する関係は、詩人の彼の詩に対する関係と同じである。ホプキンズは、自分の男性としての自己存在にその源泉を持つところの豊かな独創性を孕ませることによって存在を産み出すのである。このことからホプキンズの徹底的にホプキンズらしい芸術が出てくるのである。この芸術は女性的、つまり詩人に与えられる神の強勢もしくはインプレスを忠実に真似るものであると同時に、それは男性的、つまり再生産された言語的表現との関係の中で創造的なものであるのである。左の数行においては、言語の飛躍が現実世界の炸裂の唐突さと密着して進んでいる(七九)――

すべてのものが対立する、始源のもの、とっておきのもの、
異なるものとして――
変わりやすいものはすべて、速い＝遅いの、甘い＝酸ぱいの、
目くるめき＝暗いのしみがつく（どのようにしてと
分かる人はいない）
変わることのない美しさをたたえるあの人が父親として産む――
その人を賛えよ。(163)

受け入れる女として、作る男として、ページに孕ませるところの孕まされたキリスト教徒として、彼自身言語に強勢をかけて弱い鋒先と強い鋒先に仕立てあげるところの強勢をかけられた被造物として――ホプキンズが演じるこれらの素晴しくバランスのとれた役割はみな〈もり上がる〉(heaves)、〈湧き出る〉(springs)、〈突進する〉(darts)、〈突撃する〉(charges)、〈立ち上がる〉(rears)、〈突出する〉(bursts)、〈上がる〉(rises) などの語が、なぜ彼の著作の中でかくも優勢に現われているかを説明する一助ともなっている。彼は受け取りながら与えるのである。だが、創造的な詩人として、また男＝女として、彼は、自分の行なうことは神が行なうことと類似しているだけでなくて、それ以上のものでもあることも認め始める。

キャノン・ディクソン宛の手紙でホプキンズはつぎのように書いている――

さて、立派に作品を仕上げること、これが芸術家のもっとも本質的な特質であります。これは一種の男性的才能であり、とくに男性を女性から分かつものであります。つまり、紙の上に、詩の上に、どんなものの上にも自分の思想を産みつけることです。……さらにそのうえ、よく考えてみると、私が言っている名人芸というのは心の中にあるものというよりも、その男性としての特質の生活史の中での青春期にあたるものだということが、私には分かります。この男性的特質は創造的才能であって、これを芸術家は顕著に所有しているのです……。すべての人は芸術家としてこの青春期に、これらの才能の成人期に到るべきでした。すくなくともそれにやがて到るべきです。この事情はどんな人の場合も変わるはずのものではありません。それを超えたあとでは、それぞれの才能は異なることもあるでしょう。(164)

芸術家の作品は、彼がページの紙の上に産みつけるところのものである。だが、それは、「思想を産み出す素晴しい喜び」によって芸術家の心が生気を与えられたあとでなければそうはいかないと、ホプキンズはあとの詩の中で述べている。詩の生産を性的能力と結びつけるホプキンズの姿勢は、きわめて細かく明確にされている。男性の創造的能力が青春期に到達したとき詩の生産は行なわれると、彼は言っているのである。この種の成熟によって詩人は、より未熟な詩人が書きがちな安易な流れのような詩行ではなく、〈鍛えられた〉言語を生産することができるのである。ホプキンズにとって青春期とは、飛躍、暴力すらをも、たんに言葉ではなく生きた子供を産出するような(性的結合のあとのような)一種の創造をも意味する。このようにして、芸術家はたんに自己の複製以上のものを産み出すのであり、また彼は自然を受動的に模倣する以上のことをする。つまり芸術家は新しい生命を創造するのである。

生物学とエクリチュールとの差異は、私たちがホプキンズの創作技法を調べるにつれて、ますますぼやけてくる。彼のマニエリスムス的文体は飛躍と省略――〈鍛えあげ〉――に基礎を置いていて、これは、語りの連鎖が拡大していく順列の代わりに、ときとして暴力的ともなる連想と結合を引き込む――例えば、「それは、突込んでくる、耳に群がってくる自身の、飛躍する自我のリハーサルだ[165]」。連結詞や〈正常な〉語順を追放することで、詩人はそれに代えて、ページの上に新しい、いや奇妙でさえあるような言葉の生命を産みつけるのである。創造に関してホプキンズが抱く考えは一般的に、とくに文学的と言える活動を（少なくとも平均的な世俗の読者にとっては）高度に暗示力に富んだ創造の神学でもって支えている――「神の力の最初の外強勢」（ホプキンズはこれを〈そのとき神が自分自身の外に向けて最初に持った意図〉と呼んでいる）はキリストであり、このキリストはまた神の意図でもあった。この意図の時間性は例えば〈創造〉の六日間の時間性とは異なる次元にあると、ホプキンズは主張する。後者はたんなる連鎖であるが、前者は「制作の前ピッチ」で、そこでは完全さが、もしくは完全な状態にあるものごとが最初に創造されるのである。ある意味では、とホプキンズはつけ加えて述べているが、意図の時間で選ばれたものごとが創造されるとき、それらは恩寵と交わり、それによって神の計画を助けることになる。そして、それらのものごとにとっては、それは「それら自体の創造、それらの最高の自我の創造に参加することに似ている[166]」のである。しかしどうして神は、自分の息子が自分から意図的に出ていくのを許したのであろうか。これに対するホプキンズの回答は長々と引用する価値がある――

なぜ神の子はその父よりこのように出てきたのであろうか。それは、イスラエルの子らが犠牲を捧げるために荒野へと導かれていったのと同じように、神の外にある不毛の荒野で捧げられる犠牲によって神に栄光を与えるためである。この犠牲とこの外へ向かっての行進は聖三位一体の行進の結果であり影である。この聖三位一体から秘蹟の犠牲が出てくるのであるが、それについては今ここで書くつもりはない。祝福満てる苦悩、あるいは神における自己主張の強勢が汗もしくは血の滴を無理にもしぼり出させたのだが、この滴こそが世界なのであった……。犠牲は聖餐の儀式であっただろうし、犠牲に捧げられるものが真に犠牲者のようであり、動かず、助けもなく、生命もないもののようであるためには、それは物質の形をとらざるをえない。そこで、聖処女マリアがこの物質を施す意図を受けることになった。あるいはそのように予め運命づけられていた。そしてここに、天に現われた太陽という衣をまとった女神の神秘があった。彼女はキリストのもっとも近くにいて、「彼がどこに行こうとも」この犠牲の仔羊に従っていったのである。

犠牲を行なうために出て行くときキリストはひとりで行ったのではなくて、自分の友輩《ともがら》にするために天使たちを創った。仔羊たる自分について来させるために仔羊たちを創った……。仔羊たちも犠牲に参与することになっていて、彼は彼らすべてを贖うことになっていた。つまり、神自身であられた神の仔羊のために、神はこれらの群れ全部を受け入れることになっていたのである……。というのは、贖うということは、罪から癒えて恵みへと到ること、あるいは滅びから救いへと到ることに関してのみ言われるのではなく、神の前での価値の無さ（そしてすべての被造物は神に値しない）から神に値する状態に到ること、神御自身に値する、あるいは、いわば、神的価値を受けるに値する状態に到ることに関しても言われることであるかもしれないということである。この意味で、聖処女マリアは贖われた他のすべての人々を超えていた。というのは、キリストが無より救いだし、手に入れようと思っていたのが、他のすべての人々よりも彼女だったからであり、またキリストがもっとも高く讃美しようと思っていたのがまた彼女だったからである。

そうするとキリストが良き牧人のように道を先導したことになる。しかしサタンがこの神秘と、言い出された遜《へりくだ》りを見てとったとき、彼は背を向けて、叛逆したのである……。

ここで私は、婚礼の行列の譬え話を思っていた。この話では、幾人かの人が、花嫁の貧しい住居を目にするやいなや、その行列にこれ以上加わって進むことを断るが、彼ら自身花婿によって断られて追い払われる。だが、彼らは道路を行く行列を攻撃し続けるのである。(167)

ここに見られるホプキンズの異常なほどの役割の混乱（彼の譬え話ではキリストがマリアの花婿にされている）は、今の引用文に続くページでもさらに引き続き見られる。「蛇の長《おさ》」もしくはドラゴンであるサタンはマリアを自分のものにしようとして闘う。ホプキンズはずっと、「孕んだ女」のことや、「その女が気に入ってもらえる犠牲のように……産むところの男の子」のことに言及する。ここでの性的な文脈は誰の目にも明らかである。キリストとサタンはマリアを手に入れようと闘うが、キリストが勝つ。「いずれにしろ、私は、孕んだ女の幻視はたんなる幻視ではなく、キリストとマリア自身の現実の出現、提示、〈引証〉であると思うのである」(168)。この〈出現〉とか〈提示〉は、物理的に曖昧さや抽象性から意味がいかにして引き出され、理解されるためにいかに五感に向けて提示され、あるいは実像化されるかを暗に示している。キリストによって孕んだマリアは創造行為に参与していて、神の栄光のため神の目にかなう祝儀になっている。しかしホプキンズはもっと細かく述べる——

しかし私は、キリストは天使的存在の第一の代理人として天使の合唱隊の先頭をきって……一種の〈聖務日課〉によるように、すべての被造物に神をほめ讃えるように呼びかける。彼らはその呼びかけに従った。この呼びかけは事実、存在への呼びかけであった……。ルキフェルのこの歌［ホプキンズはここで初めてルキフェルの歌に言及する——彼は歌いながら神を讃美するときにキリストが天使たちの先導をつとめ、ルキフェルが天使たちをキリストから引き離そうとして反歌を歌っていると考えている」は自分自身の美しさだけを執拗に歌ったものであり、自分自身の存在のイントレッシンク（内部編入）であった。それは、よく言われるように、自分自身のラッパを吹き鳴らすことであり、自分をほめるための讃歌であった。のみならず、それは呪文にもなった。他の人々が引き込まれた。それは声の協演、自己称讃の歌声、妖術、魔術になり、それによって、みなは眩暈を感じ、目がくらみ、悩殺された。彼らは、それぞれが自分の部署に帰るようにとの呼びかけには、犠牲の儀式で彼らをここそこに配置する声には、耳を傾けようとはしなかった。彼らはルキフェルの指揮のもとにますます寄りそって、反音楽や反寺院や祭壇、調和ではなく不協和音の反音楽を高らかに奏でて、先の呼びかけの音を聞えなくしてしまった。私は、彼らは、神が自分たちを試みているだけなのだといった、より高貴な人々の場合に見られるような哀感を引き入れたと思う。つまり、叛逆して、自分たちを、なかでもルキフェルを世界犠牲の天使の生贄として据えかえることが秘かに神の心を喜ばしているのだということ、自己献身、自殺、罪の装い、これは天使の心にだけ起こりうる英雄的発想の持つ美しさであること、それは神聖なるものであり、神に値すること、少なくとも神を把むことであるという感情を引き入れたのであった。

その間、彼らが割りあてられた部署から離れていると、彼らの叛逆の真相が子を孕んだ女の心眼に、あたかも鏡に映るかのように、映し出された。彼女はそれを産みの苦しみのように感じて、声をあげた。このために彼らはますます彼女を蔑んだし、弱さが彼ら自身の罪であることも知らずに、このような弱き人間のずうずうしさを憎んだ。そして天使たちのうちきわめて多くのものを自分の隊列に引き入れていたルキフェルはこの女の子供も亡ぼしてやろう、自分のものにしてやろうと身がまえた。しかしこの希望や彼らの受理への希望全部が、新しく生まれた子供の主張と受理によって地面にたたきつけられて、挫かれたのに違いなかった。彼らが公然たる叛逆の挙へと突然に出たのはこの時点であったのだろうか。……彼らが聖ミカエルに攻撃をしかけたのではなく、聖ミカエルと彼の天使たちが彼らに攻撃をしかけたのであった。この闘いはあの女を守るために企てられた一種の十字軍のようなものであった。その女の中には犠牲として捧げられる生贄が入っていたが、その生贄は彼女の中から生まれ出て、一種の聖なる墓、そして天のエルサレムになったのである。(169)

ホプキンズはさらに進んで、天の戦いを記述する――

ミカエルとその天使たちは彼らを圧倒し、彼らが至高の座を手に入れられそうもないことを思わせて彼らを悩ませた。彼らは彼らが自ら讃える高みと力強き卓越の坐から降りてきて、駐屯隊の攻撃よろしく、突進してきた。そのとき彼らは「われわれは至高なる者に似ている」ことを思い、彼らにおいては神ともなっているその英雄的精神が神として自己宣言をなし、彼らを支え、その精神の輝きが敵を狼狽させ、圧倒するだろうと、正気の沙汰ともいえないような考えに取り付かれたのである。だが実際には、そのような考えは彼らにとっては広範囲に向けられた打撃であり、絶壁からの墜落となったのである。そしてあの別の言葉の重みが彼らをまっ逆さまに落していった。

天の軍勢の行進あるいは儀式は物質の世界にその印を与え、かくして下界に住む種族と下界の秩序を開示し、協調によってそれらを創造するのである。その下界には結果として、天上界で起こったところの混乱や衝突や破壊（これらは天上界ではすぐに正常に復したが、下界ではすぐにはそうはならない）の印がいたるところに刻まれることになった。もしこれがその通りであり、またあらゆる形の少なくとも始まりが、天の秩序がなした最初の〈動き〉にあったとすれば、サタンがその失墜以前に、すなわちその失墜が完成する前に、人間を攻撃することがどのようにして可能であったかが分かるのである。(170)

かなりの驚きを与えるようなこの記述は、芸術的に創造する物理的な努力と、芸術的な創造の行為の中で（堂々と、また英雄的に）得られる肉体的な喜びを（決して和解させるのではなく）理解しようとするホプキンズの足掻きを表わしている。反創造に関与する過度の利己精神がそうであるように、これらの両者の体験においても性的な喜びがはっきりと見てとれる。ホプキンズはまたルキフェルの身振りの傲慢さを非難してはいるにしても、その英雄精神は理解している。最高の行動様式（これはキリストに見られるもの）は自己犠牲であるから、ホプキンズはルキフェルの英雄精神を疑自己犠牲、すなわち自殺と見ている。通奏低音のように文章全体を通して走っている犠牲のことを話すとき、ホプキンズの意味するところは、神の現存より離れたところで行なわれる自己強勢、自己提示、つまり個人が神の保護から遠ざかったところで自己の存在性を、己れの自立した自己性を求める行為である。あの女から生まれ出たものはきわめて曖昧であって、ホプキンズはこの点に関して自分の態度を説明するようなことは何もしていない。子供はキリストの子供であり、そしておそらく母親の産みの苦しみが産み出したところの〈犠牲〉の一部として、〈神にそぐう人間〉である。この人間は物質の世界に属している。この世界は、ルキフェルの叛逆のゆえに、混乱の苦悩を背おっている。にもかかわらず、その子供は神によって引き受けられたものであるから、人間が神から離れたところで作り出すところのもの（詩も含めて）は、彼に産みの苦しみを経験させるのであると言ってよいほどである。その結果、〈子供〉は天上界との〈協調〉によって神にそぐうものとされることになる。それに要する時間が比較的長く、またそれへの過程がルキフェルの傲慢が原因の混乱に左右されるにしても、そうなるのである。

そういうわけで、詩人に関しては、いくつかの不愉快なことを述べておかなくてはなるまい。まず、キリスト、マリア、そして彼らの子供といった独特の性的なもつれがある。つぎに、ルキフェルと至高者の間の類似性と同様に、詩的パフォーマンスとルキフェルによる「自分自身のインスケイプの内的強調」との間の類比性がある。三番目に、マリアとキリストの間に生まれた子供、詩の作業、ルキフェルの攻撃、自己犠牲に関するほとんどマゾヒスティックと言ってよいほどの考え方――これらの間にある関係が想定されていることが分かる。ホプキンズの節くれだった、もつれた、唐突な、鍛え上げられたイディオムはこれらの結びつきすべてを一緒にしたものを正確に映し出すものであると言っても、なんら誇張にはならないと私は思う。これほどまでに想像力を駆使しながら、しかも理路整然と系統的に述べられた緊急の神学的信体系を持つ作家であれば、これらのことをなんらかの形で自己の詩的著作の中に具体的に組み込むことを避けうる人はいないだろう。そしてまた、ホプキンズの開示するテキストが表層化するのは、論理と強勢の構築の実態である。

『ドイッチュランド号の難破』のあとで詩的企図を自意識的に公式化しているつぎの詩行をここで考えてみてほしい(八〇)――

もっと私は言う――義の人は義を行なう。
恵みを手に入れる、どこに行っても恵みを手に入れる。
神の目から見た自分の存在、キリストを、神の目の前で演じる。
というのも、キリストは何万という場所で、
人々の顔の表情を通して、手足も美しく、他の人の目を帯びて美しく、
その父に向かって演じるからである(171)。

これはソネットの結びの六行である。したがって「もっと私は言う」は、詩人はそれに先行する八行ですでに述べたことにつけ加えていることを、まず意味する。しかしこの句は、自然を通常に観察する人には直に認知できる証拠を超えたものをもっと多く言える詩人の力に人々の注意を引きつけてもいる。詩人は自分の世界に着手し始める。神の手段が自然の現実世界であるように、詩人の手段は言語である。したがって、つぎの句で詩人は言語をして私たちの耳や目の前で「もっと多くのこと」を作り出させるのである。詩人は形容詞から引き出すことによって新しい動詞を創造するのである（just → justices）。詩人の力は演技の反対物を引き出すことのみならず、それを反復を通して保持することにも存する。結びの四行は動詞“is”と“play”の関係をめぐっているが、この二つが一緒になって、引き出すこと（plays）と保持すること（is）を結びつけるのである。ここにあるのは、ホプキンズによって鍛え上げられた一連の驚くべき同一化現象である。すなわち、人間とキリスト、一者であるキリストと多者であるキリスト（彼は「一万の場所で演じる」のである）、直ちに特定できるキリストと他の形をおびるキリスト（「他の人の目を帯びて美しい」）、こういった二者の間の同一化現象である。このような同一化現象すべてが結びついて、神を魅了するための一種の魅惑的な舞踏を抱括する（ここで私たちは、現実が神の栄光を讃えるための〈犠牲〉を覚えておくべきである）。それらの同一化現象は、それらの産みの親たる神に向かって演じるのであり、詩人自身がそれらを指摘し、それらを言語で創造しさえしたわけだから、神は文字どおりそれらの未来の配偶者でもあるのである。私たちはしたがって最後に、多形態の結婚にも似た統一を見せられることになるのである――手足と目は父なる神に捧げられるのである。

きわめて多くのことが詩人の生成力と、そしてむろん自己の、また神の過去の業績についての詩人の思い出とに依存している。ホプキンズの着実に前進していく詩人としての生涯の中で彼がこのことを理解するとき、彼は、自分には生命を付与すると同時にそれを取り上げる力があることを認識する。それが理由となって、後期のソネット「腐肉の慰め（八一）」が書かれたのである。神は後退し始める。詩人がこれまでに作り出した作品総体、テキストの中でその存在が証明されたところの詩人の自己性と現存性は、それほどまでに強力なのである。以前は詩的企図と神の企図の間にはバランスがあったのに、今ではホプキンズはこれらの役割の両者を自己の内部に組み入れていく。幽閉を描くつぎの詩で、代名詞の〈私たち〉と〈あなた〉の両方が詩人を指していて、詩人は今や不自然にひとつ以上の役割を果たさなければならなくなるのである（八二）——


私は目覚めて、昼間のではなく夜の恐ろしさを感じる。

なんたる時間を、おゝ、なんたる暗黒の時間を今夜私たちは過したことか。

なんたる光景をあなた、心は目にしたことか。なんたる道をあなたは行ったことか。

もっと長く光の到来が遅れているときに、もっと多くの恐ろしさを味わわなければならない。

はっきりとした証拠があって私はこのことを話しているのだ。だが私が時間と言うとき、
それは年々のこと、賤しい人生のことであるのだ。
そして私の悼みは無数の叫び声である。
それは、残念ながら遠くはなれたところに住んでいる最愛の人へ送られた死んだ
手紙のような叫び声である。

私は苦《にが》である、私は胸やけである。神のもっとも深い命令が
私に苦いものを味わわせようとした。私の味は私であった。
私の中で骨が建てられ、肉がつめられ、血が呪いをあふれさせた。
魂の発酵力で自らふくれあがった味のない粉が酸ぱくなる。
私の目には失われたものはこれに似ていると映る。そして
彼らの天罰は、私が私の天罰であるように、
彼らの汗を流す自我だ。だが現実はもっと悪い。(172)

すぐに侵略を行なうこの全能の自我は「時間の宦官」となり、その言語が単調な反復に向かって不穏にも動き出すのと同様に、生殖能力を失っていくだろう。創造的であることは、ある理由のために創造することだけではなく、自分が創造したものに対して親としての関係を持つことをも意味する。だが、一八八五年に書かれたブリッジーズ宛の彼の手紙が示しているように、ホプキンズは自分の芸術的欲求によって深い困惑状態におちいっていた。芸術家なら誰もがするように、望んできた認知と名声とを心に描いて詩を書き、しかるのちに手に入れた名声を神に捧げるべきなのだろうか。(「唯一の正当な文芸批評家はキリストである」と彼はかつてディクソンに宛てて熱を込めて書き送ったことがある。)さもなければ、いかなる種類の公的認知も避けて(自作をブリッジーズやディクソンやコヴェントリー・パトモアなどにおずおずと送ったことは別にして、彼は公的認知を実際に避けた)、沈黙を決意すべきなのだろうか。どちらから見ても問題は苦しいものであったに違いない。というのは、沈黙して神に仕えることを決意してしまえば、男性的な潜在的創造力と彼の僧侶としての純潔の宣約との間の緊張関係がいかなる度合いにおいても

軽減される保証はどこにもなくなるだろうからである。事態は、ほとんど耐えがたいものであったに違いない。それにもかかわらず、ホプキンズは、詩について自分が抱く不決断の気持の幾分かを合理化して、不安定ではあるが制御された沈黙の状態に仕上げていったように思われる。

彼は長くは抑制されてはいなかった。芸術家自身が抱く創造性の問題がふたたび彼を捉えることになった――なぜ自分は書くことができないのか。彼は意気消沈し、作品を作れなくなった――なぜか。この問題のほとんどは一八八八年一月十二日までには見たところ解決されていたようだ。その日に彼はブリッジーズ宛につぎのようにもの悲しく、また諦めた調子で書いているのである――

すべての衝動が役に立たない。僕は自分自身に前進するいかなる十分な理由も与えることができない。なにものも出てこない。僕は宦官である――だが、それは天の王国のためなのだ。[173]

私たちは今や、神の宦官から、神に捧げられた純潔の状態にいることから、「時間の宦官」になることへの変容へとたち到る。この変容は、つぎのマタイによる福音書十九章からの文章（十二節）と一緒にして見れば、いちばんよく理解できると、私は思う――

それ生れながらの閹人《えんじん》あり、人に為《せ》られる閹人あり、また天国のために自らなりたる閹人あり、之《これ》を受《う》け容《い》れうる者は受け容るべし。

ホプキンズの思想の引き立て役としてこの聖句は、今や吹き出てきた決定的な苦悩を提示している。彼は、心を低くする魂の修養は自らにして失敗したかもしれず、それは拡大された悪習になったのかもしれないことを認める。いろいろ考え抜かれたリズムの唐突さ（bの音の反復によってさらに棍棒のようにごつごつになった）によって、この恐ろしい反省は「主よ、汝はまさに義《ただ》しいかたです」で高度の強烈さにまで達している[八三]――

　鳥たちは巣を作る――しかし私は作らない。作らず、時間の宦官として
　ただ緊張するばかりで、人を目覚めさせる作品をひとつも産み出しはしない。[174]

それのみならず、今の二行でホプキンズはこの詩をそのクライマックスまで引きあげているのである。最後に彼が「私のもの、おゝ、汝生命の主よ、私の根に雨を送り給え」と書くとき、長い単綴音の“mine”（私のもの）が大いなる苦痛を吐き出しているかのように思えてくる。この行の最後の四語は、自然と服従と嘆願と傷ついた自我とを一緒にしてないまぜにしている。

　ホプキンズの最後の詩の中でもっとも注目すべきものである「R・B・に」[八四]は、詩人としての生涯は完成したが、救いを知らない不毛に閉じ込められたひとりの詩人の悲劇を嘆くものである。この詩を支配する発想は、その男性的な攻撃力を奪われた詩人の心の思いである。“wears”, “bears”, “cares” といった語の単純な押韻が、「作品を手がけて」生き続けることはできても、歓喜を失った詩人の陳腐な繰り返しを伝えるばかりである。「うねり、高まり、祝いの歌、創造」（これらは詩的活動の根源的な特徴である）に代わって、ここにあるのは説明でしかない――

思いを産み出す素晴しき喜び。強烈な
拍車、生きていて、ふいごの炎のように飛びはねる拍車が、
今一度息吹き、そしてやってきたときもすばやく消されるが、
それでも、心に不滅の歌の母親を残していく。

そのあと九か月、いや九年の歳月というもの、彼女は、自分の中で同じものを
着け、耐え、憂慮し、くしけずる。
失われた洞察の窓を彼女は生きる、
今は目標を了解し、今は決して誤っていない仕事に従事し。

ミューズの父なる美わしの炎、我が魂はこれを求める。
私は霊感の与えるひとつの恍惚を欲する。
あゝ、そのとき、私ののろくさい詩行の中であなたが
うねり、高まり、祝いの歌、創造をとりそこねることになれば、
今その歓喜をほとんど囁くことのできない私の冬の世界は、
あなたに、嘆きの声をもらしながら、私たちの説明の言葉を与えるだけになる。(175)

産み出す行為に残酷にも対立せしめられているこの最後の付与が説明を伝える——これは詩的テキスト

の代わりとしてはもっとも貧弱なものである。ホプキンズは自分のテキストの中で、そのテキストがかつてあったものとは違うためにそれを非難することはできる。その「のろくさい詩行」から消えているのは、その発生時の始まりを示す証拠、つまり「うねり、高まり、祝いの歌、創造」である。したがって、詩の言葉は「創造的な」テキストの中に宿っているのではなくて、それらはどちらかといえば、自己強勢を行なう詩的実践と犠牲（ホプキンズ独特の意味での）の論理を通って、詩人の独身者としての権利に発するその出発点へと戻ってきたところの道程の生命のない言葉の残留物となっている。言葉の創造と性的生殖作用とを強烈に混同したために、作家は最終的に「未亡夫」にされる。つまり作家に寄りそうのは彼自身の声だけであって、それ以外のものはほとんどないと言ってよい。彼が今語るのは、テキストの外の説明である。彼の言語は彼の創造的な男性的才能との結びつきを失ってしまったように思え、それが今保持しているのは、読者に直接に、もの哀しく、何かを記念するように形見として語りかけるその能力だけである。

きわめて鋭い形でホプキンズは、自分の「創造的な」テキストが今や自分の背後に引きさがっていることを認めている。彼はそのテキストを見捨ててしまったのである。それはそのテキストを強化することがもはや彼にはできなくなったからである。ほとんどの現代作家と共通して、ホプキンズはテキストと自分の作家としての生涯を、自分の人生の残余の部分とは別に存在する実体としてみなしている。テキストが保存するところのものは、著者自身の中にあるその当初の源泉を嘲り笑うように見える強力な権威である。『フィネガンズ・ウェイク』とか『恋愛対位法』（八五）とか『伝奇集』とか『一九八四年』（八六）とか『ファウスト博士』とかいった、ポプキンズ以降に出た百科全書的な作品を考えてみると、これらの作品がテキストとしては、著者の技巧にもかかわらず、個々の権威を言葉の実践におけるひとつの「要素」の次元にまで低めているとを見てとることができる。その外周性と個別性をこととする現代のテキスト実践のたどってきた道程に見られるこのような情況は、思うに、言語や知識をめぐる、また言語や知識の始まりをめぐる長い議論の中でこそ〈始まる〉のである。私は以下の諸章でこの議論のことを考察してみたいと思うのだが、その際もっとも関心を引く現代の情況に場面を設定し、またもっとも強制力をもってせまってくる近代初期の分析家、すなわちヴィーコの場合を取り上げてみる。

第5章　文化の基本要件
——不在、エクリチュール、陳述、言述、考古学、構造主義

I

『失楽園』の読者で、アダムと同じような経験を持ったと思われる人はいないだろう。このことが理由となって、ジョンソン博士はこの詩の「不都合さ、つまりこの詩には人間的な行動も人間的な振舞いも描かれていないこと」(1)を強調したのである。実際に起こった出来事の正確な記録であるよりはむしろ、なによりもまず想像力が孕んだヴィジョンであるこの『失楽園』はジョンソン博士によって、「ドライデンの言い方を借りれば、〈書物という眼鏡を通して〉自然を見た」(2)人の偉大な詩篇として認められた。経験を直接に伝える力を欠いている言語を見て私たちが通常感じる不都合さというものは、ミルトンの詩のような場合には、とくに大きいのである。例えば第七巻で、ラファエルはアダムに天国での出来事、つまり「時間よりも動きよりも早い神の（言うに言われぬ）直接の行為」を含む出来事を知らせるために送り出される。したがって、初めから描写の言語はその意図にはそぐわないものとなっているのである。ラファエル(一)は——

……全能の神のおん行為《わざ》を
語るには、最高天使《セラフ》のことばや舌でも足らず、
また人間《ひと》の心もさとるに足りないのであるが。（一一二―一一四行）

と、続けてその朗吟を中断して言う。また続けて、いろいろの困難にもかかわらず、なんとなれば、と言

う──

矩《のり》をこえぬ範囲で、きみの知識欲に
応ずるように、という指図《さしず》をわたしは
天から受けている。それ以上は問うを
止めよ。ひとり全知にいます見えざる王が
夜のなかに隠して、天と地のなにものも
伝えたまわざる事柄を、きみの計略《たばかり》をもって
望んだりすることはあってはならぬぞ。
ほかにさぐり知るべきことは多い。（一一八─一二五行）

〈真理〉は読者からおよそ五段階も距たっているのである。真理は、まず夜の中に隠され、ついで（天使としてはアダムよりも知るところの多い）ラファエルによって隠され、そしてさらに、アダムは結局のところ原型となる人間であって、私たちはみな彼の置かれた優先的地位から堕ちた存在であるがゆえにそれも隠され、もう一度、エデンでの会話を伝えるミルトンの英語の用い方によって隠され、そして最後に、（十七世紀の叙事詩を読むという）仲介による行為のあとで初めて私たちが関係を持ちうる詩的言述によってそれぞれ隠された〈真理〉は事実上不在となっているのである。言葉は別の言葉を表わすが、それらがまたさらに別の言葉を表わす。この現象が続く。ミルトンについて私たちが持つ理解は、それがどんなものであろうと、語を選り分けて一貫性を持つ意味に仕立てあげることを許してくれるような、意味作用

に関する既存のしきたりを、もしくは既存の規則を私たちが利用することによって与えられる。〈ロゴス〉（言葉）、つまり〈真理〉の原初の統一性が存在していて、それに対して「意味」とか「関連」といった判じ物を持ち出すことは場違いであるといったラファエルの主張[3]に慰みを見出すこともできよう。だが、他方では、それに対してはラファエルの〈言葉〉しかないのである。それを示す物はたしかになくて、あるのは、受け入れられるためには他の言葉や、意味作用に関する既存の規則に依存する主張以上のものではないのである。

ミルトンのかかげるテーマは喪失もしくは不在であって、彼の詩全体はもっとも字義どおりのレベルでこの喪失を表現し、かつ記念するものである。したがって、ミルトンの人類学は彼の詩作品を執筆するという行為そのもののうえに立つことになる。というのは、人間が堕ちたという理由によってはじめてミルトンはそれについて現実に書くのであり、それについて書かなければならないのであり、またそれについて書けるのであるからである。ここでの「それ」というのは、「それ」はひとつの名前、ひとつの単語にしかすぎないといった根源的な条件をもって以外には、彼が実際には名づけることのできないことなのである。『失楽園』を読むことは、ラスキンの言い方を借りれば、力という発想に確信を得ることになる。その持続性と現存性そのものによって、また、その中心には不在が坐っているにもかかわらず意味作用を行なう能力によって、ミルトンの韻文は彼の叙事詩の内部の空を圧倒しているように思える。私たちがミルトンの筆法を文字どおり疑問視するときに初めて、言葉と現実の明白な分離が厄介なものになってくるのである。言葉とは言葉相互にとって終わることのないアナロギアである。むろん、それらのアナロギア自体は、ほとんどの場合秩序だったものではあるが。アナロギアの単調な連鎖の外部に原初の〈始源〉がある、と私たちは思うのだが、しかしそれは楽園と同様永遠に失われたものである。言語とは、この失われた〈始源〉のあとを継ぐ行動のひとつである。つまり言語とは人祖の堕落のあとで〈始まる〉ものなのである。人間の行なう言述は、『失楽園』のように、ずっと前から暴力的にそれから切断されてきた始源についての記憶をもって生きる。言述は、ひとたび始まってしまえば、神の存在の統一性と、その語られざるロゴスの中でその始源を取り戻すことは決してできないのである。これこそが、『失楽園』の中に受肉した人間的パラダイムであることを、私たちは知るのである。

ジョンソン博士はこの詩についていくつかの留保条件を出しはしたが、そのために彼がこの詩を読めなかったというわけではない。彼が経験する具体的な困難な点（この詩の長さとか、この詩に人間的関心が見られないとかといったこと）は、たんにミルトンの詩的業績を乱すところの非妥協的態度の付随物か、さもなければそれの例としてしか彼には思われない。しかしながら、「無の存在論[4]」を、つまり言葉の背後に永遠に隠された真理の無限の後退を目撃しつつあるのだという不安な感覚をもってミルトンの偉大な詩を読むとき、私たちは現代のフランス批評の領域とされてきた知の一様相の中に入り込んだことになるのである。というのは、とくにフランスの構造主義者たちに対して、そして一般に現代のフランス思想のひとつの重要な様式に対してイデオロギー次元の統一性を課することが場違いのことであったとしても、私たちは彼らが他の思想の様式をしばしば見るのと同じ態度で、つまり他者との差異を自ら感じ、独自のイディオム、パターン、願望、そして発見をそなえたところのあるレベルの意識に入り込むもの、それを構成するものとして、彼らのそれぞれを見ることは可能であるからである。この戦後世代の思想家たちが始まりの現象の研究にとって持つ重要性は、複雑な性質を備えている。本章でなされる発見のすべてではないにしても本章の長さそのものが、ひとまとめに私が現代のフランス思想と呼んだところの個別化された、技術的な、また雑多な出来事を扱うときのいろいろの困難な点を証明してくれる。そのような集団意識の明示は、始まりを行なうことの必要性を明確な批評の次元で認識する模範的な、合理的な現代の現象と私が考えるものを特定するのに役立つ。のみならず、この必要性は書記言語の〈事実〉に根源的に結びついているのである。言い換えれば、現代的な様式の思想で、私がすでにミルトンに関する右のコメントの中で粗描したところの窮状への合理的な対応を典型的に示しているとこれほどに主張できる思想はほかにないということである。私の言いたいことは、いかなる現代の思想家も始まりの現象の本質についてこれらのフランスの思想家ほどに鋭い理解を示しはしなかったということではない。そうではなくて、これらの批評家たちは始まりの現象の問題を彼らの思想の始まり——そしてある意味では中心——としてきたということを、私は言っているのである。さらに言えば、これと同じような決意めいた姿勢が、始まりの現象と言語の間の関係にも示されてきているのである。

このグループに関するかなり詳細にわたる考察でも、個々の寄与の輝かしさは必然的にぞんざいに扱われているようである。ただし、これらの寄与が思想のために比較的目につきやすい「機械」を作る場合は別であるが。私は、フランス系の著述作業が帯びる地方性にもかかわらず、この著述作業が現代の想像力の世界における主要な流れに呼びかけ（言外に呼びかける場合もあるが）、そしてそれと手を結んできた事実をこの眼で見ている。ニーチェ、マルクス、そしてフロイトなどが彼らにとっては共有の財産となっている。しかしそうなると、実証主義、言語分析、デュルケム、現象学、マルクス修正主義、フロイディズム、ニーチェ主義、それにカフカ、マラルメ、リルケ、こういったものも彼らの共有の財産であると言えよう。しかしながら、このようにカタログ的に並べてみても、大して教わるところはあるまい。個々の名前を知の中に受け入れること、それらの修正、それらに対する反応、そして、なかんずく、それらを有効な批評的、合理的な手段に変容せしめること——こういったことすべてがはるかに重要なこととなる。

つまり私は、これらのフランスの批評家たちが、始まりの現象についての現代の意識に対して、方法の面でも、実践の面でも、もっとも深く、かつもっとも典型的に作用を及ぼすような一種の思想といったものを形成するものであると考えることになるだろう。

この意識の帯びる一般的な輪郭を描けば以下のようになるであろう。すなわち、知識はなによりもまず根源的不連続として考えられるということである。だが、それは、限られた数の知識の実例の間の関係が必然的に非弁証法的であるということではなくて、知識の単位がそれとは別の知識の単位との差異の明確な表現もしくはその一例となっているということである。したがって、弁証法的な知識は、差異を区別するところの知識を予め想定することになる。つまり弁証法とは〈始められる〉ものでなければならないものであって、ここの命令法はすべての知識の単位間の所与の距離を考慮に入れるところの方法と特殊な種類の意図を持っているのである。二番目に、その方法は語りを超えるものであるということである。私はあとでフーコーをかなり長く論じようと思うが、そのときに十分に示されるように、小説に典型的に見られる継起的連続性のモデルが、現代の知識と経験の現実に対してどういうわけか不適切なものとして拒否される。第三章ですでに見たように、小説のとる語りの形態が或る歴史的な必要性や認識論的な条件から〈始まる〉ものであるならば、小説の形態は、不連続や分散や稀薄化が必須条件となるようなその後の形態によって取って代わられたのであると、私は本章で主張するつもりである。つまり、西洋世界において語りの衝動によって当然のものとされてきた連続性は、秩序と知識の不連続的な方法によるそれらの連続性の拒否の結果に注目すれば、よりよく理解できるだろうということである。そのような拒否は問題を孕む現代のテキストの領域では大いに問題とされている。私がすぐに論じることになるフランスの思想家たちの抱く関心の中にも反映されているように、現在見られる始まりへの必要性は、語りの構造に乗せることの不可能な知識の単位を扱う語りの形態をとらない方法の積極的な探査（これはいくつかの点でフロイトの探査に結びつく）を実証している。三番目に、書かれたものとしてであろうと、もしくは読まれたものとしてであろうと、知識を理解するというそれぞれの行為そのものは、不確実性と創意の結合現象に満ちているということである。このエクリチュールと読むという行為はともにはっきりと構成的な行為（つまり、対象について何かをまとめあげようとする行為）であるが、かといって、そのどちらもたんに恣意的な行為であるというわけではないのである。というのは、読むときの方法は書くときの方法を必ずしも包括するとはかぎらないにしても、エクリチュールは確固たるものとも、また規則的に連続した行の文章とも同一視されるべきものではないからである。そうではなくて、エクリチュールは、そのエクリチュールによって創造され、書くという行為がなされるまえには存在しないテキスト空間にちりばめられたいろいろの力の統制された行使とみなされるのである。したがって、読むという行為は、そのテキストの創造物の持つ統制された、恣意的な本性を〈反復する〉ものであると言ってよいことになるが、しかし、かといって、それを〈写しとる〉ものではないのである。四番目に言えることとは、この非連続性すべての基底には、合理的知識が、それの生産や獲得の条件がどれほど複雑であっても、また魅力に欠けるということすらあっても、そういったこととは関係なく、可能であるという想定が存在しているということである。今述べたこれらの四つの特徴は、ここでの私の関心となる思想家たちの作業の中に見出すことができるものと、私は思うのである。これらの特徴は、二十世紀の中葉に〈始まりの現象〉が中心的な問題となってきたときの要件を私たちに提供してくれるものであるし、したがって、また、或る世代のフランス系の思想家たちが私の研究にとって持つ重要性もこれで明らかになるのである。

こういった思想家たちすべての中で、ロラン・バルトの表現を用いて言えば、自己の作業が記述する対象そのものになっているのが、つまり近代的知の混乱した条件に完全に目覚め、その虜になった意識になっているのがミシェル・フーコーであるということになる。[5] フーコーは、R・P・ブラックマーの言い方のひとつをもって言えば、混乱の技法である。はっきりと歴史的であるフーコーの調査の中で歴史のベクトルが剝ぎ取られていくにつれて私たちが目にするのは、出来事の安易な年代記ではなくて、知の存在と同様に人間自身の存在を生成せしめる一連の機能的条件である。[6] そのことから、彼の著作『言葉と物』の持つ副題〈人文科学の考古学〉が出てくるのである。彼が自由にできる最初の道具であり、かつ或る意味では最後の道具でもある言語に永久に妨害されているものであるがゆえに、物の根柢にまで到達しようとするフーコーの作業は、人間というものがすでに始められているもの（*le déjà commencé*）を一時的に中断するもの、すでに始められているものに関わる思考の彩《あや》であるといった、手を替え品を替えてつねに繰り返し述べられる主張だけを行なうものとなる。十九世紀以降のいかなる人間的探求も（そしてヴィトゲンシュタインの後期の作業がこのような理解《アペルシュ》に対して持つ妥当性はきわめて重要であるが）現実には言語の本質と結びついているのである。例えば、証拠文献の解釈は釈義である。だが、それを〈何に関わる釈義か〉と問うとき、私たちは不断に連なる前置詞“of”（…の）に全面的に自己を委ねることになる――近代的形態の批評は、フーコーによると、言述の深部で述べられているところのものの“of”（…の）の分析としての哲学であるということになるのである。釈義の手続きにはたやすく確認できるいかなる始まりもないのと同じように、いかなる終わりもまたないのである――

> 十六世紀では解釈は、世界（物とテキストの両者）から出発して、その世界の中に解読することが可能であった神のロゴスへと向かっていった。ところが、われわれの解釈は、いや、いずれにしろ、十九世紀に形成さ

れた解釈は、人間、神、知、もしくは幻想から出発して、そういったものを作り出すところの言葉へと向かう。そして、そういった方法の解釈が露わにするのは原初の言述の主権ではなくて、自分のほうから少しも言葉を発しない前からわれわれがすでに言語によって支配され、言語によって麻痺させられているという事実である。(8)

フーコーの作業のドラマは、彼が、発展を妨げる地平としてと同時に、精気を与える大気（この大気の中で、またそれによって、すべての人間的活動は理解されなければならない）としての言語とつねに折り合いをつけようとしている点にある。歴史に関するフーコーの三つの主要な著作のうちの二つ、『狂気の歴史』と『言葉と物』はそれぞれ、言語がいかにして〈他者性〉の社会的識別や〈同一性〉の階層間の連続情況の認知を許容してきたかを記述している。今あげた前のほうの作業では、疎外された〈他者性〉という重荷を社会によって背おわされるのは、合理的言語の外部にある沈黙の領域にひとり追いやられて孤立する狂気だとされており、二番目の作業では、単語があらゆるものの記号の普遍的な集合体に変容せしめられるのが言語にそなわる精力を通してであるとされている。ほとんどの構造主義者と同じように、フーコーは概念的統一性を想定しなければならない。この統一性は、歴史的先験条件《アプリオリ》、認識論的領域、認識論的統一性、あるいは〈エピステーメ〉などといろいろの名称で呼ばれるのだが、それは、歴史のいかなる所与の時期においても言語の用法を固定させ、それを指示するものである。私の知る限りのいかなる構造主義者も、この「無意識の確証性」(9)を確認し、明確化するのに、フーコーほどに徹底して作業を進めた人はいないのではないかと思う。『言葉と物』でフーコーは、「ひとつの文化には、そしてあるひとつの時期においては、すべての知の可能性の条件を規定する〈エピステーメ〉は決してひとつ以上はないのである」(10)と書いている。この明快な主張により行なうことになっている種々の作業のひとつは、スティーヴン・マーカスがすでに述べているように、それが、近代の感性と知性の分離の現象が起こるまえの時代に対してフーコーが示す文字どおりの信仰を認可するという作業である。というのは、フーコーによれば、ルネッサンス期の言語は物と密接に結びついていたからである。言葉は存在論的な言述（神のロゴス）の文書に内在するものと信じられていて、言葉の意味と真実性の保証を得るためには、この文書を読みさえすればよかった。言葉は〈存在〉の中に在った。言葉はその〈存在〉を写しとるものであった。言葉はその〈存在〉の異名であった。そして、言語を人間が解読するということは、〈存在〉を直に、全的に認識することを意味していた。

『ドン・キホーテ』やベラスケスの『女官たち』などに関してフーコーが行なった見事な分析作業は、事物を神的な〈始源〉へと究極的に結びつける類似物の入り組んだ体系がどのようにして崩れはじめたのかを示している。狂気におち入ったドン・キホーテは、自分が本で読んだ動物たちをこの世界で発見することができなかった。ベラスケスの堂々たる絵では焦点が外に向かい、カンバスから離れて、絵の構成が要請しはするが絵そのものには含まれていない或る一点を志向している。言語の占める表象空間は、十八世紀までには、秩序だった薄い膜《フィルム》に、〈存在〉の連続体の光が透過できる透明体になっていた。かくして、「古典的（すなわち十八世紀の）思想の本質的な問題は、〈名前〉と〈秩序〉の相関関係の中に潜むものであった――その問題とは、すなわち、〈分類法〉にもなる〈命名法〉をいかにして発見するか、再び言えば、〈存在〉の連続体を透かして通す記号体系をいかにして打ち建てるかという問題である(12)」ということになるのである。言葉が自らの相互連続関係を表現する力を、つまり対象のみならず存在の普遍的な分類体系の中で対象を互いに結びつける体系をも述べる力を失うときには、私たちは近代に入ることになるのである。中心がもはや持ちこたえることができなくなるのみならず、中心をめぐる組織もその凝集力を失い始めるのである。

その二つの重要な歴史に関する著作と、その臨床観察の考古学[13]においてフーコーが十九世紀と二十世紀に関する議論に乗り出すとき、彼が現代に先だつ歴史について抱くヴィジョンがどれほど現代について彼が示す理解から逆照射されているかが明らかになってくる。というのは、構造主義者のうちの多くの者と同じように、フーコーは存在論的な非連続体という回避できない事実にとりつかれているからである。例えば、言語においては、「表象されるものは表現自体の外にこぼれ落ちるのである」[14]と言うように。かくして、言語の持つ意味作用を行なう力は、意味されているものをはるかに凌駕し、事実それを圧倒することになるのである。もうひとつ別の例をあげると、人間に関する〈形相〉の出現（この形相の到来をフーコーはなによりも十九世紀に結びつけているのだが）は、言語の持つ表象力の崩壊と軌を一にしているということである。したがって、人間とは言語に本質的に抵抗するものであることになる。人間は、フーコーが「経験的＝超絶的ダブレット[15]」と呼ぶものを結びつける――これは、一方では生《なま》の人間体験、他方では人間の超絶性、この二つの並行領域であって、それらはともに言述にとっては異物である。そして言述とは、現代の知を包括し、同時にその現代の知からの人間の疎外によって可能になるところの「有限体の分析法」である。というのは、フーコーによれば、現代の知の言述は、言述自体によって十全には把握できないもの、もしくは全体的に表現できないものをつねに切に求めるものであるからである。かくして、知はその捉えがたい対象をたえず探し求めていることになる。ここでもまた、非連続、もしくは差異と呼ばれているものの事実が、このうえなく重要になるのである。

最後に、『言葉と物』（この著作の秘める文学的・哲学的含意は量りしれない）の緻密に、かつ驚異的に提示されているテーマは、物・言葉・思考などの間に存在する虚の空間にもっぱら関わりあっている。十八世紀には——絵画におけるように——物を空間の中で表現する可能性は、時間の連鎖性の承認から引き出されていた。この時間の連鎖性は、そのことによって、空間的同時性の成立を許すことになった。つまり、対象は絵画の持つ特権的な空間の中に共存できるという発想は、時間の継続的前進作用に対するゆるがぬ信仰に依存するものであった。空間的同時性はかくして、時間の連鎖性から発生してくるものと考えられたのである。にもかかわらず、現代になると、物と物との間の空間的距離に対する深い感覚、類似的な物すらをも互いから分離する感覚が、現代精神に時間を連鎖性の幻想としてのみ、統一の、〈始源〉への回帰の約束としてのみ考えることを許すのである。[16] なによりも、時間というものは、物と物との間のギャップに橋を架けようと試みる空間的形態群の中でももっとも貧弱なものである。かくして、人文諸科学と時間とはともに、生物学、経済学、そして哲学を結びつけることなく分けている距離を占有していることになる。因みに、これらの三つの知の領域は、それらが自然の生命、価値、表象をそれぞれ扱うという理由で、フーコーが必須のものとしてみなしているものである。[17] 心理学は、生命を人間化された形で記述するものとして、生物学に隣接している。同じ立論に準じて言えば、社会学は経済学に隣接していることになる。また、文学と神話学は言語学に隣接している。これらの諸学問領域間の緊張関係と同時に非連続性の中に、フーコーによれば、人文諸科学の形成モデルが存在するのである。人間は、非人格的な生物学的機能と心理学的ノルムとの間の、また標準化された経済的規則と心理学的対立との間の、さらに体系としての言語と神話や文学の意味作用との間の、それぞれの交替作用の次元で規定されるひとつの問題として捉えられるのである。[18] 現代の人間は、こういった諸領域とやっとのことで一体化しようと苦労する謎めいた存在なのである。

フーコーの主張の結論は（このフーコーの主張について私たちが行なう一般的記述も大方のところ多分

同じところに落ちつくだろうが）、私たちが知る人間は分裂した存在であるということである。狂気に関するその著作においてフーコーは、十九世紀後半にいたるまでいかに狂気が一貫して、かつ効果的に言語に、そして理性のとるポーズに抵抗してきたかを示しているのとちょうど同じように、彼は『言葉と物』において、それ以降いかに人間自身が特別の意味における非合理的存在に、つまり諸種の知の形態の間に通常では考えも及ばないような関係を設定して、それを劇的なものにする構造体になってきたかを示している。人間は、もはや一貫性を持った〈コギト〉ではなく、今や客観物としてではなく、いわんや主体としてでもなく、割れ目に、「空虚な惑星間の空間」に住まう存在となってきているのである。言ってみれば、人間とは〈構造体〉なのであり、純粋科学（自然科学）とは対立するものとしての、私たちが人文学的と呼ぶような言葉や思想の間の諸関係を一般化するものである。[19] この構造体が非合理的なものである理由は、それが思考が理解されうる限界点であり、したがって思考について思考することが不可能な領域であるからである。私たちはこの構造体を思考できるだけである——それも、訓練された〈考古学的〉研究を行なってはじめてできることである。（英語におけるこのような公式の新奇さは、〈……を思考する〉と〈……について思考する〉ことの区別と同様に、フランス語でははるかに受け入れやすいものである——〈構造を思考する〉*Penser la structure* という構文は、〈構造的に思考する〉ということが、明澄ではないにしてもやはり妥当である、という意味で妥当なのである。しかしながら、フランス語では——フーコーや構造主義者たちが主張しているように——〈……について思考する〉ということは内省的であり、したがって合理的であるが、他方〈思考すること〉自体はたんなる活動であり、したがって非合理的であると主張することのほうが容易である）。したがって、知は、人間による人間のための人間についての知の閉じられた体系ということになる。そして、最後に、知は言語においてはじめて公式化されうるものであるわけだから、言語学は、人間を説明するものであるよりは、人間を知覚するものとなるのである[20]──人間は科学と知の積極的な領域、分野なのであるが、しかし人間は科学の対象とするところのものではないのである[21]。

したがって、人間が関係しているところではどこでもというだけではなくて、むしろ、意識に対して意識の内容の条件と形態とを明かすような規範《ノルム》、規則、そして意味を孕んだ総体などが、非意識の適切な次元の中で分析されるところではどこでも、「人文科学」は存在するということになる[22]。

このように陰気な、反感傷的な人間観の偏心性は、フーコーの散文の中に直に反映されている。セルバンテスからリンネウス[一]やアダム・スミスを通ってニーチェやフロイトへと到る知的冒険の解体作業でフーコーが見せたしばしば驚くべきほどに明晰な手さばきにもかかわらず、読者が直面する散文のスタイルでは作者あるいは思想についての理解は極度に個別的ではあるが、そこに見られる革命的な方向と認識論的根源意識的姿勢は著しく概括的である。さながら『恋のむだ骨』のホロファーニーズ[二]のように、フーコーは上書きの上つらだけを見ていることがよくあるのである。というのは、伝統と教育によって私たちが人間を具体的な普遍的存在として、意識の軸であり中心として、捉えるように訓練を受けているとすれば、フーコーの散文によって、そしてそれと同時に彼の主張によって、私たちは人間への掌握を失わされることになるのである。もし私たちが人間を経験の流れに抵抗する実体として考える気持になれば、フーコーのために、そして彼が言語学、民族学、そして心理学などについて発言していることのために、人間は打ち寄せる波をかぶり、言語自体の質量、その溝の中に捉えられて、分解してしまって、結局は、永遠の、止むことを知らない言述の激流の中にどっちつかずの形ではめ込まれた、構文中の主語、音声を発する代名詞とほとんど変わらないものになり果てるのである。

フーコーの捉える人間は、ロラン・バルトの巧妙な言い方「制動装置を持たない隠喩」(*métaphore sans frein*)[23] でうまく記述されている。この人間観と、言述の中での人間の分断を描いた今ひとつの作品、つまりコンラッドの『闇の奥』の間には奇怪な類似性がある。マーロウはクルツを「私にとってはただの言葉」と記述したあとで、このように続ける――

私は、自分が今まで彼が、そう、行動をするのではなく、ただものを言う存在として考えたことが一度もなかったことを、奇妙にも発見した。「さあ、これから彼を目にすることはなかろう」とか、「これから彼の手をにぎって握手することはなかろう」などと私は自分に向かって言ったのではなくて、「これからは彼の言葉を聞くことはなかろう」と言ったのである。あの男はひとつの声として自己主張したのである。かといって、むろん、私が彼をなんらかの行動と結びつけなかったというわけではない……。それが問題なのではなかった。重要なことは、彼が才能を授かった人間であったことにあり、彼のすべての才能のうち際立った才能、真の存在感を伴う才能はそのおしゃべりの才能、彼の言葉――表現の才能であった。これは聞く人を惑わせ、問題に光を与え、このうえなく高揚されたものであり、かつもっとも軽蔑すべきものであり、脈打つ光の流れ、もしくは分け入ることのできない闇の奥から人の目をくらましながら流れてくるものであった。[24]

人間に対して支配するものとしての地位を達成しようとして、言語は人間を言述の機能へと還元してきた。活動と人間経験の世界は、言語が秩序を打ち立て、発見を立法化している間、黙したままである。

「内省を行なわない全体化である言語は、それ独自の合法性というものを持ち、人間が何ひとつ知るところのない人間的合理である」[25]とレヴィ＝ストロースが言うとき、彼は、真剣な知的作業によって考慮に入れられるべき条件を述べているのである。構造主義者のほとんど誰もが、人間が言葉を話す主体とされる暴虐的なフィードバック体系を認めている。そこでは、主体である人間のとる行動はその人間を意味する記号へとつねに変容せしめられており、それらの記号を人間は、今度は、別の記号を意味するために用いるのである。この現象が無限に繰り返される。他方、フーコーは、この暴虐の働きを暴露することによってそれの転覆を図ろうと努めてきた。ごく最近では、彼はその暴虐をその秘密性に帰している——つまり、言語と言述とが「認知不可能な」釈義であると主張するところを名指しで指摘し、それを記述し[26]、分類することによって、例えば社会の役割と社会の階級構造が明確になってくるといったようにである。

II

フーコーの作業を哲学的なものとして——あるいは、その点では、歴史に関するものとしてすら——あまりにも性急に規定することには、数々の危険が伴う。その危険のひとつは、彼の著述が文芸批評家、小説家、心理学者、医学者、生物学者、そして言語学者（さらに、一般的には、自己の専門的領域がたどってきた過去と現在の状態に関心を抱く専門家）などにとって、圧倒的な関心を提供するものと認めることができなくなることにある。これよりももっと興味ある今ひとつの危険は、フーコーは一般に人々が経験している形での哲学も歴史も書いているのではないという事実を見失うことにある。フーコーの視角は注目すべき視角であって、それは、フーコーの作業を〈それ独自の《スイ・ゲネリス》〉もの、つまり独創的なものにするまでに全体にいきわたっていて、高度に訓練され、一貫性をもった視角である（むろん、こういった評価はフーコー自身はしないだろうが）。だが、彼の諸理論の普遍性とそれらの理論の持つ意味の強烈な個別化は読者に一群の著作を提供していて、それがどんな学問分野にも与える潜在的な影響力はすでに中和されている。すなわち、フーコーの理論はテキストの扉を開くための一種のマスター・キーとして利用される意図はもともと与えられていないということである。この考え方には、私たちは今後たびたび戻ってくることになろう。認識力と一種の禁欲的な無関心とをフーコーが結び合わせるとき、その作業はきわめて真剣で多弁な文体で行なわれるが、それによって言語的現象がユニークなものにされると私は思う。彼が自己の作業に与える名前は〈考古学〉であるが、この用語を彼は、基本的な水準の研究と同時に、集合的な精神に関する文書の研究、すなわち、いかなる所与の時期にも言われている〈もの〉と、それが言われている〈場所〉（特定の言述の空間）を可能ならしめる認識論的資料の両方を表わすのに用いているのである。(27)

英語を話す読者にとって、フーコーの著述は抽象的なものに見えるかもしれない。この抽象的であるという特色は、人間の具体的な経験に属すると漠然とながら想定されている作業ではとくにある理由で厄介なものと考えられている。彼の作品の中でつぎつぎと現われている語は〈稀薄化〉（*raréfaction*）という語であって、彼はこれを、言葉を精練して徹底的に特殊な、異常な、文字どおり抽象化された意味へと送り込むことの意味に解している。さて、フーコーが絶対的法則といったものを認めているとすれば、それは、言葉というものは、「抽象的なもの」であろうと「具体的なもの」であろうと、陳述（*énoncé*）の中ですでに純化された形で伝えられるものだという法則である。かくして、フーコーの言語もまた純化され、作用動詞から作られた名詞（*formation, appropriation, transmission* など）の多くに満たされることになるのであるが、彼は、陳述や言述のために自分が公式化する範疇や階層はそれ自体予め純化されているとされるのが当然のことであると、主張することだろう。そのようにして、彼の作業はそれ自体の領域に立って、またその作業の状態を記述するのに適切な道具をたずさえて、陳述に出会うことになるのである。このことは直ちに、純化の多形的性格についてのフーコーの論点を増強することになるが、それによって、〈独自の意味〉を記号作用を行なう言述活動と考える、鋭敏な学者の側に見られる姿勢を採り入れる必要性がさらに強化されるのである。フーコーの立場は、運用言語は自然的ではないということである。"ohm"とか"coulomb"とか"volt"とかといった言葉を電気の特性を記述するのに用いることがそのままでは分化していない物理的な力を正しく扱うことにならないのとちょうど同じように、言述は自然を曲解することになるのである。他方、イェイツの人形が人形師が偶然に子供を〈作った〉ことを理由に人形師を非難するのに似て、言述が自然を偶然事として、〈不慮の出来事〉(*aléa*)として扱うことは〈自然なこと〉なのである。

フーコーの考古学的研究には、それが行なった現実の歴史的発見とはまったく別に、極度に想像力の発動が見られる側面があり、私が今論じたいと思うのは、これの輪郭である。彼の中心的な作業がたどっていった道筋は、ますます本質的に、ますます不可避的になっていく思想の詩学を徐々に提示して行く道筋であった。これとほとんど同じ手続きが、例えば『悲劇の誕生』から『権力への意志』に到る道筋にも発見できる。ところで、ニーチェはフーコーが強い親近性を示してきた思想家のひとりであり、ニーチェの言語学とフーコーの言語学の類比関係はきわめて顕著である。両者において、言語学と考古学は主として歴史に関する学問であるから、この二人の思想家を他の学者たちから分けるのは、歴史に対する独自の態度ということになる。事実、ニーチェがその『反時代的考察』の第二部で示した認識、つまり歴史的感覚は歴史の病いであるといった認識は、フーコーの作業においても、歴史に対するアンビバレントな本質的態度――批評的態度であると同時に医学的な態度――の大きな特徴になっている。さらに言えば、フーコーの分析作業は、ニーチェのやり方と同じように、本質的には、人間と人間の過去が歴史的感覚によって崩壊していくことをみる見方なのである――「歴史的感覚……は、逸脱と限界を識別し、分配し、分散させ、そして自由に発動させるような見方の鋭敏さ以外の何ものでもないことになる――言ってみれば、この見方は、分離し、自己分離を果たし、そして自己の過去に向かって堂々たる態度でその見方を身につけるものと当然考えられるような人間の統一性を消去できる見方である[28]」。学者が自分の学問に結びつく関係が主として世襲的なものとして思い描かれるならば――学者は同一分野（歴史学の分野であろうと哲学の分野であろうと）内の先行学者の作業を行なうものである――、フーコーの場合は反世襲的である。つまり、それは特権的な始源から発して現時の意識にまで到る路線の連続性に立つものではないのである。したがって、フーコーの作業がもっともその関心を示す関連現象は〈隣接性〉、〈補助性〉、〈相関性〉といった関係であって、それらは継続性や内在性といった線的関係とは同じものではない[29]。これらのあとのほうの関連事項はフーコーによって破壊されて、前のほうの関連性の中に再配分されているのである。

ニーチェのもっともよくできた作業の持つ新しい力が自己の情念や崇敬や友情――ワーグナー、キリスト、ソクラテス、ショーペンハウアー、ディオニュソス、古代ギリシア人――を優先させて、「純粋」哲学を副次的な役割へと追いやったことから来ているのはおそらく偶然のことではなかろう。大体のところ、これらのいずれも多分、少なくとも重要な伝統を問題にするかぎり、哲学者が詳細にわたって取り扱う必要があったと考えられる主題ではなかった。にもかかわらず、ニーチェは、自己の諸情念を自己の精神史と思想史全体の両者において同時に発生する事件として意気揚々と考えたのである。哲学の公式の血統であれば、そこには哲学者も哲学体系も含まれることは明らかなことであるが、原理的実体としてはニーチェは、フーコーと同様に、これらにほとんど関係のない形の注意しか払っていないのである。フーコーの作業はそれが扱う思想に対して、詩とか科学史とか語りの虚構とか言語学、そして精神分析学といった食物をあてがうのである。その理由は、これらの分野がいずれも所与の概念を、それがそなえる情況的雰囲気の感覚という光で照らし出すからである。ニーチェ、マルクス、フロイトなどは別にして、フーコーの関心領域には、ボルヘス、ヘルダーリーン、サド、マラルメ、ベケット、バタイユ、ジャック・ラカン、ブランショ、さらに、むろん、彼が『狂気の歴史』、『言葉と物』、『臨床医学の誕生』や、レーモン・ルーセル(四)に関する著述などで長々と論じているすべての著者たちが含まれている。彼は、ジョルジュ・カンギレム(五)、ジャン・イポリット(六)、ジル・ドゥルーズといった（ひとりは同時代の科学史家、二人は哲学者であるが）人たちをきわめて高く評価していて、こういった人たちが自分の領域に対して立つ関係を、フーコーは自分にとって模範となるべきものとみなしているのである。

　今見た二番目の点は、フーコーにとっては重要な現象である。というのは、彼の洞察の持つ特徴は別にして、彼が今後知られ、考えられるのは、新しい研究分野（もしくは研究を着想し、行なう新しい方法）の創設者としてであるからである。フーコーによる文献的・史的証拠の事実上の再現と再認識とは、彼自身の証拠のために新しい精神的な領域を〈創造した〉ほどにきわめて尋常でない、想像力を駆使した方法でなされたのである。この領域とは歴史でも哲学でもなくて、〈考古学〉とか〈言述〉であり、これに加えて、また思考の新しい習性、つまり真理を統禦し、真理を現実の存在する知の巨大な集成を首尾よく整理し、統治することに対して副次的な論点となすための一連の規則が作り出されることになった。ほとんどの著述家は自分たちの思想を、他の思想の隣りにか、さもなければ下に、さらにあるいはそれとは離れたところのいずれかに置く――思想として許されるかぎりそのように物理的に位置づける――傾向がある。

フーコーの主要な努力は、思想が〈主として出来事として〉発生するものと考えること、思想を、事件としての思想が持つ偶然的かつ必然的な性格において自己の著作の中で統禦されるものとして正確に、意識的に、丹念に考察することにある。思想を表わす手段としての用法があまりにも慣用的な用法に束縛され、文字どおりそれらの持つ価値を下落させるものとなって、その結果、思考不能になったような語や句——つまり、〈変化〉、〈連続性〉、〈関係〉、〈歴史〉、〈内在性〉、〈外在性〉などといった語や概念や比喩表現——の意味を、フーコーは新しく方向づけ、歪めてこなければならなかった。かくして、フーコーの作業は事実上、始まりの概念の再・考化と貫・考化への試みとなっているのである。

いくつかの箇所で、とくに『言述の秩序』やドゥルーズ論ではもっと顕著に、フーコーは、彼の研究の関心の対象たる哲学と歴史の相関作用を記述するのに劇場のイメージを用いている。そのイメージは、彼にとっては多くの点で効用を発揮している。まず第一に、それは、自分が研究しているものがなんであれその研究が行なわれる場所がどこにもあることを許しながら同時にどこにもないとするようなことをせず、また自分の精神を一連の漠然とした、皮相的な覚え書きなどとすることもせず、研究の場所をひとつの場所に固定し、かつそもそもの初めから研究をできる限り自意識に透徹させるのに役立つ。このことから、言語と思考が発生するところの要素としての空間にフーコーは顕著な関心を抱くことになるのである。二番目に、参加する観客にとって劇場は目を見張るような出来事を提供するものだが、その出来事はそれよりも小さい複数の出来事に分割することが可能であって、その各々が舞台でそれぞれの役を演じていて、各々がいくつかの異なる軸を中心に残余の各々の出来事と関わりながら動くのである。つまり、劇場の舞台とは、身振りや登場人物や一連のアクションの中に、あるいは変化する情景の中にすら具現されている複数の事件の発動《プレイ》が行なわれるところであるということである。これらはすべて、フーコー自身がひとつの文化の中の散漫な出来事の存在現象と呼ぶところのもの、出来事としてそれらの占める地位、そしてまた物事としてのそれらの持つ密度、すなわち、それらの出来事の持続性と、逆説的ながら、それらの出来事の記念碑性、記念碑としての性格などに対するフーコーの態度にまさに当てはまるのである。

私が〈アーカイヴ〉と呼ぼうと思うところのものは、ひとつの文明が保存してきたテキストの全体性でもなく、その文明が災厄をこうむったあとでも……救いとられてきたものの残留物の総体でもなく、それは、ひとつの文化の中で、発話行為の出現と消失を、〈事件〉として、また事物としてそれらが持つ逆説的な存在を決定づける規則の発動《プレイ》である。アーカイヴの一般的要素の中で言語の諸事実を分析することは、それらを文献(これらは隠された意味あるいは……構成の規則を持っている)として分析することではなくて、〈記念碑〉として分析することを意味する。そして、それも、いかなる地質学的な隠喩をも引き合いに出すこともせずに、それらにいかなる始源もあてがうこともせずに、ひとつの始まり、ひとつの〈アルケー〉に対していかなる身振りも示すことはせずに——そういったことはせずに行ない、その作業は語源学の遊戯的な特権に準じて言えば、考古学のようなものになるということである。(30)

この陳述に見てとれる姿勢は、〈言われる事〉(*les choses dites*)を自分の目の前で起こるままに探査するというフーコーの態度である。彼が過去に対してとる態度は、多くの出来事が提示されるのを見守る観客の態度と同じであり、フーコーの読者が見守るものは興奮を覚えるような知的な提示であるが、私はこのような言い方を軽蔑的な態度でしているわけではない。観客であるためには(観客であることはこの場合受身の態度を意味するというのは誤りである)、文献がその不活発性を脱ぎ捨てて、一種の測定可能な活動的な要因になるために、文献を統制し直す操作がまず必要となってくるのである。過去からのテキストをこのように統制し直すには、あるいは新しく方向づけるには、最大限の知的かつ学問的エネルギーが必要となるのである。

いかなる思想も、無名性という複雑な思想ほどに、このフーコーの再方向づけという作業を驚くべきほどの多数の思想家たちの思想と決定的に結びつけるものはない。この思想は、バルトやレヴィ＝ストロースやラカンなどが用いている用語で言えば、主体の喪失という考え方である。これは、いかなることについても語ることができなくなっている状態としばしば（そしてこっけいにも）誤って考えられてきたものである――例えば、「私には自分の試論あるいは小説の主題がない」というようにである。だが、むろんそのあとでなされる迂言的表現（「主題を持たないので、空をめぐって書くにすぎない、あるいは語るにすぎない」といった表現）は、失われた主体の正しい意味の一部を示すものではあるが、もっと正確な文脈における主体（*sujet*）とは、思考の主体、もしくは語る主体を意味し、それは、人間としてのアイデンティティを規定する〈主体性〉であり、客体が構成するデカルト的な世界を可能にする〈コギト〉である。西洋世界における思考する主体の及ぼしてきた影響はむろん深甚なものであった。主体は先行性と独創性といった考え方のみならず、連続性とか業績といった発想や企画をも保証し、それらに継起性、歴史、進歩といったすべての様式の根柢にある本来の緊急性を本能的に付与してきた。歴史は大体のところ、出来事や種々の集合的現象の上に、またそれらの中に投影された一種の神人同型説を通してその明瞭性を獲得してきたのであり、これらの出来事や集合的現象こそが、したがって、主体の発揮する機能として考えられるのであって、その逆ではないのである。むろん、人間生殖の過程の与えてきた影響は至上のものであって、それは私たちに文学をたんに例えば人間家族の模倣として考えるように強制するのである。

現代の思惟の中で人間主体の権威を侵蝕してきた二つの主要な力は、一方では、主体の真実性を規定する際に持ち上ってくるところの多数の問題であり、他方では、思想において主体の占める変則的で、いかなる権威も持たない、保持することすらできない立場を劇化するところの言語学や民族学といった学問の発展である。[31] この第一の力は思想の〈内部〉で起きるところの動乱として見ることができ、二番目のものは思想に対する主体の〈外在性〉に関係するものとして見ることができる。これらの二つの力が一緒になってひとつの目標を達成するのである。というのは、いかなる点もこれ以上還元不可能な、始まりの地点にあるアイデンティティで実際にあると確信をもって言いうるものがないならば、アイデンティティの或る層からより低い層へといわば地質学的に降りていっても、それがどんな慰めとなるのだろうか、と問うこともできるからである。自己の精神や言語というものが、自己の行なう現実に関しての根源的分類の構造というものが、個々の主体性をあまたある機能の中のただひとつの機能とするように組織化された個人間の精神の機能であれば、個人であることにどんな哲学的効用があるというのだろうか。

フーコーの反応はこういった遠近法的見方を論じることではなくて、それらを十分に吸収し、理解し、そのあと、それらに自己の作業の中で演ずべき重要な基本的役割を与えることであった。フーコーが伝える活力化現象を決定するのは、彼の明白な方法論的哲学であると同時に、主体の喪失に対して彼が初めから示してきた姿勢の積極性でもあると、私は思う。原理あるいは終末論あるいは教義といったものへの崇拝を求めるかまびすしき哀訴は、彼の場合あてはまらない。彼は、乱雑でおびただしい数の細部に対してと同様に、自己の方法が課する責任と役割とに一貫して関心を示してきている。中世のイスラム詩の批評家のように、彼は作者の才能を示すあらゆる例を抱括する規則を公式化し、そのようにして、自分が読むいかなる作者の独創性をも、すべての言語に内在する定められた可能性の中で起こるところの偶発事に還元するのである。フーコーの著作の持つ没個性的な謙虚さは、洞察と学識の両者を吐き出しうるまがうことのない声の調子と（逆説的ながら）共存しているのである。彼は、自分が読んできた一冊一冊の書物を直に体験しているという印象を与えるのである。こういったことは、どんな博識の学者の作業にも予期できるものと思えるかもしれないが、フーコーの場合、一冊の本の、あるいは多数の論文や本の収集の認識論的な地位はその方法論においては、彼の実際の著述行為の中で実践の次元にまで求められる複雑な理論的論点でもあるのである。

　このことを実証する有効な方法は、著述行為、著作、そして著者という三つの要因はまったく同じようにつねに互いを引き起こすとはかぎらないということを、フーコーが私たちにどの程度意識させるかを見ることによって用意される。これらの三つの要因を発生論的に作り出されたものとして、あるいは作り出すものとして考えることもできない。さらに言えば、これらの要因はいろいろの場合によってかなり違ったことを意味するのである。例えば、コーランといった著作は、ある特定の著者のもの、あるいは作品でもあると同時に、それはひとつのテーマであり、神話でもある。生涯にわたってあちこちに書かれたいくつかの議論で、フーコーは、強調と意味におけるこれらのヴァリエーションを、とくに、修辞の、言語の、虚構の、蔵書の価値におけるヴァリエーションの中にそれらが起きる場合を、巧妙といってよいほどに詳細にわたって調べている。それぞれの場合に、フーコーは（カント的あるいはプラトン的な意味における）物自体と、物について抱かれる思考もしくは物の用いられ方を区別している。物――つまり言語次元の物――を理想的もしくは本質的な物と意味作用を行なう個別の特性（これは物を示す語から発して言語次元のプラクシスの場へと入っていく）とにこのように予備的に区別する手続きはフーコーにとっては基本的なものであるが、それは、彼がこれを実際に差異を伴わない区別として扱っているという点で基本的なのである。本質《エッセンス》はせいぜいのところ言葉であり、それらには、存在を本質と賓辞とに実際に分ける能力はないのである。彼は〈本質〉には表示する力として以上のものは与えてはいず、また現実を存在のより高い台地とより低い台地とに分ける力としての〈本質〉は確かに考えていないのである。本質についての語もむろん語である。フーコーによれば、したがって、なすべきことは、これらの語すべて、つまり〈思想〉、〈著者〉、〈物〉、〈書物〉、〈言語〉といった）本質としての語と、（〈善いこと〉、〈サド〉、〈ヘルダーリーンの詩〉、〈フランス語〉などといった）〈本質を偶発的に用いる〉語を互いに関連づけることとなる。これをフーコーが終始用いている発想を借りて言えば、考古学者にとっての仕事は、語を交・言述的に、かつ内・言述的に理解することである――その対象はすべての語、とくに他の語のかなり大きな集合体を統禦する力を持った語である（例えば〈著者サド〉といった語で、そのサドが用いる語は何冊かの大きな本を満たすはずのものである）――伝記を中心とする誤れる作業に必然的に赴くことはせずに、それらを〈事件〉として理解することである。

この種の理解を妨げるような思考習性というものがあるが、ニーチェやドゥルーズといった哲学者たち（フーコーは彼らの哲学を鑑賞的な分析にゆだねている）が自分たちの哲学をこれらの思考習性への攻撃目標としたことは彼らの名誉でもある。多くは、思考を出来事から離れたところで保持することにおいて、またフーコーがドゥルーズに準じて転覆させる必要のあるプラトン化作用と呼ぶものにおいて、主体が演じる役割に依存する。(32) したがって、基本的な存在論的次元に立って、フーコーは本源的な精神空間の中で思考を再配置し、再展開しようとするのである。これは、芸術家が、自分の作品の表現空間を、不活発性の表面として受動的に受けとるというよりは、能動的に受けとるのとよく似ている。所与の時間の充塡された、活性化された空間をフーコーは〈エピステーメ〉と呼ぶ。この空間を充塡するものが〈言述〉であり（それは時間次元の持続性を持つ実体である）、それは〈エノンセ〉（陳述）から成り立っている。〈エピステーメ〉に関してのひとつの奇妙な点は、構造主義者にとっての構造のように、エピステーメが内省にも、エピステーメが属する時代のいずれにも活用できないということである。カンギレムが言っているように、「古典時代のエピステーメが対象として姿を現わしてくるためには、十九世紀のエピステーメに参与しながら、十九世紀との断絶を〈見る〉に十分なほど古典時代のエピステーメの誕生から遠く離れ、かつ、もうひとつの断絶——その断絶が起こったあとまさに、〈人間〉は、自己の前にある〈秩序〉として、ひとつの対象としてその姿を現わしてくるだろう——を〈生き〉ようとしているのだと想像できるほどにその近くの地点に自分を位置させることが必要であった」[33]。

ある言述的な出来事をその直接性と複雑性において〈考える〉ためには、フーコーはつぎのことを記述することが必要となる——このような出来事が起こると言いうる場、つまりエピステーメ、陳述の出来事の本質、出来事の間の関係、出来事が送り込む類の概念上の変化、そして、なかんずく、こういった作業すべてに適切な方法などである。（ついでに言っておくと、フーコーは人間に対する概念上の変化の影響には関心がなく、概念における変化にしか関心を持たない。）新実証主義、現象学、そして歴史哲学などはこの作業を受け入れるよりは回避するものである、と彼は主張している。この企図の複雑さと困難な点は誰の目にも明らかである。恐らくすぐに明らかにならないことは、混乱させ、破壊し、再編させる作業を同時に巻き込んだ操作に読者がどの程度介入しなければならないかという点である[34]。そのうえ、フーコーが最終的に達成する偉業は、一種の思考作業や、思考についての言葉や、言葉などについての一種の映画的な作業を抱括するものとして見られるようになる。二重性——想像力と哲学の二重性——こそ、フーコーの最も深い企図である。これは、真理を主張する思考と知識を主張する思考の間で演じられる凌ぎ合いのゲームであり、真理と真理への意志の間の重大と言えるほどに緊急な一連のコマの動きである――「これは知識への無限に展開される意志の中で知識の主体の破滅を覚悟して行なわなければならない」[35]。フーコーの精神は、三と四で思考する行為への偏愛を示す。したがって彼のテーマを横に、平行に並列させることが幾分か役に立つのである。フーコーの方法が、ひとつの重要な三部層を主要な四辺形のセットと結合させ、しかるのちにそれらを次々に重ねていくことにあることを、私はあとで示したいと思う。フーコーが宣言するところの、現在と未来のための考古学的研究の至上命令は以下のごとくである――

出来事の哲学は、〈一見したところ〉逆説的な方向と見える方向に動いていかなくてはならない。つまり非物質的なものの物質主義の方向に動いていかなくてはならない。

非連続的体系化の理論を――主体もしくは時間の哲学のまったく外部に――精密化する必要がある。

出来事の生産の中の一範疇として偶然の導入を受け入れなければならない。というのはこの生産の中に、偶然と思考の間の関係を〈考える〉ことをわれわれに許してくれる理論の欠如をなおも感じるからである[36]。

この一連の命令事項は、思考の中に〈偶然〉(*le hasard*)、〈非連続〉(*le discontinu*)、そして〈物質性〉(*la matérialité*) を根本的に導入することを要求する[37]。つまり、フーコーは、プラトン以来分裂をもたらすものとして追放されてきた要素を思考の中に再編入することを意図しているのである。彼はさらに、ヘーゲルの弁証法は、ヘーゲル以降のラディカルな哲学者であれば誰でもヘーゲルに反対して考えなくてはならない連続性の中に思考を無理矢理に押し込んでしまったと主張しているのである。

フーコーはさらに、崩壊を食い止めてきたひとつの手段は現実と言述の省略であったこと、つまり、フーコーの分析の焦点を包含し、また、いかなるものにもましてフーコーが今研究している言述的機能が、言葉の出来事の連続体（変化、非連続、物質性が相互的に、また思考との関連で働くことが特徴であるが）としてよりはむしろ、思考の〈直接的〉形成（これはそれ独自の生命を持つ）として考えられてきたその手続きであったと言う。かくして、創設する主体（*le sujet fondateur*）の、始まりとなる経験（*l'expérience originateur*）の、そして普遍的調停（*l'universelle médiation*）などの役割は、言述が思考の、そして／あるいは真理の隷属的な道具とされるが、それ自体の行動（〈言述性〉）を伴うところの進行する現実に決してならないような或る哲学的なイデオロギーを抱き込み、合法化することであったことになるのである。[38]

III

偶然、非連続性、そして物質性を設定し、それらを言述の中に作用する力として位置づけようとしてフーコーは〈方法の緊迫性〉（*exigences de méthode*）を四項目あげて、それを追っていこうと言う。これらの緊迫性は言述性を維持する規則であると同様に、研究を統制する原理でもある。このような二重の役割は決定的に重要である。というのは、それはその対象を記述するときのフーコーの方法を合法化するからである。フーコーが行なう法則の公式化はある程度は論争的であり、またある程度は説明的でもある。[39] 以下私がこれらの四項目の各々を引き合いに出してまず言及するのは『言述の秩序』である。だが、各項目をある程度註解してくると、この後期の著作でフーコーが述べていることのうち多くのものが、『狂気の歴史』、『言葉と物』、『臨床医学の誕生』、『知の考古学』などや、彼の解釈的試論のいくつかですでに述べていたものに実質的に依存していることが分かってくる。

1　フーコーがあげる第一原理は〈逆転可能性〉(*réversibilité*) である――

言述の源泉が、言述の増加とその連続性の原理が、著者や原理や意志などのような積極的な役割を演じるように見える比喩の中に見出されると人々が伝統に従って信じるようなところではどこでも、そう信じずに、言述によって切断され、稀薄にされ、言述の中に入れ込まれて純化されたものの積極的否定性を見るべきである。(40)

源泉とか始源といった優先性の伝統的概念、連続性とか発展の原理、そして〈著者〉、〈規律〉、〈真理への意志〉といった権威の源泉となるものを表わす隠喩などはみな、多かれ少なかれフーコーによって消去される。彼には、それらは言述にとっては副次的なものである。それらは言述の原動因であるよりはむしろ、言述の機能といったものである。この逆転では、フーコーが言述 (*discours*) によって意味するものに、つまり現在のフランス系の著述の中に豊かな歴史をもっている発想に、依存するところが多い。(41) 言語学の観点からみれば、言述は、歴史的語りに対立するところの言語表現の一様態としてその地位を得ている。エミール・バンヴェニストの探求に関わる定義は、動詞時制と発話様態の間の相関関係、つまりまったく異なる二つの体系を構成する相関関係に基礎を置いている――

〈歴史的〉発話［フーコーの用語における〈陳述〉］は今日では書記言語に限定されているものだが、それは過去の出来事の語りの特徴となっているものである。これらの三つの用語、つまり〈語り〉、〈出来事〉、そして〈過去〉といった用語の重要性はみな同じである。或る時点で起こった出来事は、語り手が語りの中に少しも介入することなしに、提示される。それらの出来事が実際に起こったこととして記録されるためには、それらは過去に属するものでなければならない……。われわれは歴史的語りを、すべての〈自伝的な〉言語形態を排除する発話様態として定義したいと思う。歴史家は〈私〉（*je*）とか〈君〉（*tu*）とか、あるいは〈今〉（*maintenant*）などとは決して言わないだろう。というのは、歴史家は、主として〈私＝君〉といった人称の関係の中に存する言述の形式的装備をけっして利用することはないからである……時間表現の領域も同じように定義されるだろう。歴史的発話は三つの発話を許容する――不定過去時制、不完全時制、大過去時制である。(42)

ここで言及されている出来事がフーコーが関心を示す出来事ではないことに、気づくべきである。バンヴェニストは歴史的出来事について語っているのであって、彼は言述的な出来事を語っているのではないのである。彼はつぎに、歴史的発話（陳述）は、このように限界を定められているので、必然的に対照的な「〈言述〉の次元」を用意していることに注目していく――

言述はそのもっとも広い意味で理解されなければならない――すべての発話［陳述］は話し手と聞き手を想定し、そして話し手の中に、聞き手になんらかの方法で影響を与える意図を想定するのである。それは主として、とるに足りない会話からもっとも入り組んだ演説に到るあらゆる性質の、あらゆるレベルの、あらゆる種類の口頭言述である。しかし、それはまた、口頭言述を再生するところの、あるいは口頭言述の表現様式やその様式を借用するところの記録群でもある。通信、回顧録、芝居、教訓的作品、つまり誰かが誰かに話しかけたり、自分を話し手として宣言し、人称の範囲において行なう自己の発言を組織化するすべてのジャンルでもあるのである。歴史的語りと言述との間にわれわれが行なおうとしている区別は、書記言語と口頭言語の間の区別とは少しも一致しない。(43)

これらの定義のいずれも、図式的以上のものではない。というのは、歴史的語りと〈言述〉は、話し手が自分の発話の意図を歴史的語りから言述へと、また言述から歴史的語りへと切り換えるたびごとに、それに応じて、実際に互いの中へと消滅していくからである。フーコーは、情報もしくは知識をひとりの人間から別の人間に意図的に伝達する組織化された、かつ認知可能な方法としての言述を強調するために、バンヴェニストによってなされたような弁別を利用しているのである。かくして、年代記すらも、主として歴史的語りでありながらも、歴史的記述と呼ばれる必須の体制内で、演劇に対して、医学的テキストに対して、そしてまた指定された読者たちに対して明確化が可能な関係を持っている体制内で歴史を伝達するところの言述的テキストの集成体に属するのである。そうすると、言述性は大部分交・テキスト関係として出現してくることになる。理想的様態としての歴史的語りが流れる時間の直接性を劇化するものであるならば、言述としての陳述は、言語が保存されてきた歴史的形態やテキストの物理性——形成、保存、そして伝達という特定の法則に従属する文献としての出来事の形——を帯びてきた、その過程を強調するのである。

フーコーが利用していると私が考えるところの、言述についてのさらに複雑化した考え方は心理学に由来するものである。ラカンは、精神分析学的出合いにおける患者の発話を〈主体の言述〉(*discours du sujet*）として特徴づけている。ここにおいてのみ、自己を一箇の主体性として記述する患者の疑客観的態度は、彼が生きているあいだ、自己を〈他者〉（この〈他者〉は別の他者によってつねにその正体をあばかれなければならない）〈として〉創造せしめた根本的な疎外情況を発見することを強いるのである。(44) このことの本質は、簡単に言うと、自己言述は偏執狂的体系の創造を巻き込むというラカンの主張である。因みに、この体系のモデルは、思うに、フロイトのシュレーバー博士であった。主体を中継ぎするためになされるいかなる試みもつねにその主体の自己客体化を巻き込むのだが、その自己客体化はシュレーバーのような極端な場合には、空想と事実の奇怪とも言える混乱となる。そうすると、言述はそれ自体で実存的な自我が他者のために、自己の外で明晰さと明確さとを獲得することが可能となるために、現実の、捉えどころのない主体を奪われた、たえず遠のいていく発話体となるのである。

言述はつねに話し手の存在と聞き手の存在とを想定するわけだから、フーコーは、語り手と聞き手は言述の中で作用する機能であることを主張するために、言語的慣用法を心理学的洞察に結びつける。それらは言述の形式性を保持し、それらはまた、言述は、それらが語られる連鎖の外部にある、もしくはその底部にある〈真の〉現実を抑圧しているときですら伝達されるという保証を与え続けるのである。（すでに言う必要もないことだが、この〈外部に〉ある現実は、フーコーの著述の中ではすぐにその興味とその強固さとを失ってくる――それはフーコーが言葉以外のいかなるものにも関心を持っていないからだというのではなく、彼の分析の適切性が言葉の中に実際に存在するところの中に存するということである。）話し手であればすでに言述は実際に始まっていると考えることは（極度に不正確なことだから）無駄なことであり、いわんや話し手が言述の主であると見ることはなおのことそうである。どちらかと言えば、話し手は言述の〈ため〉に在るのである。話し手のアイデンティティは言述に暫定的な始まりあるいは終わり

(これが〈裁断〉*découpage* あるいは〈稀薄化〉*raréfaction* である)を付与するが、言述は、その意味全体を得るためには、きわめて統制された形で話し手のアイデンティティに関わる情況に依存するのである。言い換えれば、言述と話し手の関係は、話し手の出現に先んじてある規則、またその消失のあとに来る規則によって支配されるのである。否定性としての〈裁断〉、そして〈稀薄化〉は、単一の推論的単位——例えばひとりの著者によるひとつのテキスト——が中心的積極性から分離されている状態を記述するときにフーコーがとる方法である。これが、テキストが主要体に属している情況を無視し、決定する多数の条件とは別に、個存在の〈純化された〉様相をテキストに付与する。

『言述の秩序』のずっと前のほうで、フーコーは、作者が言述の領域に自分で入っていき、同じ領域の中で自己固有の主体性を他の作者たちの主体性から区別していることをどのように調べることができるかを論じている。フーコーの考えはここでも、このことは認知できる規則の問題であるということになる。儀式(加入儀礼、社会に帰属することの必要性)は実行されず、いくつかの原理に同意が与えられる、特定の形の教育が指定される、云々。[45] ある臨床実験を設定し、その実験の原作者としての地位を手に入れたいと願う医者ならば医学校を卒業しているはずであり、(通例政府から認可されて)医学協会かなにかの会員でなくてはならないだろう。臨床的に発言することは、医学的問題についてきわめて専門的な方法で語ることを意味する。[46] そのうえ、この場合の〈作者〉は、一方では形式的な規則と、他方では自分自身の実例を認めさせるためにこれらの規則を変容させる行為との間の交互作用の一部として、自分自身の言述を作り出すのである。したがって、所与のテキストは、他のテキストもしくは他の出来事とかなりの、初めから用意された関係を持つ出来事であって、厳密に言って、ロマンティックな意味での創造ではないのである。

2 〈非連続性〉(*disconinuité*) の原理——

稀薄化の体系が存在するからといって、そのことは同時に、それらの体系の低部に、あるいはその背後に、これらの体系によって引き留められ、抑圧されているが限定をこうむっていない大きな言述が沈黙したままで、また持続的に君臨しているのを明るみに出し、それによってその言述に対し、またその言述の中に、発話の機会を再び与えることが、われわれの義務であるといったことは意味しない。われわれは、世界をかけめぐり、世界のすべての形象と出来事と絡み合っていると言われざる発話、もしくは考えられざる思考をただ想像すべきではない。このような発話もしくは思考を最終的に明確にし、あるいは考えることがわれわれの仕事なのである。言述は、互いを横切り、互いに並置されるが、それと同じほど互いを排除し、互いを無視する非連続の実用的な現象として扱う必要がある。(47)

稀薄化の体系は言述的グループ（文学、歴史、心理学）であって、それらの自己定義のある部分は、他のグループとの差異（象徴的、意味作用的、意図的、形式的など）に関わる定義もしくは内意を含んでいる。差異についてのこの考え方は、理論的に拡大して、社会間での差異、もしくはひとつの社会の中での異なる体制の差異を含めることもできる。『言葉と物』を含めて、それに到るまで、フーコーは体系間の関係の歴史を研究してきているわけだが、それは、それらの体系間の差異と同様に、それらの内的結合状態を決定するためである。『狂気の歴史』は狂気を歴史的に記述したものと甚だしく誤解されているが、それは実は、もっとも基本的な社会次元で表現された同一性と差異の関係の研究なのであった。すなわち、フーコーはこの初期の作業の中で、一社会の同一性（社会の自己稀薄化）は、その社会自体でないものからの分離にある程度依存していると主張した。一社会の構成員たちが相互に理解できる言語を話しているかぎり、彼らは無数の下部分類を持つ散漫なグループの構成員であって、そのようなグループからは、中世の終わり頃に癩病が姿を消して以来、狂気の人たちは排除されてきている。したがって、フーコーは狂気の意味の変化を研究したのである——実際には、〈狂気〉自体は単一の時代に限定された時代遅れの考え方であって、(非狂気の人々の言述の中では)普遍的な概念ではない。彼は、合理的言述の世界に関してはそれ自体沈黙している領域が理性の言語でいかにして理解されるかを、狂気、精神異常、疎外、非合理性、動物性、腐敗などとして、つまり言述に馴致されて言述の必要性や緊迫性に奉仕するように仕向けられた他者性の用語として理解されることを示している。これらの緊迫性は合理的かつ社会的に、また体制的に修正されるものであるから、沈黙の言述は合理の言述の中に〈編入され〉たり、〈覆われ〉たり、そこで〈明確にされ〉たりして、それぞれ異なる解釈を与えられるのである。

『狂気の歴史』や『言葉と物』のあとのフーコーの作品を見れば、彼が〈歴史〉によりも個々の歴史に多くの関心を示していると推測してもまんざら間違っていないのではないかと、私は思う。ニーチェ以来、内在性とか外在性、因果律、連続性、全体性、系譜性といった鞄語的範疇は、フーコーが展開している類の証拠を適切に扱う力はもはや持っていないのである。だが、これらの範疇は〈歴史〉という、すべてを包み込む壮大な考え方に伝統的には従属させられてきたのであって、それらはすべてその〈歴史〉の中で機能してきたのである。フーコーの見方では、歴史は多くの言述の中のひとつでしかないのであって、互いに異なる言述の数によって、それらの言述の相互関係を特定化するという問題が、ある言述が他のすべての言述を支配するところの、絶対的により大きな、さもなければより小さな力を持っているかどうかといった問題よりも緊急の問題にされるわけだから、〈矛盾もなく、弁証法もなく、否定もない〉一種の肯定的な思想を開発する必要があるのである。証拠はもはやプラトン的なイデアへの補助手段としては考えられない。多様性は同程度に妥当性を持ち、相対的な重力を持たない〈断片〉間の、多数の逸脱現象や分離現象から成り立っているのであって、存在とは、異相の段階もなく、位階組織もなく、あるいは現実世界の等級づけもない、究極的には単一のものなのである。フーコーが彼の考察をある特定の歴史の時期に限定することがしばしばあるにしても、こういった特性によって、彼の著作が連続的な出来事の年代記的な語りになっていると期待することがむずかしくなってくる。

今日、とフーコーは言う、言語（研究される対象であれ、書かれたものであれ）は、レトリックによってではなく、蔵書によって規定される空間を占有している。[50] 言語はもはや、ナルキッソスが水の中に自分の姿を見るのと同じほど単調に自己受肉を行なう行為以外のものとして考えることはできない。言語と、人間の〈言語性〉とを考えるための概念としてレトリックに代えて蔵書を置くことは、人を茫然自失させるような考え方であって、こういった考え方は、フーコーがボルヘスと共有する多くの親近性の中のひとつである。図書館とは無限の吸収力を備えた全体的組織であって、それは無限に自己参照的であり（蔵書カタログ、図書室や書物自体の中でのクロス・リファレンスの無限の可能性のことを考えよ）、それの要因は巨大な数にのぼり、かつ非個人的なものである。このように組織化され、これほどに完璧な世界は反復的であると同時に、完全に実務的でもある。反復単位の実務性そのもの（そして、書物であれ、言葉であれ、思想であれ、言述であれ、それらはみなたんに言語の様態である）は、いかなる外部の、あるいは内部の外・言語性を排除するのに十分である。フーコーがこの点を主張するのは、すべてが言葉であることをたんに宣言するためではなくて、学者の企図の現実を力説し、そうすることで、あらゆる文献が当然示していると思われる〈歴史という発想〉に訴えるといったような引き延ばし作戦に攻撃をしかけるためである。

事実、ミメーシス的な再現や神学的な所与に対してフーコーの示す深い不信感は、それに留まるわけではない。相関性、近接性、そして補助性などは、すでに述べたように、彼の関心を捉える関連現象であるのだが、こういった関係論の背後にあって、それらを許すところのものは、再現として考えられる模倣の体系ではない。言述は思想を表現するものでもなく、また比喩を具現するものでもない。それはたんに、異なる様態で別の言述を繰り返すにしかすぎない[51]。今日の言述の異常なほどの多様性は、表現の衰退の結果出てきたものである。これが『言葉と物』の中心的テーマである。言語が〈存在〉が輝き出る一種の副次的透明体としてもはや考えられなくなったとき、例えば過去は指示された語の集積的反復だけになってしまう。このような過去は、その過去を可能にする要因（その逆ではない）が価値を持つかぎりにおいてのみ存在するのである。かくして、各時代《エポック》は、表現の、会話の、記憶の、先行する文化あるいは異文化の再活性化の、専有化などのその時代特有の形態や限界などを明確にするのである[52]。時代という発想そのものがそれ自体これらの形態や限界などの機能であるわけだから、各々の言述的公式化は、他の時代から分離できないその時代自体の存在性の持つ限界や形態を明確に述べることになると言えば、はるかに正確になる。したがって、図書館とは、言述的な公式化を驚くほどに多く配列したものをフーコーが明確にしようと努める方法で一所に保持するものということになるのだが、その場合、このように配列されたものに対しては、いかなる源泉も、始源も、出所も、目標も、目的論も、あるいは目的も結論的に考え及ぼすことができないというのが、その配列自体の本質なのである。

この複雑な考え方をたんに肯定するだけでは、満足のいく作業をしたことにはならない。フーコーは、自分のたどり着いた入口に心から感動していたのであった――

ニーチェが、彼の言語の内的空間の中で人間と神とを同時に殺し、それによって、〈回帰〉の思想をもって神々の重層的かつ再点灯された光を約束したとき、彼が道を整えていたのはそのためではなかったか。あるいはわれわれは、言語という問題に関するそのような過剰とも思える疑問点は、考古学が示しているように、十八世紀の終わりごろに出現し、力を及ぼし始めていた出来事の継続、もしくはせいぜいのところそれの極点にすぎないことを、まったく単純に認めるべきなのか。言語が言語学的客観性へと推移したのと同時に起こった言語の断片化は、その場合、〈古典的〉秩序の崩壊がもたらした（もっとも内密で、もっとも根本的なものであるがゆえに）もっとも近代の可視的な結果でしかないことになるだろう。この分裂を乗り越え、言語をその全体性において可視的なものにする努力を行なうことによって、われわれは、十八世紀の終わりごろになってわれわれの時代のまえに、そしてわれわれのいないときに起こっていたことを完成へともたらすことになるだろう。だが、その場合、あの極点はどうなるのだろうか。言語の失われた統一性を再建しようと試みるとき、われわれは、十九世紀のものである思想をその結論にまでもっていこうとしているのであろうか。それとも、そのような思想とすでに両立しえない形態を追求していることになるのであろうか。言語の拡散は事実、〈言述〉の消失として明示してよい考古学的事件と基本的な形で結びついているのである。単一の空間の内部に今一度抱合されている言語の巨大な力を発見することは、前世紀に立てられた知の一形態の幕を閉じることになると同時に、まったく新しい思考の形態へ向かっての決定的な第一歩になるかもしれないのである。

このような質問にどう答えるべきか、あるいは、これらの二者択一的条件を与えられているとして、どのような条件を選ぶべきか、私には分らないことは事実である。これからも答えられることになるかどうか、あるいは、いずれにしろ、このような選択ができるに十分な理由を見出せる日がやってくるのかどうかを、推測することすらできないのである。(53)

のちになって、『知の考古学』、『言述の秩序』、それにニーチェに関する二つの試論をもって、フーコーは自己の決断と、その決断とに到った理由を明確にし始めた。まず、拡散と断片化に対して注意を向けること（〈言述〉に対してでなく、個々の言述や推論性に対して注意を向けること）を通して、つぎに、拡散現象内の内的秩序としての連鎖性に対して注意を向けることを通して、彼はそれを行なった。すなわち、フーコーは、言述が語における自然な有機的形態の副次的反復としてよりもむしろ、言述の内質と力学の結果として自己増殖していく過程を理解するために持てる時間を捧げたということである。〈考古学〉と〈秩序〉、これらは彼が自分の著作の表題で用いた二つの用語であるが、それらは、所与の時代の文献を明確にする〈規則の集成〉と言述内での規制原理とをそれぞれ示している。(54) これによってフーコーは言述を自由に、少なくとも個別的で実質的ではあるが、決して超絶的ではない目的のための緊急の規則によって結束されている非連続体として扱うことができるのである。彼は、発見されたものを互いに分離し、それらの同一性が相互関連しながら表層化することを許すところの〈純粋距離〉を記述するために、ニーチェの〈生起〉（*Entstehung*）という語を有用だと見ている。この距離の場とは、彼が言うには、交・言述的な対面が行なわれる開かれた空間なのである。(55)

こういったことすべての中で、言語がひとつの中心的な役割を演じるのはまったく明らかである。フーコーは、言語の本性が隠れた主題となっている多くの議論を発表している。しかし、これらの比較的短い著述で興味あるのは、彼が（構造主義者たちの多くと共通して）持っている能力、つまり、言語をまさに明確化できる実体として語ることのできる能力のことである。この言語の実体性は、それ独自の歴史、地形、そして精神性を、物的具体性とともにそなえている。言語はそれ自体の言語、それ自体の神話体系や想像作用を持っていると言うこともまた正しいと、私は思う。ここでのフーコーに共通するモチーフは、言語が人間的現象へと変容せしめられているという発想である。いくつかの箇所で、フーコーは想像力を逞しくして、『オデュッセイア』を、以前は人間的であった言語の本性を予示するようないくつかのテーマを提示しているものとして解釈している。『千夜一夜物語』と同様、『オデュッセイア』は死と災厄の遅延に根をはったテキストである。「神々が人間たちが語ることができるようにと思って人間たちを悩ますために災厄を送り込むということは、十分に考えられそうなことである。この可能性の中に、言葉はその無限の豊かさを見出すのである」[56]。このことから、オデュッセウスのあのめくるめくような機智に富んだ言葉のやりとりが生まれてくるというわけである。にもかかわらず、彼はまた故郷へ帰らんとしている人間でもあり、パイアキアで自分の身の上話がデモドコスによってあたかもそれが死んだ英雄の物語であるかのように、過去時制で語られるのを聞いたとき、彼は泣き、自分の正体をうたう歌を無理矢理にもうたうのである。このようにして明かされた彼の正体は、言語によって彼のために見たところ宣言されていた死から彼をさらに遠ざけるのである。つねに近くに漂う死を伴う話を語るところの相互に結びついた物語のこの複合体が、フーコーを虜にするのである。これは言語に、言語の持つ豊饒性を確立する鏡の遊戯と同時に、言語の隣人でもある死の存在をも暗示するのである。さらにそのうえ――

西洋文化の中では、エクリチュールはそもそもの初めから、自己表現と二重身分の実質的空間の中に自己を位置づけることを意味してきた。エクリチュールは発話行為であって物ではないので、言語作業は、鏡の触知不可能な厚みの中により深く入り込むこと、二重身分の中の書いている分身をかきたて、無限の可能性と不可能性とを発見し、発話行為を無限に追い求め、発話行為を台なしにする死を超えてそれを保持し、そして囁きの流れを解放すること以上のことはしてこなかったのである。エクリチュールの中で繰り返されるこの発話の現存性は、われわれが作品と呼ぶところのものに存在論的な地位を付与する。この地位は、書くときに指示されるところのものが物自体——物体として、可視的なものとして、また頑固なほど時間には手の届かないものとして——であるとされるような文化圏には知られていない地位である。[57]

他のところでフーコーは、オデュッセウスの帰還というテーマはある人間的情況とか、ある特定の空間・時間の中に固着するという力をもっていて、それが今世紀になって徹底的に解放されることになった言語に根本的な束縛（*une courbe fondamentale*）を課してきたと主張している。[58] 言語は今や、空間に帰属するものとなってしまった。ひとつの媒体として言語は〈銘記の普遍的空間〉（*l'espace universel d'inscription*）であって、言語は「逸脱、距離、仲介、拡散、断片化、差異」[59]などを手段として私たちに語りかけてくるのである。これらは文学にだけ関わるテーマではなくて、今日の言語に関する所与である。バタイユ、サド、そしてフロイトといった作家の重要性は、セクシュアリティすらもがこういう人たちの業績のために市民権を奪われ、それが言語の空の空間に従属するものにされ、その空間の中に投げ込まれることになったという情況の中に見られる。事実、フーコーにとって、この種の妙技は新しいヒロイズム、つまり芸術家の抱くヒロイズムと結びついているのであって、このようなヒロイズムは叙事詩的英雄のヒロイズムに取って代わったというわけである。ヘルダーリーンに関するその優れた試論において、フーコーは、近代芸術家の持つ叙事的特性は、表現派の芸術家たちが新しい世界を創造し、その世界が人間が生きているのと同じ世界を別の形で表わしたものであると思われたルネッサンス期に現われてきた、と述べている——「西洋の文化自体が表現の世界になってしまったまさにその時期に、ヒロイズムの属性は英雄から英雄を描く人へと移っていったのである[60]」。フーコーはヘルダーリーンのような芸術家の作品の中に、神の死と同時に、言語の新しい至高なる地位、不在＝存在の関連問題力学、そして、こういったことの背後に見られる、（ヘルダーリーンのような極端な場合では）（死んだ）父親の占めていた場所を満たすところの〈否定辞〉から結果として出てくる安定した記号内容とは分離した記号表現の複雑な交錯作用などが銘記されているのを見出している。世界がもはや表現としてではなく、「ニーチェ、マルクス、フロイト」でフーコー自身が述べているように、〈解釈〉として考えられるようになったときに、このようなことはすべて可能なものにされるのである。[61]

十六世紀には、世界は類似物（慣例 *conventia*, 共感 *sympatheia*, 競争心 *emulatio*, 署名 *signatura*, 類比 *analogia*）の体系として見られていて、そういった類似物が集合し、神へと到るコンセンサスを作り出していたのである。これと対立するものとして、〈似姿〉（*simulacra*）の系類があって、これは虚偽の類似の体系であり、これが直接に悪魔へと導くものである。[62] すでに見たように、十九世紀では、大・記号内容であった神＝父は不在として考えられた。したがって、この記号は、かつてのように、人間と自然と神との間の相関関係を形成する純一で未分化の空間の中に存在するものとは考えられなくなった。むしろ、記号は、まったく外在的で、究極的には分離的であるところの、はるかに分化した、多層の空間に属していた。そこでフーコーはこの言語的空間を、一次的もしくは副次的ないかなる記号をも含むものとしてではなく、どちらかと言えば、すでに解釈されているがもっと再解釈されることを必要とする記号を含むものとして記述している。まさにこの時点でフーコーは自分自身の作業を、ニーチェ、マルクス、そしてフロイトなどによって始められた作業をさらに進めるものとして位置づけるのである。これら三人の各々にとって言語とは言語自体についてつねに行なわれる解釈学であるのであって、言語は第一所与ではないのである。とすれば、非連続性とは始発原理であり、始まりであって、これに応じて私たちは解釈現象の百科全書――〈一種の総体系〉*une sorte de Corpus générale*――を編集し始めることができるのである。[63] つまり、非連続性とは、言述間の差異（それらの差異自体は、内的規則により、また差異が隣接する言述に対して対立的さもなければ共感的に持つ関係により規制される）を基盤としており、それの持つ必須のテーマ力学は「差異をめぐっての存在の反復的革命」（"la revolution répétitive de l'être autour de la différence"）である。[64] この差異と反復との合流の中に、フーコーは統一性に対する連鎖性の勝利を認識している。この統一性は、差異を黙殺する先験的範疇という武器庫や、有機的形相への郷愁をたずさえているのである。

3 〈特異性〉（*spécificité*）の原理

［これは］言述を一連の既成の記号作用に分解しないように［要求する原理である］。つまりこれは、世界はわれわれが解読するだけでよい解釈可能な顔をわれわれのほうに向けてくれるなどと自分勝手に想像しないように要求する原理である。世界はわれわれの知にとってのアクセサリーではない。事態をわれわれの思う方向に配剤してくれるようないかなる前言述的な摂理も存在しない。われわれは言述を、われわれが事物に対して行なう暴力として、もしくは、いずれにしろ、われわれが事物に課する実用性として考えなくてはならない。そして、言述が述べる出来事がそれ自身の規則性という原理を見出すのは、まさにこの実用性の中においてである。[65]

フーコーの歴史的探求の主要部門は、言述がその個別性をいかにして確認し、いかにしてそれを保持するかを規定する作業であった。ここでもまた、サドが要約的な役割を演じるのである。というのは、サドの作業は、フーコーが「欲望の普遍的な特徴」と呼ぶところのものをそれこそ恐ろしいほどに明白にしているからである。古典時代──大まかに言って十六世紀後期から十八世紀全体にわたる時代──は現実を表現という次元で捉えていた──「言語とは言葉の行なう表現にしかすぎない。自然とは存在の表現にしかすぎない。必要性とは必要物の表現にしかすぎない」(66)。それぞれの陳述はそれによって源泉となった原型と照合できて、それぞれがその原型を表現するものとして理解することができるのである。したがって、分類学の完全な作業においては、いかなる事例も〈原・現象〉(*Urphänomen*)と系譜的に照合されることになる。しかしながら、表現のこのコンセンサスを支持することは、表現自体と「経験的領域」の間に不均衡をもたらすことになる。思考の中では、「経験的領域」は表現によって統禦されるのである。したがって──

古典的思考の目的──そして、一般文法、博物史、富の科学［これらは、言語、自然、そして価値がそれぞれ古典期において思考の手にとどくものとされる知の形態である］を可能にした〈エピステーメ〉──は表現に関連して言えば、言語の、生きている存在の、そして必要性のそれぞれの解放と一致するだろう。語るところの一民族の持つ漠然としてはいるが頑固な精神、人生の暴力と終わることのない試練、必要性の隠されたエネルギー、こういったものはみな、表現のとる存在様態から逃亡するためのものであった。そして表現自体は、意識の形而上的な逆転として提示される自由、願望、あるいは意志の巨大な圧縮力によって、並置され、限定され、囲い込まれ、おそらくなぶられるものであったが、しかしいずれの場合も、外部から規制されていることとは変わらなかった。意志あるいは力といったものが近代的経験の中で出てくるはずであった──それからの近代的経験をおそらく形成するのだろうが、いずれにしろそれは、古典時代が今や終わったことを示すとともに、表現的言述の統治が終わったこと、つまりそれ自体を意味し、またそれが用いる言葉の連鎖の中で、物の内部で眠ったままでいる秩序に声を与えてきた表現の統治が終わったことを示すものとなった[67]。

力、意志、もしくは願望は経験論的な体験に由来する——サドの場合は、すべての性的可能性を名付けようとする純粋な勝手気ままな願望に由来する。そしてこれらの新しい可能性は、表現行為によってセクシュアリティに課せられた限定を打ち崩す。サドの情景のどれも、それ自身において独創的な、先例のないセクシュアリティの純粋な例となっている。そのことによって、それは深みを持たない表層として、力を付与する合理性を持たない分節として在ることになるのである。

フーコーとサドの間にあって、ニーチェとマラルメは言述の本質をさらにさらけ出し、それを社会代弁家的・表象的機能から解放する。サドが出たあとでは、陳述は、言述によって表現されるものと想定されるアイデンティティを持つ源泉（つまり語る主体）にまで跡づけることだけでは解読できないものになっている。ニーチェは、各々の陳述の始源のアイデンティティを探ることによって、帰属という困難な問題をつぎのように劇化している——誰が言述の保持者だったのか、誰が言葉の所有者だったのか、と。言述の多様性と全体性、これはその連鎖性においてサドの虚構的作品における情景の継起性に対応するものだが、それは言述の外部から名称を提供することによってこれらの質問に答えることを不可能ならしめる——

マラルメの企図——単語のこわれやすい密度の中に、インクによって紙の上にたどられるあのほっそりとした物理的な黒い線の中に、できる限りのすべての言述を閉じ込めようとする企図――は、ニーチェが哲学に課した疑問に基本的に答えるものである。ニーチェにとってその疑問とは、いかなる善や悪が善や悪自体の中に存在するのかを知ることではなくて、誰が指名されているのか、あるいは〈誰が語っているのか〉を知ることの問題である。……「誰が語っているのか」というニーチェ的な質問に対してマラルメは、語っているのは、その孤立性において、そのひ弱な振動において、その無において、語そのものである――語っているのは語の意味ではなく、謎を秘める語のその危なっかしい一存在性である――という言い方で答えているし、またつねにこのような答え方に戻っていく。ニーチェが、誰が語っているのか、ということについての問いかけを最後の最後まで止めなかったのに反して、……マラルメは、言述が自己形成を果たすことになる〈書物〉の純粋祭儀の中の実演者として以外は自己出現を望まなくなるほどまでに、自分自身の言語から自己存在をたえず消去しようとしていたのである。(68)

語り手と言述の間の断絶によって、言述はその特性を、その名目上の主体を、どこか別のところに、また操作を行なうところの〈創設する主体〉(*sujet fondateur*)などへとさかのぼって引き合いに出すことなしに、獲得する必要が出てくるのである。とくに現代的な窮状を示す例として、フーコーはベケットのつぎの文章を好んで引用する――「誰が語っているかは重要でない、と誰かが言った、誰が語っているかは重要でない、と」。(69)したがって、作者であることの意味がまさに問題とされる言述の実際の分野に関連させて明確にされなければ、所与の言述のために著者を特定することで言述の分析を始めるわけにはいかないことになる。というわけで、XはYの作者であるということは、例えば、Xは未知の筆者(ホメロスとかアレオパガスのディオニュソスとか)の著作集を示すこと、あるいは、Xは合法的な作者(サドとか――

因みに、自作の小説や論文に対して示すサドの権威は犯罪上の責任がある）であること、さらにあるいは、Xはある型の言述（フロイト的あるいはマルクス的著作）の作者であること、XはYの作者であると信じられていること、というのはYはZに似ているから（これは単一の作者の指定へと導くような異なる作品間の一貫性という発想である）、などといったことの意味とも取れよう。[70] ひとつの言述の安定性は、当座も、また末長く、作者といったものよりももっと暫定的でないものに依存しているのである。

言述は、その主題の持続性によって最小限の一貫性を与えられることが多い。このことは、例えば精神分析的な著作の場合にも、臨床的な著作の場合にもあてはまる。こういった例や、それらに類似する他の例のためにフーコーは三つの基準を列記しているが、それらは同時に作用して、言述の体系的性格（すなわち、規則性）を規定することになるのである。『言述の秩序』の中で、彼はこれらの三つが構成するグループに加えて、排除の手続きと彼自身が呼ぶところのものをあげている。これらの手続きは、その言述の、その境界域の限界点（この線を超えたところではいかなるものも非言述的なものになり、言述にとっては無縁のものとなる）を設定するものであるが、しかしそれを絶えず修正するものでもある。かくして、禁じられているもの、狂気であるもの、そして誤てるものなどについて抱かれる概念が、所与の言述の限界点を取締り、その言述の内部に囲い込まれている許容性、合理性、真理などを脅かすものを寄せ付けないようにするのである。[71]〈内部には〉——ここで私たちは今三つの基準のうち第一のものに到達したことになるが——概念、目的、理論、操作などが（それらがいかに雑多なものであろうと）同一の言述性を分有するその現象を統禦しようと作用する〈形成〉の諸原理がなくてはならない。これらの形成原理が、言述Xを〈経済学〉と呼ぶことを、あるいは言述Yを〈一般文法〉と呼ぶことを可能ならしめるものであって、それを行なうのは、形態的構造でもなく、一貫性を持った概念構築でもなく、また持続性を持った対象の統一性でもない。フーコーは、例えば経済学者が言語と思想とを専門的に用いることを可能ならしめるような類の、極度に親しいレベルの活動を記述しようと努めているのである。これは、ジャーゴンを学ぶということだけのことではなくて、経済学を語る経済学者として他の人々（経済学者およびそうでない人々）に語りかけることができるかどうかの問題なのである。

言述の個別化における歴史の役割を説明するために視野を移動させていけば、二番目のグループの原理が姿を現わしてくる。それらは識閾の原理、つまり〈変容〉の原理である。ここで私たちは、言述が形成されるためにはいろいろ異なる情況の集合が行なわれなければならないことを認識する必要がある。それだけではない。言述はそれ自体ある特定の変化の過程であるわけだから、所与の言述が出てくる一連の先行的変容現象のみならず、時間次元での動きの中で言述によって成就されることになるところの、おそらく未来の条件となるべき一連の条件をも明確にする必要が十分にあるのである。三番目に、〈相関性〉の諸基準がある。その個別性にもかかわらず、孤立した現象である言述はひとつもない。ひとつの言述が他の言述と——例えば臨床的言述が生物学や哲学や歴史などと関係を持っているように——特定の関係を持っていること、さらに、これらの関係に加えて、言述のアイデンティティを維持するところの正確な非言述的関係（つまり体制的、政治的、経済的関係）が存在することも考えてほしい。ここでも、臨床的言述は有効な例となっている。というのも、この種の言述は、原理、制度、組織体系、展望などとしてのその存在を抜きにしては適切に思い描くことはできないからである。したがって、医師がその専門家としての資格において行なうほんの些細な陳述でも、その医師が臨床的に語る（もしくは行動する）ために必然的に起こることになった複雑だが高度に明確にされた一連の事件——これらは曖昧な出来事でも、たんにそこにあるものでもない——によって支えられているということになるのである。フーコーが列記するすべての基準は、各々の出来事の間の距離を測定し、その距離の特徴を記述する方法でもある。言い換えれば、言述とは、〈積極的な〉(だが、必ずしも意識的ではない)知識が一貫性を持ついかなる活動とも関係を持つことを可能ならしめるところの特定の占有領域(それが外部からと同様に内部から作用を受けるかぎりの話だが)なのである。[72]経済学者や精神治療家や文芸批評家などはそれぞれの仕事の中でどのようにして道を切り拓いていくのだろうか。彼らはいかなる伝統を、いかなる体制を、いかなる特性を、いかなる慣例を、いかなる象徴的手法を想定しなければならないのだろうか。しかも、個人のことは必ずしも引き合いに出さず、つねに経済学、精神治療学、文芸批評などと呼ばれるものを引き合いに出してそうしなければならないのだろうか。これらは、言述によって回答が用意される質問の幾つかになっているのである。[73]

フーコーのもうけた基準の独創性は、それらが〈一体となって〉持つ力にある。結局のところ、上述の〈形成〉の代わりに〈正統思想〉(つまりいかなる経済学者でも知っていなければならないこと)を、〈変容〉の代わりに〈歴史〉を、そして〈相関性〉の代わりに〈社会〉をもってそれぞれ置き換えることもできよう。だが、それらを一緒にすれば、それぞれが他に対して持つ特権を奪い取ることになる。かくして、〈形成〉の持つ潜在的に排他的である内面性は、外在的である〈相関性〉によって修正されることになるのである。二番目に、フーコーの基準は全体として、異なる種類の個別的現象に対してずっと広い力を及ぼすということが言える。知の社会学にとってしばしば起こる問題は、それが、狭い領域に閉じ込められた西洋的、産業化された社会的パラダイムに依存してきたという点である。この背景を超えたいかなるものも、この方法に抵抗するように思える。フーコーの基準はその程度のものではなくて、もっと強固な内的原理と、もっと広範な一掃力とを持っている。三番目に、これらの基準の細かい複雑な点を強調するときに、フーコーは、歴史家の観点から見ればそれらが、語を物から分離するのに、つまり語が語自体の法則に従って作用するものであることを最終的に明確にするのに、はっきりと有効な力を持っていることを示している。ある言述において例外がないほどに規則的であるとされるものは、〈自然的〉観点からすれば完全に正道からはずれたものであり、不自然なものですらある。言述性というものは、相互拒否、つまり言語による自然の拒否、自然による言語の拒否である。言語は物を言語の物性として認める。真理への意志とはなににもまして、言語の中に物を位置づける意志であって、それは、言述の発展する原理の中では、〈知〉と呼んでも差支えない現象である。物がひとたび言述のものになれば、その物は――フロイトの無意識が心理学的踏査の歴史の頂点を占めているように――それに用意された空間を占有するが、しかしそうするときには、その物は他の物を必然的に転移させるか、あるいは少なくともその場をはずさせざるをえない。このことから、二重の暴力が行なわれることになる。つまり、これは物に対する言語の暴力と言語同士の暴力であって、このことは、言述が進行するのと同じほど規則的に起こることである。各々の陳述は、他の陳述を不均衡に包み隠す出来事である。この包み隠しが習慣的に、反復的に進行すれば、それはまた二重の意味で再包（回復）ともなる。つまり、それは、その存在によって他の出来事を〈今一度おおい隠す〉と同時に、その言述を新しいレベルの活動へと〈育て上げる〉ものであるということである。

いかなる出来事も出来事のままで長く留まることはできない。フーコーの分析は、単一の侵入現象として起こる陳述から言述の内域でのヴァリエーションとしての陳述へと移行する動きの曲線を記述することを目指している。この曲線そのものが、或る言述と他の諸々の言述との間の関係、ひとつの〈エピステーメ〉と他の諸々の〈エピステーメ〉との間の関係（その各々の個別性はより大きな秩序の中に多かれ少なかれ暴力的に同化される）を記述するだろう。このようにして、ある出来事の持つ非妥協的な偶発的性格が、完全には破壊されることはないにしても、格下げにされるのである。不規則性から規則性へと移行する運動を伝えるのにもっとも力のある動詞時制は現在不定詞形である。[74]というのは、この不定詞形では、〈リアリティ〉を通って〈出来事〉から〈出来事への可能性〉へと到る経過が忠実に表現されうるからである。この経過の反復性は、独創性を全面的に排除する。それは、連鎖性が統一性を排除するのとまったく同じである。さらに、各々の出来事は、それに先行する出来事を暴力的に転移せしめることによって、創造行為を排除する。そして、言述が進行するのに予め決められた先験的なルート、外部自体から規定されたルートといったものは存在しないわけだから、陳述・言述・〈エピステーメ〉の三者が構成する秩序は、（人間的・自然的・神的といった）父なる神によりすべてが父権的に保証されている三つの型の時間によって、また三つの型の連続性によって系譜的に強固に保持されている自我・世界・神といった伝統的に同心円的である三つの円とはなんら類似するところはない。[75]言述の秩序は〈立法化された偶有性〉によって、つまり偶然によって維持されているのである――「現在とは骰子の一擲である……差異の回帰としての現在が、差異として自己規定するところの反復としての現在が偶然の全体性をここぞとばかりに確認するのである」[76]。

ほとんどの理論は、多数の異なる個々の細部を一般的原理のより小さな集合体の中に閉じ込めることが可能になるような仕方で構成されている。このことは、例えば生成文法理論の場合にも言える。今私が記述したようなフーコーの理論の持つ奇妙なはっきりとした特性は、混沌たるものに見えるほどに無作為的に絶えず現われてきて人を戸惑わせる多くの反復現象に光を当てるように彼の一般原理が目論まれているという点にある。これらの一般原理は、その無造作な反復性やパターンに見られる動機を持たない無償性において、予め立てられた法則や必要性や願望などに対応したり、あるいはそれらを成就したりすることはできないし、また、おそらくそうすべきものでもなかろう。この場合、反復と偶然の法則は例外とも思われるが、むろん、これらのどちらかと言えば末端にかかわる概念を説明するときに私の使用しうる用語がフーコーのそれを超えるものであるかどうかは疑わしいとは思う。私はフーコーが、ニーチェ的な〈永劫回帰〉の思想に呼びかけていると同時に、フロイトの〈反復への意志〉がその非合理性において持つ力、人を不安にさせ、驚かすその力にも呼びかけているのではないかと思う。フーコーは前者から正確な反復という考え方を、後者から最後の細部にいたるまで反復されるところの正確に規定されたひとつの出来事の外傷的精密さを受けとっているのである。したがって、ドゥルーズによれば、フーコーの偉業は「ひとつの文学的形態、ひとつの日常的文章、精神分裂症的ノンセンスの一項目などがみな〈同程度に〉陳述であって、しかしそれらは互いに共通するものはなにひとつ持たず、またそれらはみな共通に還元されうるいかなるものも持たず、さらに互いに対していかなる言述的な等価物も持たない、そういった未知の領域を発見し、探査したこと[77]」である。そして、この点こそ、論理学者たちもフォーマリストたちも解釈家たちのいずれも今まで手をのばして触れようとしてこなかった点なのである。

4　〈外在性〉(*extériorité*) の原理

[これは] 言述から、その内部の隠された核へと、言述の中で明示されている思考や意味の中心へと移行することではない。これは、言述の実際の様相やその規則性という点で言述に関連するかぎり、言述の外在的可能性の諸条件へ向かっての、言述的出来事の偶発的連鎖性を可能にし、限界線を決めるところのものに向かっての動きである。[78]

ニーチェ、マラルメ、アルトー、バタイユ、ブランショ、そしてピエール・クロソフスキーなどの名前が、ヘルダーリンやサドによってすでに予弁的に現代文化の中に植え込まれていた新しい形態の経験——〈外部の思考〉(*la pensée de dehors*) ——を解読した人たちとしてフーコーによって挙げられている。[79]それは一種の超越的無国籍性の経験(ここでもルカーチの用語が適切である)である。こういった状態は、全体性の領域と個人的内在性(つまり主体性)の領域の間に絶対的矛盾を発見したことの結果として出てきたものである。ヘルダーリンやサドは極端な過激的な態度を身をもって示しているのだが、この態度は不可能な願望をあたりかまわず明確化するのに完璧といってよい姿勢を示していて、ひとりの人間の内面の自我をこの態度に適応させる可能性をまったく排除しているほどである。彼らの作業は、主体性によって少しも条件づけられていないところの、また偶発性をともなわないところの赤裸な願望を発動している。この願望はそれ自体のために、自己を解きほぐす純粋な連鎖現象である。このことは逆説的である。というのも、そうであれば、ヘルダーリンやサドのような人がどうして思考を行ないながらも、自己の主体性らしきもののいくばくかでもなおも保持できるのか、という疑問が出てくるからである。フーコーは、この二人の作家がその大胆な発想のために支払った代価は、事実上、自己を疎外して非合理の領域へと追いやったことである、と主張している。社会的言述に対して彼らが外在的であることを示す印は彼らの狂気であり、それは、自己の内面をひっくり返して外面化して、それを彼らの作業の公的領分へと転化したというその行為に見られる。(社会ではなく)言語のみが自己の活動の空間領域であったずっと後の世代の作家たちは、もはや外在性を裏返された内在性としてではなくて、すべての知の領域として扱った。このような主体性からの知の自由は、知が真理の機能としてではなく、陳述の機能として理解されるその時点において措定される——〈われ思う〉は〈われ語る〉によって反作用を受けるということである。

〈われ思う〉は内在性へと、つまり真理が伝統的に占める場へと導き、〈われ語る〉は外在性へと導く。それ自体のために存在するものとしての言語は、主体性が呑み込まれるときにのみ、前面に張り出してくるのである。(80)

外在性はまた、感覚からの異化作用をも意味する。そして、フーコーは彼の劇場的隠喩の使用において、ここの場合ほどに正しいとされるときはないのである。異化作用は転移であって、それは観客とメッセージとの間の不均等を浮き彫りにしようとしてブレヒト(九)の劇作品によって興味ぶかく達成された効果である。同様に、社会は狂気を社会の外に置く。外在性は、社会的次元で言えば、感覚を外に向けて転移させることであって、それはパラノイアである。(81)通常の場合では、私たちは外部世界から感覚を要求して、それに圧力をかけて内部に向けて役立てることによって意味を発見する。これと正反対の手続きは、自我を超えたところに〈別の場所〉、〈別の歴史〉、〈別の思考〉を打ち立て、安定し、公然たるものであるがゆえに自我よりもより強力なものに徐々になっていくことによって自我を枯渇させる。(82)西洋社会における狂気が隠された沈黙の自我の外化であり、施設への監禁であったように、言述とはまさに形を与えられたこの外在性そのものである。言述の外在性によって言述の存在は可能にされるのだし、また言述によって知は可能になるのだが、しかし言述はそれ自体の真実性を保証するものではない。外在性とは、最後に言えば、すべての知の秩序づけられた言述的本性の中での内在性の統一化された真実性の放散であり、組織的分離である。

「諸科学が出現する歴史性の領域として知はいかなる本質的な活動からも自由であり、それは、過去へとさかのぼって始源を志向することからも、あるいは未来へと目を向けて歴史的もしくは超越的な目的論を志向することからも解放されていて、主体性の中のいかなる支えからも基盤からも分離していると言うことができる」[83]。〈知〉に関するこの定義に見られる断言的な表現は別にして、この定義のもっとも注目すべき点は、それが一連の否定辞で成り立っているということである。知はいかなるものをも構成するものではなく、それは或る始源にも〈終局〉（*telos*）にも関連させて跡づけることができないものであり、またいかなる特定の主体性からも分離しているものである。とすれば、ある意味では、知とは認識論的には中立的なものであることになる。つまり、それは価値からは〈自由〉になったものではなくて、〈あらゆる〉価値に浸透されているものなのである。おそらく、知とはいかなるものでもあるということではなく、知とはどちらかといえば私たちが知っているあらゆるものの〈可能性〉であると言ったほうがよいだろうと思う。極めて複雑なフーコーの定義の体系――その規則、基準、機能、座標軸など――はたえず精神を慣例的な手続きから通例的でない手続きへと強制的に移行させるが、そこでは、これらの通例的でない手続きの方向性も、その動機も最小限にしか表面化されていない[84]。例えば、フーコーが〈作者〉とか〈作品〉とかという次元で思考することを拒否していることを考えてみるがよい。〈作者〉や〈作品〉というのは既成の連続体であって、フーコーはそういったものを避けようとしてできるかぎりのことをしようとする。かくして、作者の名前はひとつの複雑な事件となり、その作者の作品は〈言述性〉によって綴じられた文書群の一分節であるのであって、この言述性の規則が、ものごとを表現するための操作戦術の集成のみならず、意味論的要素の集成をも発展させるのである。

フーコーの作業の総体は、知の歴史と、そして知の経験を、〈自然〉が近代物理学や近代化学にとってそうなってきているのと同じように、とくに秩序づけられたものに仕上げる試みである。この秩序化の装置が図書館なのである。にもかかわらず、私は、フーコーの企図にある〈図書館〉や〈文書保管所〉はちょっと見た目には非人間的なモデルに見えるが、(85) 実際にはそんなものではさらさらなくて、それらはとくに人間化を目指す目的に奉仕するものであることをここでぜひとも言っておく必要があると思う。たしかに、図書館は個々の実体の集成としてはいかなる個人の精神あるいは体験の中にも閉じ込めることはできないにもかかわらず、それは人工的なものである。とはいっても、明確な目的にかなう図書館の効用は人間的動機に従属させることができるのである。それは、ちょうど発話行為が人間的な動機をもって行なわれるのと同じであるが、体系として考えられる言語はそういうわけにはいかない。知の増殖作用は最終的に、人間である主体をこれ以上ないほどに完全に後ろに置き去りにしてしまったのだろうか。それとも、すべての知の挑戦に向かって主体性を押し進めることができるなんらかの方法はあるのだろうか。

バルトやレヴィ＝ストロースなどの行なった神話論的分析作業とともに、フーコーの考古学は、知に内在してはいるが絶えず介入してくる主体の操作にもはや依存していない論理を露わに呈示する効果を持ってきた。これら三人の場合いずれにおいても、この論理は思考の対象間にある空間に宿る論理となっている。しかし、三人のうちフーコーのみが思考を、偶然や非連続性や物理性と（使用されている言語に関してであるにしても）根源的に混在しているものとして特徴づける試みを行なっているのである。これの持つ意味に関してドゥルーズが行なった概要はすでに引用しておいたが、そのとき私が強調しなかったことは、〈未知の土地〉(*une terre inconnue*) という句を彼が使っている点であった。このような記述は、フーコーが省察の新領域を開創したのか、あるいは彼がずっと以前から存続してきていた領域を再発見したのかといった問題を提起してくる。この領域の位置づけは、回帰の問題か、それとも再実現化の問題か、さらにあるいは開創の問題のいずれになるのだろうか。(86) フーコー自身の方法論的姿勢という次元で言えば、この三つの問題記述のいずれもが、私たちの抱く認識論的な視野に応じて適用できると思う。そうであれば、フーコーの知の考古学はニーチェ的批評体系や系譜学への回帰であり、科学、意識、概念、思想などの歴史をたどる適切な方法の再実現化であり、したがって、それはまた体制的歴史家や哲学者たちを苦しめるための論争面での産物でもあることになるのである。

にもかかわらず、この点に関連して、フーコーにとってボルヘスが持つ決定的な意義は看過するわけにはいかないのである。どうしてボルヘスが彼にとって重要であるのかと問われれば、フーコーは、ぞっとするほどに精密な細部、誰の目にも明らかなほどに正確な反復、ずる賢いほどの重複性、興味を引くほどに単調な啓示、細部を共に結合する連続性の体系の全体的欠如、などといった現象がボルヘスの『伝奇集』の中にしばしば現われていることを指摘することだろう。こういったことをすべて並べてみても、読者のために会話の機会を産み出すことにはならないだろう。それは、ちょうど、フーコーの読者のうちのだれそれの世界観が突如として変えられる(たとえ文字どおりその人の精神が変わることがあるにしても)ことがありそうにないのと同じことである。(87) しかしながら、フーコーの想像力の持つ力は特筆に値するものであって、それは、私たちが〈適用〉できる方法を彼の著作の中で掌握しようとするすべての願望を支配するものである。適用できる方法への願望を統制すること(これは私が冒頭で言及した中立化である)において、私たちがなにかを〈意味する〉言葉とではなく、なにかを〈述べる〉言葉と通常結びつける直接性をともなって、或る知的な出来事が起こる。フーコーを読んでみるとき、この出来事は、書物、著者、もしくは物理的知覚といったものの持つ決定論的機能なしに（思考の行なう偶発事、思考の副次的属性としては別にして）思考の発生を引き起こしたことの結果として彼の著作の中で起こったことであることが分かる。したがって、このような活動の原型はさしずめ、つねに〈何か別のもの〉を意味するレーモン・ルーセルの言語ということになるだろうが[88]、しかしこの〈何か別のもの〉をすすんで詳しく記述しようとすれば、私たちの通常の心的機構を転覆させて、それを精密な科学へと転化させることになるだろう。この精密な科学とは分離という様式化された演劇性であって、それは合理的かつ技術的に刻々と計画立てられていく類のものである。このすべてを散文の中に閉じ込めることは、信じられないほどの特異性として、また人間の努力の歴史に対するきわめて強力な付加物として図書館をきわめて真剣に受け取ることとかなり似ている。フーコーの逆説は、彼がこのような知恵と姿勢とをもって――不誠実でもずる賢く振舞うことはまったくなく――このような厳しさ、学問、体系をいかに維持しているかという点に見られる。彼が攻撃する学問的な敵はほとんどいないし、彼が回避する障害もなんらない。ジョイス、エリオット、マラルメなどが織り上げてそれぞれの作品に仕立て上げていった堅苦しい、いかにも学者ぶった断片がフーコーの中で戻ってくるのだが、それらは、遍く非個性的であり、それらが非連続性をあれほどかかえ込んでいるにもかかわらず知的に理解される広大な空間の、また言語行為の非英雄的な領域とは決して言えない広大な空間のポスト・モダン的な住民として戻ってくるのである。しかしフーコーはこの領域に始まりの場所として直面しているだけではない。彼はまた自分自身が作り出した道具をもってその領域の地図を描き始めているのである[89]。

V

だが、フーコーと構造主義者とは、喪失という考え方において、また、それと関連して、人間にはほとんど理解することのできない言語ゲームの中に人間が不幸にも歴史的に投げ込まれてきたという考え方において、気の滅入るようなテーマを共通に見出している。これによって、きわめて言語的といえる現実理解が導き出されてきている。しかし、なぜに、と今私たちは問わざるをえないのだが、ホロファーニーズのセリフにみられる遠心的アナロギアや、『ゴドーを待ちながら』におけるラッキーの独白の持つ同語反復などが構造主義的人間観を示す表象として存在しなければならないのだろうか。

すべての構造主義者たち、なかでもレヴィ＝ストロース、バルト、ルイ・アルチュセール[一〇]、エミール・バンヴェニストなどによって捉えられた問題は、意味を支配し、保証し、恒久化する特権的な〈始源〉の権威は排除されてしまったという点である。このような事態がなぜ起こったのかという質問は、これが実際に起こったという事実ほど重要であるようには思えない。そしてこの事実は、『失楽園』やヴィーコの著作や、十九世紀初頭の言語学者たち、偉大なロマン派詩人や叛逆者たち、そして高等批評家たちなどの著作の中ですでに受け入れられている[90]。言い換えれば、人間は今、中心を欠いた円の中に、脱出口のない迷路の中に生きているということである。私たちが例えば行為の始まりについて考えようとすれば、その始まりを言語で明確にしなければならない。さらに言えば、私たちにとっての言語とは記録された記号の体系であるから、〈第一の〉記号は言述の瞬間的緊急事であって、絶対的終端では決してない[91]。そこで、言語にとって絶対的な始まりなどといったものはないことになるのである。あるいは、かりにそのようなものがあるとしても、それは考えることもできないことなのである。というのも、エミール・バンヴェニストがその鋭い試論のひとつで述べているように、私たちは言語なくしては思考することはできず、また言語は始まりに対して印ばかりの譲歩しかしないからである[92]。思考の範疇と言語の範疇は同一である。事態をさらに悪化させているのは、私たちがいつも始まりの前に始源を置くということである。というのは、〈始源〉とは、行為の始まりが動き出てくるところの内在的状態であるからである。とすれば、ことが起こったあとで振り返ってみると、〈始源〉とは始まりを許すところの条件もしくは状態であることが分かる。始まりと、その背後に潜む始源の両者の喪失を示すフーコーのやり方は、言語についての十八世紀的思考が十九世紀を通して根本的な変化をこうむってきた情況を研究することによってそなえられる。古典時代には単語の派生、指示、有節発話などは、単語が〈存在〉を反映するときの一貫した透明性を持つ機能だと考えられていたのに反し、十九世紀には、派生現象は(ドイツの言語学者フランツ・ボップ[二]の著作に見られる)言語家族系の理論にその場を明け渡し[93]、指示現象は語根理論にその役割を譲り、有節発話は言語内の内的変形に取って代わられることになる。つまり、〈存在〉が言語の内的分析の中に呑み込まれてしまったということである。構造主義的な物の見方は、こういった理論的理解をほとんど当然のことと受け取っている。

　重大な契機を孕むこういった変化の結果として、言葉は今や言葉自体を消去するものだけになる。これが、〈二分する〉(*dédoubler*)という動詞があらゆる構造主義的な著作に絶えず姿を現わしてくる理由である。先行性という空疎な事実への譲歩として以外に始まりを指示することも、始源について考えることももはや可能ではなくなっている。厳密に言って、現代精神にとっての始まりとは、語る主体が散文の文章の中で占めるような一時的な場所を、思考の中で占めるものであると、私は思う。しかしながら、せいぜいのところ、始まりは出発時の方向を、方法と意図における暫定的な方向づけを用意するくらいである。にもかかわらず、始まりの所在を示すためには私たちはいつの場合でも言語を用いなければならないし、また、構造主義者にとって言語とはつねにひとつの現存物であり、けっして先在的状態ではないので、始源と始まりとは言述の流れに対しては絶望的なほどに無縁なものであり、かつまた不在のものであるのだ。（これは構造主義的な立場を述べたもので、私はこの著作の中でそれを暗々裡に批判してきたし、修正してもきた。しかしながら、ここでは私はこの立場を構造主義者たちが主張してきた通りに示している）。おそらくかつて始まりによって可能にされた当の活動そのものである言語によって排除された始まりは、今や言葉の外に立ってはいるが、なおも言葉によって装われてもいるのである。始まりは、カフカの例の譬え話に出てくる〈掟〉[一二]の門の前に立って待つ男に似ている。始まりであった人間、ルネッサンス期のヒューマニズムの説くユートピアとして今では見られているものにおける人間的思考と活動の主体としての人間は、人間の行なう諸活動の中での発端に坐る、かつ不明確な関係の集合体としてのみ言語の領域に受け入れられるということである。バルトによれば、〈ロゴス〉と〈プラクシス〉は互いから切り離されている[94]。構造が、その両者の間に横たわる空白をいやいやながら満たすべく残っている。

構造主義者たちはいずれも自分なりに、始まりとなる出来事に先行し、その道を備える始源に言及する。私がこの点で強調したいのは、構造主義者たちによるこの始源への言及であり、その緊迫性である。構造主義的著作に見られるこの始まりの出来事の持つ特徴的な面は、書記言語の不在である。つまり、文字どおりに言って、この出来事はエクリチュール前の始まりの出来事である。『悲しき熱帯』、これは始まりの現象と始源に関わる可能性に対する魅惑に満ちているとモーリス・ブランショがその特徴を述べた作品だが、その中でレヴィ＝ストロースは、エクリチュールをいまだに発見していない種族であるナンビクワラ族に出会っている。[95] そこで、彼らの間にまじってレヴィ＝ストロースはエクリチュールの始源を考えながら、エクリチュールとは隷属状態の到来であると結論づけている。エクリチュールが到来するまえには、人間は〈零点《ゼロ》〉に生きていた。この〈零点〉は、別のところでレヴィ＝ストロースによって新石器時代に先行する始源の状態と記述されている。[96] 零点での生活は、「漂う記号表現」を中心にして、一種の霊的語根によって統べられていた。この種の語根の遍在性と完璧な一貫性によって、この生活は純粋の意味論的価値としての行動への力が与えられていた。これは、レヴィ＝ストロースの判断では、マルセル・モース〔二三〕のマナについての考え方に対応するものだが、このマナというのは、強制と自発的行動の間に、抽象と具象との間に、質と状態との間に全領域にわたって普遍的区別をもうけることをエクリチュールを持つまえの社会に許すところの、ほとんど魔術的とも言える価値である。（読み書きできる状態に達する以前の文化圏と人祖の堕落以前のエデンの園との間の並行関係は、まさに魅力的な問題である。）ひとつの麗わしくも機能的な鍵である人間が、したがって、あらゆる記号表現を解く鍵となる。というのは、人間はすべての記号表現のまさに〈始源〉であるからである。

しかし、ここでの問題点は、狂気を分析するときのフーコーに幾分か似て、レヴィ＝ストロースが文明人が実際に接近することのできない社会や国家の記述を試みているということである。このことは、彼の記述を通して見てとれる擬空想的な雰囲気のみならず、〈魔術〉とか〈零〉とかいった言葉の謎めいた使用を半ば説明している。観察を行なう民族学者というのは読み書きできる社会の産物であるから、また人類学自体読み書きできる状態の制約的法則に従うものであるから、零状態というのは禁じられた楽園であって、読み書きできる文化がそこに侵入できるのは、その楽園が消去されつつあるときと同じ危機的瞬間においてだけである。読み書きできるまえの文化と読み書きできる文化とが対峙したときに勝利をあげるのは、つねに後者である。読み書きできない原住民は書く方法を学ぶからである。読み書きできない人たちをこのように教えること（この手続きは、『悲しき熱帯』で感動的とも言える哲学的な正確さをもって記録されている）で、文明は、発せられる言葉と具体的なものとが複雑だがきわめて論理的な統一体の中で絡み合っていた一義的な社会の落ち着きと静けさを乱すことになるのである。しかしながら、しばらくの間は、民族学者は、ある社会が読み書きできる状態の〈始まり〉の段階に外傷を帯びるような形で入り、そのようにして零点の〈始源〉を永久に置き去りにする様子を観察できる。（悲劇は、レヴィ＝ストロースがある議論で観察しているように、人類学が〈原始〉社会にエクリチュールを必然的にもたらし、強制的に導入し――これは一種の強姦である――、それによって、これをかぎりに平安を徹底的に破壊し、読み書きできないときの孤独の中で二度と再びそれを享受できないようにすることである。[97]）そこで、まとめて言えば、レヴィ＝ストロースが記述する過程は以下のごとくになる――零状態のあとに読み書きできる状態が始まり、そのあとに隷属状態が来るが、これが今の私たちが置かれている情況である。エクリチュールは言語の論理への服従を意味し、それはさらに、意味の中心的かつ単一の源泉の喪失をも意味する。

〈二つの〉原始状態がある。ひとつは、読み書きできる以前の社会の零点的安定状態であり、もうひとつは、エクリチュールが学ばれ始める時期、つまり〈始源〉であり始まりである時期の状態である。しかしそのうちのひとつだけが実際には野外人類学者によって記述される（むろん筆記の形でだが）か、あるいは言語学者によって隠喩的に呼び出されるかしかできない。野外人類学者はそれの喪失を記録し、言語学者はそれの不在に注目する。そうすると、これが構造主義的始まりということになり、その始まりは、人類学者もしくは言語学的言述においては、体系の始まりとなる〈記号〉へと、つまり記号体系のためのあるいは記号体系の〈記号〉へと変換されるのである。〈始源〉とは沈黙の零点であり、それはそれ自体の内部に閉じ込められているものである。それは、いかなるものによってもかき乱されることのない意味論的安定性を孕んだ領域であって、読み書きできる人間には近づけない領域である。他方、始まりとは、秩序とエクリチュール、つまりシンタックスの領域を打ち建てる出来事であって、くもの巣のようにはりめぐらされたこの領域の豊かな内質が、純粋意味の始源の胚種といったものの記憶を衰えさせ、廃れたものにし、覆い隠し続けるのである。原始的思考は、文明化された思考によって記述されうるかぎりでは、もっとも本質的な次元に還元された秩序といってよいものだが、現代的精神はそれをまったく、終わることのない比較と省察の体系として考えなければならないのである。現代の思想家に活用できるいかなる中心も、いかなる絶対的主題もない。というのは、〈始源〉は近代の思想家には隠されているからである。現代の人類学者が原始人の世界に入って行なう実地踏査は、私たちが失ってきたものを見させるもっとも生彩に富んだ手段を与えてくれる。原始人は、哲学的旅行記を綴る十八世紀の作家にとってそうであったように、私たちが失われた充溢を思い描くときのモデルであるのである。読み書きできる人間はつねに記号表現を行なっているが、彼が記号で表現している〈もの〉は、彼が行なう記号表現の〈様式〉の持つひとつの機能としてしか解釈できない。人間が持つ主要な記号作用の手段である言語は、バルトが言うように、ひとつの問題であると同時に、秩序のモデルでもあるのである。(98)

構造主義者たちの陥った窮状は、人間の置かれた条件、つまり自らの記号表現の体系にはまり込んだ人間の条件を正確に示す兆候である。構造主義者たちの作業は、言語によって私たちが閉じ込められた隷属状態からの解放の道をなんとか探り出して、私たちの置かれた言語的情況への意識化と、それに続くこの情況の統禦へと到る試みとして解釈できるのである。もし彼らの企図の継続が（孤立してはいるが生きのびて、島での可能性を自己の必要性をめぐって組織化するかのロビンソン・クルーソーの場合のように）機能を果たしているとすれば、彼らが過去について抱くヴィジョンは甘美にもユートピア的であり、彼らが予期する未来は漠然とながら終末的である。過去は意味を孕んでいたが、その意味を彼らは捉えることができないがゆえに、なんだか無益にかき抱いているといった感じである――むろん、未来がその意味を彼らのもとに取り戻してくれるかもしれないが。彼らが構造主義者である――ある意味では私たちはみな構造主義者である――のは、彼らが自分たちの実存的運命を、過酷なほどに関係論的な存在様態を持つ言語の領域間で受諾するからである。言葉が意味を引き出すのは、いかなる内在的な価値からでもなくて、言葉を互いに結びつけ、語に孤立した永遠性と対立する飛翔する明瞭性を付与する隠喩と換喩の二重体系からである。確かに構造主義者はフォーマリストであるのであって、〈内容〉は彼らにとっては、レヴィ＝ストロースがわざわざ記しているように、私たちが一篇の音楽作品から掘り出せると思いそうな類のキマイラとほとんど変わらないのである(99)。ベートーヴェンの交響曲が実際に意味するものを当てることと同じほどに、エクリチュールが実際に意味するものを当てることはむずかしいと、彼らは主張するのである。意味というものは、分散され、発話や記録の連鎖体の表層と深層に体系的にちりばめられているのである。しかし、言語というものは全体的かつ一度に決して存在するものではないのだから、意味は、この連鎖体のいかなる一点においても、事実上捉えることはできないのである。だとすれば、私たちにせいぜいできることと言えば、私たちがその体系内でその時だけにしろ機能することを少なくとも許してくれる体系の働きを、楽譜を読むときのように、理解し、おそらく予告しようと試みることである。彼らが出す質問は、「この体系はなにを意味するのか」ということではなくて、「この体系はどのように作用するのか」ということである。そうなると、構造主義的宇宙では、信の問題は決して適切なものとはならないのである。というのは、信は意味の位階をまき込むからである。構造主義にとっては記号作用しかないのであって、それらの記号作用は、彼らの記号表現に寄せる意図にそぐうかそぐわないかのどちらかとなる。

構造主義者たちに関する主な批判は、生や行動、〈生命を付与する形〉(*forma informans*)、意図、といった原動力が彼らの作業の中では全体的に体系によって飼いならされてきたということであると、私は思う。これは、始まりの持つ合理的な潜在力をひどく過小評価したことの結果であると、私は信じている。彼らにとってこの始まりとは、体系的思考にとって障害となるものであるからである。『神話学』や『零度のエクリチュール』を書いたころの初期のバルトだけが、始まりの現象が名ばかりでない用途に供することが出来るのを見てとった。しかし、構造主義者がしばしば力を慎重に考慮しようとするとき、彼がそれを名目上の始まり、つまり彼にとって〈始源〉のあとを継ぐ瞬間、沈黙の零点のあとを継ぐものに委ねるのが特徴である。ジョルジュ・バタイユがレヴィ＝ストロースの作業の中に「発端の暴力」の痕跡を見出したことを言葉をつくして述べるとき、彼のイメージは、記号作用を行なう体系のきっかけとなった出来事(これは今では省察の対象でしかないが)のための相関物を伝えることを目的とする。すでに述べたように、フーコーはこのような出来事を、狂人が監禁されて社会から力ずくで遠ざけられていた中世時代の終わり頃に位置づけている。狂気とはまさに、理性の侵入に抵抗する零状態である。さらに、フーコーにとって、排除への抵抗に関するこの発想が〈考古学〉の作業を〈始める〉ものなのである。狂人の監禁の暴力は逆に合理主義の時代の発端となり、始まりとなるのであって、私たちはこの合理主義の言述的実体の中で生き続けているのである。他方、レヴィ＝ストロースにとって、始まりとは言語自体がそもそもの初めから孕んでいた暴力であって、その言語が最初に仮説的にその姿を現わすのが、新石器時代に奴隷のリストを含む財産目録の中である。にもかかわらず、レヴィ＝ストロースはこの仮説(これはジョルジユ・シャルボニエ[二四]とのインタビュー記事の中で言われている[100]を自分の調査の中に体系的に一度も引き入れたことはないのである。彼の行なう調査はその一貫性を、フーコーの場合のように、始まりの組み込みに負ってはいないのである。

構造主義者たちの努力は、暴力の残留的〈形態〉の研究に、それを明確にし、特定しようとする試みに捧げられる。それが、形態、すなわち構造がつねに、必要、喪失、そして不確かな適用などのむずかしい混合体になっている理由である。構造とはこういったものの〈記号〉である。それは、不断の喪失に対する記念碑であると同じほど、充溢への渇望でもある。構造主義者たち自身は、新しい時代の始まりの時点と古い時代の薄明（彼らはここで〈閉日〉 *clôture* という語を用いている）の時点に立つ人々のような語り方をする。彼らは、言語学や人類学が人間の行動を導き、人間の活動の雑多な断片を再集して新しい統一体へと作りあげることを可能ならしめるような時代の到来を予告する。そうであれば、おそらく、意味論が記号作用の体系的な母体へと自信をもって再導入されていくことになるだろう。しかしながら、今のところは、〈すべての神話体系を解く鍵〉に関して作業するカソーボン氏のように、諸体系を壮大な、すべてを抱括するような普遍性へと統合することを目指しながら、彼らは、諸体系を集合したり、解《ほど》いたりすることで満足している。にもかかわらず、彼らの勤勉さには、喜劇的な側面もあるのである。彼らの献身的な態度の強烈さは、あまりにも合理的に行なわれる仕事にアイロニーを見抜くことができないほどに自分たちの仕事に一途に打ち込んでいるモリエール的人物のひとりをしばしば思い起こさせる。クリサールは『女学者』の中でこう言っているではないか――「考えること、それはわが家全部の仕事である／そして思考はわが家から理性を追放する」。（二幕七場五九七―九八行）

VI

一九六四年に『紀要』でレヴィ＝ストロースの作業に当てられた特別企画のためにバルトはこの人類学者について記事を書いたが、そこで彼は、レヴィ＝ストロースは人文諸科学における新しい基礎作業の必要性を効果的に作り出した人であると述べている。[101] バルト自身そのころまでには、多分レヴィ＝ストロースとは関係ないところで、彼が〈記号論的研究〉と呼ぶものの全企画、つまり広告ポスターで使用されているような単純な記号体系からはじまって、女性のファッション雑誌を、それ独自の典型的なイメージやイディオムやレトリックなどを備えた高度に専門化された言語に仕立てあげるような記号体系といった複雑なものに到るものの解読という全企画を作りあげていたのである。いろいろの試論やパンフレットや書物で、バルトは、人間はどのようにしてメッセージを他の人々に伝えるのか、人間は自分の意図をどのように記号化し、自分の偶発的な意味をどのように組み立てるのか、また、バルト自身や他の構造主義者たちが無意識的だが機能的な自覚と呼ぶところのものにいかにして秩序が内在するのか、などを発見しようと試みていた。バルトは最初、これは批評前の作業にしかすぎなくて、自由に飛翔する判断と評価の企図では決してないことを認めていた。[102] それからしばらくたって一九六七年に、バルトは、旧来のアカデミックな批評を向こうにまわしたきわめて批判的な論争の中で、批評というものは迂言法以上のものでは決してありえないこと、また批評的著作は批評される作品と同等の、〈私は文学である〉という権利を持つものであることを主張することによって、自己の見解を固めることになるのである。[103] 批評家の言語というものは、バルトによれば、批評される作品を適切な散文で覆うものである。記号が整然とした、よく考え抜かれた方法で他の記号が重ねられて、幾つかの層が互いに光を当てあうことになるのである。記号学の父はフェルディナン・ド・ソシュールであると認められていたが、暗々裡に認められた記号学のプロスペロ(二五)は、レヴィ＝ストロースであった。

記号学《セミオロジー》（これはC・S・パースがすでに用いていたが、実はソシュール自身の用語であって、発想自体はまったく彼独自のものである）の基本的な理論的根拠は、きわめて実践的な言語観の中にあった。言語というものは直に分析するにはあまりにも複雑かつ多様なものであるということは、『一般言語学講義』（一九一〇―一一年）でもすでに彼には見えていた。言語学にとっての第一の問題は言語学自体の限界を定め、明確にすることであると、彼は主張した(104)。むろん、この予備的な一歩は、知のいかなる分野においても同じように必要なことである。歴史家は、愚か者でなければ、まず、自分がどんな歴史を調べたいと思っているのかを決め、そのようにして、自分の主題の予想的モデルといったものを設定し、つぎに主題の調査の作業へと進むだろう。ソシュールが『一般言語学講義』の中で絶えず立ち戻っていく言語学の逆説は、言語学というものはそれが理解しようと目論むところの当の言語そのもので、つねに同語反復的に言語学自体を明確にしなければならないという情況に見られる。このことから、と彼は説得力のある合理性をもって主張するのだが、言語学では観点が対象を決定することになるのである(105)。言語学的観点を立てることはまず、言語というものが集合体の中にしか存在しないこと、さらに、いかなる単一の話し手も例えばフランス語とかスペイン語のような集合体を全部汲みつくすことはないことを、理解することになる(106)。したがって、全体性を想定しなくてはならなくなる。これをソシュールは〈ラング〉（*langue*）と呼んだのであるが、この全体性から個々の話し手は、巨大な識閾下の貯蔵庫から引き出すように、自分の〈パロール〉（*parole*）行為の中でその資料を引き出すのである。〈ラング〉と〈パロール〉の互換性は、記号表現を行なう意図あるいはメッセージを運ぶ意図にとって十分なほどの、意味と様式の面での変奏を許すのである。とすれば、この見方では、各々の単語は記号ということになり、その記号は概念（*significatum*）と音声イメージ（*significans*）が合体してできあがったものである。記号のこれら二つの分身は、記号内容（*le signifié*）と記号表現（*le signifiant*）として作り出され、そのあと、そのようなものとして言語学的ジャーゴンの領域で流布されるようになったのである。(107)

ソシュールが行なった観察の中でもっとも広範囲にわたるもののひとつに、音と概念の、記号表現と記号内容の結合はほとんどまったく恣意的なものであるという観察である。(108) 単語はその意味を、その単語の音に内在するいかなる感覚からも引き出すのではない。また音は、それ自体において、また自発的に、意味を必然的な形で内包するものではない。音を出すことは、それ以上のことを意味しない。しかし、意味を伝達するためには、単語は別の単語と比べられなければならないし、この種の分化は私たちが言語を用いるときに実践しているところのことである。単語間の差異が言語にその意味を付与するということである。かくして、いかなる言語においても意味を決定的に保証するものは、単語間の差異が整然としていて、一貫性を持っているべきだという条件であるということになる。言い換えれば、差異はつねに体系的でなくてはならないということである――意味とは区別化であるからである。だから、〈テーブル〉という語が意味を発生させるためには、それは〈愛〉とか〈椅子〉とか〈人間〉といった語から同じ本質的な仕方でいつも区別されなければならないのである。したがって、言語とは、恣意的に選ばれた音声を体系的な意味へと転化するところの差異のパターンもしくはコードということになる。言語学者に言えるかぎりで言えば、この体系の規則はゲームの規則に似ている。ここで、（二つだけ例をあげれば）ヴィトゲンシュタインやホイジンハとの類比関係が成り立つことが明らかになる。だが、音声と意味との恣意的な関係をソシュールが発見したことに関してとくに興味あることは（少なくとも、この発見が構造主義的著作に持ち込まれる限りで言えば）、結果として、歴史的、生物的、あるいは心霊的決定論の重圧的な重荷がまずは引き上げられ、そのあと細かく分割され、それから、重力のないゲームのような規則もしくは調書として引き戻されるという点にある。つまり、歴史は過去の重荷として見る必要はないということであって、歴史は、音声と意味の間の恣意的な他の関係がまず作られ、つぎにそれらが慣例化されて共通の用法へと組み込まれていく様式として考える必要があるだけである。そうすると、言語の解釈は美的活動であり、言ってみれば、時間と歴史の暴虐からの解放ということになる。これが、エドマンド・リーチ〔一六〕が類縁関係の体系についてのレヴィ＝ストロースの構造的かつ言語的解釈（それは、恣意的に結びつけられた記号表現と記号内容についてのソシュールの体系的解読の方法に依存している）をめぐって書くときに、それを行なうという美的な喜びのためにだけそういう解釈を企てることは可能であると述べている理由なのである[109]。いくつかの構造主義的な著作（例えばエッフェル塔に関するバルトの絶妙な試論〔一七〕）においては、記号分析が、その作業に対して一種の中立的な喜びを感じながら、行なわれている。ほとんどの構造主義的な著述には、文明と言語は人間の本能的な性を抑圧するのに力を貸すといったフロイトの悲劇的認識についての理解はめったに見られないし、また、歴史と習慣という頑固な壁に対してニーチェが行なった攻撃についての痛みは少しも感じられないし、さらに、言語に閉じ込まれたハイデッガーの忍耐強いが苦痛に満ちた運命らしいものも一切見られない。ほとんどの場合、構造主義者たちは言語と文明に適応している（彼らは言語と文明とが隣接しているものと見ている）。彼らは文化をそれが合理的に現われるその姿のままに受けとって、文化に叛逆することはしない。

ソシュールの作業が現在の構造主義者たちに対して持つ重要性はあまりにも複雑すぎて、ここで詳しく調べるわけにはいかない。しかし、彼らのすべては、いかに些細な問題でもあらゆる問題は明確な境界設定を必要とするということを手続きの主要な規則としてソシュールから学んだように見えることは確かである。バルトは、アンドレ・マルティネから教えられて（そして明らかにソシュールの言ったことを繰返しながら）〈適切性〉が必要であることを説得力をもって語っているが、この〈適切性〉をバルトは、他のすべての視点を排除してまで唯ひとつの視点からのみ事実を記述しようとする一貫した決意と呼んでいる。[110] ほとんどの場合、ソシュールの境界設定の規則は、精査を受けやすいものにするために現象のきわめて大きな集合体を切りつめるために用いられる。ソシュールの手続き上の規則は、それの持つ明白な実務的ないくつかの利点の他に、構造主義的批評家の立場からすれば、いくつかの道徳的かつ情緒的利点をもかねそなえていることになる。まず第一に、構造主義的批評家は、ごたまぜの莫大な量のデータを前にしたとき、その集合体の内部に或る問題が存在することを主張することによってその集合体の中を進んでいく道を切り拓いていくことができるということがある。バルト、レヴィ＝ストロース、フーコー、リュシアン・セバーグ[118]、そしてルイ・アルチュセールなどを含めてあらゆる構造主義者の作業には、批評的洞察と暴力とを結びつけるところの方法的手続きがその出発点においていずれの場合にも同じように必ずといってよいほどに姿を現わしてくるということは、注目してよい現象である。この手続きは〈裁断〉（*découpage*）と呼ばれることがもっとも多いが、それはまた（バシュラールに因んで）〈認識論的切断〉（*coupure épistémologique*）ともしばしば呼ばれる。この二つの名称において、動詞〈切る〉（*couper*）が私たちの目を引く。畏怖を与えるような山なす細部に面と向かえば、批評家の精神は、かのゴリアテの額の中の弱点めがけて直進する自信に満ちたダビデになる。批評家は、相手の巨大な身体を拘束する方法として、細部の中にひとつの断片（これは全体の一部を構成する）を切りとったあと、その切りとった断片にだけ焦点をしぼっていくのである。情緒的には、彼は、力を結集して抵抗を示してくる細部の集合体と思われるものに対して確信に満ちた自己の精神の支配力を主張する。道徳的には、すでにこの対象との出会いの中で実証ずみの勝ち誇る武器を手に入れているがゆえに、相手を統御できる権利を誇示するのである。

構造主義的〈裁断〉、つまり耐えがたい細部を御し易い大きさにまで切りつめようと主張する姿勢を支える仮説の幾つかが水面下に存在する。そのひとつは、細部はたんに量の問題であるのみならず、それはあらゆる人文的学問の質的な特性にもなってきているという仮説である。いかなる歴史家も文芸批評家も、もっとも些細な問題に関する最近の参考文献表を調べることによっても、これを実証できるだろう。彼らは、或る分野における、また或る分野に関する細部の数がきわめて多いということにではなく、これらの細部のすべてが、この分野に有意義に切り込んでいくときに人を寄せつけないような障害となるという事実に、強い印象を受けることになるだろう。この障害を乗り超える手段を考案することが、したがって、批評の作業の至上命令となるのである。明らかに、〈出発点〉(*Ansatzpunkt*)というアウエルバッハの発想は、この第一の手段を実践するひとつの方法である。もうひとつの構造主義的仮説は、すべての細部は〈情報〉の資格をそなえているという考え方である。というのは、構造主義者は、レヴィ＝ストロースが述べるように、記号の世界は秩序整然とした場所であり、また、どこかに秩序があるとすればそれはあらゆるところになければならないとはっきり決めてかかっているからである。さて、秩序というものはすべての細部を機能的なものにするところの手段の機構がその特徴となっており、また構造主義のモデルは言語であるわけだから、したがって、あらゆる言語学的分子、あらゆる言語の放射はなんらかの種類の情報を伝えるものであると想定することが、きわめて論理的なことになるのである。構造主義は、事実、無駄なことも筋道が立たないことも容認するようには見えない。構造主義はむしろ、ひとつの記号体系に含まれる各々の項目は情報を運ぶという厳粛な能力を付与されているというように述べるのである。最後にあげれば、構造主義のいう〈裁断〉（この用語を、スウィフトの「誰もが自分自身の像を刻む者」という句と比較してみると面白い）は、細部を一貫性を持った〈分野〉へと変換していきたいという一種の数学的野心に駆り立てられるということである。この分野は、すべての細部を相互に結びつけるのに体系的に〈作用する〉という機能を持つ〈装置〉によって統べられる。西洋世界におけるこの種の人工頭脳的な希望の歴史は長きにわたっている。これには、ギリシアの原子論者たち、ルクレティウス、ライプニッツ、そしてデカルト、さらにもっと近年になって、フレーゲやウィーナー、そして最後に構造主義者たちが含まれる。この歴史の道は、想像力や教育学の分野では、ブラウンの『キューロスの庭』(一九)や十七・八世紀の辞書、百科事典、解剖図、カタログ、普遍文法書や、さらにフロベールの『思想文典』(二〇)、それにボルヘスの『アレフ』(二一)などにも入り込んでいるのである。

レヴィ＝ストロースは、自作の『親族の基本構造』について回想的に語りながら、この作品の中で自分が「選んだ分野は最初見たところ、その一貫性を欠いた、偶発的といってよい性質のためにだけ人々の注意を引きつけるような分野であった」が、それでも「その分野の全領域をほんのわずかばかりの数の有意義な命題へと還元することは可能であること」を示そうとしたと、述べている(三)。類縁体系は、統合的な概括に抵抗を示すような、手のつけられないほどに多様な習俗をつきつけてくる。だが、全体を有効に働く集合体に仕立てあげるような一連の規則の存在をこれらの習俗の中に投影することによって、精神はそこでこの集合体を有意義な実体として吸収できるのである。そして、これこそがまさに、レヴィ＝ストロースが行なったことなのである。構造主義のためにバルトが出したマニフェストは、この方法を、まず――例えば文学の――作品をそれらの持つもっとも単純な機能的形式へと分解し、そのあと、バルトが〈至高なるモーター原理〉と呼ぶところのものによって統べられる全体へとそれらを組み直していく活動として称賛するバルトの陳述を軸としている。[112] これは、V・I・プロップが『民話の形態学』〔一九二八年〕で援用した計画であった。フーコーの〈裁断〉の方法は、歴史のいわば気まぐれ現象を、言述的形成の諸法則によって支配された一連の非連続的単位（陳述）として捉えることである。ルネ・ジラールの『欲望の現象学』は構造主義的な道具を用いて行なわれた文学研究であるが、これは小説の歴史を、単純だがきわめて豊饒性に富んだ願望の〈三角関係のモデル〉を基調とする一連の変奏曲として見ている。ジラールの著作の「基本的主張」は、「偉大な作家たちは、自分たちがはじめに同時代人たちと一緒に閉じ込められていた体系を、形式的にではなくとも、自分たちの芸術という媒体を通して、直観的かつ具体的に把握するものである」ということである。[113] 最後に、ルイ・アルチュセールのマルキシズムはその方法として、アルチュセール自身がテキストの〈問題性〉と呼ぶものをテキストから引き出すすべを心得ている。この〈問題性〉とは、テキストがその主題を捉える独特の様式である。哲学あるいは政治的綱領は、いかに複雑であったとしても、それとは関係なく、ある特定の目的のために世界を〈イデオロギー的に〉見ようとする試みとして精神によって把握されるのである。そしてこの目的は、その綱領自体と同様に、問題性もしくは明確な一般性として公式化できるのである。[114]

これらの例のいずれにおいても、批評家はまず、ある特定の問題という次元で自己の領域を限定することによって、自分が使用できるデータを整理し、つぎに、当初の限定化から理論的根拠を引き出し、そのあと、資料を機能させ、あるいは体系的に力を発揮させようとする努力の中で、この理論的根拠をすべての資料に細かく適用するのである。このようにして、始まりが、主要な機能的な手続きとなるのである。このような還元的な活動のすべてが批評家の著述の中で進行するのであるが、それは批評家の道具であり、批評家の活動様態であるのみならず、すべての人間的行為が記録され、それらに相対的な安定性と明快性とが与えられる共通の機構でもあるのである。

言語による現実の把握あるいは認識は、むろん、もっとも重要な切りつめ作業である。私たちは例えば小説家の発言を読むときはこの〈裁断〉を受け入れがちであるが、とくに、残酷な現実に対してたんなる象徴的な虚構として貧弱な手かげんしかなされないときに、この裁断の手法が歴史家や社会学者の、あるいは精神分析家すらの操作上の基盤であることが分かった場合は、この手法はより極端であるように思われる。レヴィ゠ストロースは、象徴的発想の取り込む非連続性（これは、この場合、価値、つまりわれわれの日常的世界を象徴する事物のトーテム的世界と思われる）と知の連続性との間に、つまり世界と精神との間に根本的な対立情況を宿命的に見て取っている。[115] したがって、知の壮大なモデルは、エクリチュールとしての言語、つまり人間の行なう企図の中でももっとも持続的なものであり、かつ人間のすべての活動を散文の光沢でもって覆うものということになるのである。底を割ってみれば、構造主義とはエクリチュールに向かって採られた、またエクリチュールの中で表現された一連の態度である――つまり〈グラマトロジー〉である。エクリチュールにおいては、構造主義者は具体的かつ積極的に自分の仕事ができるのである。自己の作業に対して払う彼の注意は、原理に立つ妥当性を持つ行為である。科学と同じように、構造主義はメタ言語である。つまり言語を研究する言語、言語的コンピタンスとパフォーマンスを専有化する言語意識である。

レヴィ゠ストロースは野生の思考（*la pensée sauvage*）について述べてきているが、彼は原始人の思考の様式を記述しているのみならず、思考自体を、つまり、〈あるものについての思考であることについてのもの〉というその本質の中で萎縮してしまった思考の姿をも記述しようとしているのである。レヴィ゠ストロースは思考の本質ではなくて思考の秩序を記述したいと願っているのである。これはきわめて重要な点であって、ポール・リクールがレヴィ゠ストロースとの重要な意見の交換のときに力を込めて強調していたところである。[116]秩序とは、レヴィ゠ストロースによれば、思考を思考として理解可能なものにするところのものである。秩序は思考を混沌の淵から守る。こうして、構造主義者は、古典哲学では思考を導き、育成していた〈存在〉に取って代わって秩序、すなわち思考の構造を置く秩序とは、それを超えて進むことが不可能な限界であり、さらに、それがなければ思考することが不可能な限界である。秩序とは、精神が意味論よりも統語論を選んだ結果であり、厳密で分離した意味の確実性の代わりに一時的で言述的な意味の存在性を選んだ結果である。要するに、構造主義者たちはいかなるものの直接性も信じない。彼らは意味のアルファベット的秩序を、直接的な意味としてよりも、仲介的な機能として理解し、そのように省察することに満足する。秩序とは、彼らの主張によれば、まさに無の人間的側面に存在するものであって、それは、人々の目にとまらない持続という忘却から私たちを守ってくれるものである。この秩序を知覚しようとして、陳述の中の意味の核を（解釈学が行なう解釈の〈開示〉*Entfaltung* におけるように）直接に開いてみようとしても無駄である。このような代案的手段はあの原初の〈始源〉とともに姿を消したことを、私たちは思い起こす。残された道はただ、文章とか陳述とかいったもの――究極的には、巨大な脚本として、もしくは巨大な楽譜として考えられる経験世界全体――がどのように機能するのか、どのように単位としてまとまっているのかを認識するということである。バルトによれば、私たちは〈結合〉(*Zusammenhänge*) としての、つまり「連帯性の原理」としての構造を探すのである。[117]

構造は私たちの存在が装う現実性の背後に隠れている。というのは、自己の現存性を直に露わにすることを拒むことが、構造の本性であるからである。言語のみが、構造がただよっているその背景から構造を引き出すことができるのである。構造は無・合理的である。構造は何かについて考える思考ではなく、それは活動の可能性そのものとしての思考自体である。構造は、それが〈そこにある〉という原始的な存在性以外の存在原理を、その存在性（それがひとたび発見されれば）に対して提供することはできない。そこで、きわめて重要なことに、相互作用を行なう部分の集合体として、構造は秩序立った諸関係の遊戯をもってきて〈始源〉に置き換えることになるのである。単義的な源泉は、増殖する体系的組成に道を譲ったのである。ルソーの精神とサドの精神とを、実存的かつ機能的原始主義と道徳的原始主義とをそれぞれ合致させることによって引き出される始まりとしてのその地位の、その根源性の本性に注目すれば、構造の性格はもっともよく理解されると、私は思う。原始主義の重要な事実はその先行性にだけあるのではなくて、それ自体の独創性に異議をはさむことなく、それを全面的に肯定することにある。それに許された道は〈ある〉ということだけである。私たちはこのような根源的な創造性の現象を、ルソーの永続的な精神的アマチュアリズムの中に、あるいはサドの不断の、ほとんど抽象的といえる反復性の中に、さらにあるいはレヴィ゠ストロースによってその習俗がかくも立派に記録されているオーストラリアやブラジルのアボリジニーたちの「具体的な」存在の中に見てとることができるのである。

構造の規則は、あらゆる意識的な規則に対する超意識的な侵犯と、それにつぐ文法の確立にある。この文法の持続性はすべての語彙を拘束し、同時に思考と精神的広がりを追放するものである。研究者が構造へと到る道は、ひとつの文化という書物のページに書かれた記号の遊戯を記号論的に読むことの中に存する。そこでの方法と活動と目標とはまったく同一のものとなる。構造主義者は、エクリチュールの中に自己を失い、エクリチュールそのものになることを望む。すでに見たように、フーコーもこれと同じ希望を表明している。バルトは、実体のアナロギアの上にではなく機能のアナロギアの上に建てられた終わることのない模倣の活動として構造主義を正しく記述している。[118] さらに言えば、構造主義の究極の鍵言語はバベルの図書館の棚に並べられている。言述に完全に限定されているこのような世界観の持つ優雅さと恐ろしさとは、完璧に組織化されたエクリチュールからのみ構成されている正真正銘の悪夢＝ユートピアである。これは、ボルヘスの作品の主題でもある。バルトは、芸術と批評の区別を撤廃したいと願うとき、両者間の差異を無くするために〈エクリチュール〉(*écriture*) という語を用いている（ここでもまた、ボルヘスの作品が心に浮んでくる）。かくして、エクリチュールはエクリチュールに光を当てるというわけだが、光を当てられたエクリチュールは今度は他のエクリチュールに光を当てるという具合に、この操作が無限に繰り返される。すべてのエクリチュールの総和は沈黙、つまり零である。ひとりの構造主義者の作業のいきつくところは、バルトによれば、沈黙である——終末論的な限界に達したときに、言うべきものをすべて言いつくしたときにやってくる沈黙である。[119] レヴィ＝ストロースもまた、かつて書いた自分の作品を死せる実体として、つまり自分がこのうえなく熱烈に生きてきた世界であるが今やその親密性から彼自身を排除している世界として記述している。[120]

バルトの場合、私たちは、記号学的な企図を支配するものはジョンソン博士の石[一二三]の明白な現実性を持つ堅固な現存性を湛えた対象物と物体への郷愁であるといったジェラール・ジュネットの見解（これは『フィギュール』第一巻の美しくバランスのとれた試論で出されている）を受けとりたい気持になる。[121] ジュネットは、言語の発する不平の介在によってもなんら乱されることのない対象物の黙せる本質を強く求めるバルトの姿を目にとめている。バルトや構造主義者たちもまた（フーコーはそうではないが）原初の原始主義や全体性の孕む零点的な静穏を強く求めていると信じてよいと、私は思うのである。このような願望は、逆説的ながら、言語の持つ抗いがたい変容力に対する彼らの信仰の誠実さを露わにする。というのは、もし旗印としてこういった人たち全部に役立つひとつのテキストがあるとすれば、それはオウィディウスの『変身譚』であるからである。これは、現実を絶えざる変容と妨害されることのない機能としてそれ自体のために賛美している作品である。にもかかわらず、バルトは、レヴィ゠ストロースやアルチュセールとともに、事実、自分自身の立場についてストイックといってよいほどにアイロニックな、かつほとんど詩的な見方をしているのである。記号表現の遊戯の分析の中に、バルトは必然性よりは快楽を見ている。彼が〈文化変容〉と呼ぶところのもの（これはすべての作品が言語文化によって貪欲に全部呑み込まれる現象であって、ライオネル・トリリングが『文化の彼方』[124]で論じている概念を著しく想起させる概念である）が速やかに進行していくが、他方個々の批評家の行動は大きな流れの中の不本意な一滴のままであり続けるのである。[122]

構造主義的機能主義や言語学的世界観の流れに抵抗しているとも思える二つの学問分野は、精神分析学と社会学である。そのうち精神分析学は人間行動の終極点を扱い、社会学は社会的現実の余りにも強固な極点を扱う。両者とも言語による侵入にたやすく屈することはない。だが、ジャック・ラカンのフロイトへの回帰の中に、私たちは、無意識の領域の中に手軽で固定的ないかなる極点も持っていない心的隠喩を解読するための解釈的手段として役立つ精神治療学を発見する。その能力は、ラカンによれば、「原初的なものにも本能的なものにも」なっているのではなく、「記号表現の諸要素」のための漂う貯蔵所（この語が最適の語であるとすればだが）になっているのである。この無意識の領域の操作の方法は、厳しいといってよいほどに文法的なものであって、その数々の徴候は修辞的であって、この方法はまず自我をそれ自体に対する自己陶酔的な関係の表現として規定する。[123]フロイトの「語りながらの治癒」についてラカンが示す理解の巧妙さは本質的には、ラカンがフロイトの用語を文字どおりに受けとっていることに見られる。彼は、クィンティリアヌスが詩的言語を解釈するのと同じように、フロイトを解釈するのである。隠喩と換喩は、思うに多分フロイトの無意識が究極的にそうでなかったという意味では〈存在〉を絶対的に暗示力を持つものとして送り出す。あるいは引き止める。にもかかわらず、ラカンの作業が言述的戦術に対して慎重に自己限定を加えているのは偶発的である。これらの戦術は、フーコーが記述している戦術にも似て、高度に選択的な包含と排除の手段である。[124]

重要な根本原理について行なわれたもうひとつの構造主義的な読み換えの作業は、アルチュセールのマルクスの中に見出すことができる。アルチュセールによれば、マルクスが自分自身の陳述の活力を確保し、(それらの〈始源〉よりも)それらの構造を保証するためにその陳述の背後に身を引くことによって、[125]マルクス自身が書く時間を一度も持つことのなかったマルキシズムへの可能性、もしくはマルキシズムの理論への可能性が作り出されるのである。マルクスは、したがって、哲学的分化の新しい視野から見られたイデオロギー的要素の複合体として社会を読む行為の〈始まり〉となるのである。この分化は、いかにして「人間社会が、社会の吸収作用や社会の歴史的生活のために必要不可欠な要素や雰囲気としてのイデオロギーを産み出していく」かを示している。[126]アルチュセールの支配的隠喩は劇的である。つまり、マルキシズムは、社会がいかにしてそれ自体の〈ために〉それ自体を公式化していくかを私たちに〈見させ〉てくれる、といったようにである。したがって、私たちはアルチュセールを読むときは、一歩離れたところに立ったままでおり、またブレヒト劇を見る観客のように、イデオロギーの記号表現的(イデオロギー的、プロパガンダ的な)活動の犠牲でありながら、真理を主張するイデオロギーを認めることによって歴史的意識を作り出すように要求されるのである。社会というものは、自分自身がでっちあげた嘘を通して歪められた道筋をはずれずに突っ走る〈肝っ玉母さん〉に似ている。矛盾とは、ひとつのイデオロギーともうひとつ別のイデオロギーの間の非連続の意識、割れ目の意識を意味する。にもかかわらず、イデオロギーはたんなる偶然ではなくて、社会の必要条件であり、事実、社会の基本構造でもある。

アルチュセールによる思考の一様式としてのマルクスの貴重な発掘作業の持つ精密さと優雅さ（私が今までなしてきた記述よりもはるかに長い記述を与えても、アルチュセールを正当に扱ったことにはならないだろう）は、今は亡きリュシアン・ゴールドマンの革命思想のテーマ中心の流用とは真正面から衝突する。パスカルやラシーヌに関するゴールドマンの重要な研究（『隠れたる神』一九五五年）や、その後の一般理論の分野への侵入作業（ルカーチやピアジェなどの指導のもとで進められた作業）などは、文学作品や社会が相同性へと接近していく様子を示している。しかし、ゴールドマンはその生涯の晩年には、見たところ構造的な波に応じる形で、自分のことを「発生論的構造主義者」だと記述し始めたのである。彼とアルチュセールの間の論点はきわめて明らかである。ゴールドマンにとって知の社会学とは、ブルジョア・イデオロギーの〈外に〉立ち、社会的現実のすべての面に関連して適か不適かによってイデオロギーの〈内容〉を露わにする価値体系に訴えるものでなくてはならないのである。「社会的現実のすべての面」をゴールドマンの用語で言えば、それは〈全体性〉であり、その意味は理想的全体である。全体性はゴールドマンにとっては、ヤーコプ・ブルクハルトが「出来事の外にあるアルキメデス的支点」と呼んだものであるようにきわめて奇妙なことながら見えるのである。構造主義者の仕事は、ゴールドマンによれば、芸術家あるいは思想家の作業の一貫性を時間と社会におけるその〈現実の〉起源の次元において把握し、作業の本質的な一貫性の中に内意されている成長の過程に従属するものとしてその作業を見ることになる。この手続きの結果として所与の思想家が自分の時間の全体性を把握していることが見てとられ、また彼の作業が一貫してそのことを反映しているならば、この思想家は〈弁証家〉であることになる（これはゴールドマンにとっては、記述的な呼び名であるばかりでなく、尊称でもある)。でなければ、この思想家は〈イデオロギスト〉である(といっても、パスカルの場合におけるように、偉大なイデオロギストではあるが)。アルチュセールは全体性をはっきりと拒否している——それに、その点では、イデオロギーの言述の外部のいかなる特権的な理想的現実をも拒否するのである。(アルチュセールにとってはイデオロギーは、少なくともそれが帯びる政治的な装いの中では、言述であるとここで断っておくことは重要なことである。)すべての明確にされた思想はイデオロギーである。(ソシュール言語学における語と語の間の区分的差異と同様に)イデオロギー間の差異のみが私たちに関係の構造としての知を提供してくれる。それ以外のすべて(〈全体性〉に対するゴールドマンの言及も含めて)はたんなる虚構、つまり言述の犠牲であるのだ。マルキシズムは、アルチュセールにとって、イデオロギーを互いから分離せしめて、それらを外的目的の〈ために〉なされる一連の陳述へと転化なさしめるためのこのうえなく鋭い道具を提供してくれるものである。

かくして、フランス派の構造主義者たちの主要グループは世界を、J・L・オースティン(一二五)が〈演技的陳述〉と呼んだもの(127)の閉じられたひとかたまりとして見ることになるのである。閉じられた、というのは、その限界が全体性として把握できるがためというのではなくて、それの最初の、始まりの次元の機能的原理が限定された数の一連の規則となっているからである。バルトが言うように、辞書に関する単一の法則は多くの異なる辞書の利用を可能にする。(128)しかしながら、構造主義は、あらゆる形態の実証主義と同じく、人間の関わる対象について或る種の見方を持っているにしても、それは一種の実証主義である。そしてそれこそが、レヴィ＝ストロース(一二六)が〈ブリコラージュ〉(*bricolage*)と呼ぶところのもの、つまり、断片、人間存在をとり乱す利用可能な破片を処理し、それらをもとに、またそれらを理由に企図を公式化する人間の能力と運命なのである。[129]〈ブリコラージュ〉は、スウィフトの精神異常の人物の言葉で言えば、「〈自然〉の〈欠陥〉と〈不完全な点〉を修復する技術」である。ジュネットが彼らしい鋭敏さをもって指摘しているように、フランス派の人々が彼ら自身〈ブリコラージュ〉の諸技法を明確にしてきているだけではなく、この方面の作業全体の名人にもなっているのも、偶然のことではない。[130]ジュネットがあげる理由は、断片を集めて、それらを機智と合理の堂々たるモデルに仕立てあげるというフランス人生来の才能と結びついたフランス人の島国性である。これよりもっと進んだ時点で〈ブリコラージュ〉を探れば、不確定性、部分的なもの、隠されたものなどを基盤とする微妙なフランス的秩序感覚をも認めることになるだろう。これによって、〈構造〉が空間的用語でもなく、またその限りでは時間的用語でもないことの理由が分かる。構造とは本質的にはひとつの活動であり、〈ブリコラージュ〉の文化様態であって、それは哲学あるいは哲学的方法であるよりは、エルンスト・カッシラーを引用しながらジュネットが思考の一般的傾向と呼んでいるものである。[131]この傾向とは、秩序の捉え難い中間性を探り出し、それに引きつけられる傾向のことであると、つけ加えて言っておいてもよかろう。この姿勢は秩序を、フロイトが反復強制と呼んだものとしてではなく、存在に対する補足物として見ることになる。逆説的に言って、秩序は提供者であるけれども、それは静かに漂うことができればと願うと、レヴィ＝ストロースは述べている――

［秩序は］人類の過去と現在の本質、思考のかなたにあり、社会の下にある本質の上を漂うことを願う。〈人間〉のいかなる作品よりも美しい鉱物の中で、われわれの書く書物よりも巧妙に進展してきた匂いの中で、百合の花の芯の中に漂う匂いの中で、あるいは、なんの気なしの理解を通してときとして猫と交換できる忍耐と静けさと相互の許しで重くなった目のまばたきの中で、われわれに与えてくれるかもしれない本の上を。[132]

フォーマリスト的な原理として、構造主義者は、それ以前の近代的フォーマリズムの諸形態とは異なるが、このことは私たちにいろいろのことを教えてくれる。ディルタイの〈世界観〉哲学は、内的ヴィジョンの持つ粘着性のある力を人間精神の実存的特性として肯定している。この特性を最初に予示した人たちの中にコールリッジがいて、第二次想像力作用についてのコールリッジの立てた原理は、統合的で統一的な形成力についての彼の記述とともに、経験を意味深く形づくる人間の能力に最高点を与えていた。〈ゲシュタルト〉そして／または全体性についてのその後のドイツ系、そしてマルクス系の理論（これらは、ルカーチ、カール・マンハイム、ベルンハルト・グレトゥイゼン、（二七）その他の人々の作業の中で例示されている）はディルタイから借用してはいるが、しかしより厳密な歴史的必然性の考え方をディルタイの考え方に付加している。彼らにとっては、個人とは、出自と運命の共通のヴィジョンに応じて行動するところの、同じような関心を持つ他の人々と共に階級かグループに無意識的に参加する人のことである。したがって、事物を形相的に思考と行動の中に内在させるような全体性であることが、歴史の特性ということになるのである。最後に、クローチェのような二十世紀の観念論者のもっと曖昧なフォーマリズムがある。ここでは、ある実行力を持つ、ほとんどプラトン的といってよい一貫性というものが人間の行動を統制し、人間の行動に理論的な形態を与える、そのようなフォーマリズムである。

フランス派の構造主義者たちにとっては、形態というものは一連の断片（音素とか単語とか句など）として考えられる言語の現実項目から借用されるものであるが、この一連の断片はより高度の構造体（文とか言述とか談話など）が絶えず獲得していく平衡状態の中へと拘束規則でもって自己統制していくのである。言語とは孕み産み出すもともとの母体であるが、言語の全体性は現実には決して知ることができないし、それは言語の規則に拘束された活動から部分的にしか引き出すことができない。いつまでも捉えどころがなく、完成されることがないといった構造の特性は、使用される言語の線的流れの連鎖（つまり、私たちの人生の継続的な姿）と、いかなる瞬間においても発話行為をとりまく円的な記号体系との間の永遠の不一致の中に典型的に示されている。構造とは、言語的パフォーマンスと言語的コンピタンスの間の、〈動く今〉（*nunc movens*）と〈静止する今〉（*nunc stans*）との間の統一体なのである。

構造主義者たちが見るところによると、個人というものはパスカル的人間の現代版である。ただしつぎのような差異はある――パスカルの〈考える葦〉（*roseau pensant*）がメルロー゠ポンティが〈語る主体〉（*le sujet parlant*）と呼ぶところのものと入れ換えられているということである。人間を言語の次元に還元するという姿勢（これはパスカルの自我への魅了と自我への嫌悪の伝統を継続するものだが）は、人間のことを言うときにはつねに言語学の用語を用いようとする構造主義者の頑固な願望によって一貫して支持される――人間は名前であり、人間の必要条件は代名詞であり（バンヴェニストが言うように、どんな言語も〈私〉と〈あなた〉という代名詞の導入を要求する）(133)、人間の情況とは言述であり、人間の思考とはメタ言語的なのである。なにより大切なのは、人間とは、レヴィ゠ストロースが〈ブリコルール〉（*bricoleur*）と呼ぶところのものであるということである。したがって、人間は、現存に対する言語的代置（これを言語は〈現存〉の〈不在〉によってのみ許容できるのである）として〈アレゴリー的に〉か、さもなければ、（人間が、自分は言語の現実に対して必要不可欠であると主張し続けるときは）〈パロディ〉として、つまり社会的、芸術的、心理的、人類学的、歴史的、もしくは哲学的言述という歪み鏡の中での純然たる、終わることのない自己存在の反復として、〈存在〉の中に挿入されることになるのである。

自己の運命を支えようとする作業の中心母体について発言できる限りで言えば、構造主義は、方法論的姿勢に関する、広い解釈を入れる余地をつねに残す手引き書にも似ている。こう言ったからといって、私はこのタイプの作業の持つ価値を下落させたいと思っているわけでもないし、またこの価値はもっと増えるべきであると無条件に言い出すつもりもない。しかしながら、ここではっきり言っておかなければならないことは、純粋な構造的機能主義を記述するものとして規定される批評（さらに、このように規定される批評に加えて、歴史的、体制的、伝記的、語り的、心理的敬虔派の批評的信仰を廃棄するものとしての批評）と、作品が作られることの記録よりも作品がいかにして作られうるかということを忍耐づよく記述していく作業を指示する公式に応じて生産される批評との間の調和という現象である。

マス・カルチュアと集団混乱の時代におけるコミュニケーションの諸問題は、構造主義がきわめて適切に写し出すべく運命づけられているように思える問題である。構造主義は結局のところ、マクルーハン的発想の世界に生きているのである。もっとも、それは文化圏をまたいで横たわるあの北アメリカ特有の現象をきわめて優雅に、かつ多大の力《エラン》をもって調整してはいるが。構造主義とジュネーヴ派の批評家集団（これらの両者がフランス系の〈新批評〉の中心母体を形成している）の間の主な相違点のひとつは、ジュネーヴ派の集団が文学作品を作者の意識の中に溶解しているものとして考え、彼らにとってこの作者の意識の衝動はそれ自体のために行なわれる明確化であるのに反して、構造主義グループは言語、したがって文学をも、もっぱら交・人間的コミュニケーションの体系として受け取っているところに見られる。ジヨサイア・ロイスが交・主体的世界と呼んだもの、つまり解釈の共同体は、ジュネーヴ派の批評家たちにとっては、批評家とその批評家が考察する作家との間の同一化の中で現実には行なわれるものであるが、構造主義者たちにとっては、それは互いに透明に見えてくる情報の諸体系が無意識的に織りなす共同体である。にもかかわらず、構造主義と〈それ自体のための、また批評家のための意識〉をこととするジュネーヴ派の批評とを分かつものは、例えば個々の作家たちの使命の中に具現されているような、文学的言語自体の持つ二重の内的本性に由来するのである。コールリッジ、スウィフト、ホプキンズ、ジョイスなどは、ジェラール・ジュネットがコミュニケーションのテクニシャンと呼ぶところの作家たちである。(134) だが、ワーズワス、イェイツ、シェリー、そして後期エリオットといった人たちは内的瞑想をこととする詩人たちであり、彼らにとっては、言語とは、ハイデッガーの言い方を借れば、〈存在〉の住まう屋敷なのである。

構造主義者たち（ここでは、注目すべき例外としてレヴィ＝ストロースは除くが）が、彼らと似たようなことをする外国の人たち、あるいは彼らの系譜につながる外国の知的先駆者たちには無関心であるように見えるのは、いかにも彼らしい。(三〇) ジョージ・ハーバート・ミード、(二八) シカゴのアリストテレス派の人々、(二九) ケネス・バーク、ノースロップ・フライなど（北アメリカ系の人たちだけをあげてみたが）の作業は構造主義とかなり明白な並行関係を示しているし、したがって、構造主義者たちが望めば、これらの並行関係を基盤にして得るところが多いと思われる。しかし、両者の類似点は一度も認知されず、うっかりしていれば、そんなことがあるなどとは思われることもないように見える。C・S・パースに対する敬意に満ちた身振りを別にすれば、構造主義者たちは英米系の言語的批評家や哲学者たちにはいかなる関心も示しはしない。彼らはオグデン(三一)やリチャーズ、エンプソン、(三二) クワイン(三三)などには、あるいは行動批評家たちには少しも関心を示さない。アウエルバッハ、クルティウス、スピッツァーなどといったドイツ系の偉大なフィローグたちの作業もまた、大した印象を与えなかったように思える。むろん、ドイツ系のロマンス言語学（その起源は例のゲーテの〈世界文学〉（*Weltliteratur*）の考え方にある）の普遍性と領域とが、完全に組織化された言語研究の少なくとも今ひとつ別のモデルを暗示しえていたかも知れないとも考えられるだろうが、これと同じことが、比較文学という学問についても言える。しかし、比較文学とのこの関連性は、構造主義が比較コミュニケーション科学として見られる場合は、その構造主義の企図の中に認めることができる。それでも、本質化を目指し、普遍化を目論む活動としての構造主義と、孤立した活動としての構造主義との対照は奇妙な現象であることには変わりない。

他のいかなる場所に位置づけるかは別にして、構造主義はフランス人特有の気むずかしさを特徴としていて、ハリー・レヴィンが今の時代のアレクサンドリア主義と呼んだものに帰属する。(135) 構造主義的作業の組立てはいつの場合も巧妙であり、組立てのほうが、その作業で論じられる問題そのものより、はるかに興味を引く場合もある。研究の新しい骨組みを求めるバルトの呼び声に対して示される積極的な反応は、なんらかの構造主義的な著作をまとめあげることに捧げられる努力の中に直ちに感じとられる。レヴィ＝ストロースの数々の著作は、一ページを読んでみても、目次を開いてみても、めくるめくような内容の配列を印象的に示してくれる。フーコーの著作における主題の選択は、バルトやジュネットやアルチュセール、あるいはラカンなどの著作におけるのとまったく同じように、いつの場合も新奇で、予期せざるものになっている。もっとも不親切な酷評をすれば、レーモン・ピカールとともに、このような新奇さを〈ドグマティックな印象主義的態度〉と呼ぶことになるだろう。技巧的であるがためであれ、あるいはエクリチュールの当初の妥当性と原理とを疑義をはさみながら考えようとしてエクリチュールがエクリチュール自体に立ち戻ってくるのを明らかにしようとしているがためであれ、彼らの文体はほとんどの場合難解である。構造主義の有益な効果は、二、三の手っとり早いキャッチ・フレーズや華やかな気取りといったものを批評に与えるという範囲を超えている。構造主義は、合理的であろうと固く心に決めた調査の持つ価値を自ら示してきたし、学問として押し通そうとする単なる鑑賞という先在的秘法を転移させてきたし、(アラン・ロブ゠グリエやミシェル・ビュトールなどのような)小説家たちをかり立てて、彼ら自身の作品を正当に確認させるように仕向けてもきたのである。バルトがすでに述べているように、構造主義は、ピエール・ブーレーズ[三四]の音楽やピエト・モンドリアン[三五]のデザインなどのような現代芸術の分野での発展のそばにしっかりとその座を占めているのであり[136]、構造主義は、ガストン・バシュラールの著作の中に例示されているようなフランス独特の心理学の伝統にその流れを汲み、構造主義はまたジャック・ベルク[三六]のようなアラビア学者の素晴しい著作やジル・ガストン・グレンジェのパラ・科学的探求などの母胎となってきている。いろいろの形態の構造主義が、ジョルジュ・デュメジルの初期の、歴史的緊迫性の勝った著作や、デュメジル[三七]のその時の才能ある弟子であったジャン゠ピエール・ヴェルナン[三八]の著作への関心をかきたてるのに貢献してもいる。それはまた、アンドレ・マルティネ、エドモン・オルティーグ[三九]、アンドレ・ルロワ゠グーラン[四〇]などの言語学的作業、さらにアブラアム・モール[四一]やジャン・デサンティなどのより純粋に科学的・数学的な実験にも貢献している。新しい運動にはつきものの例の不親切な態度でもって構造主義は、先行する世代の達成した偉業を無視するか、さもなければ攻撃する。このことは、マルローやサルトルなどの場合にはとくに鋭く見られるが、ギュスターヴ・ランソン[四二]の場合にも少しばかり弱い形で見られる。

構造主義が全心を傾注してこれからも対処しなければならないもっとも重大な問題は、変化と暴力とをいかに真剣に説明するか、人間の力強い、ときとして無駄な生態活動（ブラックマーが〈モハ〉と呼んでいるもの）をいかにして構造の神秘的秩序に同化させるか、という問題である。レヴィ＝ストロースの著作の中に私たちは、分裂という形で暴力の認知を見出す。思想とイメージの両方向を社会が絶えず往復する現象を調査するときに、彼はある程度の偶発性と恣意性とを認めている。社会の体系的構造は戦争、流行病、飢饉などによって危険にされることがあることを、彼はさも残念そうに認めている[137]。したがって、秩序と無秩序の関係は対立関係ということになる。だが、この対立は社会自体によってではなく、あるいは少なくとも社会によって必然的にではなく、社会の外に立つ観察者によって社会のために表現されるものである。レヴィ＝ストロースが[138]別の箇所で述べているように、構造は外部から行なわれる観察の結果として初めて現われてくるものである。したがって、〈秩序〉、つまり〈構造〉は外部からの分析のために活用されるものとなるのだが、他方、社会の〈運行〉、つまり〈暴力〉には決して把握することのできないものとなる。というのは、（レヴィ＝ストロース自身が主張しているように）それはひとえに、自己の歴史的生成に従事する社会的個人の展望の中にあるからである。『トーテミズム』の中で、レヴィ＝ストロースは、ベルクソンやルソーに人間の心の中で進行していることを把握することを許したあの内面化（「別のところから採られた、あるいはただたんに想像された思想の諸様態を〈自己に〉対して試みること」[139]）のことを語っている。この内面化はむろん、現代の人類学者が観察された原始社会で進行していることを理解するのを可能にするものでもある。

　この情況は今、つぎのように述べることができよう――社会の中では、その社会を社会にしようとして或るエネルギーに作用している、ということである。社会の外に観察者が立っていて、彼は（レヴィ＝ストロース自身が例えば『親族の基本構造』の中で観察していたような本質的構造の中に含まれている）不変要素に目を止めるのだが、それらの不変要素は今度はその観察者によって内面化されて、それらの持つ論理と一貫性とが試される。社会の持つ力、もしくはエネルギー、あるいはエントロピー、つまり社会の不断の歴史的現実体を維持するものは透明体であって、それを通して、現実体の背後にある構造に関する観察を行なうことができるのである。ここで二種類の力を区別できる。そのひとつは社会の力で、それは観察者にとってはたやすく切り抜けられる。もうひとつは観察者の持つ観察力であって、それは本質的に、そして奇妙にも省察的なものではあるが、外部文化の不透明性と見えるものを透過して、そのかなたの明澄さへと到る力を持っている。これらはみな、すでに述べたように、社会の内部ではつねに互いに対立し合うところの体系と偶発性の間の衝突を考慮に入れるように思われる。だが、人類学的観察の始まりの時点で、非連続が、今行なわれたばかりの観察にきわめてたやすく屈服してしまった透明な力にすでに集約されているのである。構造主義者は崩壊と非連続の力を断言するのだが、それでも彼は後になって、それを、観察されるべき対象、すなわち社会の持つ力とほとんど変わらない透明な一貫性でもって置き換えることになる。言語学的な次元で言えば、力とエネルギーとはもっぱら記号作用の力に変換されるのであり、その記号作用は〈読まれる〉ために、記号論的に解読されるために存在するのである。

これは事実、言語中心的態度をはるかに押し進めたものである。事物を有意義なものにする事物自体にそなわった特性は、言語と人間・世界との間の理想的第三条件とほとんど言ってよいものである（ここで私たちは『パルメニデス』におけるソクラテスの思想批判を思い起こす）。この事件、私があとで〈言語性〉と呼ぶことになる特性、がきわめて価値のある役割を果たすのである。なかんずくそれは、レヴィ＝ストロースがトーテム的技師と呼ぶところのものの活動に、つまり観察された世界を細かく組織化された類の論理へと分割することを可能にする原始的精神の内部で行使される合理的な手段の活動に、生命を与える。[140] さらに、言語性は、私が別のところで全体主義的体系と呼んだものに言語がなることを可能にする。[141] 言語性は、記号表現されつつあるものが貧弱化されるにもかかわらず、記号表現の限りない機会が言語に許される情況を確保するのである。それは言語に限りない言語的発見を保証する。すなわち、一種の永遠の発見力を保証する。そしてまた言語性はいろいろの次元の調査を結ぶきずなを提供する（例えば個別から一般へ、あるいは非連続から非連続へというように）。つまり、言語性というのは、構造主義的活動によって当然のこととされている特権であるのである。しかし、それの永続化は構造主義が企図するところであり、それがかかげる目的である。言語性は、構造主義によって前提にされた根源的非連続の結果としてあるものである。言語性がなければ、構造主義者は——バルトであろうと、ラカンであろうと、あるいはレヴィ＝ストロースであろうと——類比と隠喩を記号表現の手続きに内在するものとして示すことはできなくなる。というのは、言語性は、単語間の、意識のレベル間の、神話間の鏡像的交換を許すからである。ひとつながりに並べられた鏡におけるように、鏡像を反映する力は、交換の明澄性があらかじめ存在していることを想定する。構造主義は、伝統宗教と文学という、対象を暗く見させる鏡（この鏡は、脆いがいとしい私たち自身の個人性の評価へと私たちを無理にも誘っていく）を、同等の光景と音とがかもし出す出来合いの響き合いと置き換える。言語性は移し換えの不公正を転記の等価物に変える、とも言ってよかろうし、エクリチュールが構造主義にとって持つ効用は、それによってさらにもっと決定的なものになる。言語性は、全体的撤回のことを思って記憶と歴史を割引いて考える。というのは、言語と言語性から生まれるものである構造はそれ自体の過去を含み込むすべを持たず、「持てるカードのすべてをテーブルの上にひろげてみせること[142]」によってその現在を送り出す道しかないからである。

しかしながら、言語性にできないことは、構造がなぜ構造化するかということを私たちに示すことである。構造はつねに構造化を終えたという状態の中で露わにされるのであって、ジャン・スタロバンスキーが述べているように、それは、構造化するという、あるいは〈構造化される〉という、さらにあるいは構造化に失敗するという状態の中では決して露わにされることはないのである。[143] この事実が、すでに述べたように、フーコーを構造主義者たちから分かつのである。構造主義特有の主な弱点(これはフーコーの弱点ではない)は、言語性というものは、構造によって拒否されるまでになっても本質的構造の外部に留まっていなくてはならないものであるのに、それは構造主義によって秩序への先定条件として想定されているということである。この弱点の持つもうひとつの面は、構造主義がテキストの問題に対して抱く困難な点に存する。例えば、ジョルジュ・プーレの非構造的批評では、個々の作品は、著者の意識の中核の中に置き直されるために、溶解される。この種の批評にとっては、精神とは思考の母胎であり、テキストはそれ自体を思考の対象とする意識の個別事例である(ジュネーヴ派のひとりであるジャン・ルーセをここで引き合いに出しても場違いではあるまい)。しかしながら、レヴィ゠ストロースにおいては、神話が、あるいはその意味では社会が自らを語っているのである。このことは、エクリチュールを自動的な活動として公式化したものと対応している。[144] 構造主義では、言語と、言語が行なう個々の明瞭化のいずれのものとの間にも実際の距離は少しも存在しないのである。というのは、言語が行なう個々の明瞭化のいずれも、思考する主体に対して印以上のいかなる義務も負っていないからである。いかなる言述の中にも、リチャーズ的な意味におけるいかなるトーンも、それ自体の最終的権威である個々の声のいかなる感覚もありえないのである。というのは、構造主義者たちにとって、全世界は巨大な一組の引用符号の中に含まれているからである。したがって、〈あらゆるもの〉がテキストということになるのである。もしくは、同じ論法を用いれば、〈いかなるもの〉もテキストでは〈ない〉ことになるのである。ひとつの構造の固有性は意図も、また構成上の必要条件のうちもっとも些細なものすらをも表現しはしない。コミュニケーションは、構造によって吸収される。というのは、コミュニケーションはひとつの構造もしくはひとつの言語を決して汲みつくすことはありえないからである。記号表現を行なう言語の持つ恒久的な力は、かくして、ほとんど完全に始まりの現象を崩壊させて、結果へと変容せしめ、同語反復が完全に主語と目的語の両者をともに排除し、そしてある程度まで、直接的コミュニケーションをも排除することになる。

対象間の差異を構造主義がすすんで論じようとする態度（これは、対象から価値を動かして、対象間の特権的な空間へと移すところの離れ業である）は、単独性が論点になるときはいつでも、構造主義者が躊躇したり、恐れたりする態度と一致する。一篇の詩の中に私たちが感じとり、知るところの孤立した、透明な不滅性、言語性という共同体的海洋から流謫されているその彼の情況は、構造主義によっては名付けられないものである。といっても、ほかの誰かであったならば、たちどころにその詩の特質を分離できるというわけではない。というのは、一篇の詩はまた瞬間的陳述であるからである。しかし、名付ける努力は、たとえその理由が未知なることを私たちが認知でき、それを思考の中で生かし続けることができるというだけのことであったにしても、構造主義の外部では少なくとも可能である。ここには、近代の逸脱した芸術家というフーコーの考え方に見られる力強い洞察がまったく欠けていると、私は思う。構造主義がそれの扱う主題に対して持つ支配力は、とるに足りないものである。このことは、それが私たちの努力の暫定的な性質を私たちに思い起こさせてくれるときに強みとなるが、逆に、それが取り戻すことのできない過去や未来の無次元的退行性へと私たちを拘束するときは弱みとなる。

構造主義の根拠として、言語性は、最低限の言述（これをバルトは散文と呼ぶ[145]）を維持するために、規則内での遊戯という発想を要求する。言語性は、理解を可能にする規則を発生させて、そのあとそれらの規則を特定するように思える。それによって、事物が、手あたり次第の存在の突出としてよりは、語る言語として姿を現わしてくる。これらの規則は、構造主義の主張の中で用いられると、陳述を結び合わせて、明瞭な単位（それらに潜む可能性を掘り出せば掘り出すほどますます明瞭になってくる単位）へと合成していくネクサスを包含するものになる。そうすると、（『失楽園』からとられた幾行かですでに行なったように）例えば文学作品の中で二つ、もしくはそれ以上の記号表現のグループが見られるとき、そのうちひとつのグループの記号表現を分離し取り上げることによって、直接存在の脅迫的な雑多性は方向を転じて、慣習と認められているものの事例の中に導き入れられる。対象を一般的な修辞的秩序の中へと集合された一連の陳述へと還元したりする構造主義的手続きは、文学を原型に分析する手段に幾分か似ている。この手続きは、アメリカで一般に実践されている批評である。構造主義者たちと原型批評家たち(四三)はつねに、言語と直接出会うことを避けたいと思う人たちである。彼らはその代わりに、のど一杯の語りの連鎖を、地口における単語の持つ複数の意味のように、一連の記号表現（それらはみなその連鎖の言語性の中に存する）へと弱体化する。言語性は、おそらく私たちの意志にさからって、言語と現実とをともに、あたかもそれらがスウィフトの小さな諸言語といったものの中や『フィネガンズ・ウェイク』の地口の中に賢明にも隠されているかのように、読むことを私たちに強いるのである。

　このかなり秘儀的な言語観にとって問題であることは、まず第一に、規則というものが記号作用の安全性と監禁性とを確保するという点である。したがって、ある意味では、構造主義は、それ自身の行なう活動の保証された確実性を保守的に保護していることになるのである。あらゆる偶発性にとって、ひとつの規則が言語性の中に潜んでいるのが発見される。二番目に、規則の数は、これも保守的に、実働可能な範囲の最小限に押さえられている。①いくつかの情況に当てはまる規則はないこと、②規則の数には限りがないこと、の二つを進んで認めることは、ⓐ無限の語彙、ⓑ無限の規則の最終的には役に立たない目録、の二つを信じることが必要であることを意味するだろう。そしてこれらのうち後のほうの偶発事項は、構造主義者が認めようとはしない偶発事項である。だが、ボルヘスのイレネオ・フネス[四四]はこれを認めていて、彼は、無数の個別現象から出来ている目のまわるような彼の世界の「口ごもるような壮大さ」の中に閉じ込められているのである。言語性は、したがって、無限の個別性のしつらえる独特の罠を、そして無意味な拡散のしつらえる罠を避けることに代わる手段ということになるのである。構造主義者の言語性とフーコーの言述性についての考え方が異なる点は、後者が言語の中に、そして言語の背後に持続的に存在する合理の犯す過失と呼んでよいものをもっぱら扱うのに反し、前者はそういうことはしないということに見られる。

フランス系の構造主義的視野が孕む独自の問題は、ジャック・デリダのエクリチュールの中にはっきりと、かつ正当な理由をもって露呈されている[146]。自立した哲学者であるデリダは、構造主義をどのように考察する場合にも必ず言及されなければならない人である。というのは、彼の作業のひとつの側面（はっきり言って、特別の側面）は構造主義者たちへの、グロテスクといってよいほど明瞭に提示された批判となっているからである。かくして、自己破滅の苦痛の中にすでにある哲学をニーチェが吐き出したのと同じように、デリダのエクリチュールは、構造主義の諸原理を超現実的な、大きな目的へと変容していくのであって、それらの目的が原版に対して持つ過度に正確な関係によって原版は嘲られ、圧倒され、破壊されるのである。構造主義の意味は、デリダにおいては、大文字で、しかも余りにも大きな文字で書かれているのである。膨張現象が多くのレベルで明白に見てとれる。まず、彼の著作の組立ての中にそれが見られる。それらの著作は、正常の構造的な気取りを堅苦しくもとりすましたものに見させている。例えば『グラマトロジーについて』は「純粋」かつ「単純」なエクリチュール研究である。その前半は〈文字以前のエクリチュール〉と題されているが、この前半が始まる前に(デリダは、たえず先行してある状態にとりつかれている)〈銘〉(*Exergue*)と題された短い脱線部分があり、それにすぐ続いて第一章〈書物の終わりとエクリチュールの始まり〉が続くというわけである。もっと後の或る章は〈外部は内部〉といった謎めいた題がつけられている。二番目に、デリダの散文はときとしてきわめて自己耽溺的であるが、しかしそれには穏やかではあるがほとんどマニア的とも言えるほどの複雑さがまつわりついていて、そのために翻訳が、そしておそらく説明もむずかしくなる。彼の散文の重要な特徴は、まず、グラマトロジーに関する用語をイタリック体にする癖であって、そのために、それらの用語は存在論に関する用語にされている(例えば、〈痕跡〉*trace*, 〈文字〉*letter*, 〈銘記〉*inscription*, 〈原・エクリチュール〉*archwriting* など)し、また存在論に関する用語をイタリック体にする癖もある。そのために、そのような用語はグラマトロジーに関する用語として作用することになる(例えば、〈始まり〉*beginning*, 〈終わり〉*end*, 〈暴力〉*violence*, 〈侵犯〉*transgression*, 〈還元〉*reduction* など)。二番目に、デリダは用語を特殊化して、それらの用語の持つ常識的な意味の近似パロディーを仕立てあげている。[147] 彼はこの操作を〈差異〉*difference*(また〈差延〉*différance* のような語を彼が創ったことにも注意せよ)、〈作品〉*works*, 〈経済〉*economy*, 〈変更〉*alteration*, 〈反復〉*iteration*, 〈エクリチュール〉*writing*, 〈現存〉*presence*, 〈代補〉*supplement*, 〈自己融発〉*autoaffection*, そして最後に〈構造〉*structure* といった語に応用する。ある時点でデリダは、自分のこの提示方法を〈優柔不断性〉と記述している。というのは、彼の主題はディコンストラクション(脱構築)の動き、つまり構造化の対立物であることを、彼は認めているからである。[148] 構造主義はロゴス中心的であり、それは、つまり、発話行為にとって補助的なものとして理解される書記テキストに関する哲学であると信じているというまさにそのことによって、デリダは、証拠と必然性に関する構造主義的な考え方は願望が帯びた形であると主張するのである。この発想をルソーまでさかのぼってたどりながら、デリダは、近代西洋世界におけるテキスト性は現実体の現存性が不在性として表わされるような深淵として考えられてきたことを示そうと願っている。ひとつのテキストの〈常軌逸脱性〉とは、現存性であろうとする過度の願望である。そうであれば、言語性とは、テキストの持つ補助的な言語面での豊かさの中では、この願望の明確化ということになる。

『エクリチュールと差異』の中の最後の試論は、デリダの形而上的・文化論的省察をいろいろ集めた素晴しいものになっている。彼が読者の心眼の中に植えつけようと企てていることは、中心を、あるいは〈始源〉を、あるいは優勢な〈記号内容〉を持たない要素（純粋な記号表現）の結合的遊戯として秩序を捉える構造的な知のパラドックスである――

そこで、これが、言語が［人間存在の］普遍的・問題的領域を侵犯する瞬間となる。そのときこそ、中心もしくは始源の不在の中で、すべてが言述になるのである。ただし、これは、この言述という言葉が理解されるという条件に立っている。つまり言述とは、中心的な記号内容が、ひとつの始源に由来するものであろうと、超絶的なものであろうと、差異の体系の外にはけっして絶対に存在しないような体系であるということである。超絶的記号内容［*significatum*］の不在が記号表現の領域と遊戯とを無限に広げるのである。(149)

デリダは、ある出来事を脱中心化が起こった時間の中に位置づけることが困難なことを続けて語っている。この出来事を、例えばフロイトや、さもなければニーチェの作品に帰することは事実、中心のない円に再び身を委ねることを意味し、その円のかなたに脱出することを少しも意味しない。というのは、記号表現の構成する悪循環はそれ自体、地球規模的に考えると、形而上学の歴史と、フロイトやニーチェなどのようなラディカル派の人たちによるその歴史の破壊との関係情況であるからである。言語を外にして、私たちは、秩序が挑戦を受けているその同じ構造に同時に依存しないような方法で破壊を記述するいかなる手段も持たないのである。フロイトやニーチェのことを語ることは、まず、哲学の構造を受け入れることを意味するが、そのことはつぎに、成功の見込みは多くなくとも、構造が崩壊していくことを示すことを意味する。だが、崩壊現象は、先行する秩序によって用意された言葉もしくは記号で記述するほかないのである。この問題全体が呪いとも思われるほどに困難であるのは、デリダによれば、対立もしくは相互差異が記号表現の避けることのできない基盤となっているからである。これがいかに構造主義的信条の主要項目の一つであったかを、私たちは思い起こす。つまり、単語の持つ意味、記号の持つ意味は区分的であるということであって、単語の意味はその単語に内在するものではなくて、その単語が別の単語に対して持つ〈差異〉の質である。レヴィ＝ストロースのような構造主義者は、道具（記号体系としての言語）の真理価値を批判していながら、その道具の価値を保存しようと願う人の立場にあると、デリダは主張している。[150]これはニーチェやフロイトについても同じように言えることであって、ニーチェは哲学を哲学的に攻撃し、フロイトは心理学を心理学的に攻撃した人である。近代批評に関わる知の厄介なジレンマについてデリダが示した理解の仕方は、知を窮地におとしめるような、弱体化へと誘うパラドックスを意識しているという点では、ドストエフスキーの作品に似ている。

かくして、言語（そして言語が統禦する諸科学、とくに民族学）が、言語が批判し、厄払いをしてきた哲学的、そして／あるいは認識論的中心、あるいは〈始源〉と入れ換るべく運命づけられた新しい、暫定的な中心として姿を現わしてくることになる。ひとつの神話が今ひとつ別の神話にその座をゆずる。[151] 記号表現（これをデリダは一連の無限の代替物と呼んでいる）の遊戯（*jeu*）が、中心の欠如によって限定を受け、それが特徴となっている言語の場、もしくは空間の中で行なわれる。無限性は、特定かつ限定された不在の結果として起こる現象である。遊戯、それは構造が互いに反映しあうときに構造が言語の中でおびる全体性の特徴を言い表わす今ひとつの方法であるが、それは不在を補うものである。ここで私たちは、バルトが〈記号内容〉の貧弱さとの比較によって記号表現の豊かさを不安げに意識したことを思い起こすべきである。したがって、遊戯とは、中心（あるいは〈始源〉）の現存性の、つまりは現存性それ自体の永遠の崩壊ということになるのである。というのは、中心は現存性を特定するが、現存性の欠如は不在を意味するからである。デリダはつぎに進んで、不在に向かう二つの態度を区別する。そのひとつはルソーの態度で、それは否定的であり、罪意識に捉えられ、郷愁的であるが、もうひとつはニーチェの態度で、それは肯定的であり、喜びに満ち、前方に目を向ける。この第一のものはレヴィ゠ストロースの作業も含めるが、それは、失われた〈始源〉に希望をもって出会い、それを再獲得し、再発見するような新しい力を求めて、現在の中にセンチメンタルに目をやり、現在が今行なっている努力の〈中を〉のぞきこむのである。

だが、デリダは、これらの二つの態度のうちどちらかを選ぶことは現実に今の時点では可能なことではないと言って結ぶのであるが、この結論は正しくないと私は思う。私たちが生きているのがこの第一の態度の諸形態が優勢である世界ということは、部分的にしか正しくないのである。デリダのエクリチュールが証明しているように、これらの形態は、私たちの置かれている情況を表現するときに私たちが選ぶ方法に影響を与え、私たちの精神活動にいろいろの種類の組織化をほどこし、私たちのたどる方向の諸相を固定する。これが、私たちが依然としてロゴス中心的であり続ける理由なのであり、私たちの精神は記号原理の中に根をおろし、不在のパラドックスに縛りつけられ、価値によりも差異に身をゆだねたままでいる理由なのである。今私たちになしうることと言えば、私たちの視野の中で来たるべき変化をちらっとでも捉えることとくらいである。私たちはこのことを、つぎのごときイェイツの震えるような質問の線にそって行なうことができる――「さて、いかなる乱暴な動物が、その時間がついに到来した今、／生まれるべく、ベツレヘムの方に向かってうずくまっているというのか？」だが、フーコーの態度の発展は、私がすでに示そうと努めてきたように、その肯定性、進歩性、精神的発見などといった点で、こういったもののすべてと異なるのである。

構造主義的立場のひとつの重要な面は、フーコーの場合とは違って、分析のテーマとして、実践よりも、しばしばノスタルジックである神話を選んできたという点に見られる。この面に対して、一九六八年までのデリダの作業の残余は捧げられた。その中で、彼は構造主義の概念的粘着性を引きはがし、それに威嚇を加えてきた。『グラマトロジーについて』と『声と現象』は、言語を民族中心的人間の自己発情的な神話（デリダが援用するテキストはルソー、ソシュール、レヴィ＝ストロースなどである）として、また「発話を欲する」ままの状態に留まるところの内的な声の外的、現象学的表現として、それぞれ分析している。デリダの凝視は、二次的産物としてのその地位からはずされ、その代わりに、発話行為の存在論的不在に対処する責任を与えられてきたところのエクリチュールの上に固定されたままである。この責任の受諾は、ひとつの〈始源〉についての民族中心的な夢にもかかわらず（この始源は、エクリチュールが発話に取って代わったときに、追放された）、奇跡的にエクリチュールの中に姿を現わしてくるのだが、それが、グラマトロジストとしてのデリダにとって、エクリチュールを純粋投企の遊戯にするのである。エクリチュールは、エクリチュールが作る各々の痕跡の暴力にたえず参加し、それによってエクリチュールは、個々の差異の創始と個々の記号の創造のまえにどうしてか存在している純粋分化（*différance*）と隣接するところの警戒心を手に入れるのである。

フロイト、アルトー、バタイユ、レヴィナスなどについてのデリダの批判と理解とは、構造主義的な手段や虚無的な徹底性をもって実践されている。[四五]したがって、デリダの作業は、一方では文化的秩序のアルファベットとしての構造主義と、他方では漆黒の闇を髪の毛一本ほど超えたところでちらちら光るエクリチュールの裸の輪郭、痕跡との間にある場所を心の中で忙しく横切るのである。構造主義は、構造主義によっては考えつくことができないがゆえに実現されることのない可能性を秘めた保存力であるといったように、デリダに見られる内意に私たちは同意する必要があるのである。にもかかわらず、古典的な写実主義的小説は、フーコーのような哲学者や、ビュトール、ガルシア・マルケス、ボルヘス、ベケットのような小説家や批評家などが今日新しい創造的秩序の可能性を研究し、その図式を描いているのとちょうど同じように、行為と潜在力との間にある、あの神秘的で願うような面持を湛えた空間を満たしていたのである。だが、すでに第4章で見たように、西ヨーロッパにおける古典的小説の存在と、フーコーや構造主義者たちによって表わされる非連続性の危機との間には、〈起こった〉ところの意図的操作、エクリチュールの、そしてテキスト創造の論理が介在しているのである。その豊かさの中で、この操作は先行現象をはるかに超えるものを意味していた。それは、連続性、恒久性、適合性、幻視、そして修正といった考え直された諸形態をまき込むものであった。これらのすべては、私がずっと始まりの現象と呼んできた複雑な出来事の中で起こるものなのである。この章で私が今まで論じてきた思考とは別にこの出来事がまた意味してきたもの、これが次章、つまり本書の最終章の主題となるのである。

第6章　結び——その作品における、また本書におけるヴィーコ

I

ヴィーコ[一]の『新しい学』（一七四四年）の〈要素〉のひとつはつぎのような公理である――「学説はそれが取り扱う素材が始まったときから始まるのでなければならない」*（三一四パラグラフ）[1]。このことは、例えばある体制に関する歴史的に理解可能ないかなる記述もそれ自体その体制の始まりの時点から始めなければならないという見方をほとんど超えるものでないように見える。始まりの時点から始めよ、である。にもかかわらず、ヴィーコはなぜにこれを新しい公理として考え、これを自分だけが発見したものだと主張したのであろうか。デカルトとは違って、ヴィーコは、人間は「不確定な本性」（*l'indiffinita natura della mente umane*）[2]を持っていると信じていた。明瞭で明確な思想こそ、まず初めにではなく最後に考えられるべきものである。というのは、人間は哲学者になるまえに、例外なくすべての人間と同じように、その人生を子供として始めるのであって、その子供は時が経つにつれて、子供らしい信仰を捨てて、明瞭で明確で、熟成した思想として一般に知られる、より想像力的でない、より詩的でない思想を獲得していくからである。したがって、歴史的に言って、人間的思考の最初の事例は漠然たるイメージということになる。歴史的発展の比較的あとの段階になってはじめて、人間は明瞭な抽象概念で思考する力を手に入れる。それはちょうど、「あらゆる言語の語源についての普遍的原理［に応じて］……語が精神と魂の体制

＊『新しい学』からの引用文の日本語訳は原則として清水純一・米山喜晟両氏の訳（『ヴィーコ』世界の名著　中央公論社、一九七九年）を使用させていただいた。感謝して記す。ただし、原文における引用の文脈に応じて変更を行なったところもある。

を表現するために、物体や物体の特質から選び出される」（二三七パラグラフ）のと同じである。同様に、歴史とは、物体の漠然たる誕生（*nascimento*）から、物体の発達した、体制的状態への推移である。そうなったときはじめて、物体は、その本性がその始まりによって決定されているとはいえ、明瞭なものになる。法律のような体制的制度を理解しようとする哲学者は、その法律がもともと出てきた遠い過去の、暗黒の情況とははるかに離れた概念的な言語を使用する。だとすれば、いかにしてヴィーコの単純な始まりの公理を追っていくことができるか、ということになるだろう。というのは、ヴィーコによれば、より明確になり、より正確になり、より科学的になるときに、人間の精神はやがて、肉体に根拠を置くことがより少なくなり、より抽象的になり、それ自身の本質的自我を直接に把握することがよりできなくなり、始まりの時点で始めることがよりできなくなり、自己を規定することがよりできなくなっていったからである。あるいは、同じように逆説的なことだが、合理的描写ははっきり言って、ある種の具体的な事物を記述するのに、心象よりもより不正確な、より不明確な手段なのである。ちょうど子供が哲学について不明確な考えを持っているのと同じように、哲学者もまた体制の幼年期については不明確な、あるいは少なくとも不的確な考えを持つのである。

この妥協を許さない事実がヴィーコに、「ほとんどすべての……彼の文学生活にわたる執拗な研究」（三四パラグラフ）という犠牲を強いることになった。彼のテーマ「諸民族国家の共通の本性」ほどの普遍的なテーマがつぎのような単純な公理に立脚していたのである——私たちはこのような研究を民族国家の始まりを論じることによって始めなければならない、と。にもかかわらず、彼と彼の読者のすべての学識すらも、二十年にわたる研究の果てに到達したところの、途方もない始まりの現象のつぎのような奇怪な発見への十分な準備にはなりえなかったであろう——

この「学」で採用された諸原理をより完全なものとして確立するためには、さらにこの第一巻で、この「学」がとるべき方法について論じることが必要である。すでに公理〔三一四〕で述べたように、学はその対象となる素材が始まるところを出発点としなければならない。即ち、言語文献学者としては、デウカリオンとピュラの石、アンピオンの岩、カドモスの畝〔六七九〕、ウェルギリウスの堅い樫など、そこから人間が生れたとされるものから出発しなければならない。また哲学者としては、エピクロスの蛙、ホッブズの蟬、グロティウスの患者、またプーフェンドルフによればマゼラン海峡で発見されたパタコネスと呼ばれる、いっさい神の援《たす》けなしにこの世に放り出された不格好で兇猛な巨人ども〔一七〇〕、即ちプラトンが家族（国家）における最初の家父長たちの典型であるとした〔二九六〕ホメロスの一眼巨人キュクロプスから論じ出さねばならないのである〔これが言語文献学者、哲学者から我々がこれまでに与えられた人間の起源に関する知識なのである！〕。ということは我々は、原始の人間たちがはじめて人間的に思考しはじめた時点を論の出発点としなければならないということである。彼らは狂暴で止まるところを知らぬ非人間的な獣の自由状態にあった。その狂暴さを和らげて自由を抑制するためには、ある神聖なものを思考して畏怖する以外にはなかった。さきに公理〔一七七〕で述べたあの恐怖の念が、横暴な自由を規制するただ一つの強力な手段だったのである。だが異教徒世界に生れたこうした人間的思考のあり様を再現するのは非常に困難な仕事であって、それだけで優に二十年の研究期間を必要としたほどである。それにまた今日の我々の人間化され文明化された状態から、あの（原始時代の）想像を絶した、ほとんど理解することさえ困難な狂暴で野蛮な状態にまで降ってゆかねばならなかったのである。（三三八パラグラフ）

人間の世界は、イェイツの言う「心という汚らしいくず屋の店[二]」さながらに、石や岩や蛙やせみの中で始まる。この世界は、プラトンの形相の領域とも、あるいはデカルトの明瞭で明確な思惟の世界とも異なるまったく別の世界である。ヴィーコの偉大な書物のあらゆる部分は、人間の現実世界の、ひょっとすれば追放されていたかも知れない始まりの現象に実体を付与する努力となっている。だが、彼が人間の始まりを記述するたびごとに、ヴィーコは、「われわれは少しも思い描くことができないし、多大の努力をしてはじめて理解できる」などといったことを言って、今まで行なった描写を根本的に修正するのである。そのために、近代人が自己の始まりを位置づけることが困難であるのみならず、近代人が自己の歴史的な原生状態を意識するようになったときでも、彼にはそれがどんなものであるかを真に想像することすらできないということになるのである。

始まりの現象に関する書物の結びの部分にヴィーコを置くことは、まさにこの真理によってと同時に、その真理によって引き起こされる学問への姿勢によって許されることである。今まで私が発見できたかぎりのことで言えば、ヴィーコは、すぐに見るように、始まりを具体的な現実に対するゆるがぬ義務と、同等の力を持つ部分に対する共感的想像力とを持ち続けることを筆者に要求する活動として認知している近代の思想家の原型なのである。そして、始まりの現象に関する研究がヴィーコに負っている恩恵を理解するためには、私たちは彼の作業を有意義の手続きを始めたものとして最終的に理解するよう努めなければならない。いかなることを企てる場合でも、その時の具体的情況によって精神はそれらの情況を考慮に入れる必要があるが、〈義務〉というのはここではその時の態度の正確さの意味であって、それはたんに受動的に持続すべき義務ではなくて、まず、すべてのことを単純なものにするような図式的方法はないことを、つぎに、自己の研究分野が与えられたときにそれを始めるために自己の置かれた情況と関連して必要となるすべてのことを、それぞれ知ることで作業を始める義務のことである。つぎに、〈共感的想像力〉

のことを私が言うのは、書き始めるということは、手始めの段階では、作り出すことによって以外には知ることが不可能なことを、正確に、意図を込めて、独学的に〈知る〉ことであるという意味である。しかし決定的な影響力を持つのは、この義務と共感的想像力の相互関係である。

私たちの野蛮な祖先たちにとってと同じように、研究心に富む近代の精神にとって、理性を通してではなく恐怖を通して手に入れられた〈神性〉の原理は〈奔放になった自由を減少させる〉。私たちの始源に先行する力、ヴィーコにとって取り返しのつかない野蛮状態にこれ以上後退することを防ぐことができる力を〈想像する〉（予知する＝作り出す）ことによってのみ、私たちは人間的であろうとする意図を持ち始めることができるのである。原始人に課せられた束縛と哲学的人間に課せられる束縛との一致は、根拠のないことではない。野蛮人も哲学者もともに、神の時間的秩序に対しては、聖なる歴史に対しては無縁である。というのは、ヴィーコによれば、ほとんどの歴史は人間的な、そして〈異教徒の〉苦悩であるが、それに反して、ユダヤ人たちにとっては〈真の神によって建てられた〉生活があるからである。この点においてヴィーコは彼としてはもっとも深い意味のことを述べているのであって、彼は自己の論点を美しく示すために語源的な地口を使っている。異教の野蛮人もしくは哲学者はなんらかの神的存在を恐怖を抱いて考えることによってなだめられる。だが「それと対照的に、ヘブルの宗教は真の神によって、すべての異教の民族国家が建てられたときの基盤となった神占の禁止の上に（*sul divieto della divinazione, sulla quale sursero tutte le nazione gentili*）建てられた」（二六七パラグラフ）のである。決定的な区別が、一方では神性を予知し想像する異教徒たちと、他方では神占を禁じる真の神を持つヘブル民族の間になされているのである。異教徒であることは、真の神への接近を拒まれ、思考を求めて神占に赴き、永遠に歴史の中に、神の秩序とは別の秩序の中に生き、その歴史という別の秩序を遺伝的に作り出す能力を持つことなどを意味する。ヴィーコの関心はいかなる点においてもこの別の秩序、つまり人間によって作られた歴史の言葉にあるのである。

始まりの現象についてのヴィーコの考えは、思うに、きわめて広い範囲にわたる重要性を持っている。ヴィーコほどのきわめて予弁的で詩的な理解力の持つ正確さを発見することは、現代の読者にとって興奮的な体験となる。彼が始まりの現象を考察した最初の哲学者であるのは、時間的に言って彼があのように思考した最初の人であったためではなく（事実、ヴィーコは通常、そういった大胆な業績をあげた人としてベイコンをあげている）て、彼にとって始まりは決して与えられず、同時につねに不明確であり、あるいは占われるものであるが、しかもつねにかなりの犠牲を払って主張されるものであるからである。ヴィーコがまた最初の哲学者であるのは、始まりの現象を考え直したあとで彼が、誰も、野蛮人も省察する哲学者も、現実には最初の人になることはできないこと、それは、それぞれが始まりを作り、したがってそれぞれがつねに〈最初の人であり続けている〉からであることを理解したからである。原始人と現代人に共通する始まりをヴィーコが発見したのは、三つの有益な衝動を体験した結果のことであった。そしてこれらの体験は『新しい学』に大いに関係があり、またこの著作の方法のかなりの部分を構成しているのである。

まず第一に、ヴィーコは、思考や記述のいくつかの分野では理論と実際の経験は、近接しているがゆえに互換可能であることを証明しようと企てた。ヒューマニストが抱く人間観と、人間の実際の乱雑な経験、これらはヴィーコにとっては一枚のコインの両面である。実際の歴史的出発時点を確定すること（これは今日ではルーツ探しと呼ばれている）と、言語では正確に表現できない抽象的な始源を考えながら物ごとの本質を省察すること、これらは、ヴィーコが文献学者としてと同時に言語学者として考え、維持しうる二つの対極にある対立項目である。彼はこれを、両者の独自性を減じさせないで行なった。これが、〈精神の辞書〉とか、〈進行〉(*corso*)と〈回帰〉(*ricorso*)の循環といった壮大な発想が、原始人の父親たちが山中の洞窟の中で彼らの妻たちと交わっている図を記すヴィーコの描写のごく近くに、いかなるものも介在させることなく、位置している理由なのである。ヴィーコにとってこういった離れ業が可能になったのはヴィーコ独特の言語の理解によるものであったと言っても、なんら誇張にはならない。言語では、抽象語か具象語のいずれかがまずⓐ不確定な意味を表わし、そのあとⓑ明確化が要求されると条件的な意味を表わし、ついでⓒ主要な意味母体と個別の経験からの距たりの程度を表わす——このようにヴィーコは考えていたらしい。このうちⓒの意味作用は少しばかり説明が必要である。他の十八世紀の人たち(例えばモンボッド卿、ルソー、ハマン、ヘルダーなど)と同じように、ヴィーコは歴史における言語の最初の出現を説明しようとした。だが、こういった思想家のいずれとも違って、ヴィーコは専門の語源学者であった。彼にとって語は、たんに或る原始的な人間の口唇から出たものとしては想像できないものであった。各々の語は他のいくつかの語との関係体系を持つものであった。いや事実、それは関係体系そのものである。『新しい学』は大部分、言語の語源的かつ相関的説明を、必ずしも正確ではないが、巨匠らしく示したものである。名前と人物(具象語と抽象語)とがいかにして同じ意味を持っていたかを説明するために、ヴィーコはこう言う——

ローマ法では〈名《ノーメン》〉は「法」を意味する。ギリシアでは、発音の類似性によって、ノモスは法を意味し、ノモスからノミスマ即ち貨幣が生じたことは、アリストテレスの記す通りである。語源学者の説に従えば、ノモスはラテン語で〈貨幣《ヌムス》〉となったという。フランス語では、ロアは法を意味し、アロアは貨幣を意味する。

そしてまた、再帰せる野蛮時代においては、カノンは教会法であると同時に、借地人が借地権を与えた地主にたいして支払う金を意味した。(四三三パラグラフ)

このような精神傾向は系譜的な連鎖性を作りあげるが、この連鎖性によって語が機械的に或るルーツにまでまっすぐにたどられる。このルーツはそれ自体では弱々しく、魅力に乏しい見込み点である。ヴィーコはつねに隣接線の存在を感じる——〈ノーメン〉、〈ノムス〉、〈ロア〉といったように。もっとも初期の歴史時代の特徴を記述したいと思うとき、ヴィーコはその時代を、彼が〈詩的〉と称する一連の知の相補的体系に分割していく。すなわち、詩的形而上学、詩的論理学、詩的歴史学、詩的地理学などである。それらのうちどれひとつとっても単独に存在しうるものはない。各々の歴史的な時代におけるすべての知は、それぞれ異なる分野の間に張られた筋肉といったものが表向きは分散してはいてもこれらの分野を結びつけているという点で、詩的であるというように、すぐにヴィーコには思えてくる。〈詩的〉という用語はしたがって、論理的、連鎖的連続性に対抗して主張される隣接性の関係を意味していることになる。つまり、完全なアナロギアとは、人体の各部分の間に認められる関係の仕組みということである。人間がもっと思考を働かせ、自分の身体とは別のものを見ることができるようになると、言葉は身体よりも遠いところに届き、抽象的となる。すべての言葉の総和という発想は、すべての書物を包括するマラルメの『書物』をかなり驚くべき形で予兆するような思慮深い考え方である。辞書の中のそれぞれの単語は、ここでも体系的隣接性によって他の各々の単語に関係づけられているが、この場合系譜的な線で結びつくことははるかに少ない。思考を行なう時代における知の詩的理解は、ヴィーコが言語科学と呼ぶところのものである。

ということになれば、以下がヴィーコの思考における第一の有効な衝動ということになる——つまり、言語における抽象語と具象語の相互的直接存在性は、語の基本的な詩的隣接性に基礎を置くものであって、この隣接性をヴィーコはまた、家族を形成して集まる最初の人間たちの中にも見ているということである。これはすべて、思想のひとつの群から別の群へと移動する論証の方法を必要とすることになる。例えば、ヴィーコは、〈パ〉(*pa*)というのは、恐ろしい雷鳴を真似て人間が口にした最初の音節であると言う。それが重ねられると〈パーペ〉(*pape*)(父なるジュピター)になるのであり、そこでヴィーコは、すべての原始的な神は父や母として想像されたことを示している。つぎに彼は〈パトラーレ〉(*patrare* 為す)から、動詞の〈インペトラーレ〉(*impetrare* 完成する)や〈インペトリーレ〉(*impetrire* 祈願する)を論じる。そして最後に彼は「神占によって神の法を明らかにする太古の通訳(*interpretatio*)は〈父の仲間入り〉(*interpatratio*)であった」と主張する(四四八パラグラフ)。ヴィーコのテーマは諸民族国家の共通の法であり、彼の強い希望は共通の始まりを発見すること(系譜的企図)であるにもかかわらず、彼の〈題目的〉方法はあらゆるところで、相関性、相補性、隣接性などによって証拠を集めることになる。彼の願望は原初の始まりを、直属の系譜を位置づけることではあるが、言語の物理的証拠や彼の学識が彼のこの願望を拘束して、彼の気持ちは、言語が占いや詩の影響を受けやすい情況にかかずらうことになる。遠くにあって回復不可能となった始源が無益に切望されるのではない。なんとなれば精神は、新しい連関性(例えば〈パ〉の並行語源)を何度も何度も作り出すことによってその始源が力を発揮するのを再体験できるからである。かくして〈系譜的目標のために用いられる方法としての隣接性、相補性、並行関係、そして相関性〉が言えるのである。ヴィーコが異教世界と呼んだ世界では、これはつぎのようなありきたりの位階体系をまったく廃棄してしまう——つまり、肉体より高位の霊、証拠より高位の意味、息子よりも年長であるがゆえに賢い父親、詩人よりもより〈合理的〉である哲学者もしくは論理学者、たんなる語の集まりよりも高位の思想といったものを廃棄してしまう。それはまた、すべての人間の努力の上位に立つ〈始まり〉をも廃棄する。

第二の有効な衝動は、自己と他者を集合的運命という次元で理解しようとするヴィーコの野望である。マルクスやフロイト、あるいはニーチェ以前のいかなる哲学者の中にも、私たちはヴィーコにおけるほどに偉大な同化力を見出すことはできない。彼は語を自分の主題と考えているわけだから、人間の経験のいかなる相も単なる細部の地位に追いやることはできない。ヴィーコと後の十八世紀の同時代人であるサドの間の大きな差異が最小限のものとなるのは、肉体の細やかな動き（言葉はその肉体の動きを拡大したものであり、それを象徴するものである）に対する彼らの関心の普遍性においてである。この関心は民族国家間の障害を崩し、位階的タブーを分解させる。さらにそのうえ、それは自然に対立する（あるいは、ヴィーコ自身は決して認めはしなかったであろうが、宗教に対立する）身振りとして表現される。[3] 人間の集合的運命は別の世界、ヴィーコが異教的と呼んだ世界の創造に存する。

神の役割について、あるいは神の摂理の役割についてさえも、ヴィーコは信じている人であるように明らかに見える。「今私が行なった全人類の文明制度に関する明瞭かつ単純なる観察を見れば」とヴィーコは『新しい学』の終わり近くで述べている、「これは神によって建設され支配される諸国家の一大都市であると、我々は確かに言いたい気持になるだろう」（一一〇七パラグラフ）。その数文あとで、彼は、人間の世界の永遠性は「超人間的な知恵の教え」（同）であると言っているが、その次の文で、彼はこれを、「［人間の都市を］神のように統治し、管理する」ものとつけ加えている。ここの〈神のように〉(*divinely*) という語は意図のない語ではない。異教徒が彼らの政策の基礎とする〈神占〉(*divination*)（つまり、

divinity／*indefinite* に関する地口を効果的なものとする思考の全プロセス）を想起すると、この句はまたつぎのような優れた摘要を受けとる心構えを示してくれる（ここでは神もしくは神の摂理は非存在の役割を演じている）——

なぜなら諸民族からなるこの世界を作り上げているのは人間であるが〔私はこのことを、哲学者や言語文献学者の作品のうちに発見しようとして果たせなかったため議論の余地なく本書の第一の原理とした〕、それは疑いなく、しばしば人間が自ら設定した特定の意図とは異なり、時にはそれと完全に矛盾し、常にそれよりもすぐれた精神から生じた世界であった。そしてその精神は、人間精神の限られた目的を、より大きな目的のための手段と化し、常にこの地上に人類を保存するために利用したのだった。だから人間が野獣のように性欲を満たし、自分の子孫を捨て去ろうとするとき、かえって彼らは婚姻にもとづく貞節を守り、家族を作り出す。また家父長たちが被保護民にたいして無制限の家父長権を行使しようと意図したとき、実際には彼らを社会的支配権の下に服従させ、そこから都市が生れる。貴族という支配階級が、平民にたいする領主としての自由を濫用しようとすると、法の支配に服さざるをえなくなり、そこから民主的な自由が生れる。すると自由民たちは、法の束縛からのがれたいと望み、かえって君主に服従することになる。君主たちが自分の地位を強化するため、ありとあらゆるふしだらな悪習で臣民を堕落させようと企てると、その結果人民をより強力な他の民族に隷属させるのである。諸民族は自ら四分五裂することを望み、彼らのうちの生存者は、安全を求めて荒野に逃げる。するとその荒野の中から、彼らは不死鳥のごとくよみがえるのだ。こうした全てのことがらを行うのは、結局精神なのである。なぜなら人類は知性によってそれを行うからである。それを行うものは、運命ではない。なぜなら、人々は選択にもとづいてそれを行うからである。また偶然でもない。なぜなら彼らは常にそ

のように行い、しかもそうすることによって生ずる結果は永遠に等しいからである。(一一〇八パラグラフ)

他のどんな点にもましてただひとつの点で、人間の不明確な精神は明確である——それは、人間の精神が〈存在する〉ことを目指す意図、つまり人間の存在性の零点である意図という一点においてである。人間の知性とは、ヴィーコにとっては、意図された永続性、絶えず体験される存在の秩序を意味する。集合的人間の運命は、消滅を拒否して行なわれる単純な選択とはほど遠い。それは、神の聖なる歴史の秩序とは〈異なる〉(したがって異教徒《ジエンタイル》の、すなわち氏族《ジエンテス》と家族の世界の)意味の秩序の歴史的創造(これも不断に経験される)を引き入れる。人間の始まりは侵略である。また、人間が存するかぎり、人間存在の事実は侵略としての始まりを主張する。

にもかかわらず、ヴィーコは自己の感覚には誠実で、時間と多様性を無視することができない。彼の原始的野蛮人は異教的世界を始めたものとして着想されているが、この世界がのちに果たす発展のすべては規定されてはいない。「精神がこれをすべて行なった」(つまり人間の歴史のこと)と言うとき、彼は、人間の歴史は反復の秩序であって、自発的・永続的独創性の秩序ではないことを言っているのである。理論的に言えば、反復とは同一性を意味している。だが、実際には、周囲に目をめぐらすと、差異が見えてくる。違った考え方、人間、国、習慣、言語などが見えてくる。反復は道理にかなった考え方であって、それは、神々の時代、英雄たちの時代、普通の人間の時代といった三つの不変のサイクルの回帰的連鎖にすべての歴史を還元するヴィーコの方法を説明している。にもかかわらず、実際には、差異あるいは多様性は、理性によってほのめかされる〈非合理な〉混沌とした現実であるところの細部(異なる言語における同じ単語の持つ並行的かつ極度に変化する語源的形態と同じようなもの)であるのである。ヴィーコの

『新しい学』に見られる、比較的興味を引かない不毛なあの三つのサイクルと、ヴィーコが例の言語学的熱意をおしげもなく発揮して注ぎ出すところの、手におえない人間的出来事の細部が形成する真に力を秘めた共同体との間の奇妙な往復現象とは、サミュエル・バトラーがエレウォンの〈非合理大学〉のために構想した類の現象でも十分にありえたかもしれないものである。「〈非合理〉とは」、とこの大学は主張している、「合理の一部である。それはしたがって、始まりの状態を述べるのにそれ相応の役割を与えられるべきである」(4)。ヴィーコにとって精神が、人間が決断をなすときに行なう選択を決定するのであり、それはまた〈恒常的に正気な〉結果を決定するのである。この陳述をもっと分析してみると、それは、(運命ではなく)選択が機会あるごとに異なる決断をなすものであることも述べていることが分かる。それらの決断は見て戸惑うほどに多種多様であって、非合理的なものに見える。だが、そう見えるのもある程度までのことで、それらの非合理な偶然性が、同一性の限定されたパターンを事実のあとから繰り返すように思える一連の範疇(あの三つのサイクル)に還元されれば、そう見えなくなってくる。そのあとでは、それらは合理的なものに見えてくる。

ヴィーコの思考の第二の有効な衝動が、一方では合理を、他方では非合理を抱き込む集合的人間の運命を方法論的に把握するのに手助けとなるのであれば、彼の第三の衝動は、彼の思想を伝えるための表現方法を発見することになる。現代の読者にとっては『新しい学』は整然と書かれた著作ではないし、またどんな結論に到るのにもしばしば手間どることによっておそらく、この著作は解説的散文の悪例になっている。それにもかかわらず、ここで、自分の行なっていることについてのヴィーコ自身の見解を聞いてみよう――

人間文化の本質のなかには、あらゆる民族に共通する一つの精神言語が必ずや存在するに違いない。この言語は人間の社会生活のなかに起りうる事象の本質を理解して、それらの事象が呈しうるさまざまの様相を通じて、それに相応した変化をもって、この本質を説明してくれるはずである。その証拠が諺、即ち世俗的知恵の格言である。諺のなかには、本質的に同一のことが、古代・近代のありとあらゆる民族によって、国の数だけ異なった表現で理解されているのである。

この（精神）言語こそまさしくこの「学」独自のものである。この言語の光に照らされながら言語文献学者が研究をすすめてゆくならば、死語と現行語とを問わず、さまざまな分節化した言語すべてに共通する一つの精神の語彙集を編むことが可能となるであろう。……これから本書で論じようとするあらゆる事象にわたって、乏しいながらも知識の許すかぎり、我々はこういう語彙集を利用してゆくつもりである。（一六一―一六二パラグラフ）

ヴィーコの主題は、実際に起こった一連の出来事としてではなく、ひとつの言語として見られる。彼は、「人間の社会生活の中で行なわれること」と精神の中にすでに存在している一連の概念的公式項目の間に一種の語句索引を設定する。ヴィーコが別のところで「精神の疑似神的な本性」と呼んでいるものがそれ自体を動かし、それの持つ概念を創造的に変容しようとする傾向をどんなにしても持っているのと同じように、精神にあるこの〈能力〉（*ingegno*）は、それを表現するところの新しい社会的情況を事実上造り出すのである。しかし彼が共通要素や実行可能なものを主張していることは、精神は一連の限られた数の可能性からできあがっていて、それらの可能性はきわめて多くの組合せや変換が可能であり、それらはみな内的拘束条件によって〈無限に〉多様になることが防止されているというヴィーコの信念を強調することになる。つまり、彼は、人間の精神は創造的になれるほどにきわめて多くの変容を行なうことができるにしても、それは、人間の共同性や社会的秩序への必要性に立つところの精神自体の規則によって拘束されてもいるということを、主張しているのである。これらの規則が地上における人間の存続を保証するのである。

結果として、『新しい学』は、人間たちにまじった〈人間〉を記述しようとするその意図を一度も見失うようなことはしないことになる。ヴィーコの「小さな博識」は幾つかの学問や言語の中に広がっていった。彼はしたがって、人々の共同社会の〈ために〉、またそれに〈ついて〉書くことができたのである。彼は教授としてその大望を一貫して持ち続けてきていて、それらの大望は、さかのぼること一七〇八年の『現代における教育研究の方法について』(*De Nostri Temporis Studiorum Ratione*)において異常なほど雄弁に提示されていた。『新しい学』の構造がいやしくも尋常なものでないならば、それは、個々の文章の次元で、またセクションの次元でヴィーコが精神の多層的ではあるが組織化された領域を記述しようとしているがためである。例えば詩的道徳についての彼の説明は、〈徳〉がもっとも単純なものからもっとも複雑なものへと発展していく経過を記述することに終始する。ところが、次の章で詩的経済を論じる段になると、ヴィーコは今までとは異なる資料を用いてもっとも単純なものからもっとも複雑なものへと進展するプロセスを繰り返し、異なる種類の〈詩的〉構造へと達するのである。これらのセクションはすべて連鎖的に理解するほかないのに、ヴィーコは並行関係や対応関係や、それらの間での引喩現象を手段にして、それらをあたかも同時に起こったかのように仕立てあげようと目論むのである。

その著述の中でヴィーコの注意が向けられる場所は物語《フェイブル》であるが、この物語は厳密に言って歴史的物語でもなく、完全に空想的な作り話でもなく、(彼の同時代人たちの多くにとってそうであったように)

道徳に色をつけたどうでもよい書きものでもない。物語とは比喩化された言語であり、それは共同体的なものであり、それは一種の反復可能な独創性を持ったものであり、それは独自の構造を持つ——つまり、それはある特定の歴史と言語の中にはめ込まれているものである。ヴィーコがアキレスの盾についてのホメロスの描写やカドモスの物語を語るとき、彼はそれらを〈詩的物語の要約〉(*repilogamenti della storia poetica*)と呼んでいる(ヴィーコの英訳者たちはこの *repilogamenti* という語を *epitomes*—梗概—と訳しているが、すぐに示すように、これは完全に正確な訳語ではない)。これは、私たちが例えばポリピュリオスやヘンリー・レノルズなどに見出すような種類のギリシア神話に対する態度とはきわめて違った態度である。ヴィーコは、これらの物語は現実の歴史の〈一般的な〉段階を圧縮された言語で要約していると主張する。彼は、カドモスの物語は「カドモスによる文字の創造の話を含む」と実際に信じたと言って、こともあろうにエラスムスを嘲っている(六七九パラグラフ)。〈要約《レピロガメンティ》〉が価値があるとされる理由は、それらが、ギリシア人たちによるギリシア人たち自身の歴史の要約(象徴でもなく、梗概でもない)であるということである。したがって、これらの物語はⓐ歴史的であると同時に、「すべての民族国家に共通する精神的言語」に透明な形で属する言語を用いている、ⓑ物語の出来事に関するかぎりそれ独自の語りの論理を持っている(むろん、それらの出来事は歴史のある時代が過ぎていった主要な段階を〈一般的には〉忠実に表わしているが)、ⓒ独創的な創造物であるが、しかし個別の著者を持っているわけでもなく、また流布していた伝承の再筆話以上のものであると主張してもいない。なかんずく、〈要約〉は、「共通の精神的言語」の持つ放散する力を通して、歴史をそれ以後の世代や他の民族にも手の届くものにしようとしてその歴史を概括するのである。

ひとつのとくにヴィーコ的と言えるアイロニーに注目しなければならない。〈要約〉は英語の〈エピローグ〉(*epilogue*)に語源的に結びついている。始まりの現象や始源に関するヴィーコの考え方と最終的な意味で要約することを目的とする或るジャンルに対する彼の関心がここで接合している情況を、私たちはどう説明するのか。ヴィーコは、物語といったような独特の人間的構築物が、私たちが通例古典的歴史家たちや偉大な民族的叙事詩と結びつける一般化と真理への一種の〈意図的な〉力のみならず、私たちが今でも民話や伝説と結びつけるような原始的新鮮さを持っているものと考えていたと、私は思う。それらが書かれたものであるかぎり、あるいは、いずれにしろ時間の中で放散されるかぎりは、〈要約〉はしたがって解読され、研究されることを声を大きくして要求するのである。人間の現実的情況の始まりの段階の瞬間にそれらは特権的に位置しているので、それらはその後の研究のための特権的なテーマでもあるのである。事実、それらは、たとえ歴史的に〈真実〉でないにしても、研究のたどるべき最終のゴールなのである。笑いに関する試論の冒頭の文でヴィーコが言っているように、人間の持つ創造的な能力を真理と対照することは馬鹿げたことである。人間の持つ予見する、創造する力は、人間の最初の、そして(〈優れた〉と〈始まりの〉という二重の意味を持つ語を用いれば)人間の〈主な《プリンシパル》〉天賦の才(賜りもの)である。(5) 思想家としての彼のその語のすべての努力は、この人間の才能を究極的に理解する努力へと向けられなければならない。ヘルダーリーンの言葉で言えば——

神の子供たちについて、昔の人々の歌の中ではどんなことが予言されていたのだろうか。
ごらん、それは私たち自身だ、それはヘスペリアの果実だ。(6)

II

ヴィーコの思考は、今まで私が記述してきたように、それが本書のこれまでの五つの章を通して私が行なってきた主要な議論と並行するものであるという点で、この段階でとくに有用であると言える。始まりの現象を論じ、方法を素描するのに始まりの時点から私の助けとなってきたヴィーコの七つの道標を次に図式的に並べて示しておこう——

a　異教的なもの、すなわち歴史的なものと、聖なるもの、すなわち始源的なものの間のそもそもの区別——これは始まりと始源の間に私がもうける区別と並行する。

b　知的作業における、特殊な、特異な問題と、人間の集合性に対するきわめて強烈な関心の結合——これは始まりの時点からこのテキストに現われてくる結合である。

c　系譜的な継続性（これの生物学的基盤が明らかに存続する場合は除いて）に対してのみならず、並行関係、隣接性、そして相補性などに対する鋭い意識——つまり、直線的なものや連鎖的なものよりもむしろ、横の関係の、分散したものを強調するようなすべての関係。

d　始まりと反復の間の、あるいは始まりと再び始めることの間の中心的な往復運動。

e　〈書き直し〉としての、反復によって条件づけられた歴史としての、暗号化と分散としての言語——実践としての、そして発想としてのテキストの持つ不安定性と豊饒性。

f　注解、年代記、あるいはテーマの追跡といった範疇にしっくりとはまり込まない批評的分析のための題目。

g　先行する、あるいはすでに存在しているエクリチュールから〈別の〉意味体系を創始し、そのあとそれを維持するものとしてのエクリチュールにおける始まり。ここでも再び、（左のaでなされた）異教的なものと聖なるものの区別が妥当なものになってくる。

III

ヴィーコ自身の始まりは彼自身である、と彼はその『自叙伝』の中で繰り返し述べている。というのは、彼はなににもまして自己教育者（*autodidascolo*）であったからである。これは、友人のグレゴリオ・カロプレーゼによって彼に捧げられた尊称である(7)。彼は自分が学んだものはすべて自分のために、そして自分によって学んだのである。彼はごく若い時期から自分の個性と自分の精神力を確信していたように思えるし、彼の『自叙伝』はほとんどが彼自身の自己学習の記述になっている。しかし、クローチェもほのめかしているように(8)、『自叙伝』を『新しい学』の線にそって読むことは価値があることであるし、そうするためには、〈自己教育者〉という用語について『新しい学』のやり方に従って興味深い学習を行なうことで始めるのがよかろう。

調査への最初の一歩はいかなる場合も言語学的なものである、とヴィーコは言う。これを言い換えれば、語の秘めるいろいろの意味を探ろうとすれば、その語を調べる必要があるということである。そこで私たちは直ちに、『新しい学』におけるヴィーコの言語的説明に目を向けるという次第である。この著作の中で彼は私たちに、『新しい学』の第二の重要な面は権威に関する哲学であると言っている。さて、この〈権威〉（*autorità*）というのは、語としては、その原義として〈自分のもの〉（*proprieta*）という意味を持っている。その理由は、とヴィーコは続けて言っているが（三八六パラグラフ）、*auctor* は確かに *autos* に由来し、この *autos* は〈自己の〉（*proprius*）つまり〈自分自身の〉（*suus ipsius*）と同等であるということである。ここでの私たちの議論の出発点――〈自己教育者〉（*autodidact*）という用語、とくにその接頭辞 *auto*、そして人としてのヴィーコに対するこの用語の適用――を心にとめておいて、私たちはつぎにパラグラフ三八八に目をやる。その箇所でヴィーコは私たちに、人間の権威は、この句の十分な哲学的な意味において、「神といえども、人間を滅ぼすことなしには人間から取り上げることのできない人間本性の特質である。……知性が真理に従属する受動的な力であれば、この権威とは意志の自由な行使ということになる」と言っている。したがって、ヴィーコは、自分を自己教育者と呼ぶことにおいて、自己が自己を自己の人間性という権威（つまり特性）をもって教育することを言語学的鋭敏さを働かせて主張していることになるのである。そして、この人間的特性というのは完全に、意志の行使あるいは意欲の行使の中に存するのである。私たちがなにかを学ぶとき、最初意欲《コネーション》の行為を行なう。というのは、学ぼうとする意図を持つことによって、あるいは学ぼうという意志を持つことによってはじめて私たちは学ぶことができるからである。

　しかし、そのことは教えることとの一半でしかない。というのは、私たちは、自分が学ぶものを意識するようになるときに（なんとなれば、私たちは学んでいながら、しかもそのことに無意識でありえないからである）、それ以上のことを行なっているからである。意志の対象と意志自体を区別するとき、精神は意識（*conscienza*）を手に入れる。したがって、教育の行為が完成するのは、意識の根柢にある原理が〈ひとつの原理として〉理解されるとき、遍在的原理が帰納によって意識から知性へと引き出されるときとなる。したがって、「〈見ること〉（*videre*）は〈考えること〉（*cogitare*）」ということになる。そこで、私たちは科学（*scienza*）あるいは真理、さらにあるいは哲学を手に入れる。こう見てくると、〈自己教育者〉という用語の持つ十全な意味が、今記述したプロセス全体を含むことになるのである。このプロセスは、哲学的に受けとれば、〈意識〉（*conscienza*）であり、原理が哲学的に把握されるときは、〈科学〉（*scienza*）である。ヴィーコが記述しようと努めているのは、能動的な意志と内省的な知性といった二重の相を持つ精神、つまり行動し、同時にその行動する精神を観察する精神である。これを、意欲的であるが同時に省察を受ける精神的行為と言えば一番うまく記述できるだろうと、私は思う。

しかし、精神の行動的な面であるこの「意志の自由な行使」については、はるかにもっと多くのことが言われなければならない。ここで、『自叙伝』の中ほどの部分に目を転じてみよう。ヴィーコはこのときまでには、自分が唯物主義者でもデカルト主義者でもないこと、少なくとも、これらの哲学のいずれもが一方では精神や精神が抱く思想を否定するものと解釈されうるかぎり、あるいは他方では精神を経験科学の基盤として措定するものと解釈されうるかぎりではそのどちらでもないことを、はっきりと述べていた。デカルト主義者たちや唯物主義者たちが認めないだろうと思われることは、自然世界、私たちが作られたものと想定する自然の客体の世界が神の手になる作品であること、あるいは、神の手になる作品でない場合でも、それは確かに人間の手になる作品ではないということである。私たちはここで、ジョンソン博士が、あのはっきりと存在する石を蹴って、「この通りだ」と言ってバークレー司教（三）の物質非在論を否認したことを思う。客観的世界は透過できない——デカルトが信じていたようには、それは思惟する自我にとっては透過できるものではない。傲慢なルネ（彼はヴィーコによって乱暴に扱われている）は極度に無・歴史的である。いや反・歴史的でさえある。というのは、科学と数学という道具で武装したデカルトはいつもこう断言する習性があったからである——誰が人文主義的、歴史的学問を必要とするだろうか、と。

あるのは精神と精神の科学、世界と神、それだけである、と。

ヴィーコの批判は、「思惟する精神」についてのデカルトの考え方に向けられた——この精神が知覚するものは疑いもなく確かなものである、とヴィーコは言う。そして、精神にとって確かなものは、したがって、精神にとって真実のものである。しかしこれは自然ではない。というのは、知覚行為は（すでに見たように）意志の行なう始まりの行為であって、そうなれば、自然が人間の意志に依存してその現実体を獲得しているといったことを主張するほどの愚か者などいないからである。私たちがひとつのテーブルの前に坐ることになった場合、そこで私たちは好きなだけのことを意志で欲することはできるが、そのテーブルはそのために動きも変わりもしないだろう。というのは、テーブルは実際にはたったひとつの存在性しか持っていず、始まりも終わりもないからである。このような無力な自己欺瞞から出てくる悲喜劇が楽天的と言えるほどに極端な程度にまで押し進められた場合が、ヴォルテールの『カンディード』の本質をなしている。テーブルはテーブルでしかなく、世界は世界でしかない。しかし私たちは、神にとっては、これほどまでに大きく、力のある意志の行為は可能であると敢えて主張できるのである。かくして、ヴィーコは私たちに、世界は神の知覚であると告げることになる。これの意味は、神は始まりの時点でのその配剤の権威ある行為によって世界を造ったということである。

このことすべてから出てくることは、(a)始まりの時点からの知覚は創造を巻き込むということ、(b)人間の知覚は、始まりの時点から自然を創造するために、神が行なう、もしくは行なってきた類のものとはまったく異なる創造を巻き込むということである。ここでヴィーコは、ベイコンのきわめて聡明な庇護のもとで「古代人の知恵を調査すること」を語っているが、結局は、「自然がどんなものを造るときにも用いる道具はくさびである」と古代エジプト人たちの間では信じられていて、「これが彼らがピラミッドに託した意味であった。さて、ラテン人たちは自然を *ingenium* と呼んだが、これの持つ主要な特性は鋭さである。したがって、これは、自然は空気というのみをもってあらゆる形を造りあげたり、形を変えたりすることを示すことになる」[9]ということを発見することになる。そのあと、ヴィーコは *ingenium*（〈自然〉）、*anima*（〈空気〉）、*mens*（〈思考〉）などの語の語源的関係を論じる。これは私たちにとっては奇妙な錬金術的操作となるが、それはきわめて暗示力に富んでいる。というのは、例によって、ヴィーコの語源論は私たちを精神につれ戻してくれるからである。この〈物語めいた〉エジプトの話の中に、ヴィーコは歴史的偏見を探りあて始めているが、この偏見はエジプト人たちの場合には無知に立っているものだが、それがずっとあとでデカルトの思想の中に現われてくるときは、傲慢に立つものとなる。その偏見とは、人々は、自分たちは自然と自然の創造を理解してきていて、ある点では自然は人間に対応し、あるいは自然は人間に依存するとつねに信じたく思ってきたということである。それぞれ続いて来る世代の人たちはこの偏見を表わすためにそれぞれ異なる理論を用意するわけだから（そして、私たちは、この理論を公式化するために用いられる語の言語的、歴史的変化を目にするが）、私たちはすぐに、あるグループの人々にとって確かだと思われることが、このグループから時間的にも空間的にも離れている別のグループの人々には真実ではないことを知ることになる。したがって、ラテン民族にとって自然（*ingenium*）であり、空気（*anima*）であってきたものが、現代の私たちにとっては、〈利発〉（*ingenuity*）とか〈霊〉（*spirit*）とかになってきていることになるのである。ヴィーコは私たちに、自分がタキトゥスから、人間をありのままに、被造物であると同時に自己の信を創造するものとして見ることを学んだことを告げている。彼は、デカルトの傲慢がタキトゥスのような人から学ぶことのできる明白な歴史的教訓を見ることができなかったことに起因すること、ルネの諸理論が歴史的挿話にしかすぎないことを暗々裡に主張し続けている。

しかしながら、ヴィーコは、たとえすべての人があらゆる時代に、それがたとえ彼ら自身の精神の永遠の形相でしかなかったとしてもとにもかくにも永遠の形相の存在を信じてきたという理由のためだけにしろ、形而上的な抽象概念は存在することをプラトンから学んでいた。私たちは歴史を、人間の精神の形相の永遠の持続性の研究として読むことができる。そしてその形相は時間的に考察されるとき（そのことは自然の世界をその形相に対する一種の相似物としてのみ扱うことになるが）、語りの歴史になる。ときとしてヴィーコは、人間の思想を事物の外面、事物の表層の連続性と形態を扱うものとして特徴づけるくせがある。他方彼は、神は事物を内部から扱う、なんとなれば、神は事物を内部から真に造ったからである、と言う。(10)形相とは人間の精神の抱く思想であるのであるから、また形相はいろいろ違った形をとって存続するものであるから、真の歴史家は歴史——これは人間が造るもの——を、永遠の、あるいはいつも存在する、つまり〈内面の〉持続性という視野から見ることができるのである。歴史はそのとき、同時的構造体（理想的な恒久的建造物）として、人間の活動の内的形態として、また通時的様態、あるいは時間的変態、さらにあるいは連鎖的連続体として考えられる精神になるのである。なかんずく、歴史というものが優先的にこれらのうちのどれかひとつであるのではないことを理解することが必要となる。

『自叙伝』のこの時点でヴィーコは、自分がどのようにしてこれらすべてのことを公式化して適切な形而上学に仕立てあげたかを述べている。ヴィーコを注解した人の二人、クローチェとH・D・アダムスは、この形而上学を風変わりなものと言ってその特徴を述べている。(11)彼らがそれをこのように呼ぶ理由は、これを公式化するときにヴィーコがまず二人のゼノン(四)（エレアのゼノンとストア派のゼノン）を混同したこと、つぎに、自分がゼノン的理論と考えたもの（これは抜目なさと空想のごたまぜであった）を展開したということである。しかし、ヴィーコ自身が述べたように、ある信念が今の私たちには途方もないものだからといって、その信念が、それを創造し、それを抱いた精神にとって何かの役に立たなかったということにはならないのである。これは、ヴィーコの歴史編集の作業の持つもっとも際立った教訓である。さらに、その理論が疑似数学的であっても、ヴィーコはそれを形而上学の原理へと移行せしめるのである。もっとも単純な形で言えば、その理論は、ちょうど幾何学においていくつかの線へと拡大できる仮説的な始まりの一点（この一点は公準であり続けるが、すべての線は分割できない無限の点に分割できるがゆえに正当なものである）を設定できるように、形而上学の次元でも、全部が全部精神（抽象性）でもなく、かといって物質（具象性）でもない始まりの一点を措定できると主張する。このいわゆる形而上点というものがそこで〈コネーション〉（この著作で私が始まりの時点での〈意欲〉と呼んできたもの）になるというわけであるが、それは歴史では時間的にと同時に絶対的に解された人間の意志となる。人間の意志とは人間性の特質であることを私たちは思い起こすが、そのようなものとしてはそれは神の意志よりは決定的に劣る力しか持たない。そうは言っても、それは不完全なものでありながら、神の意志のひとつの形なのである。形而上学的論点に関する理論はひとつの理論にしかすぎないという明白な事実（これは、それが一時的な意味――ヴィーコ自身にとっての――と同時に永遠の、あるいは哲学的な意味を持っていることを再び確信させる）を知るとき、私たちは精神の諸特徴を改めて提示していることになるということをヴィーコが理解していることは、改めて言っておく必要がある。

純粋精神として考えられる神が、意図的な意志を発動させる。そうすると物質、すなわち自然がその始まりの意志の行為から存在し始める。人間も、その精神の中で、意図的な意志を発動させる。そうすると自然ではなく、異なる種類の自然がその始まりの、あるいは意図的な意志の行為から存在し始める。というわけで、私たちは、形而上学的論点に関する原理が事実途方もないもの、あるいは作りもの（こういう言葉をそれらが合理的なものとは劣っていることを匂わせずに用いることができればの話だが）であり、それはその理論が人間的なもの、したがって不適切なものであるがためである、はっきりとそうであるがためであることを理解するのである。（事実ヴィーコは一七一〇年の『イタリア人の太古の知恵』でこの〈作りもの〉という語――*fictional* に相当する語――を使ったばかりであった）。[12] そこで、人間の意志（あるいはコネーション）はまさに、人間と自然を割るくさび、もともとの、始まりとなる、始発のくさびのようなものになるのである。これが、あらゆる形而上学的理論が透過不可能な自然を知力で征服することを試みながら、ある別の形の自然を提示する（そのとき精神はこれを真実なるものと宣言する）ことにしか成功しない理由なのである。かくして、人間の知的活動は、『文学的伝記』の第十三章に見られるコールリッジの言い方を用いれば、「永遠の〈われあり〉における創造の永遠の行為を有限の精神の中で反復すること」となる。[13] 神が〈われ思う、ゆえにわれあり〉（*cogito ergo sum*）と言うとき、神は自らの意志を働かせて、自己を物質的かつ霊的な存在となさしめる。人間がそれを始まりの時点で言うとき、人間は意志で自己自身と〈自己の〉世界（これは自己とはまったく違うものである）を存在せしめる。省察的、歴史的見地からすれば、あらゆる人間的な事象（もしくは制度）は、始まりの時点から、精神によって、つまり人々の世界の中で意図をもって行動し始めることのできるものとして理解される〈精神〉によって創造されるものなのである。

ヴィーコの全推論はしたがって比較論的である（というのは、これは神の全的に正しい思考と比較していく推論であるからである）と同時に、不適格性と認められるものに立脚している（というのは、神は自然に力を及ぼすことに成功するが、人間は自分自身に力を及ぼすことにしか成功しないからである）[五] ことになる。人間がその創造行為の中でより成功する唯一の場合は、彼がデカルトやアルノーの分析的なやり方で幾何学的に推論するときである。そこでは、人間は精神とコネーションと、意志によって存在せしめられた幾何学的対象とを手に入れる。しかし、線もしくは面とは、なんと牧草地や木からのはるかなる呼び声であることか。幾何学的思考はほとんど愚かしいと言ってよいほどに限定されたものであり、人間はその種の正確さに限定されるには余りにも生き生きした、また活動的な存在なのである。その人間性のゆえに、人間は意志を発動し続け、彼の全宇宙は彼によって創造されるのである。しかし人間の宇宙は制度と歴史の世界であって、この世界の記録は、永遠の、連鎖的な、もしくは秩序立った世界を創造することがあくまでもできないことを記している。

幾何学的推論の諸形態がそれでも『新しい学』を通して使用されているし、それらはとくにこの著作の配列の中に見られる。この著作は、それ自体ほとんど信じられないほどに複雑である一枚の絵についてのあますところのないほどに全般にわたる記述で始まるわけだが、そのあと議論の余地のない多くの公理を復習し、最後に幾つかの主要な原理を例証しながら支える一連の証拠が列記される。しかしこの著作は著作自体と人間の行なう推論に対しては批判的である。例えば、最初のいくつかの公理が、精神を弱々しく、不適格のものであると公言していることに注意してほしい。精神の限界内で、『新しい学』は人間の出来事を記述するときに、幾何学が問題の図形を描写するときに示すのと同じ優雅さと厳しさとを目指そうとしているのである。かくして、有機的な統一体が、『新しい学』のかかげる強い希望を、雄弁をこととする教授としての、また有能で熟達した法律家としてのヴィーコの生涯に結びつけることになるのである。ある真理が帯びる諸形態を虚偽から分離し、そしてこれらの諸形態をできるかぎり巧妙に、できるかぎり強烈に記述することへの配慮がつねに存在する。しかしヴィーコが何度も繰り返し言うように、精神は弱く、不適格であるから、『新しい学』は、精神の限界に関する〈厳しい、絶えざる熟考〉(*aspra e continoua meditazione*）として読まれなければならない。『新しい学』の達成した偉大な業績は、これらのきわめて厳しい限界の中でも、始めようとする始まりの段階での意志がひとたび行使されればきわめて多くの変形が可能であり、それらが認知できるということを示した点にある。このことが、この著作の驚くべき巧妙さと多様さとを説明している。だが、強調すべきことは、自己教育的な人文的精神の行なう、根本的に厳しい、また有効な操作に対するヴィーコの熱っぽい関心である。

そこで、この関心が、『新しい学』を『自叙伝』にあてはめて読むこと、またその逆の手続きを許すことになるし、それを要求しさえするのである。というのは、『自叙伝』は、ひとりの思想家の生涯の中の一連の連鎖的エピソードとして一時的に見られた自己存在についてヴィーコ自身が語った歴史であり、『新しい学』は、その永遠の相の中で見られた人間の精神の帯びる変形現象の（永続的思考としての）歴史であるからである。にもかかわらず、どちらの著作も人間の精神をこれらの二つの相のひとつにおいてのみ描いてはいないし、用いてもいない。ヴィーコは『自叙伝』の中では語源学的言語学もしくは連鎖的推論の外部構造を用いているのだし、『新しい学』の中では幾何学的もしくは哲学的推論の外部構造を用いているだけなのである。『自叙伝』は『新しい学』の精神にそって書かれているというクローチェの言い方はまさに当を得ているが[14]、その逆も同様に正しいと言えるのである。ヴィーコをもっとも深く研究した重要な文学者であるアウエルバッハが言っているように、「単純な事実は、ひとりの人間の仕事はその人の存在性から引き出されるものであるということであり、また、したがってその人の生活について発見できるいかなることもその仕事を解釈するのに役立つ[15]」ということである。そこで、『自叙伝』の中に私たちは、彼が法則の〈普遍的原理〉ときわめて暗示的に呼んでいるものをヴィーコが探し求めているのに気づくことになる。さらに、『新しい学』の不朽性の中に私たちは時間次元の出来事の継続性、すなわち人間のたどる三つの時代に目をとめることになるのである。始まりというのは、時間性と普遍性の間の意図的な和解なのである。

この二つの著作に共通する背景は今、つぎのように述べることができよう。自然の客観的な現存性と人間の思考のきわめて主観的な現存性に対峙したとき、ヴィーコの問題は、デカルトやスピノザやライプニッツの問題と同じように、これらの二つの対立項を全面的に有意味の関係の中に持ち込むことであった。しかしながら、精神は最終的には精神自体にしか確信が持てない。しかも条件つきにしか持てない。確実性とは、観察が終わったことから来る知を内意するし、観察は意志を内意する。しかし意志は実際には対象をますます欲してくるし、知的意志というものが自然に対してはほとんど現実的な力を及ぼすものではないことが、すぐに発見される。人間の意志というものは、たしかに、知的で人間的なものには現実的な力を及ぼす。だが、思考の実体は感覚次元の知覚であって、それは、なんらかの種類のイメージ表現として精神の中に記録される。しかしながら、人間は言語を付与されている。そして言語は精神と連合されているので、それは感覚次元の知覚の結果を表現する。このようにして、ヴィーコは、子供のように、自分の感覚印象にできるだけ似ている音を出す原始人を仮定することができるのである。それぞれの言語的表現は始まりの時点での選択の、意志の行為を表わすが、それは、音を出すときに人間は感覚印象を確認しているからである。感覚印象を意識するようになっているからである。

歴史の記録はまずは言葉で行なわれる。言語自体が第一の歴史の記録となっている。このことをヴィーコは訓練によってと同様に、常識からも学んだ。だが、ナポリで若い頃に受けた訓練はつねに彼に不満を与えるだけであった。彼は、伝統的な研究様式は余りにも様式化されすぎていて、かつ皮相的であると感じた、とほのめかしている。自己の実力だけを頼りにせざるをえず、ヴィーコは、あとで『新しい学』で記述することになる原始人さながらに、言語の持つ基本的に巧利的な内的機能を発見することになった。この機能とは、人間が世界について抱く印象を人間自身に理解できるものにすることにある。理解することは明確にし、限定することを意味し、それは、ごたまぜの混乱した印象の中から本質的なものを分離することを意味する。ということになれば、ひとりの人が話す言語がその人間を作るのであって、人間がその言語を作るのではないのである。

もっとも圧倒的な力を持つ感覚印象、つまり人間にもっとも近い感覚印象は人間の肉体が抱く感覚印象である。人体は知の第一の対象であるが、人体は知が対象とする唯一のものではない。山もあるし、木もあるし、空や水や土地や雷や稲妻もあれば、他の人間だっている。だとすれば、私たちはどのようにして、競い合うこういったすべての対象を精神が把握する状態を記述すればよいというのだろうか。私たちはどのようにして、十分に自意識的である精神（これが実はヴィーコの精神なのだが）という観点から、この知を得た最初の衝撃を記述すればよいというのだろうか。私たちは、精神が、それがあれほどに超文明化された精巧さと知を持っているにもかかわらず、機能を果たす始まりを持ち、聖なる始源を持つものでないことを、いかにして示せばよいというのだろうか（これが真の問題である）。この私の作業の論点にとって方法論的にもっとも大きな価値を持つヴィーコ哲学の輝かしき企画は、ヴィーコが本質的な不適格性を、たんに自己拡大的な抽象概念（彼はこれらを彼の途方もない形而上学で用いている）の次元ではなくて、そもそもの出発の時点において神的なるものと自然なるものとのそれぞれの侵入を分化するところの痛ましいが、しかし壮大なさびとしての精神の操作を具体的に、また死にもの狂いで伝えるところの劇的なイメージの次元で証明しているという事実に存する。

脅迫的なこれらの侵入は、神によって意図された洪水の結果としてヴィーコによって記述されているが、この洪水を私は、誰もがいかなる意識的な企図のそもそもの始まりの時点でも直面しなければならない自己知識の内的危機を表わすイメージとして受けとる。ヴィーコの『自叙伝』において遍在的洪水と対応する類比物は、ヴィーコが『新しい学』というその主著の公刊にいたるまで直面することになるところの、十分な哲学的知識と自己知識とからの自己疎外という長期にわたる個人的な危機である。演説とか詩とか論文とかが収めた小さな成功は真理の断片を彼に見せてはくれるが、彼は文字どおり自分の本領を得ようと多大の努力をしてつねにもがいているのである。彼のすべての学識の結果は（『自叙伝』は巧妙に私たちに信じてもらいたがっているが）『新しい学』である。これは、彼のそれまでの生活と作業のすべてをしかるべき視野に収めると同時に、つぎの研究の新しい、合理的な方法への始まりを用意する大作である。重要な事実は、自己教育者であるヴィーコが自己にあらゆることを教えているということであり、『新しい学』で明確にされている実行可能な普遍的法則を手に入れるまでは、彼の自己教育的訓練はその目的に到達したとは言うことはできないのである。『新しい学』で、最初の人間たち、想像力豊かな詩的な人々は、雷光のきらめき、一体となった真理のはるかかなたの感覚のかすかな光が見え始めるまでは、無意識の野蛮状態にある。彼らはジュピター神を彼らの像に似せて刻む。しかしこれだけでは十分ではない。彼らはその巨大な激情において動物的であったのであり、彼らの態度は規律がとれていず、狂暴であった。彼らは、罪と不完全さの重荷をすべて伴う自意識的な選択行為の各々に、自己鍛練の行為の各々に対応する神々や言葉やイメージの世界を造り出す。彼らの世界は詩的な世界であるが、その場合の〈詩的〉というのは、ヴィーコがつぎのような三つの点で意図している形容詞である——すなわち、①写象主義的（したがって不完全）、②創造的（したがって人間的で壮大）、③始まりを記述するもの、の三つである。

最初の人間たちがなんらかの自己意識に到達することを示すこの図にとって重要なことは、彼らが行なった自己創造である。ここで、『新しい学』の第二巻の絶妙ともいえる箇所で、ヴィーコは足を止めて、この「詩的家政的企図」を記述している。人間は自己を、自己が創造した世界に家政的に調和するような存在に仕立てあげなければならない、とヴィーコは言う（引用文中の二つのラテン語に注意してほしい）

——

英雄たちは、人間的感覚を通じて、全家政学説を構成するあの二つの真理を感じとった。〈訓育する《エードゥーケレ》〉と〈訓練する《エードゥカーレ》〉という二つのことばによってラテン人が守り伝えたものであって、その正しい支配的な意味は、前者が精神の教育、後者が身体の教育に関するものである。前者は、博学の隠喩を通じて、自然学者たちに、素材から形相を抽き出すという意味に転移された。というのもこういう英雄的教育によって、それまで巨人たちの巨大な身体のなかに素材のかげに全く葬り隠されていた人間精神の本質形相が、何らかの仕方で表面に抽き出されはじめ、また度外れて巨大な身体から、適度な体格をもった人間身体の形が出現しはじめたからである。（五二〇パラグラフ）

これらの最初の人間たちのように、ヴィーコは自己教育者であった。彼は *educare* と *educere* の語義を自分自身にあてはめて考えている。畏怖を吹き込むような意味作用を行なう巨大な対象から自己の身体を引き離すことによって、人間は物としての自己の肉体的人格を物の世界に置く。さらに、人間は、混乱した物質の世界から自己の魂を引き離すことによって、物の世界に内在するがその世界を無視する形相を知覚してきた。人間は、つまりは、一時的であり永遠であるという二つの意味で、歴史的存在になっているのである。人間は歴史的な物になったのであり、また、その霊魂において、永遠の、もしくは形相的な対象になったのである。これは、結局は、もっとも深い意味で自己教育的現象である。ヴィーコである人間は言語学的対象と同時に、哲学的対象となったのである。同様に、始まりが同じ種類の対象になったのである。

IV

言語学と哲学(『新しい学』ではこの二つの用語はほとんどつねに並列して用いられている)を一緒にするヴィーコのやり方は、これらの二つの科学の必然的な相補性を暗示している。それらが接近しているのは、愛が両者の信奉者たちの動機となっている(あるいは、〈うぬぼれ〉が両科学の信奉者たちが共有する悩みである)からだけではなく、哲学は真実なるものと、言語学が確実なるものを、それぞれ扱うものだからでもある。これらは、ヴィーコが実際に互いに密接しているものとして私たちに見てもらいたいと思っている分野である。真実なるものと確実なるものの両方が、人間に信じてもらうことを、確信されることを要求し、緊急事であることを言い、なかでも人間の精神を求めるのである。その人間の精神はこの真実なるものと確実なるものの両者とともに生きることができ、また生きなければならないものであるからである。よく考えてみると、人間の経験には〈確かな〉面と〈真実なる〉面とがある。『新しい学』が書かれるずっとまえに、ヴィーコは『現代における教育研究の方法について』という研究の中で予言的に哲学と言語学を結びつけていた。修辞法の教授であったから、彼は、自分の時代のすべての科学を研究できると断言した。だが、なぜそうするのだろうか。また、修辞法の教授とすべての学問を調査することにはどんな関係があるのだろうか。

その答えとして私はこう言いたい——G・B・ヴィーコとしては私はまったく関わりがない。しかし修辞法の教授としては、この試みには大きな関心を持つ。われわれの先祖、すなわちナポリ大学の創設者たちは、学生たちに種々の科学の原理や芸術の研究を勧めるような講演を毎年行なうように修辞法の教授に依頼することによって、この教授が知識のすべての分野に通暁していることを自分たちが感じていることを示した。偉大な人ベーコンが、大学の組織に関してイギリス王ジェイムズに忠言を与えるように求められたとき、若い学者たちは、学問の全課程をそれまで学んでいなければ、修辞法の研究はさせるべきではないと主張したのも、理由のないことではなかった。

修辞とは、事実、人類の共通の考え方に適切なことばで華麗に、また豊かに述べられた知恵でなくてなんであろう。すでにすべての科学と芸術の訓練を受けていなければいかなる学生も近づくことのできない修辞法の教授は、彼の教育義務によって要求されるような科目について無知でいられるのであろうか。若い学生たちにすべての学問と格闘するように勧め、彼らが学問の利点を手に入れ、欠点を避けることができるようにそれらの利点と欠点とを説くように委託された人は、このような知識についての自己の意見を述べるだけの力がなくてはならないのである。(16)

修辞法は、真実なるものと確かなものを理解することを可能ならしめるものである——このようにヴィーコは言っているように思われる。修辞法は、言葉のうちで最良のものを選ぶことのみならず、それらの言葉をもっとも〈豊かに〉明確化することをも意味する。したがって、哲学と言語学は言葉を用いなければならない学問であるので、ヴィーコは、修辞法の教授としての自分の役割をほとんど文字どおりに哲学と言語学が相互的に豊かになるための場所を提供することであると見ることになったのである。そしてその場こそ言語であった。あるいは、もっと個別化して言えば、それはヴィーコ自身の豊かな、雄弁な言述であった。上述の講演のもっとあとのほうで、ヴィーコは「同僚の威信を減じたり、あるいは自己を栄光の座にのしあげたりしたいなどとまったく願わずに」[17]このように自分が話していることを強く述べている。ある意味では、豊かな言述の作成者としてのヴィーコの権威は彼の人格を超えている。公平さに対するヴィーコの主張は、時間の偶発的現象を人間の歴史を統べる普遍的な法則に従属せしめようとする彼の生涯にわたる試みによって強化されている。彼の講演を聞く人たちは、もっと多くの人々、もっとも高貴な人々、もっとも心の寛い人々、もっとも学識のある人々から成り立っていると、一七二五年十月二十五日付のベルナルド・マリア・ジャッコ宛の手紙で述べている。[18]にもかかわらず、彼の作品のいずれにおいても、ヴィーコの人間的権威、彼の性格や人格はきわめて顕著に見てとれる。すなわち、人々は、自分が力強い独創性に出会っていることを心で確信しているということである。というのは、ヴィーコの言述の主題は新しいということのみならず、その調子も新奇であり、その組立ても風変わりであり、その脱線も中心的であるということである。私たちはここに、途方もないほど学識があり、その時代の学問的伝統によく通じてはいるが、質朴で、独創的で、思わぬ展開を示すことを企てる頑固な知性を見るのである。

ヴィーコの手続きを表わすのに〈方法〉(*method*)という語を用いることは、誰にも(ヴィーコ自身も含めて)かなり不正確な態度であるように思われてきた。歳をとるにつれてヴィーコが、彼の〈項目〉的なやり方をデカルト＝ポール・ロワイヤル的な幾何学的方法に対立させたというだけではない。この対立は方法論的であり、論争的であったが、これによって、主題をめぐる議論の〈考案〉が直接推論の浅薄さを露呈することになる。[19]本章の第一項と第三項ですでに説明したヴィーコの循環法は、人間の豊かな多様性を数学的に考えられた哲学の貧困と戦わせるものである。だが、それだけではない。細部に対するヴィーコの執着（その細部の各々は人間の歴史的現存性を曖昧にするものではあっても、それを確認するものである）それ自体はまた方法を曖昧にするものであった。新しい学を、あるいは同時代の研究方法についての熟考された合理的評価を弁護するとき、ヴィーコは問題のテキストから引き出しうる図式的方法を避ける傾向があった。その代わり、彼は大きな普遍的原理に結びついた広い視野、広範囲にわたる比較、細部への愛などを弁護したが、それらはみな、図式を役に立たないほどに貶しめるためのものであった。ヴィーコの修辞の力はつねに私たちの目を合理主義的に考えられた方法からそらして、情意、創意、想像力としての知へと向かわせる（その場合、情意、創意、想像力などの持つ落し穴はぼかされることはない）。

このような路線が読者を（ヴィーコ自身に対してもそうだが）言語へと連れ戻すわけだが、言語こそが、ヴィーコがつねに出発点にせよと私たちに教えているものである。「王立大学での毎年の講義始めのときに」行なわれた六回の講演について述べたあとで、ヴィーコは『自叙伝』をつぎのように結んでいる――

> このことからヴィーコは、われわれの腐敗の痛みは徳、知、修辞によって癒されなければならないことを証明する。というのは、これらの三つのことを通してのみひとりの人間は他の人間と同じ人間であることを感じるからである。これによってヴィーコは種々の研究の目標にまで連れてこられるが、そこで彼が研究の秩序を考察する視点が定められる。彼は、言語というものが人間社会を建てるためのもっとも力強い手段であるわけだから、研究は言語をもって始めるべきである、それは、言語というものが子供時代に驚くほど強烈な記憶力に全面的に依存するものであるからである、ということを示す。[20]

したがって、〈修辞〉が、言語をもって子供が始めることから言語における大人の達成に到る進展を要約する連鎖の最後に来ることもっともなことになるのである。初めに子供の驚くべき記憶力と言語に対する誘引性、そして最後に豊かさが来るということである。この両端が〈彼の〉作業の徐々に発展していく模範的な言述の中に含まれていると、ヴィーコは私たちに信じてもらいたいと思っている。それを示す例としてつぎのような文章がある――「われわれが触れた第一の講演のときから、ヴィーコが人間的と同様に神的な知のすべてをひとつの原理の中に結びつける新しいと同様に壮大なテーマを心の中で思いめぐらせていたことは、この講演のみならず、それに続く講演を見ても明らかである」[21]。精神の絶えざる活動が言語を伝え、またヴィーコ自身のものである言語によって、また言語の中で伝えられるのであり、ヴィーコの新奇さと独創性の特徴となっているのは、まさにこの点なのである。

ヴィーコの著作のあらゆるところに、一方では学問、伝統、歴史、方法、教育（つまり、すべての系譜的形態をとる応用論理と純粋論理）と、他方では独創性、人格、すべての分散した形態をとる驚くべき、細やかで、しばしば英雄的な文体などとの間に、ときとして逆説的である遊戯が見てとれる。彼の各文章が示す奨励的な傾向に加えて、この交互作用が、彼を彼とほとんど同時代の人といってよいルソーの近くに置くことになる。この二人は教師として広い世界に向けて物を書いた人で、それぞれ独自のスタイルで、理論的主張を支えるものとして安定化した個人的体験に訴えている。ヴィーコと同様、ルソーは、言語が人間の経験に持つその起源において情念と結合している情況に関心を示している。さらに、もし『エミール』に見られるルソーの教育計画とヴィーコの教育計画とを比べてみれば、両者の類似点はもっと顕著になるだろう。というのは、両者には伝統的な権威と一種の人本主義的な疑似自由との巧妙な交互作用が見られるからである。ルソーが言うには、教育の目的は人間を作り出すことである（「彼が私の手を離れるとき……彼はなによりもまず人間になるであろう」“en sortant de mes mains ... il sera premièrement homme.")[22]。重要なことは教育計画を人々に適合させることであって、その逆ではない("appropriez l'education de l'homme à l'homme, et non pas à ce qui n'est point lui")[23]。あらゆる人間行動の原理は自由なる人間の意志である[24]とルソーは続けて言うが、しかし、これは、哲学者たちならこの意味を理解していることを意味していない[25]。いやむしろ、私たちは原始人のアニミズム的な哲学(この点でルソーのイメージはヴィーコの〈巨人〉*gigante* にまったく似ている)を思い起こすべきだし、また、人間は思考し始めるのはなかなかむずかしいが、ひとたび考え始めると、けっして止めないことも、覚えておかなくてはならない[26]。言語について言えば、子供はただひとつの言語の中で育てられ、豊かな言語的知識は子供が成長するにつれて学んでいくものであるとするのが一番よいことである[27]。

ヴィーコの考え方によく似ているこれらすべての考え方は、人間の世界の中に生きる人間としてのルソーの体験と人格に根ざしている――「私は存在していて、自分が影響を受ける感覚的能力を持っている。これが私の心を打つ第一の真理であり、私はその真理に同意せざるをえない」("J'existe, et j'ai des sens par lesquels je suis affectés. Voilà la premiére vérité qui me frappe et à laquelle je suis forcé d'acquiescer.")[28]。だが、このような断言をしたすぐあとに、ルソーは、ヴィーコと違って、自分自身の存在について自己の抱く感覚がたんなる気持以上のものであるかどうかの疑念を示しているのである。というのは、この疑念はルソーにおいて極まるところのものであって、他方、ヴィーコにとっては教育もしくは自己教育は肉体より精神を〈引き出す〉ものであって、精神に現実の存在性を確信させるものであるからである。精神が感覚作用を受けないというわけではない。ヴィーコにとっての精神は、それが感覚経験の直接性から引き出されるときですら、統一性を、一貫性を、それ自体の様式を経験できるのである。『新しい学』におけるヴィーコの〈方法〉の根柢にあるのは、まさに、アニミズム的な感覚経験が始まったあとの、世界におけるこの精神の持続である。他方、ルソーの言述は、あのような確かな方向で〈あの〉ような特定の手段に出ることを慎重に差し控えている。

しかし、十八世紀中葉のこれら二人の著述家は、きわめて重要な、緊急の態度で、伝統的な学問から離れて、個人的に学びとられる確実性へ向かって訴える。もしヴィーコがその深遠な学問において疑似中世的な学者であり、ルソーが無情なアマチュアであったとしても、両者について共通して言えることは、〈自分の責任で〉仕事をしてきたということでは模範的であり教訓的でもある経験を持つ著述家として各々が手に入れた権威である。両者においては、方法は自分で学びとったものであり、さらに重要なことは、自己教育的なものであるということである。二人はともに、知識が系譜的連続性から離れて根源的な非連続性へと、つまり知的な作業と著述の始まりが始まりについての思考からも、始まりの現実の活動からも分離できない情況へと向かう現象を象徴的に示している。[29] さらにそのうえ（そしてこれはとくにヴィーコについて言えると私は思う）それぞれのなした「科学的」あるいは方法論的革新は、図式的なパラ＝デカルト的な方法よりも自己教育の継続的体験のようなものを読者に強いることに由来するのである。両者の重要性は、彼らの言述によってその後の著述家の中で可能にされるものに応じて、ますます大きくなっていく。ヴィーコの場合は、内省的研究を現在始めることがどういう意味があるかをより多く教えてくれると私は信じている。それはとくに、著述家としての彼の主張が、始まりが主として再構築、反復、再興、再展開の活動であるような読者にとって格別にかかわりがあるからである。

ヴィーコについてにしろ、ヴィーコとルソーの関係についてにしろ、私が今まで述べてきたすべてのことの中には、喪失感が含まれている。すなわち、ヴィーコの『新しい学』は、エデン的な直接性の新しさよりも、余波の新しさを匂わせるものであるということである。ヴィーコは、自分がこの世界に、この世界が人祖の堕落とノアの洪水という二つの大きな損失の事件のどちらかの結果として失ってきたものを学問を手段として再供給しようとしているのだとは決して言わないが、人祖の堕落の事件が、ノアの洪水よりもはるかに曖昧な形で、彼が書くすべてのページにつきまとっているのである。『新しい学』の寓意的口絵についての念入りな注解には、絵の中央に立っている埋葬用の壺についてのつぎのような解説の文章がある——

人間文明の第二は埋葬である。それ故ラテン語では、〈人間性〉*humanitas* はまさしく〈埋葬すること〉*humando* に由来するのである。埋葬は少し離れて森の中におかれた骨壺によって表わされており、……他方この骨壺はこれら諸民族の間に田野の分割所有が始まったことを示す。この分有がやがて都市や人民、さらに国家の区別へと発展してゆくこととなる。（一二・一三パラグラフ）

人間文明の第一は結婚であるが、ヴィーコにとって歴史を発生させるものは埋葬であって、たんなる結合でないことを、読者はちゃんと理解しておかなければならない。人間の歴史を始める〈巨人たち〉はこの地を分かりやすいように物理的・知的・道徳的単位に分ける。彼らの名前（巨人）は「ギリシア語で〈大地の息子たち〉、つまり埋葬された者たちの子孫」（一三パラグラフ）である。彼らは彼らの祖先を埋葬する。というのは、彼らは動物とは違ってある場所にながく定住するからである。このことは、ヴィーコにとっては、神性なるものへの怖れと隠れたいという願望を意味する。巨人たちは腐敗していく死体に囲まれて生きていくことはできず、したがって、死者を埋葬することで彼らは、生者と死者とが互いに関係づけられる意図的秩序を人間の歴史上初めて企てることになるのである。

したがって彼らは自分たちを貴族だと考えた。その理由は、高貴とは彼らが神性への怖れを抱きながら人間として生れてきたものであるということに由来すると考えたからであるが、文明の初期段階にあって彼らがこう考えたのは正当であった。他ならぬこのような人間としての〈生れ方〉*generare* から〈人類〉*umanagenerazione*（人間的生成）という呼称が与えられた。（一三パラグラフ）

私たちはまた、*generazione* によってヴィーコが巨人の大きさに対立するものとして人間らしい大きさの肉体を引き出す（*educere*／*educare*）行為と同時に出産のことも意味していることを覚えておかなければならない。「すべての人類の君主」たるアダムは「適切な大きさ」であった。なんとなれば、神がアダムをそのように造ったからである。巨人たちの異教的子孫である人類は〈彼ら自身の努力〉によって、歴史を持ち、連続性あるいは家系を持とうとする意図的な意志の行為、始まりの時点での意志の行為によって、適切な大きさに減じられるのである。これは、たくさんの死体（これは、無歴史的存在であるあの無限定の現在性を求める未分化の、多形的なほどにひねくれた願望を示すためにヴィーコが用いる隠喩である）が埋葬され、それによって理解可能な連鎖性へと整理されてはじめて、起こりうることである。それらの死体がひとたび姿を消せば、言語が可能になってくる。死者たちはいわば過去から現在へと広がる不死の魂を持つものと想像されるので、そこで言葉が人間と物とを空想的に（つまり、一種の虚構的手続きによって）結びつけることになる。

というのも、神学詩人たちによって使われたこの最初の言語というのは、事物の性質を写した言葉ではなくて［アダムが発見した神聖語はこういう言葉であったに違いない。神はアダムに、それぞれのものの性質に従って事物に名称を与える神聖な擬声音法を授け給うたからである」、生命をもった実体、しかも大部分が神聖なものと想像された実体を使用する空想語だったからである。(四〇一パラグラフ)

やがて、言語はその空想的な性格を失っていく。ちょうど、類比的に、人間が巨人の大きさから人間の大きさに縮んでいくように。ヴィーコはむろん、感覚が事物を人間的に通常のものとして見始めたためにそれらの事物を神に起源を持つものとして見るのを止めることが可能になるような知覚作用のずらしといったものを記述しているのである。途方もないほどに異常であることから、人間や言葉は尋常なものになっていく。それは、人間や言葉が人間的なもの、連続的なもの、理解できるものになるからである。だが、そのようなずらしが可能になるのはただ、人間がそれを行なうからであり、人間がそれを行ない〈始める〉からである。やがて、空想的な神話は青ざめた抽象性へと場をゆずっていく。ヴィーコは、アダムとノアは〈始まり〉と呼ばれる抽象概念の二つの異版としてのみ人間によって理解されるとさえほのめかしている。だが、『新しい学』の広範な言述的、またテキスト的空間の中においてのみ、神聖な始源性から人間的始まりへの移行に伴う快活さと直接性の喪失が認められているのである。これは、始まりの現象について書いてきながら私がずっと心にとめてきた偉業なのである。

V

この著作の主要な命題は、始まりは意識的に意図的な、生産的な活動であり、さらに、それは喪失感覚を含む情況を持つ活動である、ということである。さらに言えば、ヴィーコの『新しい学』が示しているように、始まりの活動は、書いたり知的な生産をしたりする間にその性格や意味を変えていく一種の史的弁証法といったものを追っていく。したがって、始まりは、それから出てくるものに対して影響を及ぼすことになる。そこで、出来事としての始まりの現象は始まりに必ずしも限定することはないといった逆説があることになるが、その逆説の中で私たちは、眺望と知の中で重大な移行が起こっていることを理解するのである。始源に関心を持つ精神状態は、すでに述べたように、神学的である。これと対照的に（そしてこれが今言った移行であるが）、始まりの現象は優れて俗なる、つまり異教的なる継続的活動なのである。ここで、今ひとつ別の相違点を簡単に指摘しておかなければならない。というのは、フロイトや現代のテキストを論じたときにこの相違点のある面をすでに細かく論じたからである。つまり、始まりというのは意味を意図するものであるが、その始まりから出てくる連続性や方法は一般的に言って〈分散〉の、〈隣接性〉の、そして〈相補性〉の〈秩序〉である。これを言い換えれば、始源はそれから引き出されるものを〈中心的に〉支配するが、始まり（とくに現代の始まり）は非直線的な発展を促進するという言い方になる。これは、私たちがフロイトのテキストや、現代の作家たちのテキストや、フーコーの考古学的研究の中に見出すような類の分散の多層的一貫性を生ぜしめる論理でもある。

この相違点をヴィーコの足もとに捧げることは、誇張的な態度でなければ、『新しい学』がきわめて近代的な論争を理解する条件を予言的に暗示していることを認める方法である。ヴィーコが *humanitas*（人間性）は *humando*（埋葬すること）に由来するということを言ったとき、彼は、自分の人本主義的な哲学にはそれ自体を否定する要素が含まれていることを理解していなかったかもしれない。〈埋葬すること〉は、ヴィーコの意味では、差異を産むということである。そして、差異を産むことは、デリダが主張しているように、存在を〈遅延させること〉、ぐずぐずすること、不在を導入することである。すでに見たように、ヴィーコは人間の歴史と言語とを結びつける。人間の歴史は言語によって可能にされてきたのである。しかしヴィーコがほのめかしてしかいないことは、ちょうど歴史が直接性の埋葬（除去、転移）によってのみ生まれるのと同じように、言語は効果的に人間の現存性を転移させるということである。この遅延の行為は、デカルトに対する、〈コギト〉の中心性に対する、そして幾何学的方法に対するヴィーコの絶えざる攻撃の一部として理解することができる。ヴィーコがすべての民族国家に共通する精神的言語のことを言うとき、彼は、したがって、人々の互いに対する直接的な実存的存在性を犠牲にして人々を共に結びつける言語共同体を主張していることになる。このような共通の言語（これは近代の著述ではフロイトの無意識として、オーウェルの新言語（六）として、レヴィ＝ストロースの野性の精神として、フーコーの〈エピステーメ〉として、ファノン（七）の帝国主義の原理としてそれぞれ現われてきている）は、普遍的、体系的な関係の（ときとしては専制的な）利益のために、人間の中心、すなわち〈コギト〉を遅延させる。これらの関係への参加は自発的であることはほとんどなく、それはあらゆる平等主義的な意味における参加として断続的にしか認知できないものであり、人間の側からの探査を受けることはほとんどない。

　人本主義はかくしてそれ自体とは正反対のものを産み出すことになる。私はここでこれの孕む内意を方法論的以外に論じることはできないし、その場合でも限られたやり方でしかできない。合衆国やフランスでは、過去十年の間、人文学の分野の情況についてユニークな、かなり広範囲にわたる、しばしばきわめて闘争的な分析が行なわれてきている。ますますその声が聞きとれなくなっていく学問的体制と（文学、社会学、人類学、精神治療学、認識論、存在論などにおける）新批評の間のフランス人たちの論争は、これらの人文学的学問の人間的内容もしくは人間的主題をめぐってなされてきている。フランス派の新批評の一般的路線はいわゆる人間的科学と呼ばれるものにおける人間的主題の持つ本質的な、認可する力を全面的に疑い、無効にする方向をたどってきたと言えば、きわめて複雑な議論（これについてはすでに第五章で細かく触れた）を単純化することになる。〈人本主義〉の未調査の中核を人文学の根拠となる本来の中心（これは、一般的に言って、〈旧批評的〉立場である）として主張するのではなく、バルト、フーコー、デリダ、ラカンといった著述家などはその見方に異議を唱えて、すべての始まりとなる、権威を与えられた人間的主題に訴えることなく人間の現実を説明するような複雑で増殖していく法則をもってきた。これはむろん、ヴィーコの〈人文主義的な〉科学の一面でもある。文学、心理学、哲学、言語学などは直接的で恒常的な人間的介入からきわめて自由になっているので、それらを説明したり理解するために人文主義の伝統的信条体系に還元することはできないということ、すなわち、これらの学問分野は、人間を抱括しはするが、人間には決して従属せず、あるいは人間によって支配されない、またさらに、回想によって人間に接近できない、規則に統べられたそれら独自の生き方を獲得してきているということを示そうとしてきている。人間は物ごとの〈ひとつの〉尺度となることはあるが、決して物ごとの尺度〈そのもの〉ではない。多様で多数の体系、流通機構、構造体というものがあって、それらが、支配的で恒久的な人間的中心が持つ、それらを活性化しようとする力に取って代わる。つまり、一連の学問や概念や方位確定が、個々の〈コギト〉よりも適切なものとして現われてきているということであり、これらは、人文主義的な信仰によってではなく、非連続的段階により内面的に進行するところのむずかしい技術的訓練によって取り込まれてきている。未来派やシュールレアリストたち（シュールレアリストたちはそうではないと言ってはいるが）とは違って、新批評派の批評家たちは政治的には左翼の立場にあるとその著作の中で主張してきているが、これは正しいことだと私は思っている。

アメリカ合衆国では、新旧間の、あるいは体制とカウンター・カルチュアとの間の戦いは（この戦いに中心点があったとすればの話だが）、文化の政治に結びついた問題に主として関係してきている。〈妥当性〉という有名な問題は言うにおよばず、ライオネル・トリリングのよく知られた著作『文化の彼方』や、シオドー・ロザック、[八]ノーム・チョムスキー、ゲイブリエル・コルコ、[九]ルイス・カンプ、[一〇]ヘルベルト・マルクーゼ、スーザン・ソンタグやその他多くのラディカルな、あるいは修正主義的著述家たちの真に広範な、（質的にも）多様な努力、あるいはリチャード・ポワリエ、アンガス・フレッチャー、[一一]フレデリック・クルーズ、[一二]ハロルド・ブルームなどの進取的で投機的な批評——これらはみな、〈流派的な〉知をよけて通るか、さもなければそれをなぎ倒すかする現代的現象を説明するのに当の流派的な知を援用しようとする、伝統的にはぐくまれた人文主義者にとっての困難な問題を表わしている。これらの現象には三つの種類がある。まず、行動論的には説明できない、あるいは理解できない社会政治的なもの。つぎに、実践的創造性、構築、あるいは利益以外の基準に従う芸術活動。最後に、知的可能性の事例（意識的あるいは無意識的な）——これの経験は、歴史と〈コギト〉の安定性に立脚する慣例的な説明範疇に頑固に抵抗を示す。文化全体はなにをすべきであったのか——来し方を戻ってきて、伝統的な思想に回帰すべきか、怒りと戸惑いの中に沈潜して畏縮すべきか、それとも新しい基盤に建てられた知をかかげて挑戦を受けるべきか。

　むろん、アメリカ合衆国では、ヴェトナム戦争と、それに対する強力な反対が議論のための急迫した情況を設定し、議論を引き出した。しかしアメリカの論争とフランスの論争の大きな相違点は、私の意見では、人文諸科学に関するかぎり、フランスでは議論が集中してきた問題点を理論化し、体系化するために持続的な努力がなされてきているが、他方アメリカではそのようなことはわずかしか見られない（言語学の場合は、大部分がチョムスキーの格別の作業のおかげで、例外であると思う）ということである。アメリカの場合そうであるのには二つの理由がある。その第一に、理論を、一般には人本主義の研究に、個別的には文学の研究に属する問題として拒否する傾向、おそらく民族＝文化的傾向があげられる。唯一の有力な（これはカナダ系であるが）例外、つまりノースロプ・フライの文学理論と批評については、すぐに述べることになる。第二に、二、三の顕著な例外は除いて、批評における議論に加わった人たちは彼らの作業を大体のところ賛美か苦情かに限定して、大胆な思索に身をまかせることはそれほどしなかったように思われる。

フランスやアメリカにおけるこの議論の真の結果は、そしてまたある程度までその原因は、〈専門の〉あるいは〈学問的な〉研究を妨げるということであった。それぞれがペダンティックな実践であると思われるようになってきていて、ほとんどのアメリカの学者たちは、学問によって引き出される思想でさえ威厳を欠いていることにおそらく同意しているだろう。トリリングが最近行なったジェファソン講演は、これらの兆候の責任を地球規模的な精神の汚れに、つまり知的価値についての曖昧さを増加させ、精神の権威を減少させる貧困化に帰している。[30] だが、例えば第二次世界大戦以来フランスでは、私の意見では驚くべき、かつ人を強く引きつける思想の生産といったものがずっと行なわれてきているという事実そのものが、根本的に変容した学問観を示すものではあっても、同時に精神に対する根強い信念の所在を証明しているのである。ポール・ド・マンがかつて書いたことがあるように、[31] モダニズムについてのアメリカ的見方はそのニヒリズムの暗い混乱した側面をつねに強調してきていて、例えばニーチェのニヒリズムのあの側面、つまり合理的学問についての復活した感覚であり、人文諸科学についての根本的に〈本質的な〉感覚である側面を無視してきた。私はここで、アメリカにおけるモダニスト的ニヒリズムの〈表層的援用〉[32]を強調しているのであり、また、もしサルトル、レヴィ＝ストロース、フーコー、ロブ＝グリエ、その他の人々の作業に少しでも価値が、あるいは独創性があるならば、これらの作業が、すべてを包み込む暗黒をこと新しくもなく発見したことを超えて、またそのかなたに、モダニズムの〈方法論的〉活力を利用してきたことにその価値あるいは独創性があるということを強調しているのである。

このように把握された方法論の主要な面は、上に述べたように、それが人間的知の中心的基盤としての人間的主題を拒否した点にある。デリダ、フーコー、ドゥルーズなどはこのような拒否よりもはるかかなたを進んでいる。認識論的に言えば、彼らは現代の知（*savoir*）を中心をはずれたものとして語っている。ドゥルーズのもうけた公式は、知は、理解されるものであるかぎり、〈流浪民的中心〉、つまり永続的なものでは決してなく、つねにひとつの情報群から別の情報群へとさまよい移る暫定的構造という次元で把握できるということである。[33] この立場がフライの『批評の解剖』の立場と比べられたとき、両者間の差異は劇的なものであることが分かる。『批評の解剖』はつまるところ、聡明さと体系化の大作である。これは今日の英語の批評的言述にかなりの一貫性を与えることに主要な役割を演じてきた。しかも控え目に演じてきた、にもかかわらず、フライが建てた歴史的、倫理的、原型的、修辞的批評の記念碑的体系は、それぞれに対応する様式、象徴、神話、ジャンルとともに、構造原理を前提に建てられている。この原理に対してフライがもうけた類比概念は音楽とプラトン的キリスト教である。音楽の類比は彼に、あらゆる文学的言述を包み込むための良く調整された循環性を与え、プラトン的キリスト教はすべての文学的体験に中心を付与するところの〈ロゴス〉を与える。私はこう言ったからといってそれをフライの限界を示す目録とするつもりはない。[34] というのは、彼の理論についてなしたジャーナリズムめいた説明の中で私は、彼の公然たる目的や、彼の作業が「創造と知、芸術と科学、神話と概念の間を結ぶ壊れた輪」[35] を作りあげようとするときに示される並はずれた気力《エラン》を十分に分析することがおそらくはからずもできなかったからである。私がここで示したいことは、フライの理論にはひとつの中心が必要であるということである。この中心は多分明言された中心では必ずしもなくて、それでも現存し、批評的言述のために中心を設定し、始源の機能を果たすものと想定される中心である。

上にあげた三人のフランスの哲学者が断固として反論しているのは、まさにフライの見解、すなわち、〈文字言語〉は〈求心的性格〉を持つという見解である。[36] 言語以前の文化の分析を行ない、またこれら三人の哲学者たちと今までしばしば無差別に一緒にされてきたレヴィ＝ストロースは、奇妙にも、『神話学』の〈序章〉で、フライの見解、つまり、神話は（音楽と同じように）明言されていないが、音体系のように、分離した表現の中に具現されている〈中心〉を持っているという見解とまんざら似ていなくはない見解を示しているのである。[37] フライとレヴィ＝ストロースの両者は、意味は始源の中心あるいは〈ロゴス〉によって全体系を通して整然と分配されていると主張している。ドゥルーズの立場は、意味は作られるものであり、それに先行するなにものかの中で発生し、あるいはその中に基盤を持つものでは決してないがゆえに、意味は、〈無・意味〉（*nonmeaning* ＝ *non-sens*）が生命を付与する〈始源〉あるいは〈中心〉から引き出された〈無・意味〉から区別されうるあの零点で〈始まる〉ものであるがゆえに、さらに意味は極所的な意味作用の事例を作り出す〈機械〉であるがゆえに、体系は同じほどの無・意味を伝えるということである。ここで、この点に関してドゥルーズの文章を少しばかり引用する必要がある――

したがって、新しい知らせが今日鳴り響いているのは、楽しいことである。意味は決して原理でも始源でもない。それはつねに作り出されるものである。意味は発見され、回復され、あるいは再活用されるものではなく、それは新しいメカニズムによって生産されるべきものである。意味はいかなる高みにも、いかなる深みにも属するものではない。それは表層の持つ力であり、その本来の次元としての表層から分離できないものである。意味には深みも高みもないからというわけではなく、むしろ、高みも深みも表層を欠き、意味を欠くということである（そうでないとすれば、それらは意味を予め想定する〈力〉としてのみ意味を持っているということである）。われわれは、宗教の〈始源の意味〉が人間的ノルムによって露わにされた神の中に存在するのかどうかは、もはや問わないし、また、人間が神のイメージから自己を疎外せしめたがゆえに失われることになったあの意味を人間が持っているかどうかも問わない。[38]

絶対的で深遠な、あるいは超絶的な〈始源〉へ訴える各々の行為に対して、ドゥルーズは、（これこそ私が支持する方法論的原理であるが）それに答えて、意味が始まる場所であるところの表層の事例を対立せしめようとする。フロイトとニーチェはこのドゥルーズの答えをもっとも激烈な形で代弁している。にもかかわらず、興味深いことに、フライもドゥルーズもともに意味を（ドゥルーズにとってのように）生産の次元においてであろうと、あるいは（フライにとってのように）具体化もしくは類比の次元においてであろうと、反復の一形態として見ているのである。風刺は、フライによれば、冬の神話を反復し、（それのそれぞれの事例において）ロマンスは夏の神話を反復する。ニーチェの〈永劫回帰〉の思想を自己の哲学にあてはめるドゥルーズによれば、反復は特定できる始源の欠如を意味する。したがって、反復されるものは、〈一者〉ではなくて多者であり、同一物ではなくて異なるものであり、必然的なるものではなくて偶然的なものである。[39] フライの反復理論は体系を拘束し、原型に対する類似性の限界点でそれの持つ可能性を囲い込む。ドゥルーズの理論は、彼が最近言ったように、意味を増大させる、というのは、その理論は、類似に立脚した先験的根拠を説明するものとしてではなく、意味の生産を説明するものとして規定されるものであるからである。

フーコーやドゥルーズが自分たちの脱中心の哲学を革命的なものとして見ていることは間違っているとは、私は思っていない。少なくとも知識人像に、つまりその学問の中で、また当の学問が受ける体制側からの支持の中で帯びるべき自己の役割を敵対者の役割と見る知識人像に依存しているという点では、彼らの哲学は革命的なのである。「知識人の役割は」とフーコーは言っている――

すべての人の沈黙の真理を表現するために自己を「少しばかり横に、あるいは少しばかり先に」置くことではもはやない。その役割は、それが対象となり道具となっているところではどこでも権力が帯びる諸形態に対抗して戦うという役割である――〈知〉、〈真理〉、〈意識〉、〈言述〉などの秩序の中で。(40)

知識人は、歴史や慣習によって押しつけられる系譜的役割を否認することを自己の任務とする。彼は自己が、〈真理〉とか〈知〉といった概念に対してすら、それらが（比喩的にしろ、字義的にしろ）高いところから〈降りてくる〉かぎり、あるいは〈始源〉から表層へと〈昇っていく〉かぎり、従属しているとは見ないのである。真の理論は全体を示すことはせず、増幅するものである、とドゥルーズは言う。(41) 現象をそれらに対応する思想に還元する代わりに、理論は現象と経験とを実際に起こったことによって課せられる限界点から解放する。理論は経験と知とを含まず、包まず、拡大もしないし、また処理された真理の形でそれらを送り渡すこともしない。理論は、知のおびる明白な不規則性と非連続性とを、したがって知が単一の中心的〈ロゴス〉を持っていないことを想定するが、それはさらに進んで、知が発生する分散の秩序を明瞭にするか、それを作り出すかする。

ここで、フーコーやドゥルーズは、ヴィーコや、マルクス、エンゲルスや、ルカーチや、ファノンなどに、またチョムスキー、コルコ、バートランド・ラッセル、ウィリアム・A・ウィリアム、その他の人々のラディカルな政治的著作に見られるところの対立的認識論の流れに合流する。書くことは、たんにある思想を文字どおり反復するためではなく、なにかをするために〈言語を捉える〉(*prendre la parole*) 行為である。ふたたびフーコーを引用する――

もし〔権力の〕出発点を指示し、それらを否認し、それらのことを公的に語ることが戦いであるならば、それは、このことを意識する人が今までいなかったからだということではなくて、この主題について言語を捉え (*prendre la parole*)、体制の情報網に挑戦し、誰が何をなしたかを名指しで言い、的を示すこと、これらすべてが、権力の最初の方向転換を、権力に対する他の戦いのためになされる第一歩を作り出すことになるからである。……戦いの言述は、無意識的なるものに対立しはしない。それは秘かなるものに対立するのである。(42)

攻撃的とは言わなくとも積極的なエクリチュール感覚が、この引用文を支えている。というのは、〈言語を捉える〉(*prendre la parole*) は普通〈話し始める〉、つまり〈発言する〉を意味する。普通内意されたままにされていることをはっきりさせること、専門的な合意のために通常は述べられない、あるいは疑問とされないものを述べること、指示された時点で、また伝統によって決められたやり方で忠実に書くことを行なうことよりも、再び書き始めること、なかんずく、確立されている〈真理〉に対する礼儀正しい義務感からよりも発見の行為の中で、また発見の行為として書くこと――これらが集合して知の生産へと導き、それらが、この私の著作が問題としている始めることの方法を要約するのである。

私が言及したフランスの批評家のすべてから、またアメリカの批評家からも、私たちは、現代の学問が、それがかりにヴィーコ的な意味での学問であるべきものであるならば、必ず反対行動が取られるべき知の体制についての生き生きした図を受けとるのである。これらの体制（それらは『言述の秩序』の中でフーコーによって、また「客観性と自由学問」の中でチョムスキーによってこのうえなく巧みに分析されている）の中には、専門化、イデオロギー的職業意識、そして位階的価値体系（これは、報酬と威信とを与えることによって、伝統的な説明の強化をトップに置き、〈独創的な〉作品と〈批評的な〉作品との間にもうけられた人為的な防壁を無造作に扱うような始まりの時点での思索は最下位に留めておくものである）などが含まれる。これらの体制は、フーコーやチョムスキーによって、権力を表わすものとして特徴づけられている（これは正しいと私は思う）。かくして、チョムスキーによれば、「権力がより近づきやすいものになるにつれて、社会の不公平は人々の目から後退していき、現状は欠点が少なくなるように見え、秩序の維持がこのうえなく重要なものになっていく」[43]のである。文学の研究において、一次的な〈創造的〉著述と二次的な著述の間に徹底的に有害で、吟味されないままの区別がなされてきている（したがって、例えば小説はもっとも優れて現存的であり、永遠的なものであるがゆえに、すべてのジャンルの中でもっとも情況的なものではなくて、もっとも壮大な形態として考えられるのである）のみならず、テキストについての、あるいは著者についてのほとんどプラトン的と言ってよい考え方、つまりテキスト生産の現実的情況と全面的に対立するような考え方も抱かれているのである。さらにそのうえ、コナー・クルーズ・オブライエン[一三]が反革命的服従と言っている特徴（チョムスキーによる引用）がまた、〈芸術〉をそれが出現するときの条件から離れて存在し、また芸術がその一部を形成している周囲の傾向からも離れて存在していることを強調する文学研究の考え方にもあてはまるのである。

したがって、始まりの現象というものは私にとって独創性に、あるいはイェイツが「独りでに生まれてきて、人間の企図を嘲笑する者」(一四)と呼んだところの理想的独創性を持つ理想的〈現存性〉に対立するものとなる。始まりとは、学問の存在性そのものであるべきと私が考えるものである。というのは、その線にそって学問あるいは批評は生き返ってくるからである。にもかかわらず、この種の学問を武装への即時の、直接の呼びかけと理解することはまったく愚かなことであろう。というのは、このような刺激はしばしば、「われわれの知的歴史を傷つける純真さと自己正義の長い伝統」(44)のもっとも明白な証拠となるからである。そうであるよりは、始まりは方法論的に現実の必要性と理論とを、意図と方法とを結びつけるものである。学者あるいは研究者にとって、始まりは、彼の現実の諸条件が、彼の、すべての人の知的潜在力の豊かさと同等のものになるときに発現してくるものである。これを〈根源的な〉始まりと呼べば、陳腐な言い方を繰り返すことになりかねない。だが私は、根はつねに一本だけではなく、私は始まりは根源的に数ある方法あるいは意図の中のひとつであって、根源的な方法あるいは意図そのものであるとは信じていない。したがって、始まりの現象は批評家にとっては知を、すでに達成された結果としてではなく、「なされるべきものとして、仕事として、また探求として」再構造化し、活性化するものということになる。このような根源主義(ピエール・テヴナツからの引用を続ければ)は、「道徳的意志と証拠の把握とを融合させることを目指す」(45)ものである。

始まりの現象に関する著作でこのような初歩的な結論に到達したことは、おそらくあまりにも気のきすぎたやり方であるかもしれない。弁解しながらこういうやり方をそのままにしておくことができるとすれば、〈始まり〉というものは優れて幾度も繰り返し取り上げることのできるテーマであるとつけ加えて言うほかなかろう。この著作のために研究したり、この著作を書いていきながら、私は、探るべきより多くの問題性の私にとっての（そして願わくは、他の人たちにとっての）可能性を開くことになったと、私は思う。それらの可能性の幾つかをあげてみれば、言語を思索の対象として、作家にとって特権的な第一の場を占めるものとして考察すること、例えば英語がどうして民族語であると同時に世界語でもあるかといった問題（ある人々にとっては第一言語であり、他の人々にとっては第二言語である）を扱うときの文学的アプローチと社会学的アプローチの相互依存性を形態的かつ心理的に考察すること、テーマ、モチーフ、ジャンルなどの中での分散の場（その中では始まりが絶対的に重要な一歩となる）の次元で比較文学自体を考察すること、ひとつの知的あるいは民族的領域が別の知的あるいは民族的領域を文化的に支配する問題（ひとつの文化が別の文化よりも早く始まり、〈達成され〉ていたがゆえに、より〈発展して〉いるということ）を考察すること、また、反復の複雑な社会的・知的体系の中で自由もしくは独創性が認められる現象を考察すること、こういった問題が可能性として考えられる。かりに〈この〉始まりの現象の研究としての始まりが部分的にもその目的を成就しているとしてのことだが、これらの問題こそが、私たちの道徳的な意志の力が十分にやっていけると思われる研究の分野であるのである。

訳注

第1章　始まりとなる発想

一　コンラッド　Joseph Conrad (1857-1924)　ポーランド出身のイギリスの小説家。二十年あまりの船員としての生活の後、イギリスに帰化し、ロシア語、ポーランド語に次ぐ第三の言語である英語による作家生活を始めた。『オールメイヤーの愚行』(*Almayer's Folly*, 1895) が処女作。『ナーシサス号上の黒奴』(*The Nigger of the 'Narcissus'*, 1897)、『ロード・ジム』(*Lord Jim*, 1900) などの後、短編集 *Youth* (1902) に収められた後出の「闇の奥」("Heart of Darkness")、第3章で詳しく分析される『ノストローモ』(*Nostromo*, 1904)、また『密偵』(*The Secret Agent*, 1907)、『西欧の眼の下に』(*Under Western Eyes*, 1911) などを書いた。なお『ノストローモ』の訳は上田勤・日高八郎・鈴木健三訳(『筑摩世界文学大系』50)を使用した。

二　『高慢と偏見』　*Pride and Prejudice* (1813)　イギリスの小説家ジェイン・オースティンの作品。

三　ポープ　Alexander Pope (1688-1744)　イギリスの詩人。二十歳の時の *An Essay on Criticism* (1711)により地位を固め、以後、古典主義の旗手として活躍する。

四　スワン、オデット　マルセル・プルーストの長編『失われた時を求めて』(*À la recherche du temps perdu*, 1913-27) に登場する夫妻の名前。

五　「初めに言葉ありき」　"In the beginning was the Word, and the Word was with God, and the Word was God."「ヨハネによる福音書」の冒頭の句。

六　「わが始まりにわが終わりあり」　"In my beginning is my end."　T・S・エリオットの『四つの四重奏』中の「イースト・コーカー」("East Coker," 1940) の冒頭行。最終行は 'In my end is my beginning.'

七　レオ・スピッツァー　Leo Spitzer (1887-1960)　オーストリア出身のロマンス語・文体論学者。ウィーン大学でマイヤー=リュプキの指導を受ける。ナチスに追われ後年はジョンズ・ホプキンズ大学で教える。ヨーロッパ思想全般にわたる巨視的視野、歴史的意味論の方法を駆使して、厳密な作品分析により作者の創作心理を解明した。『文体研究』(*Stilstudien*, 1928)、『歴史的意味論試論集』(*Essays in Historical Semantics*, 1948) など。

八　アーウィン・パノフスキー　Erwin Panofsky (1892-1968)　ドイツの美術史学者。ナチスに追われアメリカに渡り、一九三五―六二年までプリンストン大学で教えた。『イコノロジー研究』（*Studies in Iconology*, 1939）その他の多数の著作で名高い。

九　エーリッヒ・アウエルバッハ　Erich Auerbach (1892-1957)　ドイツ出身のロマンス語文学者。ナチスに追われ、イスタンブールで十余年を過ごした後、アメリカで研究生活を送る。本書後半で詳述されるヴィーコを若いときにドイツ語に翻訳している。『ミメーシス』（*Mimesis : The Representation of Reality in Western Literature*, 1946）は名著。

一〇　エルンスト・ローベルト・クルティウス　Ernst Robert Curtius (1886-1956)　ドイツの文学研究家。ロマンス語を専攻し、ドイツ各地の大学で教鞭を取りながら外国文学の紹介もおこなった。『ヨーロッパ文学とラテン中世』（*Die Europäische Literatur und Lateinisches Mittelalter*, 1948）が主著。

一一　C・S・ルイス　Clive Staples Lewis (1898-1963)　英国の詩人・批評家・文学研究家。『ナルニア国物語』（*The Narnia Chronicle*）、『愛のアレゴリー』（*The Allegory of Love*, 1936）。

一二　アメリコ・カストロ　Américo Castro (1885-1972)　スペインの歴史家、批評家。セルバンテス研究家。サイードはAmerigoと表記している。

一三　フェルナン・バルダンスペルジェ　Fernand Baldensperger (1871-1958)　フランスの文学史家、比較文学者。サイードはFerdinandと表記しているが、Fernandの誤りである。

一四　マイヤー＝リュプキ　Wilhelm Meyer-Lübke (1861-1936)　ドイツの言語学者。ラテン語およびロマンス語の研究に革命的変化をもたらした。ウィーン大学教授。『ロマンス語の文法』（*Grammatik der romanischen Sprachen*, 1890-1902）。

一五　ノーマン・O・ブラウン　Norman O. Brown　アメリカの古典学者、精神分析学者。『エロスとタナトス』（*Life Against Death*, 1959）など。

一六　レイン　Ronald David Laing (1927-)　イギリスの精神科医、精神分析学者。文学者にも影響を与える。『引き裂かれた自己』（*The Divided Self*, 1960）、『自己と他者』（*The Self and Others*, 1961）など。

一七　ウィリアム・カーロス・ウィリアムズ　William Carlos Williams (1883-1963)　アメリカの医者・詩人。詩集『砂漠の音楽』（*The Desert Music*, 1954）、『パタスン』（*Paterson*, 1946-58）など。

一八　リチャード・フッカー　Richard Hooker (*c*. 1554-1647)　英国国教会の聖職者、神学者。ピューリタンとの論争において国教会を弁護し『教会政治理法論』（*Of the Lawes of Ecclesiasticall Politie*, 1594-1662）を書いた。

一九　W・J・ベイト　Walter Jackson Bate (1918-)　アメリカの英文学者。『過去の重荷と英国詩人』（*The Burden of the Past and the English Poets*, 1970）など。

二〇　ハロルド・ブルーム　Harold Bloom (1930-)　アメリカのユダヤ系批評家。イェール大学教授。『影響の不安』（*The Anxiety of Influence*, 1973）、『カバラーと批評』（*Kabbalah and Criticism*, 1975）、『聖なる真理の破壊』（*Ruin the Sacred Truths*, 1987）ほか。

二一　パウンド　Ezra Pound (1885-1972)　アメリカの詩人・批評家。イマジズムの中心に位置する。『キャントーズ』（*The Cantos*）が代表作。

二二　ロウエル　Robert Lowell (1917-77)　アメリカの詩人。『生の探求』（*Life Studies*, 1959）など。

二三　エリオット　Thomas Stearns Eliot (1888-1965)　アメリカ生まれの二十世紀最大のイギリスの詩人・批評家・劇作家。ノーベル文学賞受賞（一九四八年）。『荒地』（*The Waste Land*, 1922）、『聖灰水曜日』（*Ash-Wednesday*, 1930）、『四つの四重奏』（*Four Quartets*, 1944）など。評論集『聖なる森』（*The Sacred Wood*, 1920）に収められた「伝統と個人の才能」（"Tradition and the Individual Talent"）で、過去の文学〈伝統〉の上に立つ創作を説き、大きな影響を与えた。

二四　ヴィラモーヴィッツ　Ulrich von Wilamowitz-Moellendorff (1848-1931)　ドイツの古典学者。その学問的業績は驚異的なものであったが、ニーチェの『悲劇の誕生』に対して厳しい批判をしたことでも有名。本文中のニーチェ＝ヴィラモーヴィッツ論争はこれを指す。

二五　ジョイス　James Joyce (1882-1941)　アイルランドの作家。『ダブリン市民』（*Dubliners*, 1914）、『若き芸術家の肖像』（*A Portrait of the Artist as a Young Man*, 1916）、『ユリシーズ』（*Ulysses*, 1922）。

二六　ルカーチ　Lukács György (1885-1971)　ハンガリーの文学者、哲学者。マルクス主義の理論家。『小説の理論』（*The Theory of the Novel*, 1920）『歴史と階級意識』（*History and Class Consciousness*, 1923）など。

二七　『タトラー』　*The Tatler*　アディスンやスウィフトの協力の下にスティール（Richard Steel）が出した週三回の定期刊行物。『スペクテイター』（*The Spectator*）につながる。

二八　スチュアート・ハンプシャー　Sir Stuart Newton Hampshire (1914-)　イギリスの哲学者、批評家。

二九　ポール・ド・マン　Paul de Man (1919-83)　アメリカの批評家、文学理論家。イェール大学の教授。『盲目と明察』（*Blindness and Insight*, 1971）、『ロマン主義の修辞学』（*Rhetoric of Romanticism*, 1983）など。

三〇　『トリストラム・シャンディ』 *Tristram Shandy* (1960-7)　イギリスの小説家スターン（Laurence Sterne, 1713-68）の長編小説。

三一　『序曲』 *The Prelude* (1805)　イギリスの詩人ワーズワス（William Wordsworth, 1770-1850）による自伝的長詩。

三二　ポール・ヴァレリー　Paul Valéry (1871-1945)　フランスの詩人、思想家、批評家。フランスのもっとも独創的な詩人のひとり。

三三　トマス・クーン　Thomas Samuel Kuhn (1922-)　アメリカの科学史家。パラダイム概念を提起した『科学革命の構造』（*The Structure of Scientific Revolution*, 1962）で知られる。

三四　I・A・リチャーズ　Ivor Armstrong Richards (1893-1979)　イギリスの批評家。ケンブリッジ大学教授。心理学的方法を駆使した言語研究に基づく意味論、文学論などを次々と発表して言語学、文芸批評、文学教育などの諸分野に新境地を拓いた。オグデンとの共著『意味の意味』（*The Meaning of Meaning*, 1923）、『文芸批評の原理』（*Principles of Literary Criticism*, 1924）など。

三五　メルロー＝ポンティ　Maurice Merleau-Ponty (1908-61)　フランスの哲学者。『知覚の現象学』（*Phénoménologie de la perception*, 1945）など。

三六　ヒュー・ケナー　Hugh Kenner (1923-)　カナダ生まれの批評家。ジョンズ・ホプキンズ大学教授。

三七　キーツ　John Keats (1795-1821)　イギリスのロマン派詩人。*Endymion* ほか。

三八　ボルヘス　Jorge Luis Borges (1899-1986)　アルゼンチンの小説家、詩人、評論家。『伝奇集』（*Ficciones*, 1944）など。

三九　スウィフト　Jonathan Swift (1667-1745)　イギリスの風刺作家。『桶物語』（*A Tale of a Tub*, 1696）、『書物合戦』（*The Battle of the Books*, 1704）、『ガリヴァー旅行記』（*Gulliver's Travels*, 1726）など。

四〇　コールリッジ　Samuel Taylor Coleridge (1772-1834)　イギリスの詩人、批評家。『抒情歌謡集』（*Lyrical Ballads*, 1798）、『文学的伝記』（*Biographia Literaria*, 1817）など。

四一　『虚栄の市』 *Vanity Fair* (1847-8)　イギリスの小説家サッカレー（William Makepeace Thackeray, 1811-63）の小説。

四二　ホプキンズ　Gerard Manley Hopkins (1844-89)　イギリスの詩人。スプラング・リズムを使い多くの短詩を書いた。『ドイッチュランド号の難破』（*The Wreck of the Deutchland*, 1875）ほか。

四三　ジュネ　Jean Genet (1910-86)　フランスの劇作家、小説家、詩人。『女中たち』（*Les Bonnes*, 1947）ほか。

四四　マーロウ　コンラッド（注前出）のいくつかの作品に現われる人物名。「闇の奥」や『ロード・ジム』では語り手となり、仲間たちに体験を物語る。

第2章　始まりの現象についての省察

一　モリエールのジュールダン氏　フランスの劇作家モリエール（Jean-Baptiste Poquelin Molière）（1622-73）の喜劇『町人貴族』（*Le Bourgeois gentilhomme*, 1670）の主人公で、貴族になりたがっている成り上がり者の町人の名前。

二　ラガードーの学院においてである　『ガリヴァー旅行記』の訳は中野好夫訳（『筑摩世界文学大系』二〇）。

三　エリク・エリクソン　Erik Homburger Erikson（1902-）　アメリカの精神分析学者。『アイデンティティ』（1968）。

四　『詩学』　*Poetics*　アリストテレス（Aristoteles, 384-322B.C.）の著作。

五　ハーバート・スペンサー　Herbert Spencer（1820-1903）　イギリスの哲学者。一八四八―五三年の間、*Economist* の副主筆を務める。

六　ヨハン・ホイジンハ　Johan Huizinga（1872-1945）　オランダの歴史家、文明批評家。『中世の秋』（1919）、『ホモ・ルーデンス』（1938）など。

七　トリスタン・ツァラ　Tristan Zara（1896-1963）　ルーマニア出身のフランスの詩人。ダダイスム、シュルレアリスムの運動に関わる。

八　エドムント・フッサール　Edmund Husserl（1859-1938）　オーストリア出身のユダヤ系ドイツ人で現象学の確立者。『厳密な学としての哲学』（1911）、『純粋現象学と現象学的哲学のための諸考想』（1913）など。

九　プルードン　Pierre Joseph Proudhon（1809-65）　フランスの社会思想家、社会主義者。『貧困の哲学』（1846）を書き、マルクスの『哲学の貧困』により攻撃される。

一〇　ケネス・バーク　Kenneth Duva Burke（1897-1986）　アメリカの哲学者、文芸評論家。『文学形式の哲学』（*The Philosophy of Literary Form*, 1941）、『動機の文法』（*A Grammar of Motives*, 1945）ほか。

一一　パニュルジュ　Panurge　ラブレー（François Rabelais, ?1495-*c.* 1553）の『パンタグリュエル』（*Pantagruel*, 1532）の登場人物。パンタグリュエルの仲間。

一二　……どうか　ミルトンの訳は新井明訳（『楽園の喪失』大修館書店）を使用。

一三　決意に結び付けられる　『序曲』の訳は岡三郎訳（国文社）を使用。

一四　ウォレス・スティーヴンズ　Wallace Stevens (1879-1955)　アメリカの詩人。『秩序の観念』(*Ideas of Order*, 1935)、『至高の虚構のための覚え書』(*Notes Toward a Supreme Fiction*, 1942) など。

一五　ハンス・ファイヒンガー　Hans Vaihinger (1852-1933)　ドイツの哲学者。カント研究者。『かのようにの哲学』(1911)。

一六　フランク・カーモード　Frank Kermode (1919-)　イギリスの批評家。ケンブリッジ大学の教授であった。『終わりの意識』(*The Sense of an Ending*, 1967)、『秘義の発生——物語の解釈をめぐって』(*The Genesis of Secrecy — On the Interpretation of Narrative*, 1979) など。

一七　ジャン・スタロバンスキー　Jean Starobinsky (1920-)　フランスの批評家。ジョルジュ・プーレなどのジュネーブ学派の一人。『生きた目』(*L'Oeil vivant*, 1961)。

一八　ウァロ　Marcus Terentius Varro (116-27 B.C.)　古代ローマの代表的知識人、政治家。『農業論』と『ラテン語論』の一部が残存する。

一九　クファ派、バスラ派　schools of Kufa and Basra　クファとバスラは中世以来のイラクの都市であり、アラブ文化の中心として並び栄えてきた。イラクの為政者の都としての地位をしばしば交替している。なお、いずれもアラビア語文法、文献学、文芸批評、芸術の中心地であった。

二〇　フランシス・A・イェイツ　Dame Frances Amelia Yates (1899-1981)　イギリスの歴史学者、ルネッサンス研究家。『ジョルダーノ・ブルーノとヘルメス的伝統』(*Giordano Bruno and the Hermetic Tradition*, 1964)、『世界劇場』(*Theatre of the World*, 1969) ほか。

二一　キース・トマス　Keith Thomas (1933-)　イギリスの歴史学者。オックスフォード大学コーパス・クリスティ・コレッジの学長。『宗教と魔術の衰退』(*Religion and the Decline of Magic*, 1971) など。

二二　カール・ポラニー　Karl Polanyi (1886-1964)　ハンガリー生まれの経済人類学者。科学哲学者マイケル・ポラニーの実兄。主著『大いなる変革』(*Great Transformation*, 1944)。

二三　リュシアン・ゴールドマン　Lucien Goldmann (1913-70)　フランスの批評家、哲学者。主著『隠れたる神』(*Le Dieu caché*, 1955) はラシーヌと当時のジャンセニストたちの関係を論じている。

二四　マラルメ　Stéphane Mallarmé (1842-98)　フランスの詩人。フランス象徴主義の中心的存在。『詩集』(1899)、『骰子一擲』(1897) など。

二五　ヴォージュラ　Claude Favre de Vaugelas (1585-1650)　フランスの文人。アカデミー・フランセーズ会員。

二六　〈implex〉〈錯綜体〉　ヴァレリーの『固定観念』(*Idée Fixe*, 1932) で使われる。人間の理念とは精神のように、単一の図式に包摂し得ない概念を指す。

二七　ハイデッガー Martin Heidegger (1889-1926)　ドイツの哲学者。キルケゴールの影響を受け、フッサールの現象学を発展させて、〈基礎的存在論〉と呼ばれる実存哲学を作り上げた。

二八　クラリサ、ラヴレス　イギリスの小説家リチャードソン (Samuel Richardson, 1689-1761) の小説『クラリサ』(*Clarissa, or the History of a Young Lady*, 1747-8) の主人公名。クラリサ・ハーロウ (Clarissa Harlowe) はラヴレス (Robert Lovelace) に誘惑され死に至る。

二九　R・P・ブラックマー　Richard Palmer Blackmur (1904-65)　アメリカの新批評派の批評家、詩人。プリンストン大学教授。『身振りとしての言語』(*Language as Gesture*, 1952) など。

三〇　ハリー・レヴィン　Harry Levin (1912-)　アメリカの文芸批評家。『ハムレットの問題』(*The Question of Hamlet*, 1959)、『角の門』(*The Gates of Horn*, 1963) など。

三一　カフカ　Franz Kafka (1883-1924)　オーストリアのユダヤ系作家。主著は『審判』(*Der Prozeß*, 1925) および『城』(*Das Schloß*, 1926)。Kは『城』の主人公。

三二　マルロー　André Malraux (1901-76)　フランスの小説家、随筆家、美術批評家、政治家。『征服者』(*Les Conquérants*, 1928)、『人間の条件』(*La Condition humaine*, 1933)、『反回想録』(*Antimémoires*, 1967) ほか。

三三　ニューマン　John Henry Newman (1801-90)　イギリスの宗教家、著作家。英国国教会牧師となったが、改革運動オクスフォード・ムーヴメントを始め、ついにはローマン・カトリックに改宗した。

第3章　始まりを目指すものとしての小説

一　アズハール派 (ex-)Azharite 未詳。スーダンの政治家で独立に奔走し首相となった Ismā'īl al-Azharī (1900-1969) なる人物がいるが、その政治的同志の意か。

二　アラン・ロブ＝グリエ　Alain Robbe-Grillet (1922-)　フランスの小説家。ヌーヴォー・ロマンの代表的作家。『消しゴム』(*Les Gommes*, 1953)、『新しい小説のために』(*Pour un nouveau roman*, 1963) など。

三　エリック・パートリッジ　Eric Honeywood Partridge (1894-1979)　イギリスの言語学者。口語、俗語、慣用語などの著作多数。

四　ヘンリー・ジェイムズ　Henry James (1843-1916)　アメリカの小説家、批評家。『ある婦人の肖像』(*The Portait of a Lady*, 1881)、『鳩の翼』(*The Wings of the Dove*, 1902) ほか。

五　イザベル・アーチャー　Isabel Archer　前記ヘンリー・ジェイムズの小説『ある婦人の肖像』の悲劇的女主人公。

六　ウェイン・ブース　Wayne Clayson Booth (1921-)　アメリカの文学理論家、批評家。『虚構の修辞学』(*The Rhetoric of Fiction*, 1961) で知られる。

七　ジル・ドゥルーズ　Gilles Deleuze (1925-)　フランスの哲学者。リゾーム-多様体の思考によりポスト構造主義の地平を開く。『スピノザと表現の問題』(*Spinoza et le problème de l'expression*, 1968)、『意味の論理学』(*Logique du sens*, 1969)、ガタリとの共著『カフカ』(*Kafka*, 1975)、『アンチ・オイディプス』(*L'Anti-Oedipe*, 1972)。

八　『ミドルマーチ』 *Middlemarch* (1871-2)　ジョージ・エリオット (George Eliot, 1819-80) の小説。

九　『大いなる遺産』 *Great Expectations* (1861)　ディケンズの小説。

一〇　フレデリック・モロー　フロベール (Gustave Flaubert, 1821-80) の小説『感情教育』(*L'Éducation sentimentale*, 1869) の主人公。

一一　セルバンテス＝シーデ・ハメーテ＝キホーテという関係　Cervantes-Sidi Hamete-Quixote relationship　著者セルバンテスが物語を続けるために導入した架空の人物がシーデ・ハメーテ・ベネンヘーリであり、彼はアラビアの歴史家とされている。その文書をもとに、ムーア人の翻訳家に助けられて、セルバンテスが物語るというもの。

一二　『いいなずけ』 *I Promessi Sposi* (1827-1840)　イタリアの作家マンゾーニ (Alessandro Manzoni, 1785-1873) の長編小説。

一三　『クエンティン・ダーワード』 *Quentin Durward* (1823)　スコットランドの詩人、小説家スコット (Sir Walter Scott, 1771-1832) の小説。

一四　『リトル・ドリット』 *Little Dorrit* (1855-7)　ディケンズの小説。

一五　一連の複雑な関係　ゲーテの『親和力』(*Die Wahlverwandtschaften*, 1809) に現われる登場人物たちのうち、エトヴァルトは金持ちの壮年の男爵、シャルロッテはその夫人。屋敷に招かれた大尉とエトヴァルトがあまりに仲がよく、夫婦の関係が気まずくなったので、打開のためエトヴァルトは夫人の姪オティーリエを呼び寄せる。男同士、女同士でうまくやれるのではと考えたのである。ところが、エトヴァルトとオティーリエ、シャルロッテと大尉との間に愛が生じることになり、筋は複雑に展開していく。最後にエトヴァルトとオティーリエは死ぬ。

一六　二人の計画（ヴァルモン、メルトゥーイユ）　フランスの作家・軍人ラクロ（Pierre Choderlos de Laclos）（1741–1803）の書簡体小説『危険な関係』（*Les Liaisons dangereuses*, 1782）の登場人物たち。ドンファンのヴァルモン子爵はメルトゥーイユ伯爵夫人と組んで、小娘セシル・ド・ヴォランジュを誘惑する。

一七　ウォプスルの演技　ウォプスルは『大いなる遺産』に登場する人物。教会執事であるが、素人役者でもあって、よく響く太い声でシェイクスピアの台詞や詩の一節を朗読するのが得意。ウェミックはロンドンの弁護士ジャガーズの事務所で働く書記である。その家は本文中にあるようにゴシック風の造りになっている。

一八　〈器用な人〉 *bricoleurs*　関連のブリコラージュは〈器用仕事〉なども訳される。いずれも構造主義の中心概念。レヴィ＝ストロースは、〈野生の思考〉、すなわち未開人の思考は世界に秩序を与えるため、ありあわせの材料（心象、イメージなども含まれる）を使ってする〈器用仕事〉だと考えた。近代的な組織的労働と対比的に用いられている。

一九　小ピップが生まれでる　『大いなる遺産』の訳は山西英一訳（新潮社）を使用。

二〇　『ドリアン・グレーの肖像』（*The Picture of Dorian Gray*, 1891）。アイルランド生まれのイギリスの詩人・小説家・劇作家、オスカー・ワイルド（Oscar Fingal O'Flahertie Wills Wilde, 1854–1904）の小説。ワイルドは世紀末時代の寵児、問題児であった。『まじめが肝心』（*The Importance of Being Earnest*, 1895）などの喜劇が彼の才能を表わすとされる。『獄中記』（*De Profundis*, 1905）がある。

二一　エドワード・ガーネット　Edward Garnett (1868–1937)　イギリスの批評家、劇作家。出版社の文芸顧問を務め、コンラッド、D・H・ローレンス、フォースターなどを世に出すのに力があった。コンラッドの書簡集を編集。デーヴィッド・ガーネットの父。

二二　ジョン・ゴールズワージー　John Galsworthy (1867–1933)　イギリスの小説家、劇作家。『フォーサイト・サガ』（*The Forsyte Saga*, 1922）など。一九三二年ノーベル文学賞。

二三　ウィリアム・ブラックウッド　William Blackwood and Son　イギリスの出版社名。創始者ウィリアム・ブラックウッド（1776–1834）はスコットランド出身で、彼の創刊になる『ブラックウッド・エディンバラ・マガジン』にはコンラッドの作品も掲載された。

二四　『モービー・ディック』 *Moby Dick* (1851)　アメリカの作家ハーマン・メルヴィル（Herman Melville, 1819–91）の代表作。モービー・ディックは船長エイハブが追う白鯨の名前。

二五　ボリーバル『ノストローモ』中で言及されているが、実在のベネズエラ出身の軍人、政治家で、南アメリカをスペインの支配から解放したSimón Bolívar（1783-1830）のこと。

二六　ロレンス　David Herbert Lawrence（1885-1930）　イギリスの小説家、詩人。『息子たちと恋人たち』（*Sons and Lovers*, 1913）、『恋する女たち』（*Women in Love*, 1920）、『チャタレー夫人の恋人』（*Lady Chatterley's Lover*, 1928-1960）など。

二七　フォード・マドックス・フォード　Ford Madox Ford（1873-1939）　イギリスの小説家、詩人、批評家。『為さざる者もあり』（*Some Do Not*, 1924）に始まる四部作など。一八九八年にコンラッドと出会い、『遺産相続人』（*The Inheritors*, 1901）、『ロマンス』（*Romance*, 1903）を合作している。

二八　『午後の死』*Death in the Afternoon*（1932）　アメリカの小説家ヘミングウェイ（Ernest Miller Hemingway, 1899-1961）による闘牛を題材とした小説。

二九　エドマンド・ゴス　Sir Edmund William Gosse（1849-1928）　イギリスの批評家、エッセイスト。フランス文学、北欧文学の紹介者。新しい作家を多く世に出している。

三〇　ロバート・カニンガム・グレアム　Robert Bontine Cunninghame Graham（1852-1936）　スコットランドの政治家・小説家。非常な旅行家。ショーやコンラッドは彼の作品を評価した。

三一　『日蔭者ジュード』*Jude the Obscure*（1895）　イギリスの小説家、詩人トマス・ハーディ（Thomas Hardy, 1840-1928）の小説。

三二　ジョージ・ギッシング　George Robert Gissing（1857-1903）　イギリスの小説家。『当世三文文士街』（*New Grub Street*, 1891）、『ヘンリー・ライクロフトの私記』（*The Private Papers of Henry Ryecroft*, 1903）など。

三三　バーナード・ショー　George Bernard Shaw（1856-1950）　アイルランド生まれのイギリスの劇作家・批評家。『キャンディーダ』（*Candida*, 1895）、『人と超人』（*Man and Superman*, 1903）、『聖女ジョーン』（*Saint Joan*, 1923）ほか。ノーベル文学賞受賞（一九二五年）。

三四　ディオニュソス的アンダーシャフト　ショーの『バーバラ少佐』（*Major Barbara*, 1907）の登場人物アンダーシャフト氏を指す。

三五　サミュエル・バトラー　Samuel Butler（1835-1902）　イギリスの作家。風刺小説『エレウォン』（*Erewhon*, 1872）、『万人の道』（*The Way of All Flesh*, 1903）など。

三六　ルネ・ジラール　René Girard (1923-)　フランスの批評家、思想家。『欲望の現象学』(『ロマンティークの虚偽とロマネスクの真実』)(*Mensonge romantique et vérité romanesque*, 1961)、『暴力と聖なるもの』(*La Violance et le sacré*, 1972)、『世の初めから隠されていること』(*Des Choses cachées depuis la fondation du monde*, 1978)、『欲望の演劇』(*A Theatre of Envy*, 1991) など。

三七『トム・ジョーンズ』　*The History of Tom Jones, a Foundling*, (1749)　イギリスの小説家ヘンリー・フィールディング (Henry Fielding, 1707-54) の代表作。

三八　メレディス　George Meredith (1828-1909)　イギリスの詩人、小説家。『エゴイスト』(*The Egoist*, 1879) など。

三九　トマス・ア・ケンピス　Thomas à Kempis (c. 1380-1471)　ドイツの宗教家。『キリストにならいて』の著者とされる。

四〇　ツルゲーネフのバザーロフ　ロシアの作家ツルゲーネフ (Ivan Sergeevich Turgenev, 1818-83) の小説『父と子』(*Ottsy i Deti*, 1862) に登場する人物。自然科学を研究するニヒリスト。

四一　言語構築物となっている　『ボヴァリー夫人』の訳は杉捷夫訳 (『筑摩世界文学大系』) を使用。

四二　モロー　前出『感情教育』の主人公フレデリック・モローのこと。

四三　選んだものである　『悪霊』の訳は江川卓訳 (新潮社、ドストエフスキー全集十一、十二) を使用。

四四　T・E・ロレンス　Thomas Edward Lawrence (1888-1935)　イギリスの冒険家、著述家。第一次大戦中イギリスの特務機関でアラビアの統一のため活躍する。『知恵の七柱』(*The Seven Pillars of Wisdom*, 1926)。

四五　E・M・フォースター　Edward Morgan Forster (1879-1970)　イギリスの小説家。『眺めのよい部屋』(*A Room with a View*, 1908)、『インドへの道』(*A Passage to India*, 1924) など。

四六　フロイト　Sigmund Freud (1856-1939)　精神分析の創始者。チェコのモラヴィアのドイツ語を話すユダヤ人の家に生まれた。四歳のときにウィーンに移住、以後ウィーン大学で医学を修め、死の前年の一九三八年、ナチスによる迫害でロンドンに亡命するまで、その探求の全成熟期をウィーンで過ごした。フロイトの思想は、心理学や精神医学にとどまらず、哲学、社会学、政治学、文化人類学、さらに文学の領域にまで衝撃を与え、実存主義やマルクス主義と混合しつつ、二十世紀最大の影響力のある思想となっている。『夢の解釈』(*Die Traumdeutung*) (*The Interpretation of Dreams*, 1900) の訳は高橋義孝訳 (人文書院) を使用。

四七　(ニーチェが述べていることを) 取り上げよう　ニーチェの訳は『道徳の系譜』に関しては秋山英夫訳 (『ニーチェ

全集』第三巻、白水社）を、『善悪の彼岸』については吉村博次訳（同前、第四巻）を使用。

四八 W・B・イェイツ William Butler Yeats (1865-1939) アイルランドの今世紀最大の詩人。一九二三年にノーベル文学賞受賞。

四九 ブロイアー、シャルコー、クローバック、ブロイアー (Joseph Breuer, 1842-1925) はオーストリアの医者。ヒステリーに関する彼の理論はフロイトの精神分析の基礎となった。シャルコー (Jean Martin Charcot, 1825-93) はフランスの神経科医。フロイトを教えている。クローバックは未詳。

五〇 ヘッベル Friedrich Hebbel (1813-63) ドイツの悲劇作家。処女作『ユーディット』(*Judith*, 1841) で名声を確立した。

五一 トーマス・マン Thomas Mann (1875-1955) ドイツの小説家、批評家。『ブデンブローク家の人々』(*Buddenbrooks*, 1901)、『魔の山』(*Der Zauberberg*, 1924)、『ヨゼフとその兄弟たち』(*Joseph und seine Brüder*, 1933-43)、『ファウスト博士』(*Doktor Faustus*, 1947) など。

五二 〈エスメラルダ蝶〉 *hetaera esmeralda* 〈エスメラルダ蝶〉は開泰祐・関楠生訳（岩波現代叢書）より。サイードは haetera と表記しているが hetaera の誤りであろう。hetaera は娼婦を意味する。アードリアン・レーヴァーキューンが一度だけ関係を持った娼婦のこと。彼は自分の作曲した作品に hetaera esmeralda 中の h（ロ音）、e（ホ音）、a（イ音）、es（変ホ音）を埋め込んだ。

五三 カイザースアシェルンとプファイファリンク Kaisersaschern and Pfeiffering 『ファウスト博士』に出る二つの街の名前。

五四 クレッチマー Ernst Kretschmer (1888-1964) ドイツの精神医学者。『体格と性格』(1921)、『天才』(1929) など。

第4章 テキストをもって始める

一 ジャン・ピアジェ Jean Piaget (1896-1980) スイスの心理学者。認識発達の分野に関心を向け、発生的認識論を構築。児童と成人と心理の間にはその論理的構造 (structure) において質的相違があると言うが、これは絶対的、非連続的なものではないとしている。『児童の自己中心性』(*Le Langage et la Pensée chez l'enfant*, 1923)、『構造主義』(*Le Structuralisme*, 1968) など。

二　『友』 *The Friend*　湖畔地方でコールリッジ（Samuel Taylor Coleridge, 1772-1834）によって編集され、ほとんど彼が執筆した週刊誌（一八〇九―一〇）。彼はここに書いた試論をテーマごとにまとめ、一八一八年に三巻本として出版した。方法に関する試論はその第三巻 *Principles of Method* に入れられた。

三　パース　Charles Sanders Peirce (1839-1914)　アメリカの哲学者。プラグマティズムの創始者で、記号学の提唱者。

四　連続主義　synechism　パースによって唱えられた理論。連続観念を哲学における第一に重要なものとする。連続とは一切の事物の完全な依存性と相互関係を表わし、説明不可能な究極的なものによる説明に反対する。プラグマティズム源泉のひとつとなる思想。

五　「『キホーテ』の作者ピエール・メナール」　セルバンテスの作品とまったく同じものを、はるかに豊かなものとして書いたもの。『伝奇集』（*Ficciones*, 1944）の一作品。

六　ジョルジュ・プーレ　Georges Poulet (1902-)　フランスの批評家。ベルギー生まれ。ジュネーヴ学派の中心的人物であり、また〈新批評〉（Nouvelle Critique）の源流的存在。『人間的時間の研究』（*Études sur le temps humain*, 1950）や『円環の変貌』（*Les Métamorphoses du cercle*, 1961）など。

七　エペソスのゼノドトス　Zenodotus of Ephesus (c. 325-c. 234 B. C.)　ギリシアの文法学者。ピレタスの弟子で、プトレマイオス・ピダレルプスによってアレキサンドレイアの初代図書館長に任命された（二八四年）。ギリシア詩人たちの作品のテキストの標準版の作成という、この図書館の最初の大きな調査企画を指揮することになる。とくにホメロスの語彙の編纂や作品の校訂本の作成などにより、ホメロス学の途を拓いた。

八　ヴォルフ　Friedrich August Wolf (1759-1825)　ドイツの古典学者。いわゆる〈ホメロスの問題〉を提起して有名。

九　クムラン文書　Qumran scrolls　一九四七年以来クムラン付近で発見された巻物およびその断片。ほとんどが羊皮紙で、前二世紀から後一世紀にかけて書かれたもの。その内容は①聖書正典の写本および翻訳（全体の約二五％）②注解書　③外典・偽典　④独自の宗団文書からなり、すべて、例えば1Q（クムラン第一洞穴）のように発見された洞穴の番号をつけた名称で呼ばれる。

一〇　ペトラルカ　Francesco Petrarca (1304-1373)　一三四五年にまたイタリア旅行に出たが、多分ヴェローナでキケロの書簡の幾つかを発見した。それらはアッティクス宛てのものであった（*Ad Atticum*, 1345）。

一一　エラスムス編ギリシア語新約聖書　この新約聖書のラテン語訳付ギリシア語原典出版（一五一六年）は当時の権威から自由になった、〈源泉に帰れ〉という合理的・人文主義的ヒューマニズムの精神に貫かれていて、ルター、ツヴィングリーらの宗教改革に大きな刺激となった。また、そのラテン語訳はルターのドイツ語訳聖書よりも当時の啓蒙に役立ったと言われている。

一二　サンディス卿　Sir John Sandys (1578-1644)　イギリスの古典学者。オクスフォード卒業後イタリア、アメリカなど広く旅した。オウィディウス、グロティウスなどの翻訳もした。

一三　ベントレーによるミルトン改訂　Richard Bentley (1662-1742) はイギリスの学者で、ケンブリッジ大学のトリニティ・コレッジの学長を四十年間も務めた。テキスト編集者としても有名で、ホラティウスやマニリウスなどの作品を丹念に編集したが、ミルトンの『失楽園』の改訂（一七三二年）は恣意的というほかないものである。彼の意図は、ミルトンがこの作品を作ったとき目が見えなかったためにミルトンの原意が曲げられていたのでそれを復元することにあった。この版はベントレー作の『失楽園』と言ってよいほどである。なお、ポープはその『愚人列伝』で「この力強い古典学者は倦むことなく苦労したが、結局ホラティウスを退屈なものにし、ミルトンの詩行を地に這わしめただけである」と辛辣に述べている（四巻二一一―二行）。

一四　チャプマンのホメロス　George Chapman (c. 1560-1634)　イギリスの詩人・劇作家・翻訳家。その翻訳で最も有名なのはホメロスの作品の翻訳であるが、これが有名になったのには、これを読んでキーツが作ったソネット「初めてチャップマン訳のホメロスを読みて」("On First Looking into Chapman's Homer," 1817) があげられる。チャップマンはそれまで部分訳をしていたものをもとに、完訳『イリアス』(*Iliads*, 1611) と『ホメロスのオデュッセイア』(*Homer's Odyssey*, 1614-15) を出版した。

一五　〈イアジァーズ〉 *ᶜidjaz* と音記されているが、*iᶜjaz* の誤記とも考えられる。意味は「コーランの摩訶不思議な、犯すべからざる性格」である。語根は*ᶜajaza* で、「弱くなる」「年老いた」の意味である。

一六　*fiqh*　発音は〈フィクフ〉。サイードは "jurisprudence" の語を当てている。語根は faqiha で、「理解する」の意。ここの fiqh は「イスラーム法学」の意で、コーランを中心とした法体系の研究および施行細則や解釈を指す最も普通の用語。

一七　*hadith*　発音は〈ハディース〉。「（預言者の）伝承」の意。語根は *hadatha* で「生じる」「起こる」の意。しかしその派生形の *hadith* は「伝承」で、特に預言者ムハンマドの言行録を指す。コーランに次いで法源として重要であるが、伝承者により幾つかの法学派に分れる。イスラームは『コーラン』は神の言葉そのものであり、預言者の言行録はいわば使徒行伝に相当する。しかし、伝承者の資料や孫引き等の問題が絡み、誰のどの証言を採用するかは、まさしく

〈フィフク〉の問題である。スンナ派では預言者ムハンマドの言行録をめぐって四つの法学派に大別されるが、シーア派では別にイマーム（アリーに始まる霊的指導者）の言行録をも含めて、ハディースと称している。

一八　*idjaza*　サイードは"license to transmit"と訳しているが、これは *i'ajâz* の誤りではないかとも思われる。

一九　*isnads*（*asaneed*）　*i snâd* およびその複数形 *asânîd* と思われる。「コーランまたはイスラーム的伝統に帰依し、それを賛えること」の意。語根は *sanada* で、「支える」「依拠する」の意味で、その派生形としてイスナードは、特にイスラーム的伝統に依拠し、これを振り返り、かつまた称賛することである。

二〇　アル＝ジャヒーズ　Amr B. Bahr al-Jahiz (776-868)　アラブの文学者・思想家。パンや魚の行商のかたわらイスラム諸学を修め、当時のあらゆる知識を備えた百科全書的な学者となった。

二一　*maqamat*　発音は〈マカーマート〉*maqâm* の複数形 *maqâmât* と思われる。「拠点」、特に「聖人たちの墓」ないしその「権威」。原義は qama であるが、その場所的接頭語 ma- がついた maqâma（複数形は maqamât）とは、「拠点」、特にイスラームで「聖人」ないしそれに準じる人々の「墓」や「依って立つ権威」を意味する。なお、メッカには maqâm Ibrâhîm（アブラハムの足跡）として知られる小さな建物がある。また、宗教的意味とは別に、マカーマとはアラビア文学上の「トポス」もしくは小さな逸話や小咄を意味する。

二二　イブン・アル＝ハリーリー　Al-Qasim B. Ali al-Hariri (1054-1122)　アラブの文学者・言語学者で、押韻散文を多く用いたマカーマート五十一編を発表して有名になった。

二三　メッツガー　Bruce Metzger (1914-)　アメリカの新約言語学者・新約聖書本文批評家。

二四　「バベルの図書館」　過去と現在と未来にわたって無限の書物を蔵する、宇宙の隠喩としての図書館を描く。『伝奇集』の一篇。

二五　「アスパーンの恋文」　"The Aspern Papers"　一八八八年の三月から五月にかけて『アトランティック・マンスリー』に掲載された物語で、同年にこれを標題作として短編集が出た（したがってサイードが本文でこの作品名を斜体文字にしているのは間違いということになる）。アメリカ人の編集者である語り手が十九世紀初頭の或るロマン派の詩人がかつての恋人のジュリアーナに書いた恋文を手に入れようとしてヴェニスに旅して今は年取った彼女の家に間借りする。彼女が死んだあと、姪は、家族の姻戚の人にしか手紙は渡さないと言う。金を要求しているのだが、編集者はたじろぐ。つぎに会ったとき、姪は、手紙を燃やしたと言う。

二六　ブレイクの『無垢の歌』　William Blake (1757-1827)、*Songs of Innocence* (etched, 1789) の冒頭の詩は「序

詞」("Introduction") である。問題にされている一行は同詩の最終連の二行目で、"And I stain'd the water clear" となっている。

二七　スウィフト「或る婦人の象牙製の卓上装飾本のうえに書かれた詩」"Verses wrote on a Lady's Ivory Table-Book" は一六九八年作の二八行の詩。ここで問題にされているのは、この詩の冒頭の五行である。

二八　キーツ "On First Looking Into Chapman's Homer" のこと。「純な静穏」は "pure serene"（六行）、「チャップマンが……」は "Till I Heard Chapman speak out loud and bold"（八行）である。なお本章のチャップマンについての注を参照のこと。

二九　キーツ "When I Have Fears That I may Cease To Be" は一八一八年一月二二—三一日の間に書かれたソネット（十四行詩）。「夜の星をちりばめた顔」はその五行目。「躊躇しない愛」は一二行目。

三〇　ポルピュリオス Porphyry (Porphyrios, *c.* 232-304) ギリシアの新プラトン派の哲学者。師プロティノスの難解な学説を一般向きに改装した。プラトンやアリストテレスの著作に注解を付けた。

三一　カール・バルト Karl Barth (1886-1968) スイスの神学者。危機神学、弁証法神学を展開。その『ローマ書注解』(*Der Romerbrief*) は一九一八年の著作。

三二　ガダマー Hans＝Georg Gadamer (1900-) ドイツの哲学者。ハイデッガーの影響を受けて、独自の哲学的解釈学を確立。主著は『真理と方法』(*Wahrheit und Methode*, 1960)。

三三　ハウスマン Alfred Edward Housman (1859-1936) イギリスの詩人・古典学者。彼が編集したマニリウスの著作の決定版（三巻本）は一九〇二年から一九三〇年の間に出た。

三四　ヨーハン・ヤーコプ・グリースバッハ Johann Jacob Griesbach (1745-1812) ドイツの神学者。イエナ大学教授。新約聖書の本文批評の先駆者で、三度ギリシア語の新約聖書を刊行した（一七七四—七七、九六—一八〇六、一八〇五）。〈共観福音書〉(Synoptics) という用語を称えた。

三五　カール・ラッハマン Karl Lachmann (1793-1851) ドイツの言語学者、近代本文批評の創始者。ホメロス研究、ルクレティウス『物の本質』や新約聖書の校訂などがある。

三六　ジョゼフ・ベディエ Joseph Bédier (1864-1938) フランスの中世文学研究家・文献学者。中世文学のテキストの復元や校訂などで、鋭い批評精神と豊かな文学観を駆使して、文献学の高い水準を示した。

三七　ジェイムズ・ソープ James Thorpe (1915-) アメリカの批評家・英文学者。*English Illustration : The Nineties*

(1975), *The Sense of Style : Reading English Prose* (1987)。

三八　モース・ペッカム Morse Peckham (1914-)　アメリカの英文学者。*Word, Meaning, Poem* (1961), *Beyond the Tragic Vision* (1962), *The Triumph of Romanticism : Collected Essays* (1970)など。

三九　〈世界文学〉 Weltliteratur 〈世界文学〉という用語はゲーテが用いたもので、全世界の文学を研究すべきであるといった意味合いはもともとなかった。ゲーテの意図は、あらゆる文学がひとつになるときのことを示すことにあった。これは、あらゆる文学がひとつの大きな統合体に組み込まれ、そこでは個々の民族文学が全体との協調においてそれぞれの役割を演じることの理想を言っているのである。

四〇　ルナン『イエスの生涯』 Ernest Renan (1823-92), *Vie de Jésus* (1863)　イエスを教義的解釈から解放して、科学的な解釈を加えた。内外で異常な反響を喚起した。

四一　サミュエル・バトラー『「オデュッセイア」の女性の著者』 Samuel Butler 1835-1902), *The Authoress of the Odyssey* (1897)『エレウォン』(*Erewhon*, 1872) の作者はホメロスも研究していて、内的証拠によって『オデュッセイア』は女性の作であると断じた。なおナウシカア (Nausicaa) はパイアケスの王アルキノウスの娘で、オデュッセウスを救い、父の王宮に案内した人。

四二　『失楽園』からの引用の訳は新井明氏のものを使用させていただいた。

四三　シーデ・ハメーテ・ベネンヘーリの「見出された」手稿　第3章注一一を参照。

四四　コレンゾー司教 Bishop Colenso, John William (1814-83)　英国国教会のナタール（南アフリカ）主教。聖書学者。新約聖書を土語（ズールー語）に訳した。モーセ五書の信憑性に疑義をはさみ主教職を免じられた。さらに、聖書に関する伝統的見解に不満を感じて著した *Commentary on St. Paul's Epistle* (1861) によりイギリス国内での説教を禁止された。

四五　シュトラウス『イエスの生涯』 David Friedrich Strauss (1808-74), *Das Leben Jesu, kritisch bearbeitet* (1835-36) ドイツの神学者シュトラウスはこの著作のなかで福音書に対して否定的な批評を試み、福音書の内容は神話的形成にほかならず、したがってこのような空想的な要素を除外しなければ人としてのイエスとキリスト教の理念の本質は把握出来ないとした。

四六　〈高等批評〉 Higher Criticism　数多くの写本類を検討し、どれが原文にちかい本文であるかを定める低等（下層）批評（Lower Criticism）に対して、聖書本文の文法的、歴史的、神学的解釈を行ない、その成立や内容、思想などを研究するのが高等批評である。

四七　断片仮説　Fragment hypothesis　次のファーターに関する注を参照。

四八　ヨーハン・ファーター　Johann Severin Vater (1771-1826)　ドイツの旧約学者・オリエント語学者。モーセ五書批判において、五書はいずれも断片的資料より成り立つという断片説をとった。『モーセ五書注解』(*Kommentar zum Pentateuch*, 3 vols., 1802-05)。

四九　マルキオン　Marcion　二世紀ごろの反ユダヤ的グノーシス派の人。

五〇　タティアノス　Tatianos　二世紀ごろのシリアの人。メソポタミアに学校をたて、シリアでキリスト教の布教に従事し、グノーシス派と接触したらしい。

五一　ルートヴィヒ・ヴィトゲンシュタイン『哲学探究』　Ludwig Wittgenstein (1889-1951) *Philosophical Investigations* (1953)　これは後期の主著で、意味の源泉を〈私〉とする前期の主著『論理哲学論考』(一九二一年)の私的言語を批判して、言語ゲーム(一定の生活様式にもとづき一定の規則に従って営まれる行動)という画期的な視点から言葉の問題を考察する。

五二　G・E・M・アンスコム　Gertrude Elizabeth Margaret Anscombe (1919-)　イギリスの哲学者。ヴィトゲンシュタインの唯一の女性の弟子。師の遺稿編集者として知られる。ケンブリッジ大学の教授を務めた。*Intention* (1957)。

五三　ボルヘス「ジョン・ウィルキンズの分析的言語」　"The Analytical Language of John Wilkins"　原題は"El idioma analitico de John Wilkins"で、『続審問』(*Otras Inquisiciones*, 1952)の一篇。

五四　メレディス　Geroge Meredith『エゴイスト』(*The Egoist*, 1879)のこと。

五五　リチャード・ポワリエ　Richard Poirier (1925-)　アメリカの英文学者。*William Faulkner* (1951), *In Defence of Reading* (1962), *The Renewal of Literrature: Emersonian Reflections* (1987)。

五六　『荒地』の草稿版　エリオットの師エズラ・パウンドによる推敲のあとをうかがわせるこの作品の草稿は長らく失われていたが、その後発見されて、未亡人によって公刊された(*T. S. Eliot, The Waste Land, A Facsimile and Transcript of the Original Drafts Including the Annotations of Ezra Pound*, edited by Valerie Eliot, 1971)。

五七　「独りでに生まれてきて嘲笑する者」　"self-born mockers"　イェイツの詩「学童に囲まれて」("Among School Children")の五六行目。何を嘲笑するかというと、ここではサイードは「平凡な中産階級の生活」("ordinary middle-class life")としているが、本書の終わり近くではそれは「人間の企図」("man's enterprise")となっていて、これはイェイツの原文通りである。第6章の注を参照のこと。
五八　アンドレ・マルローのT・E・ロレンス論。マルローに『絶対性の悪魔』（*Le Démon de l'absolu*）というロレンス伝がある。
五九　ランボー　引用（"le grand malade, le grand criminel, le grand maudit"）はドムニ（Demeny 中学校のときの先生の友人）宛ての手紙（一八七五年五月十五日付）からで、いわゆる〈見者の手紙〉の一節。家出するときのもの。
六〇　リルケ『オルフォイスに捧げるソネット』第一部二十三番　日本語は富士川英郎氏のもの（『リケル全集』全七巻）を使わせて頂いた。
六一　レナート・ポッジョーリ　Renato Poggioli (1907-63)　イタリアの批評家。三八年にアメリカに移住。ハーバード大学スラブ文学・比較文学教授。『アヴァンギャルドの芸術理論』（*Teoria dell'Arte d'Avanguardia* ,1962. Eng. trans., 1968）。
六二　ペリクリーズ　Shakespeare, *Pericles* (1609)　の主人公。引用文は五幕一場一九四行。これはペリクリーズが再会した自分の娘マリーナに言うセリフ。「汝を産んだ人」とは自分のことで、その自分を「産む人」は娘マリーナであるが、あとのほうの「産む」というのは、むろん、自分を再生させてくれる人として娘のことを考えたからである。なお、サイードの引用文は "Thou that beget'st him that did beget" となっているが、これは "Thou that beget'st him that did thee beget" となるべきである。
六三　レオ・ベルサーニ　Leo Bersani (1931-)　アメリカのフランス学者。*Marcel Proust : The Fictions of Life and Art* (1965), *Baudelaire and Freud* (1981).
六四　プルースト『サント=ブーヴに反対する』　Marcel Proust, *Contre Sainte-Beuve*　一九〇九年の秋にかけてプルーストは「私がお母さんにサント=ブーヴについて書こうとしている論文のことを語る」ことから内容が展開していく小説体のある長い評論を試作する。これらの未発表の断片は一九五四年に標記の仮題で編集、刊行された。
六五　ロヨラの『霊操』　Ignatius de Loyola, *Exercitia Spiritualia* (1548).
六六　「焼き尽くすこと」　"scorching"　ジョイスは『ユリシーズ』の第十一章で音楽のテーマについて書き終えたときこのように述べた。
六七　『ヴィジョン』　Yeats, *Vision*　社会文明の展開、人間の発展、創造力の変化、肉体と精神、ヨーロッパ精神などを扱い、古今東西の思想史を調べた。その個人的な見解や神秘主義的発想はむろん客観的ではないが、この作業が彼の後期の作品に及ぼした影響は大きい。

六八 インスケイプ inscape 決して多くはないホプキンズの作品総体は、主として神との霊的関係に立っているが、それは彼の後期の詩の苦悩にみちた問い掛けのみならず、彼の特長をもっともよく示す自然へのあの微妙ながらも喜悦にみちた反応にもはっきり現われている。被造世界に対する彼の見方は、彼が言うところの〈イントレッス〉や〈インスケイプ〉によって統制されている。前者は芸術、自然、神などに見られる生命を付与する力を意味し、後者は物の明確な有機的な形を意味する。

六九 〈スプラング・リズム〉 *sprung rhythm* ホプキンズは自分の詩の明確なリズム、つまり音調的なリズムを〈スプラング・リズム〉と呼んだ。これは、音声リズムに出来るかぎりの詩的強調を与える試みであって、シラブルの数によってよりもストレス（強勢）によって韻律化することである。

七〇 ムカジョフスキー Jan Mukarovsky (1891-1975) チェコの美学者・文芸理論家。プラハ言語学サークルの創立メンバー。『チェコ試論』(*Kapitoly z Ceske Poetiky*, 1948) や『美学研究』(*Studie z Esteitiky*, 1986) など。他に『チェコ構造美学論集』がある。

七一 エリオットの『聖灰水曜日』 T. S. Eliot, *Ash Wdnesday*（一九三〇年）は祈りの詩である。「喜びの……」は同詩第一篇二四―五行。「現実的……」は第一篇一八行。「今や……」は第一篇三六行。「私たち……」は第一篇四〇行。「これらのこと……」は第一篇二八行。「主よ……」は第三篇二二行。「私は……」は第三篇二行。「おん身……」は第四篇一一行。「ああ……」は第五篇二八行。「死と誕生……」は第六篇六行（ただし原文は「誕生と死」となっている）。

七二 ホプキンズの後期の韻文 初めの引用は詩七四番の "Thou art indeed just, Lord, if I contend" で始まる詩の一一―一二行。後の引用は六九番 "I wake and feel the fell of dark, not day" で始まる詩の九―一〇行。

七三 イェイツの「サーカスの動物たちの脱走」 "The Circus Animals' Desertion" イェイツの『最後の詩集』（一九三六―三九）の一篇。

七四 スウィフトの「スウィフト博士の死に関する詩」 "Verses on the Death of Dr Swift" これはスウィフトがラ・ロシュフーコーの箴言のひとつを読んだことがきっかけとなって一七三一年に作った、四八八行の長いもの。その箴言は本詩七―一〇行に英訳で引用されている――

"In all Distresses of our Friends
We first consult our private Ends,

While Nature Kindly bent to ease us
　Points out some Circumstance to please us."

七五　イェイツ「一エイカーの草地」"An Acre of Grass" の第二連の第一行を除く全部。

七六　ボルヘスのアレフ　Borges, "El Aleph", *Obras Completas 1923–1972* (Buenos Aires : Emec, 1974), pp. 531-630（篠田一士訳で『集英社世界の文学九』に収録）を参照のこと。

七七　「人類の静かな、悲しい音楽」"the still, sad music of humanity" ワーズワスの「ティンタン寺院の詩」("Lines Composed a Few Miles Above Tintern Abbey, on Revisiting the Banks of the Wye During a Tour," July 13, 1798) の九一行目。

七八　『ドイッチュランド号の難破』*The Wreck of the Deutschland* の第二八連。

七九　ホプキンズの詩　第三七 "Pied Beauty" の第二連全部。

八〇　ホプキンズの詩　第五七の二連全部。

八一　「腐肉の慰め」　ホプキンズの詩第六四。

八二　ホプキンズ詩　第六九全部。第三連の初めの二行は三七五—六ページですでに引用されている。

八三　ホプキンズの第詩七四の一二—三行。この二行は三七五ページに引用されている。

八四　「R・B・に」"To R. B." R. B. とは親しい友人であった Robert Bridges のこと。ホプキンズの詩七五番。次ページの引用はこの詩の全部である。なお、すぐあと本文で言及されている "wears," "bears" "cares" はこの詩の第二連第二行中の言葉である。

八五　『恋愛対位法』　オルダス・ハクスレーの小説（Aldous Huxley, *Point Counter-point*, 1928）。

八六　『一九八四年』　ジョージ・オーウェルの小説（George Orwell, *1984*, 1949）。

第5章　文化の諸条件

一　『失楽園』からの引用の訳は新井明氏のものを使用させていただいた。

二　リンネウス　Carolus　Linnaeus　(1707-1778)　スウェーデンの植物学者。属と類の分類を確立した。『植物の種』(*Species Plantrum*, 1753)。

三　ホロファーニーズ　Holofernes　シェイクスピアの『恋のむだ骨』の人物で、衒学的な教師。ジョン・フローリオを戯画化したものとも言われている。

四　レーモン・ルーセル　Raymond Roussel (1877-1933)　フランスの作家。ヌーヴォー・ロマンの作家たちは彼を先駆者のひとりとして高く評価した。フーコーの『レーモン・ルーセル』(一九六三年)は犀利で透徹した研究で、彼をより広く現代の言語空間の中に位置づけることになった。

五　ジョルジュ・カンギレム　Georges Canghuilhem (1904―)　フランスの科学哲学者。バシュラールに師事。科学哲学・医学・生物学にわたる深い学殖をもとに、概念の生成を歴史的に究明し、フーコー、セールらに大きな影響を与えている。『科学史・科学哲学研究』(*Études d'histoire et de philosophie des sciences*, 1983)など。

六　ジャン・イッポリット　Jean Hippolite (1907-68)　ヘーゲル学者。コレージュ・ド・フランスの哲学史の教授。

七　アルトー　Antonin Artaud (1896-1948)　フランスの演劇理論家。現代前衛演劇に大きな影響を与えた。

八　クロソフスキー　Pierre Klossowsky (1905-)　ポーランド生まれのフランス作家。神学とエロティシズムの結合を独自な形で提起した。サドやニーチェの研究者としても知られる。『かくも不吉な欲望』(一九六三年)、『ロベルトは今夜』(*Robert Ce Soir*, 1953)を含む三部作『歓待の掟』(*Lois de l'Hospitalité*, 1953-60)。

九　ブレヒト　Beltolt Brecht (1898-1956)　ドイツの劇作家・詩人。異化作用(estrangement, Verfremdung)という技法を創出した。

一〇　ルイ・アルチュセール　Louis Althusser (1918-90)　フランスの哲学者。構造主義的『資本論』解釈、マルクスにおける〈認識論的切断〉を主張した。

一一　フランツ・ボップ　Franz Bopp (1791-1867)　ドイツの言語学者。ベルリン大学教授。文法的形態の語源的研究を行い、比較言語学の祖と呼ばれる。『ギリシア語・ラテン語・ペルシャ語・ゲルマン語と比較したサンスクリット語の活用体系について』(*Über das Konjugationssystem der Sanskritsprache in Vergleichung mit Jenem der griechischen, lateinischen, persischen und germanischen Sprache*, 1816)。

一二　〈掟〉の門　カフカの譬え話のひとつで、『審判』の中に組み込まれた挿話であるが、譬え話として独立している(一九一四年)。ある男が掟の門の前でいつまでも待つが、中に入れてもらえない。門番は「ほかの誰ひとり。ここに入れない。この門は、おまえひとりのためのものだった。さあ、もうおれは行く。ここを閉めるぞ」と最後に言う。なお、現代人の情況を表わすものとしてこの挿話に言及してきた批評家は、ハートマン、カーモード、ハンデルマンなど多い。

一三　マルセル・モース　Marcel Mauss (1872-1950)　フランスの社会学者・民族学者。未開社会の個別性を重視。贈与論などを展開した。『贈与論』(一九二五年)、『社会学と人類学』(一九五〇年)など。

一四　ジョルジュ・シャルボニエ　Georges Charbonnier　フランスのジャーナリスト。フランス国営放送の芸術・科学部門のプロデューサー。

一五　プロスペロ　Prospero　シェイクスピアの『嵐』の主人公。魔術研究に没頭のあまり弟の奸計で逐われて、孤島に娘のミランダと漂着したという元ミラノ老侯爵。魔法の杖で嵐を呼んだり、難破船の生存者たちを呼び出して、島に来させたりする。この隠喩的な意味は、超人的とも思われる力を発揮して偉業を達成させた人といったところか。

一六　エドマンド・リーチ　Edmund Leach (1910-)　イギリスの構造＝機能主義的人類学をラディカルに批判し、独自の構造主義的人類学の方向を示す。

一七　バルトのエッフェル塔に関する試論　Roland Barthes, *La Tour Eiffel*, 1989.

一八　リュシアン・セバーグ　Lucien Sebag (1933-1965)　フランスの哲学者。『マルクス主義と構造主義』(一九六四年)など。

一九　ブラウンの『キューロスの庭』　Sir Thomas Browne (1605-82), *Garden of Cyrus* (1658)　これは五の目形やその応用現象を研究した論文。

二〇　フロベール『思想文典』　Flaubert's *Dictionnaire des idées reçues*　フロベールはその最後の作品『ブヴァールとペキュシェ』で、二人の事務員が写筆者として、彼らが調べた文献から収集した文章を書き写し、それらが自然と言葉の誤用や間違った考え方を集めた事典になるように計画していた。物語のこの部分に二人の作るアンソロジーが含まれるはずであった。またこのアンソロジーが標記の文典に組み込まれることになっていた。この文典は、フローベルが生涯を通じて集めた陳腐な表現をまとめたものである。なお、これはジャック・バルザンによって英訳されている(一九五四年)。

二一　『アレフ』　*Aleph*　第4章の注七六を参照。

二二　プロップ『民話の形態学』英訳 (Vladimir Ya Propp, *The Morphology of Folktale*) は一九六八年になってようやく出た。

二三　ジョンソン博士の石　第6章のバークレー司教についての注三を参照のこと。

二四　ライオネル・トリリング『文化の彼方』　Lionel Trilling, *Beyond Culture*, 1964)　トリリング(一九〇五—七五)はアメリカのユダヤ系批評家。コロンビア大学教授を務めた。イデオロギー批評にも新批評にも与せず、ヒューマニストとして、またモラリストとして批評を行ない、〈文化批評の父〉と称せられた。

二五　オースティン　John Langshaw Austin (1911-60)　イギリスの哲学者。オックスフォード日常言語学派の指導者。〈言語行為論〉を提唱した。

二六　〈ブリコラージュ〉 *bricolage*　第3章注一八を参照のこと。

二七　ベルンハルト・グレトゥイゼン　Bernhard Groethysen (1880-1946)　ドイツの哲学者。ベルリン大学教授。ディルタイの弟子で、〈理解の方法〉を近代市民社会解釈に適用した。『ブルジョワ精神の起源』(一九二七年) など。

二八　ミード　George Herbert Mead (1863-1931)　アメリカの哲学者・社会心理学者。行動主義的社会心理学を提唱した。シンボリック相互作用論 (シカゴ学派) の先駆者。

二九　シカゴのアリストテレス派の人々　Chicago Aristotelians　一九三〇年代から四〇年代にかけてシカゴ大学に関係のあった批評家たちのことだが、彼らは、どんな批評的アプローチも等しく有効であって、異なる情況に異なるアプローチがありうることを信じた点では、多元論者であった。この相対主義は、彼らがもっと早い時期にアリストテレスの『詩学』に関心を持っていたことと矛盾するが、この関心によって彼らは新アリストテレス派と呼ばれた。〈形式〉に対するアリストテレスの関心の中に、彼らは自分たちの時代にとって有用なアプローチを見て取った。R・S・クレイン、エルダー・オルソン、ウェイン・ブース、ノーマン・フリードマンなどがこの派の代表的批評家である。

三〇　ノースロップ・フライ　Northrop Frye (1912-1991)　カナダの批評家・教育家。現代の代表的な文学理論家として広範な影響を与えた。『批評の解剖』(*Anatomy of Criticism*, 1959)、『偉大なコード』(*The Great Code*, 1982) など。

三一　オグデン　Charles Kay Ogden (1889-1957)　イギリスの心理学者。ケンブリッジの学者で、リチャーズとの共著『意味の意味』(*The Meaning of Meaning*, 1923) がある。

三二　エンプソン　William Empson (1906-84)　イギリスの詩人、批評家。リチャーズが開拓した言語分析を中心とする批評を大幅に拡張し、深化した。『曖昧の七つの型』(*Seven Types of Ambiguity*, 1930) など。

三三　クワイン　Willard Van Orman Quine (1908-)　アメリカの論理学者、哲学者。タイプ理論的発想による集合論の構成を試みた。『論理学の方法』(*Method of Logic*, 1950) など。

三四　ピエール・ブーレーズ　Pierre Boulez (1925-)　フランスの作曲家・指揮者。ほとんど演奏不可能なほどの緻密なリズム構造を持つ、トータル・セリエール技法を採用したりした。さらに、それにドビュッシー的感覚的表現を混入したりして、戦後音楽のひとつの頂点を形成した。

三五　ピエト・モンドリアン　Piet Mondrian (1872-1944)　オランダの画家。パリに出て新造形主義の宣言を発表し、ヨーロッパに大きな影響を与える。ロンドン経由でアメリカに渡り、ニューヨークで没。

三六　ジャック・ベルク　Jacques Berque (1910-)　アルジェリア生まれのフランスの社会歴史学者で、現代イスラム学専攻。*Les Arabes d'hier à demain* (1960), *Langages arabes du présent* (1974) など。

三七　ジョルジュ・デュメジル　Georges Dumezil (1898-1986)　フランスの言語学者・神話学者。その神話における構造理念がレヴィ=ストロースやフーコーなどに影響を与えた。『神話の構造』(*L'Idéologie tripartie des indo-européens*) など。

三八　ジャン・ピエール・ヴェルナン　Jean-Pierre Vernant (1914-)　フランスのギリシア学者。宗教神話の研究を行なう。『ギリシア思想の起源』(*Les Origines de la pensée grèque*, 1962)。

三九　エドモン・オルティーグ　Edmond Ortigues (1917-)　フランスの神学者・哲学者。人類学、神話学から精神分析・言語学・神学などにわたり学際的研究を行なう。『言語表現と象徴』(*Le Discours et le symbole*, 1961)。

四〇　アンドレ・ルロワ=グーラン　André Leroi = Gourhan (1911-)　フランスの人類学者。民族学研究養成センターおよび先史学発掘調査学院の設立者。人間を技術、生物学、先史学、人類学、社会学といった総合的観点から理解しようとする。『身振りと言葉』(*Le Geste et la parole*, 2 vols., 1964-5)。

四一　アブラム・モール　Abraham Moles (1920-)　フランスの美学者・社会心理学者で、サイバネティックスや情報理論の立場から芸術を研究、音楽その他の芸術創作のコンピューターを利用する可能性を探求している。『空間の心理学』(*Psychologie de l'espace*, 1977) など。

四二　ギュスターヴ・ランソン　Gustave Lanson (1856-1934)　フランスの文学史家。広大な博識と、正確な知識を追求する実証的な方法とに基づく文学史研究を確立した。知に偏し、テキストに接することが少ないという批判が在世中から浴びせられ、特に瑣末な事実偏重に陥った後継者たちが現代の批評家に嫌われることになった。『近代フランス文学書誌提要』(*Manuel bibliographique de la littérature française moderne de 1500 à nos jours*, 1909-14)。

四三　原型批評家たち　archetypists　文学作品に規則的に現われてくる人物やプロットの原型を同定しようとする批評家で、その原型を人間の共通の夢や神話を調べるユング派の批評に見られる象徴構造と同一視される場合がある。

四四　ボルヘスのイレネオ・フネス　Borges's Ireneo Funes　「記憶の人・フネス」の主人公。『伝奇集』の一篇（サイードは Ireneo を Irenes と誤記している）。

四五　レヴィナス　Emmanuel Levinas (1906-)　フランスの哲学者。ポスト構造主義者のひとり。『フッサール現象学における直観理論』(*La théorie de l'intuition dans la phénoménologie de Husserl*, 1930) によってフッサールの現象学を最初にフランスに導入し、サルトルをはじめ現象学運動に大きな影響を与えた。また倫理学として形而上学の復権を図った。『全体性と無限』(*Totalité et Infini*, 1961) など。

第6章　結び

一　ヴィーコ　Giambattista　Vico　(1668-1744)　イタリアの哲学者。卑しい身分から立派な学者になり、『新しい学』*Principii di una scienza nuova d'intorno alla natura delle nazioni* (*Scienza nuova prima*, 1725; *seconda*, 1929-30; *terza*, 1744) を著した。これは、まずデカルト的なコギトの受託から出発するが、後で、デカルトがこれを基礎として行なった過度に抽象的な数学的推論を拒否する理論を展開するものである。現実世界とは切り離なされた哲学体系の完全な理解と、人生の現実性の完全な理解の間の選択に直面したヴィーコはこの後者を選び、人間は自己自身の創り出したものの現実性を十分に理解することしか出来ないわけだから、〈哲学〉の役割は民族の歴史の基底に流れている普遍的原理の研究であるべきであるという発想を発展させていった。彼の結論よりも重要なのは恐らく彼の論証の幾つかの段階であって、それは例えば、古代の文献の解釈や思想の発展における創造力の果たす機能や人類の初期の歴史における神話の重要性に関わっている。

二　「心という汚らしいくず屋の店」　三七七ページに引用されているイェイツの詩を見よ。

三　バークレー司教　Bishop George Berkley (1685-1753)　イギリスの哲学者で、その原理は物質非在論である。ジョンソン博士の言行を逐一話したボズウェルは、博士が、バークレーの「物質の非在性を証明しようとする巧妙な詭弁」に応えて、力一杯に大きな石を蹴って、「こうしてその詭弁を論駁する」と公然と言ったと記録している。

四　二人のゼノン　the two Zenons　ひとりはエレアのゼノン (Zenon ho Eleates, *c.* B. C. 490-?) で、運動を否定する〈アキレウスと亀〉や〈飛矢静止論〉で有名。もうひとりはキプロスのゼノン (Zenon ho Kyprios) で、ストア派の創始者。

五　アルノー　Antoine Arnaud (1612-94)　フランスの神学者。哲学、数学にも造詣が深い。大アルノーといわれる。ポール・ロワイヤル修道院と関係が深い。サン＝シランの影響でジャンセニスムに傾き、イエズス会と争った。

六　オーウェルの新言語　Orwell's newspeak　『一九八四年』に出てくる全体主義国家の公定語。

七　ファノン　Frantz Omar Fanon (1925-61)　仏領西インド諸島マリティニク島出身の黒人の精神科医・革命理論家。

八　ロザック　Theodore Roszak (1933-)　アメリカの文明批評家。〈カウンター・カルチャー〉という言葉を一般化した。

九　コルコ　Gabriel Kolko (1932-)　アメリカの歴史学者で、カナダのヨーク大学教授。経済民主主義を主張した。『アメリカにおける富と権力』（*Wealth and Power in America*, 1962）など。

一〇　ルイス・カンプ　Louis Kampf (1929-)　ウィーンに生まれ、アメリカに帰化した文学者。*On Modernism* (1967), *The Dissenting Academy* (1968), *Politics of Literature* (1972) など。

一一　アンガス・フレッチャー　Angus Fletcher (1930-)　ニューヨーク市立大学大学院教授。『アレゴリー――象徴形式の理論』（*Allegory—The Theory of Symbolic Mcde*, 1964）など。

一二　フレデリック・クルーズ　Frederick Crews (1933-)　アメリカの文学者。*The Tragedy of Manners: Moral Drama in the Later Novels of Henry James* (1957), *The Perils of Humanism* (1962) など。

一三　コナー・クルーズ・オブライエン　Conor Cruise O'Brien (1917-)　アイルランドの文芸評論家・劇作家。筆名 Donat O'Donnell で評論を書く。*Maria Cross: Imaginative Patterns in a Group of Modern Catholic Writers* (1952), *Writers and Politics* (1965) など。

一四　「独りでに生まれてきて、人間の企図を嘲笑する者」"Self-born mocker of man's enterprise"「学童に囲まれて」（"Among School Chidren"）の五六行目。なお、第4章の注五七を参照のこと。

訳者あとがき

本書はEdward W. Said, *Beginnings — Intention and Method* (Columbia University Press, New York, 1985) の全訳である。初版は一九七五年に出版されていたのだが、一九八五年にモーニングサイド・シリーズに入れられた。ただし、改訂は行なわれていないようである。なお本書は「ライオネル・トリリング記念賞」の第一回受賞作品である（トリリングはアメリカのユダヤ系批評家で〈文化批評の父〉と称せられている）。

エドワード・W・サイードは一九三五年にエルサレムに生まれたパレスティナ人である。父親の仕事の関係でエルサレムとカイロの両方に住んでいたが、一九四八年以降は実質的にエジプトに定住するようになった。こういった移住のために学校は転々と変わったが、家族がサマーハウスを持っていたレバノンで過ごしたこともある。結局はエジプトも離れて、五〇年代の初期にアメリカに渡ってきたが、それまでに屈辱を忍んで九つの学校に通ったことになる。ある植民地のイギリス系のパブリック・スクールにいたことがあるが、面倒を起こす生徒だったので戻ってこないように言われた。そこで、アメリカに来たというわけだが、そのときは十五歳であった。寄宿学校に二年ほどいたあと、プリンストン大学に進学した。家族は中西部に留まっていたので、夏にはそこに戻っていった。プリンストン大学を卒業後ハーバード大学でも学び、現在はコロンビア大学の英文学・比較文学のバー講座教授の職にある。

家族はパレスティナ系でありながらイギリス国教徒であり、したがって、サイード自身の言い方では、「私たちはイスラム系の多数派の枠の中にはまったキリスト教系の少数派の中の少数派であった」ことになる。さらに、父親は一九一一年にアメリカに来てほぼ九年間留まっていたがために、サイード家はアメリカに対してつねにある種の指向性を育んでいたし、また宗教的・文化的理由でイギリスにも同じような気持を抱いていた。そのような理由で、アメリカとイギリスとはサイードにとって二者択一の場所となり、英語は生まれてからずっとアラビア語とともに彼の常用語となった。

このように、サイードの生涯の背景はきわめて変則的で特異なものであり、彼自身これを絶えず意識してきた。この自意識は、つまるところ、アウトサイダーであることが強いる変則性と違和感のそれであるのみならず、時間の経過とともに強まってきたところの、帰属する場所の不在という感覚であった。種々の、それもほとんどが政治的な理由で、パレスティナに帰ることができず、育ったエジプトにも戻ることができなかったし、今では母親が住み、自分の妻の出身地であるレバノンにも帰ることができないでいる。彼は結果として——

複数の文化の狭間にいる感覚が私にはきわめて強くなってきている。この感覚は自分の生涯を貫いている唯一の、もっとも強烈な流れであると、言ってよかろう。つまり、私はつねに事物の中に入ったり出たりして、あるひとつのものに長く帰属することが現実にはけっしてできない人間なのである。

(Imre Salusinszky, *Criticism in Society*, 1987)

と、言わざるをえなくなっているのである。

サイードは文芸批評家であると同時に、パレスティナ民族協議会（国外パレスティナ議会）のメンバーである。彼はアメリカでは、パレスティナのスポークスマンをつとめてきて有名である。パレスティナやイスラムの問題について、また西洋世界のメディアにおけるこれらの問題の扱われ方について著作を発表している。

サイードの最初の著作は『ジョーゼフ・コンラッドと自叙伝の虚構』(*Joseph Conrad and the Fiction of Autobiography*, 1966)であり、これはハーバード大学に提出した博士論文が基になった著作である。イムレ・サルジンスキーは、この著作はその後のサイードの業績がたどる方向については多くの手掛かりを与えてくれるものではなく、ただコンラッドを厳密な〈文学的な〉著作から解放していて、コンラッドの短編作品と長編作品との関係の〈因果論的研究〉ではない比較研究となっていると、言っている。しかし、サイードは後で書く『始まりの現象』で、書く行為と生きる行為の相関関係の中に立つ作家の激烈とも思える苦悩を克明に記述し論じることになるが、この姿勢はここのコンラッド論の発展として当然見なければならないと、私は判断している。つまり、文学をいわゆる文学領域内に密閉することを拒否する姿勢がすでにこのコンラッド論に見てとれる姿勢であったということであり、このことはこの著作のタイトルそのものに透けて見える。

これをもう少し批評の世界の文脈の中で見れば、それは文学の純理論派への批判的姿勢ということになろう。サイードは当世はやりの純理論派の理念と実践を信じていないのであり、それは彼が、文学作品が、そしてそれを産み出す詩人や作家が、他のすべての〈世間的な〉(彼は“worldly”という語を用いている)情況から分離し、孤立し、それに無関係にあるものではないと、いわば本能的に察知しているからである。これは、文学作品の、詩人や作家の、一種の現象学的還元であり、例えばI・A・リチャーズのものとは似て非なる〈実践批評〉ということになる。この本能的認識は、すでに簡単に紹介した、サイードの人生がたどった変則的で特異な情況とむろん関係があるだろう。彼自身そうは言っていないと思うが、彼がその批評家としての生涯を始めたときから周辺に渦巻いていた純理論派の理念と実践は、彼の目には楽天的と映ったことであろう。彼はあくまでも情況的であろうとした。いや情況的であらざるをえなかった。

とすれば、サイードの批評は優れて政治的であるとされるのであろうか。ここで政治的というのがパルタイ的という意味であるのならば、それはそうではない。彼の目には、ヨーロッパ支配を受けてきた民族のひとりとして、世界の中での地域性が帯びる植民地被支配の真の情況を解くことが急務であると映ったことは間違いないことであるが、彼は、パレスティナ民族会議のメンバーであるにもかかわらず、実践的闘士とはならずに、政治的植民地主義、帝国主義的支配、言語的圧政といった現代の世界情況を世界の行路としてそれこそ世界的規模においてあくまでも捉えようとするのである。

このように読まないと、『始まりの現象』におけるサイードの原意とその方向性を見失うことになるであろう。つまり、この大著はある意味では文学論でありながらも、その意図と方法は狭義の文学的領域をはるかに超えて、もっと正確に言えば、それをゆうに包み込むようなより大きな文脈の中で、企図されたものであることを、私たちは理解しなければならないのである。

宗教や歴史の分野で〈始源〉という発想・概念ほど魅力に満ち、かつ処理することが難しいものはなかろう。それは始源に立ち会った人間はひとりとしていないからであると同時に、この始源における不在への消しがたい意識が始源そのものへの癒しがたい想いをとこしえにかき立てるからであるとも言えよう。これを旧約聖書の次元で言えば、それは民族の始祖たるかのモーセの立つ始源にモーセに代わって立ちたいという欲求であり、またこれを詩や批評の次元で言えば、それは言葉が発生した始源に立ちたいという欲求となる。ユダヤ民族の六千年の歴史という文脈の中に現代の文学理論の方向性を見定めて、そこにラビ的発想を前景化しながらこの始源への回帰の見はてぬ夢を克明にたどっていったのが、スーザン・ハンデルマンの作業(『誰がモーセを殺したか』)であった。

しかしサイードが〈始まり〉で意味しているのは、この意味での〈始源〉では断じてない。彼は始まりと始源とをはっきりと区別している。サイードは作業の冒頭でこのように問題設定を行なっている——

始まり(beginnings)の問題は、実践と理論の両方のレベルにおいて、等しい強度をもって私たちに迫ってくる可能性が持つ問題のひとつである。書こうとしていることの始まりを選択することがきわめて重大であることを知らない作家はいない。それが後続部分の多くを決定するのみならず、実際のところ、作品の始まりとは作品への大手門であるからである。その上、振り返ってみれば、ある作品の始まりとは、作家が他のすべての作品と袂を分かつ時点であることが分かる。継続や対立の関係であるにせよ、あるいはその両者の混合形であるにせよ、始まりは既存の作品との関係を直ちにつくりあげる。しかし、始まりについて、その特徴を詳述しようとするやいなや——多種多様な作家を考察しようとすればたいていこうなるのだが——特別の区分を立てなければならなくなる。すなわち、始まりは始源

(origin) と同じものなのか。ある作品の始まりは本当の始まりなのか。そうではなくて、作品を真に始める別の地点が隠されているのではないか。始まりは結局のところ物理的に必要なだけであり、それ以上のものではないと、どの程度まで言えるのだろうか。批評的、方法論的、歴史的分析にとって〈始まり〉はどういう価値を持つものか。どのようなアプローチによって、どのような言語、どのような道具を使えば、始まりは研究課題としてその姿を現わしてくるのだろうか。(本訳書二ページ)

ここの問題設定は、大体のところ、歴史の中間地点にある個々の作家がどの地点を選んでその作品の始まりとするか、つぎにその作品の始まりは既存の作品とどのような関係を立てるのか、三番目に〈始まり〉は〈始源〉と果たして同じものなのか、最後に始まりはいかにして研究の対象になりうるか、などという個別の課題の次元でなされている。しかしサイードが「始まりは意識的に意図的な、生産的な活動であり、さらに、それは喪失感覚を含む情況を持つ活動である」とすることを『始まりの現象』の主要な命題としている(本訳書五五三ページ)ことからも分かるように、彼にとってはこの〈始源〉はすでに失われたものであるといった固定観念めいたものがあることは、この段階で強調しておいたほうがよいだろう。

第1章と第2章は始まりの指定と意図に帰属する条件を述べている。とくに第2章は、始まりについての知的・分析的構造、エクリチュールに対する特定の哲学的・方法的態度を可能にし、意図する構造を提示している。続く三つの章は、散文的虚構、主として文学的テキストの産出や決定についての歴史的・現代的問題、批評一般などに対する始まりの持つ重要性を考察している。したがって、第3章はほぼ十八世紀と十九世紀を、第4章は十九世紀と二十世紀初頭を、第5章は二十世紀中葉を、それぞれ扱かっている。そして最後の6章はこれらの問題に対するヴィーコの重要性を吟味し、残りの部分で知の交替という文脈の中で始まりの発想が新しい思想や文学的傾向と重ね合わされて、その発想の妥当性が検証される。

このように整理しながらも私の想念に浮かび上がってくるのは、唐突かもしれないが、つぎの文章である——

物語というものには始まりも終わりもない。語り手がただ勝手に人生のある瞬間を選んで、そこから後ろを振り返ったり前を眺めたりするのである。いま「選ぶ」と言ったが、それは僕のような職業作家——いやしくもまともに問題にされてきたとすれば技巧のためだけで褒められてきた作家の不正確な自尊心をもって言うのであるが——が、その僕が事実一体自分の意志でわざわざ、一九四六年一月の公園でのあの暗い雨の一日を、土砂降りの雨の中をつっきていくヘンリー・マイルズの影を〈選ぶ〉だろうか。それとも、ひょっとしたら、これらのイメージのほうが僕を選んだのであろうか。あのことから始めれば好都合なことであるし、第一、小説の技法にかなっていることでもあるが、しかし、あのとき僕がかりに大文字の神の存在を信じていたならば、僕の肱をつついて、こう促す一本の手の存在を信じたことであろう——「話しかけてみろ、相手はまだ気づいていない」と。

これは、すでに気づいている人もいるかもしれないが、イギリスの作家グレアム・グリーンの代表作のひとつ『情事の終わり』(*The End of the Affair*, 1951) の冒頭のパラグラフである。グリーンはそれこそこのパラグラフで作品を始めているのだが、グリーンが書こうとしている作品にはめ込まれる物語は作家でもある主人公が書くところの自分自身の情事の話である。ヘンリー・マイルズは彼の情事の相手であるセアラの夫である。私が思うに、このパラグラフの中にサイードの視野に入っていた文脈のほとんどが見て取れるのである。作家に許される始まりを選ぶ自由と、そう、その自由の不都合さをいわば一気に止揚してくれるものとしての大文字の神の存在、つまり始源がである。しかしグリーンにおいて仮定として持ち出された神の存在・始源が作品の進行とともに、作品の力学が秘めるヴェクトルにそって顕在化してくるのに反して、サイードではこの始源は始まりとの対比において拒否されているということが、重要である。ここで私たちは、始源と始まりの二項対立の孕む問題についてサイードが想い描くヴィジョンによりそっていくことになる。

まず、「最初に〈始源〉に対立するものとしての〈始まり〉という発想があります。前者は聖的・神話的・特権的であり、後者は俗的で、人間が造り出すもの、不断に検証され直されるものです」（序文）と明言されている。ここで〈対立〉として述べられていることが、実際には、推移、移行の決定的現象として意味されていることに注意すべきである。フーコー流に、あるいはカーモード流に言えば、〈知〉の交替の、地滑りの現象が起こったということである。このような現象に対する理論的根拠をサイードに与えてきたのが、ヴィーコであり、その他フランス系の批評家、とくにデリダ、フーコー、ドゥルーズなどであった。ヴィーコはその周期説をもって始源が要請し、強要してきた直線的な人間の歴史を拒否して、脱中心化を目論み、フーコーは人間の分裂した存在性、主体の喪失、存在の不連続性、偶然性、物質性などを現代世界に見てとったが、この脱中心化という点ではフランス派の他の批評家たちもまったく同じ革命的な動きをしてきたことになる。この〈始源〉から〈始まり〉への地崩れ的な移行・変動が構造や因果論について今までとは異なる発想を産んできたし、またそれが歴史の記述についても新しい視野と文脈を要請してきたのも、当然なことである。まず構造についての新しい発想を見てみる。サイードはこう述べている――

始まりというのは意味を意図するものであるが、その始まりから出てくる連続性や方法は一般的に言って〈分散〉の、〈隣接性〉の、そして〈相補性〉の〈秩序〉である。これを言い換えれば、始源はそれから引き出されるものを〈中心的に〉支配するが、始まり（とくに現代の始まり）は非直線的な発展を促進するという言い方になる。これは、私たちがフロイトのテキストや、現代の作家たちのテキストや、フーコーの考古学的研究の中に見出すような類の分散の多層的一貫性を生ぜしめる論理でもある。

（本訳書五五四ページ）

ここで言われている〈分散〉、〈隣接性〉、〈相補性〉などはみな、〈始源〉からの自由、つまり脱中心の現象が固定化したあとでも思想を、作品を、歴史を、そして究極的に人間存在を、分裂、喪失、不連続、偶然、物質など引き起こす可能性のある分裂現象から救ってくれるものであると、私なら理解する。これをもっと積極的に述べたのが、サイードのつぎの文章である――

取って代わられる連続体とは、家族という類推により結合される一群の関係である。父と息子、発生のイメージと過程、ひとつの物語など。これらの場所に置き換わるのは、兄弟、不連続の概念、共生、構築である。第一群は王統的で、淵源と始源に連なり、模倣的である。第二群を結び付ける関係性は相補性と隣接性である。淵源の代わりにあるのは意図的始まり、そして物語に置き換わる構築である。

（本訳書九〇ページ）

ここで厄介なケースとなるのはあのジョン・ミルトンであろう。サイードは厄介とは言っていないが、ミルトンについての彼の論述は彼がミルトンをそのように感じていたと、私に思わせる。ハロルド・ブルーム（『聖なる真理の破壊』その他）にとってミルトンは詩人としての〈強い〉自己存在性を確立して近代詩人の原型であった。このようなミルトン像に厄介なものを嗅ぎとるのは、ブルーム自身ではなくて、それは現代の非ロマン主義的なキリスト教徒の批評家であろう。ブルームの心はあくまでも澄明である。だが、サイードは違う。しかしそのサイードはこのブルームからは完全には自由になってはいない。つぎに引用するサイードの文章をとくと読んでいただきたい――

その持続性と現存性そのものによって、また、その中心には不在が坐っているにもかかわらず意味作用を行なう能力によって、ミルトンの韻文は彼の叙事詩の内部の空を圧倒しているように思える。私たちがミルトンの筆法を文字どおり疑問視するときに初めて、言葉と現実の明白な分離が厄介なものになってくるのである。言葉とは言葉相互にとって終わることのないアナロギアである。むろん、それらのアナロギア自体は、ほとんどの場合秩序だったものではあるが。アナロギアの単調な連鎖の外部に原初の〈始源〉がある、と私たちは思うのだが、しかしそれは楽園と同様永遠に失われたものである。言語とは、この失われた〈始源〉のあとを継ぐ行動のひとつである。つまり言語とは人祖の堕落のあとで〈始まる〉ものなのである。人間の行なう言述は、『失楽園』のように、ずっと前から暴力的にそれから切断されてきた始源についての記憶をもって生きる。言述は、ひとたび始まってしまえば、神の存在の統一性と、その語られざるロゴスの中でその始源を取り戻すことは決してできないのである。これこそが、『失楽園』の中に受肉した人間的パラダイムであることを、私たちは知るのである。(本訳書四〇八―九ページ)

ミルトンの詩の言語の立つトポスはきわめて鋭く突きとめられてはいる。が、ミルトンは要するに〈始源〉の幻視から解放されていない詩人であり、ミルトンの詩の原動因はこの〈始源〉そのものなのである。にもかかわらず、サイードはこのことを信じたくないのであり、彼はミルトンの詩をいかにしてでも〈始源〉から絶たれた、脱中心の詩と見たいのである。そのことが、ここでの彼の論述の歯切れの悪さを、さもなければ一種の透明さの中にひそむその半真理を説明するのである。

しかしサイードはフーコーに対しては一見まったく透明である。それはすでに言う必要もないことであろう。サイードがフーコーの中に見てとったもっとも重要な発想を確認するために、フーコーの〈言述〉(ディスクール)へ託した想いを知らせてくれる文章を見てみよう。まずサイードはフーコーから次の文章を引いている――

言述の源泉が、言述の増加とその連続性の原理が、著者や原理や意志などのような積極的な役割を演じるように見える比喩の中に見出されると人々が伝統に従って信じるようなところではどこでも、そう信じずに、言述によって切断され、稀薄にされ、言述の中に入れ込まれて純化されたものの積極的否定

性を見るべきである。(本訳書四三五ページ)

つぎにサイードはこう述べている——

源泉とか始源といった優先性の伝統的概念、連続性とか発展の原理、そして〈著者〉、〈規律〉、〈真理への意志〉といった権威の源泉となるものを表わす隠喩などはみな、多かれ少なかれフーコーによって消去される。彼には、それらは言述にとっては副次的なものである。それらは言述の原動因であるよりはむしろ、言述の機能といったものである。この逆転では、フーコーが言述(*discours*)によって意味するものに、つまり現在のフランス系の著述の中に豊かな歴史をもっている発想に、依存するところが多い。言語学の観点からみれば、言述は、歴史的語りに対立するところの言語表現の一様態としてその地位を得ている。(本訳書四三五ページ)

ここに読みとれるフーコーのディスクールの力へ寄せるサイードの信頼と、始まりに対して抱く幻想とを重ね合わせてみれば、サイードの論述は明確な像を結んでくる。

このイメージをより広い現代批評という文脈の中に入れて見るという作業が残っている。これはまず文学批評そのものではなく、それを包括するところの人文科学というより大きな領域をめぐるフランス派の新批評の反応の確認をもって始められる。「人文主義の未調査の中核を人文学の根拠となる本来の中心(これは、一般的に言って、旧批評的立場である)として主張するのではなくて、バルト、フーコー、デリダ、ラカンといった著述家などはその見方に異議を唱えて、すべての始まりとなる、権威を与えられた人間的主題に訴えることとなく人間を説明するような複雑で増殖していく法則をもってきた」（本訳書五五六ページ）と述べ、さらに新批評家の批評家たちが政治的には左翼の立場にあると彼ら自身が主張していることを正しいこととして、サイードは受け入れているのである。

英語圏ではむろんかのノースロプ・フライの作業との対比が問題になる。サイードはまずドゥルーズに言及して、「知は、理解されるものであるかぎり、〈流浪民的中心〉として、つまり永続的なものではけっしてなく、つねにひとつの情報群から別の情報群へとさまよい歩く暫定的構造という次元で把握できる」と見たドゥルーズのもうけた公式をフライの立場と比較し、両者の劇的な差異を指摘する。サイードはフライの『批評の解剖』が英語圏の批評的言述で演じてきた主要な役割を認めながらも、その作業が立つ構造原理に疑義をはさんでいる。つまり、その構造原理とは音楽とプラトン的キリスト教である。音楽のアナロギアはすべての文学的言述を包み込むためのうまく調整された循環性（因みにフライはこの循環性をヴィーコにあおいでいる）を、またプラトン的キリスト教はすべての文学的体験に中心を付与するところの〈ロゴス〉を、それぞれ与える。

しかし当然のことながら、デリダ、フーコー、ドゥルーズなどが断固として異議をとなえているのがまさに、この〈文学的言語〉が〈求心的性格〉を持つというフライの見解なのである。この異議を受け入れているると思われるサイードはここでも、すでに確認したミルトンに対して取った微妙な立場とほぼ同じ立場にあるものと、私には思える。ここで彼が確認すべき点は、ドゥルーズの〈意味〉に関する見解である。ドゥルーズからこのように引用している——

したがって、新しい知らせが今日鳴り響いているのは、楽しいことである。意味は決して原理でも始源でもない。それはつねに作り出されるものである。意味は発見され、回復され、あるいは再活用されるものではなく、それは新しいメカニズムによって生産されるべきものである。意味はいかなる高みにも、いかなる深みにも属するものではない。それは表層の持つ力であり、その本来の次元としての表層から分離できないものである。意味には深みも高みもないからというわけではなく、むしろ、高みも深みも表層を欠き、意味を欠くということである（そうでないとすれば、それらは意味を予め想定する〈力〉としての意味を持っているということである）。われわれは、宗教の〈始源の意味〉が人間的ノルムによって露わにされた神の中に存在するのかどうかは、もはや問わないし、また、人間が神のイメージから自己を疎外せしめたがゆえに失われることになったあの意味を人間が持っているかどうかも問わない。（本訳書五六〇―六一ページ）

ここで考えるべき重要なことは、サイードがフーコーなどの中に見て取った脱中心の発想と、すでに概略見たところのサイードの経歴が彼自身に強いてきた反帝国主義、反植民地主義、反言語的圧政などといった態度とを重ね合わせてみたときに改めて看取できるサイードの思想にひそむ真の意図である。多言は要しまい。脱中心の発想が圧政的な力を奪う〈始源〉の根源的な廃位をせまり、人々に限りない自由を保証するものであるといった論理は、すでにこと新しいものではないが、これがサイードにおいて力を持ってくるのは、ひとえにその論理を受け入れているサイードの動機がフランス派の批評家たちの場合とは根本的に異なるからである。フランス派の批評家たちは〈始源〉によって培われてきた西洋世界の子供たちであり、彼らにとって〈始源〉に代わるものとしての〈始まり〉は、キリスト教の死せる神の影の下であくまでも発想されていて、他方サイードにとって、〈始まり〉とは自己にとって、自己の民族にとって、真の〈始源〉となるべきもの、民族の真の再生の源泉となるべきものといった類いの見果てぬ夢が賭けられているとしか、私には思えないのである。その意味では、フランス派の比評家たちはあまねく楽天的であり、サイードの叫び声はあくまでも悲痛である。これはいつに、フランス派の批評家たちに反してサイードが、これもすでに見たように、複数の文化の狭間での生を余儀なくされてきたことの結果であろう。

このことは、サイードが現代批評に見られる理論偏重にたてついてきたことを、また、例えば彼自身が影響を受けたとはっきり言っている（Edward Said, "Interview," *Diacritics*, Vol.6, No.3, 1976）ブルームが彼に対して持ってきた重要性が、ミルトンを原型とする弱い詩人に対抗する強い詩人というブルームの批評原理をサイードが帝国主義的植民地主義からの脱出に転移させて読み換えていることを許した点にあることを、こよなく説明してくれている。そしてこういったことが都合よくいった場合は、サイードは文学作品を純文学という狭い領域に閉じ込めることなく、それを「ほとんど事実上絡み合っている文学、歴史、哲学、そして社会的言述、また歴史のなかでの男性と女性についての諸々の様式のエクリチュール」（モーニングサイド版への序文）という文脈のなかで記述していくことができるのである。これは、私たちにとってまたとない贈り物になるはずのものである。

このことのほかに、モーニングサイド版の序文で注意を引くのは、『始まりの現象』がもともと〈超自然的批評〉というジャンルを形成する一連の批評的著作のひとつとして書かれたのであるにもかかわらず、サイードが、この著作がヒリス・ミラーが定義するこの種の批評を受け入れたものではなく、これは歴史的次元に立つ実践批評であるという主旨の発言をしていることがそのひとつ（因みに、この〈超自然批評〉と仮に訳した英語は“uncanny”で、これはフロイトなどの言う“unheimlich”と同じであり、この方面の最近の重要な著作のひとつが、ブルームの『聖なる真理の破壊』である）。つぎに、この超自然的批評が皮肉なことに旧・新批評と類似してきて、そのために批評から「知的、政治的、かつ社会的な次元の強力な文脈の痕跡のすべてが事実上一掃されることになった」という読みである。ここにもサイードの立場が窺える。

最後に、この文脈はやがて戻ってくることになる。そしてそれの原動力となったのが、彼が本書の第5章で克明に論じた（そして私たちがすでに概略見た）フランス派の批評、とくにその構造主義的、ポスト構造主義的、そして脱構築的な作業であったわけだが、彼はこの著作を書くときには「この驚くべき事態の展開をまったく予見できなかった」と言っている。しかし私は、予見できなかったと言うのはサイードの批評家としての誠実さを示すものであって、無意識的には十分にその方向へのヴェクトルが描かれているのを読み取れると思うのである。

オング、フライ、カーモード、ハンデルマン、ブルームなどの批評家たちの作業の文脈にサイードの作業をはめこんでみるとどうなるかについては、殊更くどくどしく言う必要はないと思うが、キリスト教的批評家とユダヤ的批評家とイスラーム的批評家が一堂に集えば近親憎悪的な論戦の図が見られることは確かである。しかしここでの問題は、共通の〈始源〉を持つキリスト教的批評家とユダヤ的批評家の類似性と異質性がそれぞれの言語観にどのように現われているかということと、イスラム的批評家がこれらの言語観をどのように突き崩し、まったく新しい言語観を立てるかにあるだろう。だがサイードはそれにしてもあまりにも西洋世界に寄りすぎている。あるいは彼は西洋世界をあまりにも知りすぎている。

かくして、読者は、サイードにとって〈始まり〉とはただの一回限りのものではなくて、永遠に反復されるものとしてしかありえないのではないかという、きわめて不可知論的な絶望感の中にとり残されるかもしれないのである。それはともかくとして、サイードはつぎのような文章でこの著作をしめくくり、課題を未来へと送り込むことになったのである——

言語を思索の対象として、作家にとって特権的な第一の場を占めるものとして考察すること、例えば英語がどうして民族語であると同時に世界語でもあるかといった問題（ある人々にとっては第一言語であり、他の人々にとっては第二言語である）を扱うときの文学的アプローチと社会学的アプローチの相互依存性を形態的かつ心理的に考察すること、テーマ、モチーフ、ジャンルなどの中での分散の場（その中では始まりが絶対的に重要な一歩となる）の次元で比較文学自体を考察すること、ひとつの知的あるいは民族的領域が別の知的あるいは民族的領域を文化的に支配する問題（ひとつの文化が別の文化よりも早く始まり、〈達成され〉ていたがゆえに、より〈発展して〉いるということ）を考察すること、これまた、反復の複雑な社会的・知的体系の中で自由もしくは独創性が認められる現象を考察すること、こういった問題が可能性として考えられる。かりに〈この〉私の始まりの現象の研究としての始まりが部分的にもその目的を成就しているとしてのことだが、これらの問題こそが、私たちの道徳的な意志の力が十分にやっていけると思われる研究の分野であるのである。（本訳書五六六ページ）

この『始まりの現象』の結びのパラグラフに述べられた企図が、これも大作のつぎの『オリエンタリズム』(*Orientalism*, 1978) で実現されることになる。これについてはここで多言を要しないが、ここで言う〈オリエンタリズム〉というのがオリエント世界に対する政治原理の言述的強制のことであり、弱い文化が強い文化によって占有されること、変容させられること、つづめて言えば、占拠されることを意味することだけは言っておく。とくに言語による支配の実相が前景化されていることは、当然のことであろう。

そのあとに大部な『世界・テキスト・批評家』(*The World, the Text, and the Critic*, 1983) が出た。これは現代の文学理論への新しい出発点を述べるところの、視野の広い著作である。現代批評の路線はデリダやフーコーなどの著作によって、またマルクス主義、構造主義、言語学、精神分析などの影響のもとで固められてきたのだが、ここでもサイードの態度を決めているのは、関わるいろいろな方法や流派が理論や体系の要求する規範に文学作品を無理にも適合させることによって半端な結果を産み出してきているという判断、テキストと世界を結ぶところの類縁性が見られないという判断である。(なお、これは法政大学出版局から邦訳が出る予定である。)

そのほか、今まで触れなかったサイードの著作をあげると、つぎのようなものがある——

The Question of Palestine, 1980.
Literature and Society, (ed.), 1980.
Covering Islam, 1981.
浅井信雄・佐藤成文共訳『イスラム報道』 みすず書房、一九八六年
After the Last Sky, 1986.

なお、『オリエンタリズム』にはフランス語訳と邦訳がある――

L'Orientalisme ―― *L'Orient crée par l'Occident*, Préface de Tzvetan Todorov, Traduit de l'Américain par Catherine Malamould, Édition du Seuil, 1978.

板垣雄三・杉田英明監修、今沢紀子訳『オリエンタリズム』平凡社、一九八六年

＊　＊　＊

本書の訳業は、主として原文の英語の文体の異様さ（豊饒性と言い換えてよいかもしれないが）と著者の知見の広さとによって、難儀をみた。西洋の本格的著作に見てとれる知見の広さに今更驚いても始まらないが、ここの原文ほどに不透明と移ったものに出くわすことはめったにない。それは、著者がパレスティナ系であるからであろうとも考えた。が、なんとか形だけは捉えることができたように思う。

訳業の分担を示せば、第1章から第3章までが小林、第4章から第6章までが山形である。なお、山形が訳稿を通して読み、表現の統一をはかった。訳注と索引は本文と同じように分担した。かつての同僚であった若い友人の小林昌夫さんがこの厄介な仕事に参加して下さったことは、私としては大きな喜びとなった。心から感謝したい。

このたびも幾人かの人にお世話になった。まず、旧同僚の五十嵐一助教授から生前、イスラーム法に関する幾つかの専門用語について貴重な情報をいただき、それを今訳注（第4章一五―一九、二一）の形で転記させていただくことになった。ここに改めて同君の学恩に心から感謝したい。また、同僚の大熊昭信助教授と大学院博士課程の学生の氏家理恵さんにはこれも私の分担部分のいくつかの訳注の作成でご援助頂いた。

記して感謝する。むろん、法政大学出版局の編集長の稲義人氏および編集部の藤田信行氏のお二人にはいつものようにご配慮を頂いたことを有難く思い、これも記して御礼申し上げたい。

一九九一年十一月三十日

筑波大学研究室にて

山形和美

再版に際して、その後に気付いた初版の誤記、誤植、脱落、意味不明と思われる個所の改訂などを施した。

一九九六年十月

訳者

著　者
エドワード・W. サイード（Edward W. Said）
1935年エルサレム生まれのパレスティナ人で，アメリカの文芸批評家．エルサレム，カイロで幼少時を過ごし，15歳の時にアメリカに渡る．プリンストン大学を卒業後ハーバード大学に学び，コロンビア大学の英文学・比較文学教授を務めた．サイードはまた，パレスティナ民族会議のメンバーとしてアメリカにおけるスポークスマンを務め，パレスティナやイスラム問題についての提言や著作活動など重要な役割を担った．本書のほかに『オリエンタリズム』（平凡社），『世界・テキスト・批評家』（法政大学出版局），『文化と帝国主義』（全2巻，みすず書房）などの主著が邦訳されている．2003年9月25日死去．

訳　者
山形和美（やまがた　かずみ）
1934年生まれ．東京教育大学大学院修了．文学博士．筑波大学名誉教授．筑波大学，恵泉女学園大学，聖学院大学大学院等の教授を経て現在に至る．著書に『岩のつぶやき——現代キリスト教徒文学論』（笠間書院），『グレアム・グリーンの文学世界』，『差異と同一化——ポストコロニアル文学論』（編著，以上研究社出版），『開かれた言葉』，『聖なるものと想像力』（上下，編著），『山形和美全集』（全14巻，以上彩流社）ほか．訳書にハンデルマン『誰がモーセを殺したか』（第25回日本翻訳文化賞受賞），ブルーム『聖なる真理の破壊』，サイード『世界・テキスト・批評家』，オールター『読みの快楽』（共訳），イーグルトン『理論の意味作用』（以上法政大学出版局），シェルデン『グレアム・グリーン伝——内なる人間』（上下，早川書房）ほか．2013年瑞宝中綬章受勲．日本C. S. ルイス協会，日本グレアム・グリーン協会会員．

小林昌夫（こばやし　まさお）
1946年生まれ．東京教育大学大学院修了．筑波大学助教授を経て，現在大妻女子大学教授．共著に『現代の批評理論　第1巻』（研究社），訳書にフィッシュ『このクラスにテクストはありますか——解釈共同体の権威3』（みすず書房），ジラール『羨望の炎——シェイクスピアと欲望の劇場』（共訳，法政大学出版局）ほか．

《叢書・ウニベルシタス　358》
始まりの現象
意図と方法

1992年２月15日　初　版第１刷発行
2015年12月15日　新装版第１刷発行

エドワード・W.　サイード
山形和美／小林昌夫 訳
発行所　一般財団法人　法政大学出版局
〒102-0071 東京都千代田区富士見 2-17-1
電話 03(5214)5540 振替 00160-6-95814
製版，印刷：平文社　製本：積信堂

Printed in Japan

ISBN978-4-588-14028-0

索　引

ア　行

カ　行

サ　行

タ　行

ナ　行

ハ　行

マ　行

ヤ　行

ラ　行

ワ　行

原　注

第１章　始まりとなる発想

1. Leo Spitzer, *Linguistics and Literary History : Essays in Stylistics* (Princeton : Princeton University Press, 1948), pp.4–5.

2. 同上，p.3.

3. Erwin Panofsky, *Meaning in the Visual Arts : Papers in and on Art History* (New York : Doubleday Anchor, 1955), pp.321–46.

4. W. J. Bate, *The Burden of the Past and the English Poet* (Cambridge : Harvard University Press, 1970) 及び Harold Bloom, *The Anxiety of Influence : A Theory of Poetry* (New York : Oxford University Press, 1973).

5. Roland Barthes, *Critique et vérité* (Paris : Editions du Seuil, 1966), p. 76. バルトはこの点を何度も繰り返している．とくに *Essais Critiques* (1962), *Critical Essays* (Richard Howard 訳 Evanston, Ill.: Northwestern University Press, 1972). 想像力の変容力に関するバシュラールの業績の分析については Edward K. Kaplan, "Gaston Bachelard's Philosophy of Imagination : An Introduction," *Philosophy and Phenomenological Research 33,* no.2 (September 1972) : 1–24 を参照．

6. このイメージはジョージ・スタイナーのもの．彼は *Extraterritorial : Papers on Literature and the Language Revolution* (New York : Atheneum, 1971) の中で，このイメージを使って現代文学の重要な特徴について記述している．

7. Michel Foucault, *The Archeology of Knowledge and the Discourse on Language* (A. M. Sheridan Smith 訳 New York : Pantheon, 1972), pp.3–6.

8. ニーチェの仕事により開始された議論——攻撃と反撃——の適切な記録は Karlfried Gründer, *Der Streit um Nietzsches "Geburt der Tragödie" : Die Schriften von E. Rohde, R. Wagner, und U. v. Wilamovitz-Moellendorf* (Hildesheim : G. Olms, 1969) を参照．

9. Stéphane Mallarmé, *Oeuvres complètes* (Henri Mondor, G. Jean-Aubrey 共編 Paris : Gallimard, 1945), p.455.

10. Georg Lukacs, *The Theory of the Novel* (Anna Bostock 訳 London : Merlin Press, 1971), p.41 以下．

11. Giambattista Vico, *The New Science* (Thomas Goddard Bérgin, Max Harold Fisch 共訳 Ithaca, N.Y.: Cornell University Press, 1948), p.69. 本書のヴィーコの著作はすべて Fausto Nicolini 編 *Opera* (Milan : Riccardo Ricciardi, 1953) による．ヴィーコは神の聖なる歴史から人間の歴史を区別するのに

gentile という語を使う．同時代の異教徒の人間の（*gentile*）歴史の反・プラトン主義的，一義的な命題については Gilles Deleuze, *Différence et répétition* (Paris : Presses Universitaires de France, 1968), p.53 とその後．

12. Edward W. Said, "On Originality," *Uses of Literature* (Monroe Engel 編 *Harvard English Studies* No.4, Cambridge : Harvard University Press, 1973), pp.49-65 参照．

13. Michel Foucault, "Qu'est-ce qu'un auteur ?" *Bulletin de la société française de philosophie,* 63rd year, no.3 (July-September 1969) ; 75-95.

14. Stuart Hampshire, "Commitment and Imagination," *The Morality of Scholarship* (Max Black 編 Ithaca, N.Y.: Cornell University Press, 1962), p. 46.

15. Paul de Man, *Blindness and Insight : Essays in the Rhetoric of Contemporary Criticism* (New York : Oxford University Press, 1971), p.106.

16. Paul Valéry, "Letter about Mallarmé," *Leonardo, Poe, Mallarmé* (Malcolm Cowley, James R. Lawler 共訳 Princeton : Princeton University Press, 1972), p.241.

17. Roland Barthes, "Par où commencer ?" *Le Degré zero de l'écriture, suivi de nouveaux essais critiques* (Paris : Editions du Seuil, 1972), p.146.

18. Thomas S. Kuhn, *The Structure of Scientific Revolutions,* 2nd ed. (Chicago : University of Chicago Press, 1970), p.10 とその後．

19. Maurice Merleau-Ponty, *The Visible and the Invisible* (Alphonso Lingis 訳 Evanston, Ill.: Northwestern University Press, 1968), p.155.

20. 同上，p.153.

21. Rainer Maria Rilke, *Rodin* (Jessie Lamont, Hans Trausil 共訳 New York : Fine Editions Press, 1945), p.11.

22. ケナー著の表題は *Flaubert, Joyce, and Beckett : The Stoic Comedians* (Boston : Beacon Press, 1962).

23. Ernst Robert Curtius, *European Literature and the Latin Middle Ages* (W. R. Trask 訳 New York : Pantheon, 1953).

24. Bloom, *The Anxiety of Influence,* pp.93-96.

25. Jonathan Swift, *A Tale of a Tub, Prose Works* (Herbert Davis 編 Oxford : Blackwell Press, 1939-64), 1 : 26.

26. Samuel Taylor Coleridge "To William Wordsworth," *The Complete Poetical Works* (E. H. Coleridge 編 Oxford : Clarendon Press, 1912), 1 : 406.

27. 同上，p.408.

28. Bate, *The Burden of the Past,* p.107 とその後．

29. Wilhelm Dilthey, "The Rise of Hermeneutics" (Frederic Jameson 訳 *New Literary History 3,* no.2, Winter 1972) : 232.

30. エクリチュールの初動・始動についての卓見は，ディケンズによるピクウィックの創作を記述したSteven Marcus, "Language into Structure: Pickwick Revisited," *Daedalus*, 101 (Winter 1972); 183-202を参照．

31. "Hopkins's Letters to His Brother" (A. Bischoff 編), *Times Literary Supplement,* December 8, 1972, p.1511.

32. Jean-Paul Sartre, *Saint Genet : Comédien et martyr* (Paris: Gallimard, 1952), p.396.

33. Roland Barthes, "Réponses," *Tel Quel 47* (Autumn 1971): 104.

34. フーコーはこの問題を体系的に扱った．*The Order of Things* (*Les Mots et les choses* の英訳 New York: Pantheon, 1970), pp.355-87参照．修辞法を追放する図書館に関するフーコーの初期の記述も参照のこと．"Le Langage à l'infini," *Tel Quel* 15 (Autumn 1963): 44-53.

35. Barthes, "Réponses," pp.105-6.

36. Joseph Conrad, *Lord Jim* (Garden City, N.Y.: Doubleday, Page, 1926), p.33. また Edward W. Said, "Conrad: The Presentation of Narrative," *Novel* 7, no.2 (Winter 1972): 116-32をも参照．

第2章　始まりの現象についての省察

1. Claude Lévi-Strauss, *The Savage Mind* (Chicago: University of Chicago Press, 1966), pp.58, 252.

2. ユートピア文献はもちろん膨大である．ユートピアと始まりの問題については4つの現代の著作が最適である．Ernst Bloch, *Das Prinzip Hoffnung,* 3 vols. (Berlin: Aufbau Verlag, 1953-1959); Robert C. Elliott, *The Shape of Utopia: Studies in a Literary Genre* (Chicago: University of Chicago Press, 1970); Harry Levin, *The Myth of the Golden Age in the Renaissance* (New York: Oxford University Press, 1969); Frank E. Manuel 編 *Utopias and Utopian Thought* (Boston: Houghton Mifflin, 1966).

3. Swift, *Gulliver's Travels*, *Prose Works,* 11: 179-80.

4. Switf, "The Conduct of the Allies," *Prose Works,* 6: 64.

5. Switf, "A Proposal for Correcting the English Language," *Prose Works,* 4: 14, 15.

6. Block, *Das Prinzip Hoffnung* の第3巻の大半はこのテーマを扱っている．

7. 受動的（そして神的）始源と異なる始まりの印象的，かつ論争的記述のひとつは1770年ヘルダーによってなされている．Herder, *Über den Ursprung der Sprache* (Berlin: Akademie Verlag, 1959), p.60とその後．能動的始まりは起源（通常は神的起源）の拒否と大いに関係があるとロマン主義者たちが見たことは，18世紀末の言語上の発見および神的，起源的言語という観念に対する経験的不信と関連している．Raymond Schwab, *La Renaissance orientale*

(Paris : Payot, 1950) 参照．またヘーゲルの *Wissenschaft der Logik* (1812)，とくに第１巻を参照．

8. *Rosa Luxemburg Speaks* (Mary-Alice Waters 編 New York : Pathfinder Press, 1970), p.395.

9. ジョルジュ・カンギレムは科学史におけるこの問題を——とくに，概念の「親子関係」，観念の「誕生」，最初の「出現」に関して——研究した．*Le Normal et le pathologique* (Paris : Presses Universitaires de France, 1966) 及び *Études d'histoire et de philosophie des sciences* (Paris : J. Vrin, 1970) を参照．このテーマについてのカンギレムの思考（及びバシュラールとフーコー）を論じた有益な書として Dominique Lecourt, *Pour une critique de l'épistémologie* (Paris : François Maspèro, 1972) がある．

10. Erik H. Erikson, "The First Psychoanalyst," *Yale Review* 46 (Autumn 1956) : 47.

11. 同上，p.62.

12. 同上，p.62.

13. Foucault, "Qu'est-ce qu'un auteur ?" pp.89-94.

14. Descartes, *Philosophical Works* (Elizabeth S. Haldene, G. R. T. Ross 共訳 New York : Dover, 1931), 1 : 10.

15. Erikson, *Young Man Luther : A Study in Psychoanalysis and History* (New York : Norton, 1958), p.36.

16. Johan Huizinga, "The Idea of History" (Rosalie Colie 訳), *The Varieties of History : From Voltaire to the Present* (Fritz Stern 編 New York : Vintage Books, 1973), p.290.

17. Erich Auerbach, (1952) "Philology and *Weltliteratur*" (M. Said, E. W. Said 共訳), *Centennial Review* 13, no.1 (Winter 1969) : 8-9.

18. Ferdinand de Saussure, *Course in General Linguistics* (Wade Baskin 訳 New York : McGraw-Hill, 1966), pp.7-9.

19. 同上，p.9.

20. Nietzsche, *Das Philosophenbuch : Theoretische Studien* (Paris : Aubier Frammarion, 1969), p. 140.

21. 同上，p.46.

22. 同上，pp.180-182.引用箇所の英訳は *The Portable Nietzsche,* (Walter Kaufmann 編訳 New York : Viking, 1954), pp.46-47 より．

23. 例えば *Das Philosophenbuch,* p.50, paragraph 33 参照．

24. シフターとしての代名詞に関するもっとも明晰な議論は Émile Benveniste, "The Nature of Pronouns," *Problems in General Linguistics* (Mary Elizabeth Meek 訳 Coral Gables, Fla.: University of Miami Press, 1971), pp.217-22. また "Subjectivity in Language" 同巻 pp.223-30 も参照．

25. Bachelard, *L'Engagement rationaliste* (Paris : Presses Universitaires de France, 1972), p.7.

26. 同上，pp.9, 11.

27. Karl Marx, *The Poverty of Philosophy* (New York : International Publishers, 1963), p.150. また Lukacs, *History and Class Consciousness : Studies in Marxist Dialectics* (Rodney Livingstone 訳 London : Merlin Press, 1971), p.48 以下も参照．

28. Marx, *The Poverty of Philosophy,* pp.109ff.

29. 例えば，最近のロマン主義研究は，当代の主要な作家たちの中にある，この必要性の定式化と表現に基礎を置いている．それゆえ主要なロマン派作家の作品は，人間の堕落と贖いの再編として読むことができる．M. H. Abrams, *Natural Supernaturalism : Tradition and Revolution in Romantic Literature* (New York : Norton, 1971) 参照．

30. Nietzsche, *Das Philosophenbuch,* p.112.

31. Lukacs, *History and Class Consciousness,* p.178. ルカーチはここで "ascribed or imputed consciousness" (*zugerechnet Bewusstsein*) に言及している．これは階級としてのプロレタリアートの独特の機能である．私は "ascription" (帰属化) の概念を，ルカーチのようにプロレタリアートに限定せずに借用した．

32. Nietzsche, *Das Philosophenbuch,* p.112, paragraph 109.

33. Kenneth Burke, *The Rhetoric of Religion : Studies of Logology* (Boston : Beacon Press, 1961). この端倪すべからざる，あまりに知られることの少ない著作で，バークは自然的言葉と超自然的言葉，ロゴロジー（ロゴスの学）と神学，との間の有用なる関係について示している．

34. Nietzsche, *Beyond Good and Evil : Prelude to a Philosophy of the Future* (Walter Kaufmann 訳 New York : Vintage Books, 1966), p.27.

35. Nietzsche, *Das Philosophenbuch,* p.116, paragraph 118.

36. Nietzsche, *Beyond Good and Evil,* p.27. 言語における時間的機能を類別しようとする最近の試みについては，バルトによる年代記的時間（*temps chronique*）と言語の時間（*temps de langage*）の説明を参照．"To Write : An Intransitive Verb ?" *The Languages of Criticism and the Sciences of Man : The Structuralist Controversy* (Richard Macksey, Eugenio Donato 共編 Baltimore : Johns Hopkins University Press, 1970), pp.136-37 に所収．

37. William Wordsworth, *The Prelude, Selected Poems and Prefaces* (Jack Stillinger 編 Boston : Houghton Mifflin, 1965), p.193.

38. John Milton, *Paradise Lost* (Merritt Hughes 編 New York : Odyssey Press, 1962), p.13.

39. Wordsworth, *The Prelude,* p.206. また Geoffrey Hartman, *Wordsworth's*

Poetry, 1987-1814 (New Haven : Yale University Press, 1964), pp.33-55 に見える強力な洞察も参照.

40. Wordsworth, *The Prelude,* p.356.

41. Milton, *Paradise Lost,* p.191.

42. 同上, p.301.

43. Frank Manuel, *The Eighteenth Century Confronts the Gods* (Cambridge : Harvard University Press, 1959) ; ベイトについては *The Burden of the Past and the English Poet* も参照. ベイトの主要な関心は18世紀である.

44. ルソーにおける言葉と経験の間のこのような相互関係の心理的意味についてはジャン・スタロビンスキーが展開している. Jean Starobinski, "*Jean-Jacques Rousseau et le péril de la reflexion," L'Œil vivant* (Paris : Gallimard, *1961).* 本書第 6 章も参照.

45. Coleridge, "On Method," The Friend, Barbara E. Rooke編Prince-*ton : Princeton University Press, 1969), p.1 : 451.*

46. Wordsworth, The Prelude, p.194.

47. Paul Valéry, *Leonardo, Poe, Mallarmé,* p.13.

48. 同上, p.79.

49. Valéry, *Masters and Friends* (Martin Turnell 訳 Princeton : Princeton University Press, 1968), p.31.

50. これはフッサールの以下の著作に一貫している. *Cartesian Meditations : An Introduction to Phenomenology* (Dorion Cairns 訳 The Hague : Martinus Nijhoff, 1960), 主として pp.7-26 や 151-57.

51. Husserl, *Phenomenology and the Crisis of Philosophy* (Quentin Lauer 訳 New York : Harper & Row, 1965), p.146. また *Cartesian Meditations,* p.5.

52. Pierre Thevenaz, *"What is Phenomenology ?" and Other Essays* (James M. Edie 訳 Chicago : Quadrangle Books, 1962), pp.104, 107, 108.

53. Husserl, *Phenomenology and the Crisis of Philosophy,* p.140.

54. デカルトに関するヴァレリーの著述の大半は, この考えの何らかの変奏である. *Masters and Friends,* pp.6-85 参照.

55. Hans Vaihinger, *The Philosophy of As-If : A System of the Theoretical, Practical, and Religious Fictions of Mankind* (C. K. Ogden 訳 London : Routledge, 1968), pp.38-39.

56. Frank Kermode, *The Sense of an Ending* (New York : Oxford University Press, 1967).

57. フーコーは *The Order of Things,* pp.328-35 でこの事態について論じた. 同じ問題のかなり異なる, しかし影響力の大きい議論として Jacques Derrida, *De la grammatologie* (Paris : Editions de Minuit, 1967), p.140 以下を参照.

58. Kuhn, *The Structure of Scientific Revolutions,* p.10 以下を見よ. フー

コーによる＜知＞の議論については“Rēponse â une question,” *Esprit,* no.5 (May 1968) : 850–74 を参照。

59. Foucault, “Nietzsche, Marx, Freud,” *Nietzsche* (Paris : Editions de Minuit, 1967), 183–92 を参照。

60. Jean Starobinski, *Les Mots sous les mots : Les Anagrammes de Ferdinand de Saussure* (Paris : Gallimard, 1971).

61. 同上，pp.29, 70.

62. 同上，pp.64–65.

63. 言語に関するこれらの伝統の中心源はプラトンの対話篇『クラチュロス』である。そこでは対立は解消されていない。

64. Varro, *De Lingua Latina,* bk.8, 21 以下。使用したのはロエーブ版。翻訳は Roland G. Kent (Cambridge : Harvard University Press, 1938).

65. John Haywood, *Arabic Lexicography* (Leyden : Brill, 1960).

66.『新しい学』におけるヴィーコの議論は，言語の発展についての伝播理論に反対する。本書第 6 章，「精神の辞書」の議論を参照。

67. Keith Thomas, *Religion and the Decline of Magic : Studies in Popular Belief in Sixteenth and Seventeenth Century England* (London : Weidenfeld and Nicolson, 1971) 及び Francis A. Yates, *The Art of Memory* (Chicago : University of Chicago Press, 1966).

68. Karl Polanyi, *The Great Transformation* (Boston : Beacon Press, 1964), pp.258, 249, 238.

69. Lévi-Strauss, *The Raw and the Cooked* (John Weightman, Doreen Weightman 共訳 New York : Harper & Row, 1969), p.10.

70. Noam Chomsky, *Aspects of the Theory of Syntax* (Cambridge : M.I.T. Press, 1965) ; *Cartesian Linguistics* (New York : Harper & Row, 1966) ; *Language and Mind Knowledge : The Russell Lectures* (New York : Pantheon, 1971)等を参照。

71. Nietzsche, *The Complete Work* (Oscar Levy 編 Edinburgh : T. N. Foulis, 1909-13), 3 : 155.

72. 同上，pp.164, 165, 167.

73. 同上，p.170.

74. 同上，p.169.

75. これはワイルドの美学の要であり，*Intentions* で強調されている。*The Artist as Critic : Critical Writings of Oscar Wilds* (Richard Ellmann 編 New York : Random House, 1969).

76. この考え（zugerechnet Bewusstsein）はもともとルカーチのものであるが，ゴールドマンが革新的に使用している。*The Hidden God : A Study of Tragic Vision in the “Pensées” of Pascal and the Tragedies of Racine*

(Philip Thody 訳 New York : Humanities Press, 1964). ルカーチの概念の優れた分析は Gareth Steadman Jones, "The Marxism of the Early Lukacs : An Evaluation," *New Left Review,* no.70 (November-December 1971) : 27-64 を参照.

77. Foucault, "Nietzsche, Marx, Freud"参照.

78. この見解の議論については Said, "On Originality" 参照. 本書第 4 章も参照.

79. Freud, *Moses and Monotheism, The Standard Edition of the Complete Psychological Works of Sigmund Freud* (James Strachey 訳編 London : Hogarth Press, 1964), 23 : 43.

80. 他の二つは "Note and Digression" (1919) と "Leonardo and the Philosophers" 1929) ; いずれも *Leonardo, Poe, Mallarmé* 所収.

81. Valéry, *Leonardo, Poe, Mallarmé,* p.5.

82. 同上, p.7.

83. 同上, p.132.

84. 同上, p.13.

85. 同上, p.72.

86. 同上, p.41.

87. 同上, p.125.

88. 同上, p.41.

89. 同上, p.112.

90. 同上, p.32.

91. 同上, pp.38-39.

92. 同上, p.152.

93. 同上, pp.92-93.

94. 同上, p.95.

95. 同上, pp.51-52.

96. Mallarmé, Preface to "Un coup de dés," *Oeuvres Complètes,* p.455.

97. Valéry, *Leonardo, Poe, Mallarmé,* p.106.

98. Freud, *Moses and Monotheism,* pp.258-59.

99. 同上, p.260.

100. 同上, p.266.

101. 同上, pp.268-69.

102. Mallarmé, "Le Démon de l'analogie," *Oeuvres Complètes,* p.273.

103. 同上, p.273.

104. 1969年の英訳版については注17参照. 原著は1952年出版.

105. Auerbach, "Philology and *Weltliteratur,*" p.16.

106. Spitzer, *Linguistics and Literary History,* p.32.

107. Husserl, *Cartesian Meditations,* p.5.

108. Mallarmé, *Les Mots anglais, Oeuvres Complètes,* p.900.

109. Jorge Luis Borges, *Labyrinths : Selected Stories and Other Writings* (Donald A. Yates, James E. Irby 共訳 New York : New Directions, 1964), pp. 199-201.

110. Valéry, *Idée Fixe,* (David Paul 訳 Princeton : Princeton University Press, 1965), p.57.

111. Merleau-Ponty, *La Prose du monde* (Claude Lefort 編 Paris : Gallimard, 1969), p.11.

112. R. P. Blackmur, "The Language of Silence : A Citation," *The Sewanee Review,* 63, no.3 (Summer 1955) : 382.

113. Valéry, *Idée Fixe,* p.52.

114. この概念は *Question de méthode* と副題されたサルトルの *Critique de la raison dialectique,* vol.1 (Paris : Gallimard, 1960)の第1部で展開されている。この部分はサルトルのフロベール研究 *L'Idiot de la famille* を予示している.

115. Rilke, *The Notebooks of Malte Laurids Brigge* (M. D. Herder Norton 訳 New York : Capricorn Books, 1958), p.67.

116. Sartre, *Saint Genet,* p.396.

117. John Lynen, *The Design of the Present : Essays on Time and Form in American Literature* (New Haven : Yale University Press, 1969), p.367 に引用. 所見は本書の見事なエリオット論考, およびエリオットの広範な F. H. Bradley 論, エリオットの *Poetry and Drama* より.

118. Harry Levin, *Refractions : Essays in Comparative Literature* (New York : Oxford University Press, 1966).

119. Blackmur, "The Language of Silence," p.387.

120. Freud, "The Antithetical Meanings of Primal Words," *The Standard Edition,* 11 : 158.

121. Benveniste, "Language and Human Experience," *Diogenes,* no.51 (Fall 1965) : 5.

122. Valéry, *Idée Fixe,* p.29.

123. Malraux, *The Temptation of the West* (Robert Hollander 訳 New York : Vintage, 1961), p.117.

124. Merleau-Ponty, *The Visible and the Invisible,* p.125.

第3章　始まりを目指すものとしての小説

1. この点に関する議論は Harry Levin, *Gates of Horn ; A Study of Five French Realists* (New York : Oxford University Press, 1963) 参照. また

"Literature as an Institution," *Accent* 6, no.3 (Spring 1946) ; 159-68 も参照.

2. Alain Robbe-Grillet, *For a New Novel : Essays on Fiction* (Richard Howard 訳 New York : Grove Press, 1966) 所収. 原著は *Pour un nouveau roman,* (1963).

3. Eric Partridge, *Origins ; A Short Etymological Dictionary of Modern English* (New York : Macmillan, 1966), p.32.

4. Sören Kierkegaard, *The Point of View for My Work as an Author* (Walter Lowrie 訳 London : Oxford University Press, 1939), p.17.

5. 同上, p.40.

6. 同上, p.65.

7. Kierkegaard, *Fear and Trembling : A Dialectical Lyric* (Walter Lowrie 訳 Princeton : Princeton University Press, 1941), p.6.

8. Wayne Booth, *The Rhetoric of Fiction* (Chicago : University of Chicago Press, 1961).

9. Gilles Deleuze, *Différence et répétition,* p.14.

10. Kierkegaard, *Repetition : An Essay in Experimental Psychology* (Princeton : Princeton University Press, 1941), p.6.

11. Kierkegaard, *The Concept of Irony : With Constant Reference to Socrates* (Lee M. Capel 訳 London : William Collins, 1966), p.270.

12. 同上, p.276.

13. Mark Twain, *The Adventures of Huckleberry Finn* (Hartford : American Publishing Company, 1899), p.15.

14. Marx, *Capital and Other Writings* (Max Eastman 編 New York : Modern Library, 1932), pp.183-84.

15. Vico, *The New Science,* p.121.

16. 同上, 第 2 巻 "Poetic Wisdom," pp.109-297.

17. Lukacs, *The Theory of the Novel,* p.120 以下参照. また Paul de Man, "The Rhetoric of Temporality," *Interpretation : Theory and Practice* (Charles Singleton 編 Baltimore : Johns Hopkins University Press, 1969), pp. 173-209 も参照.

18. ＜器用な人＞としてのウェミックの描写については Lévi-Strauss, *The Savage Mind,* p.17 参照.

19. Dickens, *Great Expectations* (New York : Charles Scribner's Sons, 1902), p.562.

20. 同上, pp.540-41.

21. *Nostromo* (1904)の引用はすべて Modern Library 版 (New York : Random House, 1951)による. Robert Penn Warren のすばらしい解説がついている. 括弧内は引用ページ.

22. チャールズ・グールドが鉱山を再生させ前進させようと献身するのは，キリスト教の歴史の意図的に歪んだ像を提示するものだと思う．キリスト教と同じように，鉱山はその信者たちに対して力を揮う．その力はまず死んでいた計画の伝説的復活で始まり，発生する力を掌握しようとする異端的闘争心の鼓吹を経て，(銀に対する)制度的信仰の完成をもって頂点に達する．その歪曲は初めから生じている．キリスト教が自由で生き生きとした生を約束するのに対し，鉱山は信奉者の精神的隷属を求める．彼らが鉱山にとって利用価値を持つのは，呪物崇拝に縛られた者であるかぎりであるからである．

23. Douglas Hewitt, *Conrad : A Reassessment* (Cambridge, England : Bowes and Bowes, 1952), p.50.

24. コンラッドのメモの年代確定は難しいが，1919年と1922年の間に，おそらくは1919年の終わり頃 *Nostromo* についてのメモを残したことは確実である．

25. Gerard Jean-Aubry, *Joseph Conrad : Life and Letters* (Garden City, N. Y. Doubleday, 1927), 1 : 311.

26. Edward Garnett, *Letters from Joseph Conrad, 1895-1924* (Indianapolis : Bobb Merrill, 1928), p.184.

27. 同上，p.187.

28. Conrad, *Lettres françaises* (Gerard Jean-Aubry 編 Paris : Gallimard, 1930), p.50.

29. Jean-Aubry, *Joseph Conrad,* 1 : 317.

30. 同上，p.321.

31. Conrad, *Lettres françaises,* p.60.

32. この (1898年に端を発する) 危機と，コンラッドの展開におけるその意味については Edward W. Said, *Joseph Conrad and the Fiction of Autobiography* (Cambridge : Harvard University Press, 1966)を参照．

33. 同上, pp.58-63 を参照．

34. Jean-Aubry, *Joseph Conrad,* 1 : 329.

35. *Joseph Conrad : Letters to William Blackwood and David S. Meldrum* (William Blackburn 編 Durham, N. Car.: Duke University Press, 1958), p. 180.

36. Conrad, letter 5, "Letters to William Rothenstein, 1903-1921" (未刊行の手稿の手紙 Houghton Library, Harvard University, Cambridge, Mass.)

37. Conrad, *Lettres françaises,* p.120.

38. 比較については Jocelyn Baines, *Joseph Conrad : A Critical Biography* (London : Weidenfeld and Nicolson, 1959), p.297 参照．

39. *Complete Works* (Garden City, N.Y.: Doubleday, 1925), 16 : 150.

40. John Galsworthy, *Castles in Spain* (London : Heinemann, 1928), p.91.

41. この関係についての刺激的論考として Bernard Meyer, *Joseph Conrad :*

A Phychoanalytic Biography (Princeton : Princeton University Press, 1967) がある。

42. November 22, 1912, *Twenty Letters to Joseph Conrad* (Gerard Jean-Aubry 編 London : First Edition Club, 1926).

43. July 20, 1894, *Letters of Joseph Conrad to Marguerite Poradowska, 1890-1920* (John A. Gee, Paul J. Sturm 共訳編 New Haven : Yale University Press, 1940). p.72.

44. Garnett, *Letters,* p.59.

45. July 17, 1895, Jean-Aubry, *Joseph Conrad,* 1 : 176.

46. March 23, 1896, *Letters,* p.46.

47. Jean-Aubry, *Joseph Conrad,* 2 : 83-84 ; 同上, p.51.

48. August 26, 1901, Conrad, *Letters to Blackwood,* p.133.

49. November 11, 1901, Jean-Aubry, *Joseph Conrad,* 1 : 301.

50. Ernest Hemingway, *Death in the Afternoon,* (London : Jonathan Cape, 1963), pp.78-83.

51. Garnett, *Letters,* p.153.

52. Jean-Aubry, *Joseph Conrad,* 2 : 14.

53. Gustav Morf, *The Polish Heritage of Joseph Conrad* (London : Sampson Low, Marston, 1950) 参照。

54. *Lettres françaises,* p.56.

55. Said, *Conrad,* pp.58-63 参照。

56. Conrad, *Heart of Darkness, Complete Works,* 16 : 50-51.

57. Jean-Aubry, *Joseph Conrad,* 1 : 216.

58. Henry James, *The Art of the Novel* (R. P. Blackmur 編 New York : Scribner's, 1934), p.84.

59. Thomas Hardy, *Jude the Obscure* (New York : Harper, 1899), p.399.

60. ハーディの詩の構造の興味深い分析についてはSamuel Hynes, *The Pattern of Hardy's Poetry* (Chapel Hill : University of North Carolina Press, 1961) を参照。

61. Hardy, *Collected Poems* (New York : Macmillan, 1928), p.289.

62. Florence Emily Hardy, *The Later Years of Thomas Hardy, 1892-1928* (New York : Macmillan, 1930), p.48 参照。

63. レヴィンについては本章注 1 を参照。René Girard, *Mensonge romantique et vérité romanesque* (Paris : Grasset, 1961). 英語版は *Deceit, Desire, and the Novel : Self and Other in Literary Structure* (Yvonne Freccero 訳 Baltimore : Johns Hopkins Press, 1969) 及び Lukacs, *The Theory of the Novel.*

64. 第 4 章のテキストの問題および対型としての神聖なテキストの問題を参

照。

65. Erich Auerbach, *Mimessis : The Representation of Reality in Western Literature* (Willard Trask 訳 Princeton : Princeton University Press, 1953) 及び E. R. Curtius, *European Literature and the Latin Middle Ages.*

66. Lukacs, *The Theory of the Novel,* pp.112-31.

67. 物語と家族の興味深い類縁については Lionel Trilling, *Sincerity and Authenticity* (Cambridge : Harvard University Press, 1973), pp.101-33 を参照。

68. Marx, "The Power of Money," *Economic and Philosophical Manuscripts of 1844* (Moscow, 1961), p.140. また Zola の試論 "L'Argent dans la littérature," *Le Roman expérimental* (Maurice LeBlond 編Paris : Bernouard, 1928).

69. Gustave Flaubert, *Madame Bovary* (Paul de Man 編訳 New York : W. W. Norton, 1965), p.140.

70. 同上, p.140.

71. Lukacs, *The Theory of the Novel,* pp.125-26.

72. In Flaubert, *Oevres* (A. Thibaudet, R. Dumesnil 共編Paris : Gallimard, 1951), 2 : 449-53.

73. 同上, p.457.

74. Dostoievsky, *The Possessed* (Constance Garnett 訳 New York : Modern Library, 1936). p.5.

75. 同上, p.719.

76. 同上, p.730.

77. James Joyce, *Ulysses* (New York : Modern Library, 1934), p.8.

78. 反復に関する二つの対立する見解は Marx の *Eighteenth Brumaire of Louis Napoleon* (1852) および Kierkegaard の *Repetition* (1844) に見える。

79. Nietzsche, *Will to Power* (Walter Kaufmann, R. J. Hollingdale 共訳 New York : Vintage, 1968), pp.298-99.

80. ロレンスにおける歴史と虚構の関係についての洞察に富む議論はAlbert Cook, *The Meaning of Fiction* (Detroit : Wayne State University Press, 1960), pp.273-79 参照。

81. T. E. Lawrence, *Oriental Assembly* (A. W. Lawrence 編 London : Williams and Norgate, 1939), pp.142-43.

82. *The Letters of T. E. Lawrence* (David Garnett編New York: Doubleday, Doran, 1938), p.360.

83. Lawrence, *The Seven Pillars of Wisdom : A Triumph* (Garden City, N.Y.: Doubleday, Doran, 1935), p.91.

84. 同上, p.78.

85. 同上，p.450.

86. 同上，pp.192-96.

87. 同上，p.551-52.

88. *Letters of T. E. Lawrence,* pp.417, 300.

89. André Malraux, "Lawrence and the Demon of the Absolute," *Hudson Review 8,* no.4 (Winter 1956) ; 527.

90. *Letters to T. E. Lawrence* (A. W. Lawrence 編 London : Jonathan Cape, 1962), p.59.

91. Nietzsche, *Beyond Good and Evil,* p.161.

92. 同上，pp.161-62.

93. 同上，p.162.

94. W. B. Yeats, *Collected Poems* (New York : Macmillan, 1951), p.197.

95. フロイトに関する以下の論考では Jacques Derrida の "Freud et la scène de l'écriture," *L'Ecriture et la différence* (Paris : Editions du Seuil, 1967), pp.293-340 に多くを負っている．

96. Freud, *The Interpretation of Dreams, The Standard Edition*, vols. 3 and 4. 以下，括弧内の数字はページを表わす．

97. Barthes, *Critical Essays,* pp.171-83 及び Kuhn, *The Structure of Scientific Revolutions,* pp.136-43 参照．

98. フロイトは1925年に再びこの定式を用いている．*The Standard Edition,* 20 : 45 参照．

99. Jacques Lacan, *Ecrits* (Paris : Editions du Seuil, 1967) 及び Foucault, *The Order of Things,* p.374 参照．

100. ドゥルーズの *Différence et répétition* は全編この疑問への関心に満ちている．Foucault, "Theatrum Philosophicum," *Critique* 282 (November 1970) : 885-908 も参照．

101. Freud, *Moses and Monotheism,* p.114.

102. *The Interpretation of Dreams,* pp.349, 353 も参照．

103. Freud, "An Autobiographical Study," *The Standard Edition,* 20 : 42.

104. Nietzsche, *On the Genealogy of Morals* (Walter Kaufmann, R. J. Hollingdale 共編 New York : Vintage, 1969), pp.77-78.

105. Freud, *The Origins of Psychoanalysis : Letters to Wilhelm Fliess —— Drafts and Notes, 1887-1902* (Marie Bonaparte, Anna Freud, Ernst Kris 共編，Eric Mosbacher, James Strachey 共訳 New York : Basic Books, 1954), p.297 参照．

106. Freud, *Moses and Monotheism,* p.114.

107. Freud, "Analysis Terminable and Interminable," *The Standard Edition,* 23 : 216-53.

108. Foucault, “Qu’est ce-qu’un auteur ?” pp.89-94.

109. Freud, “The History of the Psycho-Analytic Movement,” *The Standard Edition,* 14 : 15.

110. 私のレヴィ＝ストロース論も参照． Edward W. Said, “The Totalitarianism of Mind,” *Kenyon Review* 29, no.2 (March 1967). なお秩序の遍在については257-68ページを参照．

111. Thomas Mann, *Doctor Faustus : The Life of the German Composer, Adrian Leverkuhn as told by a Friend* (H. T. Lowe-Porter 訳 New York : Random House, Modern Library, 1966), p.240.

112. 同上，p.242.

113. 同上，pp.244-45.

114. 同上，p.252.

115. 同上，p.253-54.

116. 同上，p.181.

117. 同上，p.6.

118. 同上，p.9.

119. 同上，p.509.

第４章　テキストをもって始める

1. Jean Piaget, *Le Structuralisme* (Paris : Presses Universiatires de France, 1968), pp.5-16.

2. 同上，p.10.

3. 同上，pp.121-23.

4. Lucien Goldmann, *Recherches dialectiques* (Paris : Gallimard, 1959), pp. 118-45 ; Jacques Derrida, *L’Écriture et la différence* (Paris : Editions du Seuil, 1967) 及び同じ著者の *De la grammatologie* (Paris : Editions de Minuit, 1967).

5. Samuel Taylor Coleridge, *The Friend,* 1 : 476.

6. “The Law of Mind,” *Philosophical Writings of Peirce* (Justus Buchler 編 New York : Dover, 1955) に所収．その p.340 を参照．

7. ３章の注97や，同章におけるテキストの慣習や癖についての議論を見よ．

8. Georges Poulet, *Études sur le tempts humain* (Paris : Plon, 1950) 及びこれ以降のプーレの著作のすべてを参照．

9. これはジャン・ルーセにはそれほどあてはまらない．彼の *Forme et signification : Essais sur les structures de Corneille à Claudel* (Paris : Corti, 1964) を見よ．

10. John Sandys, *A History of Classical Scholarship* (London : Oxford University Press, 1908), 3 vols. また Rudolf Pfeiffer, *History of Classical*

Scholarship From the Beginnings to the End of the Hellenistic Age (Oxford : Clarendon Press, 1968)や Madeline V. -David, *Le Dêbat sur les écritures et l'hieroglyphe aux XVIIe et XVIIIe siècles et l'application de la notion de déchiffrement aux écritures mortes* (Paris : SEVPEN, 1965)も見よ.

11. Giambattista Vico, *The New Science,* p.414.

12. *The Encyclopedia of Islam*（新版）の "idjaza" の項参照 (Leiden : Brill, and London : Luzac, 1971).

13. Franz Rosenthal, *The Technique and Approach of Muslim Scholarship* (Rome : Pontificum Institutum Biblicum, 1947), p.2.

14. 同上, p.22.

15. 同上, p.49. *Magamat* はバスラ地方の作家ムハマド・アル＝カシム・アル＝ハリーリー（1054―1122）によって書かれた高度に専門的な韻をふんだ散文の50の物語集である. この著作は, アラブ系の文学的表現を要約している点で, コーランにつぐ唯一の作品と考えられてきている.

16. Bruce Metzger, *The Text of the New Testament* (第 2 版) (New York : Oxford University Press, 1968), pp.20-21. 幾つかの旧約聖書のテキストの問題を記述した権威あるものとして Umberto Cassuto, *La Questione della Genesi* (Florence : Felice le Monnier, 1934)を見よ.

17. Barthes, *S/Z* (Paris : Editions du Seuil, 1970), p.11.

18. Kuhn, *The Structure of Scientific Revolutions,* pp.136-43.

19. Vico, *The New Science,* p.73.

20. 同上, p.96.

21. Nietzsche, *The Use and Abuse of History* (Adrian Collins 訳 New York : Liberal Arts Press, 1957), pp.69-70.

22. 同上, p.31.

23. Robert W. Funk, *Language, Hermeneutic, and Word of God : The Problem of Language in the New Testament and Contemporary Theology* (New York : Harper & Row, 1966), p.11.

24. Dilthey, *Gesammelte Schriften* (Göttingen : Vandenhoeck and Ruprecht, 1913), 1 : 24-26.

25. Hans-Georg Gadamer, *Warheit und Methode : Grundzuge einer Philosophischen Hermeneutik*（第 2 版）(Tubingen : Mohr, 1965), pp.370-71 を見よ.

26. A. E. Housman, *Selected Prose* (John Carter 編 Cambridge : Cambridge University Press, 1962), p.147.

27. 同上, p.136.

28. 同上, p.137.

29. Paul Maas, *Textual Criticism* (Barbara Flower 訳 Oxford : Oxford

University Press, 1958), p.2.

30．同上，p.20.

31. James Thorpe, *Principles of Textual Criticism* (San Marino, Calif.: Huntington Library, 1972), p.54.

32. 同上，p.50.

33. Morse Peckham, "Reflections of the Foundations of Modern Textual Editing.", *Proof : The Yearbook of American Bibliographical and Textual Studies* (Joseph Katz 編 Columbia : University of South Carolina Press, 1971) に所収．その1 : 138. この著作では，ソープの著作（注31参照）におけると同様，バウアーズやグレッグのテキスト批評理論が論じられている．

34．同上，p.137.

35．同上，p.155. ペッカムの見解の幾つかのもっと初期のものについては，Shepard, "Recent Theories of Textual Criticism," *Modern Philology* 28 (November 1930) : 129-42 を見よ．

36．特権的な考え方としてのローマニアの反対意見では Peter Brooks, "Romania and the Widening Gyre," *PMLA,* 87 (January 1972) ; 7-11 を見よ．

37．Freud, *Totem and Taboo, The Standard Edition,* 13 : 134.

38．同上，p.135.

39．S. Butler, *The Authoress of the Odyssey* (London : Fifield, 1897), p.5.

40．Freud, *Totem and Taboo,* p.150.

41．Erich Auerbach, *Literary Language and Its Public in Late Latin Antiquity and in the Middle Ages* (Ralph Manheim 訳 New York : Pantheon, 1965), p.45.

42．同上，p.57.

43．同上，pp.310, 312.

44．この主題に関するアウエルバッハの *Dante : Poet of the Secular World* (Ralph Manheim 訳 Chicago : University of Chicago Press, 1961) を見よ．

45．この議論全般についてのすぐれた記述は J. Estlin Carpenter, *The Bible in the Nineteenth Century* (London : Longmans, Green, 1903) に見られる．高等批評の多くは〈新言語学〉の隆盛と直接に関係があることを，私はつけ加えて主張したい．これの結果のひとつとして，ヘブル語の，したがってヘブル語で書かれた聖書テキストの神的権威が挑戦を受けるようになった．『権力への意志』(p.108) でニーチェがイエスを「始まりにおける零点」として素晴しい特徴づけを行なったことは，ここで指摘する価値がある．

46．W. H. Green, *The Higher Criticism of the Pentateuch* (New York : Scribner's, 1896), p.vi. また，Emil Reich, *The Failure of "Higher Criticism" of the Bible* (London : James Nesbit, 1905) も参照．

47．Green, *The Higher Criticism,* pp.2, 11.

48. 同上，p.71.

49. 同上，p.164.

50. 同上，p.167.

51. 同上，pp.168, 172.

52. Renanの*Vie de Jésus*が，彼の全7巻の*Histoire des origines du christianisme*の第1巻（厳密な意味での<始まりの巻>）であることを思い起こせば，とくにそうである．始まりが始源を可能にすることは，私たちの議論が進行するにつれて，明らかになってくる．

53. Renan, *Vie de Jésus*13版 (Paris : Calmann-Lévy, 1867〔初版は1863〕, pp.80-81. アドルフ・フォン・ハルナックの驚くべき労作を或る程度許すのは，イエスに対する，したがってイエスについてのテキストに対するこの類いの態度である．例えば彼の *Sources of the Apostolic Canons* (Leonard A. Wheatley 訳 London : Adam and Charles Black, 1895), あるいは *Luke the Physician : The Author of the Third Gospel and the Acts of the Apostles* (J. R. Wilkinson 訳 New York : Putnam's, 1907) を見よ．

54. Renan, *Vie de Jésus,* pp.255-56.

55. 同上，p.311.

56. 同上，p.liv.

57. 同上，p.liii.

58. 同上，p.liv.

59. 同上，pp.lvi-lvii.

60. 同上，pp.lxxxvii-lxxxviii.

61. 同上，p.lii.

62. 同上，p.309.

63. 興味ある偏向的類比として Erik Erikson, *Young Man Luther,* p.208 を見よ．

64. Renan, *Vie de Jésus,* p.456.

65. 同上，p.466.

66. 同上．

67. 同上，pp.466-67.

68. 同上，pp.440-41.

69. Karl Jaspers, *Nietzsche : An Introduction to an Understanding of His Philosophical Activity* (Charles F. Wallraff, Frederick J. Schmitz 共訳 Tucson : University of Arizona Press, 1965), p.290.

70. Jean-Paul Sartre, *La Nausée* (Paris : Gallimard, 1938), p.137.

71. 同上，p.248.

72. これと並行する発想，つまり *"texte-limite"* の発想として Barthes の *Critical Essays,* p.77 を見よ．

73. Piaget, "Le Structuralisme," *Cahiers Internationaux de Symbolisme* 18–19 (1969) : 76.

74. G. E. M. Anscombe, "On the Form of Wittgenstein's Writing," *La Philosophie contemporaine* (Raymond Klibansky 編 Florence : Nuova Italia Editrice, 1969), 3 : 377.

75. 同上, p.373.

76. Foucault, *Archeology of Knowledge,* p.111 を見よ.

77. 同上.

78. 同上, pp.110–11.

79. 同上, p.234.

80. Curtius, *European Literature,* pp.230 以下で論じられている.

81. Bate, *The Burden of the Past,* pp.95–134 を見よ.

82. Richard Poirier, *The Performing Self : Compositions and Decompositions in the Languages of Contemporary Life* (New York : Oxford University Press, 1971)を参照.

83. Maurice Blanchot, *L'Espace littéraire* (Paris : Gallimard, 1955), p.306.

84. Foucault, *Archeology of Knowledge,* p.216.

85. Walter Benjamin, *Schriften* (Th. W. Adorno, Gretel Adorno, Frederich Podszus 共編 Frankfurt : Suhrkamp Verlag, 1955), 2 : 464–65.

86. *The Autobiography of William Butler Yeats* (New York : Macmillan, 1938), p.165.

87. June 19, 1896, Garnett, *Letters from Conrad,* p.59.

88. Conrad, *Heart of Darkness, Complete Works* 16 : 92–93.

89. Garnett, *Letters from Conrad,* p.135.

90. Harry Levin, *"The Wasteland" from Ur to Echt* (New York : New Directions, 1972)を見よ.

91. T. E. Lawrence, *The Mint : Notes Made in the R.A.F. Depot Between August and December, 1922, and at Cadet College in 1925* (Garden City, N. Y.: Doubleday, 1957), p.83.

92. Merleau-Ponty, *The Primacy of Perception and Other Essays on Phenomenological Psychology* (James M. Edie 編 Evanston, Ill.: Northwestern University Press, 1964), p.25.

93. Baudelaire, "L'Heautontimorouménos," *Oeuvres Complètes* (Y.-G. le Dantec, Claude Pichois 共編 Paris : Gallimard, 1968), p.74.

94. Mallarmé, "Variations sur un sujet," *Oeuvres Complètes,* p.368.

95. Wilde, *The Artist as Critic,* pp.290–91.

96. Baudelaire, *La Double vie* への注釈. *Oeuvres Complètes,* p.664.

97. Proust, *Contre Sainte-Beuve* (Pierre Clarac and André Fevré 編

(Paris : Gallimard, 1971), p.273.

98. T. E. Lawrence, *The Seven Pillars of Wisdom,* p.549.

99. Rilke, *Sonnets to Orpheus* (M. D. Herder Norton 訳 New York : Norton, 1942), pp.60–61.

100. Merleau-Ponty, *Sense and Non-Sense* (Evanston, Ill.: Northwestern University Press, 1964), pp.9–19.

101. Marcel Proust, *À la recherche du temps perdu* (Paris : Gallimard, 1954), 3 : 1041.

102. Mallarmé, "Variations sur un subjet," *Oeuvres Complètes,* p.368.

103. 同上, p.378.

104. Renato Poggioli, *The Theory of the Avant-Garde* (Gerald Fitzgerald 訳 Cambridge : Harvard University Press, 1968), p.182.

105. Mallarmé, "Quant au livre," *Oeuvres Complètes,* p.378.

106. Proust, *À la recherche,* 3 : 1042.

107. 同上, p.1047.

108. 例えば Leo Bersani, *Marcel Proust : The Fictions of Life and Art* (New York : Oxford University Press, 1965)を見よ.

109. 同上, p.239.

110. Proust, *Contre Saint-Beuve,* p.224.

111. 同上, p.295.

112. 同上, p.309.

113. Proust, *À la recherche,* 1 : 557.

114. 同上, 2 : 326-27.

115. 同上, 3 : 871.

116. 同上, p.870.

117. 同上, p.899.

118. 同上.

119. Blanchot, *L'Espace littéraire,* p.308.

120. Proust, *À la recherche,* 3 : 629.

121. 同上, 3 : 682.

122. 同上, 3 : 848.

123. 同上.

124. 同上, 3 : 874–75.

125. 同上, 3 : 886.

126. 同上, 3 : 887.

127. 同上.

128. 同上, 3 : 889.

129. 同上, 3 : 904.

130. Benjamin, *Illuminations* (Harry Zohn 訳 New York : Harcourt, Brace, 1968), p.212.

131. Poggioli, *Theory of the Avant-Garde,* p.66.

132. "The Next Time," *The Novels and Tales of Henry James* (New York : Scribner's, 1909), 15 : 215.

133. Wilde, *The Artist as Critic,* p.242.

134. Husserl, *Logical Investigations* (J. N. Findlay 訳 London : Routledge, 1970), 1 : p. 230 以下.

135. Blanchot, *L'Espace littéraire,* pp.48–49.

136. 同上, p.72.

137. 同上, p.86.

138. 同上, pp.92–93.

139. Merleau-Ponty, *Résumé de courts : Collège de France, 1952–1960* (Paris : Gallimard, 1968), p.23.

140. Joyce, *Letters* (Stuart Gilbert 編 New York : Viking, 1957), pp.128–29.

141. R. P. Blackmur, *Anni Mirabiles, 1921–1925 : Reason in the Madness of Letters* (Washington, D.C.: Library of Congress, 1956) を見よ.

142. Blanchot, *L'Espace littéraire,* p.97.

143. 例えば Micheal Riffaterre, *Essais de stylistique structurale* (Paris : Flammarion, 1971)を見よ.

144. *The Journals and Papers of Gerard Manley Hopkins* (Humphry House and Graham Storey 編 London : Oxford University Press, 1959), p. 289.

145. Benveniste, *Problems in General Linguistics,* pp.206–7.

146. 同上, p.227.

147. Hopkins, *Journals,* p.149 以下.

148. Benveniste, *Problems,* p.227.

149. Foucault, *Archeology of Knowledge,* p.126 以下.

150. T. S. Eliot, *Collected Poems, 1909–1962* (New York : Harcourt, Brace & World, 1963), pp.85–86.

151. *The Poems of Gerard Manley Hopkins* (第 4 版 W. H. Gardner and N. H. Machenzie 編 London : Oxford University Press, 1967), p.107.

152. 同上, p.101.

153. これを論じたものとして Edward W. Said, "Swift's Tory Anarchy," *Eighteenth Century Studies* 3, No.1 (Fall 1969) ; p.64 以下.

154. Yeats, *Collected Poems,* p.299.

155. Starobinski, *Les Mots sous les mots* (pp.19–20) によって論じられたソシュールの発見と比較せよ.

156. Giacomo Leopardi, *Selected Prose and Poetry* (Iris Origo, John Heath-Stubbs 訳編 New York : New American Library, 1967), p.28.

157. Norman O. Brown, *Closing Time* (New York : Random House, 1973).

158. Hopkins, *Poems,* p.48.

159. *The Letters of Gerard Manley Hopkins to Robert Bridges* (Claude Colleer Abbott 編 London : Oxford University Press, 1935), p.52.

160. Hopkins, *Poems,* p.60.

161. 同上，p.63.

162. *Sermons and Devotional Writings of Gerard Manley Hopkins* (Christopher Devlin 編 London : Oxford University Press, 1959), p.123.

163. Hopkins, *Poems,* p.70.

164. *The Correspondence of Gerard Manley Hopkins and Richard Watson Dixon* (Claude Colleer Abbott 編 London : Oxford University Press, 1935), p. 133.

165. Hopkins, *Sermons,* p.197.

166. 同上.

167. 同上，pp.197-98.

168. 同上，p.200.

169. 同上，p.200-201.

170. 同上，p.202.

171. Hopkins, *Poems,* p.90.

172. 同上，p.101.

173. 1888年1月12日付の手紙，*Letters of Hopkins to Bridges,* p.270.

174. Hopkins, *Poems,* p.107.

175. 同上，p.108.

第5章　文化の基本条件

1. Samuel Johnson, "The Life of Milton," *The Lives of the Poets, The Works of Samuel Johnson* (London : Luke Hansard, 1806), 9 : 150.

2. 同上，p.147.

3. D. C. Allen, "Some Theories of the Growth and Origin of Language in Milton's Age," *Philological Quarterly* 27, no.1 (January 1949) : 5-16 を見よ.

4. Michel Foucault, *The Order of Things,* p.278.

5. Roland Barthes, *Critical Essays,* p.164.

6. Foucault, *The Order of Things,* p.xxi.

7. 同上，p.298.

8. 同上.

9. 同上，p.xi. これは，英訳版に対するフーコー自身のまえがきからとられたものである。

10. 同上，p.168.

11. Steven Marcus, "In Praise of Folly," *New York Review of Books,* November 3, 1966, p.8.

12. Foucault, *The Order of Things,* p.208.

13. 最後のものは *La Naissance de la clinique : Une Archéologie du regard médical* (Paris : Presses Universitaires de France, 1963)である。

14. Foucault, *The Order of Things,* p.240.

15. 同上，p.318 以下。

16. 同上，p.328 以下。

17. 同上，p.366.

18. 同上，p.357.

19. 同上，pp.364-65.

20. 同上，p.382.

21. 同上，p.367.

22. 同上，p.364.

23. Barthes, *La Tour Eiffel* (Lausanne : Delpire, 1964), p.82.

24. Conrad, *Heart of Darkness,* pp.112-13.

25. Claude Lévi-Strauss, *The Savage Mind,* p.252.

26. "Les Intellectuels et le pouvoir : Entretien Michel Foucault-Gilles Deleuze," *L'Arc,* No.49 (1972) : 6.

27. 後期フーコーについては Edward W. Said, "An Ethics of Language," *Diacritics* 4, no.2 (Summer 1974) : 28-37 を見よ。

28. Foucault, "Nietzsche, la généalogie, l'histoire," *Hommage à Jean Hyppolite* (Paris : Presses Universitaires de France, 1971), p.159.

29. Deleuze, "Un Nouvel Archiviste," *Critique* 274 (March 1970) : 198-200. 一般的に，フーコーについてのドゥルーズの試論と，*D'Une Sainte Famille à l'autre : Essais sur les marxismes imaginaires* (Paris : Gallimard, 1969) におけるフーコーに対するレーモン・アロンの攻撃は比較する価値がある。

30. Foucault, "Réponse au Cercle d'épistémologie," *Cahiers pour l'Analyse* 9 (Summer 1968) : 19.

31. 主体の喪失に関する英語の文献は著しく変化に富んでいる。注目すべき近年のものを二つあげれば，Lionel Trilling, *Sincerity and Authenticity* (Cambridge : Harvard University Press, 1972) と Wylie Sypher, *Loss of the Self in Modern Literature and Art* (New York : Vintage, 1962) である。フランス語では Lévi-Strauss の *The Savage Mind, The Raw and the Cooked* や Lacan の *Ecrits* があり，またバルトの作品もすべて重要である。これらの議論

に加えて，主体は言述の複雑さを正当に扱っていないし，それを分析的に対処しえないといったフーコーの反論もある．*The Order of Things,* p.xiii を見よ．

32. Foucault, "Theatrum Philosophicum," *Critique* 282 (November 1970) : 885-90.

33. Georges Canguilhem, "Mort de l'homme, ou épuisement du Cogito ?" *Critique* 242 (July 1967) : 611.

34. ＜創造的＞分離のこのプロセスに注意を向けた他の批評家の著作として Barthes, *Critical Essays* その他がある．(本書第 1 章注 5 を見よ)．また Richard Poirier, *The Performing Self ;* Morse Peckham, *Man's Rage for Chaos : Biology, Behavior, and the Arts* (Philadelphia : Chilton, 1965) や Blanchot, *L'Espace littéraire* もある．現在の作家で，ジョルジュ・バタイユほどに，創造的分離，浪費，侵犯などの考えを重視した人はいない．その *Sur Nietzsche : Volonté de chance* (Paris: Gallimard, 1945) や *La Littérature et le mal* (Paris : Gallimard, 1957)を見よ．

35. Foucault, "Nietzsche, la généalogie," p.172.

36. Foucault, *L'Ordre du discours* (Paris : Gallimard, 1971), pp.60, 61. この著作は，『知の考古学』の付録として印刷された英訳『言語についての言述』のフランス語原版である．私は英訳本は用いなかった．それは大体において不正確で，誤解をまねくものであるからである．

37. 同上，p.61.

38. 同上，pp.49-53.

39. この作品は，フーコーのドゥルーズとの「対話」("Les Intellectuels et le pouvoir : Entretien Michel Foucault-Gilles Deleuze")と一緒に読まれるべきである．この二つの作品は，攻撃的な知的活動の企図を提供している．

40. フーコーの用語は *renversement*（文字通りに＜転覆＞）である．しかしながら，私は *reversibility*（逆転可能性）を翻訳で選んだ．というのは，それは逆転の概念を含み，それとともに，継続的に実行される行動をも暗示しているからである．*L'Ordre du discours,* p.54.

41. ＜言述＞（*discours*）の徴候の幾つかは Edmond Ortigues, *Le Discours et le symbole* (Paris : Aubier, 1962) ; Benveniste, *Problems in the General Linguistics ;* Barthes, "To Write : An Intransitive Verb ?", Gérard Genette ; "Frontière du récit (*Figures II,* Paris : Editions du Seuil, 1969), pp.49-69 などに見られる．＜言述＞はまた＜エクリチュール＞(*écriture*)の概念に結びついている．これに対してバルトの作業は優れて重要である．Brice Parain, *Recherches sur la nature et les fonctions du langage* (Paris : Gallimard, 1942) もそうである．＜エクリチュール＞理論における最近の発展（それはフィリップ・ソレルスやジュリア・クリステーヴァ，それにテル・ケル・グループの作業に見ることができるが）は Leon Roudiez, "Les Tendances actuelles de l'écriture :

Présentation et bibliographie" (*French Review* 45, December 1971 : 321-32) に概略述べられている.

42. Emile Benveniste, *Problems in General Linguistics,* pp.206-7.

43. 同上, pp.208-9.

44. Lacan, *Écrits,* p.249. Paul Duquence による Schreber の回想録の翻訳に対するラカンの紹介 (*Cahiers pour l'Analyse* 5, November-December 1966 : 69-72)も見よ.

45. Foucault, *L'Ordre du discours,* pp.19-21.

46. *Naissance de la clinique* は18世紀の中葉からほぼ1820年代にいたる臨床的言述の発展と形成を詳細に調べたものである.

47. Fourcault, *L'Ordre du discours,* pp.54-55.

48. これはとくに1968年以降のフーコーにあてはまる.

49. Foucault, "Theatrum Philosophicum," p.899.

50. Foucault, "Le Langage à l'infini," p.53. 文字, 図書館, 言語についてのボルヘスの考えの幾つかについては Gérard Genette, *Figures I* (Paris : Editions du Seuil, 1966), pp.123-32 を見よ.

51. "Theatrum Philosophicum," におけるフーコーのドゥルーズについての文章や, Gilles Deleuze, *Différence et répétition* を見よ. フーコーとドゥルーズにおける交・言述的反復の考え方と, モダニスト的エクリチュールの反響的性格に対する最近の批評の関心 (例えば N.フライやケナーなどの作業での) の間には重要な対応がある.

52. Foucault, "Réponse à une question," p.859.

53. Foucault, *The Order of Things,* pp.306-7.

54. 1968年以降フーコー自身の言述ではアーカイヴが関心の焦点として<エピステーメ>に取って代わっていることは指摘するに値する.

55. Foucault, "Nietzsche, la généalogie," p.156.

56. Foucault, "Le Langage à l'infini," p.44.

57. 同上, pp.45-46.

58. Foucault, "Le Langage de l'espace," *Critique* 203 (April 1964) : 378.

59. 同上.

60. Foucault, "Le *Non* du père," *Critique* 178 (March 1962) : 199.

61. Foucault, "Nietzsche, Marx, Freud," p.189.

62. 同上, pp.184-85.

63. 同上, p.183.

64. Foucault, "Theatrum Philosophicum," p.901.

65. Foucault, *L'Ordre du discours,* p.55. ここにもまた, <作者>とか<主体>といった概念に言述が容易に分解できない事情について書かれた多くの文献がある. <作者>という概念が演じるきわめて活発な, しかし束縛された役割

に関するそれに代わる議論として，Pierre Macherey, *Pour une théorie de la production littéraire* (Paris: François Maspèro, 1966): Walter Benjamin, “Der Autor als Produzent” (*Versuche über Brecht*, Frankfurt: Suthrkamp Verlag, 1966, pp.95-116); Barthes, “Writers and Authors” (*Critical Essays*) などがある.

66. Foucault, *The Order of Things,* p.209.

67. 同上.

68. 同上，pp.305-6.

69. フーコーは *L'ordre du discours* をベケットの *Molloy* からの引用でもって始めてもいる. 論点はつねに，作者としての人間を殺すことであるように思える.

70. Foucault, “Qu'est-ce qu'un auteur?”の各所.

71. Foucault, *L'Ordre du discours,* pp.11-21.

72. *The Order of Things* のためにとくにフーコーが書いたまえがきの「しかしながら,私がしたいことは知の＜明確な無意識＞を露わにすることである」(p.xi)を見よ.

73. *L'Ordre du Discours* でフーコーは，これらはみな自分が提起した問題であるが，まだ解答を見出せずにいることを明らかにしている.

74. Foucault, “Theatrum Philosophicum,” p.893.

75. 同上.

76. 同上，p.906.

77. Deleuze, “Un Nouvel archivist,” p.208.

78. Foucault, *L'Ordre du discours,* p.55. これに関連して，*The Mind of a Mnemonist* (Lynn Solotaroff 訳 New York: Basic Books, 1968) におけるソヴィエトの心理学者 A. R. Luria の研究態度と発見を参照のこと.

79. Foucault, “La Pensée du dehors,” *Critique* 229 (June 1866): pp.525-27.

80. 同上，p.525.

81. 本章注44を見よ.

82. Canguilhem, “Mort de l'homme,” p.607.

83. Foucault, “Rêponse au cerele d'épistêmologie,” p.40.

84. 拡散へ到る同じ複雑化が構造主義者の方法論的定義と分類にも見られる. これは十分な分析を要する重要な問題であるが，ほとんど当惑を感じさせるほどの数の規則や定義が応用されるよりは,方法論的自己分類(そして＜科学的＞原理）により多く結びついていることをここで述べておくにとどめる.

85. なにが＜モデル＞かという問題となにが＜人間＞かという問題は，むろん，複雑に関係がある. 私はここでは＜人間＞（あるいは＜非人間＞）という語と＜モデル＞という語をともにきわめて単純に用いている. しかしこの用法はフーコーの態度や彼の関心を必らずしも反映してはいない. とくに，*The*

Order of Things を根拠にしてフーコーは＜人間の死＞の哲学者であると同定されてきているからである．

86. "Qu'est-ce qu'un auteur ?" pp.92-93 を見よ．ここでは，＜再発見＞，＜再現実化＞，＜回帰＞などの間の個別の差異をフーコーが記述している．

87. フーコーに関するこの論考を通して，私は＜想像力を働かす＞という語を漠然とした創意という意味ではなく，表象化，再考化の意味で用いている．私は省察と独創性をともに意味しているが，フーコーが記述しているように，それらを言述の資料内にとどめておく．

88. Foucault, *Raymond Roussel* (Paris : Gallimard, 1963), p.210.

89. ドゥルーズとの対談で明確にされた行動への呼びかけを見よ．また，最近出版された *Moi, Pierre Rivière, ayant egorgé ma mère, ma soeur, et mon frère* (Paris : Gallimard/Juillard, 1973) も見よ．

90. 2 章注 7 を見よ．また 4 章におけるテキストの概念の変化についての論述を見よ．

91. Wilhelm von Humboldt はこれを指摘した最初の人のひとりであった．その遺稿 (1836) *Über die Verschiedenheit des Menschlichen Sprachbaues und ihren Einfluss auf die geistige Entwicklung des Menschengeschlechts, Gesammelte Schriften* (Albert Leitzmann 編 Berlin : Prussian Academy, 1907), 7 : 253 を見よ．

92. Benveniste, *Problems in General Linguistics,* p.61.

93. Foucault, *The Order of Things,* p.217 以下．

94. Barthes, *Critical Essays,* p.267.

95. Blanchot, "L'Homme au point zéro," *La Nouvelle Revue Française,* no.40 (April 1966) : 689.

96. Georges Charbonnier, *Entretiens avec Claude Lévi-Strauss* (Paris : Plon, 1961), p.30, 31, 32 その他．また Lévi-Strauss, "Introduction à l'oeuvre de Marcel Mauss," *Sociologie et anthropologie* by Marcel Mauss (Paris : Presses Universitaires de France, 1950, p.LIX) も見よ．

97. Lévi-Strauss, "The Disappearance of Man," *New York Review of Books,* July 28, 1966, p.7.

98. Barthes, *Critical Essays,* p.276.

99. Lévi-Strauss, *The Raw and the Cooked,* pp.17-18.

100. Charbonnier, *Entretiens avec Lévi-Strauss,* p.33.

101. Barthes, "Les Sciences humaines et l'oeuvre de Lévi-Strauss," *Annales* no.6 (November-December 1964) : 1085-86.

102. Barthes, *Michelet par lui-même* (Paris : Editions du Seuil, 1965) の絵に対面するページ．

103. Barthes, *Critique et vérité,* p.71.

104. Ferdinand de Saussure, *Course in General Linguistics,* p.6.

105. 同上, p.8.

106. 同上, p.9.

107. 同上, p.65 以下.

108. 同上, p.67.

109. Edmund Leach, "The Legitimacy of Solomon: Some Structural Aspects of Old Testament History," *Archives Européenes de Sociologie* 3 (1962) : 70.

110. Barthes, "Eléments de sémiologie," *Communications,* no.4 (1965) : 132-33.

111. Lévi-Strauss, "Réponses à quelques questions," *Esprit,* no.11 (November 1963) : 630.

112. Barthes, *Critical Essays,* pp.215-17.

113. Girard, *Deceit, Desire, and the Novel,* pp.2-3.

114. これは Louis Althusser の *Pour Marx* (Paris: François Maspèro, 1965) のテーゼである.

115. Lévi-Strauss, "Introduction à l'oeuvre de Mauss," p.xxvii.

116. Lévi-Strauss, "Réponses à quelques questions," p.644.

117. Barthes, "Rhétorique de l'image," *Communications,* no.4 (1965) ; 43.

118. Barthes, *Critical Essays,* p.215.

119. 同上, p.170.

120. Lévi-Strauss, "Vingt Ans aprés," *Les Temps Modernes,* no.256 (September 1967) ; 386.

121. Genette, *Figures I,* pp.201-2.

122. Barthes, *Critical Essays,* p.269.

123. Lacan, *Ecrits,* p.522.

124. 同上, pp.93-100. また Edward W. Said, "Linguistics and the Archeology of Mind," *International Philosophical Quarterly,* 11, No.1 (March 1970) : 104-34, も見よ.

125. Althusser, *Pour Marx,* p.61.

126. 同上, p.238.

127. J. L. Austin, *How to Do Things with Words* (Cambridge : Harvard University Press, 1962).

128. Barthes, "Rhétorique de l'image," p.48.

129. Lévi-Strauss, *The Savage Mind,* pp.16ff.

130. Genette, *Les Chemins actuels de la critique* (Georges Poulet 編 Paris : Plon, 1967), p.258.

131. Genette, *Figures I,* p.155.

132. Lévi-Strauss, *Tristes tropique* (John Russell 訳 New York : Atheneum, 1964), p.398.

133. Benveniste, *Problems in General Linguistics,* pp.217-22.

134. Genette, *Figures I,* p.153.

135. Levin, *Contexts of Criticism* (Cambridge : Harvard University Press, 1957), p.253.

136. Barthes, *Critical Essays,* p.216.

137. Lévi-Strauss, "The Disappearance of Man," p.6.

138. Lévi-Strauss, "La Notion de structure en ethnologie," *Sens et usages du terme structure* (The Hague : Mouton, 1962), pp.44-45.

139. Lévi-Strauss, *Totemism* (Rodney Needham訳Boston : Beacon Press, 1963), p.103.

140. Lévi-Strauss, *The Savage Mind,* p.135 以下.

141. Chapter 3, note 110 を見よ.

142. Lévi-Strauss, *Totemism,* p.31.

143. Jean Starobinski, "Remarques sur le structuralisme," *Ideen und Formen : Festschrift für Hugo Friedrich* (Frankfurt : Vittorio Klosterman, 1964, p.277).

144. Barthe の試論 "To Write : an Intransitive Verb" を見よ.

145. Barthes, *Le Degré zéro de l'écriture* (Paris : Gonthier, 1964), p.39.

146. これはデリダの初期の著作にはっきりとあてはまる. とくに Jacques Derrida, *L'Écriture et la différence* や *De la grammatologie* を見よ.

147. デリダの試論 "La Différance" (*Marges de la philosophie,* Paris : Editions de Minuit, 1972, pp.3-29) を見よ.

148. Derrida, *De la grammatologie,* p.39.

149. Derrida, *L'Écriture et la différence,* p.411.

150. 同上, p.417.

151. 同上, p.421.

152. 同上, p.427.

第6章　むすび

1. Vico, *The New Science.* 便宜上, 以下の引用ではヴィーコのつけたパラグラフ番号は引用の末尾につけておく. これらの番号は, ヴィーコのイタリア語本 (ニコリーニ版) と, ベルギン＝フィッシュの翻訳本 (ハード・カバーとペイパー・カバー) のそれぞれの番号と一致する.

2. デカルト哲学に対するヴィーコの複雑な関係についての Yvon Belaval の重要で優れた試論 "Vico and Anti-Cartesianism," *Giambattista Vico : An International Symposium* (Giorgio Tagliacozzo, Hayden V. White 共編

Baltimore : Johns Hopkins University Press, 1969), pp.77–92 を見よ.

3. ヴィーコの<無神論>に関する興味ある研究として J. Chaix-Ruy, *J.-B. Vico et l'illuminisme athée* (Paris : Editions Mondiales, 1968) 参照. Fausto Nicolini, *La Religiosità di Giambattista Vico : Quatro saggi* (Bari : Laterza, 1949) も見よ.

4. Samuel Butler, *Erewhon* (New York : Dutton, 1965), p.132.

5. Vico, *Opere* (Nicolini 編), p.919.

6. Friedrich Hölderlin, "Brod und Wein," *Poems and Fragment* (Michael Hamburger 訳 Ann Arbor : University of Michigan Press, 1967), p.252.

7. *The Autobiography of Giambattista Vico* (Max Harold Fisch, Thomas Goddard Bergin 共訳 Ithaca, N.Y.: Cornell University Press, 1944), p.136.

8. Benedetto Croce, *The Philosophy of Giambattista Vico* (R. G. Collingwood 訳 London : Howard Latimer, 1913). この論点はここで終始主張されている.

9. Vico, *Autobiography,* p.149.

10. Vico, "De Antequissima Italorum Sapientae ex Linguae Latinae Originibus Eruenda," *Opera Latina* (Giuseppe Ferrari 編 Milan, 1854), 1 : 63.

11. Croce, *Philosophy of Vico,* p.141 ; H. P. Adams, *The Life and Writings of Giambattista Vico* (London : Allen & Unwin, 1935), p.123.

12. Vico, *Opera Latina,* p.66.

13. Samuel Taylor Coleridge, *Biographia Literaria, Selected Poetry and Prose of Coleridge* (Donald Stauffer 編 New York : Modern Library, 1951), p.263.

14. Croce, *Philosophy of Vico,* p.266.

15. Erich Auerbach, *Literary Language and Its Public,* p.37.

16. Vico, *On the Study Methods of Our Time,* (Elio Gianturco 訳 New York : Library of Liberal Arts, 1965), p.78.

17. 同上, p.79. 彼の作品は「彼を中傷する人々に対する非常に多くの崇高な復讐の行為」であるという『自叙伝』におけるヴィーコの言葉 (p.200) を参照.

18. Vico, *Opere,* pp.118–19.

19. 「発見」を〈創出〉として明確に記述したものに Belaval, "Vico and Anti-Cartesianism" (p.79) がある.

20. Vico, *Autobiography,* p.144.

21. 同上, p.146. また Elizabeth Sewell, "Bacon, Vico, and Coleridge and the Poetic Method" (Tagliacozzo and White, *Vico : An International Symposium,* pp.125–36) も見よ.

22. Jean-Jacques Rousseau, *Oeuvres Complètes* (Bernard Gagnebin, Marcel Raymond 共編 Paris : Gallimard, 1969), 4 : 2529.

23. 同上，p.468.

24. 同上，p.586.

25. 同上，pp.568-69.

26. 同上，p.550.

27. 同上，pp.346 以下.

28. 同上，p.570. ヴィーコとルソーの一般的関係については Fausto Nicolini, *Vico e Rousseau* (Naples: Giannini, 1949); Edmund Leach, "Vico and Lévi-Strauss on the Origins of Humanity" (Tagliacozzo and White, *Vico : An International Symposium,* とくに pp.309-11)を見よ.

29. これは Schwab (*La Renaissance orientale*) により，またもっと限定された形では Hans Aarslef (*The Study of Language in England, 1780-1860,* Princeton : Princeton University Press, 1967) により論じられた，新文献学そして，あるいは新言語学の興隆の一面でもある.

30. Lionel Trilling, *Mind in the Modern World* (New York : Viking, 1972).

31. Paul de Man, "What is Modern ?" *New York Review of Books,* August 26, 1965, p.11.

32. この表象現象の批判については Edward W. Said, "Eclecticism and Orthodoxy in Criticism," *Diacritics* 2, no.1 (Spring 1972), 2-8.を見よ.

33. Gilles Deleuze, *Différence et répétition,* pp.89-90.を見よ.

34. Angus Fletcher, "Utopian History and the Anatomy of Criticism" (*Northrop Frye in Modern Criticism,* Murray Krieger 編 New York : Columbia University Press, 1966, pp.31-73) を見よ.

35. Frye, *Anatomy of Criticism : Four Essays* (Princeton : Princeton University Press, 1957), p.354.

36. 同上，p.351.

37. Claude Lévi-Strauss, "Overture," *The Raw and the Cooked* を見よ.

38. Deleuze, *Différence et répétition,* pp.89-90.

39. 同上，pp.164-65.

40. "Les Intellectuels et le pouvoir : Entretien Michel Foucault-Gilles Deleuze," *L'Arc,* no.49 (1972) : 4.

41. 同上，p.5.

42. 同上，p.8.

43. Noam Chomsky, *American Power and the New Mandarins* (New York : Pantheon, 1969), p.28.

44. 同上，p.321.

45. Pierre Thevenaz, *What Is Phenomenology* ? p.96.